Georgia Bockoven

Hochzeit der Gefühle

Deutsch von Ute Mey

Weltbild

Originaltitel: *A Marriage of Convenience*
Originalverlag: HarperCollins*Publishers*, New York

Besuchen Sie uns im Internet:
www.weltbild.de

Die Autorin

Georgia Bockoven war erfolgreich als freie Journalistin und Fotografin tätig, bevor sie mit dem Schreiben von Romanen begann. Sie ist verheiratet, hat zwei Kinder und lebt in Kalifornien. Von Georgia Bockoven liegen als Weltbild Taschenbuch folgende Romane vor: *Am Ende die Liebe, Momente des Glücks* und *Fernes Glück*.

Dieses Buch ist mit zutiefst empfundener Liebe und Dankbarkeit den Schwestern der Frühgeborenen-Intensivstation des Kaiser Permanente Hospitals in Sacramento, Kalifornien, gewidmet. Ein besonderes Dankeschön auch an die fünf Frauen, die ihre Leidenschaft, ihre Freundschaft und auch ihr ganzes Können aufgeboten haben: Penny Gonroy, Judy Gates, Denise Hirshfelt, Donna Lomax und Patti Read; und auch an Dr. Myra Pierce und Dr. Stephen Greenholz für ihre ganz besonderen Anstrengungen und ihre Fürsorge.

Diese Geschichte möchte jedoch vor allem ein Liebesbrief an John Murdoch Bockoven sein, der am 18. Oktober 1989 mit einem Gewicht von nur 964 Gramm zur Welt kam.

1

Niemand darf im August sterben, nicht mit sechsundzwanzig Jahren, und Diane Taylor schon gar nicht.

Diese Worte hallten in Christine Taylors Gedanken nach, formten eine Litanei der Angst und der Verzweiflung.

Nicht Diane! Bitte, lieber Gott, nicht meine hübsche kleine Schwester. Laß es nicht wahr werden! Laß es nur ein ganz schrecklicher Alptraum sein!

Chris öffnete ihre Reisetasche, mit der sie vor kaum einer halben Stunde nach Hause gekommen war, und schüttete sie auf dem Bett aus. Mit zittrigen Händen versuchte sie, ihre Toilettenartikel herauszufischen. Dann ging sie an den alten Kleiderschrank, riß mit einem Ruck die oberste Schublade auf und zog ziellos eine Handvoll Unterwäsche heraus. Sie nahm die ersten drei Kleider vom Bügel, griff sich ein Paar flache Schuhe und warf alles in die Tasche.

Natürlich ist das Ganze nur ein Alptraum, versuchte sie sich einzureden und stopfte die Kleider etwas tiefer in die Tasche, damit sie nicht vom Reißverschluß erfaßt würden. Nach dem Wochenende, das sie hinter sich hatte, war ein Alptraum nicht verwunderlich.

Aber nicht dieser. Der war zu furchtbar. Es war Zeit, wieder aufzuwachen.

Sie warf einen Blick auf die Uhr, die auf dem Nachttisch stand. Ihr Flug nach Sacramento würde in weniger als einheinhalb Stunden aufgerufen. Sie verfluchte ihre Kurzsichtigkeit. Warum hatte sie ihre Wohnung nur auf der dem Flughafen entgegengesetzten Seite von Denver gekauft! Wenn sie das Flugzeug verpaßte, dann müßte sie entweder bis zum nächsten Morgen warten oder aber nach San Francisco fliegen und dort einen Anschlußflug nehmen. Wenn sie den Worten ihrer Mutter Glauben schenken konnte, käme sie dann auf jeden Fall zu spät.

Wie konnte Diane nur an einem so gewöhnlichen Tag sterben? Warum hatte sie selbst nur beschlossen, ihren Sonntagabendflug von Kansas City gegen einen Montagmorgenflug umzutauschen, um einmal eine Nacht durchschlafen zu können? Es hatte alles so logisch geschienen, die perfekte Lösung. Aber weil sie nun vom Flughafen aus direkt zur Arbeit gegangen war, hatte sie ihren Anrufbeantworter fünf und nicht nur vier ganze Tage nicht abgehört.

Chris schauderte bei dem Gedanken, daß sie die Anrufe beinahe noch einen Tag später abgehört hätte. Sie war ganz erschlagen nach Hause gekommen, hatte nicht einmal mehr die Kraft gehabt, sich ein Erdnußbutterbrot zu streichen. Drei Wochenendtagungen hintereinander hatten zweiundzwanzig Tage Arbeit ohne Unterbrechung bedeutet. Und noch war kein Ende in Sicht. Als Produktmanagerin für das neue Light-Bier, das die Wainswright-Brauerei in zwei Monaten auf den Markt bringen wollte, glaubte sie, daß Erfolg oder Mißerfolg davon abhingen, wieviel Arbeit man in dieser ersten Phase in das Produkt steckte. Zwar zählte auch der Geschmack des neuen Bieres, aber noch viel wichtiger war das Image, das es vermittelte. Die neuen Weinkühler hatten jedem auf dem Markt gezeigt, wie wichtig Marketing ist. Niemand würde diese Lektion vergessen.

Sie befand sich gerade auf dem Weg zur Haustür, als ihr wieder einfiel, daß sie ihre Mutter anrufen wollte. Sie hatte es bereits dreimal versucht, aber niemand hatte abgenommen. Sie ließ den Koffer auf den gekachelten Fußboden fallen, ging ins Wohnzimmer und nahm den Hörer ab. Während sie auf eine Verbindung wartete, spielte sich vor ihren Augen noch einmal die Szene von vor einer Stunde ab.

Fünf Minuten lang war sie zu nichts imstande gewesen, hatte das rote Lämpchen auf dem Anrufbeantworter nicht beachtet, bevor sie tief seufzte und das Band noch einmal zurückspulte.

Der vertraute Pfeifton war zu hören, gefolgt von einer ebenso vertrauten Stimme: »Christine – hier spricht deine Mutter. Du kannst dir nicht vorstellen, wie sehr ich diese verdammten Anrufbeantworter hasse. Ich muß dir etwas mitteilen. Wenn es nicht so wichtig wäre, hätte ich schon längst aufgehängt.«

Das war typisch für ihre Mutter. Begrüßen und Schimpfen in einem Atemzug. Chris war vor zehn Jahren nach Colorado gezogen in der Hoffnung, daß die räumliche Entfernung noch etwas von ihrer Mutter-Tochter-Beziehung retten könne. Na ja, mit zweiundzwanzig Jahren war alles möglich erschienen.

»Deine Schwester hat mich gebeten, dich anzurufen. Aus irgendeinem Grund hat sie gedacht, es würde dich interessieren, daß sie hier im Krankenhaus liegt. Ich habe ihr gesagt, wie beschäftigt du mit deiner Arbeit bist und wie schwer du dich davon freimachen kannst, aber sie beharrte darauf, daß du es sicher wissen wolltest... Jedenfalls, nach Meinung der Ärzte, sieht es nicht sehr gut für das Baby aus... auch nicht für Diane. Sie möchte, daß du kommst, aber ich habe ihr gesagt, daß sie nicht auf dich zählen soll. Tu, was du willst. Das hast du schließlich immer getan.«

Was für Ärzte? Was für ein Baby? Warum Sacramento? Verdammt noch mal, was war überhaupt los? Chris hatte doch noch vor ziemlich kurzer Zeit mit ihrer Schwester gesprochen. Sie dachte scharf nach. Wann hatte sie eigentlich das letzte Mal mit Diane gesprochen? Ihr wurde ganz flau. War es wirklich im Mai gewesen? Vor dreieinhalb Monaten?

Diane hatte am Tag vor ihrem letzten Geburtstag angerufen, weil sie wußte, daß Chris nie vergaß, sich an diesem Tag bei ihr zu melden und ihr einen großen Strauß Frühlingsblumen schicken zu lassen. Sie hatte ihr mitgeteilt, daß sie an ihrem Geburtstag nicht zu Hause wäre und nicht wolle, daß

Chris vergeblich anriefe und die Blumen vor der Haustür vertrockneten. Zum Ausgleich für den Blumenstrauß, der dieses Jahr ausfallen würde, hatte Chris versprechen müssen, ihr nächstes Jahr einen doppelt so großen Strauß zu schikken.

Bevor Diane aufgehängt hatte, druckste sie noch irgendwie herum, daß sie bald möglicherweise telefonisch etwas schwierig zu erreichen sei. Chris solle sich keine Sorgen machen, wenn sie nicht durchkäme, sie brauchte ihr nur ein paar Zeilen zu schreiben und Diane würde sie sofort zurückrufen. Jetzt schien das auf irgendeine verrückte Art und Weise einen Sinn zu ergeben. Damals war es ihr etwas komisch vorgekommen, aber es hatte sie nicht beunruhigt oder war irgendwie nicht der Rede wert gewesen; erst jetzt im nachhinein. Es gab keinen Grund, warum Chris Diane nicht glauben sollte. Sie hatten sich noch nie belogen.

Bis jetzt.

Der Rest der Unterhaltung hatte vor allem darin bestanden, daß Diane ununterbrochen von dem Mann in ihrem Leben sprach, davon, wie schön es sei, endlich auf eigenen Füßen zu stehen, und wie sie es genieße, in Los Angeles zu leben. Kein Wort von einem Baby oder, Gott bewahre, davon, nach Sacramento zurückzukehren.

Chris hatte danach ein paarmal versucht, Diane anzurufen und immer nur eine Stimme auf Band gehört, die ihr mitteilte, daß der Anschluß abgemeldet sei und daß es keine neue Nummer gebe. Da es nichts Wichtiges zu erzählen gab, hatte Chris beschlossen, der Mitteilung keine weitere Aufmerksamkeit zu schenken und irgendwann später noch einmal anzurufen.

Was um alles in der Welt bedeutete es, es sehe nicht sehr gut für das Baby aus und auch nicht für Diane? Es war so typisch für ihre Mutter, mysteriöse Andeutungen zu machen, wenn es um wichtige Dinge ging, sich unklar auszudrücken, wenn es galt, jemandem ein Schuldgefühl einzuflößen.

Sie hatte ihren Anrufbeantworter weiter abgehört. Es folgte eine Mitteilung einer Freundin und schließlich kam wieder die Stimme ihrer Mutter: »Um Gottes willen, Christine, wo bist du? Deine Schwester braucht dich. Jetzt!«

Die Angst, die in der zornigen Stimme ihrer Mutter mitschwang, hatte Chris erschaudern lassen. Sie warf einen Blick auf die Wanduhr über dem Fernseher: halb neun. Sie spürte einen Kloß im Hals, als sie aufstand und durch das Zimmer ging. Vor wie vielen Stunden hatte ihre Mutter angerufen? War es schon Tage her?

Chris hatte den Anrufbeantworter ausgeschaltet, das Telefon abgenommen und all die Nummern gewählt, unter denen Harriet Taylor schon seit ewigen Zeiten – länger als Chris auf der Welt war – zu erreichen gewesen war.

Sie hatte sie aber nicht erreicht. Eine Ewigkeit – in Wirklichkeit wohl kaum länger als eine Minute – hatte Chris starr und voller Unentschlossenheit dagestanden. Und wenn ihre Mutter wieder einmal übertrieb? Aber was, wenn sie es nicht tat? Chris durfte dieses Risiko nicht eingehen. Sie fing an, die Fluggesellschaften anzurufen.

Jetzt blickte Chris wieder nach der Uhr und dann auf ihre Reisetasche, die an der Eingangstüre stand. Sie wartete das sechste Läuten ab und wollte gerade aufhängen, als eine atemlose Stimme antwortete: »Bei Taylor.« Es war Madeline Davalos, die Wohnungsgefährtin ihrer Mutter.

»Madeline, ich bin es, Chris. Meine Mutter hat mir eine Nachricht hinterlassen.«

»Oh, Chris«, antwortete die Stimme. »Ich bin ja so froh, daß du dich endlich meldest. Deine Mutter ist verrückt vor Sorge. Sie wird so froh sein, wenn du endlich da bist. Wo bist du? Am Flughafen? Brauchst du jemanden, der dich abholt?«

»Ich bin noch zu Hause, Madeline. Ich habe eben erst die Nachricht von meiner Mutter gehört und wollte anrufen, um zu erfahren, was eigentlich...«

Madelines Stimme klang enttäuscht, als sie sagte: »Du mußt sofort hierher kommen, Chris. Der Arzt sagt, es bleibt nicht mehr viel Zeit. Deine Mutter ist gerade im Krankenhaus. Wir sind Tag und Nacht dort. Ich bin gerade zurückgekommen, um ihr eine neue Packung ihrer Tabletten zu holen.«

»Was für ein Arzt?« fragte Chris. Sie versuchte, irgendeinen Sinn in die Sache zu bekommen.

»Doktor Monroe. Er ist der Onkolo..., na, der Krebsfacharzt, der Diane behandelt.«

»Diane hat Krebs?« flüsterte Chris.

»Sie haben es entdeckt, als sie sich zum ersten Mal wegen des Babys untersuchen ließ.«

Madelines Stimme brach. Einen Augenblick war es ganz still, dann hörte Chris ein unterdrücktes Schluchzen. »Sie möchte dich sehen, Chris. Sie fragt die ganze Zeit, ob du schon da wärst.«

»In welchem Krankenhaus ist sie?«

»In demselben, in das dein Vater nach seiner Herzattacke eingeliefert worden war.«

»Hast du die Telefonnummer?«

Madeline schwieg einen Augenblick, dann sagte sie: »Christine, entweder du nimmst dir die Zeit, um mit deiner Mutter an Telefon zu streiten, oder du kommst, um deine Schwester zu sehen, bevor sie stirbt. Für beides ist keine Zeit.«

»Sag ihr, daß ich unterwegs bin.« Chris' Stimme klang nachgiebiger. Sie wollte schon aufhängen. »Madeline?«

»Ja?«

»Sag Diane, daß ich sie liebe... und daß es mir leid tut, daß ich nicht eher dasein konnte.«

»Sie versteht das. Beeil dich!«

»Ich bin schon unterwegs.« Sie überlegte kurz, ob sie Madeline die Flugnummer mitteilen und bitten sollte, daß sie jemand abhole, aber dann ließ sie den Gedanken wieder fallen. Madeline hatte schon genug mit Harriet zu tun. Wenn Chris rechtzeitig am Flughafen wäre, könnte sie sich einen Mietwagen in Sacramento bestellen. Falls nicht, würde sie ein Taxi nehmen.

Eine Fülle der unterschiedlichsten Erinnerungen drängte allmählich die bohrenden Sorgen in den Hintergrund. Chris bog von der Autobahn ab und näherte sich über dunkle Alleen dem Krankenhaus. Sie war nicht nur froh über die Erinnerungen, sondern klammerte sich geradezu an sie, um nicht an das zu denken, was sie vorfinden könnte, wenn sie Diane wiedersah.

Chris hatte vor zehn Jahren Sacramento nicht einfach verlassen, sie war geflohen. Die paar Mal, die sie seitdem wieder dort gewesen war, hatten die Wunden in keiner Weise geheilt. Jedesmal, wenn sie das Haus ihrer Mutter betrat, spürte sie sofort, daß die Gründe für ihre Flucht durch so etwas wie Zeit niemals gemildert werden könnten. Vor vier Jahren schließlich, nach einem besonders bitteren Besuch, hatte sie es aufgegeben und Kalifornien ihrer Mutter überlassen. Es schien nun, daß sie irgendwie im Lauf der Zeit auch Diane alleingelassen hatte. Das hatte sie niemals gewollt. Chris hatte fest an jedes einzelne Wort des Versprechens geglaubt, das sie damals ihrer Schwester gegeben hatte: Die Entfernung würde sie nur physisch trennen; im Herzen, im Verstand und im Geist würden sie sich näher denn je sein, und noch näher würden sie sich kommen, wenn die damals sechzehnjährige Diane erst einmal achtzehn wäre und zu Chris zöge. Was sie nicht bedacht hatten, war, daß Freunde, das College und Jobs ihren Träumen in die Quere kommen würden. Seit Chris von Sacramento weggezogen war, hatten sie nie mehr unter demselben Dach gelebt. Danach müssen sie im Unterbewußtsein angefangen haben, zu glauben, daß sie für immer füreinander dasein würden oder zumindest für vierzig oder fünfzig Jahre. Mit dem Glauben an dieses Morgen war auch ein wenig die Gleichgültigkeit eingezogen.

Aber hatten sie sich denn gefühlsmäßig so weit auseinandergelebt, daß Diane glaubte, sich nicht mehr auf ihre Schwester verlassen zu können? War das möglich? Der Gedanke machte Chris furchtbar traurig.

Sie war schon fast am Krankenhaus vorbeigefahren, als sie es gerade noch erkannte und auf die Bremse trat. Früher einmal war es ein einzelnes Gebäude gewesen, inzwischen hatte man es zu einem großen Komplex erweitert, der die explosive Entwicklung der Stadt in jüngster Zeit widerspiegelte. Sie parkte den Wagen und machte sich auf den Weg zum Eingang. In ihrem Hals war ein Kloß. Bitte, lieber Gott, betete sie leise. Bitte, bitte, bitte mach, daß sie noch am Leben ist. Ich muß ihr noch so viel sagen. Du sollst ja nicht ein Wunder vollbringen, nur mir genug Zeit geben, um ihr sagen zu können, daß ich sie liebe. Bitte, lieber Gott!

Der Eingangsbereich war nur schwach beleuchtet. Kein Mensch war dort. Ihre Schritte hallten laut auf dem Steinboden wider, als sie sich dem Aufnahmeschalter näherte.

Irgendwo aus dem Labyrinth der Büroräume war eine Schreibmaschine zu hören. Chris drückte die Tischklingel und wartete. Mehrere Sekunden vergingen. Sie klingelte noch einmal. »Hallo!« rief sie und lehnte sich über den Schaltertisch.

»Christine?« Sie hörte eine Stimme hinter sich. »Bist du es?« Chris wandte sich um. Eine dunkelhaarige Frau stand auf der anderen Seite der Eingangshalle. »Madeline?«

»Ich habe nach dir Ausschau gehalten.«

»Wie geht es ihr?« fragte Chris. »Ach, sag mir einfach, wo sie ist. Alles weitere kannst du mir später erzählen.«

»Ich werde dich zu deiner Mutter bringen.« Madeline sprach so leise, daß Chris sie kaum verstehen konnte.

»Ich bin nicht gekommen, um meine...« Chris sah Madelines geschwollene Augen und mußte schlucken, weil sie wieder den Kloß in ihrem Hals verspürte.

»Komm mit mir«, sagte Madeline und streckte ihre Hand aus.

»Sag es mir!«

»Ich sollte es nicht tun.«

»Bitte, Madeline«, bat Chris. »Laß es mich nicht von meiner Mutter hören.«

Die alte Frau starrte Chris einige Sekunden an. In ihren Augen glitzerten neue Tränen. Sie zuckte die Achseln. Schließlich sagte sie nur: »Sie ist nicht mehr bei uns.«

»Was heißt das, sie ist nicht mehr bei uns?« Chris bemühte sich, nicht mit zitternder Stimme zu sprechen. Irgendwie glaubte sie, daß das Undenkbare in Schach gehalten werden könne. Ihre Schwester konnte einfach nicht tot sein. Solche Dinge passieren anderen Leuten. Leuten, von denen man im Kleingedruckten liest, Tragödien, die einen traurig stimmen, bis man auf der nächsten Seite den Fernseher, den man schon immer kaufen wollte, im Sonderangebot entdeckt.

»Sie ist vor zehn Minuten ... gestorben.«

»Vor zehn Minuten?« murmelte Chris wie betäubt. Wie? Weniger Zeit als man braucht, um den Flugplatz zu verlassen, als die Leute vor ihr benötigt hatten, um von Bord zu gehen, als es dauerte, um von zu Hause aus das Arrangement für den Mietwagen in Sacramento zu treffen. »Ich glaube dir nicht«, sagte sie, aber ihr Widerstand bröckelte. Schwer atmend lehnte sie sich an die Wand. »Ich darf dir nicht glauben.«

Madeline legte ihre Arme um Chris. »Ich weiß«, sagte sie. »Ich wollte dich früher anrufen, aber Diane war dagegen. Sie war so sicher, daß alles in Ordnung käme. Sie wollte dich nicht beunruhigen. Du weißt, wie sie ist ... wie sie war.«

Chris wich zurück. Sie war nicht so naiv, zu glauben, daß es nicht Dinge im Leben gibt, die ihre Schwester umwerfen könnten. Aber zu glauben, daß es etwas gebe, was stark genug wäre, sie nicht mehr aufstehen zu lassen, das erschien ihr wie ein Verrat. »Bist du sicher, daß sie tot ist? Sie ist eine

Kämpfernatur«, beharrte Chris. »Seit sie auf der Welt ist, ist sie ein Kämpfer.«

»Ich weiß«, sagte Madeline. »Aber dieses Mal hat es nicht gereicht.«

Chris gab auf, ließ ihre Schultern fallen. »Warum hat sie niemandem gesagt, was sie durchmacht?«

»Sie wußte, daß wir dann versucht hätten, sie zu einer Abtreibung zu bewegen. So war Diane eben. Sie glaubte wirklich, daß sie unbesiegbar sei. Sie dachte, man könne den Krebs stoppen, während sie das Baby austrug. Aber sie hatte nur Kraft für sieben Monate.« Madeline fischte ein Taschentuch aus ihrer Rocktasche und wischte sich die Augen. »Deine Mutter hat erst letzte Woche erfahren, daß Diane wieder in der Stadt ist.«

»Sie hätte überall hingehen können. Warum ausgerechnet hierher? Sie hat diese Stadt doch genauso gehaßt wie ich.«

»Dort, wo sie wohnte, fand sie keinen Arzt, der sich um sie kümmern konnte. So hat sie Dr. Linden angerufen. Er sagte ihr, daß er, wenn sie nach Sacramento käme, sich persönlich um sie sorgen würde. Dann beschloß er aber, noch Dr. Monroe hinzuzuziehen, weil sich ihr Krebs so schnell ausbreitete. Sie haben alles versucht, Chris...« Sie brach ab, um sich wieder die Tränen aus den Augen zu wischen. »Ich schweife ab. Danach hast du ja gar nicht gefragt. Nun, ich bin sicher, daß sie dich nicht um Hilfe gebeten hat, weil sie dich nicht beunruhigen wollte. Es war nicht so, daß sie glaubte, du könntest ihr nicht helfen.«

»Was heißt, sie wollte mich nicht beunruhigen?« rief Chris. Sie wandte sich abrupt von Madeline ab. Irgendwie war plötzlich eine schuldhafte Beziehung zwischen dem Überbringer und der Nachricht selbst entstanden. »Ich weigere mich, zu glauben, daß sie sich in dieses verdammte Krankenhaus hat einliefern lassen, nur um mit Mutter und dir an der Seite ihres Bettes zu sterben, und das einzig und allein, weil sie mich nicht beunruhigen wollte. Das ist doch Blödsinn. Da steckt doch mehr dahinter.«

Madeline schüttelte traurig den Kopf. »Ich weiß nicht, was ich dir sagen soll. Wenn ich es irgendwie leichter für dich machen könnte...«

Chris' Wut war ebenso schnell verschwunden, wie sie aufgekommen war. »Sag mir, daß es nicht wahr ist«, bat sie.

»Ich wollte, ich könnte es. Sie war für mich wie ein eigenes Kind.«

Mehrere Minuten sprachen sie kein Wort. Allmählich nahm Chris ihre Umgebung wieder wahr. Die Schreibmaschine hatte aufgehört zu schreiben. Eine Frau stand am Aufnahmeschalter. Sie sah besorgt aus. »Ich möchte sie sehen«, sagte Chris. Madeline nickte. »Ich bring' dich hin.«

Chris stieß die schwere Holztür auf und blieb wie angewurzelt stehen, als diese sich sanft öffnete. Ihr Blick fiel sofort auf das Bett und auf die stille Gestalt, die unter einer sorgsam gefalteten gelben Decke lag. Trotz des schwachen Lichtes glaubte sie keine Sekunde, daß ihre Schwester nur schlief. Sie ließ die Tür hinter sich zuschwingen und wartete darauf, daß sie einschnappte, um allein mit ihr zu sein, weg von den neugierigen Augen der Welt, die immer noch daran glaubte, daß die Sonne am nächsten Morgen aufgehen würde, daß es einen Unterschied zwischen Recht und Unrecht gäbe.

Es gab keine Blumen, keine Karten, keine Luftballons – nichts, womit man dem Patienten eine schnelle Genesung gewünscht hätte. Wer gewußt hatte, daß Diane ins Krankenhaus kam, wußte auch, daß sie zum Sterben gekommen war.

Chris trat an das Bett und betrachtete das Gesicht ihrer Schwester. Der Schmerz hatte tiefe Furchen um die Augen und den Mund gegraben. Sie sah eher wie fünfzig als wie sechsundzwanzig aus. Sechsundzwanzig. Man starb doch nur in Spielfilmen mit sechsundzwanzig Jahren an Krebs.

Das passierte doch nicht im wirklichen Leben. Nicht in Chris' Leben und nicht in Dianes Leben.

Aber so war es. Es war passiert.

Chris versuchte, die Falten um Dianes Augen zu glätten. Sie küßte sie und nahm ihre Hand. »Verdammt noch mal, Di«, sagte sie, ihre Stimme ein ersticktes Flüstern. »Du hast so lange durchgehalten, hättest du nicht noch zehn Minuten warten können? Wußtest du nicht, wie weh es mir tun würde, wenn du weggehst, ohne daß ich mich von dir verabschieden kann?« Sie schloß ihre Augen, versuchte verzweifelt, ihren Verstand davon abzuhalten, sich diesen letzten Anblick der Schwester einzuprägen. Sie wollte sie nicht so in ihrem Gedächtnis bewahren. Sie wollte sich an das Lächeln, an die blitzenden Augen, die Grübchen in den Wangen erinnern. »Ich hätte auf dich gewartet.«

Eine Träne rollte ihre Wange herunter, fiel auf das gelbe Leintuch und bildete einen schiefen Kreis. »Ich hätte doch alles für dich getan... du hättest mich nur darum bitten müssen.«

Das summende Geräusch eines Motors war hinter Chris zu hören. Sie erstarrte. Auch nach vier Jahren noch war das Geräusch des Rollstuhls ihrer Mutter so vertraut wie immer. »Sie *hat* darum gebeten«, sagte Harriet und glitt vom Schatten ins Licht. »Mit ihrem letzten Atemzug.«

Das war so typisch für ihre Mutter, ihr auch das wegzuschnappen.

Chris wandte sich um, bereit, sich ihr zu widersetzen. Doch die Worte blieben ihr im Halse stecken. Seit ihrem letzten Treffen war Harriet Taylor furchtbar gealtert. Zwar war ihr Rücken noch so gerade und unbeugsam wie eh und je, aber die Arthritis hatte ihr Werk im übrigen Körper fortgesetzt. Harriet schien auf die Hälfte ihrer früheren Größe geschrumpft, zerbrechlich und verletzlich. Die Traurigkeit in ihren Augen ließ Chris' letzten Rest an Zorn über ihr Eindringen verschwinden.

»Ich gehe davon aus, daß du das, was du deiner Schwester gerade gesagt hast, auch ernst meinst?« fuhr Harriet fort. »Daß du alles für sie tun würdest, worum sie dich bittet?«

»Natürlich.«

»Gut. Das wird die Sache schon viel einfacher machen.«

Chris wurde nun etwas beunruhigt. »Warum sagst du mir nicht einfach, was Diane gesagt hat?«

Harriet starrte ihre tote Tochter eine ganze Weile an, bevor sie Kenntnis von ihrer anderen Tochter nahm. Als sie Chris in die Augen sah, blitzte in diesen noch ein wenig von dem altbekannten Feuer auf. »Sie bat, daß du ihren Sohn aufnimmst und ihn wie deinen eigenen aufziehst.«

2

»Das Baby hat überlebt?« fragte Chris ungläubig. »Ich dachte, Madeline hätte gesagt...«

»Der Arzt meint, daß man heutzutage nur noch sieben Monate braucht.« Harriet wendete ihren Rollstuhl, so daß Diane nicht mehr direkt in ihrem Blickfeld stand. Sie bedeckte ihre Augen mit der Hand, als sie Chris ansah. »Er sieht nicht besonders aus, aber das war ja wohl auch nicht zu erwarten.«

»Du bleibst deiner Linie treu, Mutter. Erwarte nie zuviel, und du wirst nicht enttäuscht werden.«

»Ich hatte gehofft, du seiest mit der Zeit weniger egozentrisch geworden, Christine. Sein Aussehen hat doch nichts mit dem zu tun, was in ihm steckt. Wegen Dianes Krebs konnte er sich nicht so entwickeln, wie er sollte.«

»Was heißt denn das?« Chris versuchte, ihre Stimme nicht zittern zu lassen, aber selbst sie konnte ihre Angst heraushören.

»Mach dir keine Sorgen, es ist alles an ihm dran. Er ist nur sehr klein. Ich glaube, sie sagten, daß er etwas über 900 Gramm wiegt.«

»Neunhundert Gramm!« keuchte Chris. Sie versuchte, sich etwas so Kleines vorzustellen. Ihre Handtasche wog mehr, auch das neue Kätzchen ihrer Nachbarin war größer. Chris blickte auf ihre Schwester. »Wußte sie es?«

»Natürlich.«

Wut kam in Chris auf, Wut angesichts der Vergeudung, des unersetzlichen Verlustes. »Ich verstehe nicht, warum sie das alles durchgemacht hat? Warum opfert sie ihr Leben für so ein Baby?«

»Ja, ja, die mütterlichen Instinkte einer Feministin. Wie rührend.«

Chris warf einen haßerfüllten Blick auf ihre Mutter. »Möchtest du dich mit mir über mütterliche Instinkte streiten? Wenn ich mich nicht irre, hast du soeben eine Tochter verloren?« Mehr sagte sie dazu nicht.

»Treffer!« sagte Harriet mit leiser Stimme.

Chris spürte so etwas wie Triumph in sich aufwallen, aber das beschämte sie. Diane hatte so etwas nicht verdient. »Hast du schon irgendwelche Vorkehrungen getroffen?«

»Nein.« Ihre Stimme war nur noch ganz schwach. »Sie hat mich darum gebeten... aber ich konnte es nicht.«

Wage es bloß nicht, in mir Mitleidsgefühle für dich zu wecken, tobte Chris innerlich. Ich brauche meine Wut, um da durchzukommen. Aber es nützte nichts mehr. Ihre Wut war wieder verflogen, zurück blieb nur eine alles überwältigende Traurigkeit. »Ich kümmere mich darum«, sagte sie und ließ die reglose Hand ihrer Schwester los.

Chris folgte dem Kleinbus ihrer Mutter. Über den Freeport Boulevard ging es auf die 13th Avenue. Das zweistöckige Haus im föderalistischen Stil war nicht mehr gestrichen worden, seit sie es zum letzten Mal gesehen hatte. Das verblassende Grün legte stummes Zeugnis davon ab, wie lange das her war.

Sie war hier aufgewachsen, hatte im Park auf der anderen Seite der Straße gespielt, hatte den Enten im Teich Namen gegeben und die Highschool in der Nähe besucht. Sie war jedoch nicht auf die in unmittelbarer Nachbarschaft gelegene Schule gegangen. Die war nicht fein genug gewesen für Harriets und Howards Kinder. Ihre Bekannten hätten ja denken können, ihre Kinder seien Dummköpfe oder, schlimmer noch, die Familie sei nicht so wohlhabend, wie sie schien. In einem Viertel, wo der Status von solchen Dingen abhing – und ihre Mutter konnte an nichts anderes denken –, war eines so schlimm wie das andere. Nach zwei Jahren auf dem

Miles-College, der Schule, auf die bereits Harriet gegangen war, war Chris heimlich auf das Berkeley-College gewechselt. Es war eine bescheidene Rebellion, die mit einer Explosion endete, als Harriet herausbekam, was sie getan hatte, und drohte, ihr jede weitere Unterstützung zu verweigern. Chris konterte, indem sie sich für selbständig erklärte. Sich ihren Lebensunterhalt selbst verdienen zu müssen, hatte ihren Schulabschluß um etwa eineinhalb Jahre verzögert, aber das Gefühl der Zufriedenheit entschädigte für jede Stunde, die sie als Kellnerin arbeiten mußte.

Es gab Augenblicke in ihrer Jugend, in denen Chris überlegte, ob es Leute gab, die absolut allergisch aufeinander reagieren. Wenn dies der Fall war, traf es auf ihre Mutter und sie zu. Sie waren sich nie über irgend etwas einig gewesen. Was für Chris rot war, erschien Harriet orange. Ihre Mutter war eine eingefleischte Republikanerin, während Chris, sobald sie alt genug zum Wählen war, sich bei den Demokraten eintragen ließ. Wenn Chris von einem Film schwärmte, war er für ihre Mutter Schund.

So sehr Chris sich auch angestrengt hatte, um ihre Mutter zufriedenzustellen, es war nie genug: Es war das falsche Kleid für die Party, ihre sorgsam gebürsteten Haare sahen strähnig aus, ihre Unterhaltung war langweilig und geistlos. Schließlich gab Chris es auf, und der Graben zwischen beiden wurde mit jedem Jahr tiefer.

Dem Wagen ihrer Mutter folgend fuhr Chris in die Einfahrt. Sie half Madeline mit dem Lift, mit dem der schwere Rollstuhl aus dem Bus entladen wurde, brachte ihre Mutter ins Haus und versorgte sie mit ihrem gewohnten abendlichen Gläschen Brandy. Dann nahm sie einen Zettel vom Telefontischchen und fragte ihre Mutter, ob es irgendwelche besondere Anweisungen für den Bestatter geben sollte.

»Ich möchte, daß sie ›Amazing Grace‹ vor der Lobrede spielen und direkt danach ›Just a Closer Walk with Thee‹«, antwortete Harriet.

Obwohl es dieselben Lieder waren, auf denen Harriet bereits beim Begräbnis ihrer Mutter, ihres Vaters und auch ihres Mannes bestanden hatte, schrieb Chris sie auf. Harriet wollte es nun einmal so. Alles sollte ordentlich und sauber sein, man sollte sich auf Noten und nicht auf das Gedächtnis verlassen können. Das machte es auch leichter, jemandem die Schuld zu geben, wenn etwas schiefging.

»Und natürlich soll Reverend Cottle die Messe halten und... und...«

Chris blickte auf. Tränen flossen über das Gesicht ihrer Mutter. Sie schaukelte hin und her, schüttelte ihren Kopf. »Es dürfte nicht sein, daß eine Mutter ihre Kinder begräbt«, sagte Harriet. »Das ist nicht richtig. Das ist nicht natürlich.«

Chris kniete sich neben ihrer Mutter hin und nahm zärtlich eine ihrer zerfurchten Hände. »Laß uns doch einfach einen kleinen Gedenkgottesdienst abhalten. Es wäre viel einfacher.«

»Einfacher für wen?«

»Für alle«, sagte Chris und seufzte.

»Diesmal kannst du es dir nicht einfach machen.«

Chris stand auf. Wenn sie den Streit jetzt nicht beendete, dann würde er die ganze Nacht dauern. »In Ordnung, Mutter. Wir machen es so, wie du willst.«

»Der Sarg muß mit einer Decke von weißen Rosen überzogen sein.«

Weiße Rosen waren die Lieblingsblumen ihrer Mutter, nicht die ihrer Schwester. Diane mochte Tulpen, Narzissen und Flieder. Es mußten lebendige Farben und wilde Formen sein, die Art von Blumen, die man in eine Vase warf und die sich dann ihre Ordnung selbst gaben.

Mein Gott, sollte sie das alles wirklich tun? Es ging schließlich um ihre Schwester. Die sanfte, süße Diane. Wie konnte ihr so etwas Furchtbares geschehen sein? Warum hatte sie beschlossen, alleine zu sterben?

Und wo war der verdammte Kerl, der ihr das Kind gemacht hatte? Warum war er nicht da, um bei den Vorkehrungen für das Begräbnis zu helfen?

»Meinst du nicht eher nur eine Handvoll Rosen?« fragte Chris. »Schließlich wird es doch keinen Sarg geben.«

»Was willst du damit sagen? Natürlich wird es einen Sarg geben.«

»Nicht bei einer Feuerbestattung.«

Harriet zog ihre Hand zurück. »Bist du verrückt?«

»Diane hätte es so gewollt. Du weißt das genausogut wie ich. Sie wollte dich doch dazu bringen, auch bei Daddy eine Feuerbestattung zu machen.«

»Ich lasse meine Tochter nicht in eine Urne stecken.«

»Das mußt du auch nicht. Wir können ihre Asche auf dem Meer verstreuen.«

Sowie ihr dieser Gedanke gekommen war, hatte sie ihn auch schon fest angenommen. »Sie hat das Meer geliebt. Sie gehört nicht in einen Sarg. Sie soll frei sein. Denk darüber nach.«

»Ich könnte bis zu dem Tag, an dem man mich selbst in einen Sarg legt, darüber nachdenken und die Antwort wäre immer dieselbe. Ich werde es nicht zulassen. Das ist heidnisch.«

»Nein, das ist es nicht. Es ist...«

Harriet griff nach der Fernbedienung ihres Rollstuhls und fuhr ein Stückchen zurück. »Ich möchte nichts mehr darüber hören. Tu es so, wie ich es dir gesagt habe, oder ich gehe zum Bestatter und werde mich selber darum kümmern. Willst du das? Wenn ja, dann brauchst du es mir nur zu sagen. Ich möchte nicht schon wieder dieses Spiel mitmachen.«

Sie waren nun genau an dem Punkt, an dem sie vor vier Jahren aufgehört hatten. »Das ist kein Spiel«, sagte Chris. »Ich habe noch nie mit dir gespielt.«

»Du denkst, du kannst erreichen, was du willst, indem du...«

»Hör auf jetzt. Das letzte, was wir beide jetzt nötig haben, ist ein Streit. Sag mir, was du willst, und ich werde es veranlassen.«

Harriet beäugte sie mißtrauisch. »Ich vergesse nicht, wie der Wolf sich den Schafspelz angelegt hat.«

»Was für ein netter Vergleich.«

Einige Sekunden vergingen, bevor Harriet wieder sprach. »Sag ihnen, daß ich einen geschlossenen Sarg wünsche... daß die Tote nur einen Tag zu sehen ist und...«

Chris schrieb weiter alles auf, hörte aber nicht mehr zu. Sie wußte nun, wie sie sich von ihrer Schwester verabschieden würde, und nichts und niemand würde sie davon abhalten.

Der Bestattungsunternehmer war höflich, beflissen und sehr bemüht, Chris jeden Gefallen zu tun. Sie sagte ihm, daß sie dableiben würde, bis die Feuerbestattung beendet sei. Obwohl sie bei jedem Läuten des Telefons aufschreckte, verging der Tag doch ruhiger, als sie es sich vorgestellt hatte. Dadurch, daß sie sich mit Diane zu einer letzten Rebellion zusammengetan hatte, wurde ihr Schmerz etwas gemildert, und es gelang ihr, mit einer Normalität zu funktionieren, die alle in ihrer Umgebung beruhigte. Es störte sie, daß ihre Mutter keine Gelegenheit haben würde, sich von Diane zu verabschieden, aber es war ihr nicht eingefallen, wie sie das hätte arrangieren sollen. In der Stille des Warteraums versuchte sie sich davon zu überzeugen, daß ihre Mutter sie eines Tages verstehen und ihr vergeben würde. Aber dieser Gedanke verflog so schnell wie er gekommen war.

Da Chris darauf beharrte, daß alles so schnell wie möglich gemacht werde, blieben ihr nur wenige Minuten, um mit ihrer Schwester allein zu sein. Das, was Diane gewesen war, ihr eigentliches Wesen – das Lächeln, ihr Witz, das sanfte Temperament – war nicht mehr da. Es blieb nur die Hülle der unbezähmbaren Seele.

Das spielte keine Rolle. Chris liebte die Hülle so sehr wie

sie die Seele liebte. Das waren die Arme gewesen, die sie Tausende Male nach ihr ausgestreckt hatte, voller Freude, aber auch voller Trauer.

Das waren die Beine, mit denen sie erst hinter und dann neben der älteren Schwester hergelaufen war, immer bestrebt, möglichst schnell irgendwo hinzukommen.

Da war das volle, glänzende Haar, das Chris so oft geschnitten, gekämmt und in Locken gelegt hatte und von dem sie hundert Mal gewünscht hatte, daß es ihr eigenes wäre.

Chris wußte, daß sie Dianes Wesen am stärksten vermissen würde. Dennoch, der Umstand, daß sie ihre Schwester nie mehr sehen würde, nie wissen würde, wie sie mit dreißig, vierzig, als Großmutter oder als wackelige alte Dame, die einer Gruppe von Altersheiminsassen vorturnt, aussähe, war ein Verlust, den sie nie einkalkuliert hatte.

Dieser Verlust würde schließlich auch die Vertrautheit verdrängen. Diane würde immer sechsundzwanzig Jahre bleiben.

Chris nicht.

Sie würde ohne ihre kleine Schwester weiterleben, alleine. Was hätten sie noch gemeinsam, falls und wenn sie sich jemals wiedersehen würden?

Aber es war nicht fair. Es gab Drogendealer, Mörder und Vergewaltiger, die in der warmen Sonne herumliefen, die Luft einatmeten, die vom Duft der Rosen erfüllt war, die den Wind in den Bäumen hörten und überhaupt nichts von allem mitbekamen.

Welchen Sinn ergab das alles?

Warum nur?

Warum?

Warum? Das Wort hallte gnadenlos in ihrem Kopf wider. Sie strich eine Strähne aus Dianes Stirn. Chris fragte sich, ob sie sich jemals verzeihen würde, daß es nicht mehr Erinnerungen gab. Wie hatte sie nur jemals so in ihrer Arbeit aufgehen können?

Der Schmerz überwältigte sie, raubte ihr das letzte bißchen Kraft, das sie sich noch aufbewahrt hatte. Sie bedeckte Dianes Gesicht mit ihren Händen, um sich vor dem Anblick zu schützen, den sie nicht mehr ertragen konnte.
Ihr ruhiges Weinen hatte nachgelassen, als sich eine Tür öffnete und ein Mann in einem braunen Mantel ihr sanft mitteilte, daß alles fertig sei.

»Vielen Dank«, sagte Chris. Sie küßte Diane zum Abschied, wartete noch fünfzehn Minuten, um sicherzugehen, daß nichts dazwischenkäme, was ihren Anweisungen entgegenlief. Dann begab sie sich zum Haus ihrer Mutter.

Unterwegs fiel ihr auf einmal das Baby ein.

3

Chris stand zehn Minuten vor der Frühgeborenen-Intensivstation. Sie war den langen Flur hinuntergegangen, hatte nach der Türklinke gegriffen und sich dann doch wieder abgewendet. Warum zögerte sie nur hineinzugehen? Es war doch sonst nicht ihre Art, vor etwas zurückzuschrecken. Sie war immer stolz darauf gewesen, ein Mensch zu sein, der alle Probleme frontal anging. Gegenüber dem Eingang zur Säuglingsstation Vorher- und Nachher-Fotos von Frühgeborenen. Chris fragte sich, ob sie zögerte, weil sie Angst vor dem hatte, was sie hinter der Tür vorfinden könnte. Sie hörte auf, hin und her zu gehen und sah sich die Fotos etwas genauer an. Immer wieder blieb ihr Blick an dem Bild eines Mannes und einer Frau mit drei Kindern hängen. Das Baby – klein, aber offensichtlich kerngesund – saß auf dem Schoß der Mutter, während der Vater zwei kleine Kinder auf den Knien hatte.

Allmählich bemerkte Chris, daß das Foto eine heftige Gefühlsregung in ihr weckte. Sie wurde wütend. Die Frau auf dem Bild hätte Diane sein können, nein, sein müssen – wenn es nicht dieses 900-Gramm-Baby nebenan gegeben hätte. Sie wußte, daß es irrational war, aber sie konnte den Gedanken nicht unterdrücken, daß Diane, wenn sie die Schwangerschaft abgebrochen und den Krebs aggressiver behandelt hätte, später andere Babys hätte haben können. Aber statt dessen hatte Diane ihr Leben, das noch so viel für sie bereitgehalten hatte, dafür hergegeben, dieses kleine Etwas auf die Welt zu bringen. Sie hatte nun Dianes Beweggründe erkannt und schämte sich etwas über ihre unvernünftige Wut. Aber auch das stimmte sie nicht friedlicher. Ihr Kopf sagte ihr zwar, daß das

Baby unschuldig war. Es hatte seine Mutter nicht darum gebeten, ihr Leben für das seine zu opfern. Aber ihr Herz widersetzte sich. Egal, wie vernünftig sie alles erwog, letztendlich kehrte sie immer wieder an den einen Punkt zurück: Wäre es nicht gezeugt worden, dann würde Diane noch leben. Sie hätte sich dem erforderlichen chirurgischen Eingriff unterziehen können, einer Bestrahlungs- oder Chemotherapie, hätte alles Erforderliche getan und wäre immer noch irgendwann Mutter von Kindern geworden. Vielleicht nicht von eigenen, aber was spielte das für eine Rolle?

Chris wandte sich ab, um zu gehen. Das, was sie zu Hause bei ihrer Mutter erwarten würde, war genug seelische Belastung für sie, mehr wollte sie heute nicht ertragen. Das Baby konnte noch eine Weile warten. Es konnte ja nirgendwohin.

Gerade als sie am Ende des Gangs angekommen war, wurde eine der Jalousien an den Fenstern zur Neugeborenenstation geöffnet. Gegenüber dem Fenster öffnete sich die Tür zum Wehen- und Entbindungsbereich. Ein Mann, offensichtlich der Vater, der noch den Operationskittel, Papierstiefel und eine Kopfbedeckung trug, kam strahlend durch die Tür. Ihm folgten schnell fünf weitere Personen, die ihm lautstark gratulierten, vor Aufregung ins Stolpern gerieten.

Sie drängten sich alle um das Fenster und sahen begierig hindurch. Ohne es zu wollen, blickte auch Chris in das Neugeborenenzimmer. Eine Schwester in braunen Hosen und einer geblümten Haube hielt ein Baby hoch, das alle begutachteten. Im Gang hörte man Aufatmen und Ausrufe, dann folgten Umarmungen und Küsse.

Die Freude dieser fremden Leute ließ Chris ihren Kummer vergessen. Aber sie bewirkte noch etwas anderes, völlig Unerwartetes. Der Beschützerinstinkt, der in ihr aufgeflammt war und der sich um die Person ihrer Schwester gelegt hatte, erstreckte sich nun auch auf deren Baby. Mag sein, daß seine Geburt kein Anlaß zu Freude und Jubel war, aber sie würde dafür sorgen, daß es nicht zu kurz käme.

Sie ging wieder zu der Tür, in deren Fenster eine Zeichentrickmaus ein Schild mit der Bezeichnung »Frühgeborenen-Intensivstation« trug. Sie holte tief Luft und betrat den Raum. Nachdem Chris erklärt hatte, wer sie war, wusch sie ihre Hände mit desinfizierender Seife, zog einen Mantel an und folgte dann einer Schwester, die sie zu dem kleinen Taylor bringen sollte.

Er lag auf einem hüfthohen, 1 x 1 Meter großen Tisch. Ein paar lange Sekunden starrte ihn Chris nur an. Die Tafel mit den Fotos vor der Tür hatte sie in keiner Weise auf dieses winzige bißchen Mensch vorbereitet. Ein wenig Fleisch und Knochen und sonst gar nichts. Es war hohlwangig, mit tief eingesunkenen Augen.

»Sie können ihn berühren«, sagte eine Stimme sanft.

Chris blickte die Schwester an, die auf der anderen Seite des Tisches stand. Die graublauen Augen der Frau drückten Mitgefühl und Verständnis aus. Auf dem Namensschild an ihrem Kittel stand »Alex Stoddart«. »Ja, wirklich?« fragte Chris und spürte, daß sie Angst vor dem Baby hatte.

»Er macht sich eigentlich ganz gut. Er atmet alleine, und bisher scheint alles zu funktionieren. Wir werden nachher versuchen, ihm etwas zu essen zu geben.«

Chris hörte nur mit halbem Ohr hin, während sie sich Dianes Baby genau ansah. Auf dem Schild über seinem Bett stand, daß er 36 Zentimeter groß sei. Das war nur ein wenig länger als ein Lineal. Wie er so auf dem Rücken lag mit angewinkelten, seitlich ausgestellten Knien, schien er so klein zu sein, daß er mit Leichtigkeit in ihre hohlen Hände gepaßt hätte.

»Er sieht aus, als ob er Hunger gelitten hätte«, sagte sie.

»Das hat er auch. Der Tumor hat gegen die Plazenta gedrückt und verhindert, daß sie das Baby richtig ernährt.«

Chris dachte einen Augenblick nach. »Das bedeutet doch, daß er noch kleiner ist, als er mit sieben Monaten eigentlich sein sollte.«

»Ein zweiunddreißig Wochen altes Baby wiegt normalerweise 1500 bis 1800 Gramm.«

»Mein Gott«, sagte Chris. »Er ist nur halb so groß, wie er sein sollte?« Die Schwester antwortete nicht. Was sollte sie auch sagen? Eine neue Furcht stieg in Chris auf. Während ihres ersten Jahres am College hatte sie an einem Programm mitgearbeitet, bei dem Frauen aus sozial schwachen Stadtteilen über die Bedeutung der vorgeburtlichen Ernährung aufgeklärt wurden. Sie wußte, was mit Babys geschehen konnte, die zu klein geboren wurden. Das reichte von geistigem Zurückgebliebensein bis zu Mißbildungen. »Was sind die langfristigen Folgen einer derartigen Unterernährung?« fragte sie. Eigentlich wollte sie die Antwort gar nicht hören, konnte aber nicht ablassen. Wenn sie sich in etwas verbissen hatte, war sie wie ein Bluthund, der einer Fährte einfach folgen muß, auch wenn sie wußte, daß ihr das, was sie finden würde, nicht gefallen würde.

»Möglicherweise wird es ohne Folgen bleiben.«

Aus Furcht wurde Wut. »Verkaufen Sie mich nicht für dumm. Ich habe weder genug Zeit, noch genug Kraft, um das selbst herauszufinden.« Sie hatte kein Recht, ihre Frustration an der Schwester auszulassen. Eine Entschuldigung lag ihr schon auf der Zunge, als sie aufblickte und sah, daß das weder erwartet, noch erforderlich war.

»Ich würde Ihnen nichts verschweigen«, sagte die Schwester ganz ruhig. »Bei diesem Baby hat die Natur offenkundig ganze Arbeit geleistet.« Sie langte nach unten und drehte das Baby zu Chris hin. »Sehen Sie nicht, wie unverhältnismäßig groß sein Kopf ist?«

»Ich dachte, daß es immer so ist.«

»Ja schon, aber der Kopf dieses Babys macht ein ganzes Drittel der gesamten Körperlänge aus. Das bedeutet, daß sein Körper zwar Mangel zu leiden hatte, sein Gehirn aber nicht.«

Langsam und zögernd faßte Chris wieder Mut und

streckte ihre Hand über die Glasscheibe des Tisches, um die ausgestreckte Hand des Babys mit einer Fingerspitze zu berühren.

War es nun Reflex oder Absicht, jedenfalls schloß sich die Hand fest um ihren Finger.

Es öffnete die Lider und zeigte ein Paar blaugraue, traurig aussehende Augen. Das grelle Licht ließ das Baby blinzeln, es runzelte die Stirn und blinzelte dann noch einmal, während es seinen Kopf drehte. Als es Chris entdeckte, verschwand das Stirnrunzeln. Ein paar lange Sekunden starrte es sie an, als ob es sich ihr Gesicht merken wollte. Ihr Verstand sagte ihr, daß dies unmöglich sei, daß es zu klein sei, um sie überhaupt mit seinem Blick fixieren zu können, geschweige denn, sich ihr Gesicht merken könne. Aber in diesem Augenblick voller Zauber hatte der Verstand nichts zu sagen.

Mit einem Blick, einer Berührung, hatte ein schrumpeliges, gerade 900 Gramm schweres Baby etwas erreicht, was Chris für völlig unmöglich gehalten hatte. Mit seiner ausgestreckten Hand, so groß wie ein Zehncentstück, hatte es ihr Herz erobert.

4

Der Himmel war leuchtend orange gefärbt, als Chris das Krankenhaus verließ. Eine halbe Stunde später würde er mit Sternen übersät sein. Am Bett des Babys war die Zeit wie im Flug verstrichen. Nachdem Chris die Hürde der ersten zögerlichen Fragen überwunden hatte, war sie unersättlich. Sie wollte einfach alles wissen: Wie schnell würde er wachsen? Wie lange müßte er im Krankenhaus bleiben? Konnte er hören? Würde er immer sehr klein bleiben? Brauchte er eine besondere Behandlung, wenn sie ihn mit nach Hause nehmen würde? Im Prinzip war es ein und dieselbe Frage in hundert Verkleidungen: Würde er überleben?

Alex Stoddart hatte die letzte Frage mit derselben Geduld und demselben Verständnis wie die erste beantwortet. Nach sechs Stunden war Chris imstande, sich mit einem Gefühl der Hoffnung auf den Heimweg zu machen. Sie wußte nun, daß sie und das Baby einen langen Weg mit einigen steinigen Umwegen vor sich hatten, aber sie war überzeugt, daß es nichts gibt, was sie beide nicht bewältigen könnten.

Zum ersten Mal seit Tagen huschte wieder ein Lächeln über ihr Gesicht: »sie beide« – das klang irgendwie schön.

Kaum hatte sie das gedacht, zerplatzte es auch schon wie eine Seifenblase. Wie könnte sie nur ein Baby in ihr Leben einfügen? Sie war ebensolange unterwegs wie zu Hause. Ihr Beruf als Produktmanagerin für den Bereich der Light-Biere bei Wainswright hing von ihrer Fähigkeit ab, sich auf Abruf in das nächste Flugzeug setzen zu können, lange im Büro zu bleiben, früh dort anzufangen, bei gesellschaftlichen Zusammenkünften eine strahlende Gastgeberin zu spielen und Arbeit nach Hause mitzunehmen, wenn die Zeit im Büro nicht ausreichte. Obwohl es nie jemand direkt gesagt hatte, war doch einer der Gründe, warum sie den Job bekommen hatte und warum sie überhaupt befördert worden war, der, daß sie ein Single war und daß sie keinen Zweifel daran gelassen hatte, daß es so bleiben würde.

Sie liebte ihre Arbeit. Aber vor allem brauchte sie sie. Zumindest, wenn sie ein Dach über dem Kopf und Essen auf dem Tisch haben wollte. Sie war noch weit entfernt von der Ferienwohnung in Aspen und den Wintern in Mexiko, von denen ihre Mutter sicher glaubte, daß sie schon Teil ihres Lebens seien. Und der Wagen vor ihrem Haus war ein Toyota und kein BMW.

Chris verdrängte alle Zweifel, als sie über den von der Hitze aufgeweichten Asphalt des Parkplatzes zu ihrem Mietwagen eilte. Es mußte ja nicht jede Frage jetzt in diesem Augenblick beantwortet werden. Es war noch genug Zeit, sich das alles gründlich durch den Kopf gehen zu lassen.

Während der Stunden, die sie bei dem Baby im Krankenhaus verbracht hatte, war ein heißer Wind aufgekommen und hatte die Temperaturen auf die vierzig Grad zugetrieben. Die meisten Leute, die im Glutofen des Sacramento-Tals lebten, bemerkten so etwas gar nicht mehr. Sie schwitzten nur. Aber durch eine Laune der Natur besaß Chris ein inneres Thermometer, das ihr jeden weiteren Anstieg der bereits heißen Temperatur, wie in diesem Fall, sofort anzeigte. Sie wunderte sich nur, daß es nach all der Zeit, die sie nun schon nicht mehr in Sacramento lebte, immer noch funktionierte.

Anstatt die Klimaanlage anzuschalten, kurbelte sie die Scheibe herunter und ließ während der Fahrt zum Haus ihrer Mutter die trockene, heiße Luft durch den Wagen strömen. Das hatte eine eigentümliche besänftigende Wirkung. Vor ihrem inneren Auge tauchten Emotionen und nicht so sehr Erinnerungen auf, Fragmente von heftig empfundenen Gefühlen, die wiederum Bilder in ihr hervorriefen. Sie sah sich und Diane auf Handtüchern hinter dem Haus liegen, dick eingeschmiert mit Sonnenschutzmittel, in der Hitze einer Ohnmacht nahe, aber bereit, alles zu tun, um die vom Winter noch weißen Beine zu bräunen. Das Gesicht und die Arme mußten nicht geschützt werden. Die waren auf den Skipisten braun geblieben.

Sechs Jahre hätten eigentlich während ihrer Kindheit und Jugend ein unüberbrückbarer Altersunterschied sein müssen, aber irgendwie war das nur ganz selten zu einem Problem geworden. Fast vom Tag ihrer Geburt an war Dianes Verhalten ihrem Alter voraus. Sie war zurückhaltend, wo Chris lebhaft war, hatte eine Vorliebe für romantische Bücher, während Chris mehr für Detektivromane und Science-fiction schwärmte. Diane nahm selten den direkten Weg, während Chris dagegen sehr zielstrebig war. Sie genossen ihre Unterschiede und waren glücklich über ihre Gemeinsamkeiten.

Was also war schiefgelaufen?

Warum hatte Diane ihr nichts von ihrer Schwangerschaft erzählt?

Und warum hatte sie so viel Zeit zwischen ihren Anrufen bei Diane verstreichen lassen?

Die einfache und offensichtliche Antwort darauf war auch die schmerzlichste. Sie hatte es einfach zugelassen, derartig beschäftigt zu sein, daß jeder Brief, jeder Anruf auf einen »geeigneten Augenblick« verschoben worden war. Nur, wie sich natürlich herausstellte, kam dann wieder etwas anderes dazwischen, so daß es nie einen geeigneten Augenblick gab. Bei Diane war es genau dasselbe. Jedes Gespräch zwischen ihnen beiden begann mit der Entschuldigung, daß man eigentlich früher hätte anrufen wollen. Selbst der gemeinsame Urlaub, über den sie sich einmal unterhalten hatten, war nie über den Austausch von Urlaubsprospekten hinausgekommen.

Jetzt hätte Chris ein ganzes Jahr dieses »Morgen« gegen ein einziges »Heute« eingetauscht.

Aber niemand bot ihr die Gelegenheit dazu.

Eine betäubende Erschöpfung überfiel Chris, als sie den

Wagen abbremste und in die Auffahrt zum Haus ihrer Mutter einbog. Wenigstens würde sie in der Nacht ein wenig Energie zurückgewinnen. Sie brauchte jedes bißchen davon, um der Explosion standzuhalten, die sich morgen ereignen würde, wenn ihre Mutter herausfände, was sie beim Bestattungsinstitut angeordnet hatte. Chris machte sich nichts vor. Diese Sache konnte sie nicht herunterspielen.

Ein Löwe mit einem Dorn in der Pranke war nur ein schlecht gelauntes Kätzchen im Vergleich zu Harriet, wenn ihre Autorität in Frage gestellt worden war.

Chris blieb einen Augenblick hinter dem Steuer sitzen, kämpfte gegen eine Müdigkeit an, die das bloße Aussteigen aus dem Wagen zur Besteigung des Mount Everest machte. Schließlich gelang es ihr, mühsam vom Vordersitz zu gleiten und zur Hintertür zu gehen.

Das erste, was sie hörte, als sie die Tür öffnete, war das Surren des Rollstuhlmotors. Ihre Mutter näherte sich ihr von der Diele her. Chris blickte auf und erkannte sofort, daß eine weitere Nacht ohne Schlaf bevorstünde.

»Wie konntest du das nur tun?« Harriet kochte vor Wut, ihr Zorn war beinahe greifbar. »Ich kam mir vor wie ein Idiot, als ich dort anrief, um sicherzustellen, daß du auch einen geschlossenen Sarg bestellt hattest. Die verdammte Sekretärin dachte, ich sei so außer mir vor Schmerz, daß ich nicht mehr begriffe, was geschehen sei. Ich werde dir das nie verzeihen, Christine. Dieses Mal war nicht nur ich das Opfer deiner Rücksichtslosigkeit. Hast du auch nicht eine Minute daran gedacht, was unsere Freunde dazu sagen werden?«

»Nein, das habe ich nicht«, antwortete Chris bloß. »Ich habe das getan, was ich für richtig hielt.«

»Das wundert mich nicht. Du hast nie an jemand anders als an dich gedacht. Nur, dieses Mal bist du zu weit gegangen. Du hast die Familie entehrt, und ich werde das nicht hinnehmen.«

Erschöpft legte Chris ihre Handtasche auf den Stuhl neben ihr. »Hör doch auf damit, Mutter. Du klingst wie eine schlechte Imitation von Don Corleone.«

»Was für eine abscheuliche Sünde muß ich begangen haben, um als Strafe jemanden wie dich zu gebären?« fragte Harriet.

Chris kannte diesen Ausspruch. Er kam immer dann, wenn alles andere keine Wirkung mehr hatte. Normalerweise ging Chris nicht darauf ein. Aber heute tat sie es. »Das weißt du genauso gut wie ich, Mutter: Du hast es mit Papa schon vor der Hochzeit getrieben.«

Harriet fiel in ihren Rollstuhl zurück, wie vom Blitz getroffen. »Wie kannst du es wagen?«

»Das ist doch kein großes Geheimnis, daß ich nur sieben Monate nach der Hochzeit auf die Welt kam.«

»Du warst zu früh geboren.«

»Wenn überhaupt, dann vielleicht um acht Minuten, aber nicht um acht Wochen. Ich weiß inzwischen, wie zu früh geborene Babys aussehen. Auf meinen Babyfotos sehe ich ganz anders aus.«

Die zornige Glut in Harriets Augen wich einer kalten, berechnenden Ruhe. »Eines Tages – das schwöre ich dir, Christine, wird dein Kind dir ebensoviel Schmerzen bereiten wie du mir.«

»Du hast mir noch gar nicht gesagt, daß du unter die Wahrsager gegangen bist. Wie schön, daß du eine neue Beschäftigung gefunden hast, nachdem dich deine beiden dich liebenden Töchter verlassen haben.« Noch während sie das sagte, bereute Chris schon ihre Worte. Sie konnte nicht länger stehen, schob ihre Handtasche auf die Seite und fiel in den Stuhl.

»Was ist nur mit uns los, Mutter?« fragte sie leise. »Warum müssen wir uns das immer antun? Wir haben doch nur noch uns. Können wir nicht irgendwie miteinander auskommen?«

»Jetzt, wo du deinen Willen durchgesetzt hast, willst du Frieden haben. Das ist so typisch.«

Doch Christine konnte nicht mehr provoziert werden. Sie hatte keine Kraft mehr zu kämpfen. »Ich würde alles, was ich habe oder je haben werde, darum geben, nur eine Stunde mit Diane zusammensein zu können.«

Harriet wandte sich ab. »Wie soll es nur ohne sie weitergehen?« fragte sie, öffnete ein Türchen zu ihrer Seele und bat so endlich um den Trost, den sie so dringend brauchte.

Chris ließ sich auf die Knie fallen und legte sanft ihren Kopf in den Schoß ihrer Mutter. »Ich weiß es nicht, Mama«, flüsterte sie mit erstickter Stimme. »Ich weiß es wirklich nicht.«

Um den brüchigen Frieden, den sie und ihre Mutter geschlossen hatten, beizubehalten, beschloß Chris, daß es am besten sei, wenn sie nicht über Nacht bliebe. Sie war gerade dabei, am Telefon ein Hotelzimmer zu bestellen, als Madeline ihr einen Schlüssel zuschob.

»Das ist Dianes Wohnungsschlüssel«, sagte sie. »Übernachte dort. Sie hätte es sicher so gewollt.«

Chris sagte der Frau am anderen Ende der Leitung, daß sie später noch einmal anrufen werde, und hängte auf. Sie wandte sich Madeline zu. »Ich weiß nicht, ob das eine so gute Idee ist.«

»Ich weiß, wie du dich fühlst, aber du mußt dorthin gehen und dich früher oder später um Dianes Sachen kümmern. Deine Mutter hat auch einen Nachmittag dort verbracht. Als ich sie abholte, war sie so erschöpft, daß sie mir Angst machte. Ich glaube nicht, daß sie noch einmal dorthin möchte.« Sie zuckte die Achseln. »Ich würde ja selbst hingehen, aber ich habe nun wirklich nichts mit der Wohnung zu tun.«

Chris blickte auf den Schlüssel. Der Gedanke zog sie an und schreckte sie doch auch ab. Mehr Schmerz konnte sie eigentlich nicht ertragen, und ihr Gefühl sagte ihr, daß sie sich schützen müsse, um alles bewältigen zu können, was noch zu tun war. Gleichzeitig sehnte sie sich furchtbar nach etwas, das ein Teil ihrer Schwester gewesen war.

Ihre Hand ergriff den Schlüssel. »Wie komme ich dorthin?« fragte sie.

Madeline wischte eine Träne von Chris' Wange. »Komm mit«, sagte sie sanft, »ich beschreibe dir den Weg.«

In dem Augenblick, in dem Chris die Tür zu Dianes Wohnung öffnete, war sie froh darüber, daß sie dorthin gegangen war. Angesichts der zwanghaften Putzsucht ihrer Mutter war Chris überrascht, keinerlei Anzeichen dafür zu finden, daß sie oder jemand anderer dort gewesen war. Das leere Milchglas und ein angebissener Keks auf dem Couchtisch, ein achtlos aufs Bett geworfener Bademantel – es schien, als ob Diane nur einen Augenblick den Raum verlassen hätte.

Chris ging in der kleinen Wohnung von einem Raum zum anderen, sah sich die Habseligkeiten ihrer Schwester an, berührte sie, lächelte bei Gegenständen, die sie kannte und wunderte sich über andere, die sie noch nie gesehen hatte. Sie veränderte nichts, öffnete keine Schubladen oder Schränke, störte in keiner Weise die zarte Wunschvorstellung, daß Diane irgendwie zurückkehren würde.

Es gab noch genug Zeit für alles, was zu erledigen war. Als sie vor Erschöpfung nicht mehr aufrecht stehen konnte, ging Chris in das Schlafzimmer und legte sich auf das Bett. Sie deckte sich mit dem Bademantel ihrer Schwester zu und atmete das wilde, blumige Parfüm ein, das noch in dem Kleidungsstück hing. Sie hielt die Luft an, um auch noch den kleinsten Teil dessen, was zu ihrer Schwester gehört hatte, in ihrem Innern zu bewahren. Schließlich überwältigte sie der Schlaf.

5

Der Rest der Woche war teils ein Traum, teils ein Alptraum. Chris überkam ein merkwürdiger, unerwarteter Friede, als sie nach Monterey fuhr, um Dianes Asche ins Meer zu streuen. Sie verließ Sacramento mitten in der Nacht, um sicherzustellen, daß sie bei Sonnenaufgang schon drei Meilen weit auf dem Meer sein würde. Allein im Heck des gecharterten Bootes, zählte sie die Wellen. Sie wartete auf die siebte Welle, die alle anderen an Höhe übertreffen würde. Sie sollte ihre ausgestreckte Hand berühren und ihre Schwester mit sich auf die Reisen nehmen, die sie zu Lebzeiten nicht mehr hatte unternehmen können.

Die Welle kam näher, und Chris öffnete die Urne. Die sanfte morgendliche Brise nahm Diane mit sich. Die Asche legte sich auf das Wasser und vermischte sich dann langsam mit ihm. Chris sah zu, fasziniert und doch voller Kummer, wie die schöne junge Frau mit den lachenden Augen immer weniger wurde und doch – auf eine zarte Weise – auch mehr als sie je gewesen war.

Zuletzt folgten die Blumen, eine von jeder Art, die Chris in Sacramento hatte auftreiben können.

Sie blieb hinten im Boot sitzen, bis die letzte Blüte aus ihrem Blick entschwunden war. Sie stellte sich vor, daß ein Fremder, vielleicht ein Fischer, später eine von ihnen finden und sich wundern würde. Er würde in seiner Neugier noch ein letztes Mal von einer freundlichen, liebevollen Frau berührt, die es nicht mehr gab.

Als das Boot Chris nach Monterey zurückbrachte, fuhr sie, anstatt sich direkt auf den Heimweg zu machen, noch die Küste hinunter, an Carmel vorbei nach dem Point-Lobos-Park. Dort verbrachte sie den Rest des Morgens und einen großen Teil des Nachmittags auf einem Hügel, blickte auf Ottern und Seelöwen, hörte den Strandvögeln zu und sagte zum letzten Mal ein einsames Lebewohl.

Abends, auf dem Rückweg nach Sacramento, hielt sie an einem Burger King, um dort eine Tasse Kaffee zu trinken. Als sie zurück zum Wagen ging, fiel ihr Blick auf eine Telefonzelle, und sie beschloß, Paul Michaels, einen alten Freund der Familie, anzurufen.

»Christine«, sagte er. Seine Baritonstimme klang warm und herzlich, war voll von Mitgefühl. »Es tut mir leid, daß wir keine Gelegenheit hatten, beim Trauergottesdienst miteinander zu reden. Ich wollte dir nur sagen ...«

Sie ließ die Worte an sich vorüberfließen, nahm die Bekundungen des Kummers und des Beileids nicht wahr, um sich zu schützen. Die Tiefe ihres eigenen Schmerzes machte es ihr im Augenblick unmöglich, den Schmerz anderer Leute zu hören oder auf ihn einzugehen. Die Stärke, die ihr noch verblieb, bewahrte sie eifersüchtig für den kleinen Jungen, den Diane, wie sie von Madeline erfahren hatte, Kevin hatte nennen wollen.

»Wenn es noch irgend etwas gibt, was ich für dich tun kann, laß es mich wissen«, fuhr Paul fort.

»Ja, es gibt etwas«, sagte Chris. »Ich möchte, daß du dich um die Adoption kümmerst.« Paul Michaels war nicht nur ein alter Freund der Familie, er war auch Hauptteilhaber einer der größten und angesehensten Anwaltskanzleien im nördlichen Kalifornien.

»Eine Adoption?« wiederholte er. »Ich hatte den Eindruck, daß ... Nun, ich dachte, der Vater ...«

Chris atmete tief ein, kämpfte gegen ihre Wut an und überwand sie schließlich, indem sie versuchte, etwas Konstruktives zu denken. Sie war von einer Frau aufgezogen worden, die von einer beständigen ohnmächtigen Wut erfüllt war; jemand, der mit dem gleichen Ärger und der gleichen Wirkung über den Angestellten im Lebensmittelladen wie über den Verteidigungshaushalt herfiel. Wut war für Harriet Taylor so natürlich wie die Wolle für das Schaf. Sie hatte sie auf ihre ältere Tochter vererbt, ein Vermächtnis, das Chris entschieden bekämpfte.

»Der Vater möchte nichts mit dem Baby zu tun haben.«
»Das wußte ich nicht«, sagte er.
»Ich weiß, wie beschäftigt du bist, Paul, und unter normalen Umständen würde ich dich auch nicht wegen –«
»Morgens bin ich bei Gericht, aber den Rest des Tages stehe ich zu deiner Verfügung.«
»Danke«, sagte sie nur, wohl wissend, wie schwer es ihm fallen würde, seinen Terminkalender freizuräumen, und wie sehr er dies bestreiten würde. »Du bist ein besonderer Freund.«
»Werd' nicht rührselig, junge Dame«, sagte er sanft. »Wir haben noch viel harte Arbeit vor uns.«
»Ich weiß.«
»Chris...«
»Ja?«
»Ich nehme an, du hast dir das alles gut überlegt?«
Sie rieb sich ihren Nacken. »Was gibt es da zu überlegen?«
»Nun, das klingt irgendwie, als wenn du bei der Sache keine andere Wahl hättest.«
Sie fuhr sich mit der Hand über die Stirn. »So ist es doch gar nicht«, widersprach sie schwach.
»Laß uns morgen darüber sprechen.«
»Da gibt es nichts zu besprechen. Diane wollte, daß ich mich um Kevin kümmere. Ich brauche deine Hilfe, um das alles rechtlich abzusichern.«

Am nächsten Morgen hielt Chris auf dem Weg zum Krankenhaus kurz bei ihrer Mutter. Sie hoffte, durch ihren Bericht über den gestrigen Tag an der Küste die Kluft zwischen ihnen, die noch größer geworden war, etwas zu schließen.

Harriet weigerte sich, ihr Zimmer zu verlassen. Sie habe eine Migräne, und der Arzt habe ihr gesagt, daß sie alles vermeiden solle, was sie aufrege. So erzählte Chris Madeline vom Boot und den Blumen und den Seeottern, die sie gesehen hatte, und bemerkte dabei, daß sie nicht nur ihrer Mutter wegen, sondern auch um ihrer selbst willen gekommen war. Sie mußte mit jemandem sprechen, der Diane geliebt hatte, jemand, dem es wichtig war, daß an jenem Nachmittag ein Regenbogen am wolkenlosen Himmel zu sehen gewesen war und daß der Kapitän des gecharterten Bootes, ein grauhaariger, bärbeißig wirkender Mann, sie am Schluß umarmt hatte.

Den Rest des Morgens verbrachte sie bei Kevin. Sie staunte darüber, wie klein er doch war, über das Wunder seiner Geburt und wie unfähig sie sich vorkam, als sie versuchte, seine winzige Windel zu wechseln. Alles, was er tat, faszinierte und erschreckte sie zugleich.

Bevor sie sich mit Paul Michaels traf, hielt sie noch bei Dianes Appartement und rief in ihrem Büro an. Was als ein bloßer Routineanruf gedacht war, wurde zu einer wahren Krisensitzung. Die neue Anzeigenkampagne, die ihre Firma im Mittleren Westen geschaltet hatte, war auf den heftigen und unerwarteten Widerstand einer nationalen Anti-Alkohol-Organisation gestoßen. Diese behauptete, daß die Werbung direkt auf Achtzehn- bis Fünfundzwanzigjährige abziele. Das konnte die Firma kaum bestreiten, da ein Bericht an die Öffentlichkeit gelangt war, der belegte, daß ein Großteil des Werbeetats für den Posten »College-Campus« bestimmt war.

Der Gedanke, der hinter der Überflutung des College-Marktes mit Werbung stand, war einfach und bewährt: Wenn man frühzeitig die Identifikation mit einem Produkt und die Loyalität gegenüber diesem fördert, so ist es wahrscheinlich, daß der Kunde diesem später treu bleibt. Es war keineswegs so, daß die Wainswright-Brauerei zuerst auf diesen Gedanken gekommen war. Für alles, was sich irgendwo im Land auf einem College-Campus ereignete und das von einer Brauerei gesponsert werden konnte, standen die Unternehmen aus der Branche Schlange. Ging es dabei um Sport, so kam es sogar zu handfesten Konflikten zwischen den Brauereien, die sich um das Privileg rissen, Geld dafür auszugeben. Wainswrights Pech war nur, daß sie zur falschen Zeit am richtigen Ort gewesen war.

Obwohl jeder, mit dem Chris an diesem Tag sprach, mitfühlend und verständnisvoll war, machte doch keiner ein Hehl daraus, daß man sie in Denver brauchte. Einer ihrer Assistenten sagte sehr treffend: »Das Schiff hat Schlagseite, und die Rettungsboote werden immer voller. Entweder du springst hinein, oder du gehst unter.«

Als sie Paul Michaels Büro erreichte, schwirrten ihr ein Dutzend verschiedener Sachen im Kopf herum. Seine Sekretärin wies sie in einen mahagonigetäfelten Raum mit Blick auf das Kapitol. Paul erhob sich hinter seinem Schreibtisch und kam auf sie zu, um sie zu begrüßen.

»Du siehst erschöpft aus«, sagte er und führte sie zu einem weichen Ledersofa. »Aber das wundert mich nicht. So wie es um Harriets Gesundheit steht, warst wohl du diejenige, die sich um alles kümmern mußte.«

»Das war es eigentlich nicht, was mich so angestrengt hat«, sagte sie und ließ sich von dem daunenweichen Sofa gefangennehmen. »Mutter gibt das Zepter nur sehr ungern ab.«

Paul nickte voll trauriger Zustimmung. »Ihre Willensstärke ist schon ein Phänomen. Ich bin sicher, daß sie nur deshalb so lange lebt.«

Einer der Gründe, warum Chris sich dafür entschieden hatte, Paul Michaels mit der Adoptionsgeschichte zu beauftragen, war seine Vertrautheit mit ihrer Familie. Es mußte keine Zeit damit vergeudet werden, die Dynamik dieser schlecht funktionierenden Familie zu erklären oder irgendwelche Beweggründe zu erläutern. Alles war klar und wohlbekannt.

Sie lehnte sich nach vorne. »Ich hätte liebend gern am Nachmittag noch einige Besuche gemacht, Paul, aber ich habe heute morgen erfahren, daß ich weniger Zeit haben werde, hier in Sacramento alles zu erledigen, als ich dachte. Bei Wainswright ist im Augenblick die Hölle los. Ich muß sobald wie möglich wieder im Büro sein.«

Er betrachtete sie mit einem zweifelnden Ausdruck im Gesicht. »Ich glaube, wir sollten uns über die Adoption unterhalten, bevor wir irgend etwas niederschreiben.«

»Da gibt es nichts zu besprechen.«

»Hör zu. Vielleicht bin ich etwas übervorsichtig, weil die Familiengesetzgebung nicht mein Spezialgebiet ist, oder mein Gefühl ist nur eine Folge unserer Freundschaft.« Er zuckte mit den Schultern. »Jedenfalls werde ich die Sache mit der Adoption nicht überstürzen. Die Angelegenheit muß richtig angepackt werden, sowohl für dich wie auch für das Baby. Wenn du glaubst, daß du durch eine bloße Unterschrift zu Kevins Mutter wirst, dann irrst du dich.«

»Es war Dianes letzter Wunsch. Und da sie kein Testament hinterlassen hatte, das ihrer Erklärung auf dem Totenbett widersprach, kann es meiner Ansicht nach eigentlich keine Zweifel geben. Es gibt sogar eine Zeugin. Was könnte also –«

»Wie ich dir schon gestern gesagt habe, müssen wir auch an den Vater denken.«

»Ich habe dir gestern auch gesagt, daß er nichts mit Kevin zu tun haben will.«

»Das hat mich nicht überzeugt. Ich muß mehr wissen.«

»Nun, die Umstände sprechen doch für sich, Paul. Falls der Vater nur ein wenig an Diane oder das Baby gedacht hätte, wäre er bei ihr gewesen.« Als Paul nicht gleich antwortete, sagte sie: »Meinst du nicht?«

»Es sieht so aus.«

»Ich wollte es ja auch nicht glauben«, gab sie zu. »Aber es

ist die einzige Erklärung. Ich habe alle Sachen von Diane durchgesehen, und es gibt keine Spur von ihm – kein Bild, keinen Brief, gar nichts. Er muß ihr furchtbar weh getan haben, daß sie alles vernichtet hat.«

»Sie hat ihn Harriet oder dir gegenüber nie erwähnt?«

Es tat Chris weh, offen zugeben zu müssen, wie wenig Kontakt sie im vergangenen Jahr zu ihrer Schwester gehabt hatte. »Alles, was ich weiß, ist, daß sie letztes Weihnachten furchtbar glücklich wegen irgendeinem Kerl zu sein schien und daß sie acht Monate später allein und schwanger war. Um sich den Rest zu denken, muß man kein Genie sein.«

»Es hat den Anschein, als ob er entweder verheiratet ist oder das Kind abtreiben lassen wollte.«

»Genau.«

»Die Dinge sind nicht immer so einfach«, sagte er.

»Das ist egal. Wir müssen mit dem arbeiten, was wir in den Händen haben. Diane hat Kevin meiner Obhut überlassen. Ich bin da, sein Vater ist es nicht.«

»Nur weil du da bist, bedeutet das nicht, daß du auch der richtige Mensch bist, um Kevin aufzuziehen«, sagte Paul, wobei die Sanftheit seiner Stimme im Gegensatz zu der explosiven Aussage stand.

»Was soll denn das heißen?« fragte Chris.

»Es tut mir leid, Chris«, sagte er. »Aber es mußte gesagt werden. Du denkst nicht so klar, wie du es normalerweise unter weniger emotionellen Umständen tun würdest.« Er beugte sich in seinem Stuhl nach vorne. »Ich bin sicher, daß in dir auch eine wunderbare Mutter steckt. Trotzdem geht so etwas selten gut, wenn man mit Gewalt damit konfrontiert wird. Es muß schon einen Grund gegeben haben, warum du bisher allein geblieben bist. Ich nehme an, du hast das so gewollt.«

Chris stand auf, ging ans Fenster und starrte nach draußen. »Ich mag meinen Beruf. Ich bin erfolgreich«, sagte sie, um sich zu verteidigen.

»Und du glaubst, daß dir eine Heirat das wegnehmen würde?«

»Nun, ich bin sehr viel unterwegs – Tagungen, geschäftliche Treffen in anderen Staaten«, sagte sie. »Ich habe viele Männer getroffen, aber nie jemanden, der bereit war, so etwas bei seiner Frau zu akzeptieren. Zumindest keinen, der an mir interessiert war.«

»Glaubst du, daß ein Kind da mehr Verständnis aufbringt?«

Sie drehte sich schnell um. »Was verlangst du eigentlich? Soll ich meinen Job aufgeben und von der Sozialhilfe leben, nur um zu beweisen, was für eine gute Mutter ich bin? Das kann ich nicht, Paul. Dazu bin ich nicht imstande.«

Seine Stimme wurde sanfter und wärmer. »Während du in Colorado bist, um Geld zu verdienen, wer wird dann bei Kevin im Krankenhaus sein?«

Sie blinzelte überrascht. Wie konnte ihr so etwas Wichtiges nur entgangen sein? »Ach, mit allem, was vorgefallen ist, hab' ich das wohl ganz übersehen.«

»Hast du mir nicht gesagt, daß es mehrere Monate dauern wird, bis er nach Hause kommen kann?«

»Ich kann doch an den Wochenenden herüberfliegen. Außerdem habe ich bald Urlaub.« Es klang verzweifelt und nicht sehr realistisch.

»Ich möchte diese Sache für dich nicht noch schwieriger machen, als sie ohnehin schon ist, Christine. Ich möchte dich nur bitten, Diane und auch dich für einen Augenblick zu vergessen und dich auf Kevin zu konzentrieren.«

»Warum bist du dir so sicher, daß ich das nicht tue?«

»Ich bin mir nicht sicher. Ich spiele nur den Anwalt des Teufels und äußere deine eigenen Befürchtungen. Wenn du Kinder gewollt hättest, würdest du sie schon haben. Ein Kind sollte eine Freude für seine Eltern sein, keine Verpflichtung. Du kannst Kevin nicht aus einem bloßen Pflichtgefühl heraus annehmen, Chris. Das ist nicht recht für dich und ihm gegenüber ist es, verdammt noch mal, unfair.«

Sie verschränkte ihre Arme, hielt ihre Ellbogen mit den Händen, umklammerte sich, als ob sie Angst hätte, auseinanderzufallen. »Aber ich kann ihn doch nicht aufgeben? Ich liebe ihn, Paul. Wie könnte ich mir je vergeben, daß ich Dianes Wunsch nicht nachgekommen bin.«

»Die Liebe, die du für Kevin verspürst, soll dich leiten. Diane würde dich auch nicht um mehr bitten.« Er stand hinter seinem Schreibtisch auf und ging auf sie zu. Er nahm sie in die Arme, so als wollte er sie vor dem Schlag beschützen, den er ihr gerade versetzt hatte. »Du mußt dich nicht jetzt entscheiden«, sagte er. »Laß dir ein paar Tage Zeit. Ich bin für dich da, egal, wie deine Entscheidung ausfällt.«

Ihr blieben aber nicht ein paar Tage Zeit. Sie hatte versprochen, dann schon wieder in ihrem Büro zu sein. »In Ordnung«, sagte sie, hin und her gerissen. »Ich bin das Kevin schuldig.«

Den Rest des Nachmittags und den Abend verbrachte sie im Krankenhaus. Nachts schloß sie sich mit einer Flasche Rum in Dianes Wohnung ein. Frühmorgens mußte sie sich übergeben. Erst am späten Vormittag hatte sie keine Tränen mehr und sank endlich erschöpft in den Schlaf.

Sie wachte gegen Mittag auf, duschte und fuhr wieder ins Krankenhaus. Als sie es am Abend zuvor verlassen hatte, war die Entscheidung gefallen. Obwohl sie sich mit jeder Faser dagegen sträubte, Kevin herzugeben, war es schließlich die Tiefe ihrer Liebe zu ihm, die sie erkennen ließ, daß es keine andere Wahl gab.

Es war die schwierigste Entscheidung, die sie je getroffen hatte, und auch die selbstloseste. Es spielte keine Rolle, daß der Umstand, ihn aufzugeben, sie unsäglich schmerzte. Es zählte nur, daß dies das Beste war, was sie für ihn tun konnte.

Jedes Kind hat zwei Eltern verdient. Zunächst hatte sie sich mit Hilfe der Statistik über dieses Problem hinweggeholfen. Es gab doch so viele andere Kinder, die bei nur einem

Elternteil lebten. Das konnte doch kein Hinderungsgrund sein. Aber dann erinnerte sie sich an all die Zeitungs- und Zeitschriftenartikel und an die Fernsehsendungen über das Auseinanderbrechen von Familien und die furchtbaren Auswirkungen auf die Kinder. Nun war sie sich nicht mehr so sicher.

Es führte auch kein Weg daran vorbei, daß bei Ein-Eltern-Familien der verbleibende Elternteil schon etwas ganz Besonderes sein mußte. Mitten in der Nacht, als sie sich nirgendwo mehr verstecken konnte und die Wahrheit sie wie ein böser Dämon verspottete, mußte sie sich eingestehen, daß sie nie »besonders« genug sein würde, um das Kind aufzuziehen, für das Diane bei der Geburt ihr Leben gelassen hatte. Wenn jemand das Beste verdiente, dann war es Kevin.

Der Geschäftswelt begegnete Chris mit großem Selbstvertrauen. Es war nicht Überheblichkeit, sie wußte einfach, daß sie sehr gut in ihrem Job war. Was sie tat, spendete nicht Leben oder hatte irgendeine Bedeutung in den großen Zusammenhängen, aber jeder Tag, den sie arbeitete, trug dazu bei, eine Firma am Laufen zu halten. Es war der einzige Ort in der Welt, wo man sie brauchte und wo sie etwas bewirkte.

Doch obwohl sie ihren Job liebte und auch spürte, wieviel Selbstwertgefühl er ihr vermittelte, sie hätte alles aufgegeben, wenn dadurch Kevin ihr Kind werden könnte. Aber das war nicht möglich. Alles, was sie Dianes Kind anbieten konnte, war Liebe, und so sehr sie sich auch bemühte, es gelang ihr nicht, sich davon zu überzeugen, daß das genug sei.

Als sie merkte, daß sie ins Zweifeln geriet, dachte sie an ihre eigene Mutter. Auf ihre merkwürdige Weise hatte Harriet Taylor ihre Töchter stets geliebt. Sie hatte für sie immer nur das Beste gewollt, zumindest das, was sie für das Beste hielt. Durch ihre Erfahrung mit Harriet hatte Chris gelernt, daß Liebe nicht immer etwas Positives war, sie konnte manchmal auch ersticken, zerstören und verletzen und letztendlich sogar Angst einflößen.

Kevin sollte mit ihr diese Erfahrung nicht machen. Er hatte das Beste verdient, was das Leben ihm bieten konnte, nicht Babysitter und kurze Momente, in denen eine berufstätige Frau, die keine Ahnung davon hatte, was es hieß, Mutter zu sein, für ihn Zeit hatte. Er war weniger als zwei Wochen alt, und doch hatte das Schicksal bereits einige miserable Karten an ihn ausgeteilt. Es lag nun an ihr, dafür zu sorgen, daß er auch ein oder zwei Asse bekam.

Sie rief Paul Michaels zu Hause an, wollte mit ihm sprechen, bevor sie ihre Meinung ändern würde. Erst als er alles angehört hatte und ihren Argumenten zustimmte, merkte sie, daß sie im Stillen doch gehofft hatte, er werde sie davon überzeugen, daß es falsch sei, Kevin zur Adoption freizugeben.

»Es tut mir leid, Chris«, sagte er. »Ich weiß, wie hart das für dich ist. Dein Mut, deine Entschlossenheit und deine Fairness haben mich immer beeindruckt. Aber ich habe dich noch nie so bewundert wie jetzt.«

Sie preßte die Finger an die Schläfen, als das Kopfweh, das sich schon den ganzen Tag angekündigt hatte, sich bemerkbar machte. »Ich suche noch nach Gründen, um meinen Entschluß zu ändern.«

»Das kommt daher, daß du zwar vom Verstand her, aber noch nicht emotional akzeptiert hast, was du tun mußt.«

»Ich werde das Gefühl nicht los, daß ich Diane enttäusche.«

»Das wird mit der Zeit vergehen. Was glaubst du? Warum hat sie eigentlich die Zukunft des Babys in deine Hände gelegt? Nun, weil sie wußte, daß du immer zuerst an Kevin denken würdest.«

Chris verspürte einen Kloß in ihrem Hals. »Aber sie dachte, ich würde dies als seine Mutter tun.«

»Was sagt Harriet eigentlich zu all dem?« fragte Paul.

Sie wich aus. »Ich weiß, daß es ihr leid tut, mir vor so vielen Zeugen Dianes letzten Wunsch mitgeteilt zu haben, nach dem ich die volle Verantwortung für Kevin übernehmen soll.«

»Das wundert mich nicht. Sie gibt nicht gern das Ruder aus der Hand. Andererseits ist sie sich wohl im klaren darüber, daß kein Richter im Land ihr das Kind zusprechen wird. Bei ihren Gesundheitsproblemen. In diesem Fall kam ihr die Wahrheit ganz gelegen. Zumindest so lange, wie du noch nicht eine andere Entscheidung getroffen hattest.« Er schwieg einen Augenblick. »Nicht, daß es etwas ändern wurde, aber ich wüßte ganz gerne, was sie zur Adoption gesagt hat.«

»Ach, nicht viel.« Chris lachte traurig. »Nur, daß sie mir nie verzeihen wird und nie mehr mit mir reden wird, solange sie lebt.«

»Sie wird sich schon beruhigen.«

»Ich möchte es nicht abwarten.«

Paul Michaels rief Chris am Mittag des folgenden Tages an, um ihr mitzuteilen, daß er über einen befreundeten Anwalt genau das richtige Ehepaar gefunden hatte. Sie seien begierig, mit ihr über die Adoption zu sprechen. Chris bat ihn, ein Treffen für den nächsten Tag zu arrangieren.

Obwohl bei der Wainswright-Brauerei die Hölle los war und großer Druck auf sie ausgeübt wurde zurückzukommen, ließ Chris sich in keiner Weise drängen. Zumindest das war sie Kevin schuldig.

Drei Gespräche waren nötig, um Chris davon zu überzeugen, daß Barbara und Tom Crowell die richtigen Eltern für Kevin waren und daß sie der Adoption zustimmen würde. Nicht, daß irgendein Problem während der ersten beiden Gespräche aufgetaucht wäre, es war nur so, daß ihr immer neue Fragen eingefallen waren. Beide Eheleute waren geduldig, verständnisvoll und gaben stets die richtigen Antworten, was Chris eigenartigerweise sowohl beglückte als auch traurig stimmte.

Je mehr Zeit sie mit den Crowells verbrachte, desto besser gefielen sie ihr. Sie waren Anfang Dreißig, besaßen ein Haus in der Vorstadt und waren finanziell abgesichert. Was aber am meisten zählte, war, daß es Liebe auf den ersten Blick gewesen war, als sie ihnen Kevin zeigte.

Obwohl er in zwei Wochen fast 150 Gramm zugenommen hatte, wog er immer noch kaum mehr als ein Kilo. Winzige erbsengroße Fettpölsterchen begannen sich auf seinen Wangen zu bilden, aber er war noch weit davon entfernt, wie das blühende Leben auszusehen.

Während der letzten Woche hatte Chris einen großen Teil des Tages im Krankenhaus verbracht. Sie war insgeheim davon überzeugt, daß Kevin anfing, sie zu erkennen. Als er die Gelbsucht bekommen hatte und vom Tischchen, auf dem er zu liegen pflegte, in ein Isolationsbettchen kam, wo er eine Maske trug, um seine Augen vor dem starken Bestrahlungslicht zu schützen, reagierte er auf ihre Stimme, indem er ihr den Kopf zuwandte, wenn sie sprach. Sie redete mit niemandem über das, was sie empfand. Ihre Gefühle waren zu überwältigend und zerbrechlich, um mit jemandem geteilt zu werden.

Sie saß neben dem Bett und betrachtete den schlafenden Kevin. Immer wieder sagte sie ihm, wie sehr sie ihn liebe, manchmal sprach sie die Worte laut aus, dann wieder sandte sie ihm diese Nachricht in Gedanken. Sie wußte, daß die Liebe, die sie verspürte, nie erwidert werden würde. Kevin würde sich nicht einmal an sie erinnern und wahrscheinlich gar nicht wissen, daß es sie je gegeben hatte. Aber das spielte keine Rolle. Diesen kurzen Augenblick lang würde sie ihm alles geben, und wenn er dafür nur einen Tag früher lächelte, dann war ihr das Belohnung genug.

Chris verbrachte auch den Morgen ihres letzten Tages in Sacramento im Krankenhaus. Sie war nicht einmal fünfzehn Minuten da, als sie aufblickte und Brittany, Kevins Tagesschwester, erkannte, die von der anderen Seite des Raumes her auf sie zukam und dabei einen Schaukelstuhl vor sich herschob.

»Reinsetzen«, befahl sie.

Chris sah sie mißtrauisch an, tat aber, wie man ihr geheißen hatte. Mit dieser Veteranin der Frühgeborenen-Intensivstation, die schon mehr als zwanzig Jahre hier auf dem Buckel hatte, war nicht zu scherzen. Dank ihres Selbstvertrauens, das sie aufgrund ihrer Erfahrung und ihrer intuitiven Intelligenz besaß, war sie steter Ansprechpartner für alle anderen Schwestern der Tagesschicht. War es nun göttliche Fügung oder bittere Notwendigkeit, jedenfalls hatten sich stets außergewöhnliche Schwestern in jeder der drei Schichten um Kevin gekümmert. Chris konnte Sacramento in dem sicheren Glauben verlassen, daß sie ihn in guten Händen zurücklassen würde. Ohne noch etwas zu sagen, öffnete Brittany eine Seite des kleinen Bestrahlungsbettchens, setzte Kevin eine blaue Strumpfmütze auf und wickelte ihn in eine weiße Decke. Nachdem sie überprüft hatte, daß alle Kabel noch ordnungsgemäß an die Monitore angeschlossen waren, reichte sie ihn Chris.

»Ist das nicht gefährlich?« fragte Chris, während ihre Arme das federleichte Bündel zu wiegen begannen.

»Nur ein paar Minuten lang. Er muß aber warm gehalten werden. Halten Sie ihn also dicht an Ihren Körper.«

»Das ist das schönste Geschenk, das ich je bekommen habe«, sagte Chris.

»Ich wollte nicht, daß Sie gehen, ohne ihn je gehalten zu haben.«

»Danke.« Mehr konnte sie nicht sagen.

»Wenn Sie noch etwas brauchen, rufen Sie. Ich bin ganz in der Nähe.«

Wie auf ein Stichwort hin öffnete Kevin seine Augen und blickte Chris an. Sie fühlte ihr Herz schmelzen und auch brechen.

Sie hörte plötzlich wieder die Stimme ihres Vaters. »Wie

sehr liebst du mich, Crissy?« würde er sie abends bei ihrem Zubettgeh-Spiel fragen. Sie würde antworten: »Ich habe dich so, so, so, so lieb, Papi.« Er sah sie dann überrascht an und fragte: »Wie sehr?« Nun war der Augenblick gekommen, wo sie ihre Arme um ihn legte und ihn so fest drückte, wie sie nur konnte. »So sehr!« sagte sie dann lachend. Er lachte nie zurück. »Dann bin ich der glücklichste Mensch auf der Welt.« Dabei klang seine Stimme immer so, als ob sie ihm ein wunderbares Geschenk gemacht hätte.

»Ich liebe dich, Kevin«, flüsterte sie mit erstickter Stimme. »Ich habe dich so, so, so, so lieb.«

6

Nach ihrer Rückkehr hatte Chris keinerlei Probleme, sich wieder in das Alltagsleben in Denver einzufinden. Sie stand auf, ging zur Arbeit, blieb abends lange im Büro, um alles aufzuarbeiten, was sie verpaßt hatte, fuhr wieder heim und legte sich schlafen. Eines Abends ging sie sogar mit einem alten Freund essen; sie verabredete sich auch mit einer Freundin für den nächsten Samstag zu einem Einkaufsbummel. Aber diejenigen, die sie kannten, sagten, sie sei »irgendwie nicht in Form«. Sie nickte zustimmend und machte weiter. Wie konnte sie den Leuten nur sagen, daß es keine Freude mehr in ihrem Leben gab?

Jeden Abend redete sie sich gut zu, daß es am nächsten Morgen besser sein würde. Morgens dann griff sie stets aufs neue nach dem Telefonhörer, um das Krankenhaus anzurufen und zu fragen, wie es Kevin gehe.

Aber jedesmal war sie dann doch vernünftig gewesen und hatte aufgehängt, bevor sie eine Verbindung bekommen hatte. Jeder Zweifel an ihrem Entschluß, sich nicht mehr in sein Leben einzumischen, bedeutete doch, daß sie die falsche Entscheidung getroffen hätte – und das war einfach undenkbar. Sie konnte nur überleben in dem sicheren, eindeutigen Bewußtsein, daß sie das Beste für Kevin getan hatte.

Es war nun schon drei Wochen her, daß sie nach Denver zurückgekehrt war. Als sie eines Abends, nach einem langen Arbeitstag, gerade die Tür zu ihrem Appartement aufschloß, hörte sie, wie drinnen das Telefon zu klingeln begann. Sie rannte schnell durch das Wohnzimmer und riß den Hörer von der Gabel, bevor der Anrufbeantworter ansprang.

»Hallo«, sagte sie etwas atemlos.

»Chris, ich bin's, Paul Michaels.«

Paul war nicht jemand, der sie anrief, um ein Schwätzchen zu halten. Ihr Herz schlug bis in den Hals. »Was ist passiert?« fragte sie, ließ jede Begrüßung aus.

»Es tut mir leid, aber ich habe schlechte Nachrichten. Die Crowells haben beschlossen, Kevin doch nicht zu nehmen.«

»Das verstehe ich nicht. Warum sollten sie einen Rückzieher machen? Warum erst jetzt?«

»Nun, sie sagten, daß sie weder emotional noch finanziell in der Lage seien, mit einem kranken Baby zurechtzukommen.«

»Kevin ist nicht krank, er wurde nur zu früh geboren«, sagte sie etwas verwirrt. »Aber das wußten sie doch die ganze Zeit. Warum...«

»Mein Gott«, sagte er. »Anscheinend weißt du gar nichts.«

Sie bekam eine Gänsehaut. »Was soll ich nicht wissen?«

»Es tut mir leid, Chris. Ich hätte dich nicht so einfach anrufen sollen, aber ich dachte, du wüßtest Bescheid. Ich war davon ausgegangen, daß das Krankenhaus dich benachrichtigt hatte.«

»Was ist passiert?« Es fiel ihr schwer, mit fester Stimme zu sprechen.

»Kevin wurde heute morgen operiert.«

Chris mußte sich gegen die Wand lehnen. »Warum?« fragte sie.

»Es hat etwas mit seinem Magen zu tun. Nein, nicht mit seinem Magen, sondern mit seinem Darm. Sie mußten einen Teil davon herausoperieren.«

Das kam alles viel zu schnell für sie. Ein Dutzend Fragen schossen ihr durch den Kopf, medizinische Fragen, die Paul ihr wohl kaum beantworten könnte. Sie beschränkte sich auf eine: »Wie geht es ihm jetzt?«

»Nicht sehr gut, es tut mir leid.«

Es war, als ob er ihr einen Schlag versetzt hätte. »Verdammt noch mal, was heißt das?« konnte sie gerade noch sagen.

»Die Schwester, mit der ich gesprochen habe, sagte mir,

daß die Infektion auf sein Blut übergegriffen habe und daß er in einem kritischen Zustand sei.«

Sie konnte es nicht glauben. Das durfte nicht wahr sein.
»Ich komme sofort.«
»Du kannst nichts tun, Chris.«
»Ich kann für ihn da sein«, sagte sie scharf.
»Laß es mich wissen, wenn ich dir helfen kann.«
»Das werde ich.« Sie wollte schon aufhängen, als ihr noch etwas einfiel: »Paul?«
»Ja.«
»Sag den Crowells, sie sollen mir lieber aus dem Weg gehen.«

Als Chris dieses Mal in Sacramento landete, machte sie sich gar nicht erst die Mühe, einen Leihwagen zu mieten, sondern nahm sofort ein Taxi zum Krankenhaus. Es war vier Uhr morgens. Die langen, verschlungenen Gänge, die sie auf ihrem Weg zur Frühgeborenen-Intensivstation passierte, waren menschenleer. Sogar das Wartezimmer für Familienangehörige der werdenden Mütter war leer.

Früher hatte sie, ganz begierig darauf, Kevin zu sehen, kurz durch die Jalousien geschaut, die die Fenster der Station zum Gang hin abschirmten, in der Hoffnung, einen Blick auf ihn zu erhaschen. Wenn sie ihn sah, wurde ihr Schritt schneller, und ihr Herz begann vor Vorfreude stärker zu schlagen. Dieses Mal wagte sie nicht aufzusehen und gab sich damit weitere zwanzig Sekunden der Hoffnung.

Sobald sie sich in dem langen schmalen Raum befand, der die Babys auf der Intensivstation von den weniger gefährdeten Babys trennte, gab es kein Verstecken mehr. Sie sah durch das Fenster, ihr Blick schweifte automatisch über die kränksten Babys, die auf speziellen Tischchen lagen. Ihre Suche endete in der hintersten Ecke. Es standen zu viele Geräte um den Tisch herum, um das Baby zu sehen, aber sie sah die Schwester, die ihn versorgte. Es war Trudy Walker, eine Frau, die sich vom Tag seiner Geburt an besonders um Kevin gekümmert hatte. Sie hatte eine sanfte Stimme und war bescheiden, eine gütige Frau, die man leicht unterschätzte – bis man die eiserne Entschlossenheit in ihren Augen sah. Chris spürte Erleichterung aufkommen, als sie sie sah. Chris' Hände waren so zittrig, daß sie nicht imstande war, das Päckchen mit der Bürste und der Seife zu öffnen, das sie benutzen mußte, bevor sie den Raum betrat. Schließlich bat sie eine andere Schwester, ihr zu helfen. Noch nie war eine Minute so langsam vergangen wie die, als sie am Waschbecken stand und sich die Hände schrubbte. Endlich war sie fertig, schlüpfte in einen Krankenhauskittel und betrat das Zimmer. Das rhythmische Zischen der Ventilatoren unterbrach beständig die Stille, als Chris sich Kevin näherte. Trudy blickte auf. Sie schien überrascht, als sie Chris sah, und dieses Mal lächelte sie sie nicht beruhigend an. Irgendwo war das Piepsen eines Monitors zu hören. Der hohe Ton teilte den Schwestern mit, daß ein Baby große Probleme hatte.

Chris stand schon fast am Bett, als sie endlich Kevin sah. Während der unendlichen Stunden, die sie gebraucht hatte, um hierherzukommen, hatte sie versucht, sich auf das vorzubereiten, was sie hier erwarten würde.

Ihre schlimmsten Vorstellungen waren nichts gegen das, was sie vorfand.

Er lag auf der Seite, den Kopf schräg gelegt, um den Luftschlauch aufnehmen zu können. An einem Arm war eine Manschette zur Blutdruckmessung befestigt, am anderen Arm mehrere intravenöse Schläuche. Kabel von Überwachungsgeräten waren an seinem Rücken, seiner Brust und seinem rechten Fuß befestigt. Der weiche Flaum, der seinen Kopf bedeckt hatte, war abrasiert worden. Fünf Punktionswunden legten stummes Zeugnis von Venen ab, die geplatzt waren, bevor man den zweiten intravenösen Schlauch an seinem Kopf befestigt hatte. Ein Mullrechteck bedeckte seinen Bauch. Ansonsten war er nackt.

»Was ist passiert?« fragte Chris und hielt sich dabei, eine Stütze suchend, am Bett fest. »Es ging ihm doch so gut.«

»Wir waren genauso überrascht wie Sie«, antwortete Trudy. »Als meine Schicht zu Ende war, war noch alles in Ordnung. Als ich am Abend wieder da war, hatte die Infektion bereits auf das Blut übergegriffen. Als man ihn schließlich in die Chirurgie brachte... war er schon furchtbar krank.«

Chris war lange genug in der Intensivstation gewesen, um zu wissen, daß »furchtbar krank« eine freundliche Umschreibung für »dem Tod nahe« war. Sie legte eine Fingerspitze in Kevins Hand. Er reagierte nicht. »Was hat der Chirurg gesagt?«

»Es ist wohl besser, wenn Sie selbst mit ihm sprechen.«

»Bitte«, sagte Chris, »ich muß es *jetzt* wissen.«

Irgendwo von der anderen Seite des Zimmers rief eine Schwester leise »Intravenöse Werte«. Trudy prüfte die Zahlen auf den Geräten, die vor Kevin standen, notierte sie in einem Diagramm und wandte sich wieder Chris zu. »Er sagte, es gibt eine gute und eine schlechte Nachricht. Die gute Nachricht ist, daß er nur zwei kleine Teile von Kevins Darm herausnehmen mußte.«

»Und die schlechte?« fragte Chris.

»Der ganze Darm war infiziert.«

»Was bedeutet das?«

»Wir wissen nicht, wieviel zerstört wurde, bevor wir nicht eine zweite Operation durchgeführt haben.«

Chris blickte erst Trudy, dann Kevin und schließlich wieder die Schwester an, als ihr allmählich klar wurde, was das bedeutete: »Aber, er kann doch gar nicht überleben ohne...« Sie konnte den Satz nicht zu Ende sprechen.

»Wo sind seine neuen Eltern?« fragte Trudy sanft.

»Sie haben beschlossen, daß sie ihn doch nicht wollen.«

»Ich verstehe.«

»Das ist schon in Ordnung«, sagte Chris. »Wir brauchen

sie nicht, nicht wahr, Kevin?« Ihre Augen waren mit Tränen gefüllt, sie sah alles verschwommen.

Die harte Realität sah weicher aus.

Sie beugte sich über das Tischchen und küßte Kevins Schläfe. »Ich bin es, Kevin«, flüsterte sie.

Wie eine Reaktion auf ihre Stimme schloß sich seine Hand um ihren Finger.

»Ich bin es, Chr... nein, Kevin«, sagte sie und spürte, wie nun endlich ihre Welt ins Gleichgewicht kam, »ich bin es, Mama.«

7

Chris steckte die fünfte Kerze in das Bullauge der segelschiffsförmigen Torte, die sie heute morgen für Kevin gebacken hatte. Die Woche zuvor hatte sie ihn auf eine Geschäftsreise nach San Francisco mitgenommen und all die Schiffe in der Bucht, vor allem die »mit weißen Spitzen«, hatten ihn fasziniert. Als sie durch das Küchenfenster einen Blick in den Garten warf, sah sie, daß die Gartenschläuche schon nicht mehr dazu benutzt wurden, die beiden Planschbecken zu füllen. Fast, wie zu erwarten, war das Fest zu einer Wasserschlacht geworden, bei der Kevin und Tracy zusammen gegen alle anderen kämpften. Zwei gegen vier. Ganz schön ungerecht. Chris lächelte. Sie hoffte, daß Kevin und Tracy gnädig mit ihren Gegnern umspringen würden.

Sie hörte einen lauten Schrei, gar nicht wie der eines Kindes. »So, jetzt reicht es!« schrie eine Frauenstimme. »Keine Rücksichten mehr!«

Diese Drohung wurde von gellendem Gelächter beantwortet. Chris widmete sich wieder der Torte. Sie mußte nicht weiter hinausschauen, um zu wissen, was passiert war. Es war natürlich Mary Hendrickson, die sich in das Kampfgetümmel gestürzt hatte.

Mary war ein besonderer Mensch. Sie hatte die Umgangsformen einer Frau, die im Haus einer hochgestellten Persönlichkeit aufgewachsen ist, was auch tatsächlich der Fall war. Sie konnte mit unglaublicher Selbstsicherheit in eine Feuerwehrwache hineinspazieren, die voller Männer war, die sie noch nie gesehen hatte, und dabei ganz gelöst sein. Das kam häufiger vor, nämlich immer dann, wenn ihr Mann, der Feuerwehrhauptmann war, die Feuerwehrwache wechselte. Gleichzeitig besaß sie aber die Fähigkeit, sich um fünfundzwanzig Jahre zu verjüngen, sich hinzuknien und mit dem nächstbesten Kind Verstecken zu spielen.

Sie war nicht einmal 1,60 m groß, hatte langes schwarzes Haar, das sie fast immer in einem Pferdeschwanz trug, und die Geschmeidigkeit eines Läufers. Ihr wesenseigener Optimismus hatte ihr über einige schwere Momente hinweggeholfen. Bei einem dieser Momente war auch Chris dabeigewesen, dem Tod ihrer zwei Monate alten Tochter, der Zwillingsschwester von Kevins bester Freundin Tracy.

Auf eine bestimmte Art und Weise wurde bei Kevins Geburtstagsfeier die Freundschaft zwischen Chris und Mary gefeiert. Nachdem sie sich vor fünf Jahren eine Woche lang täglich beim Betreten und Verlassen der Intensivstation begegnet waren, hatte Mary Chris eines Tages angehalten und gefragt, ob sie mit ihr nicht eine Tasse Kaffee trinken wolle, sie bräuchte jemanden, mit dem sie sprechen könne, der dasselbe wie sie durchmachte und der wirklich verstand, was das bedeutete. Chris war mitgegangen und dachte, daß sie Mary damit geholfen habe. Erst viel später hatte sie erkannt, daß sie damals diejenige gewesen war, die Hilfe empfangen hatte und nicht umgekehrt.

Mary war ein Geschenk des Himmels während der scheinbar endlosen Monate, die Kevin im Krankenhaus verbracht hatte. Sie gab Chris neue Zuversicht, wenn diese schon nicht mehr das Licht am Ende des Tunnels sah. Sie bestand darauf, daß Chris zum Essen zu ihr kam, als diese zusehends magerer wurde, und fand sogar ein möbliertes Appartement für sie, als Chris langsam klar wurde, daß sie nicht mehr nach Denver, zu ihrer Wohnung und ihrer Arbeit, zurückkehren könne und daß der Bruch zwischen ihr und Harriet nicht mehr zu kitten war.

Die Hintertür knallte, und Chris wachte aus ihren Tagträumereien auf. »Wie lange brauchst du denn, um fünf Kerzen in die Torte zu stecken?« fragte Mary, die sich gerade ein Handtuch um die Haare wand.

»Brauchst du jetzt schon Verstärkung?«

»Ach was. Ich möchte nur nicht, daß du dir den Spaß entgehen läßt.«

»Danke, ich verzichte. Irgend jemand muß hier ja Erwachsener spielen.«

Mary öffnete den Kühlschrank und holte das Eis heraus. »Gott sei Dank muß ich das nicht«, sagte sie und grinste. Das Läuten der Türglocke war im Wohnzimmer zu hören. »Erwartest du noch jemanden?«

Chris schüttelte den Kopf. »Patty Gorwalt war eingeladen, aber sie ist heute morgen mit Fieber aufgewacht und konnte nicht kommen.«

»Soll ich hingehen?«

»Wenn es dir nichts ausmacht.« Sie wollte gerade die Torte nehmen. »Nein, warte. Mir ist gerade eingefallen, daß Linda gesagt hat, wenn sie Informationen zu dem neuen Kunden erhält, den sie mir vermitteln will, dann würde sie sie mir noch heute nachmittag per Kurier schicken. Das ist er wahrscheinlich.« Sie stellte die Torte wieder auf die Arbeitsplatte. »Warum verteilst du nicht ein paar Handtücher und holst alle an den Tisch? Ich erwarte viel Beifall, wenn ich gleich die Torte bringe.«

»Du ziehst wieder eine Show ab!«

Chris seufzte gespielt. »Was soll ich sagen? Es steckt mir nun mal im Blut.«

»Im Blut? Nur weil irgendeine deiner Urgroßmütter Cancan vor einer Horde geiler Bergleute getanzt hat?«

Chris ging ins Wohnzimmer. »Nicht jeder kann von den Mayflower-Leuten abstammen.« Lachend fügte sie hinzu: »Obwohl es, weiß Gott, viele versuchen.« Sie hatte gerade die Tür erreicht, als es noch mal läutete.

In der Erwartung, jemanden, der lächelte und eine Uniform trug, vorzufinden, war sie zunächst sprachlos, als sie einem ernst aussehenden, ihr irgendwie vertraut vorkommenden Mann in einem teuren Maßanzug gegenüberstand. Obwohl ihre Shorts und ihr rückenfreies Oberteil der drückenden Hitze sicher angemessener waren, kam sie sich doch auf eine peinliche Weise »unterbekleidet« vor. Aber es dauerte nur Sekundenbruchteile, bis sie wieder die Fassung gewann und den Mann, der sie ganz offen musterte, einschätzte und erkannte.

Angesichts der Tatsache, daß das Foto von Mason Winter in den vergangenen drei Jahren unzählige Male auf der Titelseite des Wirtschaftsteils des *Sacramento Bee* gestanden hatte, wunderte es Chris, daß sie ihn nicht gleich erkannt hatte. Andererseits mußte sie zugeben, auch wenn ihr dies schwerfiel, daß die Fotos ihm nicht gerecht geworden waren. Leider, aber so war es nun einmal. Irgendwie brachte es die Natur nicht fertig, charakterlich vollkommene und gleichzeitig gutaussehende Männer zu schaffen. Je besser ein Mann aussah, desto charakterloser war er, so war es nun einmal.

Chris schob die Hände in die Taschen ihrer Shorts und lehnte sich gegen den Türrahmen: »Was kann ich für Sie tun?« fragte sie.

»Ich suche Christine Taylor.«

Er war also doch an der richtigen Adresse. War das vielleicht der neue Kunde, von dem Linda gesprochen hatte? Chris überlegte kurz. Unmöglich. Die Werbeagentur Chapman & Jones war zwar auf dem Weg nach oben, aber sie war immer noch eine Nummer zu klein, um Kunden wie Winter Construction zu bedienen. Noch unmöglicher schien ihr der Gedanke, daß sie einen solchen Auftrag an eine Freiberuflerin wie sie vergeben würden. Obwohl sie ihren Job mochte, machte sie sich keine Illusionen über ihre Position gegenüber der Agentur. Die Arbeit für Chapman & Jones war die ideale Lösung für ein, wie es ihr ehemals erschienen war, übermächtiges Problem. Sie erlaubte ihr, für den Lebensunterhalt zu sorgen und trotzdem zu Hause bei Kevin zu sein. Sie würde nie reich sein und würde sich auch nie als Führungskraft eines Unternehmens bezeichnen können, aber dafür durfte sie Kevins erste Schritte sehen und sein erstes Wort hören. Das war mehr wert als jeder berufliche Aufstieg und jeder hohe Verdienst.

»Ich bin Christine Taylor.« Ihre Stimme änderte sich, vielleicht sogar ihre Haltung. Angesichts der entfernten Möglichkeit, daß er doch der neue Kunde sei, schien es wenigstens angebracht zu sein, ihm ein wenig entgegenzukommen.

»Mason Winter.« Seine Augen verengten sich, als er sie prüfend ansah, ihr die Hand schüttelte. »Ich hab' Sie mir ganz anders vorgestellt.«

»Nun, das müssen Sie entschuldigen.« Sie hätte Linda dafür erwürgen können, daß sie sie nicht vor seinem Besuch gewarnt hatte. »Ich würde ähnlich denken an Ihrer Stelle.« Er reagierte nicht, wie sie erwartet hatte. »Warum kommen Sie nicht herein, so daß ich Ihnen ein paar Arbeiten zeigen kann, die ich für andere Kunden gemacht habe? Wenn Sie dann immer noch der Ansicht sind, daß ich nicht in der Lage bin, für Sie tätig zu werden, wird die Agentur jemand anderen benennen.«

Er zögerte, wollte etwas sagen, änderte dann aber doch seine Meinung. »In Ordnung«, sagte er schließlich.

Chris trat zur Seite, um ihn einzulassen. Sie blickte auf, als er an ihr vorüberging. Sie wollte ihn beruhigend anlächeln, aber es gelang ihr nicht. Es war etwas Unheimliches, etwas Vertrautes an ihm. Das hatte nichts damit zu tun, daß sie sein Bild aus der Zeitung kannte. Sie fühlte sich unwohl. Zuerst dachte sie, es seien seine Augen, dann meinte sie, daß es wohl seine Art, sich zu bewegen, sei. Als er im Haus war und sich umdrehte, um zu sehen, ob sie ihm folgte, änderte sie ihre Meinung wieder und kam zu dem Schluß, daß sein ganzes Auftreten ihr das Gefühl gab, ihm schon einmal begegnet zu sein.

»Machen Sie es sich bequem«, sagte sie und wies auf einen Stuhl. »Ich werde gleich –« Ein spitzer Schrei ließ sie abbrechen. Sie blickte kurz nach hinten, in den Garten. Sie erkannte schnell, daß es sich um einen Schrei der Entrüstung und nicht des Schmerzes handelte, und zuckte die Achseln. »Es tut mir leid. Aber hinten im Garten findet gerade eine Feier statt. Es dürfte sehr schwierig sein, heute auch nur halbwegs vernünftig etwas Geschäftliches zu besprechen. Entschuldigen Sie, Mr. Winter, aber ich glaube, daß es sowohl für mich wie auch für Sie besser wäre, wenn wir unser Treffen auf einen anderen Tag verschieben.«

Sie hatte seinen Blick gleich richtig gedeutet und sah keinen Sinn darin, den Rest von Kevins Geburtstag wegen eines verlorenen Auftrags zu verpassen. Sobald er sich verabschiedet hätte, würde sie Linda anrufen und ihr mitteilen, was geschehen war. Mit ein wenig Glück würde es Linda gelingen, ihn in seinem Büro zu beruhigen und so den Auftrag zu retten. Dann sollte sie auch mal mit Linda ein Wort darüber reden, ohne Ankündigung Kunden bei ihr vorbeizuschicken.

»Was genau wird denn dahinten gefeiert?« fragte er.

»Ein Geburtstag. Mein Sohn wird heute fünf Jahre alt.« Sie machte einen Schritt zur Ausgangstür hin. »Wenn Sie mich jetzt entschuldigen wollen, ich werde erwartet.«

Er rührte sich nicht vom Fleck. »Sie sehen überhaupt nicht wie Diane aus«, sagte er ruhig.

Sie mußte erst einmal überrascht Luft holen. Ihr wurde ganz kalt. »Wer sind Sie?«

»Ich habe es Ihnen doch gesagt – Mason Winter.« Er wartete einen Augenblick.

»Soll das mir irgend etwas sagen?«

Seine Augen wurden schmaler. »Entweder sind Sie 'ne tolle Schauspielerin, oder Sie wissen wirklich nicht, wer ich bin. Was von beiden trifft denn nun zu?«

»Warum sollte ich...«

Die Küchentür knallte. »Mom, wo bist du?« fragte eine Kinderstimme.

Ein Gefühl unbegreiflicher, unerklärlicher Angst durchzuckte sie. Aus irgendeinem Grund, den sie nicht verstand, war es furchtbar wichtig, daß Kevin nicht hereinkam. »Geh nach draußen, Kevin. *Sofort.*«

Wie nicht anders zu erwarten, kam er nun ins Zimmer. »Warum denn?«

»Das geht dich nichts an«, sagte sie streng. »Tu, was ich dir gesagt habe.« Das waren Worte, die sie von ihrer Mutter kannte. Sie hatte sich geschworen, solche Worte nie zu gebrauchen. Sie sah Mason Winter an und bemerkte, wie er Kevin mit einem durchdringenden, rätselhaften Blick anstarrte. Es war, als ob sie gar nicht existiere, als ob die Welt sich auf den Mann und den Jungen reduziert hätte.

»Aber wir warten alle auf die Torte«, protestierte Kevin und zerrte am Kragen des T-Shirts, das er verkehrt herum und mit der Vorderseite nach hinten angezogen hatte. Schließlich gab er auf und zog es wieder aus.

»Dann holt euch die Torte. Sag Tante Mary, sie soll schon mal anfangen und die Torte anschneiden. Ich bin gleich bei euch.«

Als Kevin endlich wieder draußen war, sah sie Mason Winter an. »Ich weiß nicht, warum Sie heute hierhergekommen sind. Ich möchte, daß Sie gehen. Und zwar jetzt gleich.«

»Damit werden Sie bei mir genausowenig Erfolg haben wie bei ihm«, sagte er ganz ruhig. Sein Blick schien sie zu durchbohren. »Sie sind nicht diejenige, die mir den Brief geschickt hat, oder?«

Diese Frage machte sie ungehalten. »Ich weiß nicht, wovon Sie reden. Was für ein Brief?«

»Dianes Brief.«

Um sich herum nahm sie nichts mehr wahr. Alles, was sie sah, war dieser Mann, der drohte, ihre friedliche Existenz zu zerstören.

»Was wissen Sie über Diane?« – »Mein Gott«, sagte er. »Ist es möglich, daß Sie wirklich nichts von dem Brief wissen?«

»Was für ein Brief?« schrie sie ihn fast an.

Er griff in die Brusttasche seiner Jacke, nahm einen Umschlag heraus und hielt ihn ihr hin. Sie starrte das Stück Papier an, sah die nicht abgestempelte Briefmarke darauf und bemerkte die Schrift. Die eleganten Bögen und Schwünge waren ein Merkmal von Dianes einzigartiger Schönschrift gewesen. Sie spürte einen stechenden Schmerz, so stark wie keinen anderen in den letzten fünf Jahren. »Wo haben Sie das her?«

»Es wurde mir zugeschickt.«

Sie wollte schon nach dem Umschlag greifen, zog dann aber ihre Hand zurück. Irgend etwas in ihr wehrte sich dagegen, seinen Inhalt zu erfahren. »Warum bringen Sie ihn mir jetzt erst, nach so langer Zeit?«

»Ich hoffte, Sie könnten mir eine Antwort darauf geben.« Er nahm ihre Hand und zwang sie, den Brief zu ergreifen.

Sie mußte schlucken. »Ich weiß nicht, warum Sie glauben, daß ich...«

»Lesen Sie ihn«, beharrte er.

Ihr Instinkt befahl Chris, Mason Winter mitsamt dem Brief hinauszuwerfen. Was immer Diane geschrieben haben mochte, es war in einer anderen Zeit gewesen. Es hatte heute keine Bedeutung mehr. Fast ein halbes Jahrzehnt war verstrichen. Man hatte einen neuen Präsidenten gewählt. Das Space Shuttle flog wieder. Lieder waren geschrieben worden, hatten die Hitparaden gestürmt und waren wieder in der Versenkung verschwunden. Was konnte in einem fünf Jahre alten Brief stehen, das heute von Bedeutung sein würde?

Aber diese an und für sich vernünftigen Gedanken vermochten nicht, sie zu beruhigen. Sie öffnete den Umschlag und holte ein einzelnes Blatt heraus. In der oberen rechten Ecke stand das Datum – eine Woche, bevor Diane gestorben war. Plötzlich fiel Chris ein, daß auf dem Couchtischchen, auf dem sie die angebissenen Kekse gesehen hatte, auch eine Schachtel mit Briefpapier gelegen hatte, gelb, mit ein paar Narzissen in der Ecke, so wie das Blatt, das sie in der Hand hielt. Ihr Blick glitt über das Papier.

Liebster Mason,
es gibt so viel, was ich Dir zu sagen hätte, aber mir bleibt so wenig Zeit. Ich habe versucht, Dich bei der Arbeit zu erreichen, aber Deine Sekretärin sagte mir, Du seiest außer Landes und wärest erst in zwei Wochen zurück. Ich fürchte, daß mir nicht so viel Zeit bleiben wird, mein Liebling. Es fällt mir schwer einzugestehen, daß ich mich geirrt habe, vor allem in diesem Fall, aber ich kann die Wahrheit nicht länger vor Dir verbergen. Ich liege im Sterben. Das Happy-End, das ich vorgesehen hatte, wird es nicht geben. Ich werde nie vor Deiner Haustür stehen, mit dem Baby im Arm, geheilt vom Krebs, um Dir zu sagen, daß ich nie, auch nur eine Minute, aufgehört habe, Dich zu lieben.

Mein Abschied war eine Lüge. Es tut mir so leid, daß es geschehen war – für uns beide. Es tut so weh, an all die kostbare Zeit zu denken, die verschwendet ist, die wir hätten zusammensein können. Aber als ich Dich verließ, sah ich keine andere Möglichkeit. Ich dachte, ich sei unbesiegbar, aber ich bin es nicht. Ich bin ein ganz gewöhnlicher Mensch. Und ich bin sterblich. Meine Gebete sind jetzt für Dich und das Baby. Je länger ich am Leben bleiben kann, desto bessere Chancen hat es.

Anstatt Dir Schmerz zu ersparen, habe ich ihn verdoppelt. Aber ich weiß, daß Du, wenn ich bei Dir geblieben wäre, mir nie erlaubt hättest, das Kind auszutragen. Du siehst, ich hatte also nie eine andere Wahl. Wie konnte ich das Leben unseres Kindes beenden, um mein eigenes zu retten, vor allem, wenn ich felsenfest davon überzeugt war, daß es gar nicht notwendig war? Ich muß Dir schreiben, um Dir zu sagen, wie sehr ich Dich liebe, und um in Dir die bittere Erinnerung an meinen Abschied auszulöschen. Ich würde Dir diesen Brief nicht jetzt erst schreiben, wenn es nicht wegen des Babys wäre. Du wirst ein wunderbarer Vater sein...

Chris konnte nicht mehr weiterlesen. Sie spürte einen schweren Klumpen in ihrem Magen. Plötzlich schien dort kein Platz mehr zu sein für die Hot Dogs, die Cola und die Chips, die sie vor kaum einer Stunde gegessen hatte. Sie hielt die Hand vor den Mund, als sie aufblickte und sah, daß Mason sie beobachtete.

»Sie wußten schon, was in dem Brief stand, nicht wahr?« fragte er.

»Nein«, antwortete sie. Aber es klang nicht sehr überzeugend.

»Sie haben das schon in dem Augenblick erkannt, als Sie die Tür öffneten.«

»Nein«, sagte sie, ihre Stimme wurde lauter.

»Ich bin Kevins Vater.«

»Nein...« Dieses Mal klang sie wütend. Aber Mason Winter antwortete ihr mit entschlossener Stimme: »Ich bin wegen meines Sohnes gekommen.«

8

Mason sah den Schmerz auf Chris' Gesicht und erkannte, daß sie ihm wahrscheinlich leid getan hätte, wenn er sie nicht so sehr hassen würde. Was sie ihm weggenommen hatte, war nicht wiedergutzumachen: fünf Jahre des Lebens seines Sohnes. Wegen dieser Frau waren Kevin und er Fremde. Alles, was sie beide verband, war die Tatsache, daß sie sich ähnlich sahen. Nachdem der erste Schock nach dem Erhalt von Dianes Brief abgeklungen war, hatte er einen Detektiv engagiert, um seinen Sohn zu finden. Diese Aufgabe hatte sich als überraschend leicht erwiesen. Innerhalb von nur einer Woche hatte Mason den Bericht auf seinem Schreibtisch. Dieser enthielt auch ein mit einem Teleobjektiv aufgenommenes Foto eines dunkelhaarigen kleinen Jungen vor einem gelben, mit Schindeln gedeckten Haus. Er stand auf einem gepflegten Rasen und rief irgend jemandem, der sich links von ihm befinden mußte, etwas zu. Das Foto war etwas unscharf, aber die Ähnlichkeit zwischen Vater und Sohn war unverkennbar.

Mason hatte das Foto tagelang betrachtet. Er hatte es überallhin mitgenommen, sah es sich zwischen Sitzungen an, stellte es auf den Nachttisch, bevor er zu Bett ging, damit es das erste sei, was er am Morgen sehen würde. In Gedanken durchlebte er noch einmal seine Monate mit Diane, verspürte immer wieder die Freude, die sie zusammen erlebt hatten, und den Schmerz und die Verwirrung, die er gefühlt hatte, als sie ihn verlassen hatte.

Immerhin hatte er nun die Antworten auf all die Fragen, die ihn schon fast sechs Jahre gequält hatten. Er verstand endlich, warum sie ihn verlassen hatte. Wenn nur der Umstand, daß er sie nun verstand, alles leichter machen würde.

Natürlich hatte sie recht gehabt. Hätte er von ihrem Krebsleiden gewußt, er hätte darauf beharrt, daß sie alles tun müsse, um ihr Leben zu retten. Er hatte das schon einmal durchgemacht, mit jemandem, den er auch geliebt hatte. Er hätte das nicht noch einmal mitmachen wollen. An das Kind würde er zuallerletzt gedacht haben.

Aber jetzt, wo er sah, was für ein gesunder Junge Kevin mit seinen strahlenden Augen geworden war, war er sich nicht mehr so sicher.

Er schüttelte sich in Gedanken, verbannte die Erinnerungen an ihren Platz. »Ich hätte nicht einfach so hierherkommen sollen«, sagte er zu Chris.

»Ich verstehe Ihre Neugier wegen Kevin«, sagte sie, immer noch argwöhnisch, aber doch schon eine Spur entspannter. »Ich nehme an, daß es unter diesen Umständen nicht verwunderlich ist, daß Sie ihn sehen wollten. Nun, da Sie das getan haben, werden Sie sicher auch verstehen, daß nach all der Zeit kein Platz für Sie in seinem Leben ist. Er hat eine gesicherte normale Existenz, genau das, was jeder Fünfjährige braucht. Wenn ich Ihnen erlauben würde, nach all dieser Zeit in sein Leben zu treten, würden Sie ihn mir wegnehmen und seine Welt auf den Kopf stellen. Ich kann und werde das nicht zulassen.«

Mason fragte sich, ob sie Angst vor ihm hatte oder sich über sein plötzliches Auftauchen ärgerte.

Sein Zorn flammte erneut auf. »Hören Sie, gute Frau, glauben Sie im Ernst, daß Sie mich so leicht loswerden? Meinen Sie, Sie brauchen nur mit der Hand zu winken und ich verschwinde?«

»Nun, wenn das nicht reicht, dann eben etwas anderes. Was immer nötig ist, ich werde es tun.« Chris war offensichtlich stark erregt, als sie nach dem Telefon griff, das auf dem Tisch neben dem Sofa stand.

»Die Polizei«, fuhr sie fort, »muß ich die Polizei anrufen, damit Sie von hier verschwinden? Glauben Sie keine Sekunde, daß ich sie nicht rufen würde. Eins muß Ihnen klar sein, Mr. Winter: Kevin gehört mir.« Nun klang auch ihre Stimme erregt. »Es ist mir egal, wie berechtigt Ihr Anspruch ist. Ich bin nicht bereit, auch nur den kleinsten Teil von ihm abzugeben, schon gar nicht an einen Mann, der das soziale Gewissen eines Donald Trump und die Moralvorstellungen einer Leona Helmsley hat.«

Er nahm ihr den Telefonhörer ab und legte ihn wieder auf die Gabel. »So, jetzt wissen wir also, was Sie in der Zeitung über mich gelesen haben. Ich wünschte nur, daß der Bericht, den ich über Sie habe, ebenso gründlich wäre. Leider hat der Detektiv nichts davon erwähnt, daß Sie sehr theatralisch sein können.«

»Sie haben einen Bericht über mich?« fragte sie entrüstet. »Was gibt Ihnen das Recht...«

»Sie haben mein Kind gestohlen. Ein besseres Recht kann man wohl nicht haben.«

Verdammt noch mal, sie behandelte ihn wie einen Gammler, der zufällig hereingeschneit kam. War ihr nicht klar, daß sie in den vergangenen fünf Jahren seinen Sohn aufgezogen hatte?

»Sie halten mich für theatralisch?« kam es wie aus der Pistole geschossen. »Ich habe Ihren Sohn nicht gestohlen, Mr. Winter. Diane hat mich gebeten, ihn anzunehmen.«

»Ach? Wann denn? Soweit ich weiß, verstarb sie, bevor Sie das Krankenhaus erreichten.«

Sie trat einen Schritt zurück, ihren Mund vor Erstaunen geöffnet. »Wer hat Ihnen das gesagt? Hat Ihr Detektiv auch herausgefunden, was ich zu Diane gesagt habe, als ich ihre Asche verstreute? Ist auch egal. Ich möchte es gar nicht wissen. Ich bin Ihnen keine Erklärungen schuldig. Die Zeit ist auf meiner Seite. Wenn Kevin Ihnen wirklich etwas wert wäre, hätten Sie sich vor langer Zeit melden müssen. Was haben Sie in den vergangenen fünf Jahren denn gemacht? Wollten Sie abwarten, um sicher zu sein, daß Kevin gesund genug sein würde, um Football spielen zu können?«

Einen kurzen Augenblick lang, als die Wut in ihren Augen aufblitzte, die Art, wie sie ihren Kopf hielt, als sie ihn anschrie, und ihre entschlossene Haltung, da erinnerte sie ihn an Diane. Aber dieser Eindruck war genauso schnell verschwunden wie er gekommen war, und er fragte sich, ob er überhaupt irgend etwas bemerkt hatte. »Der Brief ist erst vor zwei Monaten aufgegeben worden«, sagte er und fragte sich, warum er ihr antwortete. »Es hat fünf Wochen gedauert, bis er mich erreicht hat.«

Ihre Augen wurden schmaler, zweifelnd. »Das verstehe ich nicht. Wo hat er denn die ganze Zeit gesteckt?«

»In den Unterlagen von Harriet Taylor, im Büro ihres Anwalts. Die neue Sekretärin sah einige der alten Akten durch und fand dabei einen Brief, den man vergessen hatte aufzugeben. Sie hat einen Begleitbrief geschrieben, mit dem sie um Verzeihung für die Verzögerung bat.« Er lachte trocken. »Sie sagte sogar, sie hoffe, daß die Verspätung keine Probleme bereitet habe. Die Anwälte konnten sich nicht vorstellen, wie man etwas fünf Jahre verlegen könnte.« Er blickte sie durchdringend an. »Haben Sie eine Ahnung, wie so etwas passieren konnte?«

Chris antwortete nicht gleich. »Ich habe Ihnen schon gesagt, daß ich nichts von der Existenz dieses Briefes wußte.«

Mason spürte, daß ein Wandel in ihr vorging. Er gab sich nicht der Illusion hin, daß sie nachgab. Sie war nur ein wenig zurückgewichen, um neue Kräfte zu sammeln. Das Bild, das er sich zunächst von ihr gemacht hatte, war zu klischeehaft. Aber das war kein Wunder. Schöne Frauen, die wenig zielstrebig waren, gaben gewöhnlich keine ernstzunehmenden Gegner ab. So hatte er Chris eingeordnet. Es hatte nun den Anschein, daß sie das, was ihr an Zielstrebigkeit abging, durch ihren mütterlichen Instinkt mehr als wettmachte.

Er spürte, wie ihm Schweißtropfen den Hals herunterliefen. Kein Wunder bei der verdammten Hitze in diesem Haus ohne Klimaanlage. Er mußte sich zwingen, nicht seine Jacke abzunehmen und seine Krawatte zu lockern, denn er spürte, daß sie diese kleine Geste als einen Sieg in diesem ersten Scharmützel ausgelegt hätte. Wenn sie die Hitze aushalten konnte, dann konnte er das auch. »Ich nehme wohl an, daß Sie einen Bluttest verlangen werden?« fragte er.

»Sie brauchen verdammt mehr als nur einen Bluttest, um mich...« Sie beendete den Satz nicht.

»Um Sie was?« hakte er nach.

»Um mich dazu zu bringen, Sie Kevin sehen zu lassen.«

Er trat einen Schritt auf sie zu und blickte auf sie herunter. »Sie scheinen in dem Glauben zu sein, daß Sie eine Wahl haben«, sagte er leise. »Das ist nicht der Fall.«

Sie wich nicht zurück, begegnete seinem Blick entschlossen. »Warum sind Sie heute hierhergekommen? Was wollen Sie eigentlich?«

Nachdem er erfahren hatte, wo sie lebte, war er sogar ein paarmal an ihrem Haus vorbeigefahren, hatte gehofft, einen Blick auf seinen Sohn erhaschen zu können. Sein Anwalt hatte ihm energisch von all dem abgeraten. Heute nachmittag war er auf dem Weg zu einer Baustelle in Carmichael gewesen, einem der Vororte von Sacramento, in denen er baute. Einem plötzlichen Impuls folgend, war er abgebogen. Nachdem er durch das offene Tor das Treiben hinter dem Haus gesehen hatte, hielt er den Wagen an. Bevor er genau wußte, was er tat, war er schon ausgestiegen und ging auf die Haustür zu. »Ich will nur das, was jeder Vater unter derartigen Umständen will: ein gemeinsames Sorgerecht.«

Sie mußte Luft holen, trat einen Schritt zurück. »Sie können nicht... Ich werde nicht...«, stammelte sie. Als sie sich wieder in der Gewalt hatte, sagte sie: »Nur über meine Leiche.«

Er zuckte mit den Schultern. »Sie können gegen mich kämpfen, wenn Sie wollen, aber Sie wissen genausogut wie ich, daß ich gewinnen werde. Ich bin derjenige, dem ein Unrecht angetan wurde. Sie haben mir einen wichtigen Teil im

Leben meines Kindes vorenthalten. Wenn Sie Glück haben, werden Sie ihn noch sehen dürfen.« Sein Instinkt sagte ihm, daß nun der richtige Augenblick gekommen sei, um zu gehen. Es war strategisch richtig, sie in dem Glauben zu lassen, er ginge nicht aus Wut, sondern aus ruhigem Kalkül. Sie sollte ihn nur weiter für einen leidenschaftslosen Hundesohn halten. Dieses Image hatte ihm bisher noch nirgendwo geschadet. Warum sollte es ihm nicht auch jetzt dienlich sein? »Denken Sie darüber nach. Überlegen Sie sich, wieviel Sie sich leisten können zu verlieren. Mein Anwalt wird sich bei Ihnen melden.«

Er wollte schon gehen, blieb dann stehen und kam noch einmal zurück. »Warum hat er diese Narbe auf dem Bauch? Wie ist das passiert?«

»Warum fragen Sie nicht auch in diesem Fall Ihren Detektiv?«

Wie hatte er nur glauben können, eine normale Antwort von ihr zu erhalten? Es lagen Lichtjahre zwischen ihnen beiden. Er nickte kurz und wandte sich zum Gehen. Mit jedem Schritt wurde seine Willenskraft schwächer, denn er wollte wenigstens noch einen letzten Blick auf seinen Sohn werfen. Um ihm dieses Kind zu geben, hatte Diane ihr Leben gelassen. Aber es stand zu viel auf dem Spiel, um jetzt eine Szene zu riskieren. Seine Zeit würde noch kommen, und dann würde er schon einen Weg finden, um Kevin gegenüber all das gutzumachen, was sie verpaßt hatten.

Chris sah, wie Mason Winter die Straße überquerte und in einen gelben Pickup stieg, auf dessen Tür das Zeichen seiner Baufirma stand. In weniger Zeit als ihr abendlicher Spaziergang mit Kevin zu dauern pflegte, war ihre Welt zerschmettert worden. Sie war nicht so wie damals, als Diane gestorben war, in Stücke zerschlagen worden, die man wieder zusammenfügen konnte, sondern in viele kleine Splitter, die nicht mehr zu kitten waren.

Ein Teil ihres Verstandes beharrte darauf, sich hinter dem

Irrglauben zu verstecken, daß er log, daß all dies nur Teil eines raffinierten Planes war, irgend etwas von ihr zu erhalten. Aber was für einen Grund könnte ein Mann wie Mason Winter haben, um zu so einer List zu greifen?

Mein Gott, was sollte sie jetzt nur tun? Eine panische Angst schnürte ihr die Kehle zu. Sie fühlte sich dem Ersticken nah. Kevin war ihr Kind, ihr Baby. Mütter geben ihre Kinder nicht fremden Männern, egal, als was sie sich auch bezeichnen mögen. Wie konnte er nur glauben, einfach hereinzuspazieren und ein Kind zu fordern, das er noch nie gesehen hatte, das er nie im Krankenhaus besucht hatte, mit dem er nie zusammen geweint hatte?

Wenn Mason Winter nur jemand wäre, mit dem man vernünftig reden könnte. Was für ein Mann erschien denn wie aus dem Nichts und drängte eine Frau, ihr Kind aufzugeben? Ihre erschreckte Stimme antwortete ihr, daß das nur ein Mann sein konnte, der ein Kind als ein Stück Eigentum betrachtete.

Kevin war ihr Leben. Sie konnte Mason Winter genauso wenig erlauben, ihn ihr wegzunehmen, wie sie ungerührt auf dem Gehsteig verharren könnte, wenn sie sehen müßte, wie Kevin gerade von einem Auto angefahren würde.

Aber, lieber Gott, was konnte sie denn nur tun?

In den vier Jahren, die er nun schon in Sacramento lebte, war Mason Winter zu einem der mächtigsten und einflußreichsten Männer der Stadt geworden. Die Winter Construction Company war nicht einfach auf leisen Sohlen in die Stadt geschlichen. Nein, sie war mit einem Urknall auf der Szene erschienen. An einem Montag war er auf einmal dagewesen und hatte bis zum Ende der Woche alle Mitbewerber bei einem großen Bauprojekt im Stadtzentrum aus dem Feld geschlagen. Er hatte sich Optionen für ausgesuchte Parzellen im nördlichen Teil des Bezirks gesichert, als alle schon geglaubt hatten, dieses Land sei gar nicht mehr zu haben. Jeder kleinere Industriestandort war von Fertigbau-Lagerhäusern überschwemmt worden, auf denen das Zeichen seiner Baufirma stand.

Mason Winter war der erste Bauunternehmer von außerhalb gewesen, der erkannt hatte, daß es in Sacramento einen Land- und Bauboom geben würde. Nur wenige Monate, nachdem er erschienen war, hatten Investoren aus Los Angeles und San Francisco wahrgenommen, daß man in Kalifornien immer noch gute Geschäfte machen konnte. Als der neue Goldrausch einsetzte, war Mason Winter bereit. Er hatte alles in seiner Macht Stehende getan, um den Markt aufzukaufen. Nun brauchte er eigentlich nur noch das Geld zu zählen, das er jeden Tag verdiente.

Chris hatte überall Beispiele seiner Bautätigkeit gesehen, von hochmodernen Bürohochhäusern, die die Silhouette der Stadt fast über Nacht verändert hatten, bis zu den endlosen Reihen von Lagerhäusern mit ihren Betonmauern und der immer gleichen monotonen Architektur, die sogar für die Industriegebiete der Stadt ein Schandfleck waren. Mason Winter befand sich im Clinch mit fast allen Denkmalschutzgruppierungen. Angeblich versuchte er, Politiker einzuschüchtern, die ihm in die Quere kamen. Bekanntermaßen sorgte er dafür, daß sein Name in Verbindung mit allen größeren wohltätigen Werken im Bezirk gebracht wurde. Er wurde in allen Listen der begehrtesten Junggesellen aufgeführt, und sein Name erschien mindestens einmal pro Woche im Wirtschafts- oder Gesellschaftsteil der Zeitung.

Es gab nichts an ihm, was Chris gefiel. Der Gedanke, ihm Kevin zu überlassen, und sei es auch nur für fünf Minuten, machte sie geradezu krank.

Sie wartete hinter dem Fenster, bis sie sah, daß er das Ende der Straße erreicht hatte und um die Ecke bog. Dann ging sie in die Küche. Als sie, unbemerkt von den anderen, an der Drahttür zum Garten stand, hörte sie lautes, wunderbar freies und spontanes Lachen.

Nur einen Meter weiter schien alles so gewöhnlich, so normal zu sein, daß sie fast glaubte, sie müsse nur über die Schwelle treten, um dem Alptraum ein Ende zu bereiten. Sie sah Kevin an. Es war ganz einfach so, daß dieses Kind, das sie inzwischen als ihr eigenes betrachtete, für sie so wichtig zum Leben wie die Luft war. Ihn mit jemandem teilen zu müssen, war so, als ob sie einen Teil von sich aufgeben müßte. Ohne ihren Sohn wäre sie genauso beeinträchtigt wie ohne ihre Arme und Beine.

Recht und Unrecht spielten hier keine Rolle. Es war ihr verdammt egal, wie rechtmäßig Mason Winters Anspruch war – Kevin gehörte ihr.

Wie mußte ihre Mutter sie gehaßt haben, daß sie sich sogar vom Grab aus rächte. In ihrem Wunsch, das letzte Wort zu haben, hatte sie es sogar hingenommen, den Augenblick des Triumphes zu verpassen.

»Chris, was hast du?« fragte Mary. Besorgnis klang aus ihrer Stimme, als sie näher kam.

»Nichts«, antwortete Chris und versuchte instinktiv sich und ihre Freundin gleichzeitig zu schützen.

»Erzähl mir nicht so einen Blödsinn«, sagte Mary. »Du siehst aus wie ich, als ich die Lebensmittelvergiftung hatte.«

»Ich kann jetzt nicht darüber sprechen. Noch nicht. Ich muß nachdenken.«

Mary öffnete die Drahttür und ging hinein. Sie sah Chris prüfend an. »Sollen wir das Fest bei uns weiterfeiern? John ist jetzt zu Hause. Er wäre glücklich darüber, wenn er weitermachen könnte.«

»Nein, ich möchte nicht, daß Kevin dieses Haus verläßt.«

»Dann werde ich John anrufen und ihn bitten herzukommen.«

Als sie erkannte, daß sie ihrer Freundin Angst einjagte, versuchte Chris ein Lächeln. »Sehe ich so furchtbar aus?« Mary machte sich gar nicht die Mühe zu antworten. Sie nahm den Telefonhörer, sprach ein paar Sekunden, wandte sich dann Chris zu und sagte: »Er ist schon unterwegs.«

Chris starrte immer noch das Kind an, das zum ganzen Sinn ihres Lebens geworden war und fragte: »Von wem hat Kevin die Ernie- und Bert-Puppen?«

»Von Tracy. Von wem sonst? Sie hat sie vor einer Woche ausgesucht.«

Mary stützte sich auf die Arbeitsplatte, sah Chris fest an. »Ich werde so etwas nie mehr tun. So lange ein Geheimnis behalten zu müssen, ging fast über Tracys Kräfte.«

»Wo hast du die Puppen gefunden?« fragte Chris und setzte das Gespräch über dieses völlig unwichtige Thema fort. »Letztes Jahr zu Weihnachten habe ich sie überall gesucht, aber sie waren nirgendwo aufzutreiben.«

Es klopfte kurz an der Tür, dann ein kurzes Quietschen, als sie geöffnet wurde, und schließlich hörte man eine Männerstimme, die rief: »So, da bin ich.«

»Wir sind in der Küche«, sagte Mary. Sie griff nach Chris' Arm. »Los jetzt. Gehen wir zu uns nach Hause. Dort ist es ruhiger.«

Chris sah auf, als John hereinkam. »Hab ein Auge auf Kevin«, sagte sie. »Er soll nirgendwo hingehen.«

John nickte. »Wann soll ich sie alle nach Hause schicken?«

»Du wirst es hören«, antwortete Mary an Chris' Stelle. »Sie können so lange bleiben, wie du sie aushältst und wie sie einander aushalten.«

Auf dem Weg hinaus in den Garten blieb John stehen, legte seinen Arm um Chris. »Du siehst furchtbar aus, Crissy«, sagte er. »Leg die Beine ein wenig hoch, Mary wird dir einen starken Drink machen.«

Chris sah zu, wie John das halbe Dutzend Fünfjähriger um sich sammelte. Kevin klammerte sich sofort an ein Bein, Tracy an das andere. Chris spürte, wie ein starkes Gefühl gegen die Ungerechtigkeit des Schicksals in ihr aufkam. Nach allem, was Kevin geschehen war, konnte er nicht wenigstens einen Vater wie John haben?

Es war einfach nicht gerecht.

9

Die über zwölf Meter hohe Ulme in Mary Hendricksons Vorgarten schützte das Wohnzimmer vor der heißen Nachmittagssonne und bot Chris ein kühles, dunkles Refugium. Es war nicht ganz wie eine Höhle, in die man sich zurückzieht, um seine Wunden zu lecken, aber es kam dem doch recht nahe.

Ohne Chris auch nur die Gelegenheit zu geben, abzulehnen, ging Mary direkt in die Küche, holte eine Flasche Grand Marnier herunter und schenkte großzügig in zwei Cognacgläser ein. Als sie zurückkam, reichte sie eines davon Chris. »Wir müssen jetzt nicht reden«, bot sie ihr an. »Aber vielleicht hilft es dir. Mir tut es immer ganz gut.«

Chris hob das bauchige Glas, um den schweren Duft des Orangenlikörs einzuatmen. Ihre Hände zitterten, die Flüssigkeit schwappte an den Seiten hoch. Der Alkohol, der dadurch aufstieg, ließ ihre Augen brennen.

Sie blinzelte und merkte, daß sie den Tränen nahe war. »Verdammt noch mal«, fluchte sie leise, entschlossen, nicht zu weinen. Das letzte, was sie jetzt brauchte, waren eine laufende Nase und rote Augen.

»Ich glaube, wir müssen doch reden.«

Mary legte ihren Arm um Chris und führte sie zum Sofa. »Du siehst aus, als ob du deine beste Freundin verloren hättest«, neckte sie sie ein wenig. »Aber das ist wohl unmöglich, denn ich bin ja hier.«

»Ich muß mir keine Sorgen darum machen, meine beste Freundin zu verlieren«, sagte Chris und setzte sich auf das weiche Kattunsofa. »Es geht um meinen Sohn.«

Mary hielt mitten in der Bewegung inne. »Um Kevin?«

»Es war kein Kurier, der vorhin geklingelt hat. Es war Kevins Vater.«

»Aber, ich dachte...« Wie betäubt ließ sich Mary in den Stuhl Chris gegenüber fallen. »Wie?« fragte sie. »Oder besser, warum? Warum nach so langer Zeit?«

Chris stellte den Grand Marnier auf den Tisch und lehnte sich nach vorn, die Ellbogen auf die Knie gestützt. »Ich versuche selbst, das alles auf die Reihe zu bringen. Es scheint, daß Diane ihm einen Brief geschrieben hat, in dem sie ihm mitteilt, daß sie ein Baby von ihm bekommen wird. Der Brief ist aber erst vor kurzer Zeit aufgegeben worden. Er wußte nichts von Kevin, nicht einmal, daß es ihn gab. Er hat es erst vor ein paar Wochen erfahren.«

»Wie kam es zu der Verzögerung?«

»Nun, wie ich meine Mutter kenne, würde ich sagen, daß die Informationen in dem Brief nicht in ihre Pläne gepaßt haben.«

»Hey, Moment mal. Was hat denn deine Mutter damit zu tun?«

»Der Brief befand sich in ihrer Akte im Büro des Anwalts.« Sie zuckte hilflos die Schultern. »Sie haben wohl eine Art Frühjahrsputz gemacht und gedacht, daß man es einfach übersehen hatte, den Brief in die Post zu geben.«

Mary stöhnte auf. »Aber warum hat die Sekretärin nicht zuerst dich angerufen? Ich dachte, euer Anwalt ist ein alter Freund der Familie.«

»Es war ein neuer Anwalt. Mutter hatte allen Kontakt zu Paul Michaels abgebrochen, als sie entdeckte, daß er mir dabei half, jemanden zu finden, der Kevin adoptieren würde.«

»Ich verstehe aber immer noch nicht, warum sich der Brief überhaupt in der Akte befand«, sagte Mary.

Sie klang niedergeschlagen.

»Ich kann nur raten. Ich glaube, Diane war zu krank, um ihn selbst abzuschicken, also hat sie ihn Mutter gegeben und ihr gesagt, was drinsteht, damit sie auch wüßte, wie wichtig er ist. Als dann Diane starb, bevor ich das Krankenhaus erreichte, sah Mutter die Gelegenheit gekommen, die Dinge zu ihren Gunsten zu manipulieren.« Es war ihr unmöglich, länger sitzen zu bleiben. Chris stand auf und begann hin und her zu gehen.

»Es ist alles ganz logisch. Diane zu verlieren, war entsetzlich für Mutter.«

»Als sie also erkannte, daß sie wenigstens irgend etwas von ihrer Tochter behalten konnte«, sagte Mary, »nutzte sie die Gelegenheit.«

»Sie wußte, daß man ihr, bei ihrem Gesundheitszustand, niemals das Sorgerecht zusprechen würde...«

»Und so hat sie dir gesagt, daß es Dianes letzter Wunsch gewesen sei, daß du dich um Kevin kümmerst.«

Chris hörte auf, hin und her zu gehen, nahm das Glas vom Tisch und trank einen Schluck der bernsteinfarbenen Flüssigkeit.

»Was würde ich darum geben, noch einmal fünf Minuten mit meiner Mutter zusammenzusein. Es würde nichts ändern, aber ich hätte gern gewußt, warum sie diesen Brief versteckt hat.« Sie sah Mary etwas verlegen an. »Manchmal verblüfft es mich, wie paranoid ich sein kann. Es ist kaum zu glauben, aber meine erste Reaktion auf das alles war, daß sie es von langer Hand geplant hatte, daß es wirklich ihre Absicht war, mir eines Tages Kevins Vater vorbeizuschicken, um meine Welt auf den Kopf zu stellen. Gott sei Dank war das nur ein vorübergehender Gedanke. Es mag sein, daß Mutter mich gehaßt hat, aber Kevin hat sie vergöttert. Sie hätte ihm nie so etwas antun können.«

»Vielleicht hat sie den Brief einfach vergessen«, bot Mary an.

»Oder konnte ihn einfach nicht wegwerfen, weil Diane ihn geschrieben hatte.«

»Oder sie hatte vor, ihn Kevin zu geben, wenn er älter war,

damit er selbst entscheiden könne, ob er seinem Vater begegnen will.«

Langsam und in Gedanken stellte Chris das Glas wieder auf den Tisch. »Was immer der Grund gewesen sein mag, ich bin sicher, daß sie das hier nicht geplant hat.«

»Vielleicht könnte Madeline uns etwas über die Gründe deiner Mutter sagen.«

Chris schüttelte den Kopf. »Wenn Mutter so etwas tat, dann immer im Geheimen.«

Mary bemerkte, daß ihr Glas einen Ring auf dem Tisch hinterlassen hatte. Sie wischte ihn ab und griff nach einem Untersatz. »Wie ist er eigentlich?« fragte sie und stellte endlich die Frage, die schon die ganze Zeit in der Luft lag.

Chris holte tief Luft. »Er ist eiskalt. Der Typ, der einen Hund überfährt und sich dann über die holperige Straße beklagt. Das einzig Gute, was man über ihn sagen kann, ist, daß er noch nicht im Gefängnis gesessen hat.«

»Woher willst du das wissen? Du hast ihn doch gerade erst getroffen?«

Chris rieb sich den Nacken. »Ich habe wohl etwas Wichtiges ausgelassen. Sein Name ist Mason Winter.«

Mary schnappte nach Luft. »*Der* Mason Winter?« Sie zögerte, ihr Gesichtsausdruck verriet, wie schnell ihr die Gedanken durch den Kopf schossen. »Mein Gott, Chris«, sagte sie, die Augen weit aufgerissen. »Wenn ich jetzt darüber nachdenke, sieht Kevin genau wie er aus.«

»Ich kann mir einfach nicht vorstellen, wie Diane an so einen Kerl geraten konnte. Sie sind sich überhaupt nicht ähnlich. Diane war sanft und sensibel. Sie war ein Mensch ohne Kanten. Sie hätte doch nicht gewußt, was sie mit jemandem wie Mason Winter anfangen sollte.«

»Du klingst so, als ob du ihn analysiert hättest.«

»Na ja, das trifft auch irgendwie zu. Sein Name fing an, im Wirtschaftsteil der Zeitungen zu erscheinen, als ich gerade begann, diese Sparte tagtäglich zu lesen, um bei meinem

Job auf dem Laufenden zu sein.« Sie sagte dies mit erstickter Stimme, brach ab und schlang ihre Arme fest um sich, als ob sie den Schmerz nicht herauslassen wollte. »Er steht für all das, was ich ablehne. Was soll ich nur tun, Mary? Der Gedanke, ihm Kevin auch nur für eine Minute, geschweige denn ein ganzes Wochenende, zu überlassen, ist mir unerträglich.«

Mary stand auf und legte ihre Arme um die Freundin.

»Vielleicht mußt du das gar nicht. Wir können gegen ihn kämpfen.«

»Er würde gewinnen«, entgegnete Chris sofort. »Ich sehe jetzt schon die Schlagzeilen: ›Verzweifelter Vater kämpft um Sorgerecht für sein Kind‹ – ›Die Tricks einer Großmutter‹. Jede Gruppe in diesem Land, die für die Rechte der Väter eintritt, würde sich ihm anschließen. Angesichts dessen und des Einflusses, den Winter in der Stadt hat, habe ich doch überhaupt keine Chance.«

Mary wurde still, nachdenklich. Ihr Gesichtsausdruck wechselte von Bestürzung zu Wut. Schließlich explodierte sie. »Das war doch einfach beschissen, was er gemacht hat. Einfach so aufzutauchen, ohne eine Vorwarnung, als ob du irgendeine gemietete Babysitterin und nicht Kevins Mutter wärst. Was hat er denn erwartet? Solltest du dich für das Mißverständnis entschuldigen und zur Seite treten, damit er seinen so lange verlorenen Sohn mitnehmen kann? Wie kann man nur so skrupellos sein? Kein Wunder, daß du Angst hast.«

»Es ist nicht nur Angst«, gab Chris zu. »Ich bin ganz starr vor Schreck. Mein Gott, Mary, da spaziert ein Fremder in dein Haus hinein und erwartet von dir, daß du ihm dein Kind gibst.«

»Hat er irgendwie merken lassen, daß er erkannt hat, was es für dich und Kevin bedeuten würde, wenn man euch so etwas aufzwingt?«

Chris schüttelte den Kopf. »So, wie er sich verhalten hat,

glaube ich nicht, daß ihm dieser Gedanke überhaupt gekommen ist.«

»Es sieht so aus, als ob du und Kevin nicht so wichtig seid wie der Umstand, daß man ihn um etwas betrogen hat, was ihm zugestanden hätte.«

Chris bedeckte ihr Gesicht mit den Händen. »Mein Gott, Mary, was soll ich nur tun? So ein Mann darf doch nichts mit Kevin zu tun haben!«

»Ich weiß nicht, was ich dir sagen soll«, antwortete Mary. »Es tut mir leid.«

Chris sah wieder auf. »Der Name Winter paßt zu ihm. Eisblock wäre aber noch besser. Es hat heute weit über vierzig Grad, und er läuft in Anzug mit Krawatte herum, tut so, als ob er am Nordpol sitze.«

Mary lehnte sich zurück, einen fragenden Ausdruck auf dem Gesicht. »Was hat das denn damit zu tun?«

»Ich weiß, daß es komisch klingt, aber die ganze Zeit im Haus – du weißt doch, wie heiß es da drin war, nachdem den ganzen Morgen der Backofen wegen Kevins Torte angewesen war – hat er auch nicht ein bißchen geschwitzt. Ich war kaum fähig, mich zu bewegen, und er war so kalt und berechnend, als ob er einen geschäftlichen Deal durchzieht. Kannst du dir vorstellen, wie so jemand reagiert, wenn Kevin weint, weil ihn eine Biene gestochen hat oder er sich eine Zehe angestoßen hat? Es läßt mich schaudern, wenn ich überlege, was er tun könnte, wenn er herausfindet, daß Kevins bester Freund ein Mädchen ist und daß sie Vater-Mutter-Kind spielen?«

»Wirst du es Kevin sagen?«

Chris zuckte zusammen. »Nein. Zumindest jetzt noch nicht.«

»Was immer du entscheidest, du mußt wissen, daß John und ich hinter dir stehen.«

Chris dankte ihr mit einem Lächeln. Vielleicht kam einmal der Augenblick, wo sie ihre Freunde brauchte, aber sie hoffte, daß das nicht der Fall sein würde. Irgendwie hatte sie das Gefühl, daß Mason Winter ein gefährlicher Feind sein könnte. Je weniger Ziele sich ihm boten, desto besser.

An Schlaf war in dieser Nacht für Chris nicht zu denken. Sie wußte, daß es Unsinn war, aber sie hörte die ganze Zeit auf die Autos. Es waren zwar nicht viele, aber doch genug, um sie wach zu halten.

Nachdem sie eine halbe Stunde im Haus herumgewandert war, nahm sie ein paar Aspirintabletten gegen ihr drohendes Kopfweh. Dann versuchte sie, einen Detektivroman zu lesen, der ihr schon zweimal beim Einschlafen geholfen hatte, aber dieses Mal funktionierte es nicht. Schließlich legte sie das Buch auf die Seite und ging in Kevins Zimmer.

Ihm beim Schlafen zuzusehen war für sie etwas ganz Vertrautes, etwas, was sie getan hatte, seit er auf der Welt war und was sie immer tun könnte. Sogar nach fünf Jahren hatte sie noch Scheu vor dem Zauber, den er in ihr Leben gebracht hatte. Sie hatte es nie für möglich gehalten, daß man jemanden so lieben könnte, wie sie ihren Sohn liebte, so vollständig, selbstlos und voller Freude. Er verlieh jedem Tag einen Sinn. Sie saß auf dem Rand des Bettes, darauf bedacht, ihn nicht zu wecken. Es genügte ihr, ihm nahe zu sein und sein ruhiges, gleichmäßiges Atmen zu hören. Sie erinnerte sich daran, als seine Brust sich im Rhythmus einer Beatmungsmaschine gehoben und gesenkt hatte. Das pfeifende Geräusch dieser Maschine war ihr fest im Gedächtnis eingegraben, so wie der Anblick von Kevin, als er an das Gerät angeschlossen war. Als er aufgewacht war, hatte er manchmal geweint. Da aber der Sauerstoffschlauch, der zu seinen Lungen führte, gegen seine Stimmbänder drückte, waren es stumme Schreie gewesen. Tag für Tag hatte Chris dieser herzzerreißenden Prozedur zugesehen. Es brach ihr das Herz, zu wissen, daß er Hilfe brauchte und daß sie keine Möglichkeit hatte, ihm diese zu bieten.

Kevin war zweimal an die Beatmungsmaschine angeschlossen gewesen, und zwar nach jeder Operation. Sie dachte, daß es beim zweiten Mal leichter sein würde, da sie schon wußte, was auf sie zukam. Statt dessen lernte sie das, was alle Eltern irgendwann einmal lernen: Die Erfahrung ist kein Schutz vor Schmerz, wenn das eigene Kind betroffen ist.

Zum Glück erinnerte nur sie sich an den Alptraum der Zeit im Krankenhaus. Kevin hatte keine Erinnerung an die fünfeinhalb Monate, die er in der Frühgeborenen-Intensivstation verbracht hatte, obwohl er dort gelernt hatte zu lächeln und zu lachen, zu lallen und Wutanfälle zu bekommen. Er mußte seitdem noch dreimal ins Krankenhaus, aber er hatte diese Aufenthalte gelassen ertragen, als ob sie nichts Besonderes seien, und Chris hatte versucht, zu ihrem wie auch zu seinem Wohl, es ihm gleichzutun.

Die sechs Stunden, die sie nach seiner Geburt täglich an seinem Bett verbracht hatte, waren zwanzig Stunden geworden, als sie wieder aus Denver zurückgekehrt war. Sie hatte fast zehn Kilo abgenommen. Die Krankenschwestern brachten ihr etwas zu essen, und John und Mary bestanden darauf, daß sie das ohnehin kaum benutzte Zimmer im Motel aufgab und bei ihnen zu Hause übernachtete, bis Mary für Chris ein möbliertes Appartement fand.

Die Wainswright-Brauerei hatte ihr die Stelle mehr als zwei Monate lang offengehalten, immer wieder besorgt angerufen und ihr Arbeit ins Krankenhaus geschickt. Schließlich, als Chris klar wurde, daß es keine schnellen und leichten Lösungen für Kevins Probleme geben würde, hatte sie gekündigt. Noch ein weiterer Monat verging, bevor sie erkannte, daß sie nie mehr nach Denver zurückkehren würde. Sie bot ihre Eigentumswohnung zum Kauf an. Es bestand kein Zweifel darüber, daß Kevin mehrerer Jahre Behandlung seitens der Ärzte bedurfte, die sich bisher um ihn gekümmert hatten und die mit seinem Fall vertraut waren. Diese Erkenntnis hatte jeden Gedanken verbannt, in absehbarer Zukunft Sacramento zu verlassen.

Die Entscheidung, all das aufzugeben, wofür sie gearbeitet hatte, war ihr nicht einmal annähernd so schwer gefallen, wie sie geglaubt hatte. Der Aufenthalt in einer Intensivstation, wo es jeden Tag um Leben oder Tod ging, war etwas ganz anderes. Es war Chris unmöglich, ihrer beruflichen Laufbahn auch nur annähernd diese Bedeutung zuzuschreiben. Beruflicher Aufstieg, erfolgreiche Kampagnen und Augenblicke der Zufriedenheit über eine gut gemachte Arbeit verblaßten neben dem Gefühl, das sie empfand, als Kevin sie ansah und zum ersten Mal lächelte. Keiner ihrer beruflichen Triumphe war so tief empfunden oder so schwer verdient wie der Tag, an dem Kevin nach sechs Monaten im Krankenhaus nach Hause kam. Er wog nicht einmal ein Pfund für jeden Monat, den er bis dahin gelebt hatte.

Harriet und Madeline waren mehrmals in der Woche ins Krankenhaus gekommen, blieben aber nie mehr als eine halbe Stunde. Chris war so augenscheinlich auf Kevin konzentriert, daß sie gar nicht bemerkte, wie die Gesundheit ihrer Mutter verfiel. Drei Tage vor dem Erntedankfest versuchte Chris, die ihre Mutter seit über einer Woche nicht mehr gesehen hatte, sie anzurufen.

Madeline nahm den Hörer ab und sagte Chris, daß Harriet vor einer Woche mit starken Schmerzen ins Krankenhaus eingeliefert worden sei. Die Röntgenaufnahmen zeigten, daß drei Wirbel gebrochen waren. Das war das Ergebnis der Knochendegeneration infolge der immer weiter fortschreitenden Arthritis. Harriet hatte Madeline gebeten, Chris nicht zu sagen, was passiert sei, solange es nicht absolut nötig wäre. Chris hatte nicht gewußt, ob dies ein Akt der Rücksichtnahme oder des Trotzes war. Beide Möglichkeiten stimmten sie traurig.

Sie versuchte, ihre Mutter jeden Tag zu besuchen, aber die Zeit, die sie zusammen verbrachten, war für beide eine Qual. In einem seltenen Augenblick der Aufrichtigkeit gestanden sie sich beide ihr Unbehagen zu und einigten sich darauf, daß es am besten sei, die Besuche auf einmal wöchentlich zu beschränken und täglich zu telefonieren, um über Kevins Zustand zu sprechen. Chris achtete immer darauf, das Gespräch zu beenden, bevor es zu einem Streit kommen konnte, so daß sie beide den Glauben bewahren konnten, daß sie besser miteinander auskamen.

Harriet war in winzigen Schritten während der nächsten beiden Jahre gestorben. Sie ließ sich von einer Klinik in die nächste überweisen, bis sie schließlich kein Geld mehr hatte. In dem verzweifelten Kampf um ihr Leben wurde es sogar für die Ärzte und Schwestern immer schwieriger, mit ihr umzugehen. Schließlich hatte sie sich allen entfremdet, die versucht hatten, ihr zu helfen, einschließlich der treuen Seele Madeline. Sie vertrieb sie alle mit ihrem Zorn und ihrer Verbitterung. Durch ihren Tod gelang ihr noch einmal, was sie im Leben nicht vermocht hatte: fast einhundert Freunde zu versammeln, die ihr Respekt zollten. Es war das erste Mal in all den Jahren, daß sie sich Harriet nähern konnten, ohne befürchten zu müssen, scharf zurückgewiesen zu werden.

Mit Ausnahme einer kleinen Hinterlassenschaft für Madeline, vererbte Harriet ihr gesamtes Vermögen an Kevin und zwar in Form eines Fonds, der es ihm erlauben würde, Geld für das College zu entnehmen, wobei der gesamte Fonds jedoch erst im Alter von fünfunddreißig Jahren ausgezahlt werden sollte. Die Absicht dahinter war liebevoll und großzügig. Aber leider war sie praktisch sinnlos, denn als alle Rechnungen Harriets bezahlt worden waren, blieben gerade einmal siebenhundert Dollar übrig.

Nach dem Begräbnis war Madeline nach Michigan gezogen, um in der Nähe ihres Bruders zu sein. Sie und Chris waren in Kontakt geblieben, versäumten nie einen Geburtstagsoder Weihnachtsgruß. Manchmal wünschte sich Chris, daß Madeline nie weggegangen wäre, aber das war egoistisch und die Bitten, daß sie zurückkehren möge, wurden nie direkt geäußert, es sei denn in Form von Einladungen, Chris zu besuchen und so lange zu bleiben, wie sie wollte.

Wieder strich ein Scheinwerferpaar über das Fenster und riß Chris aus ihren Gedanken. Sie hielt die Luft an, als sie danach lauschte, ob das Auto anhalten würde. Als sie hörte, daß es weiterfuhr, merkte sie, wie heftig ihr Herz schlug.

Sie sah Kevin an, sah seine zarte Silhouette gegen das Sesamstraße-Poster. Sie legte ihre Hand leicht auf seinen Rücken, ließ seine Wärme in sich hineinfließen und beruhigte sich durch die Berührung.

Ohne ihn gäbe es keinen Grund, morgens aufzustehen. Es gäbe kein Lachen und keinen Sonnenschein. Sie fuhr ihm mit der Hand durch sein weiches Haar, strich die Locke über seiner linken Schläfe glatt. Es war noch nicht einmal vierundzwanzig Stunden her, da war ihr Leben genau so, wie sie es sich gewünscht hatte. Oder zumindest fast so. Es gab Augenblicke, in denen sie einen kleinen Stich verspürte, wenn sie die Nähe zwischen John und Mary wahrnahm. Da sie aber wußte, daß deren Verbindung ungefähr so selten war wie ein ehrlicher Politiker, grübelte sie nicht weiter nach.

Ab und zu ging sie mit anderen Männern aus. Sie hatte aber nur einem Mann, Tom Miller, erlaubt, Kevin kennenzulernen. Tom hatte sie gebeten, ihn zu heiraten, und sie hatte auch eine Weile diese Möglichkeit ins Auge gefaßt. Er und Kevin kamen ganz gut zurecht, aber nach sechs Monaten war immer noch eine Kluft zwischen beiden. Als Chris schließlich die Beziehung abbrach, erklärte sie Tom, daß sie nur jemanden heiraten wollte, der Kevin genauso lieben würde wie sie. Solange sie so jemanden nicht fand, bliebe sie lieber alleine. Seitdem hatte sie den Gedanken aufgegeben, einen Mann zu finden, der ihrem Ideal entsprach. Aber das war nicht weiter schlimm. Sie hatte ja ohnehin nie heiraten wollen. Daß sie das Leben mit Kevin teilen durfte, war schon an sich ein Wunder, das sie nie für möglich gehalten hatte. Das war mehr als genug.

Sie stand auf und ging zum Fenster, um nach draußen zu sehen. Straßenlampen an verzierten Masten beleuchteten die menschenleere Straße. Inzwischen liebte sie ihr Haus und dessen Lage. Es gab wenig Verkehr, und doch waren sie dem Stadtzentrum recht nahe. In einem ruhigen Viertel im Osten Sacramentos gelegen, war das verschachtelte Häuschen seit seiner Errichtung vor fünfzig Jahren beständig von seinen jeweiligen Eigentümern erweitert worden. Manchmal mit mehr, manchmal mit weniger Erfolg, doch jede Erweiterung hatte ihren eigenen, besonderen Charme. Es gab drei Schlafzimmer, eineinhalb Badezimmer, eine geräumige Landküche und fast keine Einbauschränke.

Mary und John hatten das Haus für Chris gefunden, sie davon überzeugt, daß es eine tolle Gelegenheit war, selbst wenn es zehnmal so alt und doppelt so teuer wie ihr Appartement in Denver war. Zunächst war es ihr schwergefallen, »fast neu« gegen »ziemlich alt« einzutauschen, aber mit der Zeit hatte sie den Charme der übereinander aufgehängten Fenster, der altmodischen Leisten und der Hartholzböden schätzengelernt. Am Anfang hatte sie einige Probleme gehabt, das Geld für die Raten aufzubringen, aber dank der zunehmenden Zahl von Aufträgen und besseren Honoraren hatte sie mit der Inflation mehr als Schritt halten können. In viereinhalb Jahren hatte das Haus seinen Wert verdreifacht und war ein richtiger Notgroschen für Kevins Erziehung geworden.

Während ihres ersten Jahres in Sacramento war Chris nur imstande gewesen, sich um Kevin zu kümmern. Ihr Versorgungsplan, ihre Ersparnisse, aufgelaufene Urlaubszeiten und der ihr zustehende Krankheitsurlaub hatten ausgereicht, um sie durch diese erste Zeit zu bringen. Als ihre Mittel dann ziemlich zusammengeschrumpft waren, hatte Kevin ein Alter und einen Gesundheitszustand erreicht, die nicht mehr eine beständige Zuwendung erforderlich machten. So konnte sie wieder anfangen, sich nach einer Arbeit umzusehen. Sie suchte etwas, das es ihr erlauben würde, von zu Hause aus zu arbeiten, und eine freiberufliche Tätigkeit im Werbebereich war genau das Richtige. Das paßte nicht nur zu ihrem beruflichen Hintergrund, sondern erlaubte ihr auch, so wenig oder so viel zu arbeiten, wie sie wollte oder mußte.

Zunächst hatten ihre Aufträge in ein paar einfachen Presseveröffentlichungen, Firmenmitteilungen und Projektbeschreibungen für neue Wohnungsbauvorhaben bestanden, was immer sie eben zu Hause erledigen konnte.

Allmählich, als Kevin älter wurde und in den Kindergarten kam, was Chris bestimmte freie Stunden gab, hatte sie interessantere Jobs angenommen, die sie mehr herausforderten.

Sie arbeitete direkt mit den Medien, besuchte selbst Firmen, um herauszufinden, warum bestimmte Kampagnen keine Wirkung hatten, und organisierte öffentlichkeitswirksame Veranstaltungen mit bekannten Persönlichkeiten, die aus verschiedenen Gründen – und sei es auch nur, um ein Lebensmittelgeschäft zu eröffnen – die Stadt besuchten.

Sie mochte ihre Arbeit vor allem wegen der Freiheit, die sie ihr bot. Aber auch die Vielseitigkeit war interessant.

Sie stellte sich vor, wie sie eines Tages, wenn Kevin älter wäre, ihre eigene Agentur eröffnen würde.

Bis dieser Augenblick gekommen war, würde sie weiter die Liste ihrer Kontakte erweitern und sich über die Zeit freuen, die sie zusammen mit ihrem Sohn verbringen konnte.

Was sie nach ihrem Umzug nach Sacramento am meisten überraschte, war die Tatsache, daß sie nach einem Leben, in dem sie ihre Privatsphäre vehement verteidigt hatte, nun die kleinstädtische Geborgenheit des Viertels fast so sehr liebte wie ihr eigenes Haus.

Plötzlich gefiel ihr der Gedanke, daß ihre Nachbarn sich kannten und aufeinander achteten – fast so, als seien sie eine einzige große Familie. Das aufzugeben wäre hart, aber noch schlimmer wäre es für Kevin, wenn er Tracy, Mary und John verlieren würde.

Der Gedanke, sie dem Jungen wegzunehmen, hatte Chris ein wenig zögern lassen, als sie ihre Entscheidung traf.

Die Lösung war ihr eingefallen, als sie Kevin seine Gutenachtgeschichte vorlas.

Es war so offenkundig, daß sie sich wunderte, warum sie nicht gleich daran gedacht hatte.

Die Lösung lag auf der Hand, aber sie war schmerzvoll.

Ein weiterer Grund, Mason Winter zu hassen.

10

Mason Winter blätterte den Stapel von Berichten durch, die vor ihm auf dem Schreibtisch lagen. Er versuchte, sich auf etwas zu konzentrieren, was in der vorigen Woche noch äußerst wichtig gewesen war, was aber im Vergleich dazu, daß er seinen Sohn zum ersten Mal gesehen hatte, weit unten auf der Prioritätenskala gelandet war. Er kümmerte sich um diese Angelegenheit, weil er wußte, daß er der einen Sache nur gerecht werden könnte, wenn er zuvor die andere erledigt hätte. Die Winter Construction Company hatte inzwischen zu viele Arme, als daß er sie alle überblicken konnte. Er machte sich und alle anderen verrückt, indem er versuchte, an zu vielen Orten zur gleichen Zeit zu sein. Projekte, denen er sich eigentlich persönlich widmen sollte, wurden im Schnellverfahren abgefertigt. Er fehlte regelmäßig bei den Vorstandssitzungen der von ihm unterhaltenen wohltätigen Organisationen und hatte praktisch kein Privatleben. Die einzigen Verabredungen mit Frauen waren anläßlich irgendwelcher Sehen-und-gesehen-werden-Veranstaltungen, die er ganz selbstverständlich besuchte. Der einzige Sex, den er in letzter Zeit gehabt hatte, war mit einer Reporterin, die eines Nachmittags aufgetaucht war, um eine Story über ihn zu schreiben und die bis zum nächsten Morgen geblieben war.

Was Mason vor allem zaudern ließ, jemanden einzustellen, der den Geschäftsbereich der mittelhohen und Hochbauten unter seine Fittiche nehmen sollte, war der Umstand, daß er damit den engen Kontakt zu allen Firmenbereichen aufgeben müßte, durch den er – seiner Überzeugung nach – Winter Construction zu dem gemacht hatte, was das Unternehmen heute war. Er war nach Sacramento gekommen, um etwas zu beweisen, nämlich, daß er mit den großen Jungen mitspielen und genauso erfolgreich sein könnte wie in Los Angeles mit weniger ehrgeizigen Projekten. Er hatte das und noch mehr in viel kürzerer Zeit erreicht, als er gedacht hatte.

In den vierzehn Jahren, die ihm das Unternehmen inzwischen gehörte, hatten nur zwei Personen sich sein uneingeschränktes Vertrauen verdient. Eine von ihnen war seine Assistentin Rebecca Kirkpatrick, die andere Travis Millikin, der mehr und mehr für den Außendienst verantwortlich wurde. Nun war der Punkt erreicht, wo er noch jemanden brauchte. Jemanden, der ehrlich, vertrauenswürdig und loyal sein mußte, der eine Lüge erkennen würde, noch bevor der Satz zu Ende gesprochen war, der jeden Pfusch bei Subunternehmern entdecken würde, der zurückschrie, wenn sein Boß ihn anbrüllte. Er verlangte eigentlich nicht viel. Ein Pfadfinder mit der Zähigkeit und Wildheit eines hungrigen Hais und dem Zynismus eines Finanzbeamten würde ihm vollauf genügen, zumindest für den Anfang.

Als er erkannte, daß er der Entscheidung, die er treffen mußte, nicht genug Aufmerksamkeit widmen konnte, packte er den Stapel Berichte wieder zusammen und legte ihn auf die Seite. Er blickte aus dem Fenster auf den wolkenlosen Himmel. Wegen des unverstellten Blicks hatte er sein Büro in die siebenundzwanzigste Etage dieses ersten großen Gebäudes, das er in Sacramento gebaut hatte, verlegt. Während der Stunden, die er hinter seinem Schreibtisch verbringen würde, sollte er nicht an die Konkurrenz denken müssen, denn jedesmal, wenn er irgendwo eine Bautätigkeit sah, kam ihm dieser quälende Gedanke. Es war eine edle Absicht, aber leider hatte sie nicht die gewünschte Wirkung.

Jeder, angefangen beim Architekten bis zum Stadtplaner, hatte ihn gewarnt, er würde niemals die Eigentumswohnungen in der obersten Etage, auf denen er beharrt hatte, verkaufen. Man sagte ihm immer wieder, daß das Stadtzentrum völlig unattraktiv zum Wohnen sei, daß dort außer Durchreisenden und Mittellosen nie jemand leben würde. Von denen, die sich derartige Wohnungen in Hochhäusern leisten könnten, würde niemand hier leben wollen. Drei Wochen nach Beginn der Bauarbeiten waren die Kaufverträge für alle Wohnungen unterschrieben, mit Ausnahme eines Penthouse, das er für sich reserviert hatte. Er bedauerte nur, daß er, um der Stadt seine Loyalität zu zeigen und die Aufmerksamkeit der örtlichen Medien zu wecken, die Dienste eines örtlichen Innenarchitekten in Anspruch genommen hatte, um sein Büro und sein Penthouse auszustatten. Das Ergebnis war steril und protzig, als hätte man es direkt den Seiten des *Architectural Digest* entnommen. Obwohl der Stil in seinem Büro anders als der im Penthouse war, fühlte er sich in beiden nicht wohl. In aller Stille suchte er bereits jemanden, der beide Räumlichkeiten für ihn so bald wie möglich neu ausstatten würde. Aber das mußte geschehen, ohne empfindlichen Seelen zu nahe zu treten.

Er war ganz in Gedanken verloren, sein Blick schweifte über einen John Baldessari auf der entgegengesetzten Seite des Raums, als Rebecca Kirkpatrick hereinkam und ihn wieder in die Realität zurückholte. Rebecca war achtunddreißig Jahre alt, groß und dünn, mit braunem Haar, das früher einmal blond gewesen war, braunen Augen, die hinter dicken, horngefaßten Brillengläsern kaum zu sehen waren. »Hast du Tony erreicht, wegen dieser Kostenprüfungen?« fragte er sie.

Sie warf eine Mappe auf seinen Schreibtisch. »Er hat mir gesagt, daß du sie schon vor drei Tagen abgenommen hast.«

»Was habe ich?« Er drückte den Knopf der Sprechanlage. »Janet, ich möchte Tony Avalon sprechen. Jetzt!«

Rebecca hob die Hand. »Warte einen Augenblick, Mason. Wir beide sollten darüber reden, bevor du Tony fertigmachst. Es gibt ein paar Dinge, die du letzte Woche den Leuten gesagt hast und die du jetzt wohl vergessen hast.«

Er sah Rebecca an mit einem Blick der sagte, »Ich hoffe, du weißt, was du da tust.« Er drückte noch einmal den

Knopf der Sprechanlage und bellte: »Noch nicht verbinden!«

Einige Sekunden vergingen. Rebecca betrachtete ihren Chef, offensichtlich verwundert über den Eindruck, den er auf sie machte. »Was ist los mit dir, Mason?«

»Ich dachte, du wolltest mit mir über Tony sprechen?« Er lehnte sich in seinem Stuhl zurück, die Hände hinter dem Kopf verschränkt. »Wenn du deswegen gekommen bist, dann sprich. Wenn nicht, dann raus. In einer halben Stunde habe ich eine Verabredung, und ich muß vorher noch ein paar Dinge durchlesen.«

»Aber, aber. Hat der große böse Bär eine Dorne in seiner Pranke?«

»Wenn ich nicht gerade in glückseliger Stimmung bin, dann geht das außer mir niemanden etwas an.«

»Wir lassen uns heute wohl ein wenig gehen, was?«

Mason starrte sie an, war für einen Augenblick sprachlos. Rebecca blieb ihm zwar nie eine Antwort schuldig, wußte aber ganz genau, wann sie sich zurückziehen mußte. »Nenn mir einen Grund, warum ich dich nicht feuern sollte«, sagte er, um sie wissen zu lassen, daß sie zu weit ging.

»Nun, das ist ganz einfach. Du bist kein Masochist. Ich bin die Stütze dieses Unternehmens, und du weißt das genausogut wie ich.«

Gegen seinen Willen mußte er lächeln. Er setzte sich in seinem Stuhl auf. »Wo gibt es solche wie dich?«

»Das spielt keine Rolle. Ich bin nicht zu ersetzen. Ich bin etwas Besonderes.«

Er seufzte. »Wofür wir alle dankbar sein sollten.«

»Willst du mir jetzt sagen, was mit dir los ist?«

»Nein.«

»Aber irgendwann wirst du's.«

»Nicht jetzt, Rebecca«, antwortete er. Er sprach leise, seine Wut war verflogen.

»In Ordnung. Vergiß nur nicht, wenn du mich brauchst –«

Sie hielt inne. Plötzlich war ihr alles klar. »Du hast ihn gesehen, stimmt's?« fragte sie.

Mason überlegte sich, ob er es leugnen sollte, aber er wußte, daß es keinen Sinn hatte. In den vierzehn Jahren, die Rebecca nun bei ihm war, war es ihm nie gelungen, die Wahrheit vor ihr zu verbergen. Sie hatte ihn in guten Tagen, aber auch in schlechten Tagen gesehen, hatte zu ihm gehalten, als alle anderen schon zur Tür liefen. Sie war seine Vertraute. Sie war die perfekte Assistentin in einer von Männern beherrschten Welt. Mit ihrem chamäleonhaften Aussehen und ihrer unauffälligen Kleidung gelang es ihr, sich bei Geschäftstreffen sozusagen im Hintergrund aufzulösen, unbeachtet von den anderen, die keine Ahnung hatten, daß sie jede Bewegung wahrnahm und analysierte.

»Es ist drei Tage her«, sagte er und gab zu, was er am liebsten für sich behalten hätte.

Sie setzte sich auf eine Ecke seines Schreibtisches. »Ich dachte, daß dieser Teufelskerl, der neue Anwalt, den du beauftragt hast, dir gesagt hatte, daß du dich fernhalten sollst, bis er noch einige Dinge geklärt hätte.«

»Das stimmt.«

»Aber wie üblich hast du beschlossen, nicht auf andere zu hören.«

Die Sorge in ihren Augen wich Erregung. »Zur Hölle mit dem Anwalt. Sag mir, wie sieht er aus?«

Mason lächelte. »Eigentlich ganz ähnlich wie auf dem Foto – nur irgendwie anders. Ich spürte ein ganz merkwürdiges Gefühl, als ich ihn sah. Es war ein wenig so, als ob ich mich vor fünfunddreißig Jahren gesehen hätte. Er ist ganz wie ein Winter gebaut – schmale Hüften, kurze Beine und ein langer Oberkörper.«

»Wessen Augen hat er?«

»Dianes.«

Sie kreuzte die Beine, lehnte sich zurück, verschränkte die Arme. »Das muß hart für dich gewesen sein.«

»Es war nicht so schlimm, wie ich gedacht hatte. Es steckt viel von Diane und mir in ihm, aber eben auch vieles, was einfach Kevin ist.«

»Mir gefällt der Name.«

»Es ist der meines Großvaters.«

»Und was hältst du von ihr?«

Er stand auf und ging zu einem anderen Tisch, um ihnen beiden eine Tasse Kaffee zu holen. »Da bin ich mir noch nicht ganz im klaren«, sagte er. »Meine Meinung von ihr, als ich das Haus betrat, hatte sich geändert, als ich es wieder verließ.«

»Oh«, sagte sie, ihre Neugier war geweckt. »Wie kommt das?«

»Nun, sie sagte, sie wüßte nichts von dem Brief.«

»Und du hast ihr geglaubt?«

»Im nachhinein glaube ich ihr. Aus der Art und Weise, wie sie reagierte, sprachen viel Angst und Feindseligkeit, aber nichts deutete irgendwie auf ein Schuldgefühl hin.«

Er reichte Rebecca die Tasse und setzte sich wieder.

»Wie sieht sie aus?«

»Mittelgroß, nicht so dünn wie Diane, aber genauso langbeinig und schlaksig.«

Rebecca lachte über diese Äußerung.

Mason nahm einen großen Schluck Kaffee. Er bemerkte kaum, daß er sich dabei den Gaumen verbrannte. »Sie hat tödliche Augen, mit denen sie dich durchbohrt. Ich habe auch den Eindruck, daß Kevin ihr nichts vormachen kann.«

»Wird sie zulassen, daß du ihn siehst?«

»Nicht freiwillig.« Er grinste. »Aus irgendeinem Grund mag sie mich nicht.«

Rebecca setzte ein ungläubiges Gesicht auf. »Wie kommt das denn?«

Es dauerte ein paar Sekunden, bevor Mason wieder sprach. Als er es tat, war er ganz ruhig und bedächtig. »Ich war mir nicht klar darüber gewesen, wie sehr ich mich darauf verlassen hatte, daß ich imstande sei, das alles abzuschütteln, so, als ob es nie geschehen wäre. Aber jetzt habe ich ihn gesehen und bin in das alles hineingezogen worden. Jetzt kann ich nicht mehr weglaufen.«

»Das hatte ich dir ja gesagt.«

»Ja, das hast du. Aber ich habe dir nicht geglaubt. Ich dachte nie, daß ich ein Vater sein könnte.«

»Es ist mehr als nur Vater sein«, sagte sie sanft. »Kevin hat dir auch Diane zurückgegeben.«

Ihr Gespräch wurde durch Masons Privattelefon unterbrochen.

Er nahm den Hörer ab. »Ja?« Er hörte aufmerksam zu, schob dann seinen Stuhl nach hinten und stand auf. »Bin schon unterwegs.«

»Was ist passiert?« fragte Rebecca, die sofort beunruhigt war.

»Nichts, was ich nicht erwartet hatte«, antwortete er, griff nach seinem Mantel und war schon auf dem Weg zur Tür. »Christine Taylor tut nur das, was ich unter diesen Umständen auch getan hätte. Jetzt liegt es an mir, ihr klarzumachen, daß sie damit nicht durchkommen wird.«

»Viel Glück«, sagte Rebecca.

»Danke, aber das brauche ich nicht.«

»Vielleicht nicht, aber wenn ich du wäre, würde ich die Augen offenhalten«, sagte sie und folgte ihm in den Gang hinaus. »Nicht nur Bären wissen, wie sie ihre Kleinen beschützen.«

»Um Christine Taylor mache ich mir nicht die geringsten Sorgen.«

11

Chris rückte Kevin auf ihrem Schoß zurecht, drückte ihre Nase gegen seinen Hinterkopf und atmete den Duft seiner frisch gewaschenen Haare ein. Nachdem er sie auf dem Weg zum Flughafen mit Fragen bombardiert hatte, war er jetzt, als sie dort angekommen waren, sonderbar ruhig geworden – ganz so, als ob er nun versuchte, all das, was sie ihm erzählt hatte, in seinen eigenen Gedanken noch einmal nachzuvollziehen.

Zunächst hatte sie eigentlich erwartet, daß er mit mehr Begeisterung reagieren würde. Denn Kevin liebte Flugzeuge und bat oft darum, zum Flughafen gebracht zu werden, um die Maschinen dort starten und landen zu sehen. Jetzt sollte er tatsächlich in einem Flugzeug fliegen, und es schien ihn gar nicht mehr zu beeindrucken. Anstatt sich für das kommende Abenteuer zu begeistern, fragte er ständig auf die eine oder andere Weise, wann sie wieder nach Hause kommen würden. Er konnte es offenbar nicht begreifen, daß sie fortziehen und nie wieder zurückkommen würden.

Chris dachte darüber nach und verwarf dann den Gedanken, daß er die Situation einfach nicht verstand. Schließlich gab es kaum etwas, das Kevin nicht gleich begriff. Wahrscheinlich suchte er nach einem Weg, sie zu einer Änderung ihrer Meinung zu bewegen.

Er lehnte seinen Kopf an ihre Schulter. »Könnten Tracy und Onkel John und Tante Mary nicht auch mitkommen?« fragte er und durchbrach die Stille.

»Irgendwann können sie vielleicht mal zu Besuch kommen.«

»Warum können sie nicht jetzt mit uns mitkommen?«

»Weil wir jetzt noch nicht wissen, wo wir sie unterbringen sollen.«
»Wird unser neues Haus auch gelb sein?«
»Wenn es nicht gelb ist, können wir es selber anstreichen.«
»Kann uns Tracy dabei helfen?«
»Wenn sie uns besucht, kann sie das tun.«
»Warum konnte ich denn nicht alle meine Spielsachen mitnehmen?«
»Weil dafür im Flugzeug kein Platz ist.«
»Kann der Postbote sie bringen?«
»Später vielleicht. Wir werden sehen.« Chris seufzte vor Erleichterung, als Kevin wieder in sein Schweigen versank. Sie spürte seinen Schmerz genauso wie ihren eigenen, und sie rief sich ins Gedächtnis zurück, daß sie nur tat, was für sie beide das Beste war. Eines Tages – so hoffte sie – würde er vielleicht verstehen, daß sie tun mußte, was sie konnte, solange sie noch die Gelegenheit dazu hatte.

Sie wußte natürlich, daß es grundlegend falsch war, einem Kind seinen Vater vorzuenthalten. Es war sogar möglich, daß Kevin ihre Entscheidung einmal in Frage stellen würde. Aber sie war fest entschlossen, dieses Risiko in Kauf zu nehmen. Es stand zu viel auf dem Spiel, als daß sie sich groß den Kopf darüber zerbrechen konnte, was Kevin wohl irgendwann einmal denken mochte oder auch nicht. Wenn er älter sein würde, und wenn er imstande wäre, sich vor dem Einfluß eines Mannes wie Mason Winter zu schützen, dann würde sie ihm vielleicht von seinem Vater erzählen und ihn selbst entscheiden lassen, ob es in seinem Leben für einen solchen Menschen einen Platz gäbe.

Chris hatte niemandem von ihrem Entschluß erzählt, die Stadt zu verlassen, noch nicht einmal Mary. Es war ihr schwergefallen, ein Geheimnis vor jemandem zu haben, dem sie sonst alles erzählte, aber Mary hätte sie bedrängt, dazubleiben und zu kämpfen, und Chris konnte sich eine mögliche Niederlage einfach nicht leisten. So sehr es ihr auch die

Kehle zuschnürte – sie mußte zugeben, daß Mason einen rechtmäßigen Anspruch hatte. Sie sah das so, und die Gerichte würden es auch so sehen. Also hatte sie schließlich gar keine andere Wahl: Wenn sie Kevin erfolgreich schützen wollte, dann mußte sie die Stadt verlassen, solange sie noch jedes Recht dazu hatte.

Bei der Ausarbeitung ihres Fluchtplanes war Chris zunächst entmutigt worden. In ihrem Hinterkopf spukte ständig der Detektiv herum, den Mason angeheuert hatte. Wenn er sie einmal gefunden hatte, würde er es auch ein zweites Mal schaffen. Sie mußte ihm nicht nur einen Schritt voraus sein, sondern sie durfte auch nichts zurücklassen, was ihn auf ihre Fährte bringen könnte. Solche Täuschungsmanöver fielen ihr nicht leicht, denn sie lagen nicht in ihrer Natur. Sie war ein aufrichtiger Mensch und sah ihren Problemen immer direkt ins Auge. Aber das hier war anders. Niemals zuvor hatte so viel für sie auf dem Spiel gestanden.

Immer dann, wenn sie gerade glaubte, einen genialen Plan ausgeheckt zu haben, schoß ihr auch schon das Hindernis durch den Kopf, an dem die Sache scheitern mußte. Bis zu dem Moment, als sie die telefonische Reservierung vorgenommen hatte, war es ihr nicht einmal in den Sinn gekommen, einen falschen Namen für die Flugtickets zu benutzen. Bis jetzt hatte sie auch noch nicht entschieden, wo sie am Ende landen würden, denn sie hatte Angst davor, Spuren zu hinterlassen, wenn sie ihr Ziel schon kannte.

Das einzige, was sie wußte, war, daß sie Mary aus Dallas anrufen wollte. Solange es für alle sicher sein würde, wollte sie mit den Hendricksons in Kontakt bleiben. Aber wenn Mason seine Rechte vor Gericht durchsetzen würde, mußte sie entweder noch einmal untertauchen, oder sie mußte John und Mary in die unhaltbare Situation bringen, entweder ihre Freunde zu verraten oder unter Eid zu lügen. Bevor das passieren würde, konnte sie mit ein wenig Glück den Verkauf des Hauses einfädeln. Erst mal würde sie ihr Bankkonto leerräumen und ihren bescheidenen Wertpapierbestand verkaufen, den sie angespart hatte; damit würden sie und Kevin im ersten Jahr durchkommen – oder vielleicht sogar noch etwas länger, wenn sie sparsam sein würden – doch danach wären sie dann vollkommen auf das Geld angewiesen, das sie irgendwie verdienen mußte.

Erstaunlich leicht war Chris die Entscheidung darüber gefallen, was sie mitnehmen und was sie zurücklassen sollte – und zwar dank einer zufälligen Bemerkung von John Hendrickson. Bei ihrem wöchentlich zweimal stattfindenden Essen bei Original Pete's Pizza, hatte er ihr und Mary am Vorabend erzählt, welche Dinge die Feuerwehrleute zu retten versuchten, als er während seiner letzten Schicht zu einem brennenden Haus gerufen worden war. Chris hatte sich dann einfach vorgestellt, in der gleichen Lage zu sein und sich gefragt, was sie mitnehmen würde, wenn sie nur fünf Minuten Zeit zum Auswählen hätte. Es war erstaunlich, wie einfach es danach gewesen war. Nur Dinge, die man nicht ersetzen konnte, also Fotos und Erbstücke, wurden so wichtig, daß sie die Mühe wert waren.

Diese Dinge verpackte sie in jener Nacht, und am nächsten Morgen brachte sie die Kisten in ein Lagerhaus; sie beabsichtigte, sich die Sachen schicken zu lassen, wenn sie und Kevin sich niedergelassen hätten und sie sicher war, daß Mason nicht mehr nach ihnen suchte.

Sie war mit ihrem Auto zum Flughafen gefahren und hatte es auf dem Langzeit-Parkplatz abgestellt; damit wollte sie verhindern, daß sie jemand mit Kevin und mit ihrem Gepäck in ein Taxi steigen sah. Wenn sie und Kevin sich einmal eingerichtet hätten, würde sie den Parkschein, die Schlüssel und den pinkfarbenen Kassenzettel zu Mary schicken und sie bitten, das Auto zu verkaufen und das Geld für die Lagerrechnung zu verwenden.

Als sie auf dem Monitor die Ankunftszeit des Flugzeuges erkunden wollte, mit dem sie nach Dallas fliegen würden, fiel ihr Blick auf einen großen Mann im Nadelstreifenanzug, der direkt auf sie zukam. Obwohl ihre Augen den Bildschirm fixierten, sah sie nur noch eine leere Mattscheibe.

Was zum Teufel hatte Mason Winter hier zu suchen? Hatte irgendein wahnsinniger Gott der Zufälle sie etwa zur gleichen Zeit auf denselben Flughafen bestellt? Aber die wichtigere Frage war: Hatte er sie gesehen, oder hatte sie noch genug Zeit, um sich in dem Getümmel zu verstecken?

Ihr klopfte das Herz bis zum Hals, als sie einen Blick in seine Richtung wagte. Alle Gedanken an eine gelungene Flucht schwanden dahin. Er schaute direkt zu ihr herüber.

Kevin wand sich unruhig auf ihrem Schoß, um in eine bequemere Lage zu kommen. Doch er nahm den besorgten Ausdruck auf ihrem Gesicht wahr. »Was ist passiert, Mama?«

»Nichts«, brachte Chris gerade noch heraus. »Ich dachte, ich hätte jemanden gesehen, den ich kenne.«

»Wen denn?«

Sie versuchte, ihm beruhigend zuzulächeln. »Er ist schon weg«, sagte sie. Sie wollte sich gerade von ihrem Sitz erheben, doch noch bevor sie stand, spürte sie eine Hand auf ihrer Schulter. Er war nicht verschwunden; er war von hinten an sie herangekommen.

»Bitte, bleiben Sie hier«, sagte Mason ganz gelassen, beinahe sogar herzlich. »Ich möchte mit Ihnen reden.«

Kevin drehte sich herum, um zu sehen, wer da gesprochen hatte. »Hey, ich kenne Sie doch«, rief er und zeigte sich an dem Tag zum ersten Mal von seiner lebhaften Seite. »Sie sind mal zu mir nach Hause gekommen.«

»An deinem Geburtstag«, fügte Mason hinzu.

»Ja«, pflichtete Kevin ihm bei und war sichtlich erfreut, daß er nicht der einzige war, der sich daran erinnerte.

»Vielleicht möchte uns deine Mutter diesmal einander vorstellen«, sagte Mason und schaute unverblümt von Kevin zu Chris.

Dieser Mistkerl hatte sie in die Enge getrieben. Es blieb ihr nichts anderes übrig, als zu tun, was er vorschlug: »Kevin, das ist Mason Winter...« Das natürliche und ehrliche Ende des Satzes hing schwer in der Luft.

Mason ließ den Augenblick vorübergehen und blickte vollkommen über Chris hinweg, während er zärtlich die Hand seines Sohnes umschloß. »Ich freue mich sehr, dich zu treffen, Kevin.«

»Sind Sie ein Freund von meiner Mama, oder sind Sie einer von ihren Geschäftsleuten?« fragte Kevin.

»Im Moment bin ich keiner von beiden. Aber, ich hoffe, das hält uns beide nicht davon ab, Freunde zu sein.«

Kevin blickte zu Chris auf, ganz so, als wolle er erst ihre Zustimmung einholen. Aber noch bevor sie ihm antworten konnte, rollte ein Flugzeug der United Airlines am Fenster vorbei und erregte seine Aufmerksamkeit. »Ist das unser Flugzeug, Mama?«

Mason fixierte Chris mit einem starren Blick. »Geht's irgendwohin?« fragte er leise.

»Dies ist doch kein zufälliges Treffen, oder?« entgegnete sie ebenso leise. »Sie haben mich verfolgen lassen.«

»Ich hatte da so einen Verdacht, daß Sie so etwas wie dies hier versuchen könnten.«

»Wie klug Sie sind. Jetzt...«

»Aua«, jaulte Kevin. »Laß meinen Arm los, Mama. Du tust mir weh.«

Mason richtete seine Aufmerksamkeit wieder auf Kevin. »Wenn du von da drüben aus dem Fenster siehst, kannst du auf der Piste einen Mann sehen, der den Leuten im Flugzeug sagt, was sie tun müssen.«

»Darf ich, Mama?« fragte Kevin und war schon halb von ihrem Schoß gerutscht.

Es ärgerte sie maßlos, irgendeinem von Masons Vorschlägen zuzustimmen, aber jetzt war es wichtiger, daß Kevin nicht in die bevorstehende Unterhaltung eingeweiht wurde.

»Ist in Ordnung. Aber geh' nicht irgendwo anders hin.« Als er gegangen war, wandte sie sich Mason zu. »Wie können Sie es wagen?«

Er lächelte sie an, doch seine Augen blieben kalt. »Es ist das gute Recht eines Vaters, seinem Sohn neue Dinge zu zeigen.«

»Sie Bastard!« schrie Chris ihn an. »Warum wollen Sie mich mit allen Mitteln davon überzeugen, daß Sie sich um Kevin scheren, wo doch die ganze Stadt weiß, daß Sie sich in Wirklichkeit nur für den Bau häßlicher Lagerhäuser interessieren und dafür, einen weiteren Namen auf die Liste ihrer Eroberungen zu setzen. Das hier ist doch nur ein Spiel für Sie!«

»So – und warum sollte ich dieses Spiel spielen?«

»Das weiß ich nicht. Aber ich werde es herausfinden.«

»Gehe ich recht in der Annahme, daß Sie nun doch hierbleiben?«

Sie starrte ihn an. »Sie können mich nicht davon abhalten wegzufliegen.«

»Wenn Sie einen Gerichtsbeschluß haben wollen – den kann ich besorgen. In der Stadt gibt es eine ganze Menge Richter, die mir mit Freude einen Gefallen tun würden. Ich muß sie nur fragen. Und denken Sie bloß nicht, daß ich Sie nicht hier festhalten kann, während die Verfügungen aufgesetzt werden. Wie Sie ja gerade hervorgehoben haben, bin ich in dieser Stadt ziemlich bekannt. Ich muß den Sicherheitsleuten nur sagen, daß Sie drauf und dran waren, mit meinem Sohn zu verschwinden, und noch bevor Sie Ihren Mund zum Protest öffnen könnten, würden die Sie hier herausbefördern.« Seine Augen verengten sich. »Aber Sie sollten jetzt mal Ruhe geben und eine Minute nachdenken, ob Sie mich wirklich so weit treiben wollen. Wie mag ein Entführungsversuch wohl in Ihren Akten aussehen, wenn diese Sache vor Gericht geht?«

»Sie bluffen doch nur!«

»Sie kennen mich offensichtlich nicht so gut, wie Sie glauben.«

»Sie werden niemals gewinnen«, sagte Chris bestimmt und legte mehr Überzeugung in ihre Stimme als sie tatsächlich verspürte.

Er lachte leise in sich hinein. »Wenn Sie das wirklich glauben würden, dann wären Sie nicht hier.«

Allmählich verwandelte sich ihre gespielte Tapferkeit in bloße Verzweiflung. Sie beschloß, eine andere Richtung einzuschlagen. »Warum machen Sie das? Was rechnen Sie sich denn aus?«

Er warf ihr einen ungläubigen Blick zu. »Meine Güte, Ms. Taylor, ich glaube, es wird jetzt langsam Zeit, daß Sie begreifen: Das Kind dort drüben ist mein Sohn, egal, wie sehr Sie sich auch wünschen mögen, daß es nicht wahr ist. Glauben Sie vielleicht, Sie hätten bei der Elternschaft ein Marktmonopol? Ist Ihnen die Möglichkeit noch nicht in den Sinn gekommen, daß auch ich ein paar Gefühle haben könnte, und daß auch ich einen Anspruch darauf haben könnte, was Sie so ungeniert allein besitzen wollen – und zwar aufgrund des Geburtsrechts und all der anderen Rechtsansprüche, auf die Sie pochen wollen?« Dann atmete er tief durch und stand auf. »Möchten Sie jetzt, daß ich Sie zu Ihrem Auto begleite?«

»Ich möchte, daß Sie zur Hölle fahren!«

»Eines Tages tue ich das vielleicht, aber bestimmt nicht, um es Ihnen recht zu machen.« Als sie keine Anstalten machte aufzustehen, fügte er noch hinzu: »Ich werde diesen Ort hier nicht vor Ihnen verlassen. Sie könnten also ruhig Ihren Hintern aus dem Stuhl heben und sich in Bewegung setzen!«

»Mein Gepäck...«

»Das ist bereits auf dem Weg zu Ihnen nach Hause.«

»Wie...«, begann sie – doch dann hielt sie sich zurück, denn sie wollte ihm nicht die genugtuende Gewißheit verschaffen, sie damit zu beeindrucken, wie er etwas erreichte, was für die meisten Menschen unmöglich gewesen wäre. »Ist ja auch egal«, sagte sie und legte sich das Band ihrer Handtasche um die Schulter, während sie von dem Stuhl aufstand.

»Soll ich Kevin holen?« fragte er.

»Bleiben Sie von ihm fort!« zischte sie zurück.

»Sie wissen ja wohl, daß Sie ihm früher oder später sowieso von mir erzählen müssen.« Er machte eine Pause und sagte dann mit leiserer und freundlicherer Stimme: »Oder hätten Sie es lieber, wenn ich es ihm erzähle?«

»Nein. Wenn er überhaupt etwas über Sie erfährt, dann muß es von mir kommen.«

»Sie können ja wohl nicht wirklich glauben, daß Sie sich aussuchen können, ob Sie es ihm sagen.« Er griff nach ihrem Arm und zwang sie, ihn anzusehen. »Es geht hier nicht um irgendeinen schlechten Traum, den Sie gerade haben. Es ist nicht so, daß Sie morgen früh aufwachen, und ich bin verschwunden. Sie können einzig und allein bestimmen, unter welchen Umständen Sie Kevin erzählen wollen, daß er einen Vater hat.«

»Wenn er Ihnen wirklich so viel bedeuten würde, dann würden Sie ihm das nicht antun.«

Er ließ ihren Arm los. »Was denn? Ihn lieben? Mich um ihn kümmern? Seine Welt ein bißchen größer machen? Was werde ich ihm Ihrer Meinung nach antun, das so schädlich für ihn ist?«

»Sie stellen seine Welt auf den Kopf.«

»Machen Sie sich eigentlich um seine Welt Sorgen oder um Ihre eigene?«

»Er und ich – wir leben in derselben Welt«, sagte sie, und ihre Stimme war kaum mehr als ein leises Flüstern.

Mason sah zu Kevin hinüber. Für ein paar lange Sekunden starrte er seinen Sohn an. »Was haben Sie ihm über mich erzählt?« fragte er.

»Ich wußte ja nicht, wer Sie waren. Wie sollte ich ihm da etwas erzählen?«

»Sie müssen ihm doch irgendwas geantwortet haben, wenn er gefragt hat, warum alle anderen Kinder einen Vater haben und er nicht.«

»Ich habe ihm gesagt, daß Sie ein Geheimnis seien, über das seine Mutter Diane nie mit mir gesprochen hat. Daß alles, was ich über Sie weiß...« Chris zögerte; sie war unsicher, ob sie ihm den Rest erzählen sollte oder nicht.

»Fahren Sie fort.«

Sie sah, wie er Kevin anstarrte und war wieder einmal beeindruckt, wie sehr die beiden einander ähnelten. Sie versuchte, sich vor Augen zu führen, wie Mason und ihre Schwester zusammen ausgesehen hatten, wie sie einander geliebt, sich angelächelt oder intime Dinge ausgetauscht hatten. Was hatte Diane bloß in ihm entdeckt, das Chris nicht sehen konnte? »Ich habe ihm erzählt, daß ich nicht mehr über Sie weiß, als daß seine Mutter Diane Sie sehr geliebt hat.«

Mason kniff seine Augen zusammen, während er sie prüfend betrachtete. »Ich glaube, daß ich Ihnen zumindest dafür danken muß.«

»Mehr werden Sie auch nicht bekommen.«

Er schüttelte seinen Kopf. »Warum machen Sie denn alles schwerer als nötig?«

»Wenn Sie auch nur ein Fünkchen vom Eltern-Dasein verstehen würden, dann wäre Ihnen klar, warum ich jeden Ihrer Schritte bekämpfen will. Seinen Nachkömmling in Verwahrung zu geben und dann nach sechs Jahren wieder aufzukreuzen, um zu sehen, wie er gewachsen ist – das ist ohne tiefe Bedeutung. Was für das Leben eines Kindes wirklich zählt, das ist die Zeit, die man in seine Erziehung investiert hat. Und da ich es bin, die ihre Zeit mit Kevin verbracht hat, bin ich auch diejenige, die darüber entscheidet, was für ihn das Beste ist. Sie sind nicht derjenige, Mr. Winter, und wenn Sie es noch so lange versuchen!«

»Eine wirklich überzeugende Rede, Ms. Taylor«, sagte

Mason. »Aber in Ihrer Argumentation steckt ein kleiner Fehler. Hätte ich von Kevin gewußt, wäre ich derjenige gewesen, der seine Zeit investiert hätte.«

»Das können Sie jetzt leicht behaupten.«

»Nicht nur leicht, sondern unbestreitbar. Wer würde wohl daran zweifeln, was ich damals getan hätte, wenn er wußte, wie schlagartig ich reagiert habe, als ich Dianes Brief bekam?«

Chris hatte das Gefühl, als würde ihr der Boden unter den Füßen weggezogen. »Sie können sagen, was Sie wollen und zu wem Sie wollen, aber Sie werden mich niemals davon überzeugen, daß Sie es ernst meinen. Wenn Ihnen Kevin wirklich wichtig ist, dann würden Sie ihn in Ruhe lassen.«

»Jetzt haben wir uns einmal im Kreis gedreht. Ich glaube, es macht keinen Sinn weiterzureden. Außerdem muß ich zurück an meine Arbeit, und ich bin sicher, daß Sie auch noch Dinge zu erledigen haben.« Er wies in Richtung Ausgang. »Wollen wir gehen?«

»Gehen Sie vor. Ich warte noch, bis Kevin genug von den Flugzeugen gesehen hat. Es wäre ja Quatsch, wenn wir unseren Ausflug hierher nicht nutzen würden!«

Mason lächelte. »Ein geschickter Versuch.«

»Was ist?« fragte Chris. »Trauen Sie Ihrem Spion nicht zu, ein Auge auf uns zu werfen?«

»Hier geht es um etwas, das ich lieber selbst in die Hand nehme. Also, wenn Sie jetzt fertig sind?«

»Ich brauche noch Zeit, um Kevin die Situation zu erklären.«

»Dazu werden Sie noch ausreichend Gelegenheit haben, während Sie ihn nach Hause fahren.«

»Es ist schon bemerkenswert. Wenn ich gerade – das Gefühl habe, daß ich Sie so tief mißachte, wie es überhaupt nur möglich ist, dann schaffen Sie es auch noch, einen draufzusetzen.«

Er achtete nicht auf ihren Versuch, ihn zu verletzen. »Soll ich Kevin holen?«

Anstatt ihm zu antworten, ging sie zum Fenster hinüber. Nachdem sie einige Sekunden an Kevins Seite gestanden hatte, ging sie in die Hocke. »Rate mal, was ich dir jetzt erzähle«, sagte Chris.

»Was denn?« fragte Kevin, wobei sich seine Aufmerksamkeit weiterhin auf das Flugzeug konzentrierte.

»Ich habe beschlossen, daß wir letztendlich vielleicht doch in Sacramento bleiben sollten.«

Als er sie anschaute, leuchteten seine Augen vor Begeisterung. »Wirklich?« fragte er.

Sie nickte nur, da sie sich nicht auf ihre Stimme verlassen wollte.

Seine Begeisterung verschwand genauso schnell, wie sie gekommen war. »Heißt das etwa, wir werden nicht mit einem Flugzeug fliegen?«

Sie hatte das Gefühl, zur gleichen Zeit lachen und weinen zu müssen. Das sah Kevin ähnlich: Genau das haben zu wollen, was ihm soeben weggenommen worden war. »Heute nicht«, antwortete sie. »Aber eines Tages werden wir fliegen.«

»Versprochen?«

»Mein Ehrenwort.« Sie stand auf und nahm ihn bei der Hand.

»Darf ich Tracy das erzählen?«

Sie führte Kevin absichtlich an Mason Winter vorbei aus dem Gebäude heraus, ohne sich nach ihm umzusehen. »Natürlich darfst du das.«

»Darf sie denn auch mitkommen?« fragte Kevin.

»Das kommt darauf an, wohin wir fliegen.« Sie spürte, wie ihre Niedergeschlagenheit zunahm.

»Ich werd's ihr erzählen, sobald wir zu Hause sind.«

Heimlich wischte sie sich eine Träne aus ihrem Augenwinkel. »Denk daran, daß du mit Versprechungen vorsichtig sein mußt«, sagte sie. »Manchmal kann man Menschen damit verletzen.«

Er schaute zu ihr auf. »Du hast versprochen, daß wir ein neues Zuhause haben würden.«

»Ich weiß«, sagte Chris.

»Ist schon gut, Mama«, sagte er. »Das war sowieso kein gutes Versprechen.«

Sie strubbelte ihm durch die Haare. »Vielleicht nicht, aber es sah einmal danach aus.«

Auf ihrem Nachhauseweg hielten Chris und Kevin bei Safeway an, um Lebensmittel und einen Brotlaib vom Vortag zu kaufen, den sie an die Enten im McKinley Park verfüttern wollten. Als sie im Park ankamen, setzte sich Chris auf den Rasen und beobachtete Kevin dabei, wie er vorsichtig das Brot verteilte und immer darauf achtete, daß auch die scheuesten Vögel ihren Anteil bekamen.

Sie tat, was sie konnte, um die Großzügigkeit und Liebenswürdigkeit zu fördern, die sie in Kevin heranreifen sah. Die Welt, die man ihm eines Tages hinterlassen würde, würde Männer brauchen, die imstande wären, einfühlsame Lösungen für ausweglose Probleme zu finden – und zwar sowohl auf der großen Bühne der Politik wie auch im einfachen alltäglichen Leben.

Was früher einmal bedeutungslose und abstrakte Begriffe für Chris gewesen waren – Frieden und Brüderlichkeit, die Verständigung zwischen den Völkern, die Rettung der Naturschätze durch Recycling oder auch der Schutz gefährdeter Arten, weil jeder einzelne Verlust von allen anderen gespürt wird – das hatte jetzt, seitdem Kevin da war, einen Sinn in ihrem Leben bekommen. Sie wollte alles tun, was in ihren Kräften stand, um dafür zu sorgen, daß die Welt, in der Kevin und seine Generation eines Tages leben mußten, eine bessere Welt sein würde als die, die sie selber kennengelernt hatte. Dieses Ziel war schlicht, aber tiefgründig. Und nach diesen Regeln zu leben – das war für sie der beste Weg, um Kevin zu zeigen, wie sehr sie ihn liebte.

Als das ganze Brot verfüttert war, gingen sie durch den Rosengarten und dann hinüber zu den Tennisplätzen; dort beobachteten sie zwei Frauen mittleren Alters, die den Ball häufiger verfehlten, als daß sie ihn trafen.

Als Chris ihre Heimkehr schließlich nicht mehr länger hinauszögern konnte, stiegen sie und Kevin zurück in ihr Auto und fuhren die wenigen Blocks zur Zweiundvierzigsten Straße. Kaum hatte sie das Haus betreten, rief sie Mary an und fragte, ob Kevin den Nachmittag bei ihr verbringen könne.

Wenn sie irgendwie darauf hoffen wollte, den Kampf gegen Mason Winter zu gewinnen, dann mußte sie alles Erdenkliche unternehmen, um ihre Chancen zu verbessern. Sie brachte Kevin zu den Hendricksons und wartete, bis er sicher im Haus war. Wenn sie wiederkäme, um Kevin abzuholen – so versprach sie Mary –, würde sie ihr erklären, was vor sich ging. Dann ging sie zurück nach Hause und vereinbarte für den nächsten Tag einen Termin mit Paul Michaels. Sicherlich würde er darauf bestehen, daß er nicht der richtige Anwalt sei, weil Familienangelegenheiten nicht sein Fachgebiet waren; aber Chris war davon überzeugt, daß die Leidenschaft und die Hingabe, mit denen er sich für ihren Kampf gegen Mason einsetzen würde, wichtigere Eigenschaften waren als die Erfahrung in ähnlichen Fällen. Nur weil Mason Winter das Recht auf seiner Seite hatte, hieß das nicht, daß das, was er tat, rechtens war.

Den verbleibenden Nachmittag verbrachte sie damit, ihre Sachen auszupacken.

12

Mason stieg aus dem Baustellen-Aufzug und betrat den Raum, der einmal die oberste Etage des Capitol Court Hotel sein würde. Die Arbeiten an dem Projekt waren drei Wochen im Rückstand. Wenn man die Verzögerungen bei den Lieferungen und Kontrollen in Betracht zog, war das gar nicht so schlecht, aber es gab mit absoluter Sicherheit auch nichts zu feiern.

Er hatte beschlossen, daß es klug sein würde, persönlich mit dem Vorarbeiter zu reden; er wollte ihn dazu ermutigen, alles in seinem Ermessen liegende zu tun, damit die Dinge vorangetrieben wurden. Selbst wenn der Zeitplan eingehalten würde, hatte Mason es oft nützlich gefunden, den Verantwortlichen einen freundlichen oder manchmal auch einen nicht so freundlichen Wink zu geben. Infolgedessen war in den vierzehn Jahren seit dem Bestehen von Winter Construction niemals ein Eröffnungstermin geplatzt. Selbst wenn es notwendig wäre, sämtliche Männer von allen anderen Projekten für die Arbeiten an dem Hotel heranzuziehen – es würde planmäßig eröffnet werden. Aber wenn diese Maßnahme nötig wäre, würden Köpfe rollen.

»Hallo, Mr. Winter, wie geht's?« hörte man jemanden von oben rufen.

Mason klemmte seine Hand an den Schutzhelm und schaute nach oben. Er lächelte dem Bauarbeiter zu, der ihn durch die Stahlkonstruktion hindurch musterte. »Wie geht's den Zwillingen, Calvin?«

»Prima, besonders, seitdem sie nachts durchschlafen. Ich wollte Ihnen auch noch für die Kinderbetten danken, die Sie

uns geschickt haben. Sind wirklich hübsch und passen auch gut in den Raum.«
»Ihre Frau hat sich schon bei mir bedankt«, sagte Mason.
»Ja, sie hat gesagt, daß sie das tun wollte. Aber ich wollte auf jeden Fall auch noch selber was sagen.«
Daß Mason imstande war, Interesse am Privatleben seiner Angestellten zu demonstrieren, hatte er vor allem Rebecca zu verdanken. Sie hielt ihn über Geburtstage, Todesfälle und all die anderen Ereignisse auf dem laufenden, die seinen Leuten wichtig waren; und sie ließ es immer so aussehen, als wären ihm die Termine selbst eingefallen. »Unten haben sie mir erzählt, daß Howard hier oben sei. Haben Sie ihn gesehen?«
»Howard macht gerade Mittagspause«, sagte Calvin. »Aber Travis ist hier«, fügte er dann noch hinzu.
»Würden Sie ihn bitte nach unten schicken?«
»Klar, Mr. Winter.«
»Ich bin schon unterwegs«, ertönte dann eine tiefere und lautere Stimme.
Mason ging zur Behelfstreppe hinüber und wartete. Ein paar Sekunden später erschien Travis Millikin. Er hätte sich strecken müssen, um auf eine Größe von einssiebzig zu kommen, aber Travis hatte eine ausgesprochen kräftige Figur, und mit seinem wettergegerbten Gesicht konnte er genauso leicht stämmige Bauarbeiter einschüchtern wie auch dandyhafte Stadtplaner. Sein Erscheinungsbild wurde durch seine allumfassenden Kenntnisse der Bauindustrie noch unterstützt. Niemals hatte jemand eine Frage gestellt, deren Antwort Travis nachschlagen mußte. Er war etwa Ende Fünfzig, zweimal geschieden, jetzt zum dritten Mal verheiratet, und er war ebenso großmütig wie aufbrausend.
»Wurden die Installationen abgenommen?« fragte Mason ohne jede weitere Einleitung.
»Die Prüfer sind noch nicht hier gewesen.«
»So ein Mist! Hat denen denn keiner gesagt, wie unser Zeitplan aussieht?« fragte er rhetorisch.

Travis rieb sich die Hände auf seiner Jeans. »Die wissen schon Bescheid, aber sie kümmern sich einen Scheißdreck darum. Warum sollten sie auch?«

Der Bauboom hatte jeden in der Stadt unvorbereitet erwischt. In jeder Abteilung fehlte Personal; deshalb waren die Leute überarbeitet und gingen mit Beschwerden etwa so nachsichtig um wie ein Bordellmanager. Um bei ihnen gut angeschrieben zu sein, tat Mason, was er nur konnte, und das aus höchst eigensüchtigen Gründen. Manchmal bekam er dafür eine besondere Gegenleistung, manchmal ging er leer aus. »Tu, was du kannst«, sagte er. »Und halte mich auf dem laufenden.«

Travis berührte mit seinem Zeh einen losen Brocken Beton, hob ihn auf und steckte ihn in seine Hosentasche. »Ach übrigens, ich mag den neuen Mann, den du eingestellt hast. Zuerst war's etwas schwierig, an ihn heranzukommen, ist 'n bißchen still, aber ich glaube, daß er sich hier ziemlich schnell einarbeiten wird.« Von der Seite her warf er Mason einen Blick zu. »Nimm mir das bitte nicht krumm«, fügte er hinzu, »aber er erinnert mich ein wenig an deinen Bruder.«

Mason dachte einen Moment darüber nach. »Du meine Güte, du hast recht«, sagte er dann.

»Das sollte deine Gefühle ihm gegenüber aber nicht beeinträchtigen«, erwiderte Travis. »Ich habe das nur erwähnt, weil ich wußte, daß es dir früher oder später auch auffallen würde – und in diesem Falle schien mir früher besser zu sein.«

»Wie zum Teufel konnte ich das nur übersehen?«, sagte Mason geistesabwesend. Travis' Kommentar löste bittere Erinnerungen in ihm aus, die so frisch waren, als ob sie gerade vierzehn Tage alt wären und nicht schon vierzehn Jahre.

»Wie ich gehört habe«, sagte Travis, »drehen sich deine Gedanken in letzter Zeit um wichtigere Dinge.« Seine normalerweise eher schroffe Stimme klang jetzt untypisch weich.

»Wie hast du das erfahren? Ich hab' dich doch nicht gesehen, seitdem du aus Los Angeles zurückgekommen bist.«

Travis reiste immer noch von Zeit zu Zeit gen Süden, um die Lücken zu füllen, die sie dort hinterlassen hatten, als sie die Hauptverwaltung von Winter Construction nach Sacramento verlegt hatten.

»Inzwischen solltest du eigentlich wissen, daß hier kaum etwas passiert, von dem ich nichts erfahre.« Er sah einen weiteren Brocken Beton und hob ihn auf.

»Mistkerl!« grummelte Mason. »Das heißt ja wohl, daß es jeder weiß.«

Travis zuckte mit den Schultern. »Also, die Leute haben es nicht von mir erfahren. Ich mag wohl alles mitbekommen, aber ich reiche nicht alles gleich weiter.«

»Um Gottes willen, Travis, das weiß ich doch«, sagte Mason. »Es ist sowieso egal, wer es weiß und wer nicht. In den nächsten Tagen wird nun alles öffentlich bekannt werden. Es ist einfach nur so, daß ich es dir selber erzählen wollte.«

»Wann wirst du den kleinen Kerl denn mal mitbringen?«

Mason lockerte seine Krawatte. Sie befanden sich gerade mitten in einer weiteren rekordbrechenden Hitzewelle, der zweiten schon, seitdem er nach Sacramento umgezogen war. Sogar im zweiundzwanzigsten Stockwerk war die Brise nicht kräftig genug, um den Schweiß zu trocknen. »Es gibt da noch ein paar Hindernisse, die ich zuerst überwinden muß. Dianes Schwester war nicht gerade überwältigt, mich auf ihrer Türschwelle stehen zu sehen. Bis wir die Sache zwischen uns geklärt haben, wird wohl noch etwas Zeit vergehen.«

»Weiß deine Familie Bescheid?« fragte Travis.

Mason kannte keinen anderen Mann außer Travis, der den Mut und auch das Hintergrundwissen hatte, ihn nach seiner Familie zu fragen. Zweifelsohne gab es in seiner Mannschaft auch andere, die genauso neugierig waren, doch Travis war der einzige, der das Recht hatte, sich zu dem Thema zu äußern.

Vor vierzehn Jahren, als Mason von seinem Vater und seinem Bruder aus dem Familienunternehmen Southwest Construction herausgedrängt worden war und dann sogar vor Gericht um den Anteil an der Firma streiten mußte, den er immerhin mit seinem eigenen Geld aufgebaut hatte, da war Travis wegen dieser Ungerechtigkeit vor Wut außer sich gewesen. Als Spitzenmann im Außenbüro für Southwest hatte er viel zu verlieren gehabt, indem er sich auf Masons Seite schlug, doch das hatte ihn nicht abgeschreckt. Er war der erste gewesen, der sich voll in der jungen Winter Construction Company engagiert hatte und der schon in die Firma eingestiegen war, bevor es überhaupt eine Geschäftslizenz oder ein Büro gab.

Um Lohnkosten einzusparen, hatte Mason am Anfang achtzehn Stunden am Tag gearbeitet und das an sieben Tagen in der Woche, er hatte die Angebote bearbeitet, das Büro geleitet, sich bemüht, die notwendigen Begrüßungszeremonien dazwischenzuschieben und gleichzeitig die Arbeit draußen im Auge behalten. Travis war damit einverstanden gewesen, anstatt eines Lohnes einen Anteil vom Gewinn zu erhalten. Zu jener Zeit, als sogar eine Schachtel mit Bleistiften als Extravaganz betrachtet worden war, war Mason diese Vereinbarung wie ein Geschenk des Himmels erschienen. Travis' Verhalten ermöglichte ihm nicht nur die Bereitstellung des notwendigen Betriebskapitals, sondern es sorgte bei den anderen Angestellten gleichzeitig für einen emotionalen Auftrieb. Nach kaum fünf Jahren erwies sich diese Vereinbarung für Travis als ein fast peinlich profitables Geschäft, so daß er Mason darum bat, nun wieder ein Gehaltsempfänger werden zu dürfen. Aber Mason hatte abgelehnt.

Am Anfang hatte Mason mit dem Gedanken gespielt, die Firma Phoenix Construction zu nennen. Aber von Travis war dann der Vorschlag gekommen, daß man Masons Familie durch den Namen Winter für ein Geschäft, das eines Tages Southwest Construction in seinen Schatten stellen würde, auf angemessene und zufriedenstellende Weise ein Dorn im Auge sein würde.

Rebecca Kirkpatrick war an dem Tag gekommen, als sie den neuen Namen an dem Bauwagen angebracht hatten, der damals in seiner Doppelfunktion als Firmensitz und als Masons Apartment diente. Sie marschierte ohne Vorankündigung in das Büro, legte eine einseitige Kurzfassung ihrer Bewerbung auf den Tisch, und verkündete, daß sie auf der Suche nach einer aufstrebenden Firma sei, in die sie einsteigen wolle und daß sie glaube, genau diese gerade gefunden zu haben.

Danach gab es nur noch die drei: Sie verfolgten ein gemeinsames Ziel, und Travis und Rebecca standen Mason näher als die Familie, die er zurückgelassen hatte. Die beiden waren in jenem glücklichen Moment bei ihm gewesen, als er und Susan ihre Hochzeit gefeiert hatten, und sie hatten ebenso an seiner Seite gestanden, als Susan fünf Jahre später beerdigt worden war. Während der darauffolgenden schwarzen Tage, als alles um ihn herum zusammenzustürzen schien, waren sie die Stützpfeiler gewesen, die ihn aufrecht gehalten hatten. Sie hatten sich gefreut, als Diane in sein Leben getreten war, und sie waren fast so enttäuscht wie er selbst, als sie fortgegangen war. Sie würden die einzigen Mitglieder aus Masons Familie sein, die Kevin je kennenlernen würde.

»Nein«, sagte Mason und beantwortete damit endlich Travis' Frage. »Ich hab's ihnen nicht erzählt, und ich werde es ihnen auch nicht erzählen.«

»Und deiner Mutter?« bohrte Travis weiter.

Ein tiefer Zorn durchströmte Mason – ein Zorn, der so eng mit seinem verletzten Gefühl verflochten war, daß er das eine Gefühl nicht von dem anderen unterscheiden konnte. »Was ist mit ihr?« raunzte er.

»Glaubst du nicht...«

»Wenn es nach mir geht, erfährt sie nichts davon«, beendete Mason den Satz. »Nach dem, was passiert ist, genießt sie bei mir nicht die Privilegien einer Großmutter.«

»Ich dachte ja nur, du würdest vielleicht darüber nachdenken. Ich komme nicht umhin zu glauben, daß sie bei der ganzen Angelegenheit kalt erwischt wurde und sowieso nur verlieren konnte – egal, auf welche Seite sie sich auch geschlagen hätte.«

»Also schlug sie sich auf keine Seite und machte sich durch ihr Schweigen schuldig.«

»Vielleicht verstehst du jetzt, seitdem du selbst ein Kind hast, manche Dinge besser.«

»Du wirst zartfühlend in deinem vorgerückten Alter, Travis.«

»Du weißt ganz genau, daß das damit nichts zu tun hat«, erwiderte Travis.

Mason drehte sich um und schaute in Richtung Fluß. Wie immer fixierte sein Blick die einzelnen Landparzellen, die er zu einem einzigen großen Gebiet zusammenschließen wollte, seitdem er in Sacramento war. Er überlegte kurz, ob er Travis von den fortschreitenden Verhandlungen Rebeccas mit einem der Farmer erzählen sollte, von dem sie schon nicht mehr geglaubt hatten, daß sie ihn jemals herumkriegen würden, doch er entschied sich, nichts zu sagen. Während dieser Farmer sich nach wie vor strikt weigerte, ein Dokument zu unterzeichnen, nach dem er sein Land an Winter Construction verkaufen würde, wenn Mason auch den Rest einmal zusammmengebracht haben würde, zog er nun zumindest in Betracht, Mason ein Vorkaufsrecht einzuräumen. Travis hielt das Ganze weiterhin für ein tollkühnes Unternehmen – nein, für noch mehr als tollkühn; er war überzeugt, daß ein Spekulationsobjekt von dieser Größenordnung für Winter Construction den Ruin bedeuten würde. Aber in diesem speziellen Fall reichte Travis' Mißbilligung nicht aus, um Mason von dem Projekt abzubringen.

Mason war fest entschlossen, sich für die kommenden Generationen auf jenem Stück Land zu verewigen. Vor zwei Monaten noch hatte er es für sich selbst haben wollen. Jetzt sollte es ein Geschenk an seinen Sohn werden.

Er schnaubte verächtlich, als er seinen Schutzhelm abnahm und sich den Schweiß von der Stirn wischte. Nicht Travis wurde in vorgerücktem Alter zartfühlig, sondern er. »Ich weiß nicht, wie das mit dir ist«, sagte er und drehte sich zu seinem Freund um, »aber ich habe keine Zeit, hier herumzustehen und Wurzeln zu schlagen. Ich muß noch hierhin und dorthin und verschiedene Leute treffen.«

»Wenn einer von ihnen Tony Avalon ist, dann sag ihm, daß er morgen früh unbedingt hier am Lagerhaus antanzen soll.«

Mason war dankbar, daß Travis nicht darauf bestand, weiter über Masons neuentdeckten Sohn zu reden, obwohl er offensichtlich noch mehr zu sagen hatte. »Ich werde Rebecca bitten, die Nachricht weiterzuleiten. Wenn ich in meiner jetzigen Stimmung mit ihm rede, wird er nie mehr mit uns zusammenarbeiten.«

»Ich weiß nicht einmal, ob das ein großer Verlust wäre«, antwortete Travis.

»Vielleicht sollten wir darüber mal reden. Er ist dabei, ein Angebot für das Watt-Avenue-Projekt zu erstellen. Wenn wir ihn fallenlassen, will ich sicher sein, daß wir für das Projekt ein paar andere gute Leute kriegen, auf die wir uns verlassen können.« Mason ging zur anderen Seite des Gebäudes hinüber und drückte den Knopf für den Aufzug.

»Wir treffen uns bei Pava zum Frühstück«, sagte Travis.

»Abgemacht. Und ich lad' dich ein.«

Travis lachte. »Du bist eine billige Nummer, Mason.«

»Und du eine reiche, Travis.«

Nun lachten sie beide. »Ich gebe das Trinkgeld.«

Mason öffnete die Tür des Aufzuges, ging hinein und drehte sich noch einmal zu Travis um. »Zieh dir besser ein paar alte Klamotten an. Wenn ich mich recht entsinne, hat dich die Bedienung beim letzten Mal mit Kaffee übergossen, als du Trinkgeld gegeben hast.«

Mason hatte seine Arbeit an jenem Abend früh beendet, um seinen Smoking für die Galafeier der Künste im Hyatt Hotel anzulegen. Eigentlich hatte er vorgehabt, seiner Begleitung, Kelly Whitefield ein Auto zu schicken, doch in letzter Minute änderte er seine Meinung und entschloß sich, sie selbst abzuholen.

Das Abendessen mit Tanz war eine der üblichen abendlichen Pflichtveranstaltungen, aber diesmal gab es eine interessante Wendung. Im Moment war nur das Hyatt imstande, im Herzen der Stadt einen noblen Veranstaltungsort zur Verfügung zu stellen. Aber sobald Winter Construction die abschließenden Arbeiten am Capitol Court Hotel beendet hätte, würde sich das ändern. Die beiden Nobelhotels würden sich eine Weile lang ziemlich ins Zeug legen, um Kunden anzuziehen – und das würde nach Masons Einschätzung etwa drei oder vier Jahre so gehen. Danach sollte die Geschäftswelt wohl weit genug expandiert sein, um zwei Luxushotels auszulasten. In der Zwischenzeit wollte Mason darauf vertrauen, daß das Capitol Court Hotel schon wegen seines Neuheitswertes genug Leute vom Hyatt wegziehen würde und er zumindest in einer guten Position, wenn nicht sogar fett in den schwarzen Zahlen sein würde.

Es wäre ein taktischer Fehler, wenn er der Abendveranstaltung fernbleiben würde. Man würde seine Abwesenheit registrieren und darüber spekulieren. Seine Anwesenheit hingegen würde man nicht zur Kenntnis nehmen. Außerdem war es für ihn mal wieder fällig, eine Nacht auszugehen, und niemand vermochte es besser als Kelly Whitefield, ihn von der Arbeit abzulenken.

Da er noch recht früh dran war, beschloß Mason, über Landstraßen zu Kellys Maisonettewohnung zu fahren, anstatt die Autobahn zu nehmen. Inzwischen war eine frische

Meeresbrise aufgekommen und hatte die Temperatur im Tal kräftig fallen lassen. Man konnte wieder Luft schöpfen, und es war kein purer Wahnsinn mehr, das Sonnenverdeck des Wagens zu öffnen.

Sein Porsche 911 glitt mit solch geschmeidiger Eleganz durch den Freitagabendverkehr, daß das Fahren eine reine Freude war. In den acht Jahren, in denen Mason das Auto nun besaß, war er nur neununddreißigtausend Meilen gefahren, die meisten davon im Winter, wenn seine Geschäfte ihm Zeit genug ließen, seine Skier aufzuladen und in die Berge zu fahren. Im Norden Kaliforniens zu leben und nicht Ski zu laufen war beinahe so, wie einen Garten zu bepflanzen und das Gemüse nicht zu essen.

Er fragte sich, ob Kevin wohl gerne Ski laufen würde. Bei dem Gedanken mußte er lächeln. Er hatte Jahre damit verbracht zu beobachten, wie Kinder, die ihm gerade bis zum Knie reichten, mit atemberaubender Selbstvergessenheit in Stemmbögen die Hänge hinuntergesaust waren, ganz so, als ob ihre Beine aus Gummi wären; und die Kinder wollten nie ins Haus gehen, bevor ihre Lippen von der Kälte blau gefroren waren. Die Vorstellung, zum Gipfel eines Skihügels hinaufzublicken und zu wissen, daß eines der Kinder, die darauf versessen waren, zuerst unten anzukommen, sein Sohn war, ließ in ihm eine Flut von vielschichtigen und anrührenden Gefühlen hochkommen.

Als er sich der Zweiundvierzigsten Straße näherte, griff Mason, ohne bewußt darüber nachzudenken, nach dem Blinker hinter dem Lenkrad. Erst als er tatsächlich gegenüber von dem Haus angehalten hatte, in dem Chris und Kevin wohnten, und erst als er aus dem Auto gestiegen war, merkte er, was er hier eigentlich tat – nämlich genau das, was er vorher auch schon getan hatte und was er laut seinem Anwalt nie wieder tun sollte. Doch im Moment fehlte ihm das nötige Feingefühl, das ihn zur Vorsicht hätte ermahnen müssen. Es schien so, als ob sich sein ruhiger und kalkulierender

Verstand, den er im Geschäft so gut einsetzen konnte, in leere Hirnmasse verwandelte, wenn es um seinen Sohn ging.

Auf seinem Weg zur Haustür schaute er durch das Fenster und sah, daß Chris in der Küche stand und mit jemandem redete. Wenigstens konnte sie ihm nicht vortäuschen, nicht zu Hause zu sein. Er ging auf die Veranda und klingelte.

»Ich geh' schon, Mama«, rief Kevin.

»Laß nur, Kevin, ich...« Doch weiter kam sie nicht.

Chris war entweder nicht laut genug, oder sie war nicht schnell genug, um ihn aufzuhalten, bevor er die Tür aufschwang. »Hallo«, sagte er und erkannte Mason sofort.

»Hallo«, erwiderte Mason und war erstaunt über das intensive Gefühl seiner anwachsenden Freude, die er nun spürte.

»Soll ich meine Mama holen?« fragte Kevin.

Das war das letzte, was Mason wollte, doch er wußte, daß er keine andere Wahl hatte. Wenn überhaupt noch eine minimale Möglichkeit bestand, daß er und Chris ihre Angelegenheiten außerhalb der Gerichte regeln konnten, dann wollte er diese Chance nicht verspielen, indem er sie verärgerte, bevor sie überhaupt miteinander redeten. Er war sich sicher, daß sie mit der Unterstützung jedes auch nur annähernd anständigen Anwaltes seinen Versuch über Jahre hinauszögern könnte, das gemeinsame Sorgerecht zu erlangen – und es war ihm klar, daß auch sie darüber Bescheid wußte.

»Wenn sie nicht beschäftigt ist«, sagte er deshalb zögernd.

Plötzlich tauchte ein anderer Kopf neben Kevin auf. »Es ist der Mann, von dem ich dir erzählt habe«, sagte Kevin und drehte sich zu dem Mädchen um. »Der, den Mama und ich am Flughafen gesehen haben.«

»Er hat schöne Sachen an«, sagte das kleine Mädchen und redete dabei über Mason, als ob er nicht dort stehen würde.

Dann sagte Kevin zu Mason: »Meine Mama ist mit Tante Mary in der Küche. Sie backt gerade Plätzchen mit Erdnußbutter. Aber sie kann damit für eine Minute aufhören.«

»Ich bin schon hier, Kevin«, sagte Chris und rieb sich die Hände an einem Handtuch ab, während sie zur Tür hinüberging. Sie warf Mason einen frostigen Blick zu, bevor sie ihre Aufmerksamkeit wieder auf Kevin richtete. »Warum spielst du nicht ein wenig mit Tracy im Hinterhof, während ich mit Mr. Winter rede?«

»Aber wir haben doch gerade mit den Legosteinen im Schlafzimmer gespielt«, beschwerte Kevin sich.

Chris legte ihre Hand auf seine Schulter und lotste ihn hinter sich. »Ihr könnt später damit weitermachen.«

»Können wir die Legosteine mit nach draußen nehmen?«

»Habe ich euch jemals erlaubt, die Legos mit nach draußen zu nehmen?«

»Nein«, antwortete Kevin.

»Und daran hat sich auch nichts geändert.«

»Dürfen wir ein Plätzchen haben?«

»Fragt Tante Mary, ob sie euch eins gibt.«

»Können wir auch zwei haben?«

»Kevin«, ermahnte ihn Chris, und sie sprach jetzt in einem Tonfall, der ihm sagte, daß er es weit genug getrieben hatte. Er gab auf, nahm seine Freundin bei der Hand und steuerte auf die Küche zu. Als er fort war, trat Chris wieder Mason gegenüber. Sie hatte Feuer in den Augen, als sie ihn fragte: »Was wollen Sie hier?«

»Ich wollte Kevin sehen«, antwortete er, indem er sich einfach für eine ehrliche Antwort entschied.

»Sie wissen genau, wie ich darüber denke.«

»Ich dachte, Sie hätten inzwischen vielleicht ein paar weitere Überlegungen angestellt«, sagte Mason und bemühte sich, beschwichtigend und vernünftig zu klingen, auch wenn er bei diesem Versuch beinahe erstickte. Sein ausgeprägter Sinn dafür, ein faires Spiel zu spielen, schrie geradezu danach, sich das zu nehmen, was rechtmäßig ihm gehörte, doch gleichzeitig hinderte ihn derselbe Sinn auch daran, tatsächlich so zu handeln. So sehr es ihm auch gefallen hätte, Chris'

Anspruch auf Kevin zu ignorieren – sie war ebenso Kevins Mutter, wie er Kevins Vater war; vielleicht hatte sie dieses Anrecht nicht durch seine Geburt erworben, sicherlich aber durch die Zeit, die sie für Kevin aufgebracht hatte.

»Ich kann kaum an etwas anderes denken«, sagte Chris.

»Ich nehme an, ich wäre ein Idiot, wenn ich hoffen würde, daß Sie Ihre Meinung geändert haben.«

»Ich hätte das zwar etwas anders ausgedrückt, aber so bringen Sie's wunderbar auf den Punkt.«

»Also, in meinem Leben sind mir ja schon einige, unglaublich sture Leute über den Weg gelaufen, aber niemand war so...« Plötzlich hielt er inne. Sie weiter zu beleidigen, würde ihn nicht weiterbringen. »Sehen Sie, ich will nur das Beste für Kevin. Er braucht genauso dringend einen Vater wie eine Mutter. Ich will nicht versuchen, Ihnen Kevin wegzunehmen. Ich möchte nur ein Teil seines Lebens werden und ihn zu einem Teil meines Lebens machen.«

»Wenn Sie wirklich nur das Beste für Kevin im Sinn hätten, dann wären Sie jetzt nicht hier«, sagte Chris. »Mitzukriegen, wie plötzlich aus dem Nichts ein Vater in seinem Leben auftaucht, macht die Sache nicht besser; es wird ihn nur verwirren. Insbesondere bei einem Vater wie Ihnen.«

Jetzt konnte er die Wut in seiner Stimme nicht länger unterdrücken. »Woher zum Teufel wissen Sie eigentlich, was für eine Art Vater ich sein würde?«

Sie lehnte sich gegen den Türrahmen und verschränkte ihre Arme über der Brust. »Jeder, der in dieser Stadt lebt und Zeitung liest, weiß, was für ein Mann Sie sind. Sie leben in einem Haus aus Glas, Mr. Winter und – egal, ob durch eine Fehleinschätzung oder durch Fehler im Design – Sie lassen Ihre Jalousien geöffnet, so daß jeder bei Ihnen hineinsehen kann.«

Er warf seine Hände hoch und stöhnte verächtlich. »Ist ja sagenhaft! Mein Sohn wird von einem eingetragenen Mitglied der Moralapostel erzogen! Meine Güte, Mädchen, lassen Sie immer andere das Denken für Sie erledigen? Sind Sie nicht imstande, sich Ihre eigene Meinung zu bilden – eine Meinung, die auf dem beruht, was Sie sehen und nicht auf dem, was Sie lesen?«

Unbeirrt ließ sie seine Tirade über sich ergehen.

»Sie stehen für all das, was mir zuwider ist«, sagte sie ganz ruhig, als er zu Ende geredet hatte.

Um seinen Drang zu bändigen, sie zu würgen, steckte er die Hände in seine Hosentaschen. »Was zum Beispiel?« fragte er.

»Der Auburn-Damm, der neue Yachthafen am Sacramento River; Steuersenkungen für die Reichen; sich politischen Einfluß zu erkaufen, und wenn das nicht funktioniert, Druck auszuüben, um das zu bekommen, was man gerade will; sich selbst wie ein Stück Fleisch versteigern zu lassen – soll ich fortfahren?«

»Daß die Versteigerung für einen wohltätigen Zweck war, zählt wohl nicht, nehme ich an«, sagte er, denn er konnte nicht widerstehen, sie weiter in Fahrt zu bringen.

»Für Sie mag das zählen«, schoß sie zurück. »Aber versuchen Sie das mal einem kleinen Jungen zu erklären, der seinen Vater dabei beobachtet, wie er einen Laufsteg entlangstolziert und einem Haufen verrückter Frauen aus der Zuschauermasse zuliebe wild herumgestikuliert.«

»Aha, wie ich sehe, sind Sie auf einer dieser Veranstaltungen gewesen?«

»Ich habe darüber gelesen.«

»Ja, jetzt verstehe ich. Wir sind wieder bei den Zeitungen.« Er senkte seinen Blick und überlegte, was sie gesagt hatte. »Und den Druck, den ich angeblich ausübe – haben Sie darüber auch in der Zeitung gelesen?«

»Ja.«

»Und über meine umweltfeindliche Einstellung?«

»Auch.«

»Und das ist alles?« – »Reicht das nicht?«

Als er wieder aufsah, bemühte er sich um einen unschuldigen Gesichtsausdruck, auf dem von seiner Wut keine Spur zu sehen sein sollte. »Ich dachte nur, daß Sie sich das Beste vielleicht bis zum Ende aufsparen würden. Aber ich vermute, Sie haben den Artikel verpaßt, in dem es hieß, daß ich jede ansehnliche Frau in diesem Land zwischen einundzwanzig und fünfzig vernascht habe.«

Sie starrte ihn für einige Sekunden an, bevor sie antwortete: »Aber wir wissen ja, daß das nicht stimmt, nicht wahr, Mr. Winter?« sagte sie mit süßer Stimme.

Ihre Antwort überraschte ihn so sehr, daß er für einen Moment sprachlos war. Er hatte ja erwartet, daß zwischen ihnen Waffengleichheit herrschen würde, nicht jedoch, daß sie ihn schlagen würde. »Sie wissen so genau wie ich, daß Sie nicht das Geld haben, einen langen Kampf vor Gericht durchzustehen. Wann werden Sie wohl endlich kapieren, worum es hier geht?«

»Wenn Sie mal über Ihre eigene ichbezogene Welt hinaussehen könnten, dann würden Sie verstehen, daß mein Kampf nichts mit Geld oder Fakten oder der Wiedergutmachung von altem Unrecht zu tun hat. Ich liebe Kevin mehr als mein eigenes Leben. Um ihn zu beschützen, werde ich alles tun, was erforderlich ist.«

Er konnte nicht weiter mit ihr herumstreiten. Sie hatte sich ihre eigene kleine Welt geschaffen und beschützte sie mit der ihr eigenen Form von Fanatismus. Sie war der Schutzengel, und er war der Teufel. »Es tut mir leid, Sie belästigt zu haben«, sagte er und gab sich geschlagen. Er warf ihr einen letzten Blick zu und war überrascht, als er Verwirrung über ihr Gesicht huschen sah.

Als er sich umgedreht hatte und zu seinem Auto zurückging, hörte er, wie die Tür hinter ihm zufiel und das Schloß einschnappte.

»Unser Tag wird kommen, Kevin«, versprach er sich. »Und er wird bald kommen.«

13

Mason nickte Walt Bianchi bei dessen Ankunft an der Abendtafel kurz zu. Rebecca hatte darauf bestanden, daß es für den neuen Manager von Winter Construction weitaus wichtiger war als für sie selber, bei der Wohltätigkeitsveranstaltung dabeizusein, um mit all den Leuten aus der High Society von Sacramento in Kontakt zu kommen und ihnen die Hände zu schütteln. Deshalb hatte Rebecca darauf bestanden, Walt ihre Eintrittskarte zu überlassen. Sie hatte natürlich recht gehabt, aber gleichzeitig war sie darauf aus gewesen, endlich eine Ausrede zu finden, um zu Hause bleiben zu können und es sich mit ihren Dutzenden ungelesener Kriminalromane gemütlich zu machen, die sie im Laufe der Jahre angesammelt hatte.

Mason hob seine Hand, um den Kellner davon abzuhalten, ihm ein weiteres Glas Wein einzuschenken. Er hatte an diesem Abend bereits zu viel getrunken, weil er versucht hatte, seine Wut über Chris Taylor zu ertränken. Als ihm klar wurde, daß der Alkohol nicht die Antwort war und daß Kelly den Wagen nach Hause fahren oder er ein Taxi nehmen mußte, wenn er noch mehr trinken würde, war er auf Kaffee umgestiegen.

Wenigstens in einer Hinsicht war der Abend eine angenehme Überraschung: Walt Bianchi war ein Meister darin, die Leute zu unterhalten. In den knapp drei Stunden hatte er jeden – vom Bürgermeister bis hin zu Travis Millikins Frau – mit seinem Charme in den Bann gezogen. Als Mason ihn fragte, was er von Linda Ronstadt halte, die für das abendliche Unterhaltungsprogramm engagiert worden war, antwortete Walt, daß er dazu nichts sagen könne. Mit einem absolut ernsten Gesicht war er fortgefahren, daß er keine Zeit für sie opfern könne, wenn sie nichts mit dem Baugeschäft zu tun habe.

Wenn Mason sich nicht wegen Walts unheimlicher Ähnlichkeit mit seinem Bruder so unbehaglich gefühlt hätte, wäre er in der Lage gewesen, die Darbietung mehr zu genießen. Aber statt dessen ertappte er sich dabei, wie er das Verhalten seines neuesten Angestellten hinterfragte und es verdächtig fand, wie leicht dieser Mann sich bei anderen einschmeichelte. Er fragte sich sogar, in welchem Maße Bianchis Fähigkeiten ihn wohl beeinflußt hatten, als er mit Walt das Einstellungsgespräch geführt hatte.

Eigentlich machte er sich Vorwürfe, daß er aus so fragwürdigen Gründen an dem Mann zweifelte. Man sollte Menschen danach beurteilen, was sie taten und nicht danach, wie sie aussahen oder was andere über sie sagten.

Zu schade, daß Chris Taylor sich nicht der gleichen Theorie anschließen mochte.

Verdammt, dachte er. Da war er wieder genau bei dem Thema angelangt, mit dem er den Abend begonnen hatte. Es ärgerte ihn maßlos, daß Chris nicht in der hintersten Ecke seines Gehirns bleiben wollte, wohin er sie verbannt hatte. Statt dessen mischte sie bei jedem seiner Gedanken und jeder seiner Handlungen mit.

»Hallo, bist du überhaupt anwesend?« säuselte ihm Kelly jetzt ins Ohr, während sie ihre Hand über seinen Arm gleiten ließ und ihre Brust gegen ihn preßte.

Er lehnte sich zu ihr herüber und lächelte. »Ich vernachlässige die allerschönste Frau hier. Ich bitte um Entschuldigung.«

»Entschuldigung akzeptiert.« Sie legte ihr Kinn auf seine Schulter, so daß sie nun mit ihrem warmen Atem sein Ohr anhauchte. »Warum habe ich das Gefühl, daß es dir nicht so besonders gut geht?«

»Weil du nicht nur hübsch, sondern dazu auch noch intelligent bist.«

»Hör auf«, flüsterte sie neckisch. »Du erregst mich.« Es gab sicherlich schlechtere Möglichkeiten, einen Abend zu beenden.

Sie lächelte verführerisch. »Laß mir noch ein paar Minuten Zeit, um mich zu verabschieden, und dann können wir gehen.«

Als sie fort war, drehte sich Mason zu Walt um. »Haben Sie irgendwas erfahren?« fragte er ihn.

Walt lachte. »Ich merke gerade, Mason, daß das eines der Dinge ist, die mir ziemlich gut an Ihnen gefallen. Daß Sie immer direkt in die Offensive gehen.« Er rückte etwas näher an Mason heran, damit die beiden sich besser unter vier Augen unterhalten konnten. »Interessanterweise habe ich herausgefunden, daß gewisse Leute Sie mehr fürchten und hassen als ich erwartet hätte. Was mir wiederum sagt, daß ich die richtige Wahl getroffen habe, als ich mich entscheiden mußte, wo und für wen ich zukünftig arbeiten will.«

»Das ist ja eine interessante Beobachtung«, sagte Mason. Genauso hätte er selbst in der gleichen Situation geantwortet.

»Übrigens, worum geht es eigentlich bei diesem Projekt am Fluß, über das ich die Leute ständig tuscheln höre? Ich kann mich nicht daran erinnern, daß Sie mir bei meiner Einstellung irgend etwas darüber erzählt haben. Hab' ich was verpaßt?«

»Welche Leute?« fragte Mason zurück und wirkte nun angespannt. Bis vor ein paar Monaten hatten die anderen Bauherren in der Stadt seine Versuche als Witz abgetan, das Gelände entlang des Sacramento Rivers zu kaufen: »Winters Wunderland«, nannten sie sein Projekt, und sie waren davon überzeugt, daß er entweder bankrott oder schwachsinnig wäre – nach Meinung dieser Leute sogar beides –, bevor auch nur ein einziger Mensch in einem der Gebäude wohnen würde, falls er überhaupt jemals die Genehmigung dafür erhalten würde, seine Miniatur-Stadt innerhalb der Stadt zu bauen.

Die Probleme, die zu bewältigen waren, wenn man auf dem

ökologisch sehr anfälligen Gelände irgend etwas bauen wollte, waren gewaltig. In dem Gebiet galten die Bauvorschriften der Stadt und zusätzlich auch noch die von zwei verschiedenen Verwaltungsbezirken. Es müßte also sowohl die Genehmigung des Stadtrats als auch die von zwei Bezirks-Aufsichtskommissionen eingeholt werden, und darüber hinaus müßte man mit der staatlichen Hochwasser-Aufsichtsbehörde, dem Park- und Freizeit-Ausschuß sowie der Wasserversorgungsbehörde verhandeln, um nur einige der zuständigen Ämter zu nennen. Es war kaum überraschend, daß außer Mason jedermann dieses Projekt als den Gipfel des Schwachsinns betrachtete, als etwas, das kein Bauherr mit klarem Verstand auch nur in Erwägung ziehen würde. Mit Sicherheit würde keine Bank oder Sparkasse das Projekt finanzieren, es sei denn, diese wollte die Bundesfahnder zwecks einer Überprüfung der Kreditpolitik im Nacken haben.

Doch Mason hatte nicht lockergelassen, und er war zuversichtlich gewesen, daß er schließlich als letzter lachen würde; er war sich sicher gewesen, daß er bei dem Projekt freie Bahn haben würde, weil er ja der einzige war, der den Mut hatte, es durchzuführen. Doch vor sechs Wochen hatte er dann zum ersten Mal einzelne Informationsfetzen aufgeschnappt, die ihm den Eindruck vermittelten, daß noch jemand anders erkannt hatte, welchen potentiellen Gewinn man mit der Bebauung des Geländes am Fluß erzielen könnte – eines Gebietes also, das Mason bereits als sein eigenes betrachtete.

Walt hob eine Hand vor sein Gesicht und tat so, als ob er sich kratzen wollte, doch in Wirklichkeit wollte er seine Lippen vor irgendwelchen Leuten verbergen, die vielleicht versuchten, das Gespräch zu belauschen. »Ich glaube, zwei Leute in der Gruppe standen irgendwie mit dem Stadtrat in Verbindung. Ich konnte ihre Namen nicht aufschnappen, aber ich kann Ihnen sagen, wie sie aussehen. Ich habe mitgehört, wie einer seinen Gesprächspartner mit Al Lowenstein anredete und den anderen mit Bart oder Bert oder so ähnlich. Ich habe mich bemüht, den Eindruck zu erwecken, als könne ich sie nicht verstehen, aber als Lowenstein mich erkannte, haben sie sofort das Thema gewechselt.«

Mason nickte. Es überraschte ihn nicht, wer da mit wem gesprochen hatte, wohl aber, worüber sie geredet hatten. Al und Bart konnten auch zusammen niemals die Mittel aufbringen, die für den Bau eines städtischen Einkaufszentrums benötigt würden; sie bedeuteten keine Gefahr für ihn. Aber daß die beiden genug über die Sache gehört hatten, um es am heutigen Abend zum Gesprächsthema machen zu können – das bedeutete eine tatsächliche Gefahr. »Erzählen Sie mir, wenn Sie weitere Leute über das Projekt reden hören«, sagte Mason zu Walt. »Und passen Sie genau auf, was sie sagen.«

»Irgendwas Spezielles?«

Mit der vorsichtigen Frage versuchte Walt, weitere Informationen aus Mason herauszulocken, doch Mason ließ sich nicht darauf ein. Er war sich nicht sicher, warum es ihm widerstrebte, Walt ins Vertrauen zu ziehen; er wußte nur eines: Wenn dieses Gefühl bei ihm anhielt, würde Walt ihm die Informationen nicht besorgen. »Nein«, antwortete Mason dann nach etlichen Sekunden »Erzählen Sie mir einfach alles, was Sie hören.«

Eine halbe Sekunde, bevor Kelly wieder bei ihm war, hatte Mason schon den Duft ihres Parfüms in der Nase. »Fertig?« fragte er sie und stand bereits.

Sie berührte mit der Zungenspitze ihre Lippen. »Oh, ja...«, sagte sie, so daß nur er sie hören konnte. Sie lächelte, als sie sich an ihn schmiegte und ihm einen flüchtigen Kuß auf die Wange drückte. »Und gleich geht's weiter«, wisperte sie verführerisch.

Mason sah zu Walt hinunter und sagte: »Wir sehen uns dann am Montag im Büro.«

»Und falls der verbleibende Abend noch interessant werden sollte?« fragte Walt.

Mason nahm zur Kenntnis, daß Walt sich bewähren und

deshalb so lange bleiben wollte, bis nur noch Betrunkene und Kellner auf der Feier sein würden. Genau das gleiche hätte er an Walts Stelle auch getan und deshalb freute er sich. »Rufen Sie Rebecca an«, sagte er. »Sie wird schon wissen, wie sie mich erreichen kann.«

Er richtete seine Aufmerksamkeit nun wieder auf Kelly, nahm ihren Arm, als sie durch den Bankettsaal gingen und nickte denjenigen zur Begrüßung zu, die er kannte; er lächelte in vertraute Gesichter und hielt zweimal an, um Leuten, die er eine Weile nicht gesehen hatte, ein paar Informationen zu übermitteln.

Als sie aus der klimatisierten Lobby in die warme Nacht hinaustraten, ließen sie auch die letzten Überreste der Party-Atmosphäre hinter sich. Die Hitze der Nacht schlug ihnen entgegen und erweckte in ihnen sinnliche Gefühle; sie spürten, daß sie für die Nacht draußen viel zu warm angezogen waren. Es war eine von jenen Nächten, in denen man die Autofenster hinunterkurbelte und den Wind hineinwehen ließ, um sich seine Sinne beflügeln zu lassen.

»Hast du noch diese Mineralquelle?« fragte Mason, während sie darauf warteten, daß sein Auto gebracht wurde.

»Und einen absolut guten Cabernet Sauvignon dazu. Für dich persönlich eigenhändig den ganzen Weg aus Frankreich hergebracht.«

Kelly besaß ein Reisebüro und war genauso oft unterwegs, wie sie in der Stadt verweilte. Obwohl er normalerweise kalifornische Weine bevorzugte, wußte er, daß er immer zu einer Kostprobe eingeladen wurde, wenn Kelly sich die Mühe gemacht hatte, etwas mit nach Hause zu bringen.

Sein Blick schweifte jetzt zu der Stelle, an der ihre üppigen Brüste aus dem smaragdgrünen Kleid hervorquollen. Die Sorgfalt, die Kelly darauf verwendete, ihren Körper genauso schlank und fit zu erhalten wie zu der Zeit, als sie College-Meisterin im Rückenschwimmen gewesen war, ließ nicht nur ihre Haut und ihre Muskeln straff und fest erscheinen; sie sorgte auch dafür, daß ihre Bewegungen einen Hauch von Erotik und athletischer Anmut ausstrahlten. Diese Art von Selbstsicherheit fand Mason unglaublich sexy.

Aber Mason fühlte sich nicht nur wegen ihres erbaulichen Körpers oder ihres schönen Gesichts von Kelly angezogen. Es war auch nicht der Sex, welcher immerhin der beste war, den er je mit einer Frau gehabt hatte, die er gar nicht liebte. Vielmehr war es die unkomplizierte Art, in der er mit ihr zusammensein konnte. Wenn diese Nacht genauso werden würde wie die anderen Nächte, die sie zusammen verbracht hatten, dann würden sie einige Stunden lang ungehemmten, ja zeitweise sogar unvorstellbar guten Sex miteinander haben und am Morgen als gute Freunde wieder auseinandergehen. Es wäre für beide in Ordnung, wenn sie sich danach monatelang nicht sehen würden. Es würde keine gegenseitigen Verpflichtungen geben und auch keine verletzten Gefühle.

Es war genau die Art von Beziehung, die Mason brauchte, und es war überhaupt die einzige Art von Beziehung, auf die er sich jemals wieder einlassen würde. Er hatte die Liebe in der Ehe erlebt, er hatte die außereheliche Liebe kennengelernt, und er hatte jedesmal den Schmerz gefühlt, wenn es vorbei gewesen war. Die Höhen waren großartig gewesen, aber die verfluchten Tiefen hätten ihn fast dahingerafft.

Er legte seinen Arm um Kellys Schultern und zog sie an seine Seite, so daß er durch seinen Smoking hindurch die Hitze ihres Körpers spüren konnte. Mason empfand ein so plötzliches und intensives Begehren, daß es ihn beinahe überwältigte. Wenn er nicht das Aufheulen seines Porsches gehört hätte, der gerade die Betonrampe hinabgefahren wurde, dann hätte er die Fahrt nach Hause abgeblasen und wäre mit ihr zurück in das Hotel gegangen.

Sie blickte zu ihm auf und lächelte. »Schöne Erlebnisse haben diejenigen, die warten können, Mason.«

»Entgeht dir denn eigentlich gar nichts?«

Sie musterte die Wölbung in seiner Hose. »Manche Dinge sind eben offensichtlicher als andere.«

Er grinste. »Ich habe dich vermißt«, sagte er und drückte ihr einen Kuß auf die Stirn.

»Viel länger ist es nicht auszuhalten«, antwortete sie und zog seinen Kopf herunter zu ihren Lippen. Sie küßten sich lange und intensiv, während sie zärtlich mit ihrer Zunge seinen Mund erkundete.

Mason gratulierte sich zu seiner scheinbar natürlichen Art, mit der er Kelly ins Auto half, nahm die Schlüssel, die ihm der Angestellte überreichte, und verließ den Parkplatz. Beim Stop an der nächsten Ampel war er überrascht, als er Kellys scherzhaften Gesichtsausdruck sah.

»Ich wette, du glaubst, daß du noch einmal davongekommen bist, stimmt's?« fragte Kelly.

»Also, der Parkplatzwächter hat bestimmt nichts gemerkt.«

»Was glaubt er wohl, warum er kein Trinkgeld bekommen hat? Weil du schleunigst nach Hause fahren mußtest, um im Fernsehen Johnny Carson zu sehen?«

Mason dachte einen Moment darüber nach und lachte dann. »Beim nächsten Mal hole ich's nach.«

Kelly zog ihren Rock hoch, nahm Masons Hand und legte sie auf die Innenseite ihrer Oberschenkel. »Lügner«, sagte sie. »Du hast ja nicht die leiseste Vorstellung davon, wie der Wächter aussieht.«

Als sie Kellys Maisonnettewohnung erreichten, waren sie beide nach ihrem ausgedehnten Vorspiel im Auto bis aufs Äußerste erregt. Sie ließen ihre Kleidung schon an der Haustür fallen und sanken vor dem Kamin auf dem Perserläufer nieder, wo sie beendeten, was sie im Auto begonnen hatten; sie unterbrachen ihr Liebesspiel gerade so lange, damit Mason sich ein Kondom überziehen konnte, das er aus seiner Hosentasche gezogen hatte.

Als der erste Ansturm ihrer Leidenschaft vorüber war, wechselte Kelly die Stellung und setzte sich rittlings auf ihn, um auf den letzten Wellen, die sie durchzuckten, zu reiten, wobei sie sich in rhythmischen Bewegungen gegen seine erregte Männlichkeit preßte. »Das war gut«, sagte sie und spreizte ihre Finger über seiner Brust.

»Möchtest du ein bißchen von dem Wein trinken und dir etwas die Kehle benetzen? Ich fühle mich auch äußerlich etwas feucht und aufgeweicht.« Sie hielt plötzlich inne, so als ob ihr gerade ein Gedanke durch den Kopf gegangen wäre. »Du kannst doch die ganze Nacht bleiben, oder?«

Es lag ihm schon auf der Zungenspitze, mit »ja« zu antworten, doch als er seinen Mund öffnete, kam statt dessen ein »Nein« heraus. Er war genauso überrascht wie sie.

»Ach – wie schade«, stockte sie. »Ich hatte gedacht...«

Da er keine Ahnung hatte, warum er ihr erzählt hatte, daß er nicht bleiben könne, war es beinahe unmöglich, nun mit einer schlüssigen und logischen Begründung aufzuwarten. »Es ist wegen meines Sohnes«, sagte er dann endlich und überraschte sie beide ein weiteres Mal.

»Welcher Sohn?« fragte sie und lehnte sich zurück, damit sie ihn ansehen konnte.

Er zögerte, denn er wollte nur ungern Details mit ihr besprechen. »Das ist eine lange Geschichte«, sagte er schließlich, und in seinem Kopf braute sich eine Erklärung zusammen, die jedoch ebenso unlogisch wie offenkundig war. Er war jetzt ein Vater, und in seiner Vorstellungswelt gingen Väter eben nicht mit der ausdrücklichen Absicht in das Haus einer Frau, es die ganze Nacht mit ihr treiben zu wollen. Er sah Kelly an und zuckte hilflos mit den Schultern. »Ich verstehe das selbst nicht. Wenn ich es verstehe, werde ich es dir erzählen.«

Sie starrte ihn an. Schließlich wurde ihre Wut durch Frustration verdrängt, und als auch die Frustration vorüber war, akzeptierte sie seine Haltung. »Also gut«, sagte sie, »wie steht's mit ein wenig Wegzehrung zum Abschied?«

Er schmunzelte. »Du redest nicht etwa von einem Glas Wein, oder?«

»Um Gottes willen, nein.«

Er nahm sie wieder in seine Arme. »Gut.«

»Wenn das alles ist, was ich bekomme, sollten wir es noch mal versuchen«, sagte sie und schlang ihre Beine enger um seine Taille herum.

Er küßte sie innig und hingebungsvoll und hoffte, hier nun jene Fluchtmöglichkeit zu finden, die er sich am Nachmittag ausgemalt hatte. Statt dessen erschien vor seinen Augen Chris Taylor, wie sie auf der Veranda stand und ihm sagte, welch ein moralisch bankrotter Bastard er sei.

Und damit war seine rauschende Liebesnacht vorzeitig beendet.

14

Chris lehnte sich in ihrem Stuhl zurück und sah aus dem Fenster. Nachdem sie den ganzen Vormittag an ihrem Computer verbracht hatte, war sie erschöpft, gelangweilt und mit ihren Ideen am Ende. Es gab eben nur ein paar wenige Möglichkeiten für eine Steuerberaterpraxis anzukündigen, daß sie einen neuen »interessanten« Partner für sich gewonnen hatte, der in Wirklichkeit natürlich genauso langweilig war wie jeder andere Steuerberater, der für Norman Johnston and Associates arbeitete; doch es war Chris' Aufgabe, es so klingen zu lassen, als ob nun ein neuer Kreuzritter seine Rüstung angelegt habe und das Unternehmen in seinem fortwährenden Kampf mit den bösartigen Finanzbehörden unterstützen würde. Aus purem Stolz bestand die Praxis jedesmal auf dieser Prozedur, wenn ein Neuer einstieg, wobei Chris vermutete, daß das ganze Getue eher zur Beweihräucherung der alteingesessenen Angestellten bestimmt war, die ja in dem Pamphlet ebenfalls mit ihren Namen und Qualifikationen genannt wurden, als zum Wohle des Neueinsteigers.

Doch niemand hatte Chris nach ihrer Kritik gefragt. Es war ihr Job, das Skript zu erstellen. Und da ihr dieser Auftrag auch noch mehr einbrachte als die meisten anderen und sie ziemlich dringend Geld benötigte, war es überhaupt nicht angebracht, sich zu beklagen.

Um wieder einen klaren Kopf zu bekommen, genehmigte sie sich, bevor sie wieder an ihre Arbeit zurückging, ein paar Minuten, in denen sie beobachtete, wie der Herbstwind die Blätter von der Ulme auf der gegenüberliegenden Straßenseite riß und sie auf dem Rasen verteilte. Der Oktober war ein schöner Monat in Sacramento. Als sie ein Kind gewesen war, war diese Jahreszeit nicht so schön gewesen, aber im Laufe der Jahre hatten die Leute entsprechende Pflanzen für diese Saison gesät, und jetzt waren die Straßen mit Bäumen geschmückt, die in roten, orangen und gelben Tönen schillerten.

Kevin rannte leidenschaftlich gerne durch das trockene, heruntergefallene Laub. Die knackenden und raschelnden Geräusche unter seinen Füßen trieben ihn immer wieder zu kleinen Freudenschreien. Die Nachbarn waren fast ausschließlich ältere Ehepaare, die ihre eigenen Enkelkinder nur selten zu sehen bekamen, doch sie erduldeten Kevins Unfug bereitwillig und erlaubten ihm an Kehrtagen sogar, in ihre zusammengefegten Laubhaufen zu springen, allerdings bestanden sie darauf, daß er später dabei mithalf, das Laub in Säcke zu packen.

Die Nachbarschaft konnte Kevin bieten, was Chris ihm nicht geben konnte. Die Menschen, die hier lebten, standen Kevin so nah, wie ihm die Mitglieder einer eigenen großen Familie jemals stehen könnten.

Chris zuckte zusammen. So war der Stand der Dinge zumindest bis zu dem Zeitpunkt gewesen, als Mason Winter in ihr gemeinsames Leben hereingeschneit war. Sie rückte sich in ihrem Stuhl zurecht und bereitete sich darauf vor, wieder an ihre Arbeit zu gehen. Als sie den Bildschirm gerade angestellt hatte, klingelte das Telefon.

»Hallo«, meldete sie sich.

»Chris, hier ist Paul. Ich fürchte ich habe ein paar schlechte Nachrichten für dich.«

Sie war plötzlich angespannt. »Was gibt's?«

»Mason hat eine Besuchserlaubnis beantragt, und man hat ihm die vorübergehende Erlaubnis erteilt, Kevin zu sehen.«

»In welcher Form?«

»In welcher Form spielt keine Rolle. Wenn du dich erinnerst – ich habe dir am Anfang erzählt, daß dies höchstwahrscheinlich geschehen würde. Wir haben ihm die Erlaubnis vorenthalten, Chris, indem wir die Angelegenheit so weit wie möglich in die Länge gezogen haben.« Er machte eine Pause. »Aber da ist noch etwas anderes«, fügte er zögernd hinzu.

»Was?« fragte Chris und spürte, wie ihr eine eiskalte Hand den Rücken hinaufkroch.

»Er hat nicht nur wegen der Besuchsrechte um eine Anhörung vor Gericht gebeten; er hat auch noch beantragt, die Adoption für ungültig erklären zu lassen.«

»Kann er das tun?«

»Er hat es bereits getan. Aber das heißt noch nicht, daß er damit auch durchkommt«, fügte er schnell hinzu.

Chris war so fassungslos, daß sie nicht sofort antworten konnte. »Ich dachte, er wollte Kevin nur an den Wochenenden sehen. Das ist zumindest das, was er die ganze Zeit über gefordert hat. Weißt du, warum er seine Meinung jetzt geändert hat?«

»Ich glaube, er beantragt alles auf einmal, um im Endeffekt den Teil genehmigt zu bekommen, auf den er wirklich aus ist, aber ich kann auch falsch liegen. Denk daran, ich habe den Mann nie gesehen. Du kennst ihn doch. Was glaubst du denn?«

Sie dachte einige Sekunden lang über die Frage nach, bevor sie antwortete. »Ich glaube, daß er es gewohnt ist, zu bekommen, was er haben will, und daß er sich einen feuchten Kehricht darum schert, wer dabei verletzt auf der Strecke bleibt. Verstehst du jetzt, warum ich gegen ihn kämpfen muß? Wie kann ich es zulassen, daß ein Mann wie er Einfluß auf Kevin hat? Er mag ein gesetzlich verankertes Recht haben, seinen Sohn zu sehen, aber ich habe die moralische Verpflichtung, ihn daran zu hindern.«

»Chris, ich möchte für einen Moment als Freund mit dir sprechen«, sagte Paul mit zögerlicher Stimme. »Ich weiß, warum du das alles tust, und ich akzeptiere auch deine Gründe..."

"Aber?" fragte sie mißtrauisch.

"Du beginnst langsam, ein wenig streitsüchtig zu klingen, und das tut deiner Sache nicht gut."

"Um Gottes willen, Paul, wir reden hier doch über meinen Sohn. Wie soll ich denn da wohl klingen?"

"Ob es dir gefällt oder nicht – Mason Winter ist ein hoch angesehenes Mitglied dieser Gemeinschaft. Wenn du ihm nachweisen willst, daß er ein untauglicher Vater ist, wirst du wesentlich mehr Beweise benötigen, als wir bisher zusammentragen konnten."

"Wie kannst du das nur sagen?" erwiderte Chris. "Mason Winter steht für all das..."

"Ich weiß", begann Paul, "er steht für all das, was du verabscheust. Aber du mußt mal bedenken, daß nicht jeder der Meinung ist, daß alles ›Konservative‹ einem Wort entspricht, das mit ›Sch...‹ beginnt. Eine Menge von Richtern, die mit diesem Fall zu tun haben könnten, würden dich als eine Person sehen, in der die sechziger Jahre wieder aufleben. Und was die Frauen angeht, mit denen er angeblich ausgegangen sein soll – er ist alleinstehend, und das waren die Frauen auch, jedenfalls soweit das bekannt ist. Niemand wird sich darüber aufregen."

"Was versuchst du mir eigentlich zu erzählen?"

"Gib bei dieser einen Sache nach, insbesondere, weil du wirklich keine andere Wahl hast. Laß Mason seinen Sohn für ein paar Stunden in der Woche sehen. Laß uns dafür sorgen, daß etwas in der Akte steht, aus dem hervorgeht, daß du vernünftig und kooperativ sein kannst. Obwohl der Richter keine genauen Angaben gemacht hat, kann ich Mason vielleicht überreden, daß er dich bei seinen Besuchen mitkommen läßt. Auf die Weise kannst du dann auch selbst beurteilen, ob er so schlecht ist, wie du ihn dir ausgemalt hast oder nicht."

»Ausgemalt?« fragte Chris. »Glaubst du vielleicht, ich male mir nur aus, welchen Einfluß jemand wie Mason auf ein Kind wie Kevin haben könnte?«

»Es tut mir leid«, beschwichtigte Paul sie. »Ich habe meine Worte unglücklich gewählt, doch ich muß noch mal alles auf den Punkt bringen, Chris. Mason ist Kevins Vater. Wir wissen beide, daß er die rechtmäßige Erlaubnis letztendlich erhalten wird, seinen Sohn regelmäßig zu sehen. Nur bis zu diesem Tag können wir das Unvermeidliche hinauszögern.«

»Das ist ja das Entscheidende. Je länger wir ihn noch hinhalten können, um so älter wird Kevin sein. Gerade jetzt ist es zu leicht, ihn zu beeinflussen. Er ist wie ein Schwamm. Mason könnte alles untergraben, was ich vollbracht habe, wenn wir zulassen, daß er Kevin bei sich hat. Kinder machen nicht das, was du ihnen sagst, Paul, sie machen das, was du selbst machst.«

»Ich schlage dir ja nur vor, daß dies ein Weg sein könnte, sowohl dir als auch Kevin die Übergangsphase ein wenig zu erleichtern.«

»Mach dir über mich nur keine Sorgen. Ich habe mich schon damit abgefunden, daß ich am Ende nicht mehr das volle Sorgerecht für Kevin haben werde«, sagte Chris.

»Wenn du dich damit abgefunden hast... Ach, lassen wir das.«

»Nun sag schon, Paul.«

»Ich kann es eben einfach nicht ertragen zuzusehen, wie du im Verlauf des Prozesses alles Weitere verlierst, vor allem, wenn es nicht sein muß. Wo willst du zum Beispiel das Geld hernehmen, um gegen ihn anzukämpfen, Chris?«

»Wenn die Zeit reif ist, werde ich das Haus verkaufen«, antwortete sie.

»Du meine Güte, das kannst du doch nicht tun. Das Haus ist alles, was du hast.«

»Das einzig Wichtige in meinem Leben ist Kevin. Das Haus bedeutet mir gar nichts.« Doch sie log. Das Haus war ihr auch wichtig, aber wenn sie es damit verglich, was sie für Kevin empfand, dann stand das Haus genau am anderen Ende der Werteskala. Und da sie keine andere Möglichkeit hatte, das nötige Geld für die Kosten des Verfahrens zu beschaffen, konnte sie auf das Haus verzichten.

Sie hatte zunächst über eine zweite Hypothek nachgedacht, doch nachdem sie die anfallenden Kosten kritisch geprüft hatte, war ihr klar geworden, daß sie niemals imstande sein würde, die Raten abzuzahlen. Immerhin stand aber eine Sache zu ihren Gunsten: Die Häuser in ihrer Nachbarschaft waren jedesmal so gut wie verkauft, sobald sie nur angeboten wurden; oft lagen die Verkaufspreise sogar über den Angebotspreisen; der Verkauf des Hauses war also keine Angelegenheit, die Chris sofort in Angriff nehmen mußte. Zumindest für eine Weile würden sie und Kevin ihr Zuhause noch genießen können.

»Da ist noch eine Sache, Chris, die du besser in Erwägung ziehen solltest, bevor du das Haus zum Verkauf anbietest. Es wird sich für dich nicht gerade vorteilhaft auswirken, wenn der Richter herausfindet, daß du vorhast, Kevin für deine Tage vor Gericht zahlen zu lassen, indem du ihn in ein Apartment oder in ein anderes Haus in einer weniger angenehmen Nachbarschaft bringst. Dieser Richter wird sich einen feuchten Kehricht um deine Gefühle scheren. Kevin ist die einzige Person, die hierbei zählen wird. Kevin hat einen Vater, der bereit und gewillt ist, seinem Sohn selbst den Mond zu schenken, falls er diesen Wunsch äußern sollte. Wenn du das Haus verkaufst, das Kevin als sein Zuhause betrachtet, nur um einen Punkt für dich zu sammeln, dann stehst du da wie eine egozentrische, manipulierende und zanksüchtige Ziege, die vor nichts zurückschrecken würde, um einen Vater daran zu hindern, seinen Sohn zu sehen.«

»Danke für das Vertrauensvotum«, antwortete Chris.

»Du bist zu mir gekommen, weil du wußtest, daß ich vollkommen ehrlich mit dir sein würde, egal wie hart die Dinge kommen oder wessen Gefühle betroffen sein würden. Das ist meine Vorgehensweise«, sagte Paul.

»Aber ich würde dich auch nicht von dem Fall entbinden, wenn du mir ein wenig Mitgefühl und Verständnis entgegenbringen würdest.«

»Chris, ich stecke so viel Engagement in diese Sache, als wärst du meine eigene Tochter und Kevin mein Enkelsohn«, sagte er freundlich.

»Ich weiß«, sagte sie und seufzte. »Aber es ist manchmal so schwer. Ich gebe die Hoffnung nicht auf, daß ich eines Tages aus diesem Alptraum erwache, aber er dauert immer länger an.«

»Wenn du mich fragst, solltest du Kevin sagen, daß Mason sein Vater ist, bevor die beiden sich treffen«, sagte Paul und brachte die Unterhaltung damit auf das anfängliche Thema zurück.

»Sie haben sich ja bereits getroffen, aber du hast recht. Wenn ich es ihm nicht erzähle, dann wird Mason es tun, und ich glaube, daß es für Kevin besser ist, wenn er die Wahrheit von mir erfährt.«

»Kann ich dir irgendwie helfen?« fragte Paul.

Chris war zwar realistisch genug, zu wissen, daß der Tag kommen würde, an dem sie Kevin erzählen müßte, daß sein Vater lebte und ihn sehen wollte, doch sie hatte verrückterweise gehofft, daß sie noch Jahre hatte, um sich auf diesen Tag vorzubereiten.

»Glaubst du wirklich, daß du Mason dazu bringen könntest, mich bei seinen Besuchen dabeisein zu lassen?«

»Es ist zumindest einen Versuch wert...«

»Wieviel Zeit verbleibt mir noch?« fragte Chris.

»Er will Kevin am Samstag sehen.«

Die Worte trafen sie wie ein Schlag in den Magen. »Das ist ja schon in zwei Tagen.«

»Ich bin sicher, daß Mason und sein Anwalt das als Überraschung für dich geplant hatten. Seinen Gegner mit einem

Schlag erwischen, auf den er nicht vorbereitet ist – eine klassische Kampfstrategie.«

»Heißt es nicht auch, daß das Recht auf der Seite der Besitzenden steht?« fragte Chris in einem trockenen Tonfall.

Er seufzte. »Ich wünschte, ich könnte mehr für dich tun, Chris.«

Sie lehnte sich in ihrem Stuhl zurück und schloß die Augen. »Das wünschte ich auch, Paul«, sagte sie zaghaft. Draußen ertönte jetzt die Hupe von Marys Auto, die Chris mitteilte, daß Mary von der Schule zurückgekehrt war, wo sie die Kinder abgeholt hatte, und daß sie Kevin nun vor der Haustür absetzen würde. »Ich muß jetzt Schluß machen. Kevin ist gekommen, und die Tür ist noch abgeschlossen.«

»Ich melde mich wieder bei dir, sobald ich die Angelegenheiten mit Masons Anwalt geklärt habe. Ist zwölf Uhr am Samstag bei dir zu Hause in Ordnung?«

»Ja, das ist okay – wenn du keinen Weg findest, um den Besuch noch hinauszuschieben«, fügte sie hinzu, obwohl sie genau wußte, daß er alles Erdenkliche tun würde; doch sie mußte ihn einfach noch mal daran erinnern, wie wichtig seine Bemühungen für sie waren.

»Ich werde tun, was ich kann. Aber rechne mit gar nichts.«

»Vielen Dank, Paul.« Sie legte auf und eilte zur Tür, wo sie gerade in dem Moment auf Kevin traf, in dem er die Türklingel drücken wollte. »Ich bin da«, sagte sie eilig.

»Ich weiß«, erwiderte Kevin, und gab ihr eine noch feuchte Zeichnung mit Kürbisbeeten, die er an diesem Tag gemalt hatte.

»Ja? Woher wußtest du, daß ich da bin?« fragte sie und bückte sich, um ihm einen flüchtigen Kuß zu geben. Sie mußte sich zwingen, ihn nicht zu nehmen und festzuhalten, denn sie wußte, daß sie ihn damit nicht nur erschrecken, sondern auch darauf aufmerksam machen würde, daß irgend etwas im Gange war.

»Weil du doch immer hier bist, wenn ich nach Hause komme«, sagte Kevin.

»Hattest du einen schönen Tag?«

Er lavierte sich an ihr vorbei und ließ seinen Rucksack auf einen Stuhl fallen. »Hmm.«

»Was habt ihr gemacht?«

»Eine ganze Menge Sachen.«

Sie hatte sich sehr bemüht, Kevin ein Gefühl von Stabilität zu vermitteln. Er wußte zweifellos, daß sie immer für ihn dasein würde, daß er sich auf sie verlassen konnte, wenn es darum ging, ihn vor Schmerzen zu schützen und zu bewahren, und daß sie ihn uneingeschränkt liebte. »Was für Sachen denn?« fragte Chris, um ihren Teil des täglichen Rituals fortzusetzen.

»Miss Abbot hat einen Kürbis zerschnitten, und wir haben ihn gekocht.«

Chris hob seinen Rucksack auf und stellte ihn in den Schrank. »Habt ihr etwas davon gegessen, als er fertig war?«

Er verzog sein Gesicht. »Er hat nicht besonders gut geschmeckt. Miss Abbott hat gesagt, daß wir morgen noch irgendwelche anderen Sachen hineintun und kleine Kuchen backen. Ich hab' ihr gesagt, daß wir dich fragen sollen, weil du die besten Kuchen der Welt machst.«

Chris lachte. »Und was hat sie dazu gesagt?«

»Daß du uns bei der Thanksgiving-Party helfen könntest.«

Chris konnte nun nicht länger widerstehen, ihn zu berühren und beugte sich hinunter, um ihn in ihre Arme zu schließen. »Ich habe dich heute vermißt«, sagte sie und küßte ihn auf seine Nasenspitze.

»Was hast du denn gemacht, als ich in der Schule war?«

»Ich habe den ganzen Morgen gearbeitet.«

Eine nagende innere Stimme sagte ihr, daß sie – wenn es schon sein mußte – sobald wie möglich beginnen sollte, ihm die Wahrheit zu sagen. Er würde Hunderte von Fragen haben, die ihm nicht alle auf einmal in den Sinn kommen würden. Es wäre also wichtig, daß sie genügend Zeit hätte, all diese Fragen zu beantworten. Sie atmete zur Beruhigung einmal tief ein und stürzte sich auf ihre Aufgabe. »Und dann hat noch Paul Michaels angerufen, gerade bevor du nach Hause gekommen bist.« Sie hielt inne. »Erinnerst du dich an Mr. Michaels?«

»Er ist der Mann, der dir geholfen hat, mich zu adoptieren«, antwortete Kevin.

»Ja, genau.« Jetzt hatte sie das Gespräch also begonnen, aber wie sollte sie nun fortfahren? »Er hatte mir etwas sehr Besonderes zu sagen, etwas, das auch dich betrifft«, fuhr sie fort. »Und zwar über Mr. Winter. Erinnerst du dich an Mr. Winter?«

Kevin schüttelte seinen Kopf.

»Den Mann, den wir vor ein paar Wochen am Flughafen getroffen haben«, half sie ihm auf die Sprünge. »Er ist auch einige Male hier bei uns gewesen.«

»Ach ja.«

Sie ließ Kevin herunter und führte ihn in die Küche, wo sie einen Apfel aus dem Korb auf der Küchentheke nahm, ihn wusch und in Viertel schnitt; durch diese routinierte Handlung konnte sie Zeit gewinnen und ihre Gedanken sammeln. »Mr. Winter würde dich gerne sehen«, sagte sie schließlich.

Kevin biß von dem Apfelstück ab, wartete, bis er es halb zerkaut hatte und fragte dann: »Warum denn?«

»Er meint, daß du etwas ganz Besonderes bist, und er ...« Und er – was? überlegte Chris. Sie war im Begriff, Kevin den Boden unter den Füßen wegzuziehen und konnte nicht die richtigen Worte finden um ihm ein Sicherheitsnetz bereitzustellen. »Denkst du manchmal an deine Mama Diane?« fragte sie ihn und beschloß, es von einer anderen Seite her zu probieren.

»Manchmal ja. Meistens wenn ich sie auf dem Foto ansehe.«

»Denkst du manchmal auch an den Mann, den sie geliebt hat und der dein Vater gewesen ist?«

Er kaute nun nicht mehr weiter und sah sie an. »Manchmal rede ich mit Tracy über ihn.«

»Was würdest du davon halten, wenn du deinen Papa sehen könntest?« fragte ihn Chris. Es war ihr zutiefst zuwider, auf diese Weise über Mason Winter zu sprechen. Indem sie ihn gegenüber Kevin »Papa« nannte, räumte sie ihm eine Legitimität ein, die er sich durch nichts verdient hatte.

Kevin dachte über ihre Frage nach. »Wäre er denn wie Onkel John?«

Chris schüttelte traurig ihren Kopf. »Niemand anders auf der Welt ist wie Onkel John. Es gibt ja auch niemanden, der so ist wie du«, fügte sie schnell hinzu, als sie bemerkte, wie negativ der Vergleich klingen konnte. »Aber ich bin sicher, daß dein Papa auf seine eigene Weise ebenso nett sein kann.«

»Ist Mr., uh...« Kevin gab sich Mühe, sich an den Namen zu erinnern. »Ist der Mann vom Flughafen mein Papa?«

»Ja«, räumte Chris widerwillig ein. »Mr. Winter ist dein Vater.«

Langsam ging ein Lächeln über Kevins Gesicht. »Wann wird er bei uns einziehen?« fragte er.

Chris starrte ihn mit offenem Mund an. Sie hatte Hunderte von Fragen erwartet, aber diese Frage war ihr nicht einmal in den Sinn gekommen.

15

Am nächsten Morgen, als Chris gerade aus der Dusche gestiegen war, rief Paul Michaels an.

»Ich fürchte, wir können nichts machen, Chris«, sagte er. »Masons Anwalt hat mir mitgeteilt, daß du durch dein bisheriges Verhalten jeglichen Kooperationsgeist zerstört hast, den er und Mason anfänglich gehabt hätten. Er wird dir unter keinen Umständen gestatten, bei seinem Besuch dabeizusein.«

Chris klemmte sich den Hörer zwischen Schulter und Ohr, während sie ein Handtuch um ihren Körper schlug. Um Geld zu sparen, stellte sie den Thermostat immer auf knapp achtzehn Grad, aber in einem Haus, das dringend neu isoliert werden müßte, empfand man achtzehn Grad eher wie elf Grad. »Das waren exakt seine Worte – daß ich jeden Kooperationsgeist zerstört habe?« fragte sie.

»Sogar die Satzzeichen stimmen«, antwortete Paul.

Eine Welle der Empörung erhitzte Chris' Gesicht. »Also, gerade der will von Kooperationgeist sprechen«, sagte sie. »Wenn er glaubt...«

»Beruhige dich, Chris«, unterbrach Paul sie. »Ich sagte dir doch, daß ich es mal versuchen würde, seine Zustimmung zu bekommen. Ich habe es versucht, und er hat nein gesagt. Denk daran – dies war nur ein versuchter Vorstoß.«

»Wieviel Zeit darf er mit Kevin verbringen?«

»Zwei Stunden.«

»Oh je, in zwei Stunden kann alles mögliche passieren.«

»Hast du es Kevin schon gesagt?«

»Ja, gestern.« Sie strich mit den Händen über die Gänsehaut auf ihren Armen und versuchte, durch die Reibung Wärme zu erzeugen.

»Wie hat er es aufgenommen?« – »Verdammt gut, meiner Meinung nach viel zu gut.« Doch sie überdachte ihre Aussage noch einmal. »Nein, so habe ich das nicht gemeint. Er ist aufgeregt, daß er einen Vater hat und wartet gespannt darauf, ihn zu treffen.«

»Ich hoffe, du hast genügend gesunden Menschenverstand, um zu erkennen, welch eine Bestätigung das für deine Erziehungsweise ist. Du hast deine Sache ausgezeichnet gemacht, Chris. Kevin ist das glücklichste und ausgeglichenste Kind, das ich je getroffen habe.«

»Wenn ich ihn jetzt nur durch all das hindurchbringen könnte und er so bliebe, wie er ist. Ich würde alles dafür tun«, sagte Chris.

»Schließt das auch ein, Mason zu einem Teil seines Lebens werden zu lassen?« stachelte Paul sie wohlwollend an.

»Es wird noch einiges dazu gehören, mich davon zu überzeugen, daß das eine nicht automatisch das andere ausschließt.«

»Ruf mich an, und erzähl mir, wie der Besuch abgelaufen ist.«

»Das werd' ich tun«, versprach Chris. Sie legte den Hörer auf, lief in ihr Schlafzimmer und stürzte sich auf die Daunendecke am Fußende ihres Bettes, die sie um ihren zitternden Körper wickelte. Es dauerte mehrere Minuten, bis sie feststellte, daß sie nicht nur wegen der Kälte zitterte. Als sie das erkannt hatte, stand sie auf und zog sich an, denn sie wollte auf keinen Fall dem Drang nachgeben, sich wie ein Fötus zusammenzurollen und sich selbst zu bemitleiden.

Am nächsten Morgen, etwa eine Stunde bevor Mason ankommen sollte, stellte Chris das Thermostat auf zweiundzwanzig Grad. Sie wollte verhindern, daß ihm ihre Sparmaßnahmen auffielen. Kevin trug nagelneue Oshkosh Jeans und ein rot-blau gestreiftes Hemd. Sie hatte sogar den Leder-Blouson hervorgeholt, den sie im letzten Sommerschlußverkauf gefunden und als Weihnachtsgeschenk zurückgelegt hatte.

Die Sonne stand erst ein paar Stunden am Himmel, als sie feststellte, daß sie die Jacke hätte aufsparen können. Es würde einer von Sacramentos bildschönen Spätsommertagen werden, ein Wetter für kurze Ärmel.

Kevin stand wohl ungefähr zum zehnten Mal innerhalb der letzten zwanzig Minuten vom Sofa auf, wo er neben Chris gesessen hatte, und ging zum vorderen Fenster, um die Gardinen beiseite zu schieben und nach draußen zu spähen. »Was für ein Auto fährt er?« fragte er nun wieder.

Sie legte ihre Zeitung weg und sah ihn an. »Er hat einen kleinen roten Sportwagen und einen großen gelben Lastwagen«, sagte sie nachgiebig.

»Nicht ein grünes Auto mit einem schwarzen Verdeck?«

»Nein – das habe ich zumindest nicht gesehen.«

»Schade«, seufzte er, und in seiner Stimme schwang tiefe Enttäuschung mit, als er in das Zimmer zurückschlurfte.

Chris nahm ihre Beine vom Sofa herunter und hob ihn auf ihren Schoß. »Er wird kommen, Kevin«, sagte sie, während sie ihre Arme um ihn legte und ihr Kinn auf seiner Schulter aufstützte. »Es ist einfach noch nicht so spät.«

»Erzähl mir noch mehr über ihn«, fragte er sie weiter aus.

»Ich habe dir schon alles gesagt, was ich weiß.«

»Dann erzähl's mir noch mal.«

Sie schloß ihre Augen und bat still um mehr Geduld. Seit zwei Tagen hatte sie nette Dinge über Mason sagen müssen, und das hatte einen bitteren Geschmack in ihrem Mund hinterlassen. Insbesondere nach Pauls Anruf am vorigen Tag.

»Welchen Teil?«

»Die Geschichte, weshalb er nicht gewußt hat, daß ich geboren wurde.«

Sie lehnte sich in das Sofa zurück und zog Kevin mit nach hinten. »Deine Mama Diane hat ihm einen Brief geschrieben, in dem sie ihm alles über dich erzählt hat, aber irgendwie kam es nicht dazu, daß der Brief jemals abgeschickt wurde. Und so wußte er die ganze Zeit über nicht, daß er einen kleinen Jungen hat...«

»Der genauso aussieht wie er«, schaltete sich Kevin ein.

»Der ihm ziemlich ähnlich sieht«, korrigierte ihn Chris.

»Und was ist dann passiert?«

»Mit fünf Jahren Verspätung wurde der Brief dann zugeschickt, und als dein Papa herausgefunden hatte, daß er einen Sohn hat, wollte er ihn sehr gerne sehen.«

»Er hat mich ja schon gesehen.«

»Er möchte dich nun häufiger sehen und dein Freund werden.«

»Will er auch dein Freund werden?« fragte er.

Sie konnte ihn nicht anlügen, und bei einer so wichtigen Sache konnte sie auch nicht einmal die Wahrheit etwas großzügiger auslegen. »Das glaube ich nicht, Kevin«, sagte sie.

Er drehte seinen Kopf herum, so daß er sie ansehen konnte. »Warum nicht?«

»Erinnerst du dich daran, als Melissas Mutter und Vater sich scheiden ließen?« fragte sie ihn.

Er nickte.

»Sie wollten sich scheiden lassen, weil sie sich nicht mehr mochten, aber Melissa mochten sie weiterhin gerne.« Doch die erhoffte verständnisvolle Reaktion blieb aus, woraufhin Chris es von einer anderen Warte probierte. »Du weißt ja, wie sehr du David magst?«

Wieder nickte Kevin.

»Und du weißt, daß Tracy ihn überhaupt nicht mag?«

»Sie meint, daß er ein langweiliger Stubenhocker ist.«

»Siehst du, du magst ihn, und sie mag ihn nicht, aber das hat nichts damit zu tun, wie Tracy und du miteinander auskommen. Dein Vater und ich müssen uns nicht unbedingt mögen, damit wir dich lieben können.«

»Heißt das, er wird nicht hier bei uns wohnen?« fragte Kevin.

Chris verdrehte ihre Augen in Richtung Zimmerdecke. So war er immer zu ihr. Sie war zehn Meilen weit in die eine Richtung gegangen und er zwanzig Meilen in die andere.
»Genau das heißt es«, antwortete sie ihm.

»Ich dachte mir, vielleicht...«

»Ich weiß schon, was du dir gedacht hast.« Zumindest jetzt wußte sie es. »Aber das wird niemals geschehen. Es war deine Mama Diane, die Mason geliebt hat und nicht ich.«

»Aber du könntest ihn doch lieben.«

Nicht einmal in einer Million Jahre, schrie ihr Verstand. Doch zu Kevin sagte sie einfach nur: »Er ist nicht mein Typ.« Um ihn davon abzuhalten, weiter auf diesem Thema herumzuhacken, fragte sie ihn: »Hast du Tracy schon von deinem neuen Vater erzählt?«

»Sie findet es total geil.«

»*Kevin!*« rief Chris, doch während sie seinen Namen sagte, blieb ihr beinahe die Luft weg. »Wo um Himmels willen hast du solch ein Wort nur aufgeschnappt?«

Kevin war ehrlich überrascht. und verstand nicht, warum Chris sich aufregte. »Von Mark, in der Schule. Er sagt das ständig.«

»Also, ich möchte dieses Wort nicht noch einmal von dir hören.« Sie hatte den Satz noch nicht beendet, als sie bemerkte, welches Hintertürchen sie ihm offen gelassen hatte: Gegenüber anderen konnte er das Wort weiterhin benutzen. Wenn es Kevin gerade paßte, vermochte er jede Aussage so wörtlich auszulegen wie ein hinterwäldlerischer Wanderprediger.

Dann schreckte die Haustürklingel sie hoch. Sie blickte auf die Uhr, die an der Wand am anderen Ende des Zimmers hing. Prima, dachte sie sich, geradezu zum Überschäumen perfekt und wunderbar. Gerade in dem Moment, in dem sie Kevin ausschimpfte, mußte Mason auftauchen.

Kevin sprang von ihrem Schoß und rannte zur Tür.

»Bleib hier«, rief sie gerade so laut, daß sie von jemandem, der draußen auf der Veranda stand, nicht gehört werden konnte.

Sie lief hinter ihm her und packte ihn am Arm. »Bitte benutze das Wort nicht noch einmal in der Gegenwart irgendeiner Person, bevor wir die Gelegenheit gehabt haben, darüber zu reden.« Es lag ihr auf der Zunge, hinzuzufügen: »Insbesondere nicht in Gegenwart deines Vaters«, doch sie sagte nichts. Ihm Anweisungen zu erteilen, wie er sich gegenüber Mason verhalten und was er unterlassen sollte – das war das letzte, womit sie ihn belasten wollte.

Dann ließ Chris Kevins Arm los und gab ihm einen freundschaftlichen Schubs in Richtung Tür. »Nun lauf«, sagte sie und trat zurück. »Du kannst die Tür jetzt öffnen.«

Mason schluckte und räusperte sich. Er griff sich an den Hals, um seine Krawatte zurechtzurücken, doch dann fiel ihm ein, daß er gar keine trug. Es war eine ewig lange Zeit her, daß er zum letzten Mal so nervös gewesen war, und das war an jenem Tag gewesen, als er zum ersten Mal seinem Vater und seinem Bruder vor Gericht gegenübergestanden hatte, gegen die er Klage erhoben hatte. Wenn Blicke töten könnten, dann wäre er damals tot umgefallen. Aber das war er nicht. Er hatte die Sache durchgestanden, und genauso würde er auch diese Sache durchstehen. Schließlich ging es hier nur um einen fünfjährigen Jungen, den er an diesem Nachmittag sehen würde, und nicht etwa um zwei Menschen, die ihn am liebsten vom Erdboden verbannt hätten.

Er konnte es kaum glauben, daß er jetzt, fast fünf Monate nachdem er herausgefunden hatte, daß er einen Sohn hatte, endlich die Gelegenheit haben sollte, ein paar Stunden mit ihm zu verbringen. Doch auch die sorgfältigen Ratschläge, mit denen ihn Rebecca und Travis überschüttet hatten, konnten ihm sein ängstliches Vorgefühl im Hinblick auf das bevorstehende Treffen nicht nehmen. Er hatte nicht die geringste Ahnung, was fünfjährige Jungen gerne unternehmen würden oder worüber sie redeten.

Er hob die Augen, als sich die Tür öffnete. Kevin begrüßte ihn mit einem Lächeln, das seine Sorgen sofort verfliegen ließ. »Hallo«, sagte Mason. »Ich bin...«

»Ich weiß, wer du bist«, unterbrach ihn Kevin ganz aufgeregt. »Du bist mein Papa.«

Sie hatte es ihm also gesagt. Er war ihr dafür dankbar und wollte daran denken, ihr das auch zu sagen. Dann erwiderte er Kevins Lächeln. »Auf meinem Weg hierher bin ich an einem Park vorbeigekommen, und ich dachte mir, daß wir vielleicht dorthin gehen könnten, um uns eine Weile zu unterhalten und uns ein wenig besser kennenzulernen.« Rebecca hatte ihm hartnäckig angeraten, Kevin nicht an einen zu lauten oder überfüllten oder zu hektischen Ort zu führen, damit sie sich auf jeden Fall in Ruhe unterhalten konnten.

»Mama hat kein Mittagessen für mich vorbereitet, und sie hat gesagt, daß du wahrscheinlich irgendwo mit mir essen gehen würdest«, sagte Kevin.

»Das ist eine gute Idee. Gehen wir irgendwohin zum Essen.« Mason schaute auf und sah Chris im Schatten der Tür stehen. »Hätten Sie Lust, mit uns mitzukommen?« bot er ihr an.

Der Blick auf ihrem Gesicht verriet ihm, daß sie auf diesen Vorschlag nicht gefaßt war. »Aber Ihr Anwalt hat doch gesagt...«

»Ich weiß, was mein Anwalt gesagt hat, aber in diesem Fall hat er nicht in meinem Namen gesprochen.« Mason hatte sich überlegt, daß er mit Chris am besten fertig werden würde, wenn er sie aus dem Gleichgewicht brachte. Er hatte jede Hoffnung aufgegeben, auf rationaler Ebene mit ihr umgehen zu können. Außerdem würde es ihm ja auch nicht weh tun, wenn sie bei diesem ersten Mal mit ihnen käme. Vielleicht hätte er die Möglichkeit, ein paar Themen aufzuschnappen, über die er mit Kevin reden könnte und die ihnen beiden die zukünftigen Besuche erleichtern würden. »Ich war nicht in der Stadt, als Paul Michaels wegen Ihrer Bitte angerufen hat, und deshalb konnte ich nicht selbst darauf antworten.«

»Ich bin nicht passend angezogen, um auszugehen«, sagte sie und war sichtbar nervös. »Wenn Sie mir ein paar Minuten Zeit geben, kann ich mich umziehen.«

Sie trug blaue Jeans und dazu einen cremefarbenen Pulli mit Zopfmuster, und sie sah in seinen Augen wirklich gut darin aus, doch er hatte gelernt, daß es nutzlos war, mit Frauen darüber zu diskutieren, ob das, was sie trugen, passend oder unpassend war. Es erschien ihm naheliegend, daß Chris ähnlich dachte wie Diane, die in Bezug auf ihr Aussehen besonders pedantisch gewesen war, die es immer darauf angelegt hatte, perfekt für ihn auszusehen und die nie glauben wollte, daß sie sich hätte in Säcke hüllen können und er sie trotzdem schön gefunden hätte. »Ich warte«, sagte er.

»Komm rein«, forderte Kevin ihn auf. »Ich zeige dir mein Zimmer.«

Mason sah Chris an und wartete darauf, daß sie die Einladung bestätigte. Für den Bruchteil einer Sekunde zögerte sie und nickte dann. »Oh ja, dein Zimmer würde ich sehr gerne sehen«, antwortete er Kevin.

Als er Kevin durch das Haus folgte, nahm er sich genügend Zeit, um sich umzusehen und die Dinge zu vermerken, die er bei seinem letzten Besuch nicht hatte sehen können; dabei speicherte er im Hinblick auf künftige Anspielungen alles in seinem Kopf. Die Möbel waren hübsch, aber mit Ausnahme von einigen echt aussehenden, antiken Stücken waren sie eher preiswert. Die Bilder an den Wänden, vor allem originale Aquarelle sowie einige gezeichnete und numerierte Lithographien, waren ebenfalls schön, aber – soweit er das beurteilen konnte – nicht besonders erwähnenswert. Falls Chris Taylor Geld besitzen sollte, so hatte sie es jedenfalls nicht in ihr Haus gesteckt.

Kevin führte ihn zu einem Schlafzimmer am Ende des Flurs, ging hinein und signalisierte Mason, daß er sich auf das Bett setzen solle. Mason zog sich statt dessen einen Stuhl unter dem Schreibtisch hervor. Er legte keinen Wert darauf, daß Chris hereinkam und ihn beschuldigte, Kevins Bett genauso aufzuwühlen wie auch sein ganzes Leben.

An den Wänden hingen Poster von verschiedenen gefährdeten Tierarten: Wale, afrikanische Elefanten, Wölfe und Seeotter. Auf dem Spiegel klebte ein Aufkleber von Greenpeace, und die Regale waren gefüllt mit Stofftieren und Büchern. Ein ungläubiges Lächeln huschte um Masons Mundwinkel. Chris war die 1990er Ausführung eines Hippies, und sie erzog seinen Sohn so, daß er in ihre Fußstapfen treten sollte. Er hatte diesen Typ Mensch sein ganzes Leben lang beobachtet. Es war nicht so, daß sie die Verlierer waren; sie galten einfach gar nichts. Sie liefen mit ihren kleinen Plakaten herum und setzten sich für die Schwachen ein, sie klopften sich auf ihre Schultern, wenn sie zehn Tiger gerettet hatten, während sie im gleichen Moment darüber hinwegsahen, daß man zehntausend obdachlose Menschen verhungern ließ.

»Hier bewahre ich meine Baseball-Sammelbilder auf«, sagte Kevin und zog eine Schachtel aus dem Schrank. »Mama findet sie doof, aber ich darf sie trotzdem aufbewahren.«

»Magst du Baseball?« fragte Mason hoffnungsvoll. Es war zwar nicht sein Sport, doch Kevin zuliebe würde er sich auch für diesen Sport erwärmen können.

»Hmm«, antwortete Kevin. »Mir gefallen eigentlich nur die Sammelbilder – und das Kaugummi«, fügte er dann lachend hinzu.

»Und wie steht's mit Football?«

»Manchmal gucke ich mit Onkel John Football. Er ist ein richtiger Fan. Irgendwann will er mich und Tracy nach San Francisco mitnehmen zu einem Spiel der Forty-Niners.«

»Ich wußte gar nicht, daß deine Mutter einen Bruder hat«, sagte Mason.

Kevin runzelte die Stirn. »Sie hat gar keinen. Sie hatte aber eine Schwester... meine Mama Diane. Und die ist gestorben.«

»Sein Onkel John ist ein Freund«, bemerkte Chris kühl, als sie in die Tür trat.

Mason sah sie fragend an. »Ihr Freund oder Kevins Freund?«

Sie ärgerte sich über seine Unterstellung. »Unser beider Freund natürlich.«

»Ich verstehe«, sagte Mason.

»Tatsächlich?«

Dann stellte sich Kevin zwischen die beiden. »Er ist Tracys Vater«, erklärte er.

»Vielleicht gehen wir jetzt besser«, sagte Mason und stand auf. »Wir haben nur ein paar Stunden Zeit«, fügte er noch hinzu und sah Chris dabei unverblümt ins Gesicht.

»Ja«, stimmte Chris ihm zu. »Es ist erstaunlich, wie schnell die Zeit manchmal vergehen kann.«

Mason führte sie zum Mittagessen auf die Delta King, ein umgewandeltes Flußschiff, das im Hafen von Old Sacramento lag. Zu Masons Überraschung wollte Kevin weder einen Hamburger noch Pommes frites essen, sondern er bestellte sich Krabben. Mason hatte sich sagen lassen, wie fünfjährige Jungen normalerweise sind, doch Kevin verhielt sich ganz anders. Rebecca hatte ihm gesagt, daß er im Hinblick auf Kevins Benehmen und seine gesellschaftlichen Umgangsformen nicht viel erwarten dürfe, doch Kevin benahm sich einwandfrei; er stellte weder die bohrenden Fragen, die Mason erwartet hatte, noch waren peinliche oder betretene Momente entstanden, die Mason unter den gegebenen Umständen für unvermeidbar gehalten hatte. Chris hatte sich zweifellos eine Menge Zeit für Kevin genommen und ihm viel Liebe und ein Gefühl von Sicherheit vermittelt, das er benötigte, um der Welt selbstbewußt gegenüberzutreten.

Mason war von seinem Sohn fasziniert. Er war helle, konnte sich gut ausdrücken und interessierte sich für alles. Er war vor Aufregung übergesprudelt, als sie an dem Rohbau des Capital Court Hotels vorbeigefahren waren und Mason ihm erzählt hatte, daß er der Besitzer des Gebäudes sei. Da Mason sich so ungeheuer über Kevins Begeisterung freute, bot er seinem Sohn an, dafür zu sorgen, daß sie einmal mit dem Baustellen-Aufzug bis zur obersten Etage des Gebäudes fahren könnten, von wo aus sie über ganz Sacramento blicken würden. Kevin war von Ehrfurcht ergriffen und wollte noch am gleichen Nachmittag hinauffahren.

Später dann, als die drei auf dem Weg vom Parkplatz zum Restaurant gewesen waren, hatte Chris Mason leise darüber informiert, daß sie Kevin nicht auf eine Baustelle lassen würde und daß er warten müsse, bis das Hotel fertiggestellt sei, bevor er seinen Sohn auch nur in die Nähe jenes Ortes mitnehmen könne.

Während sie auf ihr Essen warteten, fragte Mason seinen Sohn, ob er schon einmal Ski gefahren sei. Kevin erzählte ihm, daß er das noch nie getan habe, daß aber eine Menge seiner Freunde immerzu Ski liefen und er irgendwann einmal mit ihnen mitfahren wolle. Als Mason ihn fragte, ob er im kommenden Winter mit ihm zusammen fahren wolle, strahlte Kevin.

Später, als Kevin aufgestanden war, um sich durch das Fenster eine vorbeifahrende Segeljacht anzusehen, sagte Chris zu Mason, daß Ski fahren für Kevin nicht in Frage komme; sie stellte klar, daß sie ihn noch für zu jung und den Sport sowieso für zu gefährlich halte.

Während Kevin sich noch mit seinem Nachtisch beschäftigte und sich die zwei Stunden, die sie nun unterwegs gewesen waren, langsam auf drei Stunden ausdehnten, schlug Chris vor, daß es nun Zeit für sie sei, nach Hause zu fahren.

Auf dem Rückweg begann Kevin, von einem Jungen in der Schule zu erzählen, der immer versuchte, seinen Willen durchzusetzen, indem er auf alle anderen einschlug.

»Ich habe mal ein Kind gekannt, das genauso war«, sagte Mason und erwähnte nicht, daß dieses Kind sein Bruder gewesen war.

»Und was hast du dann getan?« fragte Kevin.

»Als ich stark genug war zurückzuschlagen, habe ich ihm ein blaues Auge verpaßt.«

Chris schnappte nach Luft. »Durch die Anwendung von Gewalt wird lediglich weitere Gewalt hervorgerufen«, sagte sie. »Auf die Weise kann man nichts lösen.«

»Es hat dieses Kind immerhin davon abgehalten, mich jemals wieder zu schlagen«, antwortete Mason.

»Aber es war trotzdem falsch«, beharrte Chris weiter auf ihrem Standpunkt. »Genau diese Art von Einstellung…«

»Du meine Güte«, unterbrach Mason sie und stöhnte. »Sie sind ja nicht nur darauf aus, sämtliche Ungerechtigkeiten der Welt wiedergutzumachen, Sie sind auch noch eine von diesen Leuten, die glauben, daß sie einen Panzer stoppen können, indem sie sich davor legen. Aber allmählich überrascht mich gar nichts mehr. Es paßt alles zusammen.«

Kevin beobachtete ihren Wortwechsel, beugte seinen Kopf mal vor und mal zurück, als säße er bei einem Tennismatch und wüßte nicht, zu welchem Spieler er halten sollte. »Meine Mama mag nicht, daß ich andere haue«, sagte er zu Mason. »Sie hat mir gesagt, daß ich mit Kindern, die sich prügeln wollen, nicht mehr spielen soll. Wenn sie dann keine Freunde mehr haben, werden sie nämlich aufhören, andere zu hauen.«

»Deine Mutter hat schöne Theorien auf Lager, Kevin.«

»Was heißt das, Mama, ›schöne Theorien‹?« fragte Kevin und drehte sich zu Chris.

Chris warf Mason einen vernichtenden Blick zu. »Er meint damit, daß ich recht habe, mein Schatz.«

Sie bogen nun in die Zweiundvierzigste Straße ein und fuhren den Block hinunter. »Seht mal!« rief Kevin. »Da ist Tracy.« Er beugte sich über Chris hinweg und winkte. Als Mason den Wagen gerade zum Stehen gebracht hatte, war Kevins Anschnallgurt schon geöffnet, und er forderte lautstark, hinausgelassen zu werden. »Darf ich mit zu Tracy gehen, Mama? Ich möchte ihr von unserem Essen auf dem Boot erzählen.«

Chris öffnete die Tür, trat auf den Bürgersteig und half dann Kevin hinaus. »Ist in Ordnung«, sagte sie. »Aber nur für eine Stunde. Sag Tante Mary, daß sie dich um vier Uhr nach Hause schicken soll.«

Kevin lief schon die Straße hinunter, bevor Mason um sein Auto herumgegangen war. Chris drehte sich zu ihm um. »Da können Sie sehen, wo seine Prioritäten liegen«, sagte sie.

»Ich kann nicht gerade sagen, daß ich Ihre Kampfart besonders schätze. Mit den Fäusten darf niemand verletzt werden, doch mit dem Mundwerk kann man offensichtlich so viel Schaden anrichten wie möglich! Ist das Ihre Devise?« fragte er, unbeeindruckt davon, daß Kevin weggerannt war, ohne sich von ihm zu verabschieden. Er konnte den Eifer eines kleinen Jungen, der seine Freundin sehen wollte, instinktiv nachvollziehen. Außerdem war er nach den drei Stunden, die er gerade mit Chris verbracht hatte, darauf aus und dazu bereit, mit ihr zu streiten – und das konnten sie besser in Kevins Abwesenheit tun. »Ich kann es einfach nicht glauben, daß Sie die gleiche Frau sein sollen, von der Diane immer gesprochen hat.«

»Das wird schon seine Richtigkeit haben, denn ich kann mir ebenso wenig vorstellen, was sie an Ihnen gefunden hat.«

»Ich bin wirklich verblüfft, daß Kevin keinen Schaden davongetragen hat, nachdem er von jemandem großgezogen wurde, der...«

Sie schnitt ihm das Wort ab, bevor er seinen Satz beenden konnte. »Woher wollen Sie wohl wissen, wie Kevin ist oder nicht ist? Sie haben insgesamt drei Stunden mit ihm verbracht, und Sie haben nicht die geringste Ahnung davon, wie er wirklich ist.«

»Nein, aber das wird sich jetzt ändern. Ich werde mich von Ihnen nicht mehr davon abhalten lassen, Kevin zu sehen. Und von diesen schwachsinnigen Zwei-Stunden-Regelungen will ich nichts mehr hören. Ich möchte Kevin nächstes Wochenende sehen – und zwar das ganze Wochenende.« Jetzt war es geschehen. Er hatte den Mund ziemlich voll genommen und mußte seine Strategie nun zu Ende führen oder aufgeben. Er war ja derjenige gewesen, der darauf gedrängt hatte, daß ihm das sofortige Besuchsrecht für seinen Sohn innerhalb begrenzter Stunden eingeräumt wurde, anstatt auf die Anberaumung einer Verhandlung zu warten. »Vergessen Sie das nächste Wochenende«, sagte er noch, bevor sie die Gelegenheit hatte, ihm zu antworten. »Ich werde am Sonntag gar nicht in der Stadt sein.«

Aus dem Augenwinkel heraus sah Mason, wie sich etwas bewegte, und als er aufblickte, sah er Kevin in ihre Richtung laufen, dem seine Freundin Tracy dicht auf den Fersen war. Einmal schwenkten sie um und sprangen in einen Haufen Laub, das sie in alle Richtungen verstreuten, indem sie ihre Füße so hoch wie möglich hoben, und dann rannten sie zurück auf den Bürgersteig.

»Ich habe vergessen, mich zu verabschieden«, sagte Kevin mit fröhlicher Spontaneität und breitete seine Arme aus.

Auf solch eine heftige Gefühlsregung war Mason nicht vorbereitet. Wortlos ging er in die Hocke und wartete darauf, daß sein Sohn zu ihm kam. Dann umschlangen kleine Arme Masons Nacken und hielten ihn für ein paar wertvolle Sekunden fest.

Die Umarmung war beinahe so schnell vorüber, wie sie herangeflogen gekommen war, denn Kevin und Tracy waren schon wieder auf dem Rückweg zum Nachbarhaus. Das Gefühl jedoch, das Mason erfaßt hatte, hielt weiterhin an, und es war zu herrlich, als daß er es teilen und zu wichtig, als daß er es mit Worten zerstören wollte. Schon seit einer Ewigkeit hatte ihm niemand zu einem derart hinreißenden Gefühl verholfen und das mit einer schlichten Umarmung. Er wollte diesen Eindruck bewahren, so lange er konnte, und er ging schließlich zur Fahrerseite seines Wagens, stieg ein und fuhr fort, ohne noch einmal mit Chris zu sprechen.

Während Chris ihn wegfahren sah, wurde sie von einer schrecklichen Vorahnung erfüllt. Es war falsch gewesen zuzulassen, daß Kevin seinen Vater sah. Was an diesem Tag begonnen hatte, würde sie – wenn überhaupt – nur unter Schwierigkeiten wieder beenden können. Sie glaubte einfach nicht, daß es Mason selbst war, der Kevin so sehr faszinierte. Es war wohl wahrscheinlicher, daß es ihm einfach nur um die Vorstellung ging, einen Vater zu haben. Genau wie alle anderen Kinder wollte Kevin haben, was jeder hatte.

Zum ersten Mal, seitdem sie und Kevin ihr gemeinsames Leben begonnen hatten, bereute sie es, daß sie nie geheiratet hatte. Mason hätte niemals an Kevin herankommen können, wenn er bereits einen Vater gehabt hätte.

Aber es wäre verrückt, wenn sie sich mit Mutmaßungen wie »was wäre, wenn« beschäftigen würde. Sie hatte schon genug damit zu tun, sich Gedanken und Sorgen über hier und heute zu machen. Wie sollte sie zum Beispiel Mason davon abhalten, Kevin am nächsten Samstag zu besuchen – und sei es auch nur für zwei Stunden?

Als sie zu ihrer Haustür ging, sah sie sich im Geiste jetzt allein in ihrer Wohnung sitzen, und sie beschloß, daß sie in diesem Moment wirklich jemanden brauchte, mit dem sie reden konnte. Nicht einfach nur jemanden, sondern Mary, die Person, an die sie sich immer wandte, wenn irgendwelche Dinge gut oder schlecht oder auch völlig normal gelaufen waren. Mary war eine von diesen außergewöhnlichen Freundinnen, die man nur einmal im Leben treffen konnte; sie war immer da, und sie war immer bereit, ihr zuzuhören.

Außer heute.

»Es tut mir leid, Chris«, sagte John, als er ihr die Tür öffnete und sie bat hereinzukommen. »Du hast sie um fünf Minuten verpaßt. Sie hat so lange wie möglich gewartet, aber der Feinkostladen schließt heute früh, so daß sie entweder fahren mußte oder nicht hätte kochen können.«

Chris ging hinein. »Ich müßte einfach nur mit jemandem reden«, sagte sie.

»Ich bin ein guter Zuhörer«, antwortete John. »Und es hat mir noch niemand vorgeworfen, daß meine Kommunikationsfähigkeit nachgelassen hätte, falls du jemanden brauchst, der die Zeit ausfüllt, während du Luft holst.«

»Bist du sicher, daß du in diese Sache hineingezogen werden willst?« fragte Chris.

Er legte seinen Arm um ihre Schultern. »Komm hier rüber und setz' dich. Ich koche uns in der Zeit einen Kaffee.« Er führte sie zu einem Stuhl. »Oder möchtest du lieber ein Bier trinken?«

»Nein, Kaffee ist gut.« Sie wollte sichergehen, daß ihre Argumentationskräfte vollständig intakt blieben.

Er bereitete ihren Kaffee so zu, wie sie ihn mochte, mit einem halben Päckchen Süßstoff und einem Tropfen Milch. Dann reichte er ihr die Tasse und setzte sich auf den Stuhl neben ihr. »Jetzt erzähl mir mal, wie es gelaufen ist«, sagte er und legte seine Füße hoch. »Ist er so schlimm, wie du geglaubt hast?«

»Schlimmer.«

»Das ist aber zu schade. Kevin scheint der glücklichste Mensch der Welt zu sein. Ich hatte schon gehofft, daß sich die Dinge jetzt auch für dich gelöst hätten.«

»Kevin schwebt im siebten Himmel. Welches Kind würde anders reagieren bei einem reichen, neuen Vater, der ihm eine Welt verspricht, die er zuvor noch mit einer schönen bunten Schleife geschmückt hat?« Sie pustete in ihren Kaffee, um ihn abzukühlen. »Am Anfang, als Mason kam, um Kevin abzuholen, dachte ich ein paar Minuten lang tatsächlich, daß ich ihm unrecht getan haben könnte. Er hätte mich heute nicht mitkommen lassen müssen, aber er hat es von sich aus angeboten. Und ich kann dir gar nicht sagen, wie froh ich bin, daß ich dabei war.«

Sie drehte sich um und sah John an. »Er hat überhaupt keine Ahnung, was es wirklich heißt, den Elternpart zu übernehmen. Seiner Meinung nach besteht alles nur aus Wochenendvergnügen und Spielen. Er glaubt, daß er Kevin Samstag morgens abholen und ihn in zwei Tagen durch und durch verziehen kann, um ihn dann wieder bei mir abzugeben, damit ich ihm dann in der übrigen Woche Benehmen beibringe. Ich bekomme die Arbeit und er das Vergnügen.«

»Hat er das so gesagt?« fragte John ungläubig.

»In einem Zeitraum von zweieinhalb Stunden hat Mason Kevin erzählt, daß er ihm das Skifahren beibringen wird, daß er ihn im nächsten Sommer auf eine Bootstour mitnimmt, daß er auf der Baustelle eines Hochhauses herumkrabbeln darf und daß er in den Osterferien mit ihm nach Disneyland fahren wird. Und wie, zum Teufel, soll ich da konkurrieren können, wenn ich statt dessen die Vormittage mit Kevin erleben darf, an denen er lieber im Bett bleiben als zur Schule gehen möchte oder die Abende, an denen ich ihm sagen muß, daß er mit dem, was er gerade getan hat, aufhören und ins Haus kommen muß, weil es dunkel wird oder die Nächte, in denen ich ihn ins Bett schicke, obwohl er es gerade geschafft hat, seine Eisenbahn zusammenzubauen? Ich gebe ihm Dinge zum Essen, auf die er nicht gerade verrückt ist, weil sie gut für ihn sind, und ... ach, ich fange an zu schwafeln.«

»Die Reisepläne, die Mason im Sinn hat, scheinen ja ein wenig vollgepackt zu sein. Aber du kannst es ihm nicht verdenken, daß er ...«

Chris schleuderte ihre Schuhe von sich und machte es sich bequem. »Das ist ja noch nicht einmal das Schlimmste, John. Mit den pompösen Wochenenden könnte ich leben. Ich weiß, daß Kevin mich liebt und daß sich daran nichts ändern wird, egal, was Mason auch machen oder kaufen kann. Aber Kevins neuer Vater scheint ein echter Typ von der alten Sorte zu sein – und genau da liegt der Hase im Pfeffer. Er glaubt an all diesen Macho-Müll wie ›Auge um Auge, Zahn um Zahn‹, und er zögert auch keinen Augenblick, Kevin das zu erzählen.« Sie ließ sich schwerfällig auf ihrem Stuhl nach hinten sinken. »Was soll ich nur tun? Mason Winter ist der Prototyp eines Mannes, dem ich mein ganzes Leben lang ausgewichen bin. Alles, was ich Kevin mühevoll eingeflößt habe, kann Mason an den Wochenenden innerhalb eines Jahres zerstören.«

»Nicht alles«, sagte John. »Kevin wird anfangs vielleicht ein wenig verwirrt sein, doch er wird wieder zu sich finden.«

»Wie soll er das schaffen? Wenn er uns beide liebt – wie soll er bei diesen Unterschieden zwischen Mason und mir wohl nicht völlig durcheinandergeraten?«

»Zwei Menschen haben niemals über alles die gleiche Meinung. Kinder sind erstaunlich anpassungsfähig, Chris. Das erlebe ich bei der Feuerwache immerzu. Die Hälfte der Kollegen, mit denen ich zusammenarbeite, sind geschieden. Sie machen genau das gleiche durch wie du zur Zeit.«

»Und haben sie einen Weg gefunden, ihre Meinungsverschiedenheiten zu überbrücken, ohne dabei ihre Kinder in Mitleidenschaft zu ziehen?« Chris ging es bei all ihrem Geschimpfe und ihrer Wut über Mason nur um Kevin und die Folgen, die diese ganze verzwickte Angelegenheit bei ihm hinterlassen würde; sie fühlte sich vor lauter Sorgen regelrecht krank.

John dachte eine Minute nach. »Manche kommen mit Kompromißlösungen gut zurecht, manche weniger gut. Kinder durchlaufen scheinbar eine Entwicklungsstufe, in der sie leicht durcheinanderzubringen sind, und sie lassen ihre Frustration dann an jedem aus, der gerade in ihrer Nähe ist, egal, wie kooperativ und wohlmeinend ihre Eltern auch sind. Am Ende tun sie sich selbst gewöhnlich am meisten weh.«

»Verstehst du jetzt, was ich meine? Ich kann nicht zulassen, daß Kevin das passiert. Er hat bereits genug durchgemacht.« Schmerz schwang in ihrer Stimme mit. »Er ist ein wundervoller kleiner Junge, John. Ich weiß, daß alle Eltern ihre Kinder für etwas Besonderes halten, aber nicht alle Kinder haben das durchgemacht, was Kevin durchgemacht hat. Er verdient das Beste, was das Leben ihm zu bieten hat. Wenn ich es mir bei dieser Sache zu leicht mache, dann werde ich mir das nie verzeihen können.«

»Du mußt das tun, Chris, was du für richtig hältst.«

»Auch wenn ich meine, daß Kevin seinen Vater nie wiedersehen sollte?«

John zögerte. »Wenn du von dem, was du tust, überzeugt bist, wirst du dir dein Verhalten leichter vergeben können, falls du am Ende herausfinden solltest, daß du im Unrecht gewesen bist.«

»Um Vergebung geht es mir gar nicht.«

»Ich weiß, aber manchmal ist das alles, was wir bekommen.«

16

Mason schwang seine Beine aus dem Bett und blieb einige Sekunden lang auf der Bettkante sitzen. Es war erst Viertel vor sieben, und der einzige Grund, der ihn aus dem Bett trieb, war, daß er es leid war, länger dort zu liegen.

Er haßte Feiertage. Es waren die einzigen Tage im Jahr, an denen er sich in seiner Haut nicht wohl fühlte. Er konnte nicht ins Büro gehen, ohne irgendwem vom Sicherheitsdienst über den Weg zu laufen – jemandem, der ihn bemitleiden würde, weil er keine Familie hatte, mit der er den Tag hätte verbringen können. An den Baustellen konnte er aus den gleichen Gründen nicht vorbeischauen. Wenn er allein in einem Restaurant äße, würde er genausoviel Aufmerksamkeit auf sich ziehen, womöglich sogar noch mehr. Kurz gesagt bedeuteten Feiertage für ihn das gleiche wie in seinem eigenen Haus als Gefangener zu leben. Und an diesem Thanksgiving Day, dem Erntedankfest, sollte es ihm nicht anders ergehen als in den Jahren zuvor, außer, daß Kevin ihm nun noch eine weitere Falte verschafft hatte.

Als sie am vergangenen Wochenende zusammengewesen waren, hatte Kevin darauf bestanden, daß Mason ihm erzählte, wo er sein Thanksgiving-Essen einnehmen und wer die Truthahnkeule bekommen würde. Nachdem Masons übliche Ausweichmanöver versagt hatten, hatte er schließlich zugeben müssen, daß er für den anstehenden Feiertag noch gar nichts vorhabe.

Diese Antwort schien Kevin für einen Moment sprachlos zu machen. Er hatte es einfach nicht fassen können, daß irgend jemand nicht an einer Feier teilnahm, bei der es auch ein großes Abendessen mit Truthahn gab. Am Ende ihres gemeinsamen Tages hatte Kevin versprochen, seine Mutter zu fragen, ob Mason nicht am Thanksgiving Day zu ihnen kommen könnte, doch Mason hatte seinen Sohn inständig darum gebeten, nichts dergleichen zu erwähnen.

Mit einer kleinen Notlüge hätte er die ganze Angelegenheit umgehen können, doch irgendwie wollten ihm die passenden Worte nicht herauskommen. Mason war mit einer Flut von kleinen Unwahrheiten und ausweichenden Antworten großgezogen worden, und jetzt weigerte er sich, seinem Sohn das gleiche anzutun – egal, wie unbequem die Wahrheit auch sein mochte.

Sollte Chris ihn tatsächlich zum Essen einladen – ob nun aufgrund von Kevins Drängen oder weil ihr selber das Herz blutete – dann wollte er ihr erzählen, daß er bereits von jemand anderem eingeladen worden sei. Das war nicht einmal gelogen. Er war von mindestens einem Dutzend von Leuten gefragt worden, auch von Rebecca und Travis, die ihn immer einluden und die glücklicherweise nie überrascht oder beleidigt waren, wenn er ihre Einladung ablehnte.

In diesem Jahr hatte er sogar eine Einladung von Walt Bianchis Frau bekommen, als diese am Anfang der Woche im Büro vorbeigeschaut hatte. Mason hatte tatsächlich eine Weile über ihr Angebot nachgedacht. Er hatte sich überlegt, daß er Walt vielleicht von einer anderen Warte sehen würde, wenn er einen geselligen Abend mit ihm verbrächte. Walt hatte irgend etwas an sich, das bei Mason ein ungutes Gefühl hervorrief, wenn er in dessen Nähe war; es war nichts, das er genau hätte ausmachen können, und auf keinen Fall war es Walts Arbeitsleistung, denn er war tüchtig und manchmal sogar hervorragend. Vielleicht lag das Problem darin, daß er einfach zu gut war.

Womöglich konnte Mason es einfach nicht abstellen, daß er jedes Mal seinen Bruder erblickte, wenn er Walt ansah.

Er ging ins Wohnzimmer und entzündete sein künstliches Kaminfeuer. Ein echtes Feuer wurde damit zwar nur ziemlich schlecht imitiert, doch immerhin erschien der Raum so in einem schönen warmen Licht. Nachdem er die vor seiner Haustür liegende Zeitung, die *Sacramento Bee,* hereingeholt hatte, ging er in die Küche und kochte sich einen Kaffee; dabei fiel sein Blick auf die kleinen Fingerabdrücke auf dem edlen, schwarzen Kühlschrank – ein sichtbarer Hinweis darauf, daß Kevin dagewesen war und die Putzfrau eine Woche freihatte.

Er griff nach einem Küchenhandtuch, um die Spuren wegzuwischen, doch dann hielt er inne. In seinem Apartment war alles perfekt, beinahe sogar steril – ungefähr so wie sein Leben. Auf einmal bereitete es ihm ein geradezu abnormales Vergnügen, etwas in seiner Wohnung zu sehen, das ganz offensichtlich nicht dahin gehörte. Aber gleichzeitig stellte er fest, daß sein bisheriges Leben einer glatten Spiegeloberfläche glich, ohne jegliche Abweichungen oder Unebenheiten, und diese Feststellung machte ihn traurig.

Chris zitterte, als sie die Bettdecke zurückschlug und nach ihrem Bademantel faßte. Der automatische Temperaturregler funktionierte nicht, was für sie bedeutete, daß sie die Heizung Nacht für Nacht herunterstellen und jeden Morgen eine halbe Stunde früher aufstehen mußte, um das Haus für Kevin zu beheizen. Sie schlüpfte in ihre Hausschuhe und trat aus ihrem Zimmer; dort lief sie Kevin in die Arme und brachte einen leisen Überraschungsschrei hervor.

»Warum bist du schon auf?« fragte sie ihn und zog ihren Bademantel fester um sich herum.

»Ich wollte dich fragen, ob du deine Meinung geändert hast und Vati nun doch zum Essen einladen willst. Wenn ja, dann könnten wir ihn doch jetzt anrufen. Er hat gesagt, daß er heute nirgendwo hingeht.«

Chris spürte einen Stich ins Herz. Warum konnte Kevin nicht damit aufhören? »Ich habe dir doch gesagt, daß ich Mason nicht zu jemand anders nach Hause einladen möchte.

Wenn wir bei uns zu Hause essen würden, wäre das etwas anderes.« Glücklicherweise konnte sie John und Mary als Entschuldigung vorschieben.

»Aber Tante Mary hat gesagt, daß du ihn fragen kannst, wenn du willst. Ich hab's gehört.«

Diese Unterhaltung konnte er nur mitgehört haben, wenn er das Gespräch absichtlich belauscht hatte. Chris dachte darüber nach, ob sie Lektion 13B hervorkramen und ihm beibringen sollte, wie falsch es sei, Gespräche zu belauschen, aber sie war es leid, immer nur die Böse zu sein. Sie hatte sich nie mit Kevin gestritten, bevor Mason aufgetaucht war. Jetzt schien es so, als würden sie ständig wegen irgend etwas aneinandergeraten. Egal, wie sehr sie sich auch bemühte, einen Streit zu vermeiden – Kevin war hin und her gerissen zwischen der erblühenden Liebe zu seinem Vater und seiner Loyalität ihr gegenüber.

Sie bemühte sich, nie etwas Schlechtes über Mason zu sagen, doch sie konnte sich auch nicht überwinden, etwas wirklich Gutes über ihn verlauten zu lassen. Immer, wenn Kevin seinen Vater gesehen hatte, bearbeitete er sie tagelang mit dem Ziel, sie und Mason zusammenzubringen und eine richtige Familie, wie Tracys Familie, aus ihnen zu machen. Ohne ihr Dazutun wurde sie in die Rolle der Miesmacherin gedrängt. Und das war eine Rolle, die ihr nicht gefiel, eine Rolle, die sie und Kevin entzweite und ihr die glücklichen Momente nahm, die sie einst für selbstverständlich gehalten hatte.

»Tante Mary wollte nur höflich sein. Du weißt doch genausogut wie ich, daß in ihrem Haus nicht einmal genug Platz für die Gäste ist, die sowieso schon kommen. Es wäre nicht richtig, wenn es wegen uns noch voller werden würde.« Selbst Chris erschien die Entschuldigung ziemlich schwach.

»Ich könnte ja auf seinem Schoß sitzen.«

Sie wollte ihn zu sich heranziehen und umarmen.

Doch er wich zurück. »Kevin, *bitte* versteh mich doch.«

Enttäuscht ließ er seinen Kopf hängen und weigerte sich, Chris anzusehen.

»Warum kommst du nicht einfach mit zu mir ins Bett, bis das Haus aufgewärmt ist?«

»Mag ich nicht«, antwortete Kevin und ging zurück in sein eigenes Zimmer.

Chris ballte ihre Hände zu Fäusten. »Zum Teufel mit Ihnen, Mason Winter!« fluchte sie leise durch ihre zusammengebissenen Zähne.

Mason legte die Zeitung zusammen und ließ sie in den Mülleimer fallen. Dann schaute er auf die Uhr und zog ein langes Gesicht: Noch vierzehn Stunden, bis der Tag überstanden war. Er ging zum Fenster und sah nach draußen. Es brauten sich gerade Wolken zusammen, und vermutlich würde bald der erste große Herbststurm aufkommen. In einigen vornehmeren Skiresorts hatte man bereits vor etlichen Wochen die Pisten mit künstlichem Schnee berieselt, um die Leute für den Feiertag anzulocken.

Mason hatte daran gedacht, eventuell Ski zu laufen, auch wenn er es nur aus dem einen Grund in Erwägung zog, für eine Weile aus der Stadt herauszukommen. Es war ihm ziemlich egal, ob er den Thanksgiving Day in seiner Eigentumswohnung am Lake Tahoe oder in Sacramento verbrachte, und er war schon halbwegs mit dem Packen seiner Sachen fertig gewesen, als Rebecca ihm mitgeteilt hatte, daß es ihr gelungen sei, mit etlichen der zunehmend beunruhigten Eigentümer des Riverfront-Projektes für den Vorabend des Feiertages ein informelles Treffen zu arrangieren.

Auf dieses Treffen hatte er gedrängt, seitdem ihm das erste leise Gegrummel über die Unzufriedenheit einiger Leute zu Ohren gekommen war. Er hatte keine große Hoffnung, daß er herausfinden würde, wer wirklich hinter der Strategie stand, Zwietracht zu säen, um seine Pläne zu durchkreuzen; selbst wenn er einen Namen erfahren würde, war ihm klar, daß dieser ihn in eine Sackgasse führen würde. Er wollte vor allem erfahren, wie ernst das Angebot des anderen interessierten Käufers gemeint war, und mit etwas Glück würde er sogar aus der Versammlung herausgehen und ein Gefühl dafür haben, wie hoch der andere pokern würde.

Für Mason lag das Problem vor allem darin, daß die drei Farmer, denen die wichtigsten Grundstücke gehörten, sich bei der Unterzeichnung der Schriftstücke, in denen sie ihm die Vorkaufsrechte gewährten, am widerspenstigsten zeigten. Ohne diese Grundstücke aber würde der ganze Handel ins Wasser fallen. Zu seinem Ärger wußten die Farmer genau, daß sie ihn in der Hand hatten. Im Grunde genommen konnten sie über den Handel entscheiden. Für die Klemme, in der er jetzt steckte, konnte er nur sich selbst verantwortlich machen; er hatte sich von seiner Leidenschaft blenden lassen, mit der er das Riverfront-Projekt hatte entstehen sehen. Jetzt mußte er herausfinden, wieviel ihn seine Blindheit kosten würde und ob er sich das Projekt weiterhin leisten konnte oder nicht.

Er konnte wegen der Finanzierung des Projekts nicht an die Banken herantreten, bevor er die Grundstücke in der Tasche hatte. Deutlich stand ihm plötzlich die Möglichkeit vor Augen, daß er seinen Traum vielleicht fallenlassen mußte. Schon ein einziges Augenzwinkern konnte das Aus bedeuten. Was würde er dann tun?

Er drehte sich vom Fenster weg und ging unter die Dusche. Es wurde Zeit, daß er an diesem Tag irgend etwas Produktives in Angriff nahm.

Chris trug den Kürbiskuchen vorsichtig von der Küchentheke zum Backofen und bemühte sich dabei, nichts von der Vanillefüllung zu verschütten, während sie sich geschickt an Kevin vorbeischlängelte, der gerade aus dem übriggebliebenen Kuchtenteig Plätzchen knetete.

»Sieh mal, ich habe für Onkel John ein Plätzchen gemacht, das so aussieht wie ein Feuerwehrwagen.«

Chris klappte den Backofen zu und richtete ihre Aufmerksamkeit auf Kevins Kunstwerk. »Und was soll das da drüben darstellen – das da vorne, neben Tracys Klavier?«

»Das ist das neue Hotel von Papi.«

Chris verzog ihr Gesicht. Würde sie denn nie lernen, endlich die Finger von diesem Thema zu lassen? Den ganzen Vormittag hatte sie sich bemüht, Mason aus ihren Gesprächen mit Kevin auszuklammern, und jetzt legte sie ihm die Vorlage hin, mit der er sich zielstrebig wieder auf das Thema einschießen konnte. »Und was ist das dahinten?« fügte sie schnell hinzu und hoffte, Kevin damit abzulenken.

»Das ist sein Auto. Ich mache nämlich zwei Plätzchen für ihn, weil er nicht mit uns zu Abend essen darf«

»Wie nett«, sagte Chris und biß die Zähne zusammen. »Ich bin sicher, daß ihm das gefällt.«

»Das Plätzchen ist für dich«, sagte Kevin leise und zeigte auf ein schiefes Herz. »Weil ich dich liebhabe, und weil es mir leid tut, daß ich dich wütend gemacht habe.«

»Ich hab' dich auch lieb«, antwortete Chris und nahm Kevin in ihre Arme. »Und du hast mich gar nicht wütend gemacht.«

Als sie ihn losgelassen hatte, arbeitete er weiter an seinem Feuerwehrwagen. Es vergingen ein paar Minuten, bevor Kevin wieder etwas sagte. »Können wir Papi nach dem Essen seine Plätzchen bringen?«

Chris schloß ihre Augen und zählte bis zehn. Seitdem Kevin geboren worden war, schien die treibende Kraft seiner Persönlichkeit seine Beharrlichkeit gewesen zu sein. In den fünfeinhalb Monaten, die er im Krankenhaus gelegen hatte, waren andere Babys mit weniger schweren Problemen gestorben, während sich Kevin an das Leben geklammert und eine potentiell tödliche Krise nach der anderen überstanden hatte. Damals hatte sie in ihren täglichen Gebeten für seine

Starrköpfigkeit gedankt; jetzt kam es manchmal vor, daß er sie genau damit beinahe zum Wahnsinn trieb.

»Du siehst ihn doch sowieso am Samstag«, schlug sie ihm nun vor; allerdings wagte sie nicht wirklich zu hoffen, daß ihn diese Antwort zufriedenstellen würde.

»Ja, ist in Ordnung«, sagte Kevin überraschend.

Die Niedergeschlagenheit in seiner Stimme und das Einsinken seiner Schultern brachen Chris das Herz. »Verdammter Mason Winter!« fluchte sie nun zum zweiten Mal an diesem Tag. »Zur Hölle mit Ihnen!«

Mason rollte die Entwürfe zusammen, die er sich gerade angesehen hatte; dann steckte er sie in eine Kiste neben dem Zeichentisch in seinem Arbeitsraum, der sich gleich an sein Schlafzimmer anschloß. Die Zeichnungen des neuen Architekten, den er vielleicht für das Riverfront-Projekt engagieren wollte, gefielen ihm wirklich gut. Die Arbeit des Mannes wirkte gleichermaßen solide wie auch klassisch; man merkte, daß er ein Gefühl für die Geschichte der Gegend hatte, ohne daß er dadurch voreingenommen war. Die offenen Bereiche waren schlicht gestaltet, die Parkplatzflächen unauffällig.

Beim Studium der Entwürfe hatte er für einen Moment geglaubt, daß er doch noch einen Weg gefunden hatte, wie er den Rest des Tages verbringen konnte. Er war schon seit mehreren Wochen nicht mehr am Fluß entlanggegangen, um dort in seinem Traum zu versinken und sich davon berauschen zu lassen. Doch dann war ihm dieser andere Anwärter eingefallen, der so plötzlich seine Interessen an dem Grundstück gezeigt hatte, und in Anbetracht dessen war es sicher besser, keinen übertriebenen Eifer zu zeigen.

Erst nachdem ihm diese Gedanken durch den Kopf gegangen und wieder verflogen waren und als ihm schließlich nur noch seine eigene Einsamkeit zurückblieb, gestand er sich ein, warum es ihm gerade an diesem Feiertag so schwer fiel, die Zeit totzuschlagen. In ihm waren Gefühle hochgekommen, von denen er längst geglaubt hatte, daß sie nicht mehr existierten.

Feiertage waren für Familien geschaffen – Tage der herrlichen Gerüche und spontanen Umarmungen, eine Zeit zum Lachen und zum Lieben. Noch vor einigen Monaten hatten ihn solche Gefühle nicht rühren können, denn er war zu der beruhigenden Überzeugung gekommen, daß er den Rest seines Lebens allein in einem unkomplizierten, leidenschaftslosen Zwischenstadium verbringen würde, in dem niemand sein Leben mit ihm zu teilen versuchte und er deshalb auch niemanden verlieren konnte.

Doch dann hatte er von Kevin erfahren, und sein Sicherheitsnetz war zerrissen worden.

Jetzt litt er darunter, daß er den Thanksgiving Day allein verbringen mußte.

Mason ging zur Garderobe und zog seinen Mantel an; es war ihm egal, wohin er ging, er wollte nur weg.

Chris stand in der Küchentür und beobachtete, wie Kevin seine letzten Plätzchen in Plastikfolie einwickelte und dabei genau darauf achtete, daß oben noch genug Platz für ein gekräuseltes Band vorhanden blieb. Er hatte sich den ganzen Morgen lang mit seinen Geschenken beschäftigt, und meistens hatte er einfach nur still nachgedacht. Was für Chris und Kevin eigentlich ein fröhlicher Vormittag hätte werden sollen, endete schließlich in einer schwierigen und reservierten Stimmung, weil sie beide händeringend nach Gesprächsstoff suchten, der nicht wieder zum Thema »Mason« führen würde.

Zum ersten Mal in fünf Jahren fühlten sich Chris und Kevin nicht wohl miteinander. Chris merkte, daß sie Kevin allmählich verlor und daß das, was gerade passierte, nur ein harmloses Beispiel für die Dinge war, die noch auf sie zukommen würden. In den wenigen Momenten, in denen sie noch rational denken konnte, erkannte sie, daß nicht alles ausschließlich Masons Schuld war. Inzwischen hatte er Kevin auf seine eigene Weise liebgewonnen. Vor ein paar Jahren hätte sie daran gezweifelt, daß es möglich war, sich so schnell zu einer anderen Person hingezogen zu fühlen, aber ihre eigene Erfahrung mit Kevin hatte ihr gezeigt, daß sich ein Gefühl von Liebe sehr schnell entwickeln und so stark werden kann, daß dieses Gefühl alles andere in den Schatten stellt.

Und jetzt veranlaßte diese Liebe zu Kevin sie dazu, etwas zu tun, was sie eigentlich unter gar keinen Umständen tun wollte. »Kevin«, sagte sie, um ihn auf sich aufmerksam zu machen. Er sah sie an. »Ich habe meine Meinung geändert.« Dann redete sie ganz schnell weiter, damit sie keine Gelegenheit hatte, sich wieder eines anderen zu besinnen. »Du darfst deinen Vater anrufen und ihn zum Essen einladen, wenn du das immer noch möchtest.« Als sie die Worte aussprach, schmerzte es sie, als ob jede einzelne Silbe aus ihrem Körper herausgerissen würde.

Kevin saß ganz still da und starrte sie an. Dann kletterte er von seinem Stuhl herunter, kam zu ihr und umschlang mit seinen Armen wortlos ihre Beine.

Sie beugte sich zu ihm hinunter und drückte ihm einen Kuß auf den Kopf. »Du beeilst dich jetzt besser«, sagte sie und spürte auf einmal, wie Kevins große Freude in ihr ein beklemmendes und vollkommen unvorhergesehenes Gefühl von Eifersucht hervorrief. »Tante Mary möchte um drei Uhr essen.«

»Soll ich Tante Mary zuerst anrufen?«

»Das hab' ich schon erledigt.«

Er lächelte. »Danke schön, Mama.«

»Ist schon gut. Und nun los. Du mußt dich auch noch anziehen.«

Kevin raste zum Telefon, wählte die Nummer, die er seit Wochen in seinem Kopf gespeichert hatte und wartete. Nach einigen Sekunden sah er zu Chris auf. »Er meldet sich nicht«, sagte er. »Es läuft der Anrufbeantworter.«

»Willst du ihm eine Nachricht hinterlassen?« Er dachte darüber nach, schüttelte dann seinen Kopf und legte den Hörer wieder auf.

»Ich finde, du solltest irgend etwas sagen«, schlug Chris ihm vor, denn ihre Liebe für Kevin war nun doch stärker als ihre Abneigung gegenüber Mason. »Zumindest kannst du ihm ja einen schönen Thanksgiving Day wünschen.«

Kevin nahm den Hörer wieder ab und hielt ihn an sein Ohr.

»Papi?« sagte er. »Ich und Mami wollten dich zum Essen einladen, aber wir wissen nicht, wo du bist. Einen fröhlichen Thanksgiving Day!« Er hatte schon fast aufgelegt, als ihm einfiel, daß er noch etwas hinzufügen wollte. Dann sagte er in den Hörer »Von Mami auch« und dabei achtete er ganz sorgsam darauf, daß er dem Blick seiner Mutter auswich.

17

Das Klingeln an der Tür unterbrach Chris' Gedankengang. Sie beeilte sich, wenigstens noch einen Teil des Satzes in den Computer einzugeben, bevor sie den Faden vollkommen verloren hatte. Dann rollte sie schwungvoll mit ihrem Stuhl zurück und eilte zur Tür. Sie hatte sich schon vor Jahren geschworen, daß sie eines Tages eine Sprechanlage einbauen lassen wollte, damit sie nicht mehr gezwungen war, immer von ihrem Schreibtisch aufzustehen, wenn es an der Tür klingelte; doch mit dieser Anschaffung ging es ihr wie mit den meisten anderen Dingen auch, die viel Geld kosteten und nicht unbedingt erforderlich waren – sie hatte sich einfach nie darum gekümmert.

»Mason«, sagte sie und war so überrascht, daß sie ihre Verwirrung über seinen unangekündigten Besuch mitten unter der Woche beinahe vergaß. Mit seinem erkennbar teuren Regenmantel, den er über seinem Anzug trug, und mit seinen vor Feuchtigkeit glänzenden schwarzen Haaren sah er sehr sauber aus; seine Sachen paßten beinahe peinlich genau zueinander, ganz so, als ob er gerade einem Sonderheft über Wintermode in London entstiegen wäre. »Kevin ist nicht hier«, sagte sie, und plötzlich wurde ihr bewußt, daß sie ihm in einem ausgebeulten Jogginganzug und mit ungeschminktem Gesicht gegenüberstand. »Es dauert noch eine ganze Stunde, bis er von der Schule zurückkommt.«

»Das ist mir schon klar. Ich bin gekommen, um mit Ihnen zu sprechen.«

»Warum?« fragte Chris argwöhnisch. In den vergangenen Wochen hatten sie einen brüchigen Waffenstillstand geschlossen, und Chris war sich nicht ganz darüber im klaren, warum es dazu gekommen war; vielleicht lag es an der Ferienstimmung, vielleicht diente die Waffenruhe aber auch einfach nur einer Neuordnung der Kräfte. Es war ihr jedenfalls sehr recht, daß der Sturm eine Zeitlang nachgelassen hatte.

»Ich wollte mit Ihnen über Kevins Weihnachtsgeschenk reden.«

In eineinhalb Wochen war Weihnachten, und Chris hatte ihre Einkäufe zum ersten Mal in ihrem Leben schon früh erledigt. Daß sie ihre Sachen diesmal schon alle zusammengetragen hatte, lag keineswegs an ihrem Geldmangel; sie wußte einfach, daß Kevin bald Schulferien hatte und dann zu Hause sein würde. An diesen Tagen wollte sie unbedingt jeden Moment mit ihm verbringen und keine Zeit in den Geschäften verschwenden.

Wenn man in Betracht zog, wieviel ihr daran lag, mit Kevin allein zu sein, war es um so überraschender, daß sie Mason in einem wohlwollenden Moment angeboten hatte, er könne Kevin am Weihnachtsabend für ein paar Stunden sehen – ein Arrangement immerhin, das keiner ihrer Anwälte vorzuschlagen gewagt hätte. Vielleicht war er heute zu ihr gekommen, weil er ihr nochmals dafür danken wollte. Falls das sein Beweggrund war, hätte er aber eigentlich merken müssen, daß sie diesen Gefallen nicht ihm, sondern Kevin getan hatte.

Zögernd trat sie von der Tür zurück und bat Mason hereinzukommen. »Ich habe nicht viel Zeit«, sagte sie. »Ich muß eine Presseerklärung zu Ende schreiben und im Büro vorbeibringen, bevor ich Kevin und Tracy von der Schule abhole.«

»Ich kann auch nachher noch mal kommen...«

»Jetzt sind Sie schon mal hier. Und deshalb können wir's auch jetzt gleich schnell hinter uns bringen.«

Er trat seine Schuhe auf der Matte ab und kam herein. »Ich frage mich, ob man sich wohl als Rechnungseintreiber so ähnlich fühlt wie ich«, murmelte er.

Doch sie lächelte trotz allem und fragte ihn: »Was haben Sie denn erwartet?«

Sie war überhaupt nicht darauf gefaßt, daß er sie so verständnisvoll ansah.

»Ich weiß, daß Sie mir nicht glauben werden«, sagte er. »Aber ich verstehe sehr wohl, was Sie gerade durchmachen. Es muß die Hölle sein...«

»Sie können überhaupt kein bißchen verstehen, was ich durchmache«, fauchte sie ihn an. »Sie haben nicht die geringste Ahnung...« Plötzlich hielt sie inne. Wenn sie und Mason immer wieder auf den gleichen Dingen herumreiten würden, dann wäre das nicht nur eine Zeitverschwendung, sondern es würde sie auch keinen Schritt weiterbringen. So sehr sie sich auch wünschen mochte, daß Mason verschwand – dieser Fall würde nicht eintreten.

Sie versuchte ständig, sich davon zu überzeugen, daß ihre Einstellung zu Mason keinerlei Einfluß auf Kevin haben würde, doch allen Anzeichen zufolge war das Gegenteil der Fall. Kevin bemühte sich stets darum, den Friedensstifter zu spielen und ein perfekter, kleiner Junge zu sein, damit seine Mami und sein Papi mit ihm zusammenleben würden. Auf die eine oder andere Weise würde sie Kevin zuliebe lernen müssen, Masons Anwesenheit entweder zu tolerieren oder, wenn ihr das nicht gelänge, ihm wenigstens überzeugend die Stirn zu bieten.

»Möchten Sie eine Tasse Kaffee trinken?« fragte sie ihn und brauchte so viel Kraft, ihre Beherrschung nicht zu verlieren, wie es kosten würde, wenn sie beim Angeln plötzlich einen Wal an der Leine hätte.

Mason blinzelte mit den Augen. »Ja, gerne.«

»Sie können sich hier hinsetzen, während ich den Kaffee koche.« In ihrer Stimme schwang zwar keine Spur von Wärme mit, doch sie war froh, daß sie es zumindest geschafft hatte, höflich zu sein.

»Danke schön«, antwortete Mason und zog sich seinen Regenmantel aus.

Sie nahm ihm den Mantel ab und hängte ihn im Flur an einen Haken. »Falls es Sie interessiert – da drüben unter dem Beistelltisch liegt ein Fotoalbum mit etlichen Babyfotos von Kevin«, sagte sie, während sie in die Küche ging. »Und von Diane sind auch einige Aufnahmen dabei«, fügte sie noch hinzu.

Mason war von Chris' Hundertachtzig-Grad-Wendung so überwältigt, daß er zögerte, ihr eine Antwort zu geben, denn er befürchtete, dadurch den Bann zu brechen. Seit Monaten hatte er schon nach einer Möglichkeit gesucht, wie er Chris nach Bildern fragen konnte, die Kevins Heranwachsen dokumentierten, doch immer wieder hatte er den Gedanken verworfen, weil er ihm aussichtslos erschienen war. Bevor sie ihre Meinung wieder ändern konnte, ging er nun schnell zu dem Tisch hinüber und zog ein ledergebundenes Album hervor. Dann knipste er die Lampe neben dem Schaukelstuhl an, setzte sich hin und legte das schwere Lederalbum auf seinen Schoß.

Auf den ersten Seiten fand er Bilder von Diane als pummeliges Baby mit einem Kopf voller blonder Locken, ein paar Seiten weiter sah er sie als hochaufgeschossenen Teenager mit unglaublich langen Beinen und noch weiter hinten war sie eine atemberaubend schöne junge Frau, die auf dem Foto ein Ballkleid trug und jede Menge Lebensfreude ausstrahlte. Wehmütig kamen alte Erinnerungen in ihm hoch und brachten ihn aus der Fassung, als er daran dachte, daß sie einmal ihm gehört hatte und daß er ganze Jahre verschwendet hatte, in denen er wütend und verletzend gewesen war, weil sie von ihm fortgegangen war, obwohl er letztendlich ganz falsch gelegen hatte.

Als seine Trauer ihn schließlich überwältigte, sah er von dem Album weg und richtete sein Augenmerk auf den Weihnachtsbaum und die darunterliegenden Geschenke; dabei nahm er geistesabwesend wahr, daß viele der Geschenke in handgeschmücktem Papier eingewickelt waren. Die Muster erinnerten ihn an die Stempel, die er als Kind aus Kartoffeln geschnitzt hatte, um damit rote, weiße und blaue Papierstreifen für die jährliche Familienfeier am vierten Juli zu verzieren. Damals hatte er mit seiner Mutter eine gute Zeit verbracht, eine Zeit, in der sie für ihn dagewesen war und in der sein Vater ihr noch keine Entscheidung abverlangt hatte; denn mit der Entscheidung, die sie schließlich getroffen hatte, hatte sie ihrem Sohn den Rücken zugekehrt.

Eindringlich rief er sich ins Gedächtnis, daß Chris nur in die Küche gegangen war und bald zurück sein würde; deshalb beugte er sich schnell wieder über das Album. Da er dabei war, einen emotionalen Balanceakt zu vollführen, beschloß er, die restlichen Seiten zu überspringen, die Diane gewidmet waren, und darauf zu hoffen, daß er Chris eines Tages dazu überreden konnte, ihn Abzüge von den Fotos machen zu lassen.

Die ersten Bilder von Kevin waren verblichene Polaroidfotos, die offensichtlich kurz nach seiner Geburt gemacht worden waren. Mason betrachtete die verschwommenen Abzüge ein paar Sekunden lang und versuchte, sie mit Bildern in Einklang zu bringen, die er von anderen Frühgeburten gesehen hatte. In dem faltigen und verschrumpelten Baby konnte er nichts erkennen, das ihn an den kräftigen Jungen erinnerte, den er jetzt kennengelernt hatte. Es kam ihm so vor, als würde er einen Fremden betrachten.

Als er die Seite umblätterte, stockte ihm vor lauter Fassungslosigkeit der Atem. Das winzige Kind, das auf den vorherigen Fotos beinahe unbedeckt auf einem Tisch gelegen hatte, war jetzt mit Schläuchen und Schnüren übersät, die an jedem erdenklichen Teil seines Körpers angebracht worden waren. Mason wollte eigentlich wegsehen, um sich vor dem Anblick zu bewahren, doch so sehr er es auch versuchte – er konnte seinen Blick nicht von dem Foto abwenden. Je länger er hinschaute, desto größer wurde sein Entsetzen. Was er zunächst für einen Schatten auf Kevins Bauch gehalten hatte, war, wie er nun sah, in Wirklichkeit eine offene Wunde. Er erinnerte sich an den Tag, an dem er die gezackte Narbe auf Kevins Bauch zum ersten Mal gesehen hatte und wie er damals ganz automatisch vermutet hatte, daß die Narbe von einem Unfall herrührte.

Zum ersten Mal machte Mason sich bewußt, wie knapp er dem Schicksal entronnen war, seinen Sohn niemals zu Gesicht zu bekommen; kalter Schweiß stand ihm auf der Stirn. Während der logisch denkende Teil seines Gehirns ihm sagte, daß er nichts hätte vermissen können, was er gar nicht kennengelernt hatte, machte ihn die Gehirnhälfte, die mit Logik nichts zu tun hatte, schon allein bei dem bloßen Gedanken krank.

Mason hatte erst vor knapp sechs Monaten erfahren, daß er einen Sohn hatte, und schon hatte sich sein Leben grundlegend verändert. Von früh bis spät gab es kaum einen einzigen Moment, in dem er nicht an Kevin dachte. Bei all seinen Zukunftsplänen schloß er Kevin mit ein. Seit Jahren hatte er in einer Höhle gelebt und sich eingeredet, daß ihm die Dunkelheit gefiel. Kevin hatte ihm jetzt vor Augen geführt, daß er sich etwas vorgemacht hatte.

Dann kam Chris zurück in das Zimmer und riß ihn aus seinem tranceartigen Zustand. »Warum haben Sie mich diese Bilder ansehen lassen?« fragte er und bemühte sich, seine Fassung wiederzufinden, bevor sie sehen konnte, wie innerlich aufgewühlt er war.

Sie setzte das Tablett auf dem Kaffeetisch ab. »Das muß wohl die Jahreszeit sein. Ansonsten fällt mir kein Grund ein, weshalb ich nett zu Ihnen sein sollte.« Sie reichte ihm seine Tasse herüber. »Oder fällt Ihnen einer ein?«

Masons erste Reaktion auf ihre schnodderige Bemerkung war pure Wut. In dem Moment, in dem er seine Antwort formulierte, wurde ihm dann klar, daß sie die Worte nur als Schutzschild benutzte. Sie mochte ihn ja vielleicht hassen, aber gleichzeitig hatte sie auch Angst vor ihm. Und warum auch nicht? Mit ihrer gespielten Liebenswürdigkeit, mit der sie ihm Kaffee anbot, wollte sie doch nur eins erreichen – nämlich ihren Feind kennenzulernen.

»Ich glaube, mir würden etliche langweilige Gründe einfallen, weshalb wir nett miteinander umgehen sollten«, sagte er. »Aber es gibt nur einen wirklich zwingenden Grund: Kevin.«

Sie starrte ihn an. »Haben Sie das gesagt, um mir meinen Platz zuzuweisen, oder wollten Sie mich nur darauf aufmerksam machen, was für eine Hexe ich bin?«

»Ob Sie's glauben oder nicht – keins von beiden.«

»Da Sie mir die Wahl lassen – ich glaube Ihnen nicht.«

Mason wollte keinen weiteren Blick auf die Fotos von Kevin riskieren und schloß das Album. »Was ist ihm zugestoßen?«

Chris zog ihre Augenbrauen zusammen und machte ein verdutztes Gesicht. »Wem?« Doch schon bevor er ihr antworten konnte, hatte sie verstanden, was er gemeint hatte. »Ach – Sie meinen Kevin. Er hatte eine böse kleine Infektion, eine Darmentzündung. Die Krankheit brach ganz plötzlich aus, doch Kevin hat sich erst Jahre später von den Auswirkungen erholt.«

»Jahre?« fragte Mason und versuchte, die Tragweite einer derart zerstörerischen Krankheit zu erfassen.

»Es endete damit, daß man Kevin aufgrund der Infektion schließlich die Hälfte seines Darms entfernen mußte. Und die andere Hälfte, die man ihm gelassen hatte, vertrug das Essen nicht besonders gut; deshalb mußte ihm durch einen Schlauch künstlich Nahrung zugeführt werden, damit er überhaupt wachsen konnte.«

»Über welchen Zeitraum ging das so?«

»Länger als ein Jahr.«

»Wollen Sie damit sagen, daß Sie ihn in diesem Zustand mit nach Hause nehmen mußten?«

Als sie sich an damals erinnerte, wich der defensive Blick aus ihren Augen. »Es war zwar riskant, doch ich hätte alles für ihn getan, um ihn aus diesem Krankenhaus herauszuholen. Er wog nur sechs Pfund, als ich ihn nach Hause geholt habe. Einen Monat später wog er schon neun Pfund.«

»Du meine Güte«, sagte Mason und lehnte sich in seinem Stuhl nach hinten. »Wie haben Sie...«

»Es tut mir leid«, unterbrach sie ihn und stellte mit einer höflichen, aber bestimmten Bewegung ihre Tasse auf das Tablett zurück. »Aber ich habe gerade gemerkt, wie spät es schon ist, und da ich sofort wegfahren muß, sollten Sie mir jetzt vielleicht sagen, warum Sie eigentlich hergekommen sind.«

Masons Drang, mehr über seinen Sohn zu erfahren, war noch längst nicht gesättigt. Er fragte sich, aus welchem Grund Chris wirklich besorgt war: ob es ihre knappe Zeit war oder nicht eher ihr entspannteres Verhältnis zueinander. Was auch immer dahintersteckte – er mußte sich seine Fragen für einen anderen Tag aufsparen. »Ich wollte Sie nach Kevins Kleidergröße fragen. Mit den Skiern und mit den Schuhen müssen wir warten, bis ich ihn mitnehmen kann, damit sie an Ort und Stelle angepaßt werden. Aber ich wollte ihm einen Skianzug und ein Paar Handschuhe unter den Weihnachtsbaum legen.«

»Wovon reden Sie eigentlich?« fragte Chris und war offensichtlich ziemlich verwirrt. »Ich war der Meinung, daß wir über diese Angelegenheit bereits gesprochen hatten.«

»Gesprochen?« fauchte er sie an. »Was an jenem Tag vorgefallen ist, würde ich kaum als Gespräch bezeichnen. Soweit ich mich erinnern kann, haben Sie eher ein Edikt erlassen.« Er erschrak über seine Aggressivität, mit der er ihre Frage beantwortet hatte. Wie kam es nur, daß diese Chris Taylor immerzu seine schlechteste Seite nach oben kehrte? Er änderte seinen Tonfall. »Kevin und ich haben für die Woche nach Weihnachten einen Skiurlaub geplant«, sagte er und bemühte sich, dabei ganz vernünftig zu klingen. »Und deshalb dachte ich, daß es eine gute Idee wäre ... «

Chris' Gesicht errötete vor Wut. »Ich kann es einfach nicht glauben«, sagte sie. »Nein, das nehme ich zurück. Ich *kann* es glauben, und ich weiß noch nicht einmal, warum ich überrascht bin. Wenn ich fünf Sekunden lang nachgedacht hätte, hätte ich genau dies von Ihnen erwartet. Ich hatte Ihnen gesagt, daß Kevin nicht mit Ihnen Ski laufen soll. Haben Sie mir nicht zugehört? Nein, offensichtlich nicht. Aber warum sollten Sie auch? Sie tun ja sowieso, was Sie wollen. Und scheren sich einen Dreck darum, was jemand anders für richtig hält. Wenn Sie aber glauben sollten, daß ich Kevin fünf Jahre lang von einem Krankenhaus zum nächsten geschleppt habe und von einer Arztpraxis zur anderen, nur um jetzt mitzubekommen, wie er, um einen Baum gewickelt, verendet – dann liegen Sie ziemlich falsch.«

Mason schloß seine Augen. Als er sie wieder öffnete, sagte er: »Offenbar hat Kevin Ihnen nicht erzählt, was wir samstags immer gemacht haben.«

»Offenbar nicht«, zischte Chris ihn an.

Mason erinnerte sich jetzt daran, daß Kevin in der Tat nie erwähnt hatte, daß er mit Chris darüber geredet hatte. »Ich habe ihn eine Skischule besuchen lassen, in der er erste Trockenübungen machen konnte – ich hatte geglaubt, dafür Ihre Zustimmung zu haben.«

»Und wie sollte ich dieses magische Einverständnis wohl geäußert haben? Hatten Sie darauf gehofft, daß ich mein Fehlurteil einsehen und meine Meinung über Nacht ändern würde? Für wie leichtgläubig halten Sie mich eigentlich?« Sie stand auf und begann, in dem Zimmer auf und ab zu wandern. »Sie Mistkerl!« sagte sie, und ihre Stimme blieb ihr fast im Halse stecken. »Bevor Sie hier aufgetaucht sind, war Kevin ein süßes, unschuldiges und offenes Kind. Jetzt hat er gelernt, wie man lügt und manipuliert – und sie haben ihm das beigebracht.«

Mason ging zum Garderobenständer, um sich seinen Mantel zu holen. Es erschien ihm sinnlos, noch länger dazubleiben und ihren Schimpftiraden zuzuhören. Sie weigerte sich zu akzeptieren, daß ihre zwanghafte, besitzergreifende Art irgend etwas mit Kevins Verstörung zu tun haben könnte. Trotzdem konnte er sich eine bissige Bemerkung zum Abschied nicht verkneifen. »Wenn Sie sich wieder ein bißchen beruhigt haben«, fing er an, »können Sie sich ja mal fragen, wie ich wohl einen derart schlechten Einfluß auf ihn ausüben kann, wo ich nur drei Stunden in der Woche mit ihm verbringe und Sie ihn die ganze restliche Zeit für sich haben.«

Sie starrte ihn an. »Sie können ihm von mir aus erzählen, was Sie wollen, warum Sie nicht mit ihm Ski laufen werden«, sagte Chris. »Es ist mir sogar egal, wenn Sie mir die ganze Schuld anhängen.«

Er konnte ihre Worte nicht im Raum stehen lassen. »Warum sind Sie mit so wilder Entschlossenheit dagegen, daß ich ihn mitnehme?«

Verächtlich warf sie die Arme hoch. »Es wundert mich nicht, daß Sie diese Sache nicht in Ihren egoistischen Kopf reinkriegen können – deshalb sage ich's Ihnen jetzt noch einmal, und zwar ganz langsam: Skilaufen... ist... gefährlich!«

»Um Himmels willen, sehen Sie sich doch mal um. Kinder, die viel jünger sind als Kevin, laufen ständig Ski – und leben dabei weiter und erzählen davon.«

»Geben Sie's auf. Sie werden meine Meinung niemals ändern.«

»Sie tun damit nicht mir, sondern Kevin weh.«

»Eine nette Geschichte, aber bei mir können Sie damit nicht ankommen. Es gibt nämlich ebenfalls jede Menge Kinder, die niemals auch nur in die Nähe einer Skipiste gelangen, und denen es trotzdem ganz gut geht.« Sie öffnete die Tür und ging ein wenig zur Seite. »Ich muß wohl nicht ganz bei Verstand gewesen sein, als ich geglaubt habe, diese Angelegenheit könnte funktionieren. Sie haben den Vater-Instinkt einer Schlange.«

»Oh Gott, nun hör'n Sie schon auf«, sagte er, während er auf sie zuging. »Sie müßten ja wohl etwas mehr draufhaben. Ich dachte, Sie verdienen sich Ihren Lebensunterhalt damit, daß Sie sich kluge Worte ausdenken, um den alten, langweiligen Kram neu zu verbreiten.« Mein Gott, dachte sich Mason, was war nur mit ihm los? Normalerweise redete er nie so mit jemandem.

»Gehen Sie sofort aus meinem Haus raus! Und aus meinem Leben ebenso!«

»Aus Ihrem Haus mit dem größten Vergnügen. Aber aus Ihrem Leben? Vielleicht in zwei oder drei Jahren, wenn Kevin zu mir zieht.«

Er ging fort, ohne sich noch einmal umzusehen.

18

Chris bereitete sich innerlich schon auf den Tag vor, an dem Kevin darauf bestehen würde, daß sie Mason zu ihrem Weihnachtsessen einluden, doch er bat nie darum. Nach außen hin unterschieden sich ihre Weihnachtsferien nicht von denen im Vorjahr. Chris und Kevin standen morgens früh auf, um ihre Geschenkepäckchen zu öffnen, und um zwei Uhr gingen sie zum Weihnachtsessen zu den Hendricksons. Sobald dann das Geschirr gespült und die Küche wieder sauber war, begannen Kevin und Tracy mit ihrer Spielrunde, indem sie ständig zwischen den beiden Häusern hin- und herliefen und ihr neues Spielzeug ausprobierten, bis es schließlich Zeit für sie war, ins Bett zu gehen und sie sich vor lauter Müdigkeit auch nicht mehr widersetzten.

Alles in allem schien Kevin sich genauso zu verhalten wie immer – vielleicht war er ein wenig ruhiger, vielleicht war er auch nicht ganz so enthusiastisch beim Anblick seiner Geschenke, doch es gab nichts, das Chris genau hätte ausmachen können.

Unter dem Weihnachtsbaum lag keine Skikleidung, und Kevin fragte auch nicht, ob er Mason anrufen könne. Chris war schon beinahe in Versuchung, ihn zu fragen, was denn los sei, doch sie beschloß, die Sache auf sich beruhen zu lassen.

Als es bereits Mitte Januar war, rief Mary eines Nachmittags bei Chris an und bat sie, sofort zu ihrem Haus herüberzukommen; geheimnisvoll erzählte sie Chris, daß sie an der Haustür auf sie warten würde und daß sie ganz leise sein solle.

»Was ist denn los?« fragte Chris und zitterte, weil sie sich für den kurzen Sprung zum Haus ihrer Freunde keinen Mantel angezogen hatte.

»Komm mal mit«, flüsterte Mary. »Ich will dir etwas vorführen, das du vielleicht hören solltest.« Sie führte Chris den Flur entlang und blieb vor der Tür zu Tracys Zimmer stehen.

»Ich will jetzt nicht mehr Familie spielen«, sagte Tracy. »Ich mag das nicht, wenn du so gemein bist. Ich möchte, daß du lieb bist.«

»Papis sind aber nicht lieb zu den Mamis«, empörte sich Kevin.

»Sind sie ja doch.«

»Nein, sind sie nicht.«

»Mein Papi ist aber lieb zu meiner Mami«, beharrte Tracy.

»Ist mir egal«, schoß Kevin zurück. »Wenn du nicht tust, was ich dir sage, dann nehme ich dein Baby mit auf eine sehr lange Flugreise, und dann wirst du es niemals wiederfinden.«

»Dann werde ich's allen Leuten erzählen.«

»Das macht gar nichts«, sagte Kevin.

»Jawohl, mein Herr. Mein Papi kann dafür sorgen, daß du mir das Baby zurückgeben mußt.«

»Nicht, wenn ich es nicht will. Papis können Mamis nicht dazu überreden etwas zu tun, was sie gar nicht tun wollen. Mein Papi kann meine Mami nicht einmal dazu bringen, daß sie mich mit ihm Ski laufen läßt.«

Chris hatte genug gehört. »Wie lange geht das jetzt schon so?« fragte sie Mary.

»Schon eine ganze Weile.« Leise führte sie Chris den Flur entlang in Richtung Küche. »Ich wollte dich eigentlich gar nicht damit beunruhigen, aber dann habe ich doch gedacht, daß du das vielleicht mal hören solltest.«

Mary rückte einen Stuhl für Chris zurecht und setzte sich ihr gegenüber an den Küchentisch. »Chris, ich könnte Kevin nicht mehr lieben, wenn er mein eigenes Kind wäre. Es macht mich völlig fertig mitzubekommen, was diese Feindschaft zwischen dir und Mason bei ihm anrichtet.«

Der Schmerz, den Chris für Kevin empfand, glich einer Wunde, die nicht heilen wollte. In der letzten Zeit hatte es auch noch so ausgesehen, als ob mit jedem neuen Tag eine frische Prise Salz in die Wunde gestreut würde. »Ich fürchte, daß alles noch viel schlimmer kommen wird, bevor sich die Situation bessert.«

»Was meinst du damit?«

»Weißt du noch, daß du letzte Woche für mich auf Kevin aufgepaßt hast?«

»Ja«, sagte Mary und regte ihre Freundin an fortzufahren.

»Ich hatte eine Verabredung mit Paul Michaels«, sagte Chris.

»Da du das Treffen jetzt zum ersten Mal erwähnst, gehe ich davon aus, daß es nicht gut gelaufen ist.«

Chris versuchte zu lächeln. »Er wollte mich auf die Fragen vorbereiten, mit denen wir konfrontiert werden, wenn wir vor Gericht stehen.«

»Dann ist der Termin also anberaumt worden?«

»Erst mal ist ein Anhörungstermin angesetzt worden, bei dem über Masons Antrag beraten werden soll, die Adoption aufzuheben.«

»Das macht mich wütend«, sagte Mary. »Er weiß doch ganz genau, daß er das niemals durchbekommen wird. Warum versucht er es dann überhaupt?«

»Ich nehme an, er glaubt, daß er dadurch zeigen kann, wie sehr er an Kevin hängt und welch ein schreckliches Unrecht ihm widerfahren ist. Ich habe Masons Anspruch, Kevins Vater zu sein, nie in Frage gestellt. Warum sollte ich das tun? Jeder, der Augen im Kopf hat, kann die genetische Verbindung sowieso sehen. Sein Anwalt scheint nun offenbar davon auszugehen, daß es seinen Fall voranbringt, wenn ich das vor Gericht zugebe. Ich bin sicher, daß der Anwalt auch eine Gelegenheit haben will, mich darüber auszuquetschen, warum ich in all den Jahren niemals versucht habe, Mason aufzuspüren. Und im Verlauf der Verhandlung wird er weitere Zweifel säen, um meine Behauptung in Frage zu stellen, daß ich nichts über den Brief von Diane wußte, bevor Mason ihn mir gezeigt hat.«

»Ich finde es total ungerecht, daß so viel von dem Geschick zweier Männer abhängt, für die nichts weiter auf dem Spiel steht als ihre Honorare.«

»Besser, es hängt von ihnen ab als von König Salomon.«

Sie dachte einen Moment darüber nach. »Nein, das stimmt nicht. Es war ja die echte Mutter, die das Baby am Ende bekam. Glaubst du, daß es heutzutage auch noch Richter gibt, die so weise Urteile verkünden?«

»Für wann wurde der Gerichtstermin anberaumt?« fragte Mary.

Chris seufzte. »Heute in drei Wochen.«

»Aber ein kleiner Teil von dir freut sich doch wahrscheinlich auch darauf, daß die Sache dann überstanden ist.«

»Jetzt nicht mehr – nach dem Gespräch mit Paul sehe ich das ganz anders.« Sie stützte ihre Ellbogen auf den Tisch und bedeckte ihr Gesicht mit den Händen. »Ich muß wohl in einer Art Traumwelt gelebt haben, als ich geglaubt habe, daß Kevin aus der ganzen Angelegenheit herausgehalten werden könnte.«

»Sie wollen ihn doch wohl nicht aussagen lassen«, sagte Mary.

»Nein – zumindest nicht vor Gericht. Paul hat gesagt, daß der Richter die ganze Sache wahrscheinlich dem Jugendamt zur Überprüfung übergeben wird. Von dort werden dann wohl Leute bei mir und Mason vorbeigeschickt, um uns zu durchleuchten. Sie werden auch mit Kevin sprechen und höchstwahrscheinlich empfehlen, daß Kevin von einem Psychiater untersucht wird.«

»Das ist ja wohl das Dümmste, was ich je gehört habe. Kevin braucht doch keinen Psychiater!«

»Wirklich nicht?« fragte Chris und bemühte sich, ihre

Tränen zurückzuhalten. »Kannst du das auch noch sagen, nachdem wir gerade das Gespräch in Tracys Zimmer mitgehört haben? Ein ausgeglichenes Kind verhält sich wohl kaum so.« Sie preßte ihre Finger seitlich zwischen Augen und Nasenrücken, um zu verhindern, daß sich weitere Tränen bildeten. »Oh, Mary, ich sorge mich so sehr um Kevin. Letzte Woche hat mich Ms. Abbott angerufen und mir erzählt, daß Kevin den Unterricht gestört hat. Ich weiß ja, daß ich mir manches wahrscheinlich nur einbilde – aber ich habe das Gefühl, daß er überhaupt nicht mehr lacht.« Hilfesuchend breitete sie ihre Hände aus. »Was soll ich nur tun? Ich habe mir schon unendlich lange den Kopf darüber zerbrochen, aber mir fällt einfach keine Lösung ein.«

Mary griff nach Chris' Hand. »Ihr beide habt schon schlimmere Stürme überstanden«, sagte sie. »Laßt erst einmal ein wenig Zeit verstreichen. Irgendwas wird dir schon einfallen.«

Chris konnte nun nicht länger gegen ihre Tränen ankämpfen. Langsam und leise kullerten sie ihre Wangen hinab. »Irgendwie fiel es mir leichter, ihn bei seinem körperlichen Überlebenskampf zu beobachten, als jetzt mitzubekommen, wie er darum ringt, seine Eltern zu verstehen und auch noch zu lieben, obwohl diese sich ganz offensichtlich hassen.« Sie ließ Mary los, wischte sich die Tränen aus dem Gesicht und verdrehte die Augen. »Mason hat mir einmal vorgeworfen, daß ich theatralisch sei. Ich bin froh, daß er nicht mitbekommen hat, wie ich jetzt gerade in diese melodramatische Stimmung hineingeschlittert bin.«

»Sei nicht so hart mit dir selbst. Ich hätte die ganze Angelegenheit nicht so gut durchgestanden wie du.«

Chris lächelte Mary traurig an. »Du mußt mir so etwas sagen. Denn du bist ja meine Freundin.«

»Eine wahre Freundin wäre in der Lage, dir zu helfen. Doch ich kann noch nicht einmal den Rettungsring finden, den ich dir zuwerfen sollte, damit du dich selber retten kannst.«

Chris strich mit ihrem Finger über eine Kerbe an der Kante des Eichentisches. Dabei starrte sie auf die Tapete an der gegenüberliegenden Wand und lauschte dem Ticken der Standuhr im Wohnzimmer. Sie kannte das Haus von Mary und John genausogut wie ihr eigenes. John hatte den Tisch ramponiert, als ihm beim Reparieren des Toasters der Schraubenzieher ausgerutscht war. Sie und Mary hatten die Tapeten an einem Tag angebracht, an dem John mit Tracy und Kevin zum Angeln gefahren war; John hatte die Veränderung drei Wochen lang nicht bemerkt, obwohl er seit dem Tag ihres Einzugs über die Farbe der Küchentapeten geklagt hatte. Mary hatte John die Standuhr geschenkt und sie von dem Geld bezahlt, das ihre Mutter ihr zu ihrem eigenen Geburtstag geschickt hatte. Das hatte sie ihm allerdings nie erzählt, denn sie wußte, daß er sich dieses Opfers wegen schuldig fühlen würde.

Die Hendricksons waren ihre und Kevins Familie. Mason gehörte nicht dazu und würde auch in der Zukunft nicht dazugehören. Das war noch ein weiterer Faktor, der Kevin hin und her reißen würde. Wieviel Gefühlsballast konnte ein kleiner Junge aufgeladen bekommen und dabei gleichzeitig noch zu einem vollkommenen, starken Mann heranwachsen?

»Ich kann es nicht zulassen, daß das Jugendamt all diese Gespräche mit Kevin führt«, sagte Chris. »Er würde sich so fühlen, als ob er Partei ergreifen müßte, und das würde ihn mit Sicherheit zerbrechen.«

»Aber du hast doch keine andere Wahl.«

»Es muß einfach einen anderen Weg geben«, sagte Chris. »Ich bin an einem Punkt angelangt, an dem ich einfach alles in Kauf nehmen würde.«

19

Als Chris ihren Besuch bei Mary beendet hatte und wieder zu Hause war, rief sie Paul Michaels an und bat ihn darum, noch vor dem anberaumten Gerichtstermin ein Treffen zwischen ihr und Mason zu arrangieren. Er versprach ihr, daß er sich mit Masons Anwalt in Verbindung setzen und nach einer zufriedenstellenden Lösung suchen würde.

Es dauerte drei Tage, bis Paul ihr seine Antwort mitteilen konnte.

»Sie sind mißtrauisch und haben keine Lust, deiner Bitte nachzukommen, Chris«, informierte Paul sie, als er sie anrief.

»Hast du ihnen gesagt, daß ich mich nur Kevin zuliebe mit ihm treffen will?«

»Ja, mehrmals sogar. Aber ich hätte mit meinen Worten auch nicht mehr erreicht, wenn ich Chinesisch gesprochen hätte. Sie glauben einfach nicht, daß du bereit bist, ernsthaft mit ihnen zu verhandeln. Und weil du mir ja nicht erzählen wolltest, was du mit dem Treffen eigentlich im Sinn hast, fiel mir auch nicht allzuviel ein, um sie vom Gegenteil zu überzeugen.«

»Nicht erzählen *wollte* ist falsch, Paul. Ich *konnte* es nicht erzählen. Ich weiß selbst noch nicht, wie die Lösung aussehen könnte. Wenn ich irgend etwas weiß, dann ist es eines: daß ich zumindest versuchen muß, ob ich mich mit Mason auf eine Lösung einigen kann, bevor Kevin einer Schar von Fremden ausgesetzt wird, die in seinem Leben und in seiner Psyche herumstochert. Er hat schon genug ertragen müssen.«

»Deine Absicht ist ja ehrenwert, Chris.«

»Aber?«

»Ich befürchte nur, daß du etwas sagen oder tun könntest,

das dir hinterher schaden wird, wenn wir schließlich vor Gericht stehen.«

»Ich bin schon vorsichtig genug.«

Es entstand eine lange Pause, bevor Paul antwortete. »Ich will dir zwar keine falschen Hoffnungen machen, aber ich habe eine Idee, wie wir dieses Treffen zuwege bringen können, ohne daß du oder Mason dabei das Gesicht verliern«, sagte er. »Wenn ich das regeln kann, melde ich mich in ein paar Tagen wieder bei dir.«

»Und wenn du es nicht schaffst?«

»Dann machen wir es so, wie du willst.«

»Vielen Dank, Paul.«

»Ich habe ja noch gar nichts erreicht.«

»Aber du hast mir zugehört.«

»Wir werden diese Schlacht gewinnen, Chris. Vielleicht wird das Ergebnis nicht ganz so ausfallen, wie wir es uns vorgestellt hatten, aber...«

»Solange Kevin am Ende als Sieger hervorgeht, kann ich mit allem leben.«

»Halt dir das immer vor Augen«, sagte er und legte auf.

Als Paul vier Tage später alles geregelt hatte, meldete er sich wieder bei Chris.

»Falls du dir für den nächsten Mittwoch schon etwas vorgenommen hast, kannst du alles abblasen«, sagte er; er hatte Chris gerade noch erwischt, bevor sie aus dem Haus gehen wollte, um ihre Einkäufe zu erledigen.

Chris zuckte innerlich zusammen. »Was ist los?«

»Du wirst dich mit Mason bei dem Richter Harold McCormick treffen, und zwar um zehn Uhr morgens in seinem Amtszimmer.«

»Und was sollen wir da machen?«

»Euren Kampf austragen. Ohne Anwälte, ohne Sozialarbeiter, nur du und Mason – zusammen mit Richter McCormick, der als Schiedsrichter fungiert und alle auftretenden rechtlichen Fragen beantworten kann.«

»Und Mason ist einverstanden?« – »Ich weiß, daß du das nur schwer glauben kannst, Chris, doch ich bin inzwischen davon überzeugt, daß Mason genauso wie du nur das Beste für Kevin möchte. Ich mußte nichts weiter tun als eine neutrale Person finden, mit der jeder einverstanden sein würde, und das habe ich geschafft. Ich nehme mal an, daß du mit Richter McCormick einverstanden bist.«

»Wenn du mit ihm einverstanden bist, habe ich keine Bedenken.«

Paul lachte. »Ich hab' ihn ja selber ausgewählt.« Zum ersten Mal seit Monaten verspürte Chris Hoffnung. »Das hätte ich mir denken können«, sagte sie.

Am Tag vor dem Treffen probierte Chris verschiedene Kleidungsstücke an und war dabei in Gedanken noch immer bei dem Gespräch, das sie mit Paul Michaels geführt hatte. Schließlich sah sie systematisch sämtliche Sachen durch, die sich in ihrem Kleiderschrank befanden, um etwas zu finden, das weder aus Jeansstoff noch aus grober Baumwolle war. Sie wußte zwar nicht genau, wonach sie eigentlich suchte, doch sie mußte feststellen, daß sie nichts Passendes besaß. In all den Jahren, in denen sie sich bemüht hatte, auf der Karriereleiter ihrer Firma emporzuklettern, hatte sie gelernt, wie wenig es ein Mythos der Textilindustrie war, daß man sich angemessen kleiden müsse, um Erfolg zu haben. Sie wußte sehr genau, daß der erste Eindruck zählte und daß man diesen später nur schwer korrigieren konnte.

Ein Mann konnte ganz einfach einen normalen grauen Anzug anziehen, und damit war das Thema für ihn erledigt. Eine Frau mußte sich entscheiden, ob sie in dem gleichen grauen Kostüm zu bedrohlich wirken würde, wenn sie es ohne zusätzliche Accessoires trüge, ob sie vielleicht zu flatterhaft wirken würde, wenn sie einen bunten Schal dazu umlegen würde, oder ob sie womöglich zu sexy aussehen würde – und das wäre einfach unverzeihlich –, wenn sie zu dem Kostüm eine Weste anzöge.

Es war schon recht hilfreich, wenn man eine normale Größe hatte. Eine überdurchschnittlich große Frau wirkte unweigerlich aggressiv, ganz egal, wie sie sich kleidete; hingegen war es für eine wirklich kleine Frau fast unmöglich, ernst genommen zu werden.

Chris hatte das Glück, daß sie noch immer die gleiche Konfektionsgröße trug wie damals, als sie für die Wainswright Brewing Company gearbeitet hatte; ihre Kleidungsstücke sahen auch jetzt noch gut aus, wenn man davon absah, daß die Röcke ein wenig zu lang waren und die Farben der Blusen schon seit längerer Zeit nicht mehr im Trend lagen.

Sie mußte sich nur für irgend etwas entscheiden. Eigentlich ein Kinderspiel. Sie mußte nur herausbekommen, welche Vorstellung Richter McCormick von einer idealen Mutter hatte, und das war alles.

Sie setzte sich auf die Kante ihres Bettes, starrte in den Kleiderschrank und seufzte tief.

Mason fuhr auf den Parkplatz gegenüber dem Gerichtsgebäude, stieg aus seinem Auto und knöpfte die Jacke seines grauen Anzugs zu. Er hatte gerade eine Besprechung mit Travis, Rebecca und Walt verlassen, während der es um die Kostenüberschreitung beim Bau des Capitol Court Hotels gegangen war. Obwohl er nur halb hingehört hatte, was überhaupt gesagt worden war, hatte er die Besprechung unzufrieden verlassen.

Mit den beiden Subunternehmern, die für das Projekt beauftragt worden waren, hatte Mason zuvor noch nie zusammengearbeitet, und er würde es wahrscheinlich auch in der Zukunft nie wieder tun. Alles, was sie taten, stimmte hinten und vorne nicht, ihre Rechnungen waren zu hoch, so daß immer irgend jemand hinter ihnen her sein mußte. Dieser jemand hätte eigentlich entweder Mason oder Travis oder Walt sein müssen, doch weil in Masons Privatleben alles drunter und drüber ging, und weil Travis versuchte, Masons Arbeit zusätzlich zu erledigen und zur gleichen Zeit an drei Orten zu sein und weil dann auch noch Walt ausfiel, der etliche Tage der Woche in Los Angeles verbringen mußte, hatten sie ein paar Dinge schleifen lassen, um die sie sich sonst besser gekümmert hätten.

Aber das war alles nicht so wichtig, zumindest nicht im Vergleich zu dem, was jetzt passieren würde.

Mason wollte sich im Hinblick darauf, was in Richter McCormicks Amtszimmer ablaufen würde, keinerlei Hoffnungen machen. Es gab schließlich keinen Anlaß zu glauben, daß Chris sich plötzlich in eine rational denkende und mitfühlende Frau verwandelt hatte. Sein Anwalt hatte ihm eindringlich geraten, das vorgeschlagene Treffen abzulehnen; er war der Meinung gewesen, daß dort einfach nur das alte Lied wieder angestimmt werden würde, vielleicht in einer geänderten Tonlage. Zuerst war Mason der gleichen Meinung gewesen. Doch je mehr er dann darüber nachgedacht hatte, desto vielversprechender hatte er den Vorschlag gefunden. Am Ende war er zu der Überzeugung gelangt, daß er einwilligen sollte, und zwar vor allem aufgrund der Tatsache, daß sie sich ohne ihre Anwälte im Zimmer von Richter McCormick treffen würden.

Als Mason die Stufen zum Gerichtsgebäude hinaufging, fragte er sich, ob Chris wohl wußte, daß der Richter ihrer Wahl ein alter Bekannter und ein enger Freund von ihm war – ja sogar einer der ersten Freunde, die er nach seinem Umzug nach Sacramento kennengelernt hatte.

Er konnte sich nicht vorstellen, daß sie das wußte.

Chris schaute auf, als Mason den Raum betrat. Sie fragte sich, wie lange sie ihn wohl kennen müßte, um nicht mehr jedes Mal aufs neue überrascht zu sein, wie sehr er Kevin ähnelte. Oder, um korrekt zu sein, wie sehr Kevin ihm ähnelte.

»Guten Morgen«, sagte Mason und nahm in dem kleinen Warteraum gegenüber von ihr Platz.

Sie erwiderte seinen Gruß mit einem Kopfnicken.

»Ist Harolds Sekretärin schon hier gewesen?« fragte er.

Harold? Sollte Mason Richter McCormick etwa duzen? Dann wäre es ja kein Wunder, daß er dem Treffen zugestimmt hatte. Bleib ganz ruhig, warnte ihre innere Stimme sie. Laß sie nie sehen, wenn du schwitzt! Ist ja klasse, dachte sie sich, jetzt zitierte sie sogar schon Werbeslogans aus dem Fernsehen.

»Sie war vor etwa fünf Minuten hier und hat gesagt, daß Rich...« Dann korrigierte sie sich schnell. »Sie hat gesagt, daß Harold pünktlich da sein wird.«

Mason lehnte sich in seinem Stuhl zurück und streckte seine Beine vor sich aus. »Wie geht's Kevin?«

»Er ist heute bei Mary«, sagte sie steif. »Er hatte gestern abend Probleme mit seinem Magen, und deshalb hab' ich ihn heute nicht zur Schule gehen lassen.«

»War ihm denn heute morgen noch schlecht?«

»Nein.«

»Und dann haben Sie ihn trotzdem nicht zur Schule gehen lassen?« fragte er ungläubig.

Chris atmete langsam und tief ein. Heute konnte sie es sich am allerwenigsten leisten, ihre Fassung zu verlieren. Ihre Parole lautete: ruhig, besonnen, wohlüberlegt und rational sein und wirken. »Ich habe getan, was ich nach einigen Jahren Erfahrung mit Kevin für das Beste hielt«, sagte sie ganz ruhig.

»Sollte er nicht heute das Buch fertig haben, das er zusammengestellt hat?«

Chris spürte, wie sich ihre Nackenmuskeln anspannten. »Wenn es ihm heute den ganzen Tag über gutgeht, dann kann er morgen wieder zur Schule gehen und das Buch zu Ende bringen.«

»An wievielen Tagen hat er in diesem Jahr schon die Schule versäumt?«

Es waren kaum fünf Minuten vergangen, seitdem Mason das Zimmer betreten hatte, und schon verspürte Chris große Lust, ihn zu erwürgen. Sie begann langsam zu glauben, daß dieses Treffen eine einzige Zeitverschwendung war. Wenn sie sich nicht einmal darüber einigen konnten, welche Cola-Marke die bessere war, wie sollten sie dann jemals gleicher Meinung sein, wenn es um so wichtige Dinge ging wie Kevins Zukunft? »Ich nehme an, daß Sie aus einem bestimmten Grund fragen und nicht einfach nur, um irgendeine Frage zu stellen?«

Bevor Mason antworten konnte, kam eine Frau mit kurzen blonden Haaren und hellrotem Umstandskleid in das Wartezimmer. »Der Richter erwartet Sie jetzt«, sagte sie. »Wenn Sie bitte mit mir kommen wollen, führe ich Sie zu ihm.«

Das Zimmer, in das sie gebracht wurden, war zwar klein, doch es war edel ausgestattet. Die Wände waren mit Eichenholz getäfelt, auf dem Boden lag ein raffiniert geknüpfter Perserteppich. Die Stühle waren mit einem saftig-grünen Stoff bezogen. Der Mann, der hinter dem Schreibtisch saß, trug einen hübsch gepflegten Schnauzer, und um seine Glatze herum wuchs ihm ein Kranz von grauen und schwarzen Haaren. Chris schätzte, daß er zwischen fünfunddreißig und fünfzig Jahre alt sein mußte, alt genug also, um eigene Kinder zu haben, aber noch nicht zu alt, um für alte Probleme neue Lösungen zu finden. Sein runder Bauch wurde flacher, als er aufstand, um Chris und Mason zu begrüßen.

»Mason«, sagte er. »Schön, dich mal wiederzusehen.« Er ging um den Tisch herum. »Und Sie müssen Christine Taylor sein«, sagte er warmherzig zu Chris.

Nachdem er beiden die Hände geschüttelt hatte, stellte er zwei Stühle in die Mitte des Zimmers, bat Mason und Chris, darauf Platz zu nehmen und setzte sich selber auf die Kante seines Schreibtisches; von dort aus betrachtete er die beiden.

»Ich kann nicht gerade behaupten, daß mir so eine Geschichte schon einmal untergekommen ist«, sagte er und kam damit direkt auf den Punkt. »Der heutige Tag verspricht also zumindest interessant zu werden. Aber wir wollen hoffen, daß noch mehr herauskommt. Wer möchte denn jetzt beginnen?«

Mason rückte in seinem Stuhl nach vorne und sah Chris an. »Da der Anwalt von Ms. Taylor dieses Treffen arrangiert hat, sollte sie vielleicht beginnen.«

Chris blickte für einen Moment nach unten, um ihre Gedanken zu sammeln, dabei entdeckte sie auf ihrem schwarzen Rock eine Fussel und beseitigte sie automatisch. Eines hatte sie nicht bedacht, als sie sich dazu entschieden hatte, ihr Chanel-Kostüm zu tragen, und das war der gefühlsmäßige Ballast, der ebenfalls an ihrem Leibe haften würde. In ihrer Vorstellung war sie Kevins Mutter – und die trug Bluejeans und Sweatshirts. Als sie jedoch auf ihrem Weg in den Schaufenstern einen flüchtigen Blick davon erhascht hatte, wie sie heute angezogen war, da hatte sie die aufstrebende Managerfrau gesehen, die sie früher einmal gewesen war. Ihre kleine Unaufmerksamkeit dauerte zwar nur den Bruchteil einer Sekunde, doch sie war ein bißchen aus dem Gleichgewicht geraten.

»Ich wollte mich vergewissern, ob es nicht irgendeinen Weg gibt, wie man es Kevin ersparen könnte... wie man ihn davor bewahren könnte, daß er die Untersuchungen des Jugendamtes über sich ergehen lassen muß. Ich glaube nicht, daß wir da schlecht abschneiden würden, wir haben ja nichts zu verbergen. Aber er hat in der letzten Zeit schon in der Schule ein paar Schwierigkeiten gehabt... und dann hat er sich sogar mit seiner besten Freundin Tracy gestritten. Dabei habe ich mir Mühe gegeben, daß er von meiner persönlichen Meinung über das, was hier passiert, nichts mitbekommt.« Sie sah zu Mason herüber. »Wir haben uns in der Tat beide bemüht, aber Kevin ist ein sehr kluger kleiner Junge und...«

»Und er füllt die Lücken selber aus«, beendete Harold McCormick den Satz für sie.

»Ja«, sagte sie leise. »Darum möchte ich nicht, daß er noch mehr durchmachen muß. Ich kenne meinen Sohn. Es ist ganz egal, wie gut der Psychiater des Jugendamtes ist – Kevin wird auf jeden Fall merken, daß man von ihm erwartet, daß er Partei ergreift. Ich verstehe zwar nicht, warum Kevin so vernarrt in seinen Vater ist, aber ich akzeptiere die Tatsache, daß es so ist.«

»Und heute hoffen Sie darauf, daß wir zwischen Ihnen und Mason eine Vereinbarung über das Sorgerecht für Kevin ausarbeiten können?«

»Über die Besuchsrechte«, korrigierte sie ihn. »Nicht über das Sorgerecht«.

Nun schaltete sich Mason ein. »An was für eine Art von Besuchsarrangement haben Sie denn gedacht?«

Chris schluckte. Sie würde ihm mehr anbieten, als sie zu geben bereit war, doch sie wußte, daß sie realistisch sein mußte, wenn sie auf seine Zustimmung hoffen wollte. »Ein komplettes Wochenende im Monat und von Kevins zehntem Geburtstag an zwei Wochen in jedem Sommer.«

»Das können Sie ja wohl nicht ernst meinen«, sagte Mason.

»Wenn Sie die Stunden zusammenzählen, haben Sie sechsmal so viel Zeit mit ihm wie jetzt.«

»Unsere jetzige Regelung stinkt ja auch zum Himmel.«

»Wie häufig siehst du Kevin?« fragte Harold nun Mason.

»Jeden Samstag drei Stunden.«

»Und wer hat diese Regelung getroffen?«

Mason sah Chris scharf an. »Sie hat das geregelt. Da hast du gleich mal einen kleinen Eindruck davon, wie besitzergreifend sie ist, wenn es um Kevin geht. Sie kann den Gedanken nicht ertragen, daß er für mehr als ein paar Stunden aus ihrem Blickwinkel verschwindet. Ich weiß gar nicht so genau, warum sie immer so in Panik gerät, wenn Kevin ein paar Stunden mit mir verbracht hat – ob es wegen der ›gefährlichen‹ Sportarten ist, die ich ihm beibringen könnte, oder ob es die ›gefährlichen‹ neuen Gedanken sind, die ich ihm in den Kopf setze; jedenfalls erwartet sie ihn immer schon an der Tür, wenn ich ihn nach Hause bringe.«

»Wie sehen Sie das, was Mason gerade gesagt hat?« fragte Harold jetzt Chris.

»Er weiß überhaupt nicht, wovon er redet. Kevin geht häufig ohne mich irgendwohin. Solange ich die Person kenne, mit der er zusammen ist und solange ich dieser Person vertrauen kann, mache ich mir überhaupt keine Sorgen um ihn.«

»Aber Sie machen sich sehr wohl Sorgen um ihn, wenn er mit Mason zusammen ist?«

Chris überlegte, ob sie eine ausweichende Antwort geben sollte, doch sie beschloß, daß die Wahrheit sie weiter voranbringen würde. »Ich sorge mich in jeder einzelnen Minute, in der er mit ihm fort ist.«

Mason wollte etwas sagen, doch mit einem Handzeichen deutete Harold ihm an, noch zu warten. »Warum machen Sie sich Sorgen?« fragte er Chris.

»Weil Mason nicht die leiseste Ahnung davon hat, was es heißt, ein richtiger Vater zu sein. Er glaubt, daß alles nur aus Spaß und Spiel besteht. Er wäre vielleicht imstande, ein verletztes Knie zu verbinden, aber er hat keine Ahnung davon, wie man mit verletzten Gefühlen umgeht oder worauf man achten muß, wenn es Kevin übel wird und warum es bei ihm wichtig ist, eine Magenverstimmung ernst zu nehmen.«

»Woher nehmen Sie das nur alles?« verlangte Mason zu wissen. »Sind Sie Hellseherin, oder weshalb wissen Sie so genau, wer und was ich bin? Oder verlassen Sie sich weiterhin auf die Zeitungen, um über mich informiert zu bleiben?«

Harold veränderte seine Position. »Ich glaube, wir sollten...«

»Ich weiß ganz genau, was für Dinge Sie Kevin erzählen«, sagte Chris.

»Und woher wissen Sie das? Fragen Sie ihn über mich aus?« schoß Mason zurück.

»Das ist gar nicht nötig. Wenn Sie auch nur irgend etwas von Kindern verstehen würden, dann wüßten Sie, daß Kinder dazu neigen, alles zu wiederholen, was sie irgendwo aufschnappen. Man muß sie nicht erst darum bitten. Es reicht, wenn man hin und wieder einfach mal zuhört.«

»Wenn ich vielleicht öfters die Gelegenheit zum Zuhören bekommen hätte, dann...«

Harold stand auf und ging um den Tisch herum. »Ich glaube, ich habe genug gehört«, sagte er. »Wenn es darum geht, wie ihr euer Kind erziehen wollt, dann seid ihr euch in etwa so einig wie ein Millionär und das Finanzamt bei der Erstellung der Steuererklärung.« Er schüttelte seinen Kopf. »Es ist wirklich schade, daß ihr nicht verheiratet seid. Dann wäre die ganze Sache nicht so verworren.«

Ein paar Sekunden lang sagte niemand etwas. Dann begann der Richter zu lächeln. »Ich weiß ja, daß es verrückt klingt, aber vielleicht ist es gar nicht so dumm. Habt ihr beide schon jemals daran gedacht?«

Chris blickte etwas verwirrt erst Mason und dann Richter McCormick an und fragte sich, ob sie irgend etwas nicht richtig mitbekommen hatte.

»An was gedacht?« fragte Mason. Auch er schien etwas ratlos.

»Nun ans Heiraten«, sagte McCormick. »Eine Heirat könnte für euer Problem die perfekte Lösung sein.«

20

»Warum in Gottes Namen sollte ich Mason Winter wohl heiraten wollen?« fragte Chris.

Mason war im Begriff aufzustehen. »Ich hab' ja gewußt, daß wir heute unsere Zeit verschwenden würden.«

»Jetzt hör' mir mal zu!« bedrängte ihn Harold.

Mason zögerte. Erst in dem Moment, in dem alles zusammenzubrechen schien, merkte er, wie sehr er sich doch gewünscht hatte, daß das Treffen ein Erfolg werden würde. Chris mochte ihn zwar für blind und ignorant halten, doch in Wirklichkeit sah er ganz genau, was mit Kevin geschah. Er hatte die feinen und auch die nicht so feinen Veränderungen an ihm bemerkt. Mason hatte mehr schlaflose Nächte gehabt, als er sich selbst gegenüber eingestehen wollte, Nächte, in denen er sich wegen dieser Veränderungen gesorgt und darüber gegrübelt hatte, was er tun könnte, um Kevin zu helfen. Nur in diesen stillen Momenten konnte er sichergehen, daß er nicht der Versuchung erliegen würde, seine Sorgen bei jemand anders abzuladen, um dann zu sehen, wie seine eigenen Zweifel in dessen Augen widergespiegelt würden; und nur in diesen Momenten gestand er sich selbst ein, wie stark er darüber grübelte, ob er überhaupt imstande sein würde, Kevin ein richtiger Vater zu sein. Auf seinem Nachtschränkchen lagen zum Thema Vaterschaft diverse Bücher von so bekannten Autoren wie Benjamin Spock und T. Berry Brazelton bis hin zu Bill Cosby.

Doch die Bücher allein reichten nicht aus. Denn eines hatte er in der Zeit herausgefunden, die er mit Kevin verbracht hatte: Er würde es niemals schaffen, ein wirklicher Vater zu werden, wenn er sich dieser Aufgabe nur als Teilzeitkraft stellen konnte. Wenn er und Kevin einen gemeinsamen Hintergrund gehabt hätten, wenn sie ein paar Jahre zusammen verbracht hätten, die ein Fundament für ihre Freundschaft hätten legen können – dann wäre die Sache vielleicht ganz anders gewesen. Doch so, wie es jetzt war, waren sie ständig nur damit beschäftigt, ihre Vergangenheit aufzuarbeiten.

Das Hauptproblem lag darin, daß Mason kein Wochenend-Vater sein wollte; er wollte ein richtiger Vater sein. Nach einer langen Zeit der Frustration hatte er letztendlich akzeptiert, daß er das, was er haben wollte, in absehbarer Zukunft nicht bekommen würde. Bis zu dem Tag, an dem Kevin einmal alt genug sein würde, um seine eigene Entscheidung darüber zu treffen, bei welchem Elternteil er leben wollte, konnte Mason nur auf den rechten Augenblick warten und für den bevorstehenden Gerichtstermin das Beste hoffen.

»Ich gebe euch fünf Minuten«, sagte Harold und setzte sich wieder hin.

»Also, ich werd's nicht tun«, sagte Chris.

Mason griff nach ihrem Arm, als sie gerade ihre Handtasche nehmen wollte und zwang sie damit, auf ihrem Stuhl sitzen zu bleiben. »Vergessen Sie nicht, was hier auf dem Spiel steht«, sagte er. »Ich glaube, es wird langsam Zeit, daß wir aufhören, nur an uns selber zu denken; wir sollten endlich anfangen, Kevin an die erste Stelle zu setzen.« Er war selbst davon überrascht, was er gerade gesagt und getan hatte.

Mason sah Harold mit einem durchdringenden Blick an. »Du hast jetzt ein paar Zweifel gestreut, aber ich nehme ja wohl an, daß nach deinem haarsträubenden Vorschlag auch noch konkretere Empfehlungen folgen werden.«

Harold nahm einen Kugelschreiber aus dem Ständer, ließ ihn zwischen seinen Fingern hin und her flitzen und auf die Schreibtischplatte trommeln, so daß ein Stakkato-Rhythmus entstand. »Was ich eben vorgeschlagen habe, ist gar nicht so abwegig, wie es vielleicht im ersten Moment klingen mag«, sagte er. Seine Augen funkelten vor Aufregung. »Zumindest nicht, wenn ihr eine Weile darüber nachgedacht habt. Bevor wir heute zusammengekommen sind, habe ich lange und ausgiebige Unterhaltungen mit euren beiden Anwälten geführt. Sie haben mir erzählt, was seit dem letzten August vorgefallen ist und wie es dazu kam, und sie haben mir auch viel über euch beide erzählt – wie ihr seid und wie euer jeweiliges Privatleben abläuft.«

Er richtete seine Aufmerksamkeit auf Mason. »Dich kannte ich ja schon, deshalb hab' ich nichts überraschend Neues über dich erfahren.« Dann drehte er sich zu Chris herum. »Ich habe vor dem heutigen Termin nie das Vergnügen gehabt, Sie kennenzulernen, Ms. Taylor, doch nach meinem Gespräch mit Paul glaube ich, mit gutem Gewissen sagen zu können, daß Sie Ihren Sohn zum Mittelpunkt Ihres Lebens gemacht haben – und das sollte meiner Meinung nach auch so sein.«

Sein Kugelschreibergetrommel ließ nun etwas nach. »Kevin scheint ein Kind zu sein, das ich gerne stolz als mein eigenes bezeichnen würde.« Dann trommelte er wieder schneller.

»Und was sagt uns das Ganze nun?« fuhr Harold rhetorisch fort. »Es sagt uns, daß zwei gute und anständige Menschen einem dritten Menschen das Leben schwermachen und sich dabei selbst die Hölle auf Erden bereiten.«

Mason merkte plötzlich, daß er immer noch mit seiner Hand Chris' Arm umklammerte. Ohne sie anzusehen, ließ er sie los.

»Die traurige, aber immerhin auch vielversprechende Crux bei dieser ganzen Angelegenheit ist die, daß ihr beide das gleiche Ziel vor Augen habt – nämlich Kevins Glück«, fuhr Harold fort.

Er sah Chris an. »Ich weiß, daß Sie mitbekommen haben, wie überzeugt Mason davon ist, daß er zum Erreichen dieses Ziels etwas beizutragen hat, und ich muß ganz offen sagen – das hat er auch. Ein Junge erfährt, was es heißt, ein Vater zu sein, indem er versucht, es seinem eigenen Vater gleichzutun. Sie mögen vielleicht mit Masons Lebensphilosophie, mit seiner politischen Gesinnung oder mit anderen Dingen, die er sagt oder tut, nicht einverstanden sein, aber diese Dinge machen nicht notwendigerweise einen schlechten Menschen aus ihm. Um Ihnen die Wahrheit zu sagen – ich selbst habe auch nicht allzu viel für die Republikaner übrig, aber ich bin dafür bekannt, daß ich gelegentlich den einen oder anderen zu mir nach Hause eingeladen habe.«

»Ich brauche niemanden, der mich Ms. Taylor schmackhaft macht«, sagte Mason trocken.

Harold lächtelte. »Genauso wie ich beim Golfspielen kein Handicap gebrauchen kann.«

»Können wir jetzt mit unserem Gespräch fortfahren?« fragte Chris.

Harold richtete seine Aufmerksamkeit nun wieder auf Mason. »Ich glaube nicht, daß du die Tatsache bestreiten willst, daß Chris in jeder Hinsicht, außer in genetischer, Kevins Mutter ist und auch das Recht hat, weiterhin seine Mutter zu sein. Und du weißt so genau wie ich, daß es im ganzen Land kein einziges Gericht gibt, das Kevins Adoption für nichtig erklären würde. Ich stelle zwar fest, daß du nicht all ihre Ideen und Ideale für richtig hältst, doch so schwer du das auch akzeptieren magst, Mason – ihre Denkweise ist es, die diesen Planeten für Kevin und dessen Kinder vielleicht einmal retten kann.«

Mason stöhnte.

»Also gut«, lenkte Harold ein. »Dazu haben wir jetzt genug gesagt. Kommen wir noch einmal darauf zurück, auf welche Weise wir sicherstellen können, daß ihr beide bekommt, was ihr haben wollt und daß dabei auch Kevin als Gewinner dasteht. Ich schlage euch die Eheschließung nicht vor, weil ich so verrückt bin zu hoffen, daß bei euch Liebe im Spiel ist. Eher ist das Gegenteil der Fall. Aber in Wirklichkeit liegt in der Art, in der ihr miteinander umgeht, genau der Grund, weshalb eine Heirat die logische, wenn nicht sogar die perfekte Lösung sein könnte.«

»Mason«, fuhr Harold fort, »du möchtest Kevin häufiger sehen, damit du ihn gut genug kennenlernst, um ihm ein richtiger Vater zu werden – und das ist etwas, was du wahrscheinlich selbst dann nicht schaffen würdest, wenn man dir erlauben würde, Kevin jedes Wochenende zu sehen, und ich kann dir garantieren, daß das niemals geschehen würde. Chris, Sie wollen nicht, daß Mason mit Kevin für längere Zeitspannen verschwindet, weil Sie nicht sicher sind, welche Art von Einfluß er auf einen leicht zu beeindruckenden Fünfjährigen ausüben wird. Ihnen kann ich wiederum garantieren, daß es zwar unwahrscheinlich ist, daß Mason Kevin an jedem Wochenende bekommen wird, doch er hat immerhin gute Aussichten darauf, jedes zweite Wochenende, jeden zweiten Urlaub und zumindest zwei aufeinanderfolgende Monate im Sommer mit Kevin verbringen zu dürfen.«

Harold rückte etwas nach vorne, wobei sein Enthusiasmus durch seine Körpersprache unterstrichen wurde. »Was aber wäre, Chris, wenn Sie bei der wechselseitigen Beziehung zwischen Mason und Kevin nicht außerhalb stehen würden? Und Mason, wie fändest du es, wenn du jeden Morgen mit Kevin an einem Frühstückstisch sitzen könntest?«

Gestikulierend erhob er nun seine Arme, um die beiden zu einem Gespräch zu ermuntern. »Alles, was ihr braucht, ist ein Haus mit zwei verschiedenen Flügeln und einem gemeinsamen Wohnbereich. Wenn er alt genug ist und besser damit fertigwerden kann, daß seine Eltern getrennt leben, könnt ihr euch ja wieder scheiden lassen.«

Mason schüttelte seinen Kopf. »Ich kann es einfach nicht fassen, daß du die Nerven hast, so etwas vorzuschlagen.« Er sah zu Chris herüber, um festzustellen, ob sie ebenso empört war wie er. Sie sah nachdenklich aus und wirkte beinahe resigniert.

»Ich mag kaum glauben, was ich jetzt sage, und eine Stimme in meinem Hinterkopf will mir ständig klarmachen, daß ich dieses Zugeständnis bereuen werde – aber auf eine verrückte Weise macht die ganze Sache Sinn für mich«, sagte sie zu Mason. »Ich habe letztendlich akzeptiert, daß Sie in Zukunft ein Teil von Kevins und meinem Leben sein werden, und daß es auf jeden Fall so sein wird, egal, ob es mir gefällt oder nicht. Ich habe mich im Laufe des letzten Monats darum bemüht, mich damit abzufinden, daß ich an dieser Tatsache nichts ändern kann.«

Sie blickte auf ihre Hände, die auf ihrem Schoß lagen und die sie zu Fäusten geballt hatte. »Sie und ich, Mason, wir mögen ja ziemlich stur sein, aber dumm ist keiner von uns beiden. Es ist ja nicht etwa so, daß wir uns durch eine Heirat blind auf etwas einlassen würden oder daß eine andere Erwartung dahinter stecken würde als die, Kevin ein normales Leben zu bieten.«

Mason hatte für einen Moment das Gefühl, im falschen Film gelandet zu sein. »Wie um Gottes willen sollen wir Normalität in Kevins Leben bringen, wenn das, was wir ihm vorspielen, nicht mehr ist als eine Farce? Wollen Sie Kevin wirklich in dem Glauben aufwachsen lassen, daß es in einer Ehe normal sei, in getrennten Flügeln zu leben und in der Mitte des Hauses eine entmilitarisierte Zone zu haben? Sein jetziges Leben hat ja wohl eine ganze Menge mehr mit der Normalität zu tun als dieser verrückte Vorschlag von Harold. Es gibt irrsinnig viele Kinder, die bei alleinerziehenden Elternteilen aufwachsen und denen es ganz prima geht.«

»Vielen geht es aber ganz und gar nicht prima«, unterbrach ihn Harold. »Ich sehe jeden Tag, was aus zerbrochenen Ehen herauskommt, Mason, und dieses egoistische Verhalten macht mich absolut krank. Sag niemandem, daß ich das gesagt habe – aber ich denke manchmal, daß es unserer Gesellschaft verdammt viel besser gehen wurde, wenn Eltern ihren Kindern zuliebe zusammenbleiben würden.«

Dann sagte für eine lange Zeit niemand ein Wort. »Warum müssen wir denn heiraten?« fragte Mason dann. Seine Frage verblüffte ihn selbst noch mehr als Harold oder Chris. Eine solche Frage überhaupt zu stellen, bedeutete, daß er den Gedanken tatsächlich in Erwägung zog, obwohl er vor ein paar Sekunden noch gedacht hatte, daß die Idee der reine Irrsinn sei.

»Vergeßt, was ich gerade gesagt habe.« Er stand auf und wollte gehen. Er mußte einfach raus, denn er brauchte Zeit, um nachzudenken. Er wollte sich die Sache noch einmal durch den Kopf gehen lassen und einen besseren Plan entwerfen.

»Eine Legalisierung wäre für alle von Vorteil«, sagte Harold. »Doch am meisten würde sie Kevin zugute kommen. Und Kevin ist ja der Grund, weshalb wir heute hier zusammengekommen sind, stimmt's?« fügte er nachdrücklich hinzu.

»Bitte bleiben Sie, Mason«, sagte Chris und seufzte. »Mir gefällt der Gedanke einer Heirat ebensowenig wie Ihnen, aber wir zählen jetzt nicht mehr. Wenn Sie einen besseren Vorschlag haben als Harold, dann sagen Sie's. Ich verspreche, daß ich zuhören werde. Aber gehen Sie bitte nicht weg. Ich kann es nicht länger ertragen, Kevin leiden zu sehen.«

»Ich werde darüber nachdenken«, sagte Mason. »Das ist alles, was ich im Moment sagen kann.«

»Du hast nicht viel Zeit«, sagte Harold.

»Ich weiß, wann der Gerichtstermin ist.« Dann drehte Mason sich zu Chris um und redete in einem Tonfall mit ihr, mit dem er jemanden hätte ansprechen können, der gerade von einem Hochhaus herunterspringen wollte. »Sind Sie sicher, daß Sie sich die Sache gründlich überlegt haben?«

Chris stand auf, weil sie ihm bei ihrer Antwort auf etwa gleicher Höhe gegenüberstehen wollte. »Vor fünf Jahren bin ich Kevin gegenüber die Verpflichtung eingegangen, ihm im

Leben das Bestmögliche zu bieten, selbst wenn das für mich im Laufe der Jahre bedeuten würde, im Hinblick auf mein eigenes Leben Opfer zu bringen.«

Mason sah sie an. Um seine Mundwinkel herum huschte ein ironisches Grinsen. »Diese Bedeutung hätte es also für Sie, mich zu heiraten?« Er war überrascht, als er sah, daß sie auf seine Bemerkung mit einem verlegenen Lächeln reagierte.

»Ich wollte gar nicht so melodramatisch klingen. Das war damals eine gefühlsgeladene Zeit für mich – mehr noch als heute. Ich wußte nie, ob Kevin den nächsten Tag noch erleben würde. Und deshalb habe ich ihm, aber auch mir selbst gegenüber einige schwerwiegende Versprechen gegeben.«

Plötzlich durchströmte ihn ein Gefühl von Verständnis. Dadurch zeichnete sich also eine wirkliche Elternschaft aus – man mußte sich verpflichten, daß es in sämtlichen Situationen zuallererst um das Kind zu gehen habe. Wie sollte er da jemals mit ihr Schritt halten können? Oder was konnte er überhaupt tun, um Chris' Angebot zu übertreffen? »Sie merken ja sicherlich, daß mich Ihre Bereitschaft, bei diesem raffinierten Spiel mitzumachen, in eine unhaltbare Lage bringt.«

»Ich möchte nur das Beste für Kevin. Die Lage, in die wir beide gebracht werden, ist mir ganz egal.«

»Wieso sind Sie so sicher, daß dies die Lösung ist?«

»Bin ich gar nicht. Aber ich habe Ihnen ja bereits gesagt – ich habe akzeptiert, daß Sie uns auf einer langen Wegstrecke unseres Lebens begleiten und daß Sie nicht irgendwann klein beigeben werden, um Kevin und mich auf leisen Sohlen zu verlassen. Ich weiß inzwischen, daß ich irgendwie damit klarkommen muß, daß Sie in den nächsten zehn oder fünfzehn Jahren eine Rolle in meinem Leben spielen werden. Die Frage ist nur, in welchem Maße – und auf welche Weise es für Kevin am besten ist.«

»Wie ich sehe, machen Sie sich also in bezug auf das Arrangement keine falschen Hoffnungen.«

»Nein, überhaupt nicht.«

Sein ganzes Leben lang hatte Mason Entscheidungen getroffen, und dabei war ihm aufgefallen, daß er manchmal tagelang über etwas nachdenken konnte, sich letztendlich aber im Kreis drehte und meistens dann doch wieder bei seinem ersten instinktiven Gedanken landete. Doch diesmal war es anders. Sein Kopf befahl ihm »nein«, während sein Herz »ja« sagte. Kevin wollte eine Familie haben, und er brauchte auch alles, was eine Familie zu geben hatte. Das einzige Problem lag in der Art von Familie, die er und Chris ihm bieten würden. »Ich komme einfach nicht von dem Gedanken los, daß Kevin ein ziemlich verzerrtes Bild von der Ehe bekommen würde.«

»Das steht auf der Liste der Dinge, über die ich mir zur Zeit Sorgen mache, allerdings ziemlich weit unten.«

»Und was ist mit...?«

Chris ließ ihren Kopf nach hinten herunterfallen und sah an die Decke. »*Was ist mit Kevin?*« fragte sie genervt.

Mason starrte sie an. Er versuchte sich vorzustellen, wie sie beide im gleichen Haus leben würden. Ihr Leben würde aus einem einzigen, endlosen Streit bestehen. Doch dann dachte er auch daran, was Harold gesagt hatte; er würde jeden Morgen mit Kevin am gleichen Frühstückstisch sitzen.

War ihm die Freude, die ihm Kevin bereiten würde, den Kummer wert, den er durch ein Zusammenleben mit Chris würde ertragen müssen?

Um Himmels willen, ja! sagte ihm sein Instinkt. Es wurde Zeit, daß er sich nicht mehr länger von seiner inneren Leere quälen ließ.

»Okay«, sagte Mason.

Chris schnappte nach Luft und sah Mason erschrocken an.

»Okay?« wiederholte Harold. »Heißt das, ihr werdet heiraten?«

Mason starrte Chris immer noch an, und er spürte, daß sie drauf und dran war, sofort an ihm vorbei zur Tür zu rennen. »Sag mir nur noch Ort und Zeit.«

Harold kam um den Tisch herum. »Nächsten Mittwoch, gleicher Ort, gleiche Zeit.« Dann sah er Chris an. »Ich hoffe, es ist Ihnen recht? Je früher, um so besser?«

»Muß es denn so schnell gehen?« fragte sie und schluckte.

»Kriegen Sie jetzt schon kalte Füße?« fragte Mason und freute sich einen Moment darüber, nicht im Mittelpunkt zu stehen. Aber er wußte, daß ihn die gleichen Gefühle packen würden, sobald er Harolds Zimmer verlassen hätte.

Chris griff nach ihrer Handtasche. »Keine Sorge, ich werde hier sein.«

Als sie an ihm vorbeigehen wollte, hielt er sie am Ellbogen fest. »Es gibt da aber noch ein paar Dinge, die wir vorher erledigen müssen. Und da wir schon mal hier sind, könnten wir uns ja auch gleich jetzt darum kümmern.«

»Was zum Beispiel?«

»Das Aufgebot zum einen. Und ein vorehelicher Vertrag zum anderen.«

Sie öffnete ihren Mund, um zu antworten, doch sie brachte kein Wort heraus.

»Hat es Ihnen die Sprache verschlagen?« bohrte Mason weiter. »Oder habe ich Sie vielleicht gerade beim Bluffen erwischt?«

Chris befreite ihren Arm aus seinem Griff. »Ich spiele nicht, wenn es um Kevin geht. Ich habe gesagt, daß ich Sie heiraten werde, und das tue ich auch.« Sie ging zur Tür. »Kommen wir jetzt besser zur Sache! Ich habe nämlich noch ein paar Besorgungen zu machen.«

Mason bezweifelte, daß sie an diesem Nachmittag irgend etwas Dringendes erledigen mußte, doch ihren Abgang fand er beeindruckend. Er reichte Harold McCormick seine Hand.

»Ich find's ein bißchen komisch, dir dafür zu danken, was du getan hast.«

Harold lachte.

»Du kannst mir später danken – wenn Kevin der zufriedene kleine Junge ist, den wir uns alle wünschen.«

»Ich bete zu Gott, daß Sie tatsächlich recht bekommen«, sagte Chris.

In Gedanken wiederholte Mason ihr Gebet, obwohl er seine Zweifel hatte, ob eine göttliche Intervention ausreichen würde, ihre Wünsche zu erfüllen.

21

»*Was* willst du tun?« Mary schluckte.

Chris stand auf und schloß die Küchentür zum Garten, wo Kevin und Tracy spielten. »Ich weiß, im ersten Moment klingt es verrückt, aber je länger du darüber nachdenkst, desto besser wird dir die Idee gefallen.«

»Und je länger du grüne Bohnen im Kühlschrank stehen läßt, desto mehr Schimmel setzen sie an. Du und Mason, ihr könnt euch doch nicht einmal gegenseitig in die Augen sehen, geschweige denn...«

Chris setzte sich am Tisch wieder Mary gegenüber. »Wir werden versuchen, uns jeden Tag ein Stückchen entgegenzukommen. Nur so können wir es schaffen.«

»Hast du dir das gut überlegt? Ich meine *wirklich* gut? Was ist, wenn es nicht klappt? Was würde das für Kevin bedeuten?«

»Er wäre in der gleichen Situation wie heute auch. Mit dem einzigen Unterschied, daß ich mir dann nicht vorwerfen muß, nicht alles versucht zu haben. Solange mir das klar ist, kann ich alles durchstehen.«

»Wenn Kevin alt genug wäre, um deine Absichten zu verstehen, würde er nicht zulassen, daß du es tust.«

»Darüber ließe sich streiten.«

Mary schlug *die* Hände über dem Kopf zusammen. »Warte nur, bis John davon erfährt.«

»Ihr werdet beide nichts finden, worüber ich mir nicht schon meine Gedanken gemacht hätte. Mary, ihr müßt einfach darauf vertrauen, daß ich weiß, wie ich mich in dieser Situation zu verhalten habe.«

»Hat die verschollene Amelia Earhart nicht das gleiche gesagt, bevor sie versucht hat, als erster Mensch die Erde zu umfliegen?«

»Schon möglich, aber ich möchte wetten, daß auch Chris Evert diese Worte benutzte, als sie zum ersten Mal einen Tennisschläger in die Hand genommen hat.« Während sie das sagte, versuchte sie, ein abgeknicktes Gänseblümchen wieder in das Sträußchen zu stecken, das sie am Morgen auf den Tisch gestellt hatte. Schon nach den ersten zweiundzwanzig Sekunden ihres Gesprächs hatte Chris ihren Plan aufgegeben, Mary erst in allerletzter Minute in ihre Hochzeitspläne einzuweihen. Nicht, daß sie bei Mary Zustimmung suchte, denn die Gewißheit, daß sie die finden würde, war etwa so groß wie die gesundheitsfördernde Wirkung von Süßigkeiten; sie brauchte einfach jemanden, mit dem sie darüber reden konnte. Manchmal hilft es, wenn man die Dinge laut ausspricht; sie werden dadurch zwar nicht unbedingt besser oder schlechter, aber man sieht sie einfach in einem anderen Licht. Das Licht, in dem sie die Angelegenheit bis jetzt gesehen hatte, versetzte sie jedenfalls in panische Angst.

»Hast du es Kevin schon gesagt?«

»Noch nicht.« Chris beobachtete, wie das Gänseblümchen seinen Kopf wieder hängen ließ und umkippte. Sie versuchte nun, es zwischen zwei zierlichen Farnblättern zu stützen – aber kaum hatte sie ihre Kaffeetasse in der Hand, da knickte es schon wieder um.

»Dann kannst du es dir ja noch mal überlegen, ohne jemandem weh zu tun.« Mary lehnte sich über den Tisch, zupfte das verwelkte Gänseblümchen aus dem Strauß und warf es in die Spüle. »Mason würde es bestimmt verstehen. Er macht sich wahrscheinlich selbst seine Gedanken darüber.«

»Hör bloß auf! Ich habe dir davon erzählt, weil ich gehofft hatte, du würdest mich unterstützen«, log sie ohne Schuldgefühl, »und nicht, damit du mir meine eigenen Gedanken neu auftischst.«

Mary lehnte sich in ihrem Stuhl zurück und verschränkte die Arme vor der Brust. »Wo wollt ihr denn wohnen?« Selbst ein nicht besonders aufgeweckter Zweijähriger hätte ihre Körpersprache verstanden.

»In einem Haus, das wir gemeinsam aussuchen werden und das einen gemeinsamen Wohnbereich hat und zwei getrennte Flügel, damit jeder seinen privaten Bereich hat.«

»Was passiert dann mit deinem Haus?«

»Ich werde es so lange vermieten, bis Mason und ich geschieden sind und ziehe dann wieder ein.«

Mary gab auf. Sie ließ ihre Schultern sacken und sagte: »Oh, Mann – ich werde dich vermissen.«

Derselbe Gedanke hatte auch Chris schon depressiv gestimmt. »Es ist ja nicht so, als zögen wir in einen anderen Bundesstaat«, brachte sie hervor, wirkte aber nicht besonders überzeugend.

»Tracy wird sich völlig verloren vorkommen.«

»Sobald sich Kevin daran gewöhnt hat, daß seine Mutter und sein Vater endlich zusammenleben, wird es ihm genauso gehen.« Was der Umzug für sie selbst bedeuten würde, wollte Chris sich gar nicht erst ausmalen. Denn ob es nur ein kurzes Winken an der Haustür war, ein ganzer Nachmittag, an dem sie all die Neuigkeiten austauschten, die morgens in der Zeitung ihre Aufmerksamkeit erregt hatten, oder bloß eine gemächliche Joggingrunde im Park – auf die eine oder andere Weise sahen sie und Mary sich täglich. Mit Mary und John war es wie mit der Luft, die sie atmete – sie war lebenswichtig, und solange sie einfach da war, nahm man sie als selbstverständlich hin.

»Du weißt ja, daß Kevin für John wie ein eigener Sohn ist.«

»Das habe ich Mason auch nachdrücklich erklärt, als wir von Richter McCormick kamen. Ich wollte ihm klarmachen, wie wichtig John und Kevin füreinander sind. Er hat mir versprochen, sich nicht in ihre Beziehung einzumischen.« Chris hatte sich auf einen harten Kampf mit Mason eingestellt, bevor sie mit ihm darüber gesprochen hatte, welch wichtige Rolle die Hendricksons in ihrem Leben spielen würden. Wie überrascht war sie dagegen gewesen, als er sich ihrer Meinung anschloß, noch bevor sie ihre Argumente zu Ende bringen konnte.

»Worüber habt ihr beide noch gesprochen?« wollte Mary wissen.

»Wir haben uns darauf geeinigt, daß Mason und ich unser eigenes Leben weiterführen werden, sofern es nicht Kevin betrifft. Soweit wie möglich, wird alles laufen wie bisher. Ich behalte meine Arbeit und meinen Freundeskreis, und er wird es genauso halten. Wir werden weiterhin mit anderen Partnern ausgehen, aber alles daran setzen, unsere Liebschaften diskret zu behandeln. Für mich ist natürlich nichts leichter als das, aber wie Mason das schaffen will, ist mir noch ein Rätsel. Ich bin sicher, daß der Typ Frau, mit dem er gewöhnlich ausgeht, nicht einmal die Bedeutung des Wortes ›diskret‹ kennt.«

»Ist das alles?« stachelte Mary. »Habt ihr nicht über Kevins Erziehung gesprochen? Was wollt ihr denn tun, wenn Mason ihm etwas erlaubt, das ihm von dir verboten wird? Zum Beispiel Skilaufen?«

Marys Bedenken waren wie ein Echo von Chris' eigenen Sorgen. Bis vor einem halben Jahr hatte sie nie Kompromisse schließen müssen, wenn es um Kevin ging. »Ein paar Punkte haben wir angesprochen«, sagte Chris. »Wir sind uns beide darüber im klaren, daß unser Zusammenleben nicht unproblematisch sein wird...« Ein unsicheres Lächeln umspielte ihre Lippen. »Nicht unproblematisch ist vielleicht noch zu wenig gesagt«, gab sie zu, »aber ich hatte nach dem Gespräch das Gefühl, daß sich Mason in Zukunft etwas kooperativer zeigen wird – jetzt, wo er nicht mehr darum kämpfen muß, Kevin zu sehen.«

»Im Grunde hat die Besprechung der vorehelichen Vereinbarung, die ich unterschreiben sollte, am meisten Zeit in Anspruch genommen.«

Mary spitzte die Ohren. »Das überrascht mich überhaupt nicht. Dieser Schweinehund hat bestimmt von dir verlangt, daß du ihm versprichst, ihm bei der Scheidung die Hälfte deines Besitzes zu überlassen.«

»Das hatte ich zumindest auch erwartet.«

»Und? Sag bloß, es kam anders«, warf Mary zynisch ein.

»Er wollte mich zu einer Vereinbarung überreden, nach der das, was er bis dahin während unserer Ehe verdient hätte, in gleiche Teile gesplittet wird, ohne daß jedoch sofort die gesamte Summe ausgezahlt werden müßte. Er möchte nicht unter Zugzwang geraten und zum falschen Zeitpunkt verkaufen müssen.«

»Jetzt mal langsam. Bist du sicher, daß du mit dem richtigen Mason Winter gesprochen hast?«

»Das ist doch egal. Ich habe ihm jedenfalls klargemacht, daß ich mich einzig und allein darauf einlassen würde, nach der Trennung mit genau dem wieder zu gehen, das ich auch in die Ehe eingebracht habe, nicht mit mehr und nicht mit weniger. Ich kann auf mich selbst aufpassen. Das habe ich schon immer getan. Ich möchte nichts von seinem Kram und bin mir ganz sicher, daß ich darauf auch gar nicht angewiesen bin.«

»Und was hat er dazu gesagt?«

»Daß ich meine Meinung noch ändern würde.«

»Vielleicht hat er recht«, sinnierte Mary.

Chris schauderte bei dem Gedanken. »Du solltest mich besser kennen.«

»Ich sage ja nur, daß es ziemlich schwierig ist, wieder jeden Dime dreimal umzudrehen, wenn du einmal so weit warst, dich nicht mehr nach jedem Penny auf der Straße bücken zu müssen.«

Mary wußte, wovon sie sprach. Sie war im Luxus aufgewachsen; immer war jemand dagewesen, der ihr alle Wünsche erfüllt hatte. Als ihr Vater zum Gouverneur gewählt wurde, war es ihr noch besser gegangen. Um so erstaunlicher war es, daß sie trotz alledem so unkompliziert geblieben war. »Hast du daran gedacht, als du John geheiratet hast?«

Mary lächelte. »Am Anfang war das Haushalten wie ein neues und faszinierendes Spiel. Als der Reiz des Neuen vorbei war, war ich zum Glück erwachsen genug, um den emotionalen Reichtum zu erkennen, den John mir bot.«

»Ich wette, ich bekomme denselben emotionalen Reichtum, wenn die Ehe vorbei ist und ich wieder in mein Haus zurückziehen kann.«

»Habt ihr euch denn letzten Endes geeinigt?«

Chris nickte. »Mason hat seinen Anwalt um die Vorbereitung der Unterlagen gebeten, die er mir dann zuschicken will, damit ich sie unterschreibe.«

Mary stand auf und ging zum Fenster, um nachzusehen, was Tracy und Kevin trieben. »Junge, Junge. Warte nur ab, bis die Zeitungen Wind davon bekommen. Das wird doch ein Festessen für die.«

»Das ist auch einer der Gründe, warum wir die Angelegenheit möglichst im kleinen Rahmen halten und schnell über die Bühne bringen wollen.«

»Was heißt hier möglichst schnell?«

Chris verzog das Gesicht. »Nächste Woche.«

Mary schnaubte abfällig. »Das hätte ich mir ja denken können. Denn eigentlich ist das nur die logische Konsequenz aus dem Rest der Geschichte.«

»Warum sollten wir es noch auf die lange Bank schieben?«

»Weil dir das Zeit gäbe, wieder zur Vernunft zu kommen.«

»Ich würde mich freuen, wenn du und John kommen könntet. Es ist zwar keine richtige Hochzeit, aber ich habe das Gefühl, es könnte meine einzige werden, und ich möchte deshalb keine fremden Trauzeugen haben.«

Mary stöhnte auf. »Verlang' bloß nicht, daß ich mich für dich freue.«

»Tu ich ja auch nicht.«

»Weißt du eigentlich, daß du klingst wie eine Frau, über die gerade das Todesurteil gefällt wurde und die ihre Freunde zu ihrer Hinrichtung einlädt?«

»Du hilfst mir aber auch kein bißchen«, erwiderte Chris. »Ein bißchen Unterstützung könnte ich schon gebrauchen, zumal meine Entscheidung jetzt feststeht.«

»Tut mir leid.« Mary bedeckte ihr Gesicht und stieß einen Seufzer aus. Nach ein paar Sekunden schloß sie ihre Hände zu Fäusten und stützte ihr Kinn darauf auf. »Von jetzt an werde ich mir mehr Mühe geben. Du brauchst in der Tat kein zusätzliches Gewicht am Fuß, das dich noch weiter runterzieht.«

Egal, was Chris auch sagen mochte, sie wußte, daß sie Mary nie davon überzeugen würde, daß diese Heirat kein schrecklicher Fehler war. Ebenso stand für sie außer Frage, daß Mary in ein paar Stunden bei ihr vorbeikommen würde, sobald sie die Neuigkeit verdaut hätte – und wenn es auch nur aus dem einfachen Grund geschähe, weil Chris sie brauchte. Sie langte über den Tisch und drückte Marys Hand. »Danke. Vermutlich würde ich diese Sache auch ohne euch durchstehen, aber ich will es gar nicht erst versuchen.«

»John wird sich nicht so leicht geschlagen geben wie ich.«

»Wenn wir ihn beide bearbeiten, kann er nicht lange standhalten«, sagte Chris und wünschte, sie wäre tatsächlich so selbstsicher, wie sie klang.

Die folgende Woche blieb überraschend ereignislos. Chris wollte Kevin erst am Morgen der Hochzeit einweihen. Denn er konnte nur die Geheimnisse für sich behalten, die er bereits nach zehn Minuten wieder vergessen hatte. Ihm erst zu sagen, daß sein größter Traum wahr werden sollte, und dann von ihm zu verlangen, daß er es niemandem verraten sollte, war in etwa so, als würde sie eine Diät beginnen und am gleichen Tag einen Job in einer Schokoladenfabrik annehmen.

Die Tage flogen zwar relativ schnell dahin, in den Nächten aber warf sie sich in ihrem Bett hin und her; je näher der Hochzeitstag rückte, desto schlechter schlief sie. Wenn sie dann schließlich doch einmal eingeschlafen war, wachte sie aus einem immer wiederkehrenden Traum auf und fühlte sich jedesmal wie gerädert.

Sie und Kevin verbrachten zusammen einen wunderschönen Tag in Disneyland. Sie fuhren mit seinen Lieblingsbahnen – den Piraten in der Karibik, dem U-Boot und den Teetassen von Alice im Wunderland –, sie aßen im Grenzland zu Mittag und bestaunten danach die singenden Bären. Als sie wieder herauskamen, wartete Mason dort auf sie.

Bis dahin hatte Kevin einfach nur Spaß an ihrem gemeinsamen Ausflug gehabt; in dem Augenblick, in dem sein Vater auftauchte, begann er vor Energie zu sprühen. Die Stimmung schlug völlig um. Sie ließen die sanfteren Bahnen hinter sich und wandten sich solchen zu, die man als schlecht getarnte Achterbahnen bezeichnen könnte. Chris erklärte Mason jedesmal, daß Kevin Gewalt haßte – selbst im Spiel – und mußte sich dann immer wieder von unten anhören, wie der Junge vor Begeisterung jauchzte. Kaum, daß Vater und Sohn Hand in Hand aus einem der Wägelchen ausgestiegen waren, wären sie am liebsten direkt wieder eingestiegen.

Chris brauchte keinen Psychiater, um den Traum zu deuten. Eher brauchte sie jemanden, der ihr sagte, ob der Traum eine Warnung oder eine Prophezeiung war.

22

Mason kämpfte mit einer ihn fast überwältigenden Müdigkeit, schloß den Ordner vor sich, stützte seine Ellbogen auf dem Schreibtisch auf und rieb mit den Fingerspitzen sein Nasenbein. Er blickte nicht einmal auf, als er hörte, wie die Tür zu seinem Büro geöffnet wurde und jemand hereinkam.

»Du hast den Bericht also erhalten«, stellte Rebecca fest, nachdem sie aus seinem Erscheinungsbild den richtigen Schluß gezogen hatte.

»Vergangene Nacht«, gab Mason müde zurück.

»Und?« fragte sie ungeduldig.

Endlich blickte Mason auf. Er war ein wenig verblüfft, Rebecca in einem Kleid zu sehen anstatt in ihrem üblichen Geschäftsdress. Aber er äußerte sich nicht dazu; statt dessen speicherte er diese Tatsache in dem Teil seines Gehirns, den er sich für derlei Informationen und Daten vorbehielt, die er mit kleinen Fähnchen versehen hatte, damit er sie schnell wieder abrufen konnte. »Alles deutet darauf hin, daß unsere Konkurrenten bei dem Riverfront-Projekt aus dem Süden stammen«, sagte er.

»Tja, verdammt«, sagte sie leise, »dann hatte Walt wohl doch recht. Aus Los Angeles?«

Mason wünschte, es wäre so einfach. Wieder irgendein Bauunternehmer, der Richtung Norden zog, um sein Glück im Goldrausch des einundzwanzigsten Jahrhunderts zu versuchen. »Nicht ganz so weit«, antwortete Mason geheimnisvoll und lehnte sich erschöpft in seinem Bürosessel zurück.

Rebeccas Gesichtsausdruck änderte sich schlagartig. Zunächst runzelte sie verwirrt die Stirn; dann hatte sie begriffen und stieß erschrocken hervor: »Santa Barbara?«

»Bingo«, sagte er und bewunderte wieder einmal ihre Fähigkeit, sich schnell in eine neue Situation hineinzuversetzen.

Als fürchte sie, ihre Beine würden nachgeben, ging Rebecca quer durch den Raum und ließ sich auf das Ledersofa fallen. »Darauf wäre ich nie gekommen. Schon gar nicht nach all den Jahren. Was glaubst du, versprechen sich dein Vater und dein Bruder davon? Dies hier ist dein Territorium. Hier werden sie dich niemals aus dem Sattel heben.«

»Ich habe selbst eine Weile gebraucht, um es zu verstehen, doch dann ist mir ein Licht aufgegangen. Denk nur mal nach, Rebecca. Wenn mein Vater und mein Bruder sich das Riverfront-Projekt unter den Nagel reißen, verschaffen sie sich damit eine Eintrittskarte für den Markt des Baugewerbes von Sacramento, die sie sonst nicht mal mit einem 10-Millionen-Dollar-Werbeetat kaufen könnten. Wenn du das Königreich erobern willst, darfst du dich nicht mit dem Dienstpersonal herumschlagen, sondern du mußt bis zur Spitze der Hierarchie vorstoßen und dort versuchen, ein Stück des Kuchens zu ergattern.«

»Meinst du wirklich, daß sie nach dem Königreich greifen? Geht es nicht vielmehr um den König selbst?«

Er ging nicht auf ihre Frage ein. Nicht, weil er sie nicht ernst nahm, sondern weil er noch nicht bereit war, sich mit etwas auseinanderzusetzen, das tatsächlich zunehmend einen Sinn ergab. Eigentlich fühlte er sich endlich befreit von Vater und Bruder, befreit von Kampf, Ärger und Schmerz. Warum waren sie ihm jetzt, nach all dieser Zeit, auf der Spur? Was trieb sie dazu, die Vergangenheit wieder von neuem aufzurollen? Es ergab einfach keinen Sinn. Hatte er ihnen nicht den größeren Teil Südkaliforniens überlassen? Sie waren doch viel zu klein, um noch mehr zu übernehmen. »Wer interessiert sich denn heutzutage noch für Familienfehden, vor allem dann, wenn sie auch noch länger als ein Jahrzehnt zurückliegen? Wie können sie nur annehmen, sich auf diese Weise gute Publicity zu verschaffen?« fragte er, ohne dabei besonders überzeugt zu wirken.

»Da irrst du dich aber gewaltig. Erinnerst du dich noch an die Mondavis? Über diese Familienfehde haben die Leute alles gelesen, was sie zwischen die Finger gekriegt haben.«

»Aber auch nur deshalb, weil die Mondavis Winzer sind, und weil man die Leute aus der Weinbranche schon immer mit etwas Mystischem in Verbindung gebracht hat. Von den Leuten aus der Baubranche glaubt die Allgemeinheit doch immer noch, daß sie nach der achten Klasse die Schule abbrechen, sich in aller Öffentlichkeit am Hintern kratzen und schon zum Frühstück Bier trinken. Für die hat doch keiner was übrig.«

»Mit deiner Publicity-Idee liegst du wahrscheinlich gar nicht so falsch«, räumte sie ein und versuchte gar nicht erst, ihren Sarkasmus zu verbergen. »Zunächst einmal ist klar, daß die meisten Bürger unserer sauberen Stadt das Riverfront-Projekt für etwas verfehlt halten. Wenn du hier alle in deinem Büro versammeln würdest, die daran glauben, daß du das Kind schon schaukeln wirst, dann hätten wir hier in der Mitte des Raumes immer noch Platz für eine kleine Tanzfläche. Und was, glaubst du, passiert, wenn die Gegner des Projekts herausfinden, daß dein eigener Vater und dein Bruder eifrig dabei sind, das zu kippen, was von allen schon längst als Mason Winters privates Luftschloß bezeichnet wird? Ich kann dir sagen, was sie tun werden. Sie werden ihre Köpfe schütteln und sagen, wie bedauerlich es doch sei, daß ganze Familien an Geisteskrankheit leiden.«

»Ich glaube, du...«

»Ich bin noch nicht fertig«, sagte sie. »Du kannst es dir einfach nicht leisten, dich so stark von deinen Gefühlen für das Projekt und für deine Familie vereinnahmen zu lassen, daß du dabei das Offensichtliche übersiehst.«

»Was ist denn offensichtlich?« schrie er schon fast.

»Das weiß ich auch noch nicht«, gab sie zu. »Aber eines

weiß ich bestimmt – nichts ist so, wie es aussieht – ganz im Gegenteil. Noch gibt es keine Bank, die sich bereit erklärt hätte, ihren Kopf für dieses Projekt hinzuhalten – und das, obwohl du und dein Name dahinterstehen. Wie können dann dein Vater und dein Bruder davon ausgehen, Finanzierungshilfen zu erhalten?«

»Vielleicht haben sie die ja schon«, vermutete er und spürte einen Kloß im Hals. Es würde ihm das Herz brechen, wenn er mit ansehen müßte, wie ein Freund das Projekt übernähme, dessen Verwirklichung für ihn, Mason, inzwischen zu einem ganz persönlichen Traum geworden war; mit ansehen zu müssen, daß Southwest Construction den Zuschlag bekäme, würde ihn umbringen.

Rebecca massierte sich mit den Fingerspitzen die Schläfen. »Ich brauche Zeit, um darüber nachzudenken«, sagte sie und fügte mit einem zynischen Lächeln hinzu: »Vielleicht sind sie ja nur sauer, weil du sie nicht zu deiner Hochzeit eingeladen hast.«

Er kniff die Augen halb zusammen. Plötzlich fiel ihm ein, warum Rebecca heute so anders gekleidet war. »Oh Mann, ich hätte fast vergessen, daß das Ding heute stattfindet.«

»Ich wette, Chris wäre begeistert zu hören, daß du eure Hochzeit als ›Ding‹ bezeichnest.«

Er warf ihr einen durchdringenden Blick zu. »Wenn du nichts Konstruktives vorzubringen hast...«

»Dann sei doch still«, beendet sie seinen Satz und lächelte.

»Ganz genau.« Er zog den Ärmel zurück, um auf die Uhr zu schauen und stöhnte. »In einer Stunde muß ich dort sein.«

»Wenn du dich beeilst, hast du sogar noch Zeit, schnell zu duschen und dir einen frischen Anzug anzuziehen.«

Er dachte einen Moment nach und begann dann mit der Feststellung: »Du bist doch eine Frau. Meinst du, es würde Chris sehr viel ausmachen, wenn wir das Ganze um eine Woche verschöben?«

Rebecca erhob sich vom Sofa und kam quer durch den

Raum auf ihn zu. Sie stützte sich auf seinen Schreibtisch, lehnte sich nach vorne und starrte Mason aus dieser Position von oben herab an. »Unter den gegebenen Umständen würde ein Aufschub einer Absage gleichkommen. Ist es das, was du willst?«

»Du weißt genausogut wie ich, daß meine Wünsche hier keine Rolle spielen.« Er stand auf und griff nach seinem Jakkett.

»Mason, fang bloß nicht an zu heulen. Männer tun das nicht.«

Jetzt lächelte er zum ersten Mal an diesem Tag. »Ich gehe nach oben. Bitte kümmere dich während meiner Abwesenheit um alles.«

Sie starrte ihn entgeistert an. »Du kannst unmöglich vorhaben, was ich glaube, daß du es vorhast. Du willst doch nicht etwa im Ernst jetzt heiraten und danach sofort nach Santa Barbara düsen. Heute doch nicht...«

»Keine Gardinenpredigt«, unterbrach er sie. Er war schon an der Tür, als ihm noch einfiel: »Arrangiere bitte alles so, daß niemand von meinen Plänen erfährt – auch Janet nicht. Ich möchte nicht, daß sie meinen Aufenthaltsort verleugnen muß oder daß sie sich aus Versehen verplappert.« Verschmitzt zwinkerte er ihr zu. »Du kannst dein Schweigen in dieser Angelegenheit als Hochzeitsgeschenk betrachten.«

»Und du kannst es dir gar nicht leisten, dir von mir ein so teures Geschenk zu wünschen. Wir wissen beide ganz genau, daß ich der Faden an deinem Ballon bin. Ohne mich...« Sie zuckte mit den Achseln und sah ihn bedeutungsvoll an.

»Eines Tages werde ich das letzte Wort haben«, murmelte er beim Hinausgehen.

Chris zog ihren Mantel fester zu, ohne sich einzugestehen, daß ihr Frösteln nichts mit dem bewölkten Februarhimmel zu tun hatte. Sie nahm Kevin an der Hand, damit er nicht die regennassen Stufen zum Gericht hinaufstürmte. Seitdem sie ihm erklärt hatte, was sie heute vorhatten, sprang er aufgeregt und emsig umher und gab sich selbstsicher, wohingegen sie jetzt erst recht nervös und unsicher war.

Als sie sich am Morgen angekleidet hatte, hatte sie all ihre Ängste und Unsicherheiten bewußt in eine imaginäre Kiste geworfen und diese dann in die hinterste Ecke ihres Gehirns geschoben. Das Problem war, daß sie nicht dort bleiben wollte. Die Kiste war in feines, glänzendes Geschenkpapier eingewickelt und kam immer wieder zum Vorschein. Chris wurde das Gefühl einfach nicht los, daß sie jetzt widerwillig einen Gang machte, für den Diane alles gegeben hätte. Zwei Rollen des heutigen Dramas waren hervorragend besetzt: Kevin war das perfekte Kind, und Mason war offensichtlich der Vater. Nur für die Rolle der Mutter mußte eine Ersatzschauspielerin einspringen. Schade – der wichtigsten Protagonistin war leider im letzten Augenblick etwas dazwischengekommen; es hieß, sie sei auf dem Weg zu ihrem Lebensende gestorben.

Mary und John gingen unmittelbar hinter ihnen. Chris mußte sich stark zusammenreißen, damit die beiden nicht merkten, wie stark sie noch immer zweifelte. Hätten die beiden nur den geringsten Verdacht geschöpft, sie hätten Chris wahrscheinlich auf der Stelle aus dem Gericht gezerrt und nach Hause gebracht.

»Da ist er ja!« Kevin hüpfte vor Aufregung auf der Stelle und zeigte auf einen Herrn, der gerade das Gebäude durch eine schwere Glastür betrat und der einen wunderschön gearbeiteten Burberry-Regenmantel trug. »Da ist mein Papi!« rief er, drehte sich zu den Hendricksons und sprühte vor Freude. Er wandte sich wieder Chris zu und sagte: »Komm schnell, wenn wir uns beeilen, können wir ihn noch einholen.«

»Wir sehen ihn doch gleich beim Richter, Kevin.« Chris wollte Mason nicht unbedingt früher als nötig gegenüberstehen. Kevins enttäuschter Blick gab ihr einen Stich; Schuldgefühle kamen in ihr hoch. Dieser Morgen sollte offenbar anstrengender werden, als sie es erwartet hatte. Sooft sie sich auch in Erinnerung rief, warum sie hier war und wofür sie es tat, in diesem Moment konnte sie sich an Kevins Fröhlichkeit trotzdem nicht erfreuen.

»Okay«, sagte sie ohne große Begeisterung. »Vielleicht können wir ihn ja doch noch einholen.«

»Mama, ich liebe dich«, sagte er völlig unverhofft.

Ihre Zweifel begannen sich zu verflüchtigen. »Ich liebe dich auch, Kevin.«

Als sie das Gericht betraten, sahen sie, daß Mason auf sie gewartet hatte. Er stand in einem Grüppchen, zusammen mit einer großen, schlanken Frau in einem kostbaren, eleganten Kleid aus Wildseide und einem kleinen, gedrungenen Mann in blauem Nadelstreifanzug, der in einem Anzug kleiner und untersetzter wirkte, als er tatsächlich war.

Kevin riß sich von Chris' Hand los, stürmte quer über den Marmorboden der Eingangshalle und schlang seine Arme um Masons Beine. Noch bevor Chris den kurzen Stich der Eifersucht richtig wahrnehmen konnte, verschwand das Gefühl auch schon wieder, als sie den Blick in Masons Augen sah. Die Liebe für seinen Sohn strahlte wie ein Leuchtfeuer und zog Außenstehende aufgrund ihrer Reinheit und Aufrichtigkeit in den Bann; weniger glückliche Menschen mußten bei diesem Anblick den Wunsch verspüren, sich an den Strahlen zu erwärmen, um dann von dem Gefühl begleitet zu werden, daß die Welt nur Gutes berge.

»Komm her zu uns, Mama.« Kevin hielt Chris seine freie Hand hin.

Chris tauschte mit John und Mary ein paar schnelle Blicke aus, atmete einmal tief durch und ging dann gemeinsam mit ihnen weiter, um sich zu den anderen zu gesellen.

»Das ist Miss Rebecca, Mama«, sagte Kevin und deutete auf die große Frau. »Ich hab' dir doch schon von ihr erzählt, erinnerst du dich? Sie hat mir den riesigen Kasten mit Buntstiften geschenkt.«

Mit einem warmen Lächeln reichte Rebecca Chris die Hand. »Ich freue mich wirklich, Sie endlich kennenzulernen, Ms. Taylor.«

»Und das ist Travis«, fuhr Kevin fort, ohne Chris die Möglichkeit zu geben, Rebecca zu antworten. »Er ist Papis Freund, und jetzt ist er auch mein Freund.«

Eine fleischige Pranke voller Schwielen drückte Chris die Hand. Der Händedruck zeugte deutlich von Zurückhaltung – aber auch von Kraft. Als Diane und sie noch kleiner gewesen waren, hatte Harriet darauf bestanden, daß sie ihre Freunde sehr sorgfältig auswählten, weil eine Dame angeblich nach ihrem Umgang beurteilt werde. Eigentlich war Chris derselben Meinung. Sie beurteilte die Menschen ebenfalls nach deren Freunden, wenn auch ganz anders, als Harriet es gemeint hatte. Die Freunde, mit denen ein Mensch gern seine Zeit verbringt, sagen viel über die Persönlichkeit des Menschen selbst aus. Auf den ersten Blick gefielen Chris die Freunde von Mason. Ein Hoffnungsschimmer leuchtete am Horizont; vielleicht würde sie eines Tages auch an Mason etwas finden, das ihn für sie liebenswert machen würde.

»Ich freue mich, Sie beide kennenzulernen«, sagte Chris. Sie trat einen Schritt zurück und stellte Mason und seinen Freunden John und Mary vor. Es folgte eine unangenehme Minute, in der niemand etwas sagte.

Mason blickte auf seine Uhr. »Es ist soweit«, kündigte er an.

Chris beobachtete, wie Rebecca Mason einen kurzen strafenden Blick zuwarf. »Vielleicht möchte sich Chris noch etwas frisch machen.«

»Nein danke«, widersprach Chris, »das ist nicht nötig.« Sie wollte diese Hochzeit so schnell wie möglich hinter sich bringen. Wenn sie erst einmal hinter ihr lag, konnte sie endlich aufhören, sich den Kopf darüber zu zerbrechen; vielleicht fand sie sogar zu einer Art Routine zurück. Das lange Warten machte sie jedenfalls verrückt.

Mary legte ihren Arm um Chris' Schulter. Chris war erstaunt über den Ausdruck tiefen Mitgefühls, der in Marys Gesicht geschrieben stand. Ihr Blick schweifte über die anderen. Außer Kevin sahen alle so aus, als hätten sie sich versammelt, um der Verurteilung eines Schwerverbrechers beizuwohnen.

Zum ersten Mal seit langem kam Chris ins Schmunzeln. Sie stellte sich vor, welches Bild diese sieben Gestalten wohl für einen Außenstehenden abgeben würden. Niemand würde jemals darauf kommen, was der wahre Grund für ihr Treffen war. Je mehr sie darüber nachdachte, desto komischer kam die Situation ihr vor. Sie hielt sich die Hand vor den Mund und täuschte einen Hustenanfall vor, um das Kichern zu überspielen, das sie kaum unterdrücken konnte. Als sie sich gerade selbst zu ihrem gelungenen Täuschungsmanöver gratulieren wollte, fiel ihr Blick auf einen Mann in buntkariertem Hemd und gesteppter Weste, der sie mitleidsvoll ansah. Das war zuviel. Sie konnte nicht mehr an sich halten und brach in lautes Gelächter aus.

Mason musterte sie. »Alles in Ordnung?«

Sie versuchte, ihm zu antworten, hatte aber kaum drei Worte gesagt, als sie schon wieder losprusten mußte.

»Sie ist nervös«, sagte Mary, und ein entschuldigendes Lächeln umspielte ihre Lippen.

»Das kann ich mir gut vorstellen«, sagte Rebecca, »unter diesen Umständen wäre ich es wahrscheinlich auch.«

»Nervös, nervös«, murmelte John. »Tierische Angst ist ja wohl eher der richtige Ausdruck. Aber ehrlich gesagt, ich kann's verstehen...«

»Mama?« fragte Kevin unsicher.

Inzwischen hatte sich um sie herum schon eine kleinere Menschentraube angesammelt. »Ist alles in Ordnung, Kevin«, konnte sie gerade noch so herausbringen, bevor sie einen neuen Lachanfall bekam. Sie durchwühlte ihre Handtasche nach einem Taschentuch, um sich die Tränen zu trocknen, die ihr in Strömen über das Gesicht flossen.

»Vielleicht solltest du mal zur Toilette gehen«, schlug Mary vor.

Chris winkte ab. »Nein...«, keuchte sie, »es... geht schon wieder. Ich...« Mitten im Satz brach sie ab, biß sich auf die Lippen und ließ eine weitere Lachsalve los. Eine Minute später atmete sie tief ein und beendete ihren Satz. »Ich brauche nur noch... noch ein paar Sekunden.« Sie tat noch einen tiefen Atemzug – und noch einen – und hatte sich endlich wieder beruhigt.

»Seht ihr?« verkündete sie vergnügt. »Mir geht's gut.«

»Dann kann es ja jetzt losgehen.« Mason gab durch seinen Tonfall zu verstehen, daß er ganz und gar nicht den Eindruck hatte, es gehe ihr gut.

Richter McCormicks schwangere Sekretärin kam auf den Gang, um sie zu begrüßen. »So, du bist also Kevin«, stellte sie fest, nahm ihn bei der Hand und führte ihn in das Amtszimmer des Richters. »Heute ist ein großer Tag für dich.«

»Ja, genau«, jubelte er und hüpfte aufgeregt neben ihr her. »Ich und meine Mama und mein Papa heiraten heute. Dann wohnen wir zusammen wie Tracy und Tante Mary und Onkel John.«

Mason nahm Chris kurz zur Seite, bevor sie den anderen folgen konnte, und fragte sie: »Bist du dir noch sicher, daß du das hier überhaupt willst?«

Sie warf ihm einen kritischen Blick zu. »Warum fragst du?«

»Nachdem ich das da unten eben beobachtet habe, dachte ich...« Er zuckte mit den Achseln. »Ehrlich gesagt – ich weiß nicht, was ich denken soll.«

Verlegen lächelte sie ihn an. Sie hatte den Eindruck, daß sie ihm eine Erklärung schuldete, zumindest damit er sie nicht falsch einschätzte. »Mir fiel gerade ein, wie unglaublich diese ganze Situation ist. Eines führte zum anderen...«

»Ja und?« drängte er.

Sie zuckte mit den Achseln. »Ich hatte mir gerade überlegt, daß sicher niemand, der uns dort sah, sich auch nur andeutungsweise eine Vorstellung davon machen konnte, aus welchem Grund wir hier versammelt sind. Als mir das so durch den Kopf ging, stellte ich mir vor, was die anderen Leute wohl denken würden und konnte mir das Lachen einfach nicht mehr verkneifen.«

»Passiert dir das öfter?« erkundigte er sich.

Sie grinste. »Zwei- bis dreimal im Jahr, höchstens. Beerdigungen, Autounfälle und traurige Filme – diese Dinge sind normalerweise Auslöser.«

Auf ihr Grinsen reagierte er mit einem Zwinkern. »Mit anderen Worten: Ich sollte es mir lieber zweimal überlegen, bevor ich dich irgendwohin mitnehme.«

»Wenn du an solche Gelegenheiten gedacht hast, wärst du wahrscheinlich gar nicht mal schlecht beraten.«

Es war ihr nicht entgangen, daß auch er es aufgegeben hatte, sich gegen die Heirat zu wehren. Es schien, als hätte man ihnen ein Beruhigungsmittel verabreicht, woraufhin sie beide stillschweigend zugestimmt hatten. Chris war viel zu realistisch, um zu glauben, daß die Ehe lange halten würde, aber sie war verträumt genug, um zu hoffen, daß es doch passieren könnte. Die nächsten zehn Jahre durchzustehen, wäre zweifellos wesentlich einfacher, wenn sie sich nicht ständig in den Haaren lägen. Es wäre aber wohl zuviel verlangt, zu erwarten, daß sie doch Freunde werden würden. Für den Moment wäre sie mit einer gewissen Neutralität schon zufrieden.

»Wollen wir hineingehen?« fragte er und hielt ihr seinen Arm hin.

»Ich bin soweit«, sagte sie und legte ihre Hand vorsichtig auf den Ärmel seines Mantels.

Zwanzig Minuten später verließ sie das Amtszimmer als Mrs. Mason Rourke Winter.

23

Kevin verließ Harold McCormicks Amtszimmer in Masons Armen, und Chris sah ihn so glücklich, wie sie ihn selten erlebt hatte. Während der kurzen Zeremonie hatte er Hand in Hand zwischen ihr und Mason gestanden und hatte so ein symbolisches und physisches Bindeglied zwischen ihnen gebildet.

Chris hatte bei sich eine Gefühlsänderung erwartet, zumindest Erleichterung darüber, daß der Druck der vergangenen Woche von ihr genommen war. Aber ihre einzige Empfindung war ein betäubendes Gefühl der Angst. Die alten Probleme waren ungelöst, und jetzt waren auch noch neue hinzugekommen.

Sie und Mason mußten sich noch über vieles einigen. Sie waren übereingekommen, die Entscheidung über bestimmte Fragen bis nach der Hochzeit aufzuschieben, denn ihnen war bewußt, daß vorschnelle Abmachungen, selbst über so zweitrangige Punkte wie beispielsweise den Wohnort, einen Anlaß hätten bieten können, um die Hochzeit auf den Sankt-Nimmerleins-Tag zu verschieben.

Sie stand ein bißchen abseits und beobachtete das Miteinander von Mason und Kevin noch einige Sekunden, auf der Suche nach einer Bestätigung dafür, daß all die Schwierigkeiten, die sie an diesem Tag durchlebten, sich letzten Endes auszahlen würden. John kam auf sie zu, um ihr in den Mantel zu helfen.

»Sie passen gut zusammen«, gab er zögernd zu.

»Genau dasselbe habe ich auch gerade gedacht«, sagte sie und genoß die Wärme und die Geborgenheit seiner Freundschaft. Eine ihrer größten Sorgen war, daß Kevin John verlieren könnte, während er Mason als Freund hinzugewann. Sie wußte, daß sie nur wenig Einfluß darauf hatte.

»Ihr beide seid immer in meine Gebete eingeschlossen, meine Kleine«, sagte er und zog spielerisch an ihren Locken.

Chris umarmte ihn. »Ach, John, das ist doch nichts Neues!«

»Aber eines will ich dir verraten: Ich habe so den Verdacht, daß ihr drei den richtigen Weg finden werdet.«

Sie schaute ihn ungläubig an. »Ach ja? Und wie bist du zu dieser wahnsinnigen Erkenntnis gekommen?«

»Weil ich beobachtet habe, wie die beiden miteinander umgehen. Ihr Gefühl füreinander ist unverkennbar. Jetzt verstehe ich, warum du in diese Heirat eingewilligt hast. Du hast es auch beobachtet. Weißt du, Chris, noch nie habe ich jemanden so bewundert wie dich in deiner Situation und für das, was du für Kevin tust. Ich bezweifele, daß er jemals verstehen wird, welches Opfer du für ihn bringst – vielleicht ist es auch besser so; auf jeden Fall bist du eine wahnsinnig tolle Frau.«

»Finde ich auch«, pflichtete Mary ihm bei, als sie auf sie zukam.

»Hier gibt es wohl so etwas wie einen Club der gegenseitigen Bewunderer.« Das Lob ihrer Freunde machte Chris verlegen.

»Was hältst du davon, wenn wir Kevin jetzt mit zu uns nehmen und dir und Mason etwas Zeit geben, damit ihr ein bißchen die Zukunft planen könnt?« schlug Mary vor.

»Danke dir«, sagte Chris. »Ich wollte gerade das gleiche vorschlagen.«

In der Eingangshalle verabschiedeten sich Mary, John und Kevin und gingen in die eine Richtung; Rebecca und Travis erklärten, daß sie wieder an die Arbeit müßten und schlugen die andere Richtung ein. So blieben Chris und Mason allein zurück.

»Ich habe nicht viel Zeit«, sagte Mason. »Mein Flieger geht in einer Stunde.«

»Fährst du weg?« Damit hatte Chris nicht gerechnet. »Wohin fliegst du? Und warum ausgerechnet heute?«

Er zuckte zusammen, als wenn sie ihn geschlagen hätte. »Wie bitte?«

»Warum hast du das nicht früher erwähnt? Wir haben...«

»Mein Gott, das kann doch wohl nicht wahr sein. Du verlangst doch nicht etwa im Ernst, daß ich dir über mein Kommen und Gehen Rechenschaft ablegen werde.«

»Solange es mich betrifft, bin ich allerdings verdammt sicher, daß ich das verlange.«

»Und auf welche Art und Weise bist du heute betroffen?« fragte er sarkastisch. »Du hast ja sicher nicht erwartet, daß wir jetzt irgendwo unsere Flitterwochen verbringen würden.«

Sie spürte, wie sich ihre Kiefermuskeln anspannten. »Das wäre mir in meinen schlimmsten Alpträumen nicht eingefallen.«

»Ja und? Was willst du dann?«

»Ich darf dich vielleicht an die Lappalie erinnern, daß wir ein Haus finden müssen. Korrigier' mich, falls ich mich irre – aber soweit ich mich entsinne, dreht sich der heutige Tag genau darum.«

»Ach ja, richtig. Hätt' ich fast vergessen.« Er öffnete seinen Regenmantel und schob seine Hand in die Hosentasche, aus der er einen Schlüssel herausbeförderte. Mit den Worten »Du kannst Rebecca anrufen. Sie weiß über alles Bescheid«, drückte er Chris den Schlüssel in die Hand.

Chris starrte auf das glänzende Stück Metall. »Was ist das?«

Ungeduld spiegelte sich in seinem Gesicht. »Das siehst du doch.«

Bevor sie konterte, rief sie sich den einzig weisen Spruch in Erinnerung, den ihr ihr Tennislehrer auf der Highschool mit auf den Weg gegeben hatte: »Wenn dein Gegner dich aus der Ruhe bringen kann, hat er schon halb gewonnen.«

»Und wofür ist er?« fragte sie gelassen. – »Für das Haus, das ich letzte Woche für uns gekauft habe.«

»Du hast ein Haus gekauft, ohne daß ich es vorher gesehen habe?«

»Es mag seltsam klingen, aber ich hielt es in der letzten Woche für besser, daß wir uns nicht sehen.«

»Es ist dir wohl nie in den Sinn gekommen, daß ich auch ein Wörtchen bei der Entscheidung mitreden will?«

»Um Himmels willen – es ist doch nur ein Haus.«

Einen Augenblick lang überlegte sie, ob sie ihm begründen sollte, warum ihr diese Entscheidung so wichtig war. Dazu zählten einerseits so wichtige Gründe wie ihr Wunsch, daß Kevin in seiner vertrauten Umgebung bleiben sollte, und andererseits die weniger wichtigen, wie etwa ihr Bedürfnis nach einem Raum, in dem sie die Vorhänge offen lassen konnte, ohne daß sich das Licht auf ihrem Computerbildschirm spiegelte; sie wußte aber, daß sie bei diesen Erklärungen zu viel von sich persönlich würde preisgeben müssen und dadurch am Ende wahrscheinlich doch nichts erreichen würde.

Sie wollte sich lieber zunächst das Haus ansehen und danach klare Argumente auf den Tisch legen, wie Mason sie aus der Geschäftswelt kannte und also auch verstand.

»Du hast recht«, sagte sie.

»Es ist ja nur ein Haus. Ich sehe es mir an – und melde mich dann wieder bei dir.«

»Das ist gar nicht nötig. Du kannst dich an Rebecca wenden, wenn du irgendwelche Fragen hast. Ruf' sie kurz an, wenn du umziehen willst, und sie wird meine Sekretärin bitten, alles in die Wege zu leiten.« Er schob seinen Ärmel zurück, um auf die Uhr zu sehen.

»Tut mir leid, daß ich es jetzt so eilig habe«, entschuldigte er sich und legte nun einen versöhnlicheren Tonfall an den Tag.

»Aber ich kann diese Reise nicht so ohne weiteres aufschieben. Sag' Kevin, daß ich ihm eine Überraschung mitbringe.«

Als er sich umdrehte, um zu gehen, hielt sie ihn am Ärmel fest.

»Ich will nicht, daß du ihm etwas mitbringst«, sagte sie bestimmt.

»Warum nicht?« fragte er etwas ungehalten.

»Kevin soll sich auf dich freuen, nicht auf das, was du ihm mitbringst.«

Sie beobachtete, wie er über ihre Worte nachdachte und entdeckte etwas Fragendes und Unsicheres in seinem Blick.

Sie konnte es verstehen, daß er ihr nur widerstrebend vertraute.

Sie vertraute ihm auch nicht.

»Danke«, sagte er schließlich, nachdem er offenbar eingesehen hatte, daß sie ihn nicht täuschen wollte. »Ich gebe zu, daß ich für meine Rolle als Vater noch eine Menge lernen muß. Ich schätze deine Hilfe sehr – besonders unter diesen Umständen.«

»Es wäre ja auch ziemlich dämlich von mir, mich Kevin zuliebe auf all das einzulassen und dann nicht alles daranzusetzen, damit es auch gutgeht.«

»Nicht jeder würde sich so verhalten«, sagte er. »Ich möchte einfach, daß du weißt, wie sehr ich deine Kooperationsbereitschaft schätze.«

Ihrer Meinung nach hätten diese Worte genausogut am Ende eines Geschäftsbriefs an einen seiner sturen Lieferanten stehen können.

»Du kannst dich immer vertrauensvoll an mich wenden, wenn du meine Hilfe benötigst«, formulierte sie in einer ebenso steifen Sprache.

»Ja dann, nochmals vielen Dank.«

»Keine Ursache.«

»In ein paar Tagen bin ich wieder zurück.«

»Laß dir Zeit«, sagte sie und verzog ihren Mund in der

Hoffnung, es sähe wie ein Lächeln aus. »Wir sind ja immer hier.«

Sie beobachtete, wie er sich entfernte.

Aus Angst, er könne einen falschen Eindruck bekommen, wenn sie ihm folgen würde, blieb sie noch ein paar Minuten mitten in der Eingangshalle des Gerichtsgebäudes stehen und war eine halbe Stunde nach dem Ereignis, das diesen Tag eigentlich zu einem der schönsten ihres Lebens machen sollte, nur von Fremden umgeben.

Irgendwie war ihr in diesem Moment gar nicht zum Lachen zumute.

24

Chris hielt den Atem an, als sich die Fahrstuhltüren im siebenundzwanzigsten Stock des Winter-Construction-Gebäudes öffneten. Hier schlugen ihr Masons Prestige und seine Macht zum ersten Mal persönlich entgegen. Über ihn in Zeitungen und Magazinen zu lesen, war eine Sache; den Luxus und die Exklusivität seiner Zentrale hingegen aus nächster Nähe zu erleben, war etwas ganz anderes. Die Gemälde an den getäfelten Wänden waren Originale, und obwohl Chris sich ihr Wissen über Kunst lediglich in einigen wenigen Universitätskursen und durch ihre Liebe zu Museen angeeignet hatte, war sie ganz sicher, daß das Portrait dieses Kindes aus dem achtzehnten Jahrhundert ein Henry Raeburn, und daß das Landschaftsbild ein Bonington war.

Das war vielleicht ein Tag; sie hatte geheiratet, war dann verlassen worden und fühlte sich nun von diesem Empfangsbereich geradezu überwältigt – und all das innerhalb einer einzigen Stunde.

»Kann ich Ihnen helfen?« erkundigte sich eine schwarze Frau in einem weiß-roten Cashmerepullover von ihrem Empfangstisch aus.

»Ich suche das Büro von Rebecca Kirkpatrick.«

»Werden Sie von Ms. Kirkpatrick erwartet?«

»Ja. Ich denke schon.«

»Ich rufe sie, einen Moment bitte«, sagte sie freundlich. »Wen darf ich melden?«

Abermals war Chris beeindruckt. Sie fragte sich, ob Mason selbst so geschickt gewesen war und diese gutaussehende Empfangsdame eingestellt hatte, oder ob er eher zufällig auf sie gestoßen war, so wie er eigentlich immer nur zufällig auf alles stieß; als er von Kevin erfahren hatte, war es ja auch nicht anders gewesen.

»Chris... ehm, Chris Taylor«, ergänzte sie etwas unbeholfen.

Eigentlich hatte sie sich ja überlegt, daß es durchaus angemessen wäre, Masons Nachnamen zu benutzen, doch der ging ihr einfach nicht über die Lippen, wenn sie ihn laut aussprechen mußte.

Die Empfangsdame drückte einen Knopf und sprach dann so leise in ihr kleines Mikrofon, daß Chris die einzelnen Worte nicht verstehen konnte. Am Ende sah sie auf, lächelte und sagte: »Ms. Kirkpatrick freut sich sehr, daß Sie kommen konnten, Ms. Taylor. Ihr Assistent wird gleich hier sein und Sie in ihr Büro begleiten.«

Ein Summer ertönte, eine Eichentür öffnete sich und ein mit blauem Sakko, roter Krawatte und grauer Hose bekleideter Mann trat ein, um sie zu begrüßen. Chris schätzte ihn auf knapp fünfundzwanzig. »Ms. Taylor!« rief er enthusiastisch aus und reichte ihr die Hand. »Randy Padilla. Ich kann Ihnen gar nicht sagen, wie sehr ich mich freue, Sie kennenzulernen.« Er hielt ihr die Tür auf. »Ihr Sohn ist wirklich ein Mordskerl. Er erinnert mich sehr an den Jungen meiner Schwester; der stellt auch ununterbrochen Fragen und ist ständig in Aktion.«

»Sie kennen Kevin?« fragte Chris, während sie ihm über einen langen Korridor folgte.

»Wir haben uns schon mehrmals hier getroffen. Zwei-, dreimal im Monat komme ich samstags ins Büro, um zu lernen. Hier habe ich mehr Ruhe als in meiner Wohnung.«

»Mr. Winter erlaubt Ihnen, zum Lernen ins Büro zu kommen?«

Er schmunzelte. »Wenn es auch nur im Entferntesten mit der Schule zu tun hat, ist ›erlauben‹ nicht der richtige Ausdruck, man muß schon eher sagen, er ›besteht darauf‹. Bei Mason nimmt die Ausbildung einen hohen Stellenwert ein.

Er macht sogar unsere Gratifikationen von unseren Leistungen in der Schule abhängig.«

Irgend etwas stimmte hier nicht. Es war nicht nur die vertrauliche Verwendung von Masons Vornamen durch jemanden, der in der Bürohierarchie ganz offensichtlich einen geringeren Rang einnahm; es klang auch so, als sei Kevin hier ein regelmäßiger Besucher. Dabei hatte er ihr nie davon berichtet. Warum eigentlich nicht?

Warum nur, fragte sie sich traurig und mußte daran denken, wie schweigsam Kevin geworden war, nachdem sie eines Tages ihre Wut darüber ausgelassen hatte, daß Mason ihn mit nach San Francisco genommen hatte, ohne sie vorher zu fragen.

Was hatte Kevin ihr noch verheimlicht?

»So, hier sind wir«, sagte er, während er die Tür zu einem Büro öffnete und ihr den Vortritt ließ.

»Danke«, antwortete sie.

Rebecca erhob sich hinter ihrem Schreibtisch und kam ihr zur Begrüßung entgegen. »Wenn die Umstände auch etwas glücklicher sein könnten«, sagte sie, »bin ich doch froh, daß wir uns jetzt ein bißchen besser kennenlernen können.«

Sie nahm Chris den Mantel ab und hängte ihn in einen Wandschrank neben dem Bücherregal.

»Mason hat mir gesagt, Sie könnten mir ein paar Informationen über das Haus geben«, begann Chris. Ihrem Gefühl nach war sie zwar zunächst bereit, Rebecca aufgrund ihrer warmen und herzlichen Art zu vertrauen, eine eindringliche innere Stimme riet ihr jedoch zu Vorsicht; Rebecca war schließlich Masons Freundin, nicht ihre. An diesem Tag war bereits zuviel Unerwartetes passiert, als daß sie es sich jetzt leisten konnte, unüberlegt zu reagieren. Keiner ihrer neuen Bekannten war wirklich so, wie sie es sich vorgestellt hatte.

»Ich schlage vor, wir trinken erst mal eine Tasse Kaffee, bevor wir über das Haus sprechen. Dabei kann ich Ihnen ein wenig über mich selbst erzählen und Ihnen erklären, welche Rolle ich hier überhaupt spiele. Haben Sie einen Moment Zeit?«

»Einen Kaffee würde ich gern trinken.«

»Schön. Ich habe mit dem Kaffee noch gewartet, weil ich angenommen habe, daß Sie genauso durchgefroren sein müßten wie ich, als ich zurückkam. Nehmen Sie doch auf der Couch Platz; ich mache in der Zwischenzeit Kaffee.« Sie ging zu einer Anrichte, öffnete eine Ziehharmonikatür, die den Blick auf eine kleine Kompaktküche freigab, und gab ein paar Löffel Kaffeemehl in einen Filter.

Während Rebecca mit dem Kaffee beschäftigt war, sah Chris sich im Büro um. Die Einrichtung war in verschiedenen Schattierungen von grün, kastanie und braun gehalten, die in dem auffälligen Muster der Couch und der Stühle vereint waren und die sich einzeln auch im Teppichboden, den Vorhängen und der Tapete wiederfanden. Die Möbel waren aus einem fein gemaserten, rötlichen Holz gefertigt, das Chris nicht kannte. Jedes einzelne Stück wirkte elegant und dezent, war offensichtlich handgearbeitet und erkennbar teuer.

Aus den Eckfenstern hatte man einen spektakulären Ausblick. Sie waren hoch genug, um die Goldkuppel des Staatskapitols, die Turmspitzen der *Cathedral of Blessed Sacrament* sowie das Meer wogender Baumspitzen einer Stadt zu überblicken, die sich ihres Baumbestandes rühmte.

»Sind Sie schon lange bei Winter Construction?« erkundigte sich Chris.

»Von Anfang an. Nur Travis und Mason sind noch länger dabei.«

Ein unbehagliches Gefühl beschlich Chris. Sie war die Außenseiterin und wollte in den Kreis aufgenommen werden, wußte aber beim besten Willen nicht, warum überhaupt.

»Dann haben Sie sicher auch Diane kennengelernt.«

»Ja, und ich mochte sie sehr«, antwortete Rebecca mit leiser und bedachter Stimme. »Ich wollte nie wahrhaben, daß sie eines Morgens einfach aufgestanden ist und beschlossen hat, Mason zu verlassen. So wie die beiden sich geliebt haben, konnte ich es mir einfach nicht vorstellen.«

»Mason muß es verstanden haben. Meiner Meinung nach hätte er sie sonst gesucht.«

Rebecca füllte den Kaffee in eine silberne Kaffeekanne um, stellte zwei zierliche Porzellantäßchen auf das Tablett und trug alles quer durch den Raum. »Er hatte seine Gründe, es zu verstehen«, sagte sie. »Eines Tages wird er es Ihnen sicher erklären.«

»Gründe?« fragte Chris, ohne eine Erklärung zu erwarten, sondern lediglich, um ihre Zweifel auszudrücken.

»Nicht, was Sie denken«, sagte Rebecca, als sie sich in einem Sessel niederließ und den Kaffee einschenkte. »Aber all das gehört der Vergangenheit an. Warum sprechen wir nicht lieber über die Gegenwart. Hat Mason Ihnen eigentlich erzählt, wie verrückt wir alle nach Kevin sind? Er ist wie eine frische Brise in einem rauchgeschwängerten Raum. Ich kann Ihnen gar nicht sagen, wie froh ich bin, daß er ein Teil unseres Lebens geworden ist. Für Mason freue ich mich besonders, auch weil es gerade jetzt passiert ist.«

Chris hatte den Eindruck, es sei Herbst, und sie wäre das letzte Blatt am Baum. Kevin hatte während der vergangenen Monate in einer Welt gelebt, von der sie kaum etwas wußte. Aber was meinte Rebecca mit »gerade jetzt«? »Ehrlich gesagt hat mir Mason nicht einmal erzählt, daß er Kevin mit ins Büro genommen hat. Wir besprechen immer nur das Nötigste«, gestand sie Rebecca und war erstaunt, als sie merkte, daß sie diese Tatsache selbst bedauerte.

»Ach so... tut mir leid, es lag nicht in meiner Absicht, Sie zu verunsichern. Ich weiß wohl, daß die Kommunikation zwischen Ihnen und Mason nicht besonders gut funktioniert, aber daß sie so schlecht funktioniert – davon hatte ich keine Ahnung.«

»Sie kennen sicher den wahren Grund für unsere Eheschließung.« Chris konnte sich schlecht vorstellen, daß Mason seine Trauzeugen nicht eingeweiht hatte.

»Um Kevin Stabilität in seinem Leben zu bieten«, antwortete Rebecca. »Aber das heißt doch nicht, daß Sie und Mason nicht... Freunde werden könnten.«

Chris verschluckte sich fast an ihrem Kaffee. »Hat er das gesagt?«

»Um Gottes willen, nein. Wenn er erfährt, daß ich es gewagt habe, dieses Thema auch nur anzuschneiden, bringt er mich um. Mason verteidigt seine Unabhängigkeit besser als die Verteidiger der San Francisco Forty-Niners ihren Joe Montana auf dem American-Football-Feld.« Sie zuckte mit den Achseln. »Ich dachte einfach nur, daß Sie beide das Beste daraus machen sollten, vorausgesetzt, natürlich, Sie haben den Eindruck, daß Sie zusammen leben können, ohne sich gegenseitig umzubringen. Vielleicht sind Sie sich nicht im klaren darüber, aber mit Masons Geschäft sind eine Menge sozialer Verpflichtungen verbunden. Er darf diesen Bereich nicht vernachlässigen, weil er sonst nicht auf dem laufenden bleiben kann.«

»Was wollen Sie damit sagen?«

»Ich will sagen, daß man bei solchen Anlässen als Paar auftritt.«

»Mason und ich haben uns darauf geeinigt, unser eigenes Leben zu führen. Er erwartet von mir genausowenig, daß ich ein Teil seines Lebens werde, wie ich von ihm erwarte, daß er zu einem Teil meines Lebens wird.«

»Das wundert mich bei ihm gar nicht.«

Chris fühlte sich zunehmend unwohler. »Sollte ich aus irgendwelchen Gründen an seinen Äußerungen zweifeln?«

»Bestimmt nicht«, erwiderte Rebecca. »Es paßt einfach zu ihm, daß er Ihnen nicht eingestehen will, wie unangenehm es ihm – vor allem in der nächsten Zeit – sein wird, in der Öffentlichkeit ohne Sie aufzutreten. Alle werden neugierig sein. Sie müssen bedenken, daß Sie sich einen von Sacramentos begehrtesten Junggesellen geschnappt haben.«

Noch bevor Chris protestieren konnte, fügte Rebecca schnell hinzu: »Ich kann mir vorstellen, daß Ihnen diese Art zu denken ziemlich zuwider ist, aber so ist es nun einmal. Viele Frauen werden sich fragen, was Sie haben und sie selbst nicht, und sie werden Mason so lange nicht in Frieden lassen, bis ihre Neugier gestillt ist.«

Chris lachte verächtlich. »Ganz einfach – ich habe Masons Sohn. Sobald sie das erfahren, werden sie sich zurückziehen.«

»Wie sollen sie das erfahren?«

»Ich denke, Mason wird es ihnen sagen.«

»Haben Sie seit dem Tag, an dem Mason herausfand, daß er einen Sohn hat, jemals von jemandem außerhalb von Masons engerem Bekanntenkreises etwas über Kevin vernommen?«

Erschrocken stellte Chris fest, daß Rebecca Recht hatte. Die Nachricht, daß Mason Winter erst fünf Jahre nach der Geburt von der Existenz seines Sohnes erfuhr, hätte eigentlich Stoff genug für die heißeste Gerüchteküche sein müssen, seitdem in einem Videofilm gezeigt worden war, wie Senator Montoya politische Gefälligkeiten an den Höchstbietenden verhökerte. Daß das Geheimnis nicht gelüftet worden war, lag bestimmt nicht daran, daß außer Mason niemand davon wußte. Denn nach dem, was sie heute erlebt hatte, wußte fast jeder über Kevin Bescheid, der auch nur annähernd zum engeren Kreis um Mason zählte. Diese Verschwiegenheit hatte tiefer liegende Gründe und machte sie nachdenklich. Woran lag es, daß Mason in seinen Freunden und Angestellten diese Loyalität hervorrief?

»Nein, habe ich nicht«, räumte Chris schließlich ein. »Aber jetzt gibt es doch wirklich keinen Grund mehr, Kevin zu verschweigen.«

Rebecca sah überrascht auf. »Sie machen wohl Witze.

Sollte das heute an die Öffentlichkeit gelangen, dann können wir sicher sein, daß die Presse vor unseren Toren kampieren würde. Sie würden Kevin das Leben zur Hölle machen. Mason würde das nie zulassen.«

»Und wie stellt er sich das vor, Kevin und mich ins Spiel zu bringen?«

»Das müssen Sie ihn selbst fragen.« Sie hob die silberne Kaffeekanne und goß beiden noch etwas nach. »Ich möchte nicht weiter auf diesem Thema herumreiten, sondern ich wollte nur sichergehen, daß Ihnen die Bedeutung einer wohlwollenden Darstellung Ihrer Ehe nach außen bewußt ist.«

Chris wollte zu einer Antwort ansetzen; statt dessen bat Rebecca sie mit erhobener Hand noch für einen Moment um Geduld. »Jetzt bin ich so weit gegangen«, sagte Rebecca und lachte etwas geringschätzig über sich selber, »da kann ich Ihnen auch ebensogut alles erzählen. Es geht um den Galaabend am Valentinstag im Crocker Art Museum, eine Benefizveranstaltung für eine relativ neue und dringend notwendige Initiative dieser Stadt. Die Organisation, der diese Veranstaltung zugute kommt, hat es sich zur wichtigsten Aufgabe gemacht, Programme für die Langzeitpflege von Kleinkindern drogenabhängiger Mütter durchzusetzen.«

Chris spürte, daß Rebeccas Interesse an der Wohlfahrt sich nicht darauf beschränkte, sich einmal pro Jahr in Schale zu werfen und einen Scheck zu unterschreiben, der steuerlich absetzbar war. »Sie sind offenbar gut informiert.«

»Das sollte ich auch sein«, gab Rebecca lächelnd zu. »Schließlich gehöre ich dem Vorstand an. Mason ermutigt uns stets dazu, uns im Rahmen unserer Möglichkeiten und entsprechend unserer Interessen auf kommunaler Ebene zu engagieren. In meinem Fall ist es eben diese Organisation. Travis kümmert sich um vernachlässigte Stadtteile und hilft dort beispielsweise bei der Einrichtung von Parks und Spielplätzen für die Kinder.«

Chris überlegte kurz, ob sie Rebecca über die Zeit berichten sollte, in der sie Frauen über Geburtsvorbereitungen und Ernährung aufgeklärt hatte, und wie frustrierend die Arbeit mit den suchtkranken Frauen gewesen war, weil man wußte, wie sehr ihre Babys leiden würden. Doch sie verzichtete darauf, denn für ihr erstes Kennenlern-Treffen schien es ihr zu viel des Guten, so viel von ihrer Vergangenheit preiszugeben. Sollten sie wirklich Freundinnen werden, dann würde es später Zeit genug zum Austausch solcher Vertraulichkeiten geben. Wenn nicht, war es Chris lieber, daß Rebecca so wenig wie möglich von ihr erfuhr. »Wie engagiert sich Mason?« fragte Chris, überrascht über ihr eigenes Interesse.

»Viel zu sehr. Seit Jahren bin ich nun schon wegen seiner großzügigen Ader hinter ihm her. Man muß ihn nur fragen, und schon ist er da und hilft.« Rebecca stellte ihre Tasse auf dem Tablett ab und beugte sich zu Chris nach vorn. »Um noch mal auf den Galaabend zurückzukommen – ich weiß, daß Mason Sie nie bitten würde, vor allem weil Sie beide vereinbart haben, sich in Ihrem jeweiligen Umfeld nicht in die Quere zu kommen – es würde ihm aber bestimmt sehr viel bedeuten, wenn Sie…«

»Ich möchte jetzt ehrlich gesagt nicht darüber sprechen«, sagte Chris. Sie hatte keine Lust, sich in einem Raum in die Ecke drängen zu lassen, von dessen Existenz sie bis gerade eben noch nicht einmal etwas gewußt hatte. Allein der Gedanke daran, einen ganzen Abend mit Mason und seinesgleichen zu verbringen, ließ sie erschaudern. Wenn sie gar über zehn Jahre hinweg solche Abende ertragen mußte, würde sie sich wahrscheinlich in eine Vollidiotin verwandeln. »Darüber muß ich mich mit Mason erst noch verständigen. Ich habe mich nicht auf den Deal eingelassen, nur um seine Gesellschafterin zu werden.«

»Da muß ich Ihnen Recht geben«, sagte Rebecca. »Diese Dinge müssen Sie wirklich untereinander klären. Ich habe das Thema nur angesprochen, weil ich mir denken kann, daß er es von sich aus sicherlich nicht tun wird; ich bin aber der

Meinung, Sie sollten über alles informiert sein, um eine fundierte Entscheidung treffen zu können.« Sie lehnte sich in ihrem Sessel zurück. »Ehrlich gesagt neige ich dazu, Mason ständig beschützen zu wollen – manchmal sogar vor ihm selbst.«

Chris sah sie an. »Haben Sie das Gefühl, ihn vor mir beschützen zu müssen?«

»Nur so lange, bis Sie ihn kennen«, gestand sie. »Dann braucht er meinen Schutz nicht mehr.«

»Vielen Dank für Ihre Aufrichtigkeit.«

»Nur weil ich eine gute Freundin von Mason bin, heißt das noch lange nicht, daß wir nicht auch Freundinnen werden können.«

»Sie können sicher verstehen, daß ich erst mal etwas Zeit brauche, um alles zu verarbeiten«, sagte Chris.

»Natürlich. Was halten Sie davon, wenn wir jetzt das Thema wechseln und auf das Haus zu sprechen kommen? Sie haben heute bestimmt noch eine Menge vor.«

Chris stellte das durchsichtige Porzellantäßchen zusammen mit der Untertasse zurück auf das Tablett. »Eines dieser Vorhaben ist zweifellos, daß ich mir dieses Haus bei Tageslicht ansehen möchte.« Und schon stieg ihr die Verärgerung über Masons voreilige Entscheidung wieder zu Kopfe.

»Tolle Idee«, fiel Rebecca voller Enthusiasmus ein, ohne Chris' Stimmungsumschwung zu bemerken. »Sie werden begeistert sein.« Sie stand auf und ging zu ihrem Schreibtisch. »Und Kevin ganz genauso.«

Sie zog einen braunen Umschlag aus der obersten Schublade, kam zurück und reichte ihn Chris. »Alles, was Sie brauchen, finden Sie in diesem Umschlag, unter anderem die Namen von einigen Umzugsspediteuren und Dekorateuren. Im großen und ganzen befindet sich das Haus in sehr gutem Zustand; ich könnte mir aber vorstellen, daß Sie noch ein paar Veränderungen in der Küche und am Wintergarten vornehmen möchten.«

Chris schluckte ihren Ärger herunter. Ihre Wut über Masons arrogantes Verhalten an Rebecca auszulassen, war nicht nur destruktiv, sondern einfach unfair. »Jetzt muß ich ja nur noch wissen, wo es steht.«

Rebecca lachte. »Tut mir leid, ich dachte, Mason hätte es Ihnen längst gesagt. Er war so begeistert von diesem Haus, daß es mich wundert, daß er nicht laut in die Welt hinausposaunt hat, wo es steht.«

Allmählich dachte Chris, es gäbe zwei Masons; den einen, den Rebecca kannte und den anderen, mit dem sie bisher zu tun gehabt hatte. Sie konnte sich beim besten Willen nicht vorstellen, daß sich Mason für ein neues Haus begeistern konnte. »Was ist das Besondere an diesem Haus?« erkundigte sie sich vorsichtig.

»Es liegt nur eineinhalb Straßenblöcke von Ihrem jetzigen Haus entfernt.«

Chris war sprachlos. Als sie endlich ihre fünf Sinne wieder beisammenhatte, konnte sie es noch immer nicht fassen und fragte: »Warum war das für Mason so wichtig?«

Rebecca runzelte die Stirn, als wäre sie leicht irritiert über die Frage und sagte: »Er wollte nicht, daß Sie und Kevin mehr entwurzelt werden, als unbedingt erforderlich.«

»Aber – ich dachte...« Chris schüttelte den Kopf. »Egal, was ich dachte.«

Rebeccas Stirnrunzeln veränderte sich zu einem verständnisvollen Blick. »Sie müssen noch viel über Mason lernen«, sagte sie freundschaftlich.

»Den Eindruck habe ich auch«, antwortete Chris völlig verwirrt.

Chris machte sich nicht direkt auf den Weg zu dem Haus, in dem die Erinnerungen der kommenden zehn Jahre entstehen sollten, sondern sie fuhr zunächst einmal quer durch Sacramento an die Orte ihrer eigenen Kindheit, um herauszufinden, wer und was sie war.

Im Café »Java City« hielt sie an und trank ihre siebte Tasse Kaffee an diesem Tag. Sie entschied sich für entkoffeinierten Kaffee und flüchtete sich in die Isolation der Menschenmenge. Der Umschlag, den Rebecca ihr gegeben hatte, enthielt kaum Überraschungen. Sie fand eine kurze, geschäftsmäßige Notiz von Mason, in der er ihr anbot, alle Kosten, die ihr durch das Einrichten des Hauses entstehen würden, über seine Konten abzurechnen. Des weiteren führte er eine Reihe von Läden in und um Sacramento auf, von denen ihr lediglich einer bekannt vorkam – und das auch nur aufgrund des dort halbjährlich stattfindenden Ausverkaufs.

Sie fühlte sich, als säße sie in einem lahmen VW Käfer, hätte aber trotzdem auf die Überholspur gewechselt. Wie würde sie mithalten können? Ihr fiel wieder ein, wie sie darauf bestanden hatte, die Hälfte aller Haushaltskosten zu übernehmen, ein Vorschlag, der ihr heute ebenso absurd vorkam, wie er Mason wahrscheinlich schon vor einer Woche in Harold McCormicks Amtszimmer erschienen war. Häuser mit getrennten Flügeln haben nun einmal zwangsläufig hohe Fixkosten.

Was hatte sie sich eigentlich dabei gedacht? In welche Wolke hatte sie ihren Kopf bloß gesteckt?

Noch wichtiger: Wie würde sie jetzt mit dieser Situation fertig werden?

Sie gestand sich ein, daß sie das Unvermeidliche nur aufschob, steckte die Papiere wieder in den Umschlag und verließ das Café.

Auf dem Weg zu dem Haus verspürte Chris eine eigenartige Mischung von Gefühlen. Nur eines dieser Gefühle wollte sie am liebsten unterdrücken.

Irgendwo zwischen all ihrem Ärger, ihren Ängsten und Unsicherheiten keimte so etwas wie Erregung. Sofort, nachdem Rebecca ihr die Adresse genannt hatte, wußte sie, um welches Haus es sich handelte. Auf ihren Abendspaziergängen war sie schon hundertmal daran vorbeigekommen und hatte davon geträumt, eines Tages in genau diesem Haus zu wohnen.

Es war ein im Kolonialstil errichtetes Backsteinhaus, das Eleganz ausstrahlte und geradezu einladend wirkte; es hatte weiße Fensterläden und ein Schieferdach. Neben dem Haus wuchs eine perfekt gestutzte, acht Meter hohe Blaufichte, und vor dem Haus stand eine fünfzigjährige Ulme. Azaleenbeete zierten die Einfahrt und bildeten in den Monaten März und April dichte farbige Reihen.

Chris hatte das Haus noch nie betreten. Obwohl ihr eigenes Zuhause nur eineinhalb Straßenblöcke entfernt lag, waren die Häuser hier vier- bis fünfmal so groß; ihre Eigentümer gehörten zur sozialen Oberschicht der Stadt.

Ihr war nicht einmal bekannt gewesen, daß dieses Haus verkauft werden sollte.

Und von nun an würde sie hier leben.

Sie hielt vor dem Haus und parkte auf der Straße. Als sie aus dem Wagen stieg, riß ein Windstoß ihren Mantel hoch und jagte ihr einen solchen Schrecken ein, daß ihre Zähne klapperten. Minutenlang stand sie in der Kälte auf dem Bürgersteig und starrte das Haus an.

Wie lautete doch dieses alte Sprichwort? Sei vorsichtig mit deinen Wünschen. Sie könnten in Erfüllung gehen.

25

Mason lehnte den Kopf gegen die Rückenlehne, schloß die Augen und versuchte sich auf das Brummen der Flugzeugmotoren zu konzentrieren. Diese sechs Tage in Santa Barbara hatten ihn ausgelaugt und ihm so viel Energie geraubt, daß ihn am Morgen selbst das Aufstehen größte Anstrengung gekostet hatte.

Er hätte jemanden damit beauftragen können, die Aufgaben zu übernehmen, die er nun selbst erledigt hatte – Gespräche mit Mitarbeitern der Industrie- und Handelskammer, Besuche auf Baustellen, Gerüchte aufschnappen, die Stimmung einer Stadt erleben, die unter Trinkwasserproblemen litt – aber wie ausführlich der Bericht auch ausgefallen wäre, nie hätte er die Nuancen der Gespräche wiedergegeben, die mitunter wichtiger sind als der Inhalt.

Jeder Unternehmer mit Sitz in einer Stadt, die das Wirtschaftswachstum entschlossen bekämpft, würde die Auswirkungen zu spüren bekommen. Mason war jedoch nicht so naiv zu glauben, dies sei der einzige Grund, weshalb sein Bruder und sein Vater gegen das Riverfront-Projekt Sturm liefen. Wenn Southwest Construction expandieren mußte, um zu überleben, konnte das Unternehmen in Sacramento wesentlich einfachere Wege einschlagen.

Mason hatte festgestellt, daß der Wassermangel zwar erhebliche Probleme aufwarf, das Baugewerbe aber weniger betroffen war, als er angenommen hatte. Um Verluste auf anderen Gebieten auszugleichen, war Southwest in das Sanierungsgeschäft eingestiegen, wobei sie Bungalows im Wert von dreihunderttausend Dollar in etwas größere Bungalows im Wert von drei Millionen Dollar verwandelten.

Zu der überraschendsten Erkenntnis kam Mason, als er eines Abends allein in seinem Hotelzimmer zu Abend aß. Es war eine von diesen Erkenntnissen, die so offensichtlich waren, daß er sich vollkommen idiotisch vorkam, nicht schon viel früher darauf gekommen zu sein. Sein Vater und sein Bruder waren nämlich gar nicht mehr die Bauriesen, die er gekannt hatte. Tatsächlich waren sie im Vergleich zu Winter Construction sogar ziemlich klein, um nicht zu sagen unbedeutend.

Ihr Verhalten bei dem Riverfront-Projekt wurde dadurch eher noch unerklärlicher und eigentlich auch bedrohlicher. Arbeiteten sein Vater und sein Bruder vielleicht als Vorhut für jemand anderen? Gab es einen Bauunternehmer im Hintergrund, der nur darauf wartete, daß sie sich das Grundstück sicherten, um dann mit ihnen gemeinsame Sache machen zu können?

Was immer es auch sein mochte, eines erkannte Mason jedenfalls: Seine Theorie, nach der das Projekt einem Werbezweck dienen sollte, um den Einstieg von Southwest Construction in Sacramento mit Pauken und Trompeten anzukündigen, hielt der Last der Fakten nicht stand.

Als Mason Santa Barbara verließ, fühlte er sich wie ein Kind, das ein Puzzle zusammensetzen will, ohne das fertige Bild auf dem Deckel sehen zu dürfen. Er hatte alle Randstückchen gefunden und zu einem Rahmen zusammengefügt, wußte aber noch nicht, wie die Mitte aussah.

Das Flugzeug setzte zur Landung an, und er lenkte seinen Blick zum Fenster. Er sah hinaus, erkannte flüchtig sein Bürohochhaus und hatte das Gefühl, nach Hause zu kommen. Er liebte diese Stadt, die zu seiner Wahlheimat geworden war, er liebte die Aufregung, die ihn angesichts ihres Wachstums erfaßte, er liebte den prahlerischen Stolz ihrer sich entwickelnden Skyline und ihre Entschlossenheit, trotz ihres schnellen Wachstums ein Gemeinschaftsgefühl zu erhalten.

Aber es gab noch einen weiteren Grund, weshalb er sich

auf sein Zuhause freute: Nur wenige Stunden trennten ihn von Kevin. Dieser Gedanke verunsicherte ihn zwar ein wenig, aber Mason versuchte, ihn nicht zu verleugnen. Es war verrückt. Er tadelte sich selbst, als er sich vom Fenster abwandte. Warum konnte er nicht zugeben, daß ihn seine gefühlsmäßige Bindung zu Kevin ängstigte. Erst als er sich in der gleichen Stadt wie sein Vater und sein Bruder aufgehalten hatte, war ihm klar geworden, wie verletzlich er jetzt war, weil Kevin nun einen Platz in seinem Leben einnahm. Als Diane ihn verlassen hatte, hatte er sich geschworen, nie wieder jemanden so nah an sich heranzulassen.

Und wie sah es jetzt aus?

Eines stand glücklicherweise fest: Kevin würde ihn nicht verlassen. Eines Tages würde er gehen – alle Kinder tun das –, aber bis dahin würden noch einige Jahre verstreichen. Mason hatte genügend Zeit, sich darauf vorzubereiten und sich gegen die Einsamkeit abzusichern.

Er war nicht so dumm, zu glauben, daß Kevin auch als Erwachsener bei ihm bleiben würde. So etwas gab es nicht mehr. Oft genug hatte er gehört, wie die Angestellten seiner Firma darüber klagten, daß ihre Kinder für immer gingen, wenn sie wegen ihres Studiums auszogen. Ihm würde das nicht passieren, er würde vorbereitet sein, wenn es soweit wäre. Gewarnt sein hieß gewappnet sein.

Als das Flugzeug anhielt, befreite sich Mason aus seinem Gurt, nahm sein Handgepäck, warf seinen Regenmantel über den Arm und reihte sich in das Gedränge der aussteigenden Passagiere ein. Am Ende des Ganges entdeckte er Travis, der auf ihn wartete.

Er hatte Rebecca zwar gebeten, ihm einen Mietwagen zu schicken, war jetzt aber doch froh, daß Travis statt dessen persönlich gekommen war. Sie hatten sich viel zu erzählen.

»Ich nehme an, du hast da unten nicht gerade viel Zeit gehabt, um zum Strand zu gehen«, bemerkte Travis. »Du bist genauso kreidebleich wie vor einer Woche.«

Mason begrüßte ihn mit einem Lächeln. »Ich freue mich auch, dich zu sehen.«

»Und, wie war's?« fragte Travis und fuhr sich über seinen Zweitagebart. »So schlimm, wie du dachtest?«

»Ich bin verärgert runtergeflogen und komme verwirrt wieder.« Er nahm seine Tasche in die andere Hand, und sie gingen quer durch die Halle zu den Rolltreppen. »Irgendwas stimmt an der ganzen Sache nicht. Das einzige, was sich von uns sicher niemand vorgestellt hat, ist die Tatsache, daß Southwest selbst gar nicht stark genug ist, das Riverfront-Projekt zu übernehmen. Sie würden weder die Finanzen noch die Arbeitskräfte dafür zusammenbekommen. Es sieht so aus, als agierten sie als Vorhut für einen anderen.«

»Für wen?« fragte Travis. »Oder besser: Warum? Dein Vater hat doch immer nur dann mit jemandem zusammengearbeitet, wenn es unbedingt erforderlich war. Das weißt du besser als wir alle.«

»Das ist es nicht einmal, was mich beunruhigt. Jede neue Spur führt mich direkt wieder zu der Vermutung zurück, daß die Geschichte mit Southwest persönliche Gründe haben muß...« Er trat einen Schritt zur Seite, um eine Frau im Rollstuhl vorbeizulassen. »Verdammt, ich weiß auch nicht, warum ich Angst davor habe, es auszusprechen: Ich glaube, mein Vater und mein Bruder wollen mir eins auswischen.« Er grinste unsicher. »Klingt irgendwie paranoid, findest du nicht?«

»Vielleicht können sie den Brocken, den du ihnen in den Rachen geschoben hast, nicht mehr schlucken, weil er inzwischen zu groß geworden ist.«

»Warum gerade jetzt, nach all den Jahren?«

»Bei den beiden weiß man ja nie so recht. Sie haben nie den gewöhnlichen Weg eingeschlagen. Außerdem sind sie bisher noch nicht aufgrund eines besonders hohen Intelligenzquotienten aufgefallen.«

Sie waren am Ausgang angelangt. Mason warf einen Blick

nach draußen, sah den strömenden Regen an den Straßenlampen vorbeipeitschen und hielt einen Moment an, um sich den Regenmantel überzuziehen.

»Ich hasse das«, sagte er. »Es gibt ein Dutzend Dinge, die ich erledigen müßte, und statt dessen schlage ich mich mit ein paar unbedeutenden Bauunternehmern herum, die sich vorgenommen haben, es auf dieser Welt noch zu etwas zu bringen.«

Travis lachte vergnügt. »Ich hätte es nie für möglich gehalten, daß du einmal so über die beiden reden würdest. Klingt wirklich gut.«

Mason öffnete seinem Freund die Tür und folgte ihm dann ins Freie. Ein eiskalter Wind schlug ihnen entgegen und zwang sie, sich gegen den Sturm gebeugt über die Straße zu kämpfen. »Verdammter Mist«, schimpfte Mason. »War das Wetter hier die ganze Zeit so?«

»Im großen und ganzen, ja.«

»Was wiederum bedeutet, daß für den Watt-Avenue-Auftrag noch keine Fundamente gelegt worden sind.«

Travis zuckte mit den Schultern und zog seinen Kopf in seinen Mantelkragen wie eine Schildkröte. »Wenn du annimmst, daß ich mir hier draußen den Arsch abfrieren will, nur damit wir uns gegenseitig anschnauzen können, während da vorne auf dem Parkplatz ein Auto mit Heizung auf mich wartet, dann hast du dich gewaltig geschnitten.«

»Travis, du wirst alt.«

»Kann schon sein, aber deine Vorzüge kann ich auch immer noch an einer Hand abzählen«, konterte Travis ironisch.

Mason lächelte in sich hinein und folgte Travis mit gesenktem Kopf. Es war gut, zu Hause zu sein.

Chris öffnete das Gitter vor dem Kamin und legte noch ein Stück Holz nach. Was den Duft des am Morgen gelieferten Klafters Holz betraf, hatte man ihr nicht zuviel versprochen;

das Eichenholz brannte außerdem mit wunderhübsch tänzelnden Flammen.

In einer stürmischen Nacht vor dem Kaminfeuer zusammengekuschelt, mit Kevin neben ihr, im Haus ihrer Träume – was wollte sie mehr?

Ja, wirklich, was wollte sie mehr? Vielleicht, daß es nicht nur eine Illusion war?

Illusion hin oder her – dies war ihre Nacht. Nach fünf Tagen zermürbender Arbeit, in denen sie das Haus in Ordnung gebracht hatte, wollte sie diesen Abend so richtig genießen, sich zurücklehnen und sich an den Früchten ihrer Arbeit erfreuen. Morgen würde sie sich wieder an den Computer setzen und all die Aufträge in Angriff nehmen, die sie die ganze Woche lang vernachlässigt hatte.

Wenigstens sah man dem Haus ihre harte Arbeit an. Es sah phantastisch aus, wenn auch ein bißchen zusammengewürfelt. Als sie Masons Schlafzimmereinrichtung zum ersten Mal gesehen hatte, dachte sie, es wäre schier unmöglich, seine Möbel mit den ihren auch nur andeutungsweise harmonisch zu kombinieren. Aber nachdem die Möbelpacker alles abgeladen hatten und sie mit Mary immer wieder neue Kombinationen und Variationen ausprobiert hatte, war sie doch angenehm überrascht gewesen, als sie entdeckte, daß ihre Möbel ein bißchen Klasse angenommen hatten, während die von Mason ein wenig wärmer wirkten.

Rebecca hatte schon zweimal vorbeigeschaut. Beim ersten Mal hatte sie Post für Mason gebracht, und beim zweiten Mal hatte sie nur sehen wollen, wie Chris und Kevin zurechtkamen. Während ihres ersten Besuchs mußten sie noch auf Pappkartons sitzen und Thunfisch-Sandwiches essen; beim zweiten Mal konnte ihr Chris im Wohnzimmer bereits Tee und ein paar von Marys frisch gebackenen Plätzchen anbieten. Rebecca war jedes Mal aufs neue erstaunt darüber gewesen, was Chris im Haus schon geleistet hatte und hatte ihr ehrliche Komplimente gemacht.

Während der Besuche lag es Chris ein paarmal auf der Zunge, ihr zu gestehen, daß sie es sich nun doch überlegt hatte, Mason auf den Wohltätigkeitsball zu begleiten. Sie hatte das Gefühl, ihm mehr als nur ein einfaches Dankeschön dafür zu schulden, daß er dieses Haus ausgesucht hatte, und Kevin somit nicht aus seiner gewohnten Umgebung gerissen werden mußte. Ihn auf die Veranstaltung zu begleiten, war ihrer Ansicht nach eine gute Möglichkeit, ihm ihre Dankbarkeit zu zeigen.

Ausschlaggebend für ihre Entscheidung war aber letzten Endes nicht so sehr ihr Wunsch, sich Mason gegenüber dankbar zu zeigen, sondern vielmehr ihr Bestreben, die Veranstalter zu unterstützen.

Als Kevin im Krankenhaus gelegen hatte, hatte man ein kleines Mädchen in den Inkubator neben ihn gelegt, das nur 700 Gramm wog. Weil die Mutter heroinabhängig gewesen war, hatte das Mädchen unter den Schmerzen und dem Trauma des Entzugs gelitten. Zwei Wochen später war es gestorben. Außer dem Krankenhauspersonal hatte niemand das Mädchen berührt. Sein kurzes Leben und der tragische Tod hatten sich Chris unauslöschlich eingeprägt. Sie glaubte zwar nicht, daß ein Wohltätigkeitsball den drogensüchtigen Babys sehr helfen würde; ein bißchen Aufmerksamkeit konnte dem Problem aber sicher nicht schaden.

Wie immer, wenn sie durch irgend etwas an die Zeit erinnert wurde, die Kevin im Krankenhaus verbracht hatte, suchte sie zu ihrer eigenen Beruhigung nach ihm. Sie fand ihn dort, wo er bereits die ganze letzte Stunde ausgestreckt auf dem Boden gelegen hatte und ein Bild für Masons Büro malte.

Ein wohliges Gefühl der Zufriedenheit durchflutete sie, während sie das Gitter vor dem Kamin schloß und in die Küche ging, um das Abendessen vorzubereiten.

Als Travis Mason schließlich am Büro absetzte, war es fast sechs Uhr. Mason kam gerade aus dem Aufzug, als der Nachtportier ihn grüßte und ihm berichtete, daß verschiedene Straßen der Stadt überflutet seien und Rebecca deshalb darauf bestanden hatte, daß die Mitarbeiter nach Hause gingen, sobald sie ihre Arbeit beendet hatten. Mason bedauerte, sie nicht mehr anzutreffen und ging hinein, um nachzusehen, ob irgendwelche Nachrichten für ihn vorlägen.

Auf dem Flur vor seinem Büro überlegte er sich, Rebecca anzurufen. Er wollte sie fragen, ob sie Lust auf ein gemeinsames Abendessen hätte. Zwar hatten sie bereits kurz telefonisch über seine Erlebnisse in Santa Barbara gesprochen; er war aber neugierig, ob sie zu neuen Erkenntnissen gekommen war, nachdem sie alles überdacht hatte.

Seine Pläne für das Abendessen zerschlugen sich, als er die Lampe über seinem Schreibtisch anknipste und ihre Botschaft las. Sie war verabredet und er brauchte erst gar nicht zu versuchen, sie zu erreichen, weil sie noch nicht wußte, wann sie an diesem Abend nach Hause kommen würde.

Schnell sortierte er seine Post und blätterte durch seinen Terminkalender, um sich einen Überblick über die folgende Woche zu verschaffen. Bei Donnerstag angekommen, stöhnte er, als er das von Janet gemalte Herz um das Wort »Galaabend« entdeckte. Wenn es eine Veranstaltung gab, auf die er sich überhaupt nicht freute, dann war es diese. Herzen und Liebespfeile waren nicht sein Stil. Oder zumindest – nicht mehr. Dieser Teil von ihm war mit Susan gestorben, war mit Diane wieder kurz aufgelebt und dann für immer verlorengegangen.

Eigentlich störte ihn das Datum mehr als Herz und Liebespfeil. Denn Susan hatte sich ausgerechnet den 14. Februar als Hochzeitstag ausgesucht. Nach ihrem Tod war es ein wichtiger Teil seiner selbstverschriebenen Therapie gewesen, diesen Tag durchzustehen. Als er dann endlich in der Lage war, im Valentinstag eher etwas Unsinniges zu sehen als einen Jubiläumstag, wußte er, daß er sich auf dem Wege der Besserung befand.

Zuerst den Verlust von Susan und später dann auch noch

den von Diane ohne psychische Störungen durchzustehen – das hatte ihn einen hohen Preis gekostet. Diesen Preis wollte er nie wieder zahlen müssen.

Masons Müdigkeit schlug fast in eine depressive Stimmung um, so daß er sich in seinem Sessel vom Schreibtisch wegstieß, das Büro verließ und in seine Wohnung nach oben fuhr. Er öffnete die Tür und blickte in das leere Wohnzimmer. Sein erster Gedanke war, daß er ausgeraubt worden war. Dann erst fiel es ihm ein.

Chris!

Irgendwie mußte sie sich wohl in den Kopf gesetzt haben, daß das Zusammenziehen mit Kevin für ihn gleichbedeutend damit war, daß er seine Wohnung aufgeben wollte. Was, zum Teufel, sollte er jetzt mit einer unmöblierten Wohnung anfangen?

Schlagartig wurde ihm die Ironie des Schicksals bewußt. Schon lange hatte er auf eine Gelegenheit gewartet, endlich diese scheußlichen Möbel loszuwerden. Er durfte nicht vergessen, sich bei Chris dafür zu bedanken.

Zuvor aber mußte er noch etwas erledigen. Er ging zum Telefon im Schlafzimmer und stellte erfreut fest, daß sie es entweder vergessen hatte oder nicht genügend Zeit gehabt hatte, es abzumelden.

Mit gekreuzten Beinen saß er auf dem Fußboden, wählte Kellys Nummer und wartete. »Kelly, ich bin's, Mason«, antwortete er auf ihr heiseres »Hallo«.

»Mason wie?« fragte sie spielerisch.

»Ja, ich weiß, es ist schon lange her. Aber genau deswegen rufe ich ja an. Am nächsten Donnerstag wird diese Galaveranstaltung im Crocker Art Museum stattfinden...«

»Das ist doch der Valentinstag.«

Er zögerte, als würde er in seinem Kalender nachsehen. »Mann, du hast recht.«

»Du glaubst doch wohl nicht im Ernst, daß ich für den Valentinstag noch keine Verabredung habe.«

»Ich hatte gehofft, ich könnte dir etwas anbieten, das du unmöglich ablehnen kannst.«

»Hhhhm ... und was könnte das sein?«

»Du hast die freie Wahl.«

Eine lange Pause entstand. »Sobald es irgendwie geht, setzen wir uns von der Veranstaltung ab, und den Rest der Nacht zählen nur noch wir beide.«

Normalerweise hätte ihr Vorschlag ihn erregt, aber dieses Mal empfand er nichts. Er führte es darauf zurück, daß er offensichtlich müder war, als er angenommen hatte. »Alles klar.«

»Ich bin an diesem Tag im Zentrum unterwegs und könnte dich am Museum treffen«, schlug sie vor.

»Bist du sicher, daß du nicht vorher mit mir essen gehen möchtest? Es könnte eine lange Nacht werden.«

Ihre Stimme wurde zu einem tiefen Schnurren. »Ich stelle hier etwas für uns bereit. Erdbeeren und Champagner. Na, wie klingt das?«

Ihm war klar, daß sie jetzt eine Antwort von ihm erwartete; ihm fiel aber keine ein. »Ich kann es kaum erwarten«, brachte er schließlich etwas lahm hervor. Er wollte schon auflegen, als er mit, wie er hoffte, verführerischer Stimme hinzufügte: »Wenn ich dich schon nicht füttern darf, achte wenigstens darauf, daß du in der Nacht davor genügend Schlaf bekommst.«

Aus ihrem raschen Einatmen schloß er, daß er sich noch einmal rausgerissen hatte. Er wünschte Kelly eine gute Nacht und legte auf, bevor sie noch etwas sagen konnte.

Nun, da er alles erledigt hatte, gab es eigentlich keinen Grund mehr, sich noch länger in der Wohnung aufzuhalten. Trotzdem konnte er sich nicht aufraffen zu gehen.

Wenn er darüber nachdachte, war es eigentlich unlogisch.

Während des gesamten Heimweges hatte er sich auf das Wiedersehen mit Kevin gefreut. Mason lehnte sich zurück gegen die kalte Wand und starrte in den leeren Raum.

Monatelang war er bei Chris gegen eine Mauer gerannt. Und jetzt, da er sein Ziel endlich erreicht hatte, hieß es entweder anpacken oder einpacken. Die Entschuldigung, auf Teilzeit-Basis kein richtiger Vater sein zu können, zählte jetzt nicht mehr.

Was aber tat ein richtiger Vater nach der Begrüßung, wenn er gerade von einer einwöchigen Geschäftsreise zurückkam? Und überhaupt – wie sollte er sich im alltäglichen Leben verhalten?

Warum war es für Chris so einfach? Wie war es ihr gelungen, ihre Karriere aufzugeben und in die Mutterrolle zu schlüpfen, und das offensichtlich mit einer Leichtigkeit, mit der man ein Kostüm aus- und statt dessen Jeans anzieht?

War es überhaupt so? Gab es etwas, das er nicht sah? Er wurde den Eindruck nicht los, daß es in der Beziehung zwischen Chris und Kevin unsichtbare Fäden gab, die die beiden zusammenhielten. Es würde ihm helfen zu wissen, ob sie auch nur andeutungsweise das gleiche durchgemacht hatte wie er. Schade, daß er sie nicht fragen konnte.

26

Gerade als Chris die Kartoffeln in eine Servierschüssel umfüllte, klingelte es an der Tür.

»Soll ich aufmachen?« fragte Kevin. Er hatte das fast fertige Bild für seinen Vater mit in die Küche genommen, um in Chris' Nähe zu sein, während diese den Tisch deckte.

»Ist schon gut, ich gehe.« Sie nahm ein Handtuch vom Haken und trocknete sich auf dem Weg zur Haustür die Hände daran ab. Es verschlug ihr fast den Atem, als sie einen kurzen Blick durch das schräge Glasfenster neben der Tür warf und Mason auf der Veranda stehen sah.

»Warum hast du deinen Schlüssel nicht benutzt?« fragte sie, während sie ihn hereinließ. »Du hast doch einen behalten, oder?«

»Ich wollte nicht direkt hier reinplatzen, ohne mich vorher anzukündigen.«

Welchen Eindruck hatte er bloß von ihr?

»Wieso das denn?« fuhr sie ihn an. »Damit ich das Marihuana schnell verstecken kann?«

Nur Harriet wäre in der Lage gewesen, Chris schneller auf die Palme zu bringen; aber die hatte ja auch jahrelange Erfahrung gehabt.

Er ignorierte ihre sarkastische Bemerkung, ging ins Wohnzimmer und fragte, während er sich umschaute: »Wo ist Kevin?«

Sie atmete tief ein, um sich zu beruhigen. Ihnen standen noch etliche Jahre bevor. Vielleicht konnten sie ja einen Präzedenzfall schaffen, indem sie diesen ersten Abend freundschaftlich zu Ende brachten. »In der Küche. Wir wollten gerade zu Abend essen.«

Sie nahm seinen Mantel und hängte ihn an die Garderobe.
»Ich habe einen ziemlich großen Braten gekocht. Er reicht für mehrere Mahlzeiten. Möchtest du mit uns essen?«

»Ich habe im Flugzeug gegessen«, antwortete er schnell.

»Was denn? Erdnüsse und Kaffee?«

»Paß auf. Eines müssen wir klarstellen. Ich habe eingewilligt, ein Haus zu teilen, nicht aber, trautes Heim zu spielen.«

Sie mußte sich ins Bewußtsein rufen, wie sehr sie Gewalt haßte, daß man mit Gewalt keine Probleme lösen konnte und daß Gewaltanwendung einer der primitivsten menschlichen Instinkte war. Und doch – ein Teil von ihr brannte darauf, ihm eins auf die Nase zu geben. »Versuch doch bitte nur dieses eine Mal, mit dem Kopf auf deinem Hals zu denken, nicht mit dem zwischen deinen Beinen. Ich habe dir ein Abendessen angeboten, nicht den Schlüssel zu meinem Schlafzimmer.«

Mason fuhr sich mit der Hand über die Stirn und durch sein feuchtes Haar, hielt einen Moment inne und ließ seinen starren Blick durch das Zimmer schweifen. »Entschuldigung, ich war etwas daneben. Es soll nicht wieder vorkommen.«

»Was ja wohl ebenso wahrscheinlich ist, wie ein Morgen, an dem die Sonne nicht aufgeht«, sagte sie spitz.

Überrascht mußte sie feststellen, daß er sie anlächelte und konterte: »Von dir hätte ich etwas Originelleres erwartet.«

Gegen ihren Willen lächelte sie zurück. »Gib mir ein paar Minuten Zeit, damit ich mir etwas Besseres ausdenken kann.«

Einige unangenehme Sekunden verstrichen, bis Mason sagte: »Ehrlich gesagt, bin ich irgendwie hungrig.«

Wenn er sich Mühe gab, konnte sie das auch. »Es gibt nichts Besonderes, nur einfache Hausmannskost – Fleisch, Karotten, Kartoffeln und Soße.«

»Klingt doch phantastisch. Eine Pause zwischen dem ewigen Hummer und Kaviar tut mir auch mal ganz gut.«

Sie neigte ihren Kopf ein wenig, so als hätte sie nicht richtig verstanden. »Soll das vielleicht ein Witz gewesen sein?«

»Von mir bestimmt nicht. Mein Image würde das gar nicht zulassen.«

Chris wechselte das Thema, um die labile Waffenruhe nicht zu gefährden. »Jetzt komm doch in die Küche. Kevin wartet schon sehnsüchtig auf dich.«

»Oh, Mann. Ich habe ihn richtig vermißt.«

»Er hat eine Überraschung für dich«, sagte sie und ging vor ihm her.

»Ach ja? Ich hoffe, es ist kein Geschenk, zumal ich deinem Rat gefolgt bin und ihm nichts mitgebracht habe.«

Als Chris durch die Tür kam, sah Kevin von seinem Bild auf. »Sieh mal, wer hier ist«, sagte sie.

Als Kevin Mason erblickte, stieß er einen Jubelschrei aus, sprang auf und rannte quer durch die Küche auf ihn zu.

Mason fing ihn in seinen Armen auf und drückte ihn fest an sich.

Seltsamerweise wurde Chris diesmal nicht von diesem beschämenden Gefühl des Grolls ergriffen wie sonst, wenn Kevin auf Mason zulief. Sie beobachtete die Wiedersehensszene und bemerkte, wie Mason seine Augen geschlossen hielt, so als wolle er nicht, daß sie ihm seine Rührung ansah. Sie wunderte sich über seine Reaktion, aber nicht minder erstaunte sie sein ängstlicher Blick, den sie kurz erhascht hatte, bevor er sich abschotten konnte. Wovor sollte er jetzt überhaupt noch Angst haben? Er hatte doch gewonnen. Hinter ihr klingelte der Küchenwecker und lenkte sie ab. Sie griff nach einem Topflappen und öffnete die Ofentür.

»Sogar Plätzchen?« sagte Mason. »Das erinnert mich an die Mahlzeiten bei meiner Mutter, als ich noch klein war.« Er zog sich einen Stuhl heran und setzte sich, mit Kevin auf dem Schoß.

Chris schob die Plätzchen vom Backblech in ein mit einer

karierten Serviette ausgelegtes Bastkörbchen. »Kommst du aus einer großen Familie?«

Er stockte, als wisse er nicht recht, wie er antworten sollte. »Es geht so.«

Sein Blick signalisierte ihr, keine weiteren Fragen über seine Familie zu stellen. Statt dessen bemühte sie sich, schnell ein drittes Gedeck auf den Tisch zu bringen und überlegte, wie sie das Thema wechseln könnte. »Wie war deine Reise?« erkundigte sie sich nach einer Weile in der Hoffnung, das sicherste Thema angeschnitten zu haben.

»Gut«, antwortete er knapp und schloß damit auch diese Tür.

Flüchtig warf sie einen Blick in seine Richtung, um herauszufinden, ob dies eine Reaktion auf ihre Fragen oder auf ihre Person gewesen war.

»Wieso bist du nach Santa Barbara gefahren?« mischte Kevin sich ein und erlöste Chris vorerst von der Verantwortung, das Gespräch in Gang zu halten.

»Ich mußte dort eine Menge Leute treffen«, erklärte Mason ihm. Sein Tonfall war eine Spur freundlicher, seine Antwort hingegen nicht weniger ausweichend.

»Wieso?« drängte Kevin weiter.

»Geschäfte.«

Kevin griff über den Tisch nach seinem Bild. »Was für Geschäfte?«

Chris merkte, daß Mason mit der Antwort zögerte. Ganz offensichtlich wollte er nicht über seine Reise und Aktivitäten sprechen; aber er wollte auch weder Kevins Fragerei unterbrechen noch ihn anlügen.

»Ich wollte ... herausfinden, warum ... tja, warum eine andere Baufirma versucht, ein Stück Land zu kaufen, das ich selbst kaufen möchte.«

»Und ist es dir gelungen?« fragte Chris und versuchte, ihre große Neugier mit einem gleichgültigen Tonfall zu überspielen.

»Nicht ganz so, wie ich es mir vorgestellt hatte.« – »Sieh mal, was ich für dich gemacht habe!« fiel Kevin ein. Er hielt die Zeichnung hoch, damit man sie besser erkennen konnte. »Das ist für dein Büro. Genau wie das Bild neben dem Tisch.«

»Ganz genau«, bewunderte Mason Kevins Kunstwerk. »Ich wette, John Baldessari hätte es nicht besser hinbekommen.«

Chris hatte den Braten fertig zerlegt und rief: »Alle an den Tisch, wir können essen.«

Als sie saßen, sah Mason Chris an und sagte: »Wenn ich eben über meine Reise etwas kurz angebunden klang, liegt das daran, daß ich nicht daran gewöhnt bin, auf Fragen wie ›wohin‹ und ›was‹ zu antworten. Ich werde mich in Zukunft bemühen, offener zu sein, wenn du betroffen bist oder Kevin.«

Auf halbem Wege zum Mund hielt sie mit der Gabel inne. Er hatte die bewundernswerte Fähigkeit, den Eindruck zu vermitteln, er gäbe nach, wenn er in Wirklichkeit die Tür hinter sich zuknallte. »Mit anderen Worten«, sagte sie in bemüht gleichgültigem Ton, damit Kevin die Spannung zwischen ihr und Mason nicht bemerkte, »kümmere dich nicht um meine Angelegenheiten?«

»Wenn du mir einen Grund nennst, warum du dich darum kümmern solltest«, gab er im gleichen Gesprächston zurück, »könntest du mich möglicherweise davon überzeugen, meine Meinung zu ändern.«

Da hatte sie es. Welchen Grund sollte sie ihm wohl nennen, der ihr Interesse an seinen Aktivitäten außerhalb des künstlichen Lebensraums rechtfertigen konnte, den sie sich selbst geschaffen hatten? Grundlose Neugier? Das glaubte sie ja nicht einmal selbst. Wie konnte sie ihn überzeugen? Und warum wollte sie es überhaupt?

»Noch ein paar Kartoffeln?« fragte sie, um ein wenig abzulenken.

Nach dem Essen half Mason ihr, den Tisch abzuräumen und wischte Herd und Arbeitsplatten sauber, während sie die Spülmaschine einräumte. In kürzester Zeit schon fühlte er sich von der aufkommenden Häuslichkeit eingeengt und hatte die größte Lust wegzulaufen. Er entschuldigte sich mit ein paar Telefonaten, die er zu erledigen hätte. Chris warf ihm einen kurzen Blick zu, der bei ihm keinen Zweifel aufkommen ließ, daß sie ihm seine Ausrede nicht abnahm.

Als Mason schon fast in dem Raum stand, von dem er unwillkürlich dachte, es sei seiner, kam ihm der Gedanke, daß womöglich Chris diesen Teil des Hauses für sich ausgesucht hatte. Er hatte nirgendwo sein Zeichen hinterlassen oder bestimmte Räume für sich beansprucht. Wie hätte sie es also wissen sollen? Trotzdem erkannte er an den Umrissen seiner Möbel beim Öffnen der Schlafzimmertür schon im Dunkeln, daß sie beide intuitiv dieselbe Aufteilung des Hauses vorgenommen hatten.

Voller Verwunderung schüttelte er den Kopf. War es denn möglich, daß sie ab und zu auf der gleichen Wellenlänge lagen?

Eher unwahrscheinlich.

Er schaltete das Licht ein. Die gleichen alten Möbel – na ja. Sie hatte sogar die Vorhänge aus dem Schlafzimmer seiner Wohnung aufgehängt. Ob er die denn nie loswerden würde?

Im Gegensatz zu den anderen Räumen fehlte hier eine gewisse Wärme. Zunächst konnte er es sich nicht erklären, dann aber fiel es ihm wie Schuppen von den Augen. Das hier war das einzige Zimmer, das nicht von der Verschmelzung beider Haushalte profitiert hatte.

Er mußte schmunzeln, als er daran dachte, was wohl der Innenarchitekt, den er damals mit der Gestaltung seiner Wohnung beauftragt hatte, zu der Zusammenstellung von Chris sagen würde. Nur zu gut erinnerte er sich an die letzte Äußerung von Mr. Roberts, nämlich daß das Arrangement der gesamten Wohnung »Design pur« sei und daß jedes einzelne Möbelstück nur im Zusammenspiel mit dem jeweils danebenstehenden die innenarchitektonische Aussage ausmachte. Der Anblick des von Chris zusammengestellten Wohnzimmers würde den Innenarchitekten vermutlich so arg mitnehmen, daß er reif wäre fürs Krankenhaus. Er mußte auf jeden Fall dafür sorgen, daß Mr. Roberts von der Gästeliste für die Hauseinweihungsparty gestrichen wurde. Der Tod eines Gastes wegen Herzversagens könnte einer Party einen ziemlichen Dämpfer geben.

Ein kalter Schauer lief ihm über den Rücken. Woran dachte er denn bloß? Er würde in diesem Haus doch keine Partys feiern, und erst recht keine, zu denen er seine Freunde einlud.

Mason hatte sein Jackett bereits abgelegt und wollte gerade seine Krawatte abbinden, als Kevin ins Zimmer gestürzt kam, übermütig auf das Bett sprang und das geometrische Muster des maßgefertigten und straff gespannten Bettbezugs verwüstete. Der gute Mr. Roberts hatte Mason über die besonders edle Seide belehrt, die bei der Herstellung des Bettlakens verwendet worden war, und über die aufwendige Suche nach exakt der richtigen Näherin, die das edle Material verarbeiten sollte, so daß es Mason kaum wagte, sich auf die Bettkante zu setzen, um sich die Schuhe zu binden.

Und jetzt tobte Kevin hier in voller Montur auf seinem Bett herum, als wäre er im Garten.

»Mama hat gesagt, daß du mir eine Geschichte vorlesen könntest, wenn du willst«, rief er und zog dann ein Buch voller Eselsohren unter seinem T-Shirt hervor.

Mason sah seinen Sohn an, sah den erwartungsvollen Gesichtsausdruck, die glänzenden Augen und schließlich, nicht zu übersehen, die abgewetzten Turnschuhe. »Na und ob ich das will«, sagte er.

Als er zum Bett hinüberging und sich neben Kevin setzte, fühlte er sich wie ein Gefangener, der plötzlich in die Freiheit entlassen worden war. Er stieß einen Seufzer der Zufriedenheit aus und genoß die Wärme, die dieses kleine Wesen nicht nur in sein Zimmer, sondern auch in sein Leben gebracht hatte.

Jegliche Zweifel, die im Laufe der vergangenen Woche an ihm genagt hatten, lösten sich in Luft auf, als er im Bett ein paar Kissen gegen das Kopfteil gestopft, sich mit Kevin gemütlich in die Seidenbettwäsche eingekuschelt und das Buch geöffnet hatte, um Kevin vorzulesen, wie Winnie-the-Pooh bei Rabbit zu Besuch ist, dort zu viel Honig schleckt und dann im Eingang seines Hauses steckenbleibt.

27

Chris verbrachte den gesamten nächsten Tag mit der Suche nach einem Ballkleid, das sie beim Valentinstanz tragen konnte. Bei Nordstrom's machte sie den Anfang. Eine äußerst hilfsbereite Verkäuferin beriet sie bei der Auswahl verschiedener, dem Anlaß entsprechender Kleider, von denen eines schöner war als das andere.

In der Ankleidekabine wurde sie von der Realität wieder eingeholt. Im Eifer des Gefechts hatte sie nicht auf das Preisschild geachtet. Das einzige Ziel ihres Einkaufszuges war es gewesen, das spektakulärste Kleid in ganz Sacramento aufzutreiben. Der Preis sollte in diesem Fall Nebensache sein. Notfalls würde sie auf ihre Ersparnisse zurückgreifen und, falls erforderlich, bis zu fünfhundert Dollar investieren. Dies sollte ihr erster und letzter Ausflug in Masons Welt werden, und deshalb wollte sie es besonders gut machen.

Doch wie sich herausstellte, wären fünfhundert Dollar nicht einmal eine akzeptable Anzahlung auf den Preis gewesen, der das Kleid zierte, auf das schließlich ihre Wahl gefallen war. Es war ihr, aber auch der Verkäuferin, schrecklich peinlich, daß sie Nordstrom's mit leeren Händen verlassen mußte.

Danach schlug sie sich durch das Pavilions-Einkaufszentrum, eines der Renommierobjekte von Sacramento, anschließend zog sie durch I. Magnin und Macy's, und schließlich durchstöberte sie eine Reihe weiterer Boutiquen in den exklusivsten Einkaufszentren von Sacramento. Zu guter Letzt gab Chris auf, rief Mary an und bat sie um Rat.

Nachdem sie Mary versprochen hatte, ihr den Grund für den Kleiderkauf später zu nennen, gelang es ihr erstmals im Verlauf ihrer Freundschaft, von Mary Informationen zu erhalten, ohne Erklärungen geben zu müssen. Chris versuchte zwar nicht gerade, ihr Vorhaben vor ihrer Freundin geheimzuhalten, sie wußte aber, daß Mary die Entscheidung, Mason bei einer gesellschaftlichen Verpflichtung zu begleiten, nicht unbedingt für gut befinden würde.

Da Mary ihr bereits einen Vortrag darüber gehalten hatte, warum sie es nicht zulassen dürfe, ins Rampenlicht gestellt zu werden, es sei denn, sie wolle immer dort stehen, wußte Chris, daß es vergebliche Liebesmüh sein würde, ihre Freundin davon zu überzeugen, daß ihr Debüt in der High Society von Sacramento gleichzeitig ihr letzter Auftritt dort sein sollte.

Chris kannte die Gründe für Marys zögernde Haltung und ihre Öffentlichkeitsscheu. Als Tochter des Gouverneurs hatte sie permanent im Licht der Öffentlichkeit gestanden und war der ständigen Aufmerksamkeit überdrüssig. Chris aber war einfach nur die Ehefrau eines Bauunternehmers. Mit dem Ende der Veranstaltung wäre auch die Neugier von Masons Freunden an ihrer Person gestillt. Sie würde in ihr eigenes Leben zurückkehren und Mason konnte in seinem weiterleben.

Chris zögerte bei dem Gedanken, Mary die Wahrheit zu sagen: daß sie Mason nur deshalb auf die Veranstaltung begleiten wollte, weil sie den Eindruck hatte, ihm einen Gefallen zu schulden und dies für die beste Möglichkeit hielt, sich zu revanchieren. Manchmal ist es gar nicht so falsch, das eine oder andere kleine Geheimnis für sich zu behalten, und jetzt war einer dieser Momente gekommen. Chris wollte sich ihr Leben gewiß nicht schwerer machen, als unbedingt erforderlich.

An diesem Abend fuhr Chris auf Marys Empfehlung zu Loehmann's, einem Geschäft für Designermoden aus Lagerbeständen. Dort fand sie ihr Kleid. Es war bodenlang und mit roten und weißen Pailletten besetzt; das Muster begann an einer Schulter und zog sich von dort über das ganze Kleid, bis die Pailletten am Boden nur noch wie ein paar versprengte Sterne wirkten; und es saß wie angegossen. Schon seit Jahren hatte sie etwas so Wunderschönes nicht mehr getragen. Als sie sich so im verstellbaren Dreifach-Spiegel betrachtete, zögerte sie zwar etwas, mußte dann aber zugeben, daß es ein ziemlich gutes Gefühl war, sich nicht ständig in Jeans und Trainingsanzügen zu sehen, sondern auch gelegentlich mal in ein solches Kleidungsstück zu schlüpfen. Und das Beste war, daß die elegante Beute sie nur zweihundertfünfzig Dollar kostete, was weit unter dem Limit lag, das sie sich gesetzt hatte.

Jetzt mußte sie nur noch einen Weg finden, Mason mitzuteilen, daß sie ihn begleiten würde, ohne dabei den Eindruck zu erwecken, als beabsichtige sie, regelmäßig bei seinen gesellschaftlichen Verpflichtungen dabeizusein.

Als feststand, daß Mason an diesem Abend erst nach Hause kommen würde, wenn Chris und Kevin schon schliefen, schrieb Chris ihm eine kurze Nachricht, in der sie ihn über ihren Entschluß informierte, ihn am folgenden Abend zu begleiten. Kevin wollte ihm anschließend den Zettel auf sein Nachtschränkchen legen, aber erst, wenn er seine eigene Nachricht hinzugefügt hätte.

Als sie am nächsten Morgen aufstand, war Mason schon zur Arbeit gefahren. Chris versuchte ihn im Büro zu erreichen, um herauszufinden, wann sie am Abend auf die Veranstaltung fahren würden. Janet teilte ihr jedoch mit, daß er den gesamten Tag auf Baustellen verbringen würde und erst am späten Nachmittag zurückerwartet werde. Einerseits wollte Chris ungern eine persönliche Nachricht bei Janet hinterlassen, andererseits aber wäre es ihr schrecklich peinlich gewesen, zugeben zu müssen, daß sie die Autotelefonnummer ihres Ehemannes nicht kannte. Deshalb legte sie mit der Begründung auf, es sei nicht so dringend und sie würde ihn später ohnehin treffen.

Das war allerdings nicht der Fall. Eine halbe Stunde vor dem, wie Chris annahm, realistischen Beginn einer solchen Veranstaltung war Mason noch immer nicht zu Hause. Sie war fertig angekleidet und wartete, nervöser, als sie je vor einem ihrer High-School-Bälle gewesen war, und ärgerte sich darüber, daß sie sich beunruhigte, während sie gleichzeitig versuchte, sich einzureden, daß sie in Wirklichkeit ganz ruhig sei.

Schließlich gab sie auf und wollte gerade in Masons Büro anrufen, als sie den Schlüssel im Schloß hörte. Mason kam herein. In aller Eile warf er den Mantel ab, hängte ihn auf und raste durch das Wohnzimmer. Endlich nahm er sie wahr, hielt mitten im Schritt inne und sah sie so entgeistert an, als wäre ihr in seiner Abwesenheit ein zweiter Kopf angewachsen.

»Was hat es mit dem Kleid auf sich?« fragte er und versuchte sich wieder zu fassen.

»Es ist für den Galaabend, das ist doch wohl klar, oder?«

»Welchen Galaabend?« fragte er.

»Den Valentinsball im Crocker Art Museum«, half sie ihm auf die Sprünge, fühlte sich aber zunehmend unwohler in ihrer Haut. »Ich hab's dir doch auf den Zettel geschrieben.«

»Auf welchen Zettel?«

»Den Zettel, den ich dir gestern abend in dein Zimmer gelegt habe.«

Die Verwunderung war ihm anzusehen. »Der einzige Zettel, den ich gefunden habe, stammt von Kevin.«

Einen Moment lang konnte sie sich nicht erklären, was geschehen war. »Dann hast du es offensichtlich nicht für nötig befunden, das Blatt einmal umzudrehen?«

»Wieso sollte ich?«

»Weil dort stand, daß ich dich heute abend auf den Ball begleiten würde. Ursprünglich stammt der Zettel nämlich nicht von Kevin, sondern von mir.«

»Wie hast du überhaupt von der Veranstaltung erfahren?«

Chris hatte ein flaues Gefühl in der Magengrube. »Rebecca hat es mir gesagt.«

Er steckte seine Hände in die Hosentaschen und stöhnte. »Dazu hatte sie kein Recht.«

Jetzt war es an ihr, Fragen zu stellen. »Warum nicht?«

»Weil du auf dem Ball nichts zu suchen hast.«

Die beste Möglichkeit, Chris den Rücken zu stärken, war es, ihr etwas zu verbieten. »Ach ja? Und warum nicht?«

»Erstens bist du nicht eingeladen und zweitens würdest du nicht dahin passen.«

»Nein, wirklich? Das ist ja wohl ganz was Neues. Eine Einladung, die die Gattin ausdrücklich ausschließt.« *Gattin? Du liebe Güte – hatte sie wirklich Gattin gesagt?*

Er sah sie an. »Chris, welches Spiel spielst du hier? Du willst doch ebensowenig einen Abend mit mir verbringen, wie ich mit dir.«

Er wollte also nicht einfach nur ihre Würde mit Füßen treten, sondern auch noch ihren Stolz brechen. Sie richtete sich weiter auf und nahm eine offensivere Haltung ein. »Früher oder später wird man ohnehin von unserer Ehe erfahren. Und für mich gilt zufälligerweise: je früher, desto besser. Dann wissen die Leute endlich Bescheid, und ich muß diesen Moment der Bekanntgabe nicht mehr ständig vor mir herschieben und kann wieder zu meinem eigenen Lebensrhythmus finden.«

Er wollte etwas sagen, entschloß sich dann aber, doch lieber zu schweigen. Als er so dastand und sie ansah, hörte man in der Stille nur das laute Ticken der Uhr auf dem Kaminsims.

»Mach doch, was du willst«, beendete er das Gespräch und rauschte an ihr vorbei in sein Zimmer.

Später fiel kein einziges Wort mehr zwischen ihnen, nicht einmal als sie nach draußen zum Auto gingen. Eigentlich waren es nur fünfzehn Minuten Fahrt zu dem Museum, Chris kam es aber vor wie eine Stunde. Als der Wagen anfuhr, gingen ihr noch hundert Gründe durch den Kopf, warum sie besser zu Hause geblieben wäre. Einer von ihnen war, daß ihr ziemlich schnell die Tränen kamen, wenn sie richtig wütend war. Aber sie schwor sich, sich eher ein Loch in ihre Lippe zu beißen, bevor Mason auch nur eine einzige Träne bei ihr sehen würde.

Wieso hatte sie sich nur in diesen Schlamassel hineinziehen lassen? Und warum grub sie den Graben, in dem sie saß, von Mal zu Mal tiefer? Hätte sie doch ihren blöden Stolz aus dem Spiel gelassen und wäre aus der ganzen Geschichte ausgestiegen, als Mason ihr die Möglichkeit dazu gegeben hatte. Aber nein, dafür war sie ja viel zu dickköpfig. Sie mußte ja unbedingt ihren Willen kriegen, konnte sich jetzt aber noch nicht einmal mehr daran erinnern, um was es eigentlich ging.

Mason reihte sich mit dem Porsche in die Warteschlange für den bewachten Parkplatz ein. Um ihn nicht ansehen zu müssen, starrte Chris zum Fenster hinaus und beobachtete die anderen Gäste, die auf dem Bürgersteig daherkamen oder die aus ihren Autos stiegen.

Zunächst wirkte alles ein wenig fremd auf sie.

Allmählich fragte sie sich, ob hier vielleicht der Zufall seine Hand im Spiel hatte.

Doch dann fiel es ihr wie Schuppen von den Augen.

Alle trugen dieselben zwei Farben, da die Gesellschaft Sacramentos den jährlichen Valentinstanz zu ihrem Schwarz-Weiß-Ball erklärt hatte. Sie drehte sich zu Mason um.

Vor Wut kochend fuhr sie ihn an: »Du Schweinehund, warum hast du mir das nicht gesagt?«

»Wenn ich mich recht entsinne, habe ich das sehr wohl getan. Ich habe ja gesagt, daß du nicht dazu paßt, aber du wolltest ja nicht auf mich hören.« Er stellte den Motor ab und hielt ihr die Schlüssel hin. »Wir treffen uns zu Hause«, verabschiedete er sie mit einer Gleichgültigkeit, als wäre sie ein Hotelpage. »Du brauchst nicht auf mich zu warten. Es könnte spät werden. Sehr spät sogar.«

Da sie ihm die Schlüssel nicht gleich aus der Hand nahm, ließ er sie in ihren Schoß fallen. »Ich nehme an, du kannst einen Wagen mit Schaltgetriebe fahren. Wenn nicht, bestellt dir der Portier sicher gern ein Taxi.«

»Warum?« war das einzige, was ihr einfiel.

Er faßte nach dem Türgriff. »Ich habe es ernst gemeint, als ich gesagt habe, daß ich mich nicht dazu verpflichtet hätte, trautes Heim zu spielen. Ich habe in meinem Leben genügend Häuslichkeit erlebt, und unser Zusammenleben ist lediglich ein Mittel zum Zweck, mehr nicht.«

»Du dachtest also, du würdest mir eine Lektion erteilen, indem du mich mit hierhinbringst, damit ich selbst sehe, wie idiotisch ich mich verhalten habe? Tja, Mason Winter. Da hast du dich geschnitten. Ich bin jetzt hier und werde auch bleiben.« Sie schleuderte ihm die Schlüssel entgegen, öffnete die Tür und stieg aus.

Mason holte sie am Fuß der Treppe ein. »Komm sofort mit mir zurück zum Auto«, bestimmte er so leise, daß ihn außer Chris niemand verstehen konnte.

»Ich denke gar nicht daran.«

Er packte sie am Arm. »Du hast keine Ahnung, was du tust. Die Leute da drinnen werden...«

»Werden was?« schoß sie zurück. »Mich wie eine Leprakranke behandeln? Wie eine Aussätzige? Oder, Gott bewahre, mich spüren lassen, daß ich nicht dazugehöre?« Sie befreite sich aus seinem Griff. »Ich bin bereits immun, Mason. Keiner da drinnen könnte mir irgend etwas antun, das du mir nicht schon hundertfach angetan hast.« Daraufhin raffte sie ihr Kleid und lief die Treppe nach oben.

Mason blieb auf dem Bürgersteig stehen und beobachtete, wie sie im Hauptgebäude des Museumskomplexes, einem wunderschönen viktorianischen Bau, verschwand. Er kam sich vor wie ein Verräter. Wie kam es, daß Chris ihn immer bis zum Äußersten provozierte? Wann immer es den Anschein hatte, daß sich allmählich eine Freundschaft anbahnte, brach er aus und verhielt sich genau wie das Charakterschwein, für das sie ihn hielt.

Er warf dem Parkplatzwächter den Schlüssel zu, nickte denjenigen abwesend zu, die ihn grüßten, und stieg die Treppen hinauf, um nach Chris Ausschau zu halten. Im großen Festsaal entdeckte er Rebecca mit Walt Bianchi und dessen Frau und verdrückte sich in einen der Nebenräume, um ihnen nicht über den Weg zu laufen. Rebecca würde ihm die schwersten Vorwürfe machen, wenn sie auch nur andeutungsweise davon erfahren würde, was zwischen ihm und Chris vorgefallen war, und er fühlte sich nicht in der Lage, sich mit mehr als einer aufgebrachten Frau auf einmal auseinanderzusetzen. Mit Rebecca würde er irgendwann darüber reden – schon allein deshalb, weil er klären wollte, wie sie ihn in diese verfluchte Lage gebracht hatte –, aber nicht mehr heute abend.

Mason schob sich von einem Saal zum nächsten, blieb ab und zu stehen, um kurz ein paar Gäste zu begrüßen, die darauf bestanden, daß er sich zu ihnen gesellte, und ging dann bald wieder weiter. Chris mußte aufgrund ihres Kleides eigentlich aus der Menge hervorstechen wie ein Rosenstrauch aus einem Weizenfeld – aber von ihr war keine Spur zu sehen.

Nachdem er durch alle Räume zwei Runden gedreht hatte und sicherheitshalber auch noch eine dritte, kam er zu dem Schluß, daß sie seinem Rat offenbar gefolgt war und ein Taxi nach Hause genommen hatte. Für einen kurzen Moment kam ein seltsames Gefühl der Enttäuschung auf, war dann aber ebenso schnell wieder verschwunden.

Er sah auf die Uhr, nahm ein Glas Wein vom Tablett eines vorbeikommenden Kellners und ging in den großen Festsaal, wo er auf Kelly warten wollte.

Eine halbe Stunde später stand er auf der Bühne, die für die Band aufgebaut worden war, und war in ein Gespräch mit Travis und Walt vertieft, als sich zwei Hände in weißen Handschuhen über seine Augen legten.

»Wer bin ich?« trällerte eine weibliche Stimme.

Er zögerte kurz mit der Antwort, als würde er über ihre Frage nachdenken. »Barbara Bush?«

Kelly lachte. Sie ließ ihre Hände auf seine Schultern gleiten, drehte ihn zu sich herum und gab ihm einen Kuß. »Entschuldige bitte meine Verspätung«, sagte sie. »Hast du mich vermißt?«

Aus dem Augenwinkel konnte er erkennen, wie Travis und Walt ihn anstarrten und sich zweifellos in ihrer Haut nicht ganz wohl fühlten. »Ich dachte schon fast, du wolltest mich versetzen«, antwortete er.

»Das kann doch wohl nicht dein Ernst sein.« Sie lehnte sich an ihn und senkte ihre Stimme zu einem Flüstern. »Bei David Berkley habe ich heute die unwiderstehlichsten Erdbeeren überhaupt entdeckt. Der Champagner liegt auf Eis... Ich hätte doch diese Nacht um nichts in der Welt verpassen wollen.«

Mason hörte nur mit halbem Ohr hin. Von seiner erhöhten Position auf der Bühne erhaschte er in dem schwarz-weißen Meer im Saal unter sich einen roten Punkt.

Sie war also doch geblieben. Sein Herz begann schneller zu schlagen. Er versuchte sich das mit seiner Wut im Bauch zu erklären; dabei war er gar nicht wütend.

Als er Chris erst einmal ausgemacht hatte, konnte er den Blick nicht mehr von ihr lassen. Während er sie beobachtete, wurde sie langsam aber sicher aus einem Grüppchen nach dem anderen ausgeschlossen. Es geschah nie besonders auffällig – das war einfach nicht die Art der Menschen, die sich zu solchen Anlässen einfanden –, aber mit eiskalter Präzision. Eine Person wandte ihr den Rücken zu, als wolle sie mit jemand anders sprechen, die nächste tat das gleiche und so weiter. Und schon bald war sie aus dem Kreis ausgeschlossen und stand alleine.

Es machte ihn krank, wenn er daran dachte, wie oft sie sicherlich innerhalb der letzten eineinhalb Stunden, die sie bereits hier verbracht hatte, ausgeschlossen worden war.

Sie tat ihm leid. Nur zu gut wußte er, was es bedeutete, ausgeschlossen zu sein – mit dem Unterschied, daß er in einer solchen Situation sicher nie die gleiche gute Miene zum bösen Spiel gemacht und eine ebensolche Beharrlichkeit an den Tag gelegt hätte wie sie. Mehr noch – einem unaufmerksamen Beobachter wäre gewiß nichts Demütiges oder Niedergeschlagenes an Chris aufgefallen, ihn hingegen erinnerte sie an ein einsames Kind, das davon überzeugt war, daß es irgendwo irgend jemand gab, der nett zu ihm sein würde; denn ohne diese Hoffnung würde es einen Teil seiner selbst aufgeben.

Wie brachte sie das fertig?

Besser gesagt, warum tat sie das?

»Mason?« fragte Kelly und riß ihn aus seinen Gedanken. »Ist irgendwas nicht in Ordnung?«

Er sah sie an und bemerkte anhand ihres besorgten Gesichtsausdruckes, daß er sich ziemlich lange in seiner eigenen Welt verloren hatte. »Heute abend ist einiges nicht in Ordnung«, gab er widerwillig zu. »Ich möchte aber nicht darüber reden.«

Sie hakte sich bei ihm ein. »Was hältst du dann von einem Tanz, wenn du dich schon nicht unterhalten willst?«

»Tut mir leid, Kelly. Aber ich kann heute nicht. Bitte verzeih mir.« Er wandte sich an Walt. »Würde es dir etwas ausmachen, mich mal einen Moment zu vertreten?«

Walt fiel die Kinnlade herunter. »Ob es mir etwas ausmacht?« fragte er in einem wunderbar galanten Tonfall. »Es wäre der Höhepunkt meines Abends.«

Travis verschränkte die Arme vor seiner Brust. »Paß nur auf, daß Denise das nicht hört«, sagte er und warf Mason einen scharfen Blick zu. »Ehefrauen denken seltsamerweise immer, daß man sich diese Galanterien für sie aufsparen sollte.«

Als sich Walt und Kelly außer Hörweite befanden, drehte Mason sich zu Travis um.

»Du hast sie also auch gesehen.«

»In diesem Kleid wäre es schon reichlich schwierig, sie zu übersehen. Mason, würdest du mir verdammt noch mal erklären, was hier eigentlich vor sich geht? Du kannst mir doch nicht weismachen, du hättest nicht gewußt, wie es ihr hier ergehen würde, wenn du sie in diesem Aufzug mitbringst.«

»Das ist eine lange Geschichte, auf die ich nicht gerade stolz bin«, antwortete Mason etwas gequält.

Sein Blick wanderte zu der Stelle, wo er Chris zum letzten Mal gesehen hatte, aber dort stand sie nicht mehr. Plötzlich hatte er das dringende Bedürfnis, sie zu finden und suchte hektisch die Menge ab.

Schließlich entdeckte er sie neben einer Topfpalme.

Sie wirkte wie eine einsame Insel in einem Menschenmeer.

»Das überrascht mich nicht im geringsten.«

Travis machte aus seiner Verärgerung keinen Hehl.

»Diesem Mädchen gegenüber führst du dich permanent auf wie ein Schuft. Würdest du mir wenigstens verraten, was sie getan hat, um diese miese Behandlung deinerseits zu verdienen?«

Als hätte Chris seinen Blick gespürt, drehte sie den Kopf in Masons Richtung, und ihre Augen trafen sich.

Sekundenlang starrten sie sich an.

»Sie hat gar nichts getan«, antwortete Mason leise.

»Aber warum...?«

»Vergiß es, Travis.«

»Das kann ich nicht. Dieses Mal nicht. Seit sechs Jahren habe ich jetzt beobachtet, wie du deine beste Seite immer weiter in den Hintergrund drängst, und es ist höchste Zeit, daß ich etwas dagegen unternehme.«

»Du kannst nichts daran ändern«, entgegnete ihm Mason.

»Meine beste Seite habe ich nicht verdrängt, Travis – sie ist tot.«

»Das ist doch wohl völliger Unsinn.«

»Diese Heirat war ein Fehler. Und ginge es nicht um Kevin, würde ich lieber heute als morgen aussteigen.«

»Ob es ein Fehler war oder nicht, ist jetzt unwichtig. Du darfst einfach nicht zulassen, daß sich diese Leute ihr gegenüber so verhalten.«

»Ich weiß, du hast recht.« Mason legte Travis freundschaftlich eine Hand auf die Schulter. »Ich werde mich auch sofort darum kümmern.«

28

Mason ging hinüber zu der achtköpfigen Band, die gerade spielte, sprach kurz mit dem Leiter der Gruppe, nahm ein Mikrofon aus der Halterung und wartete, bis das Stück beendet war.

»Meine Damen und Herren«, begann er. »Darf ich einen Moment um Ihre Aufmerksamkeit bitten. Bitte entschuldigen Sie, daß ich das Programm einfach unterbreche, aber ich möchte gern etwas bekanntgeben.« Er wartete, bis das Gemurmel verstummt war.

»Der heutige Abend hat für mich eine ganz besondere Bedeutung, und ich möchte ihn mit Ihnen, meinen Freunden, teilen.« Der pragmatische Charakter seiner Ansage rechtfertigte den heuchlerischen Unterton seiner kurzen Rede.

»Vor zwei Wochen habe ich in einer kleinen Zeremonie im engsten Kreise geheiratet.« Angesichts der überraschten Ausrufe mußte er fast laut loslachen. Was sich auf Kellys Gesicht abspielte, war alles andere als komisch. Egal was sie dachte – er hatte es bestimmt verdient.

»Und weil der heutige Tag und dieser festliche Anlaß den richtigen Rahmen dazu bilden, habe ich bis heute abend damit gewartet, Ihnen meine wunderhübsche Braut offiziell vorzustellen.« Neugierig drehten sich die Köpfe auf der Suche nach einem unbekannten Gesicht. Mason sah Chris an und hoffte inständig, daß sie dieser Situation gewachsen war. Er hatte ihr die Munition gegen all diejenigen geliefert, die ihr eben noch den Rücken zugekehrt hatten. Jetzt hatte sie ihre Chance.

»Auf meinen persönlichen Wunsch hin hat sie auf das traditionelle Schwarz-Weiß dieses Abends verzichtet und trägt ein rotes Kleid.« Langsam und dramatisch schwenkte der Scheinwerfer von Mason und der Band durch den Saal, um mit seinem Lichtkegel auf Chris zu verharren.

»Meine Damen und Herren, liebe Freunde. Es ist mir eine echte Freude und Ehre, Ihnen meine Frau, Christine Winter, vorstellen zu dürfen.«

Mit wachsender Bewunderung sah er, wie Chris der Situation nicht nur gewachsen war, sondern auch eine starke, selbstbewußte Haltung einnahm und auf alles gefaßt schien, was er über sie sagen würde. Er spürte die Intensität, mit der sie ihn ansah, obwohl er wußte, daß sie ihn wegen des gleißenden Scheinwerferlichts nicht erkennen konnte.

Als sich der Applaus gelegt hatte, fügte er hinzu: »Liebe Chris, wenn ich dich jetzt nicht schon zu sehr in Verlegenheit gebracht habe, würde ich dich gern noch um einen Gefallen bitten. Würdest du mit mir den nächsten Tanz eröffnen?«

Die Menge brach wieder in tosenden Applaus aus.

Mason wartete.

Der Applaus schwoll an.

Noch immer wartete er auf ein Zeichen von ihr.

Endlich nickte sie zustimmend. Mason stieg von der Bühne und ging auf sie zu. Als er merkte, daß sie keine Anstalten machte, ihm auf halber Strecke entgegenzukommen, mußte er lächeln; er mußte wohl zu ihr hingehen.

Also gut. Das hatte sie verdient. Das und noch viel mehr. Die Menge auf der Tanzfläche teilte sich, um ihm einen Weg zu bahnen. Er nahm sich Zeit und bewirkte damit, daß diejenigen, die sie zuvor ignoriert hatten, ihr dort im Scheinwerferlicht Tribut zollen mußten.

Endlich stand er vor ihr, seine Arme hielt er absichtlich am Körper, nichts deutete darauf hin, daß er Chris auf die Tanzfläche bitten wollte. Die letzte Entscheidung sollte sie selbst haben.

Für den Bruchteil einer Sekunde schien der Mut sie zu verlassen, und er konnte hinter ihrer starken Fassade die Angst erkennen. Mit seinem Blick bat er sie, ihm zu vertrauen. Sie antwortete mit ihrer ausgestreckten Hand.

Er nahm ihre Hand, drehte die Handinnenfläche nach oben und führte sie zu seinen Lippen. Um sie herum atmeten die Menschen erleichtert auf, als hätten sie alle gemeinsam den Atem angehalten.

Wortlos geleitete Mason Chris in die Mitte der Tanzfläche. Sowie er sie in seine Arme genommen hatte, begann die Band zu spielen. Der Titel des Liedes lautete »Lady in Red«.

Erst als er sicher war, daß ihn niemand verstehen würde, neigte Mason seinen Kopf und flüsterte Chris leise ins Ohr. Ihr weiches Haar streichelte seine Wange und der berauschend blumige Duft ihres Parfums flog ihm entgegen. »Es tut mir wirklich leid«, sagte er.

Sie entspannte sich etwas. Dann lehnte sie sich ein Stück nach hinten und sah zu ihm auf. Ihre Augen standen voller unvergossener Tränen. »So kann ich nicht leben, Mason«, sagte sie. »Ich will, daß unsere Ehe annulliert wird.«

29

Die Musik spielte unerbittlich weiter. Schmerz und Verwirrung spiegelten sich in den Augen von Chris; der Gedanke, daß er dafür verantwortlich war, irritierte Mason. Mit ihrer Wut konnte er umgehen – manchmal hatte er sogar den Eindruck, es bereite ihm ein ganz besonderes Vergnügen, mit ihr zu streiten –, aber das hier war etwas anderes. Er hatte sie verletzt, und dafür gab es keine Rechtfertigung, auch nicht den Groll, den er ihr gegenüber fast seit dem Moment empfand, als sie sich zum ersten Mal getroffen hatten.

So ganz konnte er sich seinen Ärger zwar nicht erklären, wußte aber, daß nicht allein die Unstimmigkeiten und Meinungsunterschiede im alltäglichen Leben schuld daran waren. Diese Dinge hatte er meist sofort vergessen. Warum fiel es ihm so schwer, mit Chris, der Mutter seines Sohnes, umzugehen, obwohl ihm dies bei Menschen, die ihm nichts bedeuteten – aalglatte Unternehmer oder Frauen auf Parties, die ihren IQ im Büstenhalter trugen –, offensichtlich gar keine Schwierigkeiten bereitete. Fast hatte er den Eindruck, als wäre er auf dem besten Weg, Chris in die Flucht zu schlagen.

»Können wir später darüber reden?« fragte er, um Zeit zu gewinnen. Er wußte vielleicht nicht, was er von ihr wollte, aber eine Annullierung der Ehe wollte er ganz bestimmt nicht.

Chris schloß die Augen und lehnte den Kopf an seine Schulter. Für einen kurzen Moment glaubte er, sie würde ohnmächtig werden, bis er erkannte, daß sie einfach aufgehört hatte zu kämpfen. Schweigend bewegten sie sich mit vorgespielter Intimität zur Musik. Dann sagte er: »Du hast all diese Menschen hier in deiner Hand. Jetzt mußt du nur noch entscheiden, was du mit ihnen anstellen willst. Du könntest deine Hand entweder zu einer festen Faust schließen, genausogut aber könntest du deine Hand auch weiter öffnen und über das Verhalten dieser Menschen großzügig hinwegsehen.«

»Und mit dir? Was soll ich mit dir machen?« fragte sie.

»Du wirst mir noch eine Chance geben. Nicht etwa, weil ich das verdient hätte, wohl aber, weil du eben so bist.«

Sie sah zu ihm auf. »Woher willst du das wissen?«

»Sicher bin ich mir nicht. Ich weiß es einfach.«

Das Lied endete. Viel hatte er an diesem Abend nicht verstanden, aber mehr als alles andere wünschte er sich, daß sie ihm verzeihen möge. Behutsam nahm er ihr Gesicht in seine Hände, hielt sie fest und zwang sie so, ihn anzusehen.

»Bitte...«, sagte er. »Wir können uns doch einigen.«

Eine einzelne Träne kullerte ihr über die Wange. »Du weißt offenbar nicht, was du von mir verlangst.«

Plötzlich wurde er sich der Wärme ihres Körpers bewußt, den er in seinen Armen hielt, er spürte ihre nackte Haut unter seinen Fingern, roch den Duft ihres Parfums. Ein dringendes Verlangen sie zu küssen überkam ihn; er wollte ihre weichen Lippen liebkosen, ihren Geschmack auf seiner Zunge erleben, ihren Atem auf seiner Wange spüren. Von seinen eigenen Gefühlen überrascht, trat er einen Schritt zurück.

Jemand tippte ihm auf die Schulter. »Ich hätte es nie für möglich gehalten, daß es in dieser Stadt noch Geheimnisse gibt«, tönte eine männliche Stimme von hinten. »Hast du noch andere Überraschungen für uns auf Lager?«

Der Zauber war vorbei. Mason setzte allmählich wieder seine öffentliche Maske auf. »Du glaubst doch nicht etwa, daß diese Perfektion noch zu überbieten wäre«, erwiderte er lächelnd und wandte sich Felix Schrager zu, dem Direktor der größten Bank in Sacramento und Umgebung.

»Ich wollte eigentlich nur persönlich der Dame vorgestellt werden, der gelungen ist, was diese Stadt nie für möglich gehalten hätte.«

Mason sah Chris an. Die Entscheidung lag bei ihr. Sie hatte es in der Hand, Felix zum Teufel zu schicken, sich auf dem Absatz umzudrehen und zu gehen, oder zu bleiben und das Spiel mitzuspielen. Er würde nicht versuchen, sie zu beeinflussen.

Während sie einen Moment lang zögerte, spiegelte ihr Gesicht ihre schwankenden Gefühle wider. Schließlich bot sie Felix ein schwer erkämpftes, aber reizendes Lächeln und streckte ihm die Hand entgegen.

»Christine Taylor«, sagte sie, korrigierte sich dann jedoch sofort. »Winter.«

»Ach so, einer dieser Namen mit Bindestrich. Ich stelle fest, daß das zur Zeit wieder beliebter wird. Also gut, ich freue mich sehr, Sie kennenzulernen, Christine Taylor-Winter«, interpretierte er ihre Worte. »Mein Name ist Felix Schrager. Ich bin sicher, daß wir uns in Zukunft öfter über den Weg laufen werden. Ich kann Ihnen kaum sagen, wie sehr ich mich darauf freue. So allmählich bin ich die immer gleichen Gesichter leid.«

Ein Grüppchen hatte sich um sie herum versammelt. Dieselben Menschen, die Chris eben noch wie eine Außenseiterin behandelt hatten, wollten jetzt die ersten sein, die ihr vorgestellt wurden, um sie in den Kreis der Auserwählten aufzunehmen.

Mason legte seinen Arm beschützend um ihre Schultern. »Alles okay?« fragte er leise.

Mit einem aufgesetzten Lächeln, das zwar auf ihren Lippen, nicht aber in ihren Augen zu erkennen war, blickte sie zu ihm auf. »Gibt es einen eleganten Weg, um von hier zu verschwinden?«

»Noch fünfzehn Minuten; dann können wir gehen.«

Sie nickte. Die Menge drängte nach vorn.

Aus den fünfzehn Minuten wurde eine Stunde. Wäre Mason nicht irgendwann eingeschritten, hätten die Begrüßungen wahrscheinlich nie ein Ende gefunden.

Auf dem Heimweg sagte Chris: »Wir hätten sagen sollen, daß wir Kevin nicht so lange allein lassen wollen. Dann hätte sich bestimmt niemand über unser frühes Gehen gewundert.«

»Ich will nicht, daß sie von ihm erfahren.«

»Willst du ihn etwa verstecken?« fragte sie erstaunt.

»Ich möchte ihn so weit wie möglich von dem fernhalten, was du heute abend erlebt hast. Er soll niemals daran zweifeln, warum ihm jemand seine Freundschaft anbietet.«

»Und wie willst du verhindern, daß er es den Leuten selbst erzählt? Kevin ist stolz auf dich und möchte am liebsten der ganzen Welt erzählen, daß er, genau wie all seine Freunde, endlich auch einen Vater hat.«

»Solange ich nur das für ihn bin, sehe ich darin kein Problem.«

»Du bist aber mehr. Das mußte ich heute abend selbst feststellen – auf unangenehme Art und Weise.« Sie richtete ihren Blick aus dem Fenster. Schon den ganzen Tag hingen Regenwolken drohend über der Stadt; jetzt endlich regneten sie sich aus, und die reflektierenden Lichter verwandelten die Straßen in ein glitzerndes Meer. »Auf diesem Ball wollte nicht eine einzige Person mit mir auch nur das Geringste zu tun haben, bis sie erfuhren, daß ich dein Anhang bin.«

»Du bist niemands Anhang«, sagte er verärgert. »Und schon gar nicht meiner.«

Sie war sich selbst noch immer nicht im klaren darüber, was sie dabei empfand, daß ihr an diesem Abend zunächst Ablehnung und dann plötzlich diese Akzeptanz entgegengebracht worden war; und solange sie nicht wußte, was sie davon halten sollte, wollte sie auch nicht darüber sprechen.

»Wer war diese Frau?« fragte Chris, um das Thema zu wechseln. Erst als sie die Worte laut ausgesprochen hatte, wurde ihr bewußt, wie mißverständlich sie klangen.

»Kelly Whitefield«, antwortete er spontan, ohne daß er eine nähere Beschreibung benötigte; dabei waren mehr als zweihundert Frauen auf die Veranstaltung gekommen. »Wir sind schon seit ewigen Zeiten befreundet.«

»Du hättest mir doch sagen können, daß ihr euch dort treffen würdet. Das hätte uns dreien eine Menge Kummer erspart – und dir die späteren Erklärungen ihr gegenüber.«

»Ich bin Kelly keine Erklärung schuldig.«

Chris lachte ironisch. »Ich an ihrer Stelle wäre nicht so verständnisvoll.«

»Wofür sollte sie Verständnis aufbringen? Wir sind einfach nur Freunde – das ist alles.«

Eine der roten Pailletten an ihrem Kleid hatte sich gelöst; im Kopf machte sie sich eine Notiz, sie anzunähen, wenn sie zu Hause ankämen, verwarf den Gedanken aber sofort wieder, weil sie das Kleid ohnehin kein zweites Mal tragen würde. »Das ist wirklich eine äußerst galante Bezeichnung für deine Geliebte«, bemerkte sie provozierend.

Er warf ihr von der Seite her einen Blick zu. »Wie kommst du darauf, daß sie meine Geliebte ist?«

Jetzt mußte sie vorsichtig sein; denn erstens ging sie das nichts an, und zweitens könnte er womöglich den Eindruck gewinnen, es würde ihr etwas ausmachen. »Oder bestreitest du es?« hakte sie gegen seinen Willen nach.

»Nein, ich habe dich nur gefragt, wie du darauf kommst?«

»Weil ich beobachtet habe, wie sie dich ... und mich angesehen hat.« Verdammt, ihn konnte sie vielleicht noch täuschen, sich selbst aber nicht. Es war ihr einfach nicht gleichgültig, und sie könnte sich dafür ohrfeigen. Sie wandte ihren Blick wieder nach draußen. »Sie ist sehr hübsch«, bemerkte sie, während die Fensterscheibe von ihrem Atem beschlug.

»Kelly ist nicht wie die anderen Frauen, die ich kennengelernt habe. Sie ist...«, er zögerte einen Moment, »einfach anders. Das ist alles.«

Bestens – das hatte ihr gerade noch gefehlt; jetzt saß sie

hier neben Mason und hörte sich seinen Lobgesang auf eine andere Frau an. »Du warst dumm, mich zu heiraten und zu riskieren, sie zu verlieren.«

»Ich werde sie nicht verlieren.«

»Ach so. Ich verstehe.« Sie zwang sich, ihn anzusehen. Mit etwas Glück würde sie etwas entdecken, das sie hart genug treffen würde, um ihr die Kraft zu geben, von ihm fortzugehen. Sie konnte jedoch kein Zeichen von Selbstgefälligkeit oder Triumph erkennen, vielmehr wirkte Mason besorgt, verwirrt.

»Man kann nichts verlieren, das man nie besessen hat«, sagte er. »Kelly und ich sind wirklich nur Freunde... selbst wenn es zwischen uns auch intime Momente gegeben hat«, fügte er mit brutaler Ehrlichkeit hinzu.

Jetzt wagte sie erst recht nicht mehr, noch etwas zu sagen. Den Rest der Strecke legten sie schweigend zurück. Zu Hause angekommen, wandte Mason sich an Chris und sagte: »Bevor ich es vergesse. Ich möchte, daß du weißt, wie stolz ich heute abend auf dich war.«

Der Ärger stieg ihr aufs Neue zu Kopf. »Du glaubst doch nicht etwa, du hättest das Recht, auf irgend etwas stolz zu sein, das ich tue?«

Anstatt das Streitgespräch fortzusetzen, zog er sich zurück: »Ich habe es anders gemeint, als es in deinen Ohren geklungen haben mag. Ich wollte einfach nur sagen, daß ich beeindruckt von... Nein – ich muß es anders ausdrücken: Ich habe deinen Mut bewundert.«

Chris erkannte, daß er es ehrlich meinte. Und da sie eigentlich auch nicht beabsichtigt hatte, feministische Sprüche von sich zu geben, schenkte sie ihm ein entschuldigendes Lächeln. »Was würdest du sagen, wenn ich dir verraten würde, daß ich nur deshalb so mutig war, weil ich kein Auto mit Schaltung fahren kann?«

Er sah sie an. »Ich würde sagen, du lügst.«

Die Uhr auf dem Kaminsims schlug zweimal. »Es ist spät«,

sagte sie. Allmählich bekam sie in diesem Raum Beklemmungsgefühle. Sie mußte jetzt allein sein, um über ihre Erlebnisse an diesem Abend nachzudenken und zu überlegen, wie sie sich demnächst verhalten sollte. »Außerdem muß ich morgen früh aufstehen.«

»Geh noch nicht«, bat Mason.

Etwas in seiner Stimme ließ sie innehalten. »Ich habe dir heute abend nichts mehr zu sagen, Mason. Meinst du nicht auch, daß du jetzt lieber mit Kelly als mit mir sprechen solltest?«

Er senkte seinen Blick. »Du hast recht«, sagte er.

»Sie erwartet zwar keine Erklärung von mir, aber verdient hat sie sie trotzdem.« Zögernd griff er nach seinem Mantel und ging zur Tür. »Bis morgen früh.«

Chris versuchte die aufkeimende Enttäuschung zu unterdrücken. »Sollte ich nicht hiersein, wenn du zurückkommst bin ich bei Mary und hole Kevin ab«, sagte sie mit heiterer Stimme, um sich ihre Enttäuschung nicht anmerken zu lassen.

Verblüfft drehte er sich um. »Willst du ihn noch heute nacht abholen?«

»Nein, morgen früh.«

Allmählich verstand er. »Bis dahin bin ich längst zurück.«

Ein Stein fiel ihr vom Herzen. »Das ist aber nicht nötig. Zumindest nicht meinetwegen. Wir haben vereinbart, daß jeder von uns sein eigenes Leben weiterführt, ohne daß sich der andere einmischt.«

»Ich gehe nicht, wenn...«

Sie hielt es nicht mehr aus. Sollte sie ihm sagen, daß sie ihn lieber nicht gehen lassen wollte? Und dann? Was würde das überhaupt bewirken? »Würdest du jetzt bitte gehen. Ich bin müde und will ins Bett.«

Er griff nach der Türklinke. »Chris...«, sagte er mit dem Rücken zu ihr.

»Ja?« – »Wegen der Annullierung...« – »Was ist damit?«

»Gib uns doch noch einen Monat Bedenkzeit. Wenn wir uns bis dahin nicht einigen können, kannst du machen, was du für richtig hältst.« Nach einer langen Pause fügte er hinzu: »Ich will Kevin einfach nicht verlieren.«

»Ja genau, dann reißen wir uns einen Monat lang zusammen – und dann?« Mason war zwar während der letzten zwei Wochen selten zu Hause gewesen, aber wenn er da war, waren er und Kevin ein unzertrennliches Paar gewesen. Kevin würde es Chris nie verzeihen, wenn sie die beiden jetzt auseinanderreißen würde.

»Die Entscheidung überlasse ich dir«, sagte er, immer noch mit dem Rücken zu ihr.

Sie spürte, wie ihr der Boden unter den Füßen wegglitt und kam sich vor wie eine von diesen Comicfiguren, die gerade von der Kante einer Klippe einen Schritt in die Luft macht, kurz nach unten sieht und gleich danach in den Abgrund fällt. Egal, wie tief der Abgrund war oder wie lange sie fallen würde – sie hätte ohnehin keine Chance, sich irgendwo festzuhalten. »Also gut«, lenkte sie ein. »Verlang aber bitte nicht von mir, dich noch mal auf irgendwelche Parties zu begleiten.«

Er öffnete die Tür und ging, und sie war sich nicht sicher, ob das Geräusch, das sie hörte, ein Seufzer der Erleichterung war oder der Wind.

30

Mason konnte nicht schlafen und stand am Morgen nach dem Ball früh auf. Auf dem Weg zur Arbeit kurbelte er die Scheiben seines Wagens herunter und ließ seine Gedanken schweifen. Trotz des mickrigen Mittagessens und des verpaßten Abendessens am Vortag hatte er keinen Hunger. Erst als er an der Bäckerei »New Roma« vorbeikam, regte der Duft frisch gebackenen Brots, der in der Luft hing, seinen Appetit an.

Sein Geruchssinn war schon immer besonders ausgeprägt gewesen; ein Duft konnte in ihm schneller Erinnerungen hervorrufen als beispielsweise ein Geräusch oder eine optische Wahrnehmung. Diane hatte ihn in die Geheimnisse von ofenwarmem Brot eingeweiht. Sie hatte den ganzen Morgen in der Küche stehen können, Teig mischen, kneten und Brote formen. Wenn das Brot dann im Ofen war, hatte sie immer nur einmal kurz die Ofentür geöffnet, um nachzusehen, wie weit es war. In diesen Momenten hatte sie dann mit geschlossenen Augen vor dem Ofen gestanden, ein genießerisches Lächeln auf den Lippen, und hatte den Duft mit einem tiefen Atemzug in sich aufgenommen. Einmal hatte sie sich zu ihm umgedreht und gesagt: »Wenn der Himmel wirklich so himmlisch ist, wie man sagt, dann duftet es dort genauso wie hier.«

Ob du recht behalten hast, Diane?

Sobald das Brot fertig gewesen war, hatte Diane es vorsichtig aus der Backform genommen, um es auf einem Gitterrost abkühlen zu lassen, hatte dann nach einem Messer gegriffen und die Enden des Brotlaibs mit unglaublicher Behutsamkeit abgeschnitten, so daß diese ersten, kostbaren weichen Scheiben nicht zerdrückt wurden. Als nächstes war die Butter gekommen; nicht diese winzigen Stückchen, wie sie in den Restaurants auf einem Tellerchen serviert werden, sondern verschwenderische Mengen von Butter, die auf dem warmen Brot zerschmolzen und manchmal an den Rändern hinunterliefen und einem auf die Finger tropften.

Danach hatten sie das Resultat von Dianes liebevoller vierstündiger Arbeit gekostet. Sie hatte ihm ein Stück Brot hingehalten und er hatte genußvoll hineingebissen, während sie ihn dabei unverwandt beobachtet hatte. Es war schon immer eines ihrer größten Vergnügungen gewesen, ihm eine Freude zu bereiten.

Mason hatte erst mit der Zeit gelernt, Dianes nahezu obsessive Leidenschaft für frischgebackenes Brot nachzuempfinden; als er jedoch einmal Geschmack daran gefunden hatte, wollte er es nicht mehr missen. Da sie beide während der Woche immer viel zu tun gehabt hatten, hatten sie diese zeitaufwendige Zeremonie höchstens einmal pro Woche vollzogen, meist sonntags; samstags hatten sie sich auch schon einmal an Zimtschnecken oder Vollkornbrötchen versucht.

In Dianes Mundwinkel hatte er danach jedesmal die Spuren der geschmolzenen Butter entdeckt. Noch bevor sie die Butter hatte abwischen können, hatte er sie für sich beansprucht, indem er seine Zungenspitze über ihre zarte Haut hatte fahren lassen und sie dann zwischen ihre Lippen hatte gleiten lassen, um dasselbe Brot zu schmecken wie sie. Manchmal war daraus ein langer Kuß geworden, und sie hatten sich geliebt, mitunter hatten sie einfach nur in der Küche gesessen, hatten sich eng umschlungen gehalten und über die vergangene oder die bevorstehende Woche gesprochen, und gelegentlich, wenn unbedingt nötig, war auch jeder seine eigenen Wege gegangen. Aber gleich, was der Rest des Tages gebracht hatte, die Morgen, die sie zusammen in der Küche verbracht hatten, hatten stets einen positiven Einfluß auf den gesamten Tagesablauf gehabt.

Jetzt gab es nur noch die Erinnerung – was damals Vergnügen bereitet hatte, verursachte heute nichts als Schmerz. Selbst seine Liebe zu Kevin wurde von diesen Erinnerungen überschattet. Wie konnte er das fröhliche Zusammensein mit Kevin genießen, obwohl er doch wußte, daß es diese Freuden nur gab, weil sich Diane geopfert hatte? Aber vielleicht hatte sie es sich ja auch genau so gewünscht – warum sollte er diese glücklichen Momente dann nicht genießen?

Er hielt an einer Ampel, legte den Leerlauf ein und rieb sich seine müden Augen. Auch wenn man liebte, konnten die guten Geister mitunter zur Belastung werden.

Wie immer bei diesen Gedanken, kamen Schuldgefühle in ihm auf. Wer würde die Erinnerung an Susan und Diane lebendig halten, wenn er es nicht tat?

Hatte er das Recht, sich zu beklagen, nur weil seine Gedanken und sein Leben ein bißchen durcheinandergeraten waren? Schließlich lebte er noch.

Aber zu welchem Preis? Er war verletzt worden – das gab ihm jedoch nicht das Recht, andere zu verletzen. Am wenigsten Chris. Sie hatte nichts getan, um letzte Nacht so von ihm behandelt zu werden – nichts, außer daß sie ihm vielleicht ein bißchen zu nahe gekommen war. Er mußte ihr zu verstehen geben, daß seine Gefühle – und die Art, wie er nun einmal war – nichts mit ihr zu tun hatten.

Zumindest mußte er sich ihr gegenüber anständig verhalten und allmählich damit aufhören, ihr das tägliche Leben zu ruinieren. Es würde ihm bestimmt nicht weh tun, ihr nur ein wenig Anerkennung dafür zu schenken, was sie für seinen Sohn getan hatte und was sie noch immer für Kevin tat. Mit Rebecca war er nun schon seit vielen Jahren befreundet; trotzdem bewahrten sie zueinander eine emotionale Distanz. Warum sollte das mit Chris nicht auch möglich sein?

Nachdem er diesen Entschluß gefaßt hatte, erfüllte ihn plötzlich der dringende Wunsch, die Situation so schnell wie möglich zu bereinigen. Als die Ampel auf grün schaltete, fuhr

Mason nicht geradeaus weiter, sondern er drehte einmal um den Häuserblock und fuhr zurück zur Bäckerei. Er ging hinein, bestellte eine Auswahl frischer Brötchen und setzte sich rasch wieder in Bewegung, damit er gar nicht erst in Versuchung geriet, sein Vorgehen noch einmal zu überdenken.

Fünfzehn Minuten später kam er zu Hause an. Daß Chris noch im Bett lag, wunderte ihn gar nicht. Schließlich mußte sie Kevin und Tracy erst in einer Stunde abholen und zur Schule bringen. Warum sollte sie also nicht noch ein bißchen schlafen, wenn sie doch nur in einem leeren Haus und noch dazu mit schlechten Erinnerungen an den Vorabend aufwachen würde?

Er setzte den Kaffee auf, legte die Brötchen in eine Schale und zog völlig unbewußt ein Tablett aus dem Küchenschrank. Plötzlich hatte er eine Idee. Er wollte Chris das Frühstück am Bett servieren. Hoffentlich würde sie diese Geste genauso verstehen wie er, nämlich versöhnend und nicht selbstgefällig. Sicher, er wollte sie davon abhalten, die Scheidung einzureichen, aber ebenso wichtig war es ihm, sie um Verzeihung zu bitten.

Während er wartete, bis der Kaffee durchgelaufen war, sah er zum Küchenfenster hinaus und entdeckte die erste blühende Narzisse in diesem Jahr. Er lächelte, als er die Schublade aufzog und ein Messer herausnahm. Diane hatte Narzissen geliebt – vielleicht hatte Chris ja die gleichen Vorlieben.

Da er keine Vase finden konnte, stellte er die Blume in ein Glas. Der Gesamteindruck wurde dadurch zwar etwas geschmälert, doch im großen und ganzen gefiel ihm sein Werk. Als er mit dem Tablett aus der Küche ging, fühlte er sich richtig gut.

Zu gut.

Vor Chris' Schlafzimmertür machte er eine Hand frei, um anzuklopfen. Sein Blick fiel auf das Tablett, auf die liebevoll gefalteten Servietten, die Kaffeetassen mit dem Regenbogenmotiv, die Brötchen und die Butter sowie die hellgelbe Narzisse, die schief in ihrem Geleeglas stand. Seine Nackenhaare sträubten sich. Was zum Teufel machte er hier?

Er starrte die Holztür an. Was verbarg sich dahinter? Was hoffte er, dort vorzufinden?

Nicht schon wieder, schrie eine innere Stimme. Du mußt dich schützen. Verschwinde, solange du kannst.

Aber vor Chris weglaufen? Das war doch völlig unlogisch. Er versuchte, seine Ängste zu analysieren. Seine Gefühle für Chris basierten auf einer merkwürdigen Mischung aus Schuldgefühlen darüber, wie er sie gestern abend behandelt hatte, und aus Dankbarkeit für die Liebe und Zuwendung, die sie Kevin entgegenbrachte. Das war alles.

Warum zögerte er dann?

Weil sie seine Geste falsch verstehen könnte, und er sich fragte, wohin das alles führen würde.

Auf Zehenspitzen schlich er zurück in die Küche, räumte alles wieder an seinen Platz und packte die Brötchen in die rosafarbene Dose. Janet würde sich sicher wundern, wenn er ihr die Dose in die Hand drückte, damit sie sie im Pausenraum aufstellte, nie aber würde sie ihn fragen oder Vermutungen darüber anstellen, warum er die Brötchen mitbrachte.

Als er in sein Auto stieg, spürte Mason zwar, wie sich sein Schutzmantel wieder über ihn legte, doch beschlich ihn kurz das Gefühl, einen schrecklichen Verlust zu erleiden. Auf seiner Fahrt in die Innenstadt stellte er sich immer wieder die gleiche Frage: Was hätte er hinter Chris' Schlafzimmertür vorgefunden? Ob sie sich überhaupt gefreut hätte?

Wahrscheinlicher erschien es ihm, daß sie sich irgend etwas gegriffen und nach ihm geworfen hätte. Was aber, wenn nicht?

Mason war nicht der Typ, der sich mit Wenns und Abers aufhielt, und er ermahnte sich selbst dazu, sich auf die bevorstehende Arbeit zu konzentrieren. Doch schnell kam er zu der Überzeugung, daß das leichter gesagt war als getan.

Chris hörte, wie Mason in sein Auto stieg und anfuhr und drehte sich zur Seite, um auf ihren Wecker zu schauen. Er war ziemlich spät dran. Wahrscheinlich war er länger bei Kelly geblieben als geplant.

Jetzt stellte sie sogar schon Vermutungen an. Verärgert über sich selbst, schwang sie sich aus dem Bett. Warum regte sie sich bloß so darüber auf, daß er die ganze Nacht ausgeblieben war?

Weil sie auf keinen Fall wollte, daß Kevin einen Vater hatte, der sich wie ein liederlicher Halbwüchsiger benahm, sagte sie sich und zog sich energisch ihren Morgenmantel über.

Sie ging ins Bad, um sich die Zähne zu putzen. Im Spiegel starrten ihr aus tiefen Rändern ihre müden Augen entgegen; erschrocken stellte sie fest, daß sie sich nicht länger vor der Wahrheit verstecken konnte.

Ihre Gefühle hatten nichts mit Kevin zu tun.

Sie stützte sich auf den Rand des Waschbeckens und senkte entmutigt ihren Kopf. Mein Gott, wie sollte es weitergehen? Wie konnte sie sich bloß in einen Mann verlieben, auf den sie wie ein Mauerblümchen wirkte? Hatte sie in ihrem Leben nicht schon genug Kummer gehabt?

Wo hatte sich diese perverse Seite ihrer Persönlichkeit bisher versteckt? Seit wann stand sie auf diesen wahnsinnig selbstbewußten und egozentrischen Mason-Winter-Typ?

Wahrheitsgemäß beantwortete sie sich die Frage selbst: seitdem sie erkannt hatte, daß sich der echte Mason hinter einer Fassade verbarg. Rein faktisch gesehen, war Mason wohlhabend und einflußreich; außerdem war er zweifellos der schönste Mann, den sie kannte, wenn man einmal von den Kinohelden absah. Noch beeindruckender fand sie die Tatsache, daß Mason sich offenbar weder auf sein gutes Aussehen etwas einbildete noch die Frauen beachtete, die aus ihrer Bewunderung für ihn keinen Hehl machten und die sich auf der Straße nach ihm umsahen.

Sein Aussehen bedeutete Chris nichts. Sie hätte ihm wahrscheinlich nie auch nur die geringste Beachtung geschenkt – wenn es Kevin nicht gäbe. Doch jetzt, nachdem sie Vater und Sohn eine Zeitlang beobachtet hatte, erkannte sie die schmerzliche Wahrheit: Dieser Mann, der sich durch die Liebe zu seinem Kind selbst vergaß, übte auf sie eine starke Anziehungskraft aus. Mason war wie ausgewechselt, wenn er mit Kevin zusammen war. Er wurde lebendig, er öffnete sich, und er gab so viel, ohne auch nur ans Nehmen zu denken. Er lächelte und lachte, und wenn er sich unbeobachtet fühlte, sah er Kevin mit so hungrigen Augen an, daß es Chris den Atem verschlug.

Und dann die Sache mit dem Haus. Chris war der Meinung, daß Taten, nicht Worte, einen Menschen charakterisierten. Obwohl sie sich zunächst daran gestört hatte, daß er das Haus gekauft hatte, ohne sie an der Entscheidung zu beteiligen, war sie im Nachhinein doch davon überzeugt, daß er seine Wahl äußerst sensibel und bedacht getroffen hatte.

Und seine Rettungsaktion am Vorabend, die ihr den Weg geebnet hatte, ihre Ehre wiederherzustellen. Dabei war sie eigentlich diejenige gewesen, die den Nichteinmischungspakt gebrochen hatte.

Bisher hatte sie sich geweigert, die guten und liebenswerten Seiten Masons anzuerkennen. Vermutlich nur, um sich selbst zu schützen. Aber das Warum spielte jetzt keine Rolle mehr. Umso wichtiger war jetzt die Frage, wie sie sich angesichts dieser neuen Erkenntnis verhalten sollte.

Sie steckte ihre Zahnbürste wieder in das Spiegelschränkchen, spülte das Waschbecken aus und ging in die Küche. Schon im Flur stieg ihr der Duft frisch aufgesetzten Kaffees in die Nase. Die Kaffeekanne war jedoch leer und schien nicht benutzt worden zu sein. Sie sah sich um. Die Küche sah genauso aus, wie sie sie am Vorabend verlassen hatte, und doch spürte sie, daß Mason dagewesen sein mußte.

An der Spüle ließ sie zunächst das Wasser ein paar Sekunden ablaufen, um eventuelle Rückstände aus der Leitung zu beseitigen und füllte dann die Kaffeekanne. Während sie die Kanne unter den Wasserhahn hielt, fiel ihr Blick auf etwas Gelbes, das unter dem Deckel des Abfalleimers hervorlugte. Bei genauerem Hinsehen erkannte sie eine Narzisse.

Was, um Himmels willen, hatte eine Narzisse im Abfall zu suchen?

Im Fahrstuhl, auf dem Weg zum Mittagessen, sah Mason genau in dem Moment auf, als sich die Türen gerade schließen wollten und Rebecca auf ihn zukam. Er hielt die Tür mit beiden Händen auf und wartete auf sie. »Wir haben dich heute morgen bei der Besprechung vermißt«, sagte er beiläufig.

Sie stieg in den Aufzug und sah ihn von der Seite an. »Da ihr mich heute ja nicht benötigt habt, habe ich mich dazu entschlossen, nicht hinzugehen.«

»Hast du dafür einen bestimmten Grund gehabt?« fragte er, wohl wissend, daß Rebecca auf fast alle Fragen eine Antwort hatte.

»Ich habe es für besser gehalten, daß wir uns heute nicht mehr sehen als nötig.«

Das war es also. Sie glaubte, er wäre noch immer verärgert wegen des Galaabends. »Ich bin nicht sauer auf dich«, erklärte er ihr. »Zumindest nicht mehr.«

»Wie schön«, gab sie eisig zurück.

Ihr Tonfall machte ihn stutzig. Seine Augen weiteten sich und sahen Rebecca fragend an. »Dann muß doch irgendwas anderes an dir nagen?«

»Jedenfalls nichts, das nicht mit einer Entschuldigung oder mit ein paar Nettigkeiten aus der Welt zu schaffen wäre. Zumindest hoffe ich, daß es damit getan ist.«

»Ich erwarte keine Entschuldigung«, sagte er großmütig.

Sie sah ihn an. »Na Gott sei Dank, das wäre nämlich auch das letzte, was mir in den Sinn gekommen wäre.«

»Würdest du mir dann bitte sagen, wovon du überhaupt sprichst?« fragte er, inzwischen schon ziemlich ungehalten.

»Ich treffe Chris zum Mittagessen«, sagte sie und gab ihrer Stimme einen bedeutungsvollen Klang.

Jetzt war er vollends verwirrt. »Warum?«

»Ich will versuchen, sie davon zu überzeugen, daß ich mit dem gestrigen Vorfall nichts zu tun hatte.«

Mason steckte die Hände in die Hosentaschen und verfolgte oben auf der Anzeigetafel die stets kleiner werdenden Zahlen. »Sie macht dir überhaupt keine Vorwürfe«, sagte er schließlich.

»Hat sie das gesagt?«

»Nein, aber es gibt gar keinen Grund...«

Sie unterbrach ihn. »Das habe ich mir gedacht.«

»Jetzt hör mal zu, du mußt mir das einfach glauben, weil ich nicht vorhabe, das mit dir auszudiskutieren.« Er atmete tief, bevor er fortfuhr. »Was gestern abend passiert ist, war einzig und allein mein Fehler.«

Der Fahrstuhl hielt und ein neuer Fahrgast stieg ein, wodurch ihr Gespräch ein abruptes Ende fand. Im Erdgeschoß zog Rebecca Mason kurz zu sich heran. »Ich weiß ja, daß es mich nichts angeht, aber warum machst du es dir jetzt eigentlich zur Lebensaufgabe, Chris davon zu überzeugen, daß du der letzte Dreck bist?«

Er spielte eine Reihe von möglichen Antworten durch und entschied sich am Ende dafür, ihr die Wahrheit zu sagen. »Ich weiß es nicht«, gab er widerwillig zu.

Langsam überzog ein Lächeln Rebeccas Gesicht. »Soll ich dir sagen, warum?«

Er zog eine Augenbraue hoch und sah sie gespannt an. »Habe ich eine andere Wahl?«

»Du bist in sie verliebt!« verriet sie ihm.

»Niemals«, konterte er viel zu schnell und klang nicht besonders überzeugend.

»Ich gebe dir sechs Monate Zeit. Wenn du mir dann immer noch dasselbe sagst, glaube ich dir.«

»Das wird wohl kaum nötig sein«, sagte Mason. »Eine innere Stimme sagt mir nämlich, daß meine Ehe bis dahin längst der Vergangenheit angehören wird.«

»Nicht, wenn du es nicht willst.« Rebecca ließ nicht locker.

»So langsam glaube ich, daß ich genau das will«, sagte er. Als sie zu einer Antwort ansetzen wollte, winkte er ab. Er hatte weder Zeit, noch Energie oder Lust, das Gespräch fortzuführen. »Grüß Chris von mir«, sagte er. »Und sag ihr, daß ich heute abend nicht nach Hause komme.«

»Wenn das wahr ist«, entgegnete Rebecca ziemlich entrüstet, »dann wirst du ihr diese Mitteilung wohl schon selbst machen müssen.« Sie drehte sich auf dem Absatz um und ging.

Mason sah ihr nach und fragte sich, wie viel tiefer er die Grube wohl noch graben konnte, bevor die Wände nachgeben und über ihm zusammenbrechen würden.

31

Am Samstagmorgen wachte Chris auf und fühlte sich schrecklich unruhig. Sie wußte zwar nicht recht, wozu sie Lust hatte, hatte aber das Gefühl, daß ihr eine Luftveränderung guttun würde. Neun Tage waren seit dem Valentinstag vergangen – einer spannungsgeladener als der andere. Als Kevin eine halbe Stunde später in die Küche geschlendert kam, wurde ihr klar, wie unbeschwert und spontan sie doch früher gelebt hatten.

Beim Vorbeigehen drückte sie ihm einen flüchtigen Kuß auf die Wange. »Was hältst du davon, wenn wir heute etwas unternehmen?« fragte sie. »Irgendwas, das so richtig Spaß macht.«

»Was denn?« fragte Kevin zwar etwas weniger enthusiastisch als sie gehofft hatte, aber doch nicht so, als würde er ihre Idee ganz ablehnen.

»Och, keine Ahnung...« Aber dann fiel ihr etwas ein. »Wir könnten ein Picknick machen. Du darfst dir aussuchen, wo wir hinfahren, und ich suche das Essen aus.«

Nachdem er einen Moment darüber nachgedacht hatte, leuchteten seine Augen interessiert auf. »Wir könnten ans Meer fahren«, schlug er vor und schien zumindest ein bißchen aufgeregt zu sein. »Oh ja, wir könnten meinen Drachen mitnehmen. Und ein bißchen Brot für die Möven.« Mit jedem neuen Einfall wurde er lebhafter. »Und meinen Eimer und die Schaufel. Und eine Tüte für die Muscheln, die wir finden.«

Chris beugte sich über die Spüle, um aus dem Fenster zu sehen und das Wetter zu inspizieren. »Ich finde, das ist eine Superidee«, verkündete sie. »Heute haben wir herrliches

Wetter. Wenn wir direkt losfahren, hätten wir den ganzen Nachmittag Zeit.«

»Ich hole Papi.« Er sprang vom Stuhl und war schon unterwegs zu Masons Schlafzimmer.

»Nein, Kevin! Warte mal«, rief sie.

Er drehte sich um und sah sie fragend an. »Wieso?«

»Ich dachte, wir könnten heute mal allein wegfahren«, gestand sie, wobei selbst ihr ihre erzwungene Höflichkeit etwas unecht vorkam. Sie griff nach einem Lappen und begann, über eine bereits saubere Arbeitsplatte zu wischen. »Du weißt schon. So wie früher. Dann hätte Mason auch mal ein bißchen Zeit für sich selbst. Ich wette, es gibt 'ne Menge Dinge, die er besser erledigen kann, wenn wir ihm nicht ständig im Wege stehen.«

»Er hat heute gar nichts zu tun«, erwiderte Kevin selbstsicher. »Ich habe ihn doch gestern abend gefragt.«

Nervös suchte Chris auf die Schnelle nach einem anderen Grund, aus dem sie ohne Mason fahren könnten – nicht ein einziger fiel ihr ein. »Tja, dann sollten wir ihn wohl einladen mitzukommen«, sagte sie. Ihre anfängliche Begeisterung schwand, und sie mußte notgedrungen zustimmen.

Als Kevin weg war, holte sie den Picknickkorb aus der Vorratskammer und begann damit, ihn mit Tassen und Tellern zu füllen. Sie war gerade dabei, die Hähnchenreste des Vorabends einzupacken, als Kevin zurückkam.

»Papa will nicht mitkommen«, verkündete er und legte ein Bein über einen Stuhl.

»Das ist aber schade«, sagte sie, als bedauere sie es wirklich; gleichzeitig versuchte sie, ihre Freude darüber zu verbergen. »Er wird einen wunderschönen Tag verpassen.«

»Ich will auch nicht mehr mitfahren.«

»Natürlich willst du noch«, versuchte sie ihn zu überreden. »Wir können erst beim Nut-Tree-Laden vorbeifahren, und du kannst dir ein schönes Spielzeug für die Fahrt aussuchen.« Sie dachte darüber nach, was sie gerade gesagt hatte, und ihr schnürte sich die Kehle zusammen. Bestechung? War sie wirklich so tief gesunken, daß sie ihren eigenen Sohn bestechen mußte, damit er mit ihr auf ein Picknick fuhr?

»Ich will kein neues Spielzeug.«

»Okay«, gab sie sich zwar geschlagen, hätte aber fast laut losgeschrien. »Vielleicht können wir es ja nächste Woche nachholen.« Sie ließ die Hähnchenteile in die Schüssel zurückfallen und stellte diese dann wieder in den Kühlschrank. »Wie wär's mit Frühstück?«

»Keinen Hunger. Ich gehe wieder ins Bett und lese mein Buch.«

Als er an ihr vorbeiging, beugte sie sich nach vorn und ließ ihre Finger durch sein Haar gleiten. »Was hältst du davon, wenn wir heute nachmittag in den Park gehen und die Enten füttern? In dieser Jahreszeit denken nur wenige Menschen daran, sie zu besuchen; sie sind bestimmt hungrig.«

»Okay«, sagte er. Seine Hausschuhe hinterließen ein leises schlurfendes Geräusch auf den Fliesen, als er sich wieder in Richtung Tür entfernte.

Chris zählte bis zehn, wartete, bis Kevin außer Hörweite war, und riß dann den Korb auf, um die Bestecke wieder zurück in die Schublade zu knallen. Im Geist zählte sie eine Reihe von Schimpfwörtern auf, die alle zu anstößig waren, um sie laut auszusprechen. In diesem Moment kam Mason in die Küche.

»Was machst du denn hier?« fragte er, nachdem er sie eine Weile beobachtet hatte.

»Das siehst du doch«, fuhr sie ihn an.

»Aber ich dachte, du wolltest mit Kevin irgendwohin fahren.«

Sie blitzte ihn an. »Kevin hat seine Meinung geändert.«

»Meinetwegen?«

»Nein, weil er herausgefunden hat, daß ich ihm schon wieder Hähnchen zum Essen geben wollte.« Sie schob die Teller wieder oben in den Schrank. »Natürlich deinetwegen. Weshalb denn sonst?«

»Das tut mir leid. Ich wollte eigentlich nur helfen. Ich dachte, wenn ich ihm sagen würde, daß ich nicht mitfahren wolle, hättet ihr beide mal die Gelegenheit, alleine etwas zu unternehmen.«

Sie sah ihn voller Mißtrauen an. »Warum solltest du das tun?«

Er öffnete den Kühlschrank, nahm den Orangensaft heraus und goß sich ein Glas ein, ließ aber während der ganzen Zeit kein Auge von ihr. »Du magst mich wirklich nicht, stimmt's?«

Unter seinem forschenden Blick fühlte sie sich immer unbehaglicher; sie rauschte an ihm vorbei und stellte den Korb wieder in die Vorratskammer. »Ob ich dich mag oder nicht, hat nichts damit zu tun, wie ich mich jetzt fühle.«

»Was ist dann los?« wollte er wissen.

»Ich bin frustriert«, platzte es aus ihr heraus. »Und ich kann nichts daran ändern. Ich wünschte, alles wäre beim Alten geblieben; aber das geht nun mal nicht. Du bist jetzt hier, und selbst wenn du morgen verschwinden würdest, gäbe es für mich und Kevin kein Zurück mehr. Du bist einfach irgendwie ein Teil von uns geworden.«

Sie hätte noch hinzufügen können, daß sie so manches Mal darüber nachgedacht hatte, ob sie etwas ändern würde, wenn sie es könnte. Aber sie mußte zugeben, daß Kevin während der letzten sieben Monate mehr gewonnen als verloren hatte, besonders dann, wenn man es mit den schlimmen Erfahrungen seines bisherigen Lebens verglich. Er war so glücklich, einen Vater zu haben. Nein, wenn sie ehrlich war – zumindest mit sich selbst –, dann war es doch mehr als nur der Gedanke, einen Vater zu haben, der Kevin glücklich machte; es war Mason selbst, den Kevin liebte.

»Du tust so, als hättest du keine Wahl«, bemerkte Mason.

»Irgendwie ist es auch so.«

Die Luft zwischen ihnen wurde zunehmend dicker. »Glaubst du, es wäre besser, wenn ich gehen würde?« fragte er.

Damit hatte sie nicht gerechnet. Es war nicht Masons Art, so schnell aufzugeben. Er sprach die Worte aus, als hätte man ihn dazu gezwungen; trotzdem zweifelte Chris nicht daran, daß es ein ernstgemeintes Angebot war. Sie hätte ihn nur bitten müssen, und er wäre wirklich gegangen. »Nein«, sagte sie entschieden.

»Was meinst du mit ›nein‹. Wäre es nicht besser, oder soll ich nicht gehen?« fragte er ruhig.

»Kevin würde mir das nie verzeihen.«

»Vergiß doch mal Kevin für einen Moment. Wie fühlst du dich?«

Was wollte er erreichen? Sollte sie ihm gestehen, was sie für ihn empfand? Sie konnte sich schon lebhaft vorstellen, wie er später dieses Geständnis gegen sie verwenden würde. »Ich habe dir versprochen, es noch einen Monat lang zu versuchen«, sagte sie und vermied eine direkte Antwort. »Und ich halte meine Versprechen.«

Er nickte, so als hätte er eingesehen, daß er im Moment nicht mehr von ihr erwarten konnte. Nach einer kurzen Pause ging er zur Vorratskammer, nahm den Korb wieder heraus und stellte ihn auf die Anrichte. »Ich hätte Lust auf ein Picknick«, eröffnete er ihr. »Kommst du mit?«

Was hatte das jetzt wieder zu bedeuten? Sollte das ein Wiedergutmachungsversuch dafür sein, daß er ihr Picknick ruiniert hatte? Oder sollte es ein Freundschaftsangebot darstellen? Noch stand sie einigermaßen fest auf dem Boden der Tatsachen, hatte aber den Eindruck, als habe Mason ihn eben ganz schön erschüttert. Sie versuchte, sich das plötzlich in ihr aufkommende Glücksgefühl nicht anmerken zu lassen und fragte beiläufig: »An welchen Ort hattest du gedacht?«

»Na ja, ich dachte, es wäre mal schön, ans Meer zu fahren. Zu dieser Jahreszeit hätten wir den Strand bestimmt ganz für uns.«

»Irgendwie seltsam. Vor gar nicht allzu langer Zeit ging mir der gleiche Gedanke durch den Kopf. Meinst du, wir könnten Kevin dazu überreden mitzukommen?«

»Ich könnte ihm beispielsweise versprechen, daß wir das Hähnchen von gestern abend hier lassen und statt dessen irgendwo ein paar Sandwiches essen«, schlug Mason vor.

Sie konnte sich ein Grinsen nicht verkneifen. »Ehrlich gesagt bin ich das Hähnchen auch ein bißchen leid«, gestand sie.

»Ja, dann ist ja alles klar.« Er nickte ihr dankbar zu und verschwand in Richtung von Kevins Zimmer. Kaum war er durch die Tür, hielt er einen Moment inne, drehte sich um und kam zurück. »Chris?«

Sie unterbrach ihre Arbeit und blickte ihm gerade ins Gesicht. »Ja?«

Nach seinem Gesichtsausdruck zu urteilen war das, was er ihr mitzuteilen hatte, alles andere als leicht für ihn. Er zuckte mit den Achseln und meinte: »Ich glaube, ich muß dir endlich mal danke sagen.«

»Wofür?«

»Dafür, daß du es leichter gemacht hast, als du gemußt hättest.«

Verlegen machte sie eine abfällige Handbewegung.

»Erinnerst du dich nicht? Ich hatte doch als erste die Idee, ein Picknick zu organisieren.«

»Ich spreche nicht vom Picknick.« Er rieb sich seinen Nakken. »Seitdem ich Kevin zum ersten Mal mitnehmen durfte, hast du nie versucht, Kevins Meinung über mich irgendwie zu beeinflussen. Ich habe lange gebraucht zu verstehen, warum du gewartet hast, bis du mit mir allein warst, um mir zu sagen, für was für einen Idioten du mich hältst.«

Sie wußte nicht, wie sie reagieren sollte, da sie bisher nicht den Eindruck gehabt hätte, daß er überhaupt wahrnahm, geschweige denn honorierte, wie sehr sie sich bemühte, seinen Kontakt zu Kevin zu erleichtern. »Mason, was hattest du denn erwartet?«

»Anfangs hatte ich befürchtet, du würdest versuchen, Kevin gegen mich aufzubringen. Dann aber habe ich mich bemüht, ihm etwas aufmerksamer zuzuhören, wenn er über dich gesprochen hat, und ich mußte feststellen, daß du offensichtlich selbst dann nicht schlecht über mich gesprochen hast, wenn ihr allein wart, und das, obwohl du dachtest, ich sei das Schlimmste, was Kevin passieren konnte.«

»Warum sollte ich ein Interesse daran haben, daß Kevin schlecht über seinen Vater denkt?« fragte sie ihn, ernstlich verwirrt über seine Dankbarkeit für etwas, das für sie eines der selbstverständlichsten Elemente der Kindererziehung war. »Welchen Nutzen könnte das haben?«

Er sah ihr tief und ausdauernd in die Augen, als wollte er herausfinden, ob sie wirklich so bescheiden war, wie sie klang. »Wenn ich von der Bildfläche verschwinden würde, hättest du ihn wieder ganz für dich allein.«

Das war es also. Wie konnte sie nur so blind gewesen sein und es nicht schon früher gemerkt haben? Mason hatte ganz offensichtlich noch ganz andere Gründe dafür, so viel Zeit wie möglich mit Kevin zu verbringen. Er wollte beweisen, daß er nicht der Mann war, für den Chris ihn hielt.

»Das könnte ich ihm nie antun, Mason. Er muß sich selbst ein Urteil bilden.« Ein verlegenes Lächeln umspielte ihre Mundwinkel. »Ich habe wirklich nicht mehr den geringsten Grund, Kevin von dir fernzuhalten, seitdem ich weiß, daß du doch nicht das furchtbare Scheusal bist, für das ich dich am Anfang gehalten habe.«

»Wann hast du das herausgefunden?«

Ihr Lächeln verwandelte sich in ein bescheidenes Achselzucken. »Ich bin allmählich darauf gekommen, aber den letzten Anstoß hat mir dein Verhalten vor zwei Wochen gegeben.«

»Soll ich jetzt raten, was ich getan habe, um dich zu überzeugen? Die Hochzeit ist es sicher nicht gewesen.«

»Es war das Haus«, offenbarte sie ihm.

Jetzt war er derjenige, der verwirrt war. »Das Haus? Das verstehe ich nicht.«

»Du hättest eine Menge anderer Häuser für uns aussuchen können...«

»Warum denn?« unterbrach er sie. »Warum sollte ich euch beide mehr als unbedingt nötig aus eurer gewohnten Umgebung reißen?«

»Genau deshalb«, fiel sie ein. »Unbewußt hast du zuerst an uns gedacht.«

»Aber alles andere wäre völlig unlogisch gewesen«, warf er ein, offensichtlich noch immer nicht ganz überzeugt von ihrer Argumentation. Er verzog sein Gesicht und stellte fest: »Mein Gott, ich klinge ja schon fast wie der Papst persönlich.«

»Wenn wir uns jetzt nicht beeilen«, sagte sie, als ihr klar wurde, worüber sie eigentlich mit ihm sprechen wollte, »dann ist es dunkel, bis wir am Strand ankommen.«

Ein zögerndes Lächeln erhellte sein Gesicht. »An welchen Strand hattest du gedacht?«

»Stinson? Was meinst du?«

»Das ist mein Lieblingsstrand.«

Sie lachte. »Lügner! Ich wette, du bist noch nie dort gewesen. Vielleicht sollte ich sagen: Ich wette, du hast dir noch nie einen Tag freigenommen, seitdem du nach Sacramento gezogen bist.«

»Also gut. Ich war noch nie dort. Ich habe aber schon davon gehört. Und mit den freien Tagen liegst du falsch.«

Er zog eine Grimasse. »Eigentlich wollte ich das Thema nicht anschneiden, aber du scheinst dich offensichtlich nicht mehr daran zu erinnern, daß ich gern Ski laufe.«

»Stimmt, hab' ich vergessen.« Was ging hier zwischen ihnen vor? Sie führten eine ganz alltägliche Unterhaltung. Ganz so, als ob sie sich mochten. »Was ja nur zeigt, daß ich nicht der nachtragende Typ bin.«

Mit erstaunlicher Ungezwungenheit nahm sie seinen Arm

und führte ihn aus der Küche. Der Vertrautheit ihrer Geste wurde sie sich erst bewußt, als sie ihn schon berührt hatte. Sie rechnete damit, daß er sich, wie bisher in solchen Situationen, zurückzog, vielleicht nicht unbedingt körperlich, zumindest aber emotional. Er tat es nicht. Lautlos atmete sie erleichtert auf. »Du wolltest Kevin holen, hast du das schon vergessen?«

»Um uns brauchst du dir keine Sorgen zu machen. Wir sind in fünfzehn Minuten fertig«, kündigte er fast herausfordernd an.

Sie fühlte sich so glücklich, wie schon seit Monaten nicht mehr, und sie rief ihm nach: »Ich brauche nur zehn.«

»Ich wette um einen Nachtisch auf dem Heimweg, daß du das nicht schaffst.«

»Wette angenommen«, sagte sie, griff nach einer Crakker-Packung auf dem Regal und warf sie schwungvoll in den Korb.

Zehn Minuten und eine belanglose Anzahl von Sekunden später lud sie den Tagesproviant auf die Ladefläche von Masons Kleintransporter. »Der Nachtisch geht auf dich!« verkündete sie mit einem selbstzufriedenen Lächeln.

»Ich werde wohl nie lernen, dich nicht zu unterschätzen.«

Ein schöneres Kompliment hätte er ihr nicht machen können. Vielleicht würde das Wunder ja doch ein bißchen länger anhalten.

In dieser Nacht konnte Mason nicht schlafen. Immer wieder dachte er über den Tag nach, den er mit Chris und Kevin verbracht hatte, doch er konnte sich einfach nicht über die schönen Erinnerungen freuen. Er befürchtete, daß er und Chris sich in eine Sackgasse hineinmanövrierten, und daß sie einen höheren Preis würden zahlen müssen, als ihnen beiden lieb war.

Er wollte ihr keine falschen Hoffnungen machen oder sie in dem Glauben lassen, daß sich aus diesem Tag jemals mehr entwickeln könnte. Ihre Situation war einfach zu festgefahren. Auf Außenstehende wirkten sie wie das perfekte Dreieck – Mutter, Vater, Kind. Nur: Zwei der Linien würden, nein, könnten sich nie treffen. Das Dreieck wäre nie vollkommen. Sie würden bald darüber sprechen müssen. Er mußte ihr erklären, wie er ihre Beziehung sah und vor allem, daß er ihr nicht weh tun wollte.

Schließlich hatte er keine Lust mehr, weiter zu versuchen einzuschlafen; er stand auf, zog seinen Bademantel über und ging in die Küche, in der Hoffnung, ein Bier könnte ihm helfen zu entspannen. Als er um die Ecke bog, mußte er feststellen, daß Chris ihm schon zuvorgekommen war. Sie stand am Herd und hielt einen Milchkarton in der Hand. Auf der Anrichte neben ihr entdeckte er eine Kakaodose. Ihr Flanell-Nachthemd schmiegte sich weich um ihre Hüften und endete kurz über dem Knie. Im Grunde genommen verdeckte es nicht weniger als die Kleidung, die er bisher auch schon an ihr gesehen hatte; ganz im Gegenteil – das Kleid, das sie am Valentinstag getragen hatte, hatte wesentlich weniger verhüllt. Und doch verursachte der Anblick von Chris in ihrer Nachtwäsche eine starke Erregung in seiner Leistengegend, die ihm jetzt etwas unangenehm war.

Chris war keine Schönheit im klassischen Sinne, gar nicht zu vergleichen mit Susan oder Diane. Sie wirkte weder zerbrechlich noch zart. Das Funkeln in ihren Augen war eher böswillig als verführerisch; sie hielt ihren Kopf hoch – herausfordernd, nie nachgiebig. Sie hatte einen festen, schlanken Körperbau wie er selbst, und Mason hatte den Eindruck, daß sie zweifellos ebensoweit wandern und ebensolange Ski laufen konnte wie er und mit der gleichen Ausdauer lieben würde. Sie hatte mehr Ähnlichkeiten mit einer Jeanne d'Arc als mit einer Madonna von Raffael und wirkte wie eine Person, die grundsätzlich darauf bestehen würde, den Picknickkorb selbst zu tragen und nicht nur die Decke.

Es wunderte ihn nicht, daß sie nie geheiratet hatte. Irgendwie vermittelte sie den Eindruck, als sei sie der Typ, der eher Drachen erschlägt als zuzulassen, daß ein Traumprinz sie verführte. Sie würde einen Mann nur dann in ihr Leben lassen, wenn sie ihn wahnsinnig liebte oder er der Vater ihres Kindes wäre – niemals, weil sie ihn bräuchte. Jahrelang hatte Mason verfolgt, mit welchen Männern sich Rebecca einließ; dabei hatte er beobachten können, daß nur wenige von ihnen mit diesem Typ unabhängiger Frauen zurechtkamen. Warum das so war, blieb ihm ein Rätsel; er hatte es jedoch schon zu häufig beobachtet, um noch daran zu zweifeln.

»Wie lange willst du eigentlich noch in der Tür stehen und mich anstarren, ohne etwas zu sagen?« fragte Chris, ohne sich umzudrehen.

»Woher weißt du, daß ich hier stehe?« vermied er eine Antwort, indem er eine Gegenfrage stellte.

Sie drehte sich um. »Ich habe gehört, wie sich deine Schlafzimmertür geöffnet hat und wie du durch den Gang hierhergekommen bist.«

»Ich konnte nicht einschlafen«, gestand er.

Sie hielt den Milchkarton hoch. »Ich auch nicht, wie du siehst.« Sie stellte den Karton auf die Anrichte, nahm einen Löffel aus der Schublade und hebelte die Kakaodose auf. »Möchtest du welchen?«

»Nein danke«, antwortete er automatisch, sagte dann aber: »Was soll's. Eine heiße Schokolade schmeckt immer noch besser als ein Bier. Hab' schon lange keine mehr getrunken...« Es lag ihm auf der Zunge hinzuzufügen: »Schon seit Diane und ich auseinandergezogen sind nicht mehr.« Er ließ es aber lieber bleiben.

Sie versuchte, die Gasflamme am Herd etwas herunterzudrehen, statt dessen ging sie ihr aus. Mürrisch zündete sie sie wieder an und beugte sich dann über den Herd, um die Flamme zu kontrollieren. Dabei rutschte ihr Nachthemd so weit nach oben, daß ein Stückchen ihrer lavendelfarbenen Seidenwäsche sichtbar wurde. Sein Verstand riet ihm wegzuschauen, aber die Botschaft verlor sich irgendwo zwischen Gedanke und Handlung. Als er sie so beobachtete, mußte er überrascht feststellen, wie groß sein Verlangen war, auf sie zuzugehen, ihr mit der Hand über die Oberschenkel zu streicheln und unter seinen Fingerspitzen die Sanftheit ihrer Haut zu spüren, und den nachgiebigen Stoff ihres Seidenslips; genießerisch würde sie unter seiner Berührung seufzen und sich ihm zuwenden ...

Er mußte sich einen innerlichen Schubs geben und suchte nach Worten, um den Zauber zu brechen. »Diane hat immer heiße Schokolade gekocht, wenn sie nicht schlafen konnte.«

»Ich weiß«, erwiderte Chris. »Diesen Trick hat sie von mir gelernt.« Sie goß eine weitere Tasse Milch in den Topf und rührte noch zwei gehäufte Löffel Kakao dazu.

»Ihr seid euch gar nicht ähnlich«, platzte er heraus. Er konnte immer noch nicht die aufregende Vorstellung von sich abschütteln, wie es wohl wäre, wenn Chris sich ihm hingeben würde.

»Was du nicht sagst.«

»Ich meine das nicht im vergleichenden Sinne«, fügte er schnell hinzu, als er merkte, wie leicht man seine Äußerung falsch verstehen konnte.

Sie nahm einen zweiten Becher aus dem Schrank. »Mach dir nichts daraus. Du bist nicht der Erste, der das bemerkt hat. Ich bin schon daran gewöhnt.« Während sie den Becher in beiden Händen hielt, fuhr sie leise fort: »Zumindest war ich es früher.«

Ihre Stimme erhielt einen einfühlenden Klang. »Ich glaube, du vermißt sie noch immer.«

»Mit Kevin in meinem Leben ist es schwierig, nicht daran zu denken. Aber es tut nicht mehr so weh. Manchmal, wenn ich an bestimmte Dinge denke, die wir zusammen erlebt haben, kann ich sogar lachen.«

Diane stand wie ein Puffer zwischen ihnen. So konnte er durch den Raum gehen und blieb direkt neben ihr stehen. Er hatte sich gefragt, wie es sich wohl anfühlen würde, Chris in seinen Armen zu halten. Nur einen kurzen Tanz lang durfte er dieses Gefühl genießen, obwohl sie es damals gar nicht gewollt hatte. Trotzdem war die Erinnerung an diese Berührung noch lebendig. »Als ich diesen Brief erhalten habe, war es, als würde ich Diane erneut verlieren.«

»Mit dem Unterschied, daß du in diesem Moment auch mit Schuldgefühlen konfrontiert worden bist«, erkannte sie scharfsinnig. »Es ist dir damals sicher nicht leichtgefallen, als du feststellen mußtest, daß sie die schrecklichen Dinge, die du während all der Jahre über sie gedacht hattest, gar nicht verdient hatte.«

»Woher weißt du das?«

Sie seufzte. »Möglicherweise, weil ich selbst so reagiert hätte.«

»Glaubst du wirklich, wir ähneln uns so sehr?« fragte er, gespannt auf ihre Antwort.

Sie starrte weiter auf den Herd. »Wahrscheinlich mehr als wir beide zugeben würden.«

»Vielleicht ist das unser Problem. Schließlich heißt es immer: Gegensätze ziehen sich an.«

Sie stippte mit dem kleinen Finger in die heiße Schokolade, stellte den Herd aus und goß den dampfenden Kakao in die Becher. Nachdem sie den Topf kurz ausgespült und eingeweicht hatte, griff sie nach oben und holte eine Packung Minimarshmallows herunter.

Er ahnte, welche Auswirkung die Bewegung auf ihr Nachthemd haben würde und versuchte sich dadurch abzulenken, daß er die Becher zum Tisch brachte. Diese Anstrengung hätte er sich auch sparen können. Vor seinem geistigen Auge sah er sie so deutlich, als stünde sie direkt vor ihm.

Mason war völlig verwirrt; nicht nur wegen seiner eigenen Gefühle, sondern auch über das Verhalten von Chris. Bis zum heutigen Tag hatte er doch wahrhaftig nichts getan, womit er diese freundschaftliche Art verdient hätte; wenn überhaupt, so hätte ihr sein Verhalten auf dem Galaabend eher genügend neue Munition für mindestens ein oder zwei weitere Monate liefern können. Was war passiert, wodurch sie ihr Vertrauen in ihn wiedergewonnen hatte und nun so tun konnte, als hätte der Valentinstanz nie stattgefunden? Warum war sie bereit, ihm die ganze Hand zu reichen, obwohl er nicht einmal den kleinen Finger verdient hatte?

Plötzlich ließ sie ohne Vorwarnung eine Bemerkung fallen, die bei ihm einschlug wie eine Bombe. »Warum ist es für dich bequemer, wenn wir nicht miteinander auskommen?«

Ihm fiel die Kinnlade runter. »Das bildest du dir ein...«

»Nein, das tue ich nicht«, sagte sie ruhig und ließ gleichzeitig eine Handvoll Marshmallows in jeden Becher fallen. »Das hättest du wohl gern. Ich vermute sogar, es wäre einfacher, wenn ich es täte. Aber ich habe nun mal die perverse Angewohnheit, mir immer den schwierigeren Weg auszusuchen.«

Um Zeit zu gewinnen, setzte sich Mason, griff nach den Bechern, schob einen davon quer über den Tisch zu Chris und klammerte seine Hände eng um den anderen, so als wollte er seine Finger wärmen. »Ist das der Grund dafür, daß du Kevin selbst aufgezogen hast, anstatt ihn zur Adoption freizugeben?« wich er ihrer Frage aus, indem er sie mit etwas konfrontierte, auf das sie zwangsläufig reagieren mußte.

Sie wand das Gummi wieder um die Marshmallow-Packung, warf die Packung auf die Anrichte und setzte sich. »Ursprünglich hatte ich ihn zur Adoption freigegeben, aber die Entscheidung darüber war alles andere als einfach.«

Zum ersten Mal erfuhr Mason etwas darüber, daß auch andere Menschen in Kevins Leben eine Rolle gespielt hatten. Seine Neugier war geweckt. »Was ist passiert?«

»Die Leute, die ihn adoptieren sollten, haben am Ende beschlossen, daß sie kein krankes Kind aufnehmen wollten«, erklärte sie. Nach einer kurzen Pause fügte sie hinzu, »es war fast so, als hätte Kevin gewußt, daß ich es mir nur dann erlauben würde, ihn zu mir zu nehmen, wenn es niemand anders täte.«

»Mein Gott«, Mason schüttelte den Kopf. »Es gibt so vieles in seiner Vergangenheit, von dem ich nichts weiß.«

»Du weißt alles, was du wissen mußt.« Sie trank einen Schluck und leckte sich danach die Marshmallowspuren von den Lippen.

Masons Blick war auf ihre Lippen fixiert. Plötzlich ergriff ihn ein starkes Verlangen, sie zu küssen. Er wollte sie schmekken, fühlen, wie ihre Lippen durch seine Berührung nachgaben, ihre Wärme spüren. Seinen unwiderstehlichen Drang versuchte er sich damit zu erklären, daß sein ursprünglicher Plan, den Abend mit Kelly zu verbringen, durchkreuzt worden war, doch er konnte sich selbst nicht so recht davon überzeugen. Und schon gar nicht, als ihm klar wurde, daß sein Gefühl weit über die üblichen Lustgefühle hinausging. Wonach er sich wirklich sehnte, und was er schon viel zu lange entbehrt hatte, war das Gefühl, eine Frau zu berühren, mit ihr intim zu sein und zu wissen, daß diese Frau das ebenso wollte wie er. Diese Erkenntnis verstärkte sein Verlangen noch und verdrängte jeden anderen Gedanken, bis er schließlich das Gefühl hatte, ersticken zu müssen, wenn er nicht bald erlöst würde. Er atmete tief ein, um sich zu beruhigen.

»Es ist ziemlich spät«, sagte er, selbst verblüfft darüber, daß die Worte es tatsächlich geschafft hatten, sich durch sein geistiges Durcheinander durchzukämpfen, und den Weg aus seinem Mund gefunden hatten. »Wenn es dir nichts ausmacht, nehme ich meinen Kakao mit in mein Zimmer und trinke ihn dort zu Ende.«

Ihr verwirrter Blick verriet ihre Enttäuschung. »Warum sollte es mir etwas ausmachen?« entgegnete sie etwas zu schnell. »Ich wollte gerade das Gleiche tun, weil ich doch nur dann ein bißchen länger schlafen kann, wenn Kevin zufällig mal bei den Hendricksons übernachtet.« Sie stand auf und zog ihr Nachthemd ein Stückchen nach unten.

Zwar wußte er, daß er selbst durch seine Äußerung dazu beigetragen hatte, daß sie jetzt schon ging, doch der Gedanke, daß er nun alleine bleiben mußte, gefiel ihm auch nicht. Er beobachtete, wie sie ihren Becher nahm und damit zur Tür ging. In diesem Moment erschien es ihm extrem wichtig, ihr zu sagen, daß sie ihm keinen Grund dafür gegeben hatte, sich so abrupt um hundertachtzig Grad zu drehen. »Das war heute ein wunderschöner Tag«, sagte er. Eine gewisse Steifheit in seiner Stimme war nicht zu überhören.

»Fand ich auch«, sagte sie und belohnte seine Überwindung mit einem Lächeln.

»Vielleicht können wir es ja eines Tages wiederholen«, schlug er vor. Sehr überzeugend klang es aber nicht gerade.

»Kevin würde es bestimmt gefallen.«

Er nickte und hielt ihr den Becher zum Abschied entgegen. »Bis morgen.«

Sie hielt ihre Hand auf dem Lichtschalter, als wartete sie darauf, daß er die Küche zuerst verließe. Einen kurzen Moment lang fragte er sich, wie es wohl wäre, wenn er ihr folgen würde, anstatt ihr den Rücken zuzukehren und in die andere Richtung zu gehen.

Auf dem Weg in sein Zimmer nahm er sich vor, das nächste Mal Schäfchen zu zählen, wenn er nicht einschlafen konnte. Es würde keine nächtlichen Treffen mehr zwischen ihnen geben. Es war weder Chris gegenüber fair, noch hatte er die geringste Lust, sich noch einmal einer solchen Situation auszusetzen.

32

Chris schlüpfte in ein Jogging-Sweatshirt mit Kapuze, zog den Reißverschluß zu und setzte sich auf die Bettkante, um ihre Laufschuhe zu schnüren. Einen Augenblick lang rieb sie sich die Gänsehaut auf den nackten Beinen. Sie warf einen Blick auf die Uhr. Vor zehn Minuten hätte sie schon bei Mary sein und mit ihr zu ihrem gemeinsamen Höllenlauf starten sollen. Sie hatten sich gegenseitig geschworen, an diesem Morgen anstelle des Zwei-Meilen-Schonprogramms des letzten Monats endlich wieder die gewohnten fünf Meilen zu joggen. Jetzt, nach nur drei Stunden Schlaf, war sie allerdings überzeugt, daß Mary die Sanitäter rufen müßte, noch bevor sie es bis zum Park schafften.

Ihre Verwunderung über den Tag mit Mason war nicht weniger stark als am Vorabend, als sie in ihr Bett gekrochen war. Da war einerseits Kevin, der gestern eine reine Freude gewesen war und mit der Glut seiner Begeisterung einem Kamin hätte Konkurrenz machen können. Auf der anderen Seite war da diese merkwürdige Art, in der Mason auf das Nachlassen der Spannung zwischen ihnen reagiert hatte.

Nachlassen der Spannung? Augenblick, wollte sie sich etwa selbst etwas vormachen? In einigen Momenten, in denen Mason mit seinen Augen die Leichtigkeit und Großzügigkeit verschlungen hatte, mit der sie Kevin mit Zuneigung beschenkte, hatte es zwar annähernd so ausgesehen, als seien sie wirklich die Familie, die zu sein sie versuchten. Aber da blieb diese vorsichtige innere Stimme, die sie warnte, daß Mason sich nicht nur abwenden und zurückziehen würde, wenn auch sie auf ihn zuginge; er würde zuvor um sich schlagen.

Warum meinte er nur, sich vor ihr in acht nehmen zu müssen? Glaubte er etwa, sie wolle ihn einlullen und in eine Beziehung hineinziehen? Konnte er denn nicht erkennen, daß sie eine eventuelle Freundschaft durch etwas Körperliches ebensowenig gefährden wollte wie er? Allein der Gedanke daran verursachte ihr schon Panik.

Nachdem sie beide Schuhe zugebunden hatte, steuerte sie auf Kevins Zimmer zu. Erst als ihre Hand schon den Türknauf umschloß, wurde ihr bewußt, daß sie ihn gar nicht aufwecken und hinüber zu den Hendricksons bringen mußte. Heute war ja Sonntag, und Mason konnte auf ihn aufpassen, solange sie joggte.

Sie wollte gerade einen Zettel schreiben, als sie Geräusche aus Masons Zimmer wahrnahm. Als sie merkte, daß er dort nicht so rasch herauskommen würde, näherte sie sich der Tür und klopfte leise gegen den Holzrahmen.

Er öffnete in Jeans, die nur ganz oben zugeknöpft waren. Offenbar hatte sie ihn ausgerechnet beim Aufstehen erwischt. Mason fast unbekleidet vor sich zu sehen, brachte sie so durcheinander, daß sie einen Moment lang vergaß, was sie eigentlich wollte.

»Stimmt was nicht?« fragte Mason, offensichtlich mindestens ebenso überrascht über ihren Besuch an seiner Tür wie sie über seine spärliche Bekleidung.

»Nein«, faßte sie sich wieder, »ich wollte nur sichergehen, daß du noch einen Moment zu Hause bist. Ich wollte Kevin nicht aufwecken und ihn mit hinübernehmen, wenn es sich vermeiden läßt.«

Er ließ seinen Blick zu ihren Füßen schweifen und musterte dabei ihre nackten Beine, bevor er ihn wieder auf ihr Gesicht richtete: »Geht's zum Joggen?« erkundigte er sich.

»Tja, obwohl ich im Moment vielleicht nicht gerade in Höchstform bin«, bestätigte Chris.

»Ich hatte mich schon gefragt, wie du dich so schlank und fit hältst.«

»Bei solchen Bemerkungen weiß ich nie, was ich sagen soll«, antwortete sie mit einem Lächeln.

»Es war nur so eine Beobachtung«, erklärte Mason.

Sie fühlte sich versucht zu fragen, warum er denn so aussehe, als ob seine zweite Heimat ein Fitneßcenter sei. An seinem Körper saß kaum ein Gramm Fett. Da sie seine Arbeitszeiten kannte, fiel es schwer zu glauben, daß ihm Zeit für Training blieb. Doch die Muskeln, die sich an seinen Armen und Schultern abzeichneten, waren wohl kaum aus dem Nichts entstanden.

Kevin hatte den athletischen Körperbau seines Vaters geerbt. Hieß das letzten Endes, daß auch er einen weiten Brustkorb und eine leichte Haarmatte bekommen würde wie Mason? Ihr wurde unbehaglich, als sie merkte, wohin ihre Gedanken wanderten. Sie zupfte mit ihren Händen nervös an ihren Shorts herum und stopfte sie dann in die Taschen des Sweatshirts. »Ja, was denn nun?« hakte sie nach.

»Wie, was ist?« fragte Mason ratlos.

»Bist du nun hier oder nicht?«

»Ähm ... ja, ja, sicher«, antwortete er endlich.

»Prima«, meinte sie, »ich werde auch nicht allzulange weg sein.«

Er stellte sich in die Tür und lehnte sich mit der Schulter an den Rahmen. »Laß dir Zeit«, meinte er.

Impulsiv fragte sie ihn: »Willst du nicht mitkommen? John könnte auf Kevin aufpassen.«

Mason lachte, schüttelte den Kopf und erklärte: »Auf der Liste meiner Lieblingsbeschäftigungen rangiert Laufen genau unterhalb von Zahnarztterminen.«

Mit gespielter Überraschung zog sie eine Augenbraue hoch. »Immerhin wesentlich weiter oben als auf meiner Liste«, konterte sie. Die Tatsache, daß Mary auf sie wartete, gab ihr den notwendigen Ruck, um sich loszueisen. »Sag Kevin, daß ich ihm Heidelbeer-Pfannkuchen mache, wenn ich wieder da bin«, schloß sie und drehte sich zum Gehen.

Sie war schon fast aus der Haustür, als sie ihn nach ihr rufen hörte. Als sie zurücklief und schon im Wohnzimmer war, erschien er am anderen Ende des Korridors.

»Meinst du, Kevin hat Lust, heute morgen brunchen zu gehen?« fragte er und fügte rasch hinzu: »Und du natürlich auch.«

»Klingt gut«, entgegnete sie und freute sich maßlos über seinen Vorschlag, obwohl die Ausweitung der Einladung auf sie selbst ihm eher wie eine nachträgliche Entschuldigung vorkam.

»Ich bereite dann schon alles vor«, schlug er vor.

Da sie nicht wußte, was sie sonst noch sagen sollte, stimmte sie mit einem Nicken zu und lief los. Es schien, als schwebe sie ein Stück über dem Boden, als sie zu Marys Wohnung hinüberlief.

Mason stand am Fenster; er schaute Chris so lange nach, bis er sie schließlich aus den Augen verlor. Er kehrte in sein Zimmer zurück und wunderte sich, wie schnell er seinem Entschluß zu einer distanzierteren und reservierten Beziehung zu Chris wieder untreu geworden war. Sicher war es nicht schlecht für Kevin, wenn seine Eltern trautes Heim spielten, aber andererseits widerstrebte es Mason völlig. Und Chris wohl ebenfalls, wie er intuitiv vermutete.

Andererseits, überlegte er, könnten ja gelegentliche Ausflüge auch nicht schaden. Solange sie sich nur beide im klaren darüber waren, daß sie das alles nur Kevin zuliebe taten, war es eigentlich nicht weiter gefährlich, sich ab und zu um etwas Normalität in ihrer Beziehung zu bemühen. In einem friedlichen Haushalt ließ sich einfach besser miteinander leben.

Denn auch wenn es sich herausstellen sollte, daß Kevin mit der unvermeidlichen Scheidung eher zurechtkommen würde, als Chris oder er erwartet hatten, so würde es bis dahin trotzdem noch Jahre dauern. Über kurz oder lang würden sie also lernen müssen, sich zu verständigen. Das Wochenende war ein ganz guter Anfang gewesen. Wenn sie bloß so weitermachen könnten – vielleicht könnten sie dann eines Tages sogar lernen, sich gegenseitig zu respektieren, so wie Rebecca und er es gelernt hatten.

Das war überhaupt die Idee: Wann immer er in Zukunft über Chris nachdenken würde, würde er sie mit Rebecca vergleichen.

Bei dem Gedanken stöhnte er auf. Wollte er wirklich noch eine Rebecca in seinem Leben?

Außerdem, so stichelte ein winziges, aber vorlautes Stimmchen in seinem Innern, hatte sein Herz in all den Jahren, die er Rebecca nun schon kannte, nicht ein einziges Mal solche Sprünge gemacht, wie es unweigerlich jedesmal passierte, wenn Chris in sein Blickfeld geriet.

»Wow«, keuchte Mary und arbeitete sich nach der dritten Runde um die Tennisplätze am McKinley-Park wieder an Chris heran, »wenn ich dich nicht... so gut kennen würde... dann würde ich jetzt glauben... daß du heut' morgen gedopt bist. Ich hab dich nie... in so einer Superform erlebt.«

»Wahrscheinlich komm' ich deswegen morgens nicht mehr aus dem Bett«, lachte Chris.

»Ich brauch mal 'ne Minute Pause«, drängte Mary. Sie stoppte, beugte sich in der Taille und stützte sich mit den Händen auf den Knien ab. Nach ein paar Atemzügen richtete sie sich wieder auf und fragte: »Können wir nicht ein Momentchen langsam gehen?«

»Sollen wir nicht einfach zurücklaufen?« fragte Chris. »Ich hatte Mason gesagt, ich würde nicht allzulange weg sein.«

»Nimmt der sich nie mal einen Tag frei?« erkundigte sich Mary.

Chris zögerte einen Moment. Die ganze Zeit lang hatte sie versucht, das zur Sprache zu bringen, was zwischen Mason und ihr in den vergangenen zwei Tagen vorgefallen war. Aber sie fand keine Worte dafür – wahrscheinlich, so erklärte sie sich selbst, weil sie sich nicht darüber im klaren war, was eigentlich passiert war. In der Woche zuvor war Mary ungewöhnlich still geblieben, als Chris ihr von dem Galaabend erzählt hatte. Ihr einziger Kommentar hatte Chris völlig überrascht: »Wer hätte das jemals gedacht, daß Mason Winter die Rolle des galanten Ritters spielen könnte.«

»Eigentlich hat er sich gestern den ganzen Tag freigenommen. Wir sind zum Picknick nach Stinson's Beach gefahren«, antwortete sie schließlich und warf einen Blick in Marys Richtung, um deren Reaktion auf diese Neuigkeit zu testen.

Marys gequält-müder Ausdruck verwandelte sich in ungläubiges Staunen. »So«, meinte sie und zog das Wort in die Länge, um eine größere Wirkung zu erzielen.

»Und wir drei gehen gleich zusammen weg, frühstücken – und zwar auf Masons Vorschlag, nicht auf meinen«, setzte Chris hinzu.

Mary blieb stehen und nahm ihr Stirnband ab. »Sollte mir da womöglich etwas entgangen sein? Ist das immer noch derselbe Mann, der sich zwei Wochen nach eurer Heirat mit einer anderen Frau zu einem Rendezvous verabredet hat?« fragte sie fassungslos.

Chris zuckte mit den Achseln. »Ich kann es auch nicht verstehen«, räumte sie ein.

»Vielleicht wollte er sich damit dafür entschuldigen, daß er sich wie ein Schwein benommen hat«, spekulierte Mary.

»Daran habe ich auch schon gedacht«, stimmte Chris zu.

»Aber?«

»Andererseits braucht er sich ohnehin keine Sorgen zu machen. Für ihn ist es ja sowieso nur ein Heimspiel. Warum sollte er sich großartig bemühen, wenn er das gar nicht nötig hat?« gab Chris zu bedenken.

Mary runzelte bedeutungsvoll die Stirn. »Mir scheint, daß ihm endlich klargeworden ist, was ihm da sozusagen auf dem Silbertablett vor die Nase gesetzt worden ist, und er überlegt, ob er sich eventuell dafür interessieren könnte.«

»Vor allen Dingen«, schnaubte Chris sarkastisch.

»Nun, schlecht wär' das doch auch nicht, oder irre ich mich da?«, warf Mary in nachdenklichem Ton ein.

»Wieso das?« erkundigte sich Chris, plötzlich neugierig.

»Weil du ihm sowieso schon auf den Leim gegangen bist, und ich dich lieber nicht mit gebrochenem Herzen sehen möchte«, offenbarte ihr Mary.

Überrascht atmete Chris durch und fragte: »Wie zum Teufel kommst du auf so eine verrückte Idee?«

»Als du ganze zwei Tage lang nach einem Kleid für die Gala herumgesucht hast, war das verdammt eindeutig«, bemerkte Mary trocken.

»Na ja, sagen wir mal, ich mußte; das war ja eine Art Auftrag, eine Verpflichtung«, rechtfertigte sich Chris.

»Und darum hast du mir nicht sagen wollen, was du vorhattest?« bohrte Mary weiter.

»Ich habe dir damals nichts gesagt, weil ich genau wußte, daß du mir vorhalten würdest eine Dummheit zu machen«, räumte Chris ein.

Mary musterte sie eingehend. »Und genau das wolltest du natürlich am allerwenigsten hören. Du warst auf eine Gelegenheit aus, Mr. Mason mal so richtig aus den Pantoffeln zu hauen, und wolltest nicht, daß dir die Stimme der Vernunft dabei in die Quere kommt.«

Meine Güte, sollte Mary etwa richtig liegen? Sollte sie das alles mit so viel Berechnung getan haben, ohne sich selbst dessen bewußt zu sein? »Weshalb hätte ich das denn tun sollen?« fragte sie.

»Vergiß mal ganz, daß Mason Kevins Vater ist, und daß es euer Leben wesentlich unkomplizierter machen würde, wenn ihr nicht eure Rollen in einer Farce spielen müßtet, dann reduziert sich das ganze auf einfache Tatsachen. Mason hat einen Wahnsinns-Sexappeal. Wir leben hier zwar in

Kalifornien, aber auch hier kann es einem in einer einsamen Winternacht allein verdammt kalt im Bett werden«, machte Mary ihr unverblümt klar.

Chris lief quer über den Rasen und setzte sich auf eine Parkbank. Nichts von dem, was Mary ihr gesagt hatte, war neu für sie. In der einen oder anderen Gestalt waren dieselben Gedanken auch in ihrem Hinterkopf schon seit Wochen präsent. Sie aber laut ausgesprochen zu hören, darauf war sie nun doch nicht genügend vorbereitet. »Und das noch in meinem Alter«, stöhnte sie auf.

Mary setzte sich neben Chris. »Ja, ja«, stellte sie mit einem Grinsen fest, »das sind die verdammten Hormone, am Ende kriegen sie dich doch immer wieder.«

»So, und das war's? Kein weiser Rat? Du bietest mir keine Fluchthilfe an, um da rauszukommen?« fragte Chris enttäuscht.

»Gib ihm einfach 'ne Chance«, sagte Mary, nun wieder ernst.

Es vergingen ein paar Sekunden, bevor sie Mary antworten konnte. »Allein bei dem Gedanken stockt mir das Blut in den Adern«, flüsterte sie mit erstickter Stimme.

Sie blieben auf der Bank sitzen und ließen den anschwellenden und zurückgehenden Strom von Joggern an sich vorbeiziehen. Zu guter Letzt wurde ihnen kalt, und sie machten sich auf den Nachhauseweg.

Während Mason darauf wartete, daß Chris zurückkehrte und Kevin aufwachte, kochte er Kaffee, schürte das Feuer an und setzte sich mit der Morgenzeitung ins Wohnzimmer. Er blätterte die Zeitung durch, legte sie dann zusammen und war schon im Begriff, sie unter den Wohnzimmertisch zurückzulegen, als ihm das Photoalbum ins Auge fiel, das Chris ihm an jenem ereignisreichen Dezembertag gezeigt hatte.

Er starrte das Album an; ihm wurde bewußt, daß es für ihn eine regelrechte Streubüchse der Pandora war. Die Gefühle, die darin verborgen lauerten, hatten ihn unvorbereitet gepackt und zogen ihn mit magnetischer Kraft gleichzeitig genauso stark an, wie sie ihn zurückstießen. Er hatte sich schließlich selbst eingestanden, daß Chris mit ihrer Analyse genau ins Schwarze getroffen hatte. Den heftigen inneren Kampf um die emotionale Bewältigung seiner Gefühle Diane gegenüber hatte er gerade erst aufgenommen. Die acht Monate nach der Entdeckung der wahren Gründe für ihr Weggehen waren eine zu knappe Frist, um sich erschöpfend mit der Frage nach seiner eigenen Schuld auseinanderzusetzen. So viele Fragen waren noch unbeantwortet geblieben. Warum zum Beispiel war er so schnell bereit gewesen, ihren Abschied für bare Münze zu nehmen?

War sein Ego so schwach entwickelt gewesen, daß er ihr ihre Geschichte nicht nur geglaubt, sondern sie geradezu erwartet hatte?

Der verzweifelte Wunsch, Diane mitzuteilen, wie leid ihm alles tat – ihr den Vorwand für ihren Abschied geglaubt zu haben; so mit seinen eigenen Angelegenheiten beschäftigt gewesen zu sein, daß er nicht wahrgenommen hatte, was mit ihr vor sich ging; und nicht dagewesen zu sein, als sie schließlich seine Hilfe gesucht hatte. Er konnte sich nicht einmal mehr daran erinnern, warum er eigentlich damals verreist war.

In der Einsicht, daß das Schuldgefühl niemals abnehmen würde, wenn er sich ihm nicht stellte, nahm Mason das Album zur Hand und schlug es auf. Er fing ganz vorn an und zwang sich dazu, auch Bilder, die er bereits gesehen hatte, noch einmal anzuschauen, in der Hoffnung, daß es beim zweiten Mal einfacher sein würde, weil die Bilder ihm schon vertraut waren.

Noch einmal betrachtete er Diane als Baby, und nochmals stellte er fest, daß nichts in ihrem Aussehen Diane mit Kevin verband. Er berührte Dianes Bild mit den Fingerspitzen, streichelte Diane als Kind und sagte ihr ein ums andere Mal, wie traurig er wegen all dieser Dinge war. Irgendwie erschien es ihm so ungerecht, daß Kevin seine Züge geerbt haben sollte und nicht Dianes. Was hatte er jemals getan, um solch ein großartiges Geschenk verdient zu haben?

Der Raum begann zu verschwimmen; Tränen verschleierten seinen Blick. Es war das erste Mal nach Dianes Weggang, daß er sich erlaubte, sich selbst einzugestehen, wie sehr es ihn damals verletzt und wie stark er sie vermißt hatte. Schmerz schnürte ihm die Brust zu, bis er fast nicht mehr atmen konnte.

Plötzlich hörte er, wie Kevins ausgelassene Sprünge sich von hinten durch die Küche näherten. Schnell wischte er sich über die Augen und schloß das Album.

Kevin war jedoch schon hereingekommen und hatte bemerkt, was mit Mason vorging. »Ist irgendwas nicht in Ordnung, Papi?« fragte er. Er hielt ein paar Schritte vor Mason inne und musterte ihn genau.

Ein Dutzend Ausflüchte tauchten in Masons Gehirn auf, für alle jedoch war Kevin viel zu schade. Er entschied sich, die Wahrheit zu sagen. »Ich habe mir gerade Bilder von deiner Mama Diane angeschaut, aus der Zeit, als sie noch ein kleines Mädchen war, und das hat mich sehr traurig gemacht«, bekannte er.

»Und wieso?« erkundigte sich Kevin und kam näher heran.

»Weil ich sie sehr liebgehabt habe, und ich ihr etwas sagen müßte, aber nicht kann«, setzte ihm Mason auseinander.

Kevin kletterte auf die Couch und setzte sich neben Mason. »Du kannst es doch mir erzählen«, ermunterte er ihn mit der schlagenden Logik eines Kindes.

Mason legte seinen Arm um Kevin und zog ihn an sich heran. »Ich glaube, das wäre nicht genau dasselbe«, gab er zu bedenken.

»Und wieso?« bohrte Kevin weiter. Seine Lieblingsfrage war stets »Wieso?« oder »Wie kommt das?«, bei vielen anderen Kindern war es »Warum?«

»Weil...« Ja, warum zum Teufel? Warum sollte er es Kevin nicht einfach erklären? »Ich möchte deiner Mama Diane erklären, daß es mir leid tut, daß ich all die Jahre auf sie böse gewesen bin, als ich noch nicht von dir gewußt habe.«

Kevin überlegte einen Moment lang und verkündete dann mit souveräner Sicherheit. »Sie würde sagen: ›Das ist schon in Ordnung.‹«

In dem Lächeln, mit dem Mason ihm antwortete, lag tiefe Traurigkeit. »Woher weißt du das denn?« fragte er, verwirrt darüber, wie stark sein Bedürfnis war, das glauben zu dürfen, was Kevin ihm gerade gesagt hatte.

»Mami sagt, daß meine Mama Diane eine Frau war, die alle Menschen geliebt hat. Tracy ist auch so«, dachte er laut weiter. »Wenn ich etwas tue, was sie wütend macht, wartet sie nie ab, daß ich mich zweimal entschuldige.«

Wie hieß noch dieses alte Sprichwort? Kindermund tut Wahrheit kund? Mason beugte sich zu Kevin und drückte ihm einen Kuß auf den Kopf. »Danke«, sagte er.

Kevin fing allmählich an herumzuquengeln. »Wo ist Mami? Ich kriege Hunger!«

Sobald die Sprache auf Chris kam, schnellte das Band um Masons Brust an seinen Platz zurück. Fast hätte er einen furchtbaren Fehler ihr gegenüber begangen, weil er einen Moment lang nicht aufgepaßt hatte. Gott sei Dank hatte er sich noch rechtzeitig gefangen. »Sie müßte jetzt jeden Moment zurückkommen«, antwortete er, »Tante Mary und sie sind joggen gegangen.«

Chris verlangsamte ihr Tempo, als sie um die Ecke bog und ihr Haus wieder erblickte. Sie war noch völlig durcheinander von ihrem Gespräch mit Mary und zögerte, nun Mason sofort wiederzusehen. Wie konnte sie nun, da sie sich ihren Gefühlen gestellt hatte, wieder zur Tür hereinspazieren und so tun, so als sei nichts geschehen?

Das war eben der Haken an der Sache: Es war nichts geschehen, und doch war nichts mehr so wie vorher.

Zum Teufel! Sie wollte sich unter keinen Umständen in Mason Winter verlieben. Er hatte ihr klipp und klar gesagt, was er von ihr wollte: daß sie die Mutter für sein Kind sein sollte und sonst gar nichts. Sein Benehmen sprach darüber hinaus sogar noch eine deutlichere Sprache. Und so naiv, sich einzubilden, daß das, was sie am Vortag zusammen unternommen hatten, mehr als eine höfliche Entschuldigung für sein Benehmen an dem Galaabend sein könnte, war sie nun wirklich nicht.

Dabei war es noch nicht einmal sein Fehler gewesen. Natürlich hätte er sich bei der Sache nicht unbedingt so ungeheuer idiotisch aufführen müssen, aber, summa summarum hatte er weder irgend etwas getan, um sie zum Mitkommen zu bewegen, noch hatte er ihr irgendeinen Hinweis gegeben, daß er ihre Anteilnahme an diesem Teil seines Lebens überhaupt wünschte.

Warum war sie überhaupt zu diesem Tanzabend gegangen?

Sie stand vor dem Hauseingang und suchte erfolglos nach einem Grund, nicht hineinzugehen. Schließlich setzte sie eine unverfängliche Miene auf und öffnete die Tür. Augenblicklich schlug ihr der Duft von Armen Rittern entgegen.

»Hallo, Mami!« krähte Kevin ihr entgegen, »wir sind in der Küche!«

Verwirrt hielt Chris inne. Hatte Mason nicht gesagt, er wolle mit ihnen zum Frühstück ausgehen? Sie sah zu der Uhr auf dem Kaminsims. Sie war eigentlich nicht so lange fort gewesen, daß die beiden ihren Plan ihretwegen hätten aufgeben müssen.

Sie ging in Richtung Küche, zog die Kapuze ab und zog im Gehen den Reißverschluß des Sweatshirts auf. Mason und Kevin saßen am Tisch und waren gerade im Begriff, ihr Frühstück zu beenden. Als sie eintrat, schaute Mason zu ihr hoch.

»Ich dachte...«, setzte sie an.

»Es tut mir leid, daß wir ohne dich angefangen haben«, entschuldigte sich Mason mit Unschuldsmiene, »es gibt da noch ein paar Sachen, die ich heute im Büro erledigen wollte, und deshalb möchte ich früh loskommen.«

»Wir haben aber etwas für dich übriggelassen«, setzte Kevin schnell hinzu.

Die Enttäuschung zog ihr fast völlig den Boden unter den Füßen weg. Bis zu diesem Zeitpunkt war ihr gar nicht bewußt gewesen, wie sehr sie sich auf diesen gemeinsamen Morgen gefreut hatte.

»Ich dachte, du hättest heute nichts zu tun«, warf sie ein und ärgerte sich, daß ihre Stimme ihre Enttäuschung so deutlich verriet.

Mason brachte Kevins und seinen Teller zur Spüle und antwortete: »Es hat sich aber etwas ergeben.«

Sie sträubte sich dagegen, ihm zu zeigen, wie verletzt sie war. »Mensch, das trifft sich aber gut«, reagierte sie schnell, während sie das Sweatshirt abstreifte und es über die Stuhllehne legte. »Mary wollte, daß ich mit ihr einkaufen ginge, und ich habe ihr nicht gern abgesagt. Na ja, jetzt kann ich ja mitgehen.«

Mason schaute sie prüfend an. Zu ahnen, daß er ihr kein einziges Wort abnahm, ließ sie ein Gefühl der Ohnmacht verspüren. Aber er verfolgte das Thema nicht weiter. Statt dessen pflichtete er ihr mit einem Nicken bei: »Ja, da hast du recht, manchmal ergeben sich die Dinge wirklich ganz gut.«

Sie mußte unbedingt das Weite suchen, bevor sie sich vollends bloßstellte. »Ich geh' eben duschen«, verkündete sie abrupt.

»Dann bin ich wahrscheinlich schon weg, wenn du fertig bist«, erwiderte Mason.

Ein Königreich für einen eleganten Abgang! Leider fiel ihr überhaupt nichts ein, und so ging sie ohne ein weiteres Wort hinaus. Sie fürchtete, daß man ihr die Verzweiflung am Gesicht ablesen könnte, wenn sie noch länger in der Küche bliebe.

Eine Stunde später kam Mason vor dem Büro an, winkte den Pförtner zur Seite und schloß sich die Tür selbst auf. Seit längerer Zeit war es das erste Mal, daß er sich nicht darauf freute, einen Tag allein im Büro zu verbringen. Anstatt den direkten Weg zu nehmen, beschloß er, noch ein wenig durch die Gänge zu schlendern. Er war ziemlich erstaunt, als er völlig unerwartet Rebecca arbeitend an ihrem Schreibtisch vorfand, freute sich dann aber über die Aussicht, in seiner deprimierten Stimmung nicht allein zu sein.

Sie schaute auf, als er eintrat. »Ich dachte, du wolltest dir das Wochenende freinehmen«, stellte sie fest.

»Ich meine mich zu erinnern, von dir etwas ganz Ähnliches gehört zu haben«, gab er zurück.

»Okay, ich habe aber auch keinen Sohn, der zu Hause auf mich wartet und denkt, ich sei Jesus und könne auf Wasser gehen.« Sie kippte den Stuhl leicht nach hinten und legte die Füße auf den Tisch. »Was hast du zu deiner Verteidigung vorzubringen?«

»Ich würde mal sagen, ich hab' einfach keine Lust, mir nasse Füße zu holen«, antwortete er.

»Schlechter Witz«, urteilte sie stirnrunzelnd.

»Bist du heute mit dem linken Bein zuerst aufgestanden oder bist du schon das ganze Wochenende in dieser Stimmung?« konterte er.

Sie ließ den Stuhl auf seine vier Beine zurückfallen und stellte ihre Füße mit einem Plumps auf den Boden: »Ich glaube, heute ist nicht der richtige Tag für uns, um über Privatangelegenheiten zu diskutieren, Mason. Ich bin hergekommen, um für mich allein zu sein, und nicht, weil ich Gesellschaft suche«, erklärte sie.

Mason kannte Rebecca gut genug, um ihre Warnung ernst zu nehmen – sie sagte solche Dinge nicht so einfach daher. Andererseits lag ihm sehr viel an ihr. Er wollte nicht gehen, ohne zuvor zu schauen, ob er ihr nicht irgendwie helfen könnte. Er hakte also beide Daumen in die Taschen seiner

Jeans, so daß die Hände seitlich an den Hüften hingen, und wagte einen Vorstoß: »Und, willst du drüber reden?«

»Was ich zu sagen habe, würde dir nicht gefallen«, entgegnete sie abwehrend.

»Ich dachte, es geht um dich«, hielt er ihr entgegen.

»Das ist schon richtig, aber wie ich mich fühle, hat auch damit zu tun, was ich dir gegenüber empfinde.«

Mason holte tief Luft und machte sich auf das Schlimmste gefaßt. »Du kannst es mir ruhig erzählen. Ich würde lieber direkt hören, was du auf der Leber hast, als groß herumzurätseln.«

»Erinnerst du dich noch, wie ich dir von dem Mann erzählt habe, mit dem ich mich die letzten paar Monate getroffen habe?« fragte sie.

»Der, den du in San Francisco kennengelernt hast?« Sie nickte und vertraute ihm an. »Er ist verheiratet.«

»Und das hast du also gerade herausbekommen?« wollte Mason wissen.

Sie wandte sich von ihm ab und starrte zum Fenster hinaus: »Nein«, gab sie mit tonloser Stimme zu, »ich habe es die ganze Zeit gewußt.«

Mason versuchte seine Überraschung vor ihr zu verbergen. Rebecca hatte ein eisernes Prinzip, demzufolge sie sich mit verheirateten Männern auf nichts einließ. Auf jeden Fall hatte sie es bis jetzt gehabt. »Und jetzt will er sich plötzlich doch nicht von seiner Frau trennen?« fragte er, ohne eine andere Erklärung für ihren verstörten Ausdruck zu finden.

»Er hat nie vorgehabt, sie zu verlassen«, deckte sie den Sachverhalt auf und wandte sich wieder zu Mason zu: »Bist du jetzt geschockt?«

Das war er tatsächlich, aber das war natürlich nicht, was sie jetzt brauchte oder von ihm hören wollte. »Müßte ich das jetzt sein?«

»Ich bin eben einsam, Mason«, erklärte sie ihm, »und, wie es aussieht, zu allen möglichen Zugeständnissen bereit, um nicht allein zu sein. Zumindest heute morgen. Dann wurde mir aber klar, daß ich dafür nicht meinen Stolz opfern darf.« Hilflos zuckte sie mit den Achseln. »Und darum bin ich jetzt wieder allein.«

»Und was habe ich mit dieser Sache zu tun?« fragte Mason nach.

»Ich bin wirklich derart wütend auf dich, daß ich dir fast nicht in die Augen gucken kann. Du hast all das bekommen, wofür ich fast sogar meinen Stolz hingegeben hätte, und jetzt bist du so verbohrt, daß du es nicht zu schätzen weißt.«

Ihre Verärgerung konnte er zwar verstehen, aber die Argumentation war ihm unverständlich. »Das hat mit Verbohrtheit doch nichts zu tun«, widersprach er ihr.

»Ach? Und mit was dann?« erkundigte sich Rebecca.

Er setzte zu einer Entgegnung an, konnte die Worte jedoch nicht laut aussprechen. »Das ist nicht so wichtig«, murmelte er ausweichend.

»Sie wird dir nicht so einfach wegsterben, Mason«, seufzte Rebecca gereizt.

»Und woher, zum Teufel, willst du das wissen?« fuhr er betroffen auf, ebenso verärgert über ihre Unterstellung wie darüber, daß er so leicht zu durchschauen war. »Kannst du mir auf irgendeine Weise dafür garantieren, daß es nicht noch einmal passiert?«

»Diese Garantie kann niemand bekommen. Der Tod ist ein Teil unseres Lebens, Mason. Irgendwann erwischt es uns alle. Aber sich in eine Höhle zu verkriechen und das Leben unberücksichtigt zu lassen, ist keine Lösung«, wies sie ihn zurecht.

»Glaubst du etwa, du kennst die Lösung?« gab er zurück.

»Du mußt es einfach ausprobieren...«

»Verdammt noch mal, ich habe es ausprobiert. Und du weißt genau, was passiert ist«, unterbrach Mason sie.

»Wie kommt es nur, daß du plötzlich so feige bist, Mason?«

Noch nie war Mason derart zornig auf sie gewesen. Welches Recht hatte sie überhaupt, ihn so zu verhören? »Weil ich eine Frau habe sterben sehen und mir vorstelle, wie mit der anderen genau dasselbe passiert ist. Seit ich erlebt habe, daß ich nicht das geringste an Susans Tod ändern konnte, und daß Diane wahrscheinlich heute noch leben würde, wenn ich damals nicht darauf bestanden hätte, mit ihr ins Bett zu gehen, obwohl sie vergessen hatte, ihr Diaphragma auf diesen idiotischen Wochenendausflug mitzunehmen.

Versuch bloß nicht, mir einzureden, der Blitz könne nicht zweimal denselben Ort treffen, Rebecca. Es ist schon vorgekommen. Ich habe es am eigenen Körper erlebt.« Er wandte sich von ihr ab und bewegte sich zum Fenster.

Einen Augenblick danach folgte Rebecca ihm und stellte sich wortlos an seine Seite. Ohne sie dabei anzusehen, ergänzte Mason: »Ich mach' das nicht noch ein drittes Mal mit. Ich kann es einfach nicht.«

33

Die nächsten zwei Wochen verliefen in fast erstickender Förmlichkeit. Mason bemühte sich sehr und war jeden Abend so früh zu Hause, daß er mindestens eine Stunde mit Kevin verbringen konnte, bevor der Junge ins Bett mußte. Zweimal gingen sie zusammen zu einem Basketball-Match der Sacramento Kings, das dritte Mal luden sie Tracy und John ein, mitzukommen. Mary und Chris gingen an dem Abend ins Kino. Sie schauten sich im Tower Theater einen untertitelten Spielfilm an.

Mason legte Chris gegenüber eine reservierte und sehr distanzierte Haltung an den Tag. Er war höflich bis zur Steifheit und kümmerte sich mit größter Sorgfalt um alles, was mit Kevin oder dem Haus zu tun hatte. Es war so, als hätten sie sich niemals gestritten oder sich über etwas anderes als über Belanglosigkeiten unterhalten. Die Stunden, die sie zusammen verbrachten, brachten nichts Positives, sondern wurden allmählich immer leerer, öder und nichtssagender. Nach einer Weile bekam Chris Zweifel, ob sie sich mit ihren Erinnerungen an den Galaabend und an das Strandpicknick nicht selbst täuschte.

Immer, wenn sie alle drei zusammen waren, stand sie hintenan. Sie sah zwar, daß sie nicht absichtlich, sondern nur durch Masons Distanziertheit ausgeschlossen wurde, war aber deswegen nicht weniger verletzt. Eigentlich verstand sie nicht so recht, warum er sie sogar aus den banalsten Bereichen seines Lebens fernhielt; andererseits stellte sie ihm auch keine Fragen darüber. Sie befürchtete, er könne ihre Anteilnahme falsch verstehen. Außerdem tat er nur das, was er ihr angekündigt hatte. Insofern war es auch nicht so tragisch, daß er sich ihr gegenüber distanziert und abweisend zeigte. Wie kam sie überhaupt dazu, etwas anderes zu erwarten?

Während der gezwungene Frieden zwischen Mason und ihr einerseits zuweilen sehr belastend für sie war, gab er Chris andererseits die Chance, ihre Werbeaufträge aufzuarbeiten, die sich während und nach dem Umzug bei ihr angesammelt hatten. Vor dem Umzug war es ihr nur vernünftig und gerecht erschienen, daß sie für Haushalt und Nebenkosten aufkam, Mason hingegen für die Kreditzahlungen für das Haus; sie hatte sogar darauf bestanden. Was sie nicht in Betracht gezogen hatte, war der Umstand, daß sie nun zu dritt und in einem doppelt so großen Haus wohnten, und daß dadurch Gas- und Stromrechnung doppelt so hoch ausfielen. Zusätzlich kam gelegentlich auch noch ein Teller für Mason auf den Tisch. Wenn ihr altes Haus erst einmal vermietet sein würde, wäre das Geldproblem gelöst. Bis dahin allerdings würde sie den Gürtel sehr eng schnallen müssen, um mit ihrem Budget auszukommen.

An einem schönen, sonnigen Märztag – statt mit Mary spazierenzugehen und den Anblick der Tulpenbeete in ihrem Viertel zu genießen, hatte sich Chris dazu durchgerungen, einer zum Verzweifeln langweiligen Pressemitteilung für einen Reifenhersteller den letzten Schliff zu geben – zog Chris gerade die letzte Seite aus ihrem Drucker, als es an der Haustür klingelte.

Sie legte das Blatt schnell auf den Schreibtisch und rannte zur Tür. Eine der Eigenschaften, die sie an Mary am meisten schätzte, war, daß sie ein »Nein« als Antwort fast niemals ernst nahm.

Doch nicht Mary stand dort vor der Tür, sondern eine Frau, die Chris nie zuvor gesehen hatte. Sie trug ein Designerkostüm, hatte ein zögerndes Lächeln auf dem Gesicht und sah so aus, als besäße und benutze sie sämtliche von Jane Fonda veröffentlichten Fitness-Kassetten. Chris schätzte sie auf Anfang sechzig. Hinter ihr, auf der Straße, stand mit geöffneter Tür ein Taxi. Der Fahrer stand wartend auf dem Bürgersteig und lehnte sich an die Motorhaube.

»Kann ich etwas für Sie tun?« erkundigte Chris sich.

»Ich suche nach der Wohnung von Mason Winter«, erklärte die unbekannte Dame.

Chris wurde augenblicklich abweisend. Zwar sah die Frau in keiner Weise den Reportern ähnlich, die sie seit der Tanzgala am Valentinstag hartnäckig verfolgten, doch oft täuschte der äußere Anschein. »Werden Sie von ihm erwartet?« fragte sie mißtrauisch.

»Also ist dies hier sein Haus?« – Die Fremde erwiderte Frage mit Frage.

»Ja«, räumte Chris widerstrebend ein.

Die Unbekannte gab dem Fahrer ein Zeichen, weiterzufahren, und wandte sich wieder Chris zu. »Ich bin Masons Mutter«, eröffnete sie. »Gehe ich richtig in der Annahme, daß Sie seine Ehefrau sind?«

Chris war zu verdutzt für eine Entgegnung. Wie hatte sie nur die ganze Zeit den Eindruck haben können, Mason besäße keine Familie?

»Es tut mir leid, daß ich unangemeldet komme«, entschuldigte sich ihr Gegenüber, »doch um ehrlich zu sein, muß ich dazusagen, daß ich auch befürchtete, daß Mason mich sonst nicht hereinlassen würde.«

»Er... er ist jetzt gerade nicht da«, stammelte Chris.

»Ja, ich weiß Bescheid. Bevor ich mich auf den Weg hierher machte, habe ich in seinem Büro angerufen. Ich wollte Sie zuerst allein antreffen, damit wir uns kennenlernen können«, erklärte die Besucherin.

»Mason hat mir aber gar nichts erzählt von...«, setzte Chris an, hielt aber genauso schnell inne, als ihr die Tragweite dessen klar wurde, was sie gerade sagen wollte. Sie versetzte sich selbst in die Haut der Frau und versuchte sich vorzustellen, wie sie sich fühlen würde, wenn sie erführe, daß Kevin seiner Frau nie etwas über sie erzählt hätte.

»Sie brauchen mir nichts zu erklären«, half ihr die Fremde, »ich hatte auch nicht erwartet, daß Mason Ihnen etwas über mich erzählt hat, oder über seinen Vater und seinen Bruder.«

Chris war so verblüfft, als habe Masons Mutter als Osterhase verkleidet an die Haustür geklopft. »Möchten Sie nicht lieber hereinkommen, Mrs. Winter?« fragte Chris. Sie wurde sich mit einem Mal der Tatsache bewußt, daß sie immer noch draußen standen.

»Ach, bitte, nennen Sie mich doch Iris. Und hereinkommen würde ich gern«, akzeptierte Mrs. Winter die Einladung.

Iris blieb in der Mitte des Wohnzimmers stehen und sah sich um. »Sie können sich kaum vorstellen, wie oft ich versucht habe, mir auszumalen, in was für einem Haus Mason lebt. Ich habe mir immer gedacht, er würde sich mit Glas und Messing, Ledermöbeln und weißen Teppichböden umgeben. Das spiegelt natürlich nicht seine wirkliche Persönlichkeit wider, aber er könnte damit leicht sein wahres Ich kaschieren. Ich freue mich allerdings zu sehen, daß ich mich geirrt habe.«

Chris zögerte. Da Mason offenbar nicht auf gutem Fuß mit seiner Familie stand, hielt sie es für angebracht, daß er und nicht sie Einzelheiten seines Privatlebens erzählte. »Wir haben nach der Heirat unsere Einrichtungen miteinander kombiniert«, wich sie der eigentlichen Frage aus.

Iris richtete ihre meerblauen Augen auf Chris und schaute sie sehr besorgt an. »Ich bin nicht hierhergekommen, um Sie nach Informationen auszuhorchen«, setzte sie ihr auseinander, »ich bin hier, um Sie zu sehen... Sie und meinen Enkel. Wahrscheinlich wissen Sie das nicht, aber in der dritten Generation ist er der erste in unserer Familie. Robert und Claudia, das sind Masons Bruder und dessen Frau, wollten keine Kinder haben.«

»Sie wissen von Kevin?« staunte Chris.

»Sicher«, antwortete Iris, und man merkte ihrer Stimme die innere Aufregung an, »monatelang habe ich überlegt, wie ich ihn sehen könnte, ohne daß mein plötzliches Auftauchen Schwierigkeiten auslösen würde. Aber da sich nie eine passende Gelegenheit bot, habe ich nicht weiter abgewartet und bin einfach in das nächstbeste Flugzeug gestiegen. Wie ich gehört habe, ist er seinem Vater wie aus dem Gesicht geschnitten.«

Nun verlor Chris vollends den Überblick. »Mason hat Ihnen von Kevin erzählt?« fragte sie verwirrt.

Iris schüttelte den Kopf. »Nein. Mason und ich haben schon seit Jahren nicht mehr miteinander geredet«, gab sie traurig zu.

»Und wie haben Sie dann...?« wollte Chris wissen.

»Das ist eine lange Geschichte«, antwortete Iris und fuhr mit den Fingern über ihre Schläfen, wie um Kopfschmerzen abzuwehren.

»Möchten Sie vielleicht ein Aspirin?« erkundigte sich Chris.

»Nein, das nicht, aber eine Tasse Kaffee wäre nicht schlecht«, sagte Masons Mutter mit einem Lächeln. »Ich bin leider absolut koffeinabhängig. Sobald ich morgens mein Quantum nicht bekomme, fangen bei mir diese gräßlichen Kopfschmerzen an.«

»Ich wollte gerade eine neue Kanne aufsetzen«, erklärte Chris. »Machen Sie es sich also gemütlich, ich bin gleich wieder da.«

»Kann ich nicht einfach in die Küche mitkommen?« fragte Iris.

Chris erahnte so langsam, von wem Mason seine zurückhaltende Höflichkeit gelernt hatte. Die meisten Frauen, die sie kannte, wären ihr einfach ungefragt gefolgt. »Wenn es Ihnen nichts ausmacht, einen Haufen ungespültes Frühstücksgeschirr zu sehen«, entgegnete Chris und ging ihr voran in die Küche. Dabei hatte sie nicht das Gefühl, daß Iris so etwas zum ersten Mal in ihrem Leben sehen würde. Sie sah wie eine der Frauen aus, die jeden Tag sogar unter dem Bett staubsaugen.

»Sie denken jetzt womöglich, daß ich Masons Unterwäsche gestärkt habe, als er noch klein war«, bemerkte Iris noch im Gehen.

Chris blieb schlagartig stehen, so daß Iris fast gegen sie prallte. Sie drehte sich um, und sah das amüsierte Blitzen in ihren Augen. »Na, Sie wissen ja jedenfalls, wie man das Eis bricht«, stellte sie fest.

»Na ja, einer mußte ja den Anfang machen«, gab Iris zurück.

Chris mußte lächeln. »Wissen Sie, ich glaube, Sie gefallen mir«, meinte sie.

»Ich könnte schwören, daß dieser Eindruck auf Gegenseitigkeit beruht«, antwortete ihr Iris.

Nachdem sie sich in der Küche gesetzt hatten, fragte Iris: »Wieviel hat Ihnen Mason eigentlich über sich erzählt?«

Das war nun wirklich eine von den Fragen nach dem Motto: »Ach, übrigens, schlagen Sie eigentlich immer noch Ihre Frau?« Egal, wie man antwortete, man würde keine gute Figur machen. Wenn Chris zugab, daß er ihr gar nichts erzählt hatte, könnte sie Iris ebensogut gleich den gesamten Hintergrund ihrer Hochzeit verraten. Behauptete sie, Mason habe ihr alles erzählt, dann würde sie in ihrer Unterhaltung sicher bald über ihre eigenen Lügen stolpern. »Wenn ich nicht ganz falsch liege, wollen Sie mich damit fragen, wieviel er mir über Sie erzählt hat«, zog sie sich aus der Schlinge.

»Das gehört wohl auch zu meiner Frage. Natürlich würde mich interessieren, was er seiner neuen Ehefrau über seine Familie erzählt, aber was ich eigentlich wissen wollte, ist, ob er Ihnen von Susan erzählt hat«, erwiderte Iris.

»Susan?« rutschte es Chris heraus, noch ehe sie sich darüber im klaren war, daß sie damit die Antwort bereits gegeben hatte.

»Das hatte ich nämlich befürchtet«, hakte Iris ein und griff nach ihrer Tasse. »Ich weiß schon, warum Mason und Sie geheiratet haben. Aber ich weiß auch, daß daraus niemals mehr werden kann als eine Vernunftehe, wenn Sie nicht wissen, was früher mit Mason passiert ist und was ihn zu dem gemacht hat, der er ist.«

Chris wurde argwöhnisch. »Sie bringen mich etwas durcheinander. Erst hat es offenbar jahrelang überhaupt keinen Kontakt zwischen Ihnen und Ihrem Sohn gegeben, und nun wollen Sie, daß ich Ihnen dieses plötzliche Interesse am Gelingen seiner Ehe abnehme?« wandte sie ungläubig ein.

Iris stellte ihre Kaffeetasse zurück auf den Tisch, ohne davon getrunken zu haben. »Unsere Distanzierung ging von Mason aus, nicht von mir. Er hat nie verstanden, in was für eine Lage er mich gebracht hat, als er damals verlangte, ich solle mich zwischen ihm und seinem Vater entscheiden«, klärte sie Chris auf und sah sie beschwörend an. »Wenn ich mich auf seine Seite gestellt hätte, dann hätte ich den Mann verloren, mit dem ich als erwachsene Frau fast mein gesamtes Leben zusammen war, und mit dem zusammen ich alt werden konnte, während mein Sohn seiner eigenen Wege gehen würde.«

»Wer war denn Susan?« fragte Chris weiter, da sie nun ohnehin verraten hatte, daß sie es nicht wußte.

»Masons Frau«, offenbarte ihr Iris.

Chris verschluckte sich fast an ihrem Kaffee. »Wo ist sie jetzt?«

»Sie ist gestorben.«

»Und woran?« wollte Chris wissen.

»An Krebs.«

Wie Stücke eines Mosaiks setzten sich bei Chris Erinnerungen, die in ihrem Kopf umherschwirrten, zusammen und begannen Gestalt anzunehmen. Endlich begann sie zu ahnen, weshalb Mason damals wahrscheinlich auf einer Abtreibung bestanden hätte und Diane ihn verlassen hatte, ohne ihm zu sagen, wohin und warum. Eingeholt von der Vergangenheit, hatten sie damals nicht anders handeln können.

»Susan war eine bewundernswert tapfere Frau«, fuhr Iris fort, »fast drei Jahre lang kämpfte sie gegen die Krankheit. Sie versuchte alles mögliche, besuchte Kliniken hier und in Europa. Und lange, nachdem sie das Unvermeidliche schon akzeptiert hatte, machte sie weiter damit, um Mason die Sicherheit zu geben, daß sie nichts unversucht gelassen hatte. Mason war untröstlich, als sie starb. Ich war überzeugt, daß er es nie wieder zulassen würde, daß jemand ihn liebte.«

»Und dann tauchte Diane auf«, dachte Chris laut weiter und wurde beim Gedanken an ihre Schwester von unendlicher Traurigkeit erfüllt. Nur galt die Traurigkeit diesmal auch Mason. Zweimal hatte er die Frau, die er liebte, verloren, einmal durch den Tod, einmal wurde er von ihr verlassen – zumindest hatte er das zu jenem Zeitpunkt geglaubt. Schwer zu sagen, was für ihn schlimmer gewesen war.

Und wer von beiden war tapferer gewesen, Susan, die ihren Leidensweg zusammen mit Mason durchgemacht hatte, oder Diane, die allein gelitten hatte?

Und spielte das überhaupt eine Rolle?

»Ich war mir so sicher, daß es mit Mason und Diane gutgehen würde«, sagte Iris, »die beiden liebten sich so sehr... zumindest habe ich es so gehört.«

»Gehört? Von wem?« Trotz des abgebrochenen Kontakts zwischen Mason und seiner Mutter schien sie erstaunlich viel über sein Privatleben zu wissen.

»Das ist jetzt nicht wichtig«, wich Iris aus.

Chris gewann immer stärker den Eindruck, daß es eigentlich doch wichtig war. Andererseits würde sich Iris womöglich wieder distanzieren, wenn Chris sie zu sehr mit Fragen bedrängte, die sie nicht beantworten wollte.

»Sie haben gesagt, Mason hat Sie gezwungen, sich zwischen seinem Vater und ihm zu entscheiden?« fragte Chris.

»Warum? Was ist damals passiert?« Beschäftigt mit ihren eigenen Problemen und gefangen in ihrer eigenen Welt, war Chris bisher geneigt gewesen, Mason so zu nehmen, wie er sich nach außen hin gab. Sie war unfähig, womöglich sogar nicht einmal gewillt gewesen, hinter die Fassade zu blicken, die Mason ihr gegenüber aufbaute. War sie etwa auf ihre eigene Art genauso auf sich selbst bezogen und auf ihre eigene Person beschränkt, wie sie es ihm zur Last legte?

»Das sollte er Ihnen wohl am besten selbst erzählen«, sagte Iris.

»Das hat er aber bisher nicht getan, und ich glaube nicht, daß er es jemals tun wird. Mason und ich reden nicht über solche Angelegenheiten«, wandte Chris ein.

»Und ich bin leider nicht unparteiisch. Ich würde das Ganze wahrscheinlich zu sehr zugunsten von Stuart – Masons Vater – darstellen. Ich möchte auch nicht, daß Sie durch meine Version Mason gegenüber voreingenommen werden«, wehrte sich Iris.

Das Argument klang zwar stichhaltig, ja sogar zwingend logisch, und doch kam es Chris merkwürdig vor, daß Iris sich sträubte preiszugeben, was damals zu dem Bruch in ihrer Familie geführt hatte. »Da steckt aber doch sicherlich noch mehr dahinter«, hakte Chris nach. Sie war nicht gewillt, das Thema so schnell fallenzulassen. Dann kam ihr eine plötzliche Eingebung: »Wollen Sie mir vielleicht wegen Ihrer Rolle in dieser Sache nichts darüber erzählen?«

Mit der Frage hatte sie einen Volltreffer gelandet. Iris sah so aus, als sei ihr mit einem Schlag um zwanzig Grad heißer geworden. »Ich hoffe, Mason und Sie kriegen die Probleme in den Griff«, entgegnete sie. »Sie sind genau die Art von Frau, die er braucht.«

»Und was wäre das für eine Art?« fragte Chris.

»Sie haben die Beharrlichkeit eines Bluthundes... und er ist Ihnen nicht gleichgültig«, erklärte Iris.

»Hoffentlich haben Sie keinen falschen Eindruck von den

Gründen, warum er mir nicht gleichgültig ist«, setzte Chris ihr vorsorglich entgegen, »Mason ist Kevins Vater. Ich habe akzeptiert, daß die beiden sich kennenlernen und weiter zusammensein konnten. Wenn ich Kevin helfen kann, Mason zu verstehen, dann werde ich es natürlich auch versuchen.«

»Und Sie sind sich wirklich sicher, daß es keine anderen Gründe gibt, richtig?« erkundigte sich Iris aufrichtig erstaunt.

»Da bin ich mir ganz sicher«, bestätigte Chris trocken.

Iris nickte resigniert, aber verständig.

Chris stand auf und stellte ihre Kaffeetasse in die Spüle. Sie zögerte ein paar Sekunden und wandte sich dann wieder Iris zu. »Es tut mir wirklich leid, Sie zu enttäuschen«, sagte sie, um eine schonende Wortwahl bemüht. »Mir ist schon klar, mit welcher Hoffnung Sie hierhergekommen sind: Zu erfahren, daß Mason endlich jemanden gefunden hat, der ihn glücklich macht. Und dann nach Hause gehen zu können, ohne sich weiter Sorgen machen zu müssen über das, was Sie ihm Ihrer Meinung nach angetan haben. Aber dieser Jemand bin ich nicht, Iris.« Sie hätte eigentlich noch hinzufügen können, daß das nicht etwa so war, weil sie selbst es nicht wollte. Doch Mary hatte ihr alles andere als einen Gefallen getan, als sie Chris zur Konfrontation mit ihren wahren Gefühlen für Mason gezwungen hatte, und so sagte Chris nichts davon.

»Vielleicht wird Kevin ja dieser Jemand sein«, fügte sie hinzu, »aber es wäre eine schrecklich schwere Last für so junge und schmale Schultern.«

Iris senkte den Blick zu ihren Händen und gab schließlich zu: »Es geht zwischen uns nicht darum, was ich damals getan habe, sondern darum, was ich nicht getan habe. Ich habe untätig zugesehen, wie Masons Vater und Masons Bruder ihn systematisch aus einem Unternehmen ausschlossen, das von Rechts wegen zu einem Drittel ihm gehörte.« Wieder rieb sie ihre Schläfen.

Dann fuhr sie fort: »Bevor mein Vater starb, sagte er Stuart, daß er zwar aus juristischen Gründen die Southwest Construction allein ihm überschrieben habe, daß es aber sein Wille sei, daß Stuart, Robert und Mason sie sich zu gleichen Teilen teilten.«

Chris schüttete Iris' inzwischen kalten Kaffee in die Spüle und füllte die Tasse von neuem.

»Vielen Dank«, bemerkte Iris und nahm einen Schluck aus der Tasse.

»Also gehörte die Firma früher Ihrem Vater?« forschte Chris weiter.

»Meinem Großvater«, gab Iris zur Antwort. »Mason war auf der High School, als mein Vater starb. Er hatte die Zugangsprüfung für Stanford bestanden, und ich überredete ihn damals, er solle zunächst seinen Abschluß machen und erst dann in das Unternehmen einsteigen. Das war natürlich ein Fehler. Während Mason weg war, schlossen sich Stuart und Robert immer enger zusammen. So fand sich Mason zwangsläufig als Außenseiter wieder, als er nach vier Jahren zurückkam.«

»Stuart und Robert«, fuhr sie fort, »duldeten ihn eine Zeitlang und erlaubten ihm sogar, ein paar eigene Ideen auszuprobieren, solange er ihnen damit nicht in die Quere kam. Sie waren sich sicher, daß er dabei auf die Nase fallen würde und sie damit eine Entschuldigung hätten, um ihn vor die Tür zu setzen. Mason fiel aber nicht auf die Nase. Er fand ein Betonunternehmen, das gerade zumachte, kaufte Firmengelände und Inventar auf und fing an, Lagerhallen in Plattenbauweise hochzuziehen. Er hatte mehr Erfolg damit, als er selbst vermutet hätte.« Gedankenverloren rieb sie mit dem Zeigefinger den Lippenstift vom Tassenrand.

»Ich war natürlich naiv genug zu glauben, daß Stuart und Robert einlenken würden, wenn sie erst Masons Tüchtigkeit erkannt hätten. Statt dessen machten sie gemeinsam Front gegen ihn. Da es nichts Schriftliches gab, dachten Stuart und

Robert, daß sie Mason einfach rausschmeißen und ihn damit loswerden könnten.«

»So, wie ich Mason kenne, lagen sie damit aber falsch«, bemerkte Chris.

»Er ging vor Gericht und gewann den Prozeß. Southwest Construction hätte den Vergleich fast nicht überlebt.«

Chris ließ einen anerkennenden Pfiff hören.

Also kein Wunder, daß Mason nie von seiner Familie erzählte!

Iris' Stimme senkte sich zu einem heiseren Flüstern: »Mason bat mich, als Zeugin für ihn aufzutreten, aber das konnte ich einfach nicht. Im Nachhinein sehe ich natürlich auch, daß ich Mason damit furchtbar Unrecht getan habe. Ich habe damals einfach meinen Kopf in den Sand gesteckt und versucht, alles zu verdrängen.«

Der Schmerz in Iris' Gesicht wirkte so, als sei das Ganze erst gestern geschehen.

Die Männer in ihrer Familie hatten sie in eine verfahrene Situation manövriert: Entweder verdammt durch Ehemann und älteren Sohn, falls sie Masons Bitte folgte, oder aber verflucht von Mason, wenn sie es nicht tat.

Es gab keinen Ausweg für sie, keine Chance, ungeschoren davonzukommen.

Für was auch immer sie sich entschied, am Ende war sie die Verliererin.

Chris konnte nichts an den Geschehnissen der Vergangenheit ändern, und sie hatte noch viel weniger Lust, mit in sie hineingezogen zu werden.

Sie lief zu der Arbeitsfläche am anderen Ende der Küche, zog die Schublade heraus und einen Umschlag hervor.

Dann kam sie wieder zum Tisch und schob Iris den Umschlag zu.

Iris sah sie fragend an.

»Das sind Bilder von Kevin«, erklärte Chris ihr und lächelte, »er sieht genauso aus wie sein Vater.«

Mit zitternden Fingern nahm Iris die Photos aus dem Umschlag.

Langsam betrachtete sie ein Bild nach dem anderen derart gründlich, als wolle sie sich jede Einzelheit für immer einprägen. Nachdem sie alle gesehen hatte, gab sie Chris die Photos zurück.

»Vielen Dank«, sagte sie schlicht, »so etwas Nettes hat schon lange keiner mehr für mich getan.«

Mehr als den Ausdruck von tiefer Dankbarkeit auf Iris' Gesicht hätte Chris sich gar nicht wünschen können.

34

Der Besuch von Iris ließ Chris nachdenklich zurück. Es verstrich eine weitere Woche, ohne daß sich im Vergleich zu den zwei vorhergehenden Wochen viel geändert hätte. Mason verhielt sich Chris gegenüber genauso kühl und reserviert, näherte sich aber ständig weiter an Kevin an. Auf dem Fundament der bereits gemachten Schritte bauten die beiden eifrig eine Beziehung auf. Bisweilen enthielt ihre Unterhaltung sogar schon ein »Weißt du noch?«.

Immer mehr beobachtete Chris die beiden und entdeckte, daß sie Mason anders als je zuvor wahrnahm. Oft ertappte sie sich beim Nachdenken darüber, wieviel von Masons Verhalten ihr gegenüber wohl eine Reaktion auf ihre Person, und wieviel davon reiner Selbstschutz war. Immerhin war es möglich – ja sogar wahrscheinlicher, als sie sich selbst eingestehen wollte –, daß er sie einfach nicht mochte und sie niemals wirkliche Freunde werden würden.

Sie beschloß, Mason zumindest vorläufig nichts von Iris' Besuch zu erzählen. Iris und sie versuchten Kevin aus ihren Heimlichtuereien herauszuhalten. Sie vereinbarten, daß sie sich später am selben Tag »ganz zufällig« im Park treffen würden. Chris stellte Kevin bei ihrem Treffen im Rosengarten Iris als eine Freundin vor, was zwar keine Lüge war, einer Lüge jedoch näher kam, als Chris lieb war.

Iris verbrachte nur eine Stunde mit ihrem Enkel, da sie unbedingt wieder nach Santa Barbara zurückkehren wollte, bevor ihre Abwesenheit dort auffiel. Bei ihrem Abschied schaute sie Kevin derart sehnsüchtig und traurig an, daß Chris noch nach Tagen erschauderte, wenn sie nur daran dachte.

Nach ihrem Gespräch mit Iris dachte Chris häufig über die unglückliche Kindheit und Jugend nach, die sie mit Mason gemeinsam hatte. Auch nagte an ihr immer öfter der Verdacht, Mason und sie seien ebenfalls auf dem besten Wege, diese fragwürdige Erblast auf eine weitere Generation zu übertragen. Und wenn es so wäre, würde dann auch Kevin diese Last an seine Kinder weitergeben? Wo würde der Kreislauf schließlich enden?

In dieser Woche war sie damit an der Reihe, Tracy und Kevin zur Schule zu fahren und dort wieder abzuholen. Während sie draußen vor der Stuckfassade auf das Klingeln der Schulglocke wartete, wanderten ihre Gedanken zurück zu Iris' Besuch und dem inneren Aufruhr, den die wenigen Stunden bei ihr ausgelöst hatten. Chris hatte den Eindruck, als sei sie gefühlsmäßig bisher wie auf einer Autobahn auf Mason zugeschossen. Nun aber eröffneten sich ihr mit einem Mal verschiedene Ausfahrten, über die sie abfahren konnte. Sie war nur nicht imstande, eine dieser Abfahrten zu nehmen, sondern auch zu überlegen, wohin sie führen könnten, und ob es für sie nach dem Verlassen der Autobahn noch ein Zurück geben würde.

Seitdem sie um die Gründe von Masons Verhalten wußte, verstörte sein Handeln sie normalerweise nicht mehr so sehr. Sie fragte sich nicht mehr, woher sein starkes Bedürfnis rührte, Bestandteil von Kevins Leben zu werden. Ob die Ursache dafür Masons selbstbezogenes, männliches Ego war, oder aber der Zwang, sein Eigentum ohne Rücksicht auf andere zu verteidigen: Sie sah ebenso, daß Kevin eine Zuflucht für ihn darstellte und Mason von seinem Sohn geliebt, gebraucht und nicht im Stich gelassen wurde. Mason konnte sich an jemanden annähern, der ihn gern in seine Arme schloß und konnte sich Kevin öffnen, ohne befürchten zu müssen, zurückgestoßen zu werden.

Der Zugang zu seiner eigenen Familie war Mason verschlossen worden; er war ohne Zuflucht zurückgeblieben.

Bis dann Kevin in seinem Leben auftauchte. Jetzt besaß Mason ein gefühlsmäßiges Zuhause; endlich hatte er die Möglichkeit, seinem eigenen Vater zu zeigen, was ein richtiger Vater war.

Und Chris wurde dabei mitgeschleift; nicht etwa, weil Mason sie brauchte oder wollte, sondern nur, weil Kevin nicht ohne sie zu bekommen war.

Nach allem, was sich während der letzten beiden Wochen zwischen Mason und ihr abgespielt hatte, hegte Chris keinerlei Hoffnung mehr auf eine Wandlung in Masons Einstellung zu ihr. Nicht einmal eine Freundschaft kam anscheinend in Frage. Er war niemand, der Freunde auf Distanz zu halten vermochte, wie man am Beispiel von Rebecca und Travis sehen konnte. Mit schmerzlicher Deutlichkeit wurde ihr klar, daß Mason sie auf keinen Fall näher als bisher an sich heranlassen würde.

Verletzen könnte sie ihn nur, wenn sie herausbekam, wo seine Schwachpunkte lagen, und es war äußerst unwahrscheinlich, daß er ihr Gelegenheit dazu geben würde.

Wenn sie nur dieselbe Fähigkeit zum Selbstschutz besäße wie er! Mason hingegen hatte in einem unachtsamen Augenblick einfach ihre Verteidigungslinien überwunden und war nun nicht wieder zurückzuschlagen. Nun blieb ihr die Entscheidung zwischen zwei Möglichkeiten: Sie konnte die Sache beenden, bevor sie allzu schwere Verluste erlitt, oder aber darauf setzen, daß nach genügend langem Abwarten Mason eines schönen Tages mehr Flexibilität beweisen und sich gelegentlich dazu bequemen würde, ihr ein wenig entgegenzukommen.

Wenn er das wirklich täte, was dann? Was erwartete sie eigentlich von ihm? Wenn Mason unbeugsam blieb, dann würden sie sich scheiden lassen, sobald Kevin erwachsen sein würde. Zu wem würden dann Kevin, seine Frau und ihre Kinder in den Ferien kommen? Wer würde Weihnachten allein bleiben, Mason oder sie?

Lag es tatsächlich erst sieben Monate zurück, daß ihr Leben so einfach, geradlinig und vorhersehbar verlaufen war wie der ewig gleiche Wechsel der Jahreszeiten?

Das Klingeln der Schulglocke riß sie aus ihren düsteren Überlegungen.

Mit einem Riesensatz kam Tracy aus Ms. Abbotts Klasse gehüpft; in Sprüngen quer über die asphaltierte Spielfläche ließ sie ihre aufgestaute Energie verpuffen. Während Chris noch die anderen Kinder beobachtete, die durch den Ausgang auf den Schulhof strömten, begann in ihrem Kopf ein winziges Warnlicht aufzuleuchten.

Kevin und Tracy wären normalerweise zusammen herausgekommen.

Schließlich erblickte sie ihn. Er ging, anstatt zu rennen, und trug den Rucksack mit den Händen statt auf dem Rücken. Auf den ersten Blick sah er genauso aus wie vor vier Stunden, als sie ihn hier abgesetzt hatte. Erst als er in den Wagen stieg, bemerkte sie das Glänzen in seinen Augen.

»Was ist los, Kevin?« fragte sie; die Angst schnürte ihr die Kehle zu. »Fühlst du dich nicht gut?«

»Er hat sein Pausenbrot wieder erbrochen«, gab Tracy zur Antwort.

Chris' Herz setzte einen Schlag aus. In der Morgenzeitung hatte sie gelesen, daß zur Zeit ein neuer Grippevirus in Sacramento umging. Sie legte ihre Hand auf Kevins Stirn. Sie war zwar feucht, aber nicht heiß. »Wie fühlst du dich denn jetzt?« fragte sie nach.

»Okay«, antwortete Kevin lakonisch.

»Nein, das ist nicht wahr«, mischte Tracy sich ein, »ich hab gehört, wie er Miss Abbott gesagt hat, daß ihm sein Bauch weh tut.«

»Stimmt das, Kevin?« forschte Chris nach.

»Ich bin jetzt okay«, gab er zurück und sandte einen wütenden Blick in Tracys Richtung.

»Vielleicht sollten wir doch gerade mal bei Dr. Caplan vorbeifahren, um ganz sicherzugehen«, widersprach ihm Chris und bemühte sich verzweifelt um einen sachlichen Tonfall und eine sichere Stimme.

Würde die Vergangenheit niemals aufhören, drohende Schatten auf Kevins Gesundheit zu werfen? Ein ganz banaler Bauchschmerz, und schon war sie wieder am selben Punkt wie vor fünf Jahren; ihr Herz raste, und ihr Verstand geriet in Panik.

»Mir geht's okay«, meldete sich Kevin nochmals, mit Nachdruck und einem ungeduldigen Unterton.

»Aber –«, wollte Chris gerade ansetzen.

Doch Kevin schnitt ihr das Wort im Munde ab. »Mensch, Mama«, quengelte er und dehnte ihren Namen zu einem Singsang aus, »hör doch endlich auf, mich wie ein Baby zu behandeln.«

Noch etwas, was ich dir zu verdanken habe, Mason, dachte Chris zähneknirschend und aufgebracht über Kevins eifriges Bestreben nach, erwachsen zu werden.

»Na gut«, gab sie nach, »wir warten erst mal ab. Aber du mußt mir versprechen, daß du sofort Bescheid sagst, wenn du dich wieder schlechter fühlst. Wenn wir es direkt anpakken –«

»Ja, ja«, brummelte er und zog die Wagentür geräuschvoll hinter sich zu.

»Dann erzähl mir mal, was ihr heute gemacht habt«, wechselte Chris den Gesprächsgegenstand und ließ ganz demonstrativ das Thema Gesundheit links liegen.

»Wir haben Blumen gepreßt«, erklärte Tracy, »aber wir können dir jetzt nicht sagen warum, das soll nämlich eine Überraschung werden.«

Chris grinste in sich hinein. Man brauchte seine grauen Zellchen nicht allzusehr anzustrengen, um hinter die Geheimnistuerei zu kommen, da es nur noch zwei Monate bis zum Muttertag waren.

Auf dem Rest des Heimweges gab Tracy einen fortlaufenden Kommentar zu den Tricks und Finessen des Blumenpressens und -sortierens, während Kevin aus dem Wagenfenster starrte.

Mason klopfte an die geöffnete Tür von Rebeccas Büro, um sie auf sich aufmerksam zu machen. »Hast du den Bericht über das Hotel gesehen, den Walt uns rübergeschickt hat?« wollte er wissen.

»Ich hab' Randy heute morgen gesagt, sie solle ihn Janet bringen. Hast du sie schon gefragt?«

»Die ist gerade in der Mittagspause«, gab er zurück und drehte sich zum Gehen. »Ich seh' mal auf ihrem Schreibtisch nach.«

»Mason?« hielt Rebecca ihn zurück.

»Ja?« antwortete er ungeduldiger als beabsichtigt. In einer Viertelstunde hatte er einen Termin mit Travis und wollte den Bericht bis dahin gelesen haben.

»Ich habe da so ein komisches Gefühl. Ich glaube, irgendetwas Merkwürdiges geht mit Oscar Donaldson vor sich.«

Das Sandwich, das Mason nur wenige Minuten zuvor gegessen hatte, lag ihm mit einem Mal wie ein Stein im Magen. Derlei Dinge sagte Rebecca normalerweise nicht zum Spaß. Er ging ganz in ihr Büro hinein, ohne allerdings dabei die Tür hinter sich zu schließen. »Ich dachte, Oscar hätte Walt gesagt, er würde unterschreiben, wenn wir ihm die Verkaufszusage diese Woche mit der Post rausschicken würden«, wandte er ein.

»Das stimmt schon. Aber das war gestern. Heute morgen hat er mich jedenfalls angerufen und gesagt, er brauche noch etwas mehr Zeit zum Überlegen.«

Zwar war Oscar Donaldsons Parzelle für das Riverfront-Projekt nicht unentbehrlich, doch ohne sie wäre dem Gesamtprojekt die krönende Spitze genommen. In dieser Parzelle lag unter anderem ein Geländeabschnitt, der früher einmal natürliches Sumpfland gewesen war. Er stellte an sich keine Besonderheit dar, war aber dennoch insofern wichtig, als Mason plante, ihn in seinen Urzustand zurückzuversetzen. Dabei spielten zum einen ästhetische Gesichtspunkte eine Rolle, zum anderen aber auch die Unterstützung, die er so von den Umweltschützern erhalten könnte.

»Bist du dir sicher, daß er sich damit nicht nur in eine bessere Verhandlungsposition manövrieren will?« hakte Mason nach.

»Vorher hat er mit uns nie solche Spielchen getrieben. Wozu sollte er jetzt plötzlich damit anfangen?« konterte Rebecca.

»Also glaubst du, daß eventuell wieder jemand von Southwest Construction ein Wörtchen mit ihm geredet hat?« fragte Mason mit unbewegter Stimme. Für sich allein hatte er schon die Hölle durchgemacht, oft in Vogel-Strauß-Manier voller Panik die Augen geschlossen und jede kleinste Bewegung der Grundeigentümer als Zeichen dafür interpretiert, daß sie auf die Seite der »bösen Kräfte« von der Southwest Construction übergelaufen waren. Nun verspürte er nicht die geringste Lust, all das noch einmal von vorn mit Rebecca durchzumachen, falls sie seine Verfolgungsängste bemerkt hatte.

»Wieso hätte Oscar sonst kalte Füße gekriegt?« stellte sie die Gegenfrage.

»Vielleicht haben sich diese Umweltfanatiker vom Sierra Club an ihn rangemacht«, spekulierte Mason.

»Versuch mal ernsthaft nachzudenken, Mason. Dieser Mensch hat wegen Einsatz verbotener Pflanzenschutzmittel vor Gericht gestanden«, bremste Rebecca ihn.

»Warum fährst du nicht heute nachmittag mal rüber und schaust, was du rausfinden kannst? Tu einfach so, als wärst du unterwegs gewesen, um Ferguson zu besuchen, und hättest dich spontan zu einem kurzen Besuch bei Oscar entschlossen, da du ja gerade in der Nähe warst«, schlug er vor.

Rebecca lehnte sich in ihrem Stuhl ganz weit nach vorn

und wandte ein: »Weil Oscar mich eigens gebeten hat, jetzt nicht bei ihm aufzutauchen. Er sagte mir, er würde mich anrufen, sobald er soweit sei, mit uns zu verhandeln.«

»Der alte Schurke«, fluchte Mason, der die nun ohnehin augenfällige Tatsache nicht länger von der Hand weisen konnte. »Sie haben ihn rumgekriegt, und er will nicht, daß wir merken, daß er sich ihr Angebot überlegt.«

»Genau das denke ich auch«, pflichtete Rebecca ihm bei. »Was machen wir also jetzt?«

»Den Einsatz erhöhen – direkt kaufen, wenn es sein muß«, meinte Mason.

»Das kann ja wohl nicht dein Ernst sein«, protestierte sie, »die Banken –«

»Ich werde selbst für die Kosten aufkommen«, unterbrach Mason sie.

Rebecca erhob sich von ihrem Stuhl. »Das ist so ungefähr das Schwachsinnigste, was ich je von dir gehört habe«, sagte sie aufgeregt. »Ich werde es auf gar keinen Fall zulassen, daß du dein Privatvermögen hineinsteckst, in –«

»Zulassen?« explodierte Mason.

Rebecca ließ sich durch Masons Ärger nicht verunsichern und kam entschlossen um den Schreibtisch herum auf ihn zu. »Ich habe dich bei jedem einzelnen Schritt bei diesem Projekt unterstützt«, sagte sie mit Nachdruck, »aber mit der Unterstützung ist auch bei mir Schluß, wenn du nicht ein bißchen aufpaßt. Dieses Grundstück mit deinem eigenen Geld aufzukaufen, wäre der reine Wahnsinn, und das weißt du selbst. Zumindest hoffe ich, daß du nicht dermaßen vernarrt in dieses Projekt bist, daß du noch nicht einmal zugeben kannst, daß –«

»Seit wann ist es wahnsinnig, ein Stück Land zu besitzen?« fiel er ihr ins Wort.

»Wenn es nur darum ginge, dann natürlich nicht. Aber du weißt genausogut wie ich, daß die Kosten da nicht aufhören. Sobald die anderen hartes Bargeld riechen, hängen sie an dir dran wie die Kletten. Was willst du dann machen? Dann haben sie dich nämlich fest in den Hand, und drücken zu, bis du schreist wie am Spieß. Wenn du das machst, Mason, dann bist du am Ende.«

»Sehr schön hast du das ausgemalt«, bemerkte er sarkastisch.

»Du willst es nicht hören, weil du weißt, daß ich recht habe«, sagte sie, abgelenkt von irgend etwas hinter Masons Rücken. »Travis, komm mal rein und hilf mir, ihm das auszureden«, forderte sie Travis auf.

»Worum geht's denn?« fragte er und trat in Rebeccas Büro.

»Mason glaubt, er könne das Riverfront-Projekt mit seinem eigenen Geld finanzieren. Er will die Gesamtsumme für Oscar Donaldsons Grundstück zahlen – und zwar auf einen Schlag, und noch heute!«

Alle Farbe verschwand augenblicklich aus Travis' Gesicht. Er drehte sich zu Mason um und fuhr auf: »Mein Gott, was haben sie dir denn in den Kaffee getan? Wenn du nur einen von diesen Typen auszahlst, dann mußt du allen Geld geben. Der einzige Weg, so viel Geld aufzutreiben, wäre...«

»Etwas zu verkaufen«, nahm ihm Mason das Wort aus dem Mund.

»Sobald du das tust«, fiel Rebecca ein, »denken alle, daß du in Schwierigkeiten steckst.«

»Und dabei spielt es keine Rolle, ob das stimmt oder nicht«, nahm Travis den Ball wieder auf, »keine Bank wird dir auch nur fünf Minuten zuhören, wenn das erst mal bekannt ist.« Er steckte aufgebracht seine Hände in die Taschen. »Verdammt noch mal, Mason, wann machst du denn endlich mal die Augen auf bei diesem Ding? Du bist noch nicht weit genug für so ein Projekt. Wenn du dich weiter darin verbeißt, dann gehst du damit den Bach runter.«

Mason hatte sich erhofft, Travis werde sich letztendlich, wenn man ihm Zeit zum Nachdenken gäbe, auf seine Seite schlagen, und würde, wenn auch ohne die rechte Überzeugung, zumindest seine Schwarzmalerei aufgeben. Bis zu diesem Projekt waren Travis und er das ideale Gespann gewesen. Wenn Masons Ehrgeiz über das Ziel hinausschoß, war stets Travis zur Stelle und bremste einerseits Masons ehrgeizige Pläne, fand aber andererseits auch immer einen Weg, vorhandene Chancen weiter auszubauen. Allerdings wäre ohne Masons Ehrgeiz die Firma auch heute noch dasselbe Schmalspurunternehmen wie anfangs in Los Angeles. Bevor das Riverfront-Projekt auf den Tisch kam, hatte sich Travis niemals derart radikal gegen einen Vorschlag von Mason gesperrt.

Ob es nun war, weil die Anforderungen zu sehr gestiegen oder weil die Risikobereitschaft zu weit gesunken war, Travis war vorsichtig geworden. Mitunter gab er Dinge von sich, die bei Mason den Verdacht aufkommen ließen, daß Winter Construction sich nach Travis' Meinung mit dem Marktanteil zufriedengeben sollte, den sie sich schon erobert hatten.

»Das ist keine Aktionärsversammlung hier«, sagte Mason scharf, verärgert über die Bremsanker, die Travis permanent auswarf.

»Als ich das letzte Mal nachgesehen habe, stand immerhin noch mein Name hier am Eingang.«

»Vielen Dank für den Tip, für die Zukunft werd ich mir's merken«, kommentierte Travis knapp und verließ tödlich beleidigt den Raum.

»Jetzt hast du's geschafft!« fuhr Rebecca ihn an. »Was zum Teufel hast du eigentlich mit dieser Szene erreichen wollen?«

»Anders konnte ich ihn nicht loswerden. Und das muß ich, bis ich das erledigt habe, was jetzt ansteht. Wenn das vorbei ist, werd' ich mich schon noch entschuldigen«, verteidigte sich Mason.

»Und du meinst, damit ist dann wieder alles im Lot?«

»Rebecca, hör auf, es reicht jetzt!« warnte Mason.

»Eins habe ich noch zu sagen«, beharrte sie. – »Dann sag es und mach dich dann auf den Weg. Bis heute abend muß ich wissen, was mit Donaldson los ist«, lenkte Mason ein.

Sie durchbohrte ihn mit ihren Blicken und bemerkte: »Die schlauesten Ratten verlassen das sinkende Schiff zuerst, Mason. Wenn sich das als richtig erweist, was Travis da sagt, und du dich an dem Projekt überhebst, willst du dann wirklich ganz allein vor die Hunde gehen?«

Kurz hielt er unter der Wucht ihrer Worte inne. Widerstrebend ging er auf ihre Warnung ein und setzte vorsichtig hinzu: »Sie haben das Schiff bisher noch nie verlassen, und soweit ich mich erinnern kann, ist es nicht das erste Mal, daß wir Schlagseite haben.«

»Weil bisher immer Respekt da war und deswegen auch Zusammenhalt. Aber du solltest auch daran denken, daß es das eine ohne das andere nicht gibt.«

Wie immer hatte sie genau ins Schwarze getroffen, ohne schweres Geschütz aufzufahren. »Ich schau mal, ob ich Travis finden kann«, entgegnete er und gab damit zu, daß Rebecca eigentlich recht hatte.

Sie nickte und setzte hinzu: »Und ich versuche, so viel wie möglich über Donaldson herauszukriegen.«

Er war schon halb aus der Tür, als er sich noch einmal umdrehte und ansetzte: »Rebecca...«

»Ich weiß schon«, antwortete sie.

Diesmal durfte er sich den Abgang nicht zu leicht machen. »Du brauchst mir nichts vorzumachen«, sagte er, »was immer auch passiert, wenn ich untergehe, bin ich bestimmt nicht allein auf dem Schiff. Auch wenn ich dich über Bord werfen würde, du würdest wieder hinten hochklettern.« Verlegen über seine Worte und sein Bedürfnis, sie laut auszusprechen, schaute er zur Seite. Dann spürte er, daß dies die Bedeutung seiner Worte irgendwie abschwächte, und zwang sich, sie wieder anzusehen.

Während sie sich so gegenüberstanden und sich gegenseitig ansahen, schien es ihm einen Augenblick lang so, als entdecke er einen Schimmer von Tränen in ihren Augen; doch dann blinzelte sie und hatte einen so klaren Blick wie immer.

»Das wollte ich dir nur kurz sagen«, erklärte er und war erleichtert, als sich die Ecke ihres Mundes zu einem Lächeln verzog. Mit allem, was sie von sich gab, konnte er umgehen, solange es nur keine Tränen waren.

»Ja, ja, du brauchst mich eben immer, weil ich weiß, wo die Rettungsringe sind«, konterte sie.

»Von wegen, Fehlanzeige. Weil ich einen intelligenten Gesprächspartner brauche, wenn ich auf den endlosen Weiten des Ozeans herumtreibe«, gab er zurück und marschierte erleichterten Herzens hinaus. Daß er es allerdings verdient hätte, glaubte er nicht.

35

Mason saß in seinem Büro, als vier Stunden später der Anruf von Rebecca durchkam. Sie rief von ihrem Autotelefon aus an.

»Jetzt setz dich mal hin und halt dich gut fest«, sagte sie einleitend.

»Na komm, gib's mir schon«, sagte Mason und lehnte sich weit in seinem Stuhl zurück; die Spannung und das Warten auf ihren Anruf hatten ihn völlig ausgelaugt.

»Eine Stunde bevor ich dort ankam, hatte Oscar Donaldson sein Land direkt an Southwest Construction verkauft«, eröffnete sie ihm.

»Hundesohn«, keuchte Mason auf. »Warum?« wollte er wissen und entschuldigte sich: »Nimm mir das nicht übel – aber wie ist das passiert?«

»Sie waren bereit, ihm fünfundzwanzig Prozent mehr als wir zu zahlen, aber nur unter der Bedingung, daß er gleich heute unterzeichnen, und sich nicht mit uns in Verbindung setzen und dir damit Gelegenheit zu einem Gegenangebot geben würde«, informierte Rebecca ihn. »Donaldsons Frau erzählte mir, daß die Notare von Southwest bei ihr eingefallen seien wie die Heuschrecken, sobald sie davon gehört hatten, daß Oscar uns um Zeit zum Nachdenken gebeten hatte.«

»Bitte? Sag das noch mal!« fragte Mason, nun plötzlich sehr hellhörig.

»Was denn genau?« wollte Rebecca wissen.

»Daß sie davon gehört hatten, daß Oscar schwankte.«

»Aah«, sagte sie, »ich sehe schon, worauf du hinauswillst.«

»Hattest du mir nicht erzählt, Oscar habe dich heute morgen angerufen? Wie konnte dann irgend jemand außerhalb unseres Büros davon erfahren?« fragte er argwöhnisch.

»Mason, deine Vermutungen gefallen mir überhaupt nicht«, stellte Rebecca fest.

»Dann gib mir bitte eine andere Erklärung«, verlangte er.

Es entstand ein längeres Schweigen am anderen Ende der Leitung. Schließlich gab sie zu: »Das kann ich nicht. Wer sollte so etwas tun?«

Mason hielt sich die Augen mit der Hand zu und schloß so außer seinen Gedanken alle anderen Wahrnehmungen aus. »Ich hab da einen ziemlich logischen Gedanken.«

»Was?« fragte sie, offensichtlich völlig überrascht. »Was ist denn deiner Meinung nach die Erklärung?«

»Komm erst mal hierher«, bat er sie. Er brauchte Zeit, um sich zu erholen und seine Gedanken zu sammeln, und das mußte er allein tun.

»Ich komme so schnell wie möglich, aber ich denke, daß das noch ungefähr eine halbe Stunde dauert. So allmählich fängt der Berufsverkehr hier an«, antwortete sie.

»Und Rebecca«, fügte er noch hinzu, »...erzähl niemand anders davon.«

»Auch nicht...«

»Nein, niemandem«, sagte er sehr bestimmt.

»Mason, du wirst doch nicht etwa glauben, daß...«, fragte sie zögernd.

»Ich fürchte schon«, gab er zurück, »komm sofort zu mir ins Büro, wenn du wieder da bist, und dann reden wir darüber.«

Er legte auf und blieb völlig bewegungslos an seinem Schreibtisch sitzen. Seine Verärgerung steigerte sich, je mehr er sich selbst vorwarf, nicht auf seinen Instinkt gehört zu haben. Da ihm der aufsteigende Zorn fast körperlichen Schmerz bereitete, reagierte er seine Wut an einem Bündel Papier ab, das er mit voller Wucht gegen die Wand katapultierte. Beim Aufprall platzte das Bündel auf, und die einzelnen Blätter regneten zu Boden wie überdimensionales Konfetti.

Wenige Minuten später hörte er ein vorsichtiges Klopfen an seiner Tür, und bevor er antworten konnte, steckte Travis schon seinen Kopf zur Tür herein. Obwohl sie in der Zwischenzeit Frieden geschlossen hatten, schmerzten die Wunden aus ihrer Auseinandersetzung noch immer.

»Ich fahr' noch mal kurz zum Hotel und dann von da aus nach Hause«, meldete er kurz. »Gibt's noch was zu besprechen, bevor ich weg bin?« Dann fragte er, mit einem Blick auf das am Boden liegende Papier: »Hey, was ist denn hier los?«

»Komm mal herein und mach die Tür hinter dir zu«, forderte Mason ihn auf und überging Travis' Fragen.

»Klingt ja geheimnisvoll«, versuchte Travis zu scherzen.

»Ich will mit dir über Walt reden.«

Travis kam ganz herein. »Was ist los mit Walt?« fragte er.

»Als du ihn vorhin gesehen hast, hast du ihm da zufällig erzählt, daß Oscar Donaldson kalte Füße gekriegt hat wegen der Unterschrift?«

Travis trat von einem Fuß auf den anderen und fragte: »Wieso?«

»Weil ich vermute, daß er vertrauliche Informationen an Southwest Construction weitergegeben hat«, deckte Mason seinen Verdacht auf.

Travis wurde zum zweiten Mal an diesem Tag leichenblaß.

»Was ist denn passiert?« wollte er wissen.

»Oscar hat sein Land an meinen Vater verkauft, und zwar keine zwei Stunden, nachdem er heute morgen mit Rebecca gesprochen und ihr gesagt hatte, daß er noch eine Woche bräuchte, um unser Angebot zu prüfen.«

»Ich versteh' aber nicht, was das –«, wandte Travis ein.

»Außer über jemanden aus unserem Büro kann mein Vater nichts davon erfahren haben, daß Oscar kalte Füße bekommen hatte«, setzte Mason ihm auseinander.

Travis schluckte. »Da könntest du zwar richtig liegen,

Mason«, gab er zu, »aber ich glaube, du liegst völlig daneben, was Walt angeht. Der würde so was einfach nicht machen. Er ist einfach nicht der Typ dafür.«

Mason erhob sich und fing an, in je sechs langen, aufgeregten Schritten zwischen Schreibtisch und Couch hin und her zu laufen. »Ich habe tausendmal darüber nachgedacht«, wütete er, »und das ist die einzig sinnvolle Erklärung. Von Anfang an hat mich irgend etwas an ihm gestört. Ich hätte mehr auf mein Gefühl hören sollen.«

»Vergiß deine Eingebungen«, beharrte Travis, »du hast Walt im Verdacht, weil er so aussieht wie dein Bruder, und nichts weiter. Du hast nicht mal den winzigsten Beweis dafür in der Hand, daß er was mit der Sache von heut' nachmittag zu tun hatte.«

»Und wie kannst du dermaßen sicher sein, daß ich da so vollkommen falsch liege?« fragte Mason mit eisiger Stimme.

»Ich bin mir da eben sicher. Bei dieser Sache mußt du dich einfach auf mich verlassen«, entgegnete Travis störrisch.

Mason beendete seine unruhigen Zimmerdurchquerungen und starrte zum Fenster und hinaus auf das Land, das er gerade verloren hatte. Dann drehte er sich rasch zu Travis und fragte: »Wenn nicht Walt, wer dann?«

Travis faßte sich mit der Hand an die Stirn, so als wolle er etwas aus seinem Kopf herausdrücken. »Wie, zum Teufel, soll ich das wissen? Das Malheur ist jedenfalls passiert, und das Ungeschickteste wäre, jetzt mit einer Hexenjagd anzufangen«, urteilte er.

Es vergingen mehrere Minuten, in denen beide nichts sagten.

Schließlich brach Travis das gespannte Schweigen: »Vielleicht ist es wirklich besser so, Mason«, sagte er. »Du bist einfach zu weit gegangen, weil du dich auch persönlich auf diese Sache eingelassen hast. Jetzt ist alles gelaufen, und du kannst zu deinem Leben zurück und dich um andere Sachen kümmern.«

»Es ist noch längst nicht gelaufen«, meinte Mason mit leisem, drohenden Unterton, »noch lange nicht.«

»Was hast du vor?« fragte Travis.

»Ich will rausfinden, wer da nicht dichtgehalten hat«, verkündete Mason.

»Wie willst du das denn anstellen?« fragte Travis mit besorgtem und angespanntem Gesichtsausdruck.

»Ich besuche einfach meinen Vater. Das hätte ich schon vor langer Zeit tun sollen. Aber vor der Abfahrt muß ich mich noch hier um ein paar Sachen kümmern.«

»Möchtest du, daß ich...«, setzte Travis an.

»Nein danke, Travis«, schnitt Mason ihm das Wort ab, »vielen Dank für dein Angebot, aber das muß ich selbst tun.«

»Also, wenn du's unbedingt so haben willst«, brummte Travis verärgert, wandte sich zum Gehen und drehte sich dann doch noch einmal um: »Hör mal, Mason, es gibt ein paar Dinge im Leben, von denen läßt man besser die Finger weg.«

»Ja, Travis, aber das Projekt gehört nicht dazu.«

Travis nickte resigniert und verließ den Raum.

Zum ersten Mal seit dem Bestehen des Riverfront-Projekts tauchte bei Mason ernste Besorgnis darüber auf, wieviel es ihn am Ende kosten würde. Nur machte er sich dabei, im Gegensatz zu Travis, keine Gedanken finanzieller Art.

36

Mason stieg aus dem Taxi, bezahlte den Fahrer und ging die Zufahrt zum Haus hoch. Vierzehn Jahre waren eine lange Zeit, und doch hatte sich so wenig geändert. In einer Ecke des Hofs stand eine neue Palme, und wo früher Gras wuchs, lagen nun grüne Kiesel, aber sonst schien es so, als sei die Zeit an dem Haus vorbeigegangen.

Das Haus als solches schlang und wand sich ausladend um einen Innenhof und war, mit seinen weißgetünchten Wänden und dem roten Ziegeldach, im alten spanischen Stil gehalten. Je nach Stimmung konnte man in Richtung Westen über die auf dem Ozean heranrollenden Wogen schauen, oder nach Osten auf die unzähligen Lichter der Stadt, die sich an den Berghängen hochzogen.

Als Kind hatte er die Schönheit der Umgebung für selbstverständlich gehalten. Erst als Teenager wurde er sich bewußt, daß er ein privilegiertes Dasein führte, daß es nicht jedermann vergönnt war, beim Aufwachen durchs offene Fenster das Rauschen der Brandung und die Seemöwen zu hören, und daß Dienstmädchen und Gärtner nicht automatisch zu einem Haus gehörten. Eigentlich hätten seine Erinnerungen angenehmer Art sein müssen. Natürlich war er auch glücklich dort gewesen, zumindest sagte er sich das selbst, wenn er – was selten genug vorkam – an seine Kindheit zu Hause dachte. Sicher waren Bobby und er damals auch Freunde gewesen, schließlich waren sie ja Brüder.

Und selbst wenn sein Vater seinen jüngeren Sohn zu jener Zeit nicht unbedingt geliebt hatte, so mußte es doch auch Zeiten gegeben haben, als er ihn zumindest nicht offen gehaßt hatte.

Warum erinnerte er sich nur nicht mehr an die Geburtstagsfeiern, die Weihnachtsvormittage und das Lachen beim Anschauen der Comics in der Sonntagszeitung? Dachten sein Vater und sein Bruder je an die gute Zeit von damals? Und wenn sie zurückschauten, gehörte er dann zu ihrer Erinnerung oder blendeten sie ihn so aus, wie man eine Person aus einem Photo herausschneidet?

Was für Erinnerungen würde Kevin an seine Kindheit haben? Würde er Mühe haben, sich die guten Zeiten ins Gedächtnis zurückzurufen? In welchem Winkel seines Gedächtnisses würde er den Tag am Strand mit Mason und Chris aufbewahren? Würde Kevin eines Tages seine Erziehung und sein Elternhaus in Frage stellen, so wie es Mason augenblicklich tat?

Mason trat auf die Veranda und drückte die Haustürklingel. Als er das ihm noch vertraute Glockenspiel hörte, dessen Melodie länger war als die der meisten anderen, fragte er sich, ob es seinen Vater am Halloween-Tag immer noch zur Verzweiflung trieb, wenn eine Horde bettelnder und verkleideter Kinder nach der anderen stürmisch an der Tür schellte.

Gerade war der letzte Ton verklungen, da öffnete sich die Haustür.

Iris stand in der Türöffnung, gekleidet in ein strahlend blaues Kleid. Um den Hals trug sie eine Perlenkette, in der Hand hielt sie ein Glas Wein. »Großer Gott«, flüsterte sie wie vom Schlag gerührt, »Mason, bist du es wirklich?«

»So lange war ich nun auch nicht weg, Mutter«, antwortete Mason kühl.

Sie setzte ihr Glas auf dem Marmortischchen neben der Tür ab und wollte Mason in ihre Arme schließen. »Ich habe immer darauf gehofft und gebetet, aber ich habe nie wirklich geglaubt, daß das möglich wäre«, sagte sie strahlend.

Mason machte einen Schritt zurück. »Ich wollte kein Familientreffen«, stellte er richtig, »ich wollte nur mit Vater sprechen.«

Die Enttäuschung verbannte das aufgeregte Funkeln aus Iris' Augen. Sie ließ ihre Arme an den Seiten herabsinken. »Richtig«, sagte sie und verschanzte sich hinter ihrer unverbindlichen Country-Club-Stimme, »wie konnte ich nur so dumm sein, etwas anderes zu denken.«

Mason fuhr zusammen. Er hatte sie eigentlich nicht verletzen wollen. »Ist er denn da?« erkundigte er sich und versuchte dabei, einen etwas weicheren Ton anzuschlagen.

»Er müßte jede Minute kommen. Möchtest du drinnen auf ihn warten?«

»Bist du sicher, daß Vater das erlauben würde?« fragte er zweifelnd.

»Das spielt keine Rolle. Wie du weißt, ist das hier ja schließlich auch mein Haus«, erwiderte sie völlig unerwartet.

All die Jahre waren zwar beinahe spurlos an dem Haus vorbeigegangen, nicht jedoch an der Frau, die in ihm wohnte. Als Mason noch zu Hause wohnte, hätte Iris Winter niemals die Kühnheit besessen, Besitzansprüche auf eine einzige Rose aus ihrem eigenen Garten zu erheben, geschweige denn auf die ihr zustehende Hälfte des Hauses. »Seit wann das denn?« fragte er, verwundert über das Verhalten seiner Mutter.

»Seit mir klargeworden ist, daß ich es unzählige Stunden gepflegt und es damit doppelt und dreifach abgezahlt habe. In diesem Haus steckt ein Gehalt, das ich mir niemals habe auszahlen lassen. Also möchtest du jetzt hereinkommen oder lieber ein paar Gartenstühle von hinten holen, so daß wir uns draußen hinsetzen und auf deinen Vater warten können?«

»Ich komme lieber herein«, antwortete er schnell und freute sich gleichermaßen über diese Provokation gegen seinen Vater wie über den Mut seiner Mutter, ihn einzuladen.

Nachdem sie in das Wohnzimmer eingetreten waren, Iris

Mason ein Glas Wein angeboten und er es abgelehnt hatte, bedeutete sie ihm zunächst, sich auf der Couchgarnitur niederzulassen, und nahm dann neben ihm Platz. Dabei achtete sie allerdings darauf, ihm nicht zu nahe zu kommen, um eine erneute Abweisung zu vermeiden. »Ich gehe mal davon aus, daß dies kein Höflichkeitsbesuch ist«, bemerkte sie.

»Ich komme aus persönlichen Gründen«, entgegnete Mason.

Sie faltete ihre Hände und legte sie in ihren Schoß, als suche sie nach einer Methode, sie endlich zur Ruhe zu bringen. »Und deswegen bist du also nicht ins Büro gefahren, sondern hierhergekommen?«

Es tat ihm weh, zu sehen, wie sehr sie sich bemühte. »Ich habe einen späten Flug von Sacramento aus genommen. Bis morgen hat das, was ich zu sagen habe, keine Zeit«, erklärte er kurz angebunden.

»Bist du dir sicher, daß du es überhaupt zur Sprache bringen mußt?« fragte sie mit bemüht unbeteiligter Stimme, doch der flehende Ausdruck in ihren Augen verriet sie.

»Ich sehe schon, du bist ganz die Friedensstifterin von früher geblieben«, bemerkte Mason abweisend.

Sie griff nach seiner Hand, doch er wich ihr aus, bevor sie ihn berühren konnte. Verunsichert fragte sie: »Haßt du mich immer noch so?«

Sie war damals eigentlich nur eine unbeteiligte Zuschauerin gewesen, doch er behandelte sie wie eine Komplizin seines Bruders. »Nein, Mutter, ich hasse dich nicht«, gab er etwas nach, »aber ich traue dir auch nicht. Du kannst nicht zu mir...«

»...und gleichzeitig zu jemand anders halten?« ergänzte sie fragend. »Mason, wie sollte ich mich anders verhalten?« Sie seufzte mißmutig und fuhr fort: »Da du selbst einen Sohn hast, wirst du vielleicht auch eines Tages begreifen, in welche Lage dein Vater und du mich damals gebracht habt. Aber dafür ist es wohl noch zu früh.«

»Woher weißt du, daß ich einen Sohn habe?« fragte er sie und bemühte sich, seine Erregung nicht durch seine Stimme zu verraten. An Iris' Gesichtsausdruck konnte er erkennen, daß sie ihren Fehler bemerkt hatte. Die Atmosphäre zwischen beiden knisterte förmlich vor Spannung.

»Das kann ich dir nicht erzählen«, erklärte sie, »ich würde damit ein Vertrauensverhältnis zerstören.«

Damit bestätigte sie nur, was Mason ohnehin schon kurz vor der Landung vermutet hatte. Nur seine innerliche Weigerung, die Wahrheit zu akzeptieren, hatte ihn am Erkennen der ganz offenkundigen Tatsachen gehindert.

Um sich irgendwie abzulenken, stand er auf und ging zum Kamin hinüber. Er stützte sich mit einem Ellbogen auf den Sims und starrte auf ein Gemälde weiter oben an der Wand, ohne jedoch wirklich etwas wahrzunehmen. »Wenn man sich das einmal so richtig vorstellt, ist es eigentlich faszinierend – die Person, die mich betrügt, erweckt bei meiner Mutter Vertrauen.«

»Niemand hat dich betrogen«, widersprach sie ihrem Sohn.

»Ach ja?« bemerkte Mason bissig. »Und wie würdest du das nennen?«

»Die Person, die mir von Kevin erzählt hat, ist jemand, dem sehr viel an dir und auch an mir liegt«, erwiderte sie.

In dem Moment waren Schritte auf den Fliesen des Korridors zu hören. Sekunden darauf betrat Stuart Winter den Raum.

Mason starrte seinen Vater gebannt an. Das Alter tat seiner Erscheinung keinen Abbruch; er wirkte eher noch stattlicher. Die letzten schwarzen Haare auf seinem Kopf waren verschwunden; eine graue Löwenmähne krönte sein Haupt und umrahmte sein Gesicht, das von jahrelanger Arbeit im Freien wettergegerbt war. Sein Körper erschien so schlank und aufrecht wie eh und je, sein süffisantes Grinsen so verächtlich wie immer.

Stuart knöpfte seine Jacke auf und stemmte die Hände auf die Hüften. »Na Söhnchen, hoffentlich glaubst du kein einziges Wort von dem Gewäsch«, höhnte er und grinste selbstgefällig von einem Mundwinkel zum anderen.

»Stuart! Wie lange stehst du schon dort und hörst zu?« fragte Iris empört.

Er ignorierte ihre Frage und konzentrierte sich weiter völlig auf Mason. »Du weißt, ich war nie ein großartiger Ratgeber«, sagte er trocken, »aber heute abend will ich eine Ausnahme machen – schließlich bist du ja den weiten Weg hierhergekommen und hast dir die Zeit genommen, uns mal guten Tag zu sagen. Wenn ich du wäre, dann wäre ich sehr vorsichtig mit allen Leuten, die mir weismachen wollen, sie bohrten mir das Messer nur zu meinem Besten in den Rücken.« Er lachte amüsiert in sich hinein. »Das sind nämlich diejenigen, die auch dem eingehendsten Blick standhalten.«

»Genug jetzt, Stuart«, protestierte Iris scharf und stand mit einem Ruck auf, »deine Gehässigkeit reicht mir langsam.«

Erstaunt schauten sowohl Mason als auch Stuart auf sie. Iris drohte nicht nur, sondern teilte anscheinend auch aus.

»Ich lasse es nicht zu, daß du so mit Mason redest«, fuhr sie fort, bevor sich Stuart von seiner Verwunderung erholen und auf ihren Ausbruch reagieren konnte, »du hast ihn genug verletzt. Es ist langsam an der Zeit, daß ihr – alle beide – euren Streit ein für allemal beilegt.«

Stuart fixierte seine Frau mit zusammengekniffenen Augen und erwiderte mit drohendem Unterton: »Der Streit kommt erst noch. Deinen geliebten Sohn lege ich mir gleich erst mal übers Knie, damit er seine Lektion lernt – und die wird er so schnell nicht mehr vergessen.«

»Warum tust du mir das alles an?« fragte ihn Mason, der nun seine Chance gekommen sah, das in Angriff zu nehmen, weswegen er hierhergekommen war: »Warum all das nach so langer Zeit?«

Stuart warf lachend den Kopf in den Nacken. Offensichtlich vergnügte es ihn, so etwas wie einen flehenden Unterton in Masons Stimme zu entdecken. »Ganz einfach: weil sich die Gelegenheit geboten hat, Herr Großunternehmer«, spottete er.

»Du kannst dabei nicht gewinnen«, warnte Mason ihn und achtete darauf, in seiner Stimme nicht das geringste Quentchen Zweifel mitschwingen zu lassen.

»Ich warne dich, Stuart«, fuhr Iris dazwischen, »wenn du so weitermachst, dann...«

»Ach, da hast du aber ein schönes kleines Steinchen für deine Steinschleuder gefunden, nicht wahr, Söhnchen?« spottete Stuart und ignorierte Iris, indem er sie einfach übertönte, »aber ich würde mich nicht allzusehr darauf verlassen, daß derselbe Trick zweimal funktioniert. Vielleicht siehst du ja neben deinem Daddy mittlerweile etwas mehr wie ein Erwachsener aus, aber David bist du deshalb noch lange nicht!«

»Ach, und seit wann bist du Goliath? Ist das das Bild, das du selbst von dir hast?« Er ging langsamen Schrittes quer durch den Raum auf seinen Vater zu und fragte provozierend: »Und was wäre dann Bobby? Dein Schildträger?«

»Gib's auf, Mason, du machst dir ja schon in die Hose«, lachte Stuart ihn aus.

Mason setzte ein Grinsen auf, hütete sich aber, dabei allzuviel Selbstvertrauen auszustrahlen. Sein Vater sollte ihn für mutig und naiv, auf keinen Fall aber für gewitzt halten. »Ach, darf ich vielleicht wissen, wie du darauf kommst?« fragte er.

»Weil du sonst nicht hierhergekommen wärst«, gab Stuart zurück.

»Ich wollte dir nur sagen, daß es besser für dich ist, deine Finger von Sacramento zu lassen. Sobald Southwest dort auf der Bildfläche erscheint, mach' ich dich fertig«, machte Mason ihm unmißverständlich klar. Im selben Moment fing irgendwo weiter hinten in der Wohnung ein Telefon zu klingeln an.

»Wie willst du mir etwas anhaben, wenn du noch nicht einmal deine eigenen Geschäfte vernünftig führen kannst?« provozierte Stuart ihn und stieß Mason dabei mit dem Zeigefinger gegen die Brust. Ohne eine Möglichkeit zu verschenken, Mason zu demütigen, fügte er wie ein Vater, der seinen aufsässigen Sohn maßregelt, noch hinzu: »Ganz abgesehen von den Leuten, die für dich arbeiten.«

»Und, wer hat für dich die Drecksarbeit besorgt?« erkundigte sich Mason, der das Pochen seines Herzschlags jetzt sogar in den eigenen Ohren wahrnahm. Auch wenn sich die Lage genau in der Weise entwickelte, wie er es vorausgeplant hatte, bemerkte er, daß er der Tragödie zunehmend schutzlos ausgeliefert war. Wenn er nicht aufpaßte, würde er die für den Erfolg seines Vorhabens notwendige Selbstbeherrschung verlieren. Denn auch wenn sein Vater arrogant und charakterlos sein mochte: auf den Kopf gefallen war er ganz bestimmt nicht.

Unbeachtet läutete das Telefon weiter.

Stuarts triumphierendes Grinsen enthüllte seine von fünfzig Jahren Tabakkonsum gelben Zähne. »Das wäre ja wohl etwas zu einfach. Warum sollte ich dir verraten, wer bei euch geplaudert hat, wenn du dir daran den Kopf zerbrechen kannst, bist du nicht mehr weißt, wo oben und unten ist?«

»Weil du dann nicht das Gesicht sehen kannst, daß ich machen werde, wenn ich es herausfinde«, konterte Mason.

Masons Logik machte Stuart für einen Augenblick perplex und ließ in ratlos erscheinen. Anstatt auf Masons Worte zu reagieren, wandte er sich an Iris: »Kannst du nicht mal an das verdammte Telefon gehen?« fragte er.

Iris sah ihren Sohn an. »Mason«, setzte sie an.

»Ist schon alles in Ordnung, Mutter«, versicherte er ihr schnell und dankte ihr so dafür, daß sie für ihn Partei ergriffen hatte. Natürlich würde sie ihn vor Stuart genausowenig schützen wie die Entwicklung der Ereignisse ändern können. Es reichte ihm schon, daß sie zu seinen Gunsten Stellung bezogen hatte, wie vergeblich auch immer ihre Anstrengung sein mochte.

»Nun?« stichelte Mason, nachdem sie das Zimmer verlassen hatte. »Willst du es mir jetzt nicht mal erzählen?«

»Ich muß zugeben, die Versuchung ist groß. Aber ich möchte meine Informationsquellen noch nicht preisgeben, denn dazu ist es zu früh.«

Ständig weiter nachzubohren war die einzige Möglichkeit, seinen Vater davon zu überzeugen, daß er immer noch nicht wußte, wer die Informationen an ihn weitergegeben hatte. »Du glaubst ja wohl nicht, daß ich noch irgendeinem Angestellten wichtige Informationen gebe, bis ich das herausgefunden habe«, erwiderte Mason.

»Um so besser«, freute Stuart sich hämisch, »es ist bestimmt interessant, mal zu sehen, wie lange du den Versuch durchhalten kannst, das ganze Unternehmen allein zu leiten.« Er lachte in sich hinein. »Mal ganz zu schweigen von der Motivation, die deine Besorgnis um dein Privatleben dir für deine Aufgaben übrigläßt. Das ist ja fast noch schöner, als ich gehofft hatte.«

Damit hatte er tatsächlich einen empfindlichen Punkt getroffen. »Ich würde Winter Construction verkaufen, ehe ich zuließe, daß meinem Sohn etwas passiert... oder meiner Frau.«

Stuart sperrte seinen Mund vor Überraschung auf. Die wenigen Sekunden, die Stuart benötigte, um seine Fassung wiederzuerlangen, sprachen Bände. Mason war klar, daß sein Vater nichts von Chris und Kevin wußte. Und trotzdem wußte er anscheinend alles über das Riverfront-Projekt. Was nur Minuten zuvor völlig klar erschien, war plötzlich absolut unlogisch.

Bevor Stuart irgend etwas auf Masons versehentlichen Ausrutscher entgegnen konnte, trat Iris wieder in den Raum.

Ihr Gesicht wirkte betreten. »Mason, der Anruf war für dich. Eine Frau namens Rebecca hat mir aufgetragen, ich solle dir sagen, daß Kevin im Krankenhaus liegt.«

Ein übelkeiterregendes Gefühl, dasselbe schon einmal erlebt zu haben, überkam Mason. Er kämpfte gegen den Druck auf seiner Brust, um weiteratmen zu können. »Was ist passiert?« fragte er. Seine Angst vor ihrer Antwort war ebenso groß wie das verzweifelte Verlangen, etwas zu erfahren.

»Sie hat gesagt, er habe Grippe. Sie fährt jetzt zum Krankenhaus, um bei Chris zu sein.«

»Die Grippe?« fragte er verblüfft. Warum lag Kevin mit so einer harmlosen Sache wie einer Grippe im Krankenhaus? Er vermochte sich keinen rechten Reim darauf zu machen. Plötzlich trat es ihm wieder deutlich vor Augen: Jedesmal hatte Chris anscheinend maßlos auf Kevins Bauchschmerzen überreagiert. Ihm fiel ein, daß er hatte Kevin zum Schifahren mitnehmen wollen, und sie sich mit dem Argument, sie wolle ihn nicht wieder im Krankenhaus sehen, dagegengestellt hatte. Schließlich erinnerte er sich an ihre Angst, Kevin in Menschenmengen mitzunehmen ... Verdammt, hysterisch und überängstlich war Chris bestimmt nicht, dazu kannte er sie mittlerweile zu gut. Warum hatte er so lange gebraucht, um zu erkennen, daß sein Sohn nicht unsterblich war?

»Ich nehme an, dieser sogenannte Kevin ist dein Sohn«, schaltete sich Stuart wieder ein. Er grunzte verächtlich. »Es überrascht mich nicht allzusehr, daß du ein schwächliches Kind in die Welt gesetzt hast.«

Mason wandte sich seinem Vater zu und warnte: »Paß auf, was du sagst.«

»Mason«, rief Iris, rannte durch den Raum und stellte sich zwischen die beiden Männer. »Mach bitte keine Dummheiten«, flehte sie ihn an, »er ist es nicht wert.«

Sie sah Stuart ins Gesicht. »Verschwinde aus diesem Zimmer!« befahl sie.

»Niemand hat mir zu sagen, was ich in meinem eigenen

Haus tun oder lassen soll«, gab er genauso aggressiv zurück.

Iris wandte sich wieder Mason zu und nahm sein Gesicht zwischen ihre Hände, so daß er sie ansehen mußte. »Meine Handtasche hängt in der Flurgarderobe«, sagte sie ihm langsam und deutlich, als spräche sie mit einem Menschen, der unter Schock steht, »und darin sind die Schlüssel des Mercedes. Nimm sie und setz den Wagen aus der Garage. Ich warte unten an der Straße auf dich.«

Mason nickte. Er sah seinen Vater an. Erst als er feststellte, daß in dessen Blick keine Spur von Anteilnahme lag, wurde ihm bewußt, daß er einen kurzen Moment lang voller Naivität gehofft hatte, dort einen Funken von Verständnis oder einen Hauch von Anteilnahme zu entdecken. Wie betäubt tat Mason, was seine Mutter angeordnet hatte, ohne weiter darauf zu achten, daß er seinen Plan nicht zu Ende geführt hatte.

Iris' Handtasche hing immer noch an dem Haken, an dem sie auch schon in seiner Kindheit gehangen hatte. Auf dem Weg zur Garage zog er den Reißverschluß auf und durchwühlte den Inhalt nach den Schlüsseln. Als er schon neben dem Wagen stand und sie immer noch nicht gefunden hatte, ging er an die Werkbank und schüttete alles auf die Arbeitsfläche. Ein kleines Photo fiel heraus und landete auf dem Boden. Mason bückte sich, hob es auf und war wie vom Blitz getroffen, als er sich Kevins lächelndem Gesicht gegenübersah.

Nur ein Mensch konnte Iris dieses Bild gegeben haben.

Die Erkenntnis schmerzte so sehr, daß er die Augen schließen mußte. Nicht Chris, schrie eine Stimme in seinem Innern, bitte... nicht Chris! Er brauchte Chris.

Gab es denn niemanden mehr, dem er vertrauen durfte?

37

Chris hörte schnell herannahende Schritte auf dem Gang und blickte genau in dem Moment von ihrem Buch auf, als Mason die Tür zu Kevins Krankenzimmer öffnete. In seinen Augen stand dieselbe panische Verzweiflung geschrieben, die Chris schon unzählige Male in ihrem eigenen Spiegelbild erkannt hatte.

Mason war nicht im Büro gewesen, als sie ihn heute angerufen hatte. Chris hatte deshalb Rebecca – und nicht Janet – die Nachricht von Kevins Krankenhauseinweisung hinterlassen, da sie der Meinung war, daß er diese Neuigkeit besser von einer ihm nahestehenden Person erfahren sollte. Doch die Information, daß es sich um nichts Ernstes handelte und Kevin nur der Vorsicht halber eingewiesen worden war und nicht, weil er schwer erkrankt war, war in dem Durcheinander untergegangen.

Als eine knappe Stunde später eine völlig aufgelöste Rebecca bei ihr auftauchte und ihr mitteilte, daß sie Mason in Santa Barbara im Haus seiner Eltern ausfindig gemacht hatte, hatte Chris sofort erahnt, welche Qualen Mason leiden würde. Deshalb hatte sie darauf bestanden, ihn unterwegs ausfindig zu machen und ihm zu erzählen, was wirklich passiert war.

Nach Dutzenden von Telefonaten hatten sie schließlich herausgefunden, daß er für den Rückflug ein Privatflugzeug gemietet hatte und auf keinen Fall vor der Landung zu erreichen sein würde. Rebecca war zum Flughafen gefahren, um ihn bei der Ankunft abzufangen. Soeben hatte sie sich gemeldet und Chris mitgeteilt, daß sie ihn um nur wenige Minuten verpaßt hatte.

So fühlte Chris nun unmittelbar, welche Hölle Mason durchmachte und verspürte von ganzem Herzen Mitleid für ihn. Sie stand auf und ging ihm entgegen. »Es geht ihm gut, Mason«, beruhigte sie ihn, bemüht, ihrer Stimme einen festen und ruhigen Klang zu geben.

Er ging auf ihren Beruhigungsversuch gar nicht erst ein und ließ sie einfach stehen, um an Kevins Bett zu treten. Mit einem Blick überflog er die Bildschirme und Herzstrommonitore und verharrte schließlich bei seinem schlafenden Sohn. »Was ist passiert?« fragte er nachdrücklich.

Chris trat dicht an ihn heran und antwortete im Flüsterton: »Er hat eine Grippe.«

»Und was noch?«

»Durchfall und Erbrechen.«

»Ja, und was noch?« bohrte Mason weiter, im Glauben, sie wolle ihm etwas verheimlichen.

»Nichts weiter.«

Überschäumend vor Wut drehte er sich zu ihr um. »Man steckt jemanden nicht einfach ins Krankenhaus, nur weil er Durchfall und Erbrechen hat.«

»Wenn es sich um jemanden wie Kevin handelt, dann schon«, widersprach sie ihm, nahm ihn beim Arm und führte ihn zum anderen Ende des Zimmers, wo sie nicht so laut zu hören waren. Kevins Zustand war vermutlich nicht kritisch, doch er war krank und brauchte so viel Schlaf wie möglich.

»Was zum Teufel willst du damit sagen?« erkundigte sich Mason irritiert.

»Kevin erleidet schneller gefährliche Flüssigkeitsverluste als jemand, der einen vollständigen Darm hat«, erklärte sie ihm geduldig. »Er kann sehr schnell sehr krank werden und in einen Schockzustand fallen. Da das schon zweimal passiert ist, geht Dr. Caplan kein Risiko mehr ein. Sobald Kevin irgendwelche Symptome zeigt, behandelt er sie sofort.«

Er packte sie an den Armen und sagte mit eher grollender als mit flüsternder Stimme: »Das hast du die ganze Zeit gewußt und es nicht für nötig befunden, mir davon zu erzählen.«

Sie befreite sich aus seinem Griff und verlor langsam ihre Geduld. Mason ging in seiner Sorge um Kevin einfach zu weit. »Bei welcher unserer letzten eingehenden und ausführlichen Unterhaltungen hätte ich dir davon erzählen können?« konterte sie sarkastisch.

Sein verärgerter Gesichtsausdruck verzog sich zu einer verächtlichen Miene. »Du hättest es zumindest meiner Mutter sagen können«, bemerkte er und hielt inne, um die Worte wirken zu lassen. »Ich bin sicher, daß sie diese Informationen unter den gegebenen Umständen gern weitergegeben hätte.«

Chris spürte einen Schauder, als würde jemand seine kalte Hand auf ihren Rücken legen. Warum hatte Iris ihm von ihrem Treffen erzählt, obwohl sie doch selbst auf absolutem Stillschweigen bestanden hatte? Das war nicht fair. Angesichts all dessen, was sie und Mason bereits durchgemacht hatten und noch durchmachen würden, warum auch das noch? Und, verflixt noch mal, warum gerade jetzt? »Es ist jetzt nicht die richtige Zeit oder der Ort, um darüber zu reden, Mason«, sagte sie matt.

»Wenn du mir etwas zu sagen hast, dann besser jetzt, denn es wird für uns keine andere Zeit und keinen anderen Ort geben«, drohte er und schob sie zur Seite, als sie ihm nicht sofort antwortete. Er verbannte sie ebenso schnell aus seinem Blickfeld, wie er sie soeben aus seinem Leben gestrichen hatte. Er nahm den Plastikstuhl, auf dem Chris gesessen hatte, mit an Kevins Bett. Dort setzte er sich hin und umfaßte mit größter Behutsamkeit die kleine Hand, die auf der grünen Bettdecke lag.

Erschöpft von allem, was bereits an diesem Tag und in den Monaten zuvor passiert war, stand Chris da, starrte auf Mason und fragte sich, was sie jetzt noch tun solle. Es wäre so leicht, dem Ganzen an diesem Punkt ein Ende zu machen, den Kampf aufzugeben, die Scherben aufzusammeln und ihr Leben einfach weiterzuführen.

Doch vor diesem Gedanken schrak sie zurück. Sie war nicht der Typ, der immer den bequemsten Weg wählte. Wenn irgendwo ein steiniger Pfad existierte, spürte sie ihn mit Sicherheit auf und war stets bemüht, sich selbst davon zu überzeugen, daß sich der Weg schon allein wegen der unberührten Landschaft lohnen würde.

Ob es nun sinnvoll war oder nicht, sie konnte nicht einfach alles stehen- und liegenlassen und weggehen. Sie würde Mason nicht aufgeben, auch wenn er es seinerseits offensichtlich bereits getan hatte.

Richtig oder falsch, sie liebte ihn.

Geräuschlos schlich sie aus dem Zimmer und ging in die Empfangshalle, um zu telefonieren.

Zwanzig Minuten später kam Mary.

»Warum hast du mir nicht schon früher Bescheid gegeben?« schimpfte sie, als sie Chris im Wartezimmer traf.

»Es ging alles so schnell, und er erholt sich gut. Dr. Caplan sagt, daß er wahrscheinlich schon in ein paar Tagen nach Hause kann.« Entschlossen, ihren Plan auszuführen, wandte Chris sich um und wollte sich erneut auf den Weg zur Kinderstation machen. »Ich hätte dich heute abend bestimmt nicht angerufen, doch ich möchte nicht, daß Kevin alleine ist, wenn er aufwacht.«

»Ich vermute, dieser mysteriöse Auftrag hat etwas mit Mason zu tun?« forschte Mary nach.

»Ja«, gab sie zu. »Es gibt einige Dinge zwischen uns zu klären. Ich habe das Gefühl, es könnte vielleicht zu spät sein, wenn ich damit noch länger warte.«

Mary ließ ein geringschätziges Schnauben hören. »Es ist sowieso schon längst fällig, daß einer von euch den ersten Schritt macht.«

Sie kamen zu Kevins Zimmer. »Gib mir einen Moment Zeit«, bat Chris.

Mary nickte verständnisvoll. »Ich warte beim Schwesternzimmer.«

Chris atmete tief durch und trat ein. Mason saß noch immer dort, wo sie ihn verlassen hatte, seine Arme auf das Bett gestützt, und eine Hand Kevins in seiner Hand. Sie ging zu ihm und sagte in ruhigem und bestimmtem Ton: »Ich möchte mit dir reden.«

Er blickte nicht auf. »Es gibt nichts mehr zu reden.«

Leicht machte er es ihr wirklich nicht. Die einzige Möglichkeit, ihn aus dieser Haltung herauszulocken, war wohl, ihn noch wütender zu machen. »Verdammt noch mal, Mason, hör auf, dich wie ein kleiner Junge zu benehmen, der gerade festgestellt hat, daß es keinen Nikolaus gibt. Wenn du darauf bestehst, kann ich dir das, was ich zu sagen habe, auch gleich hier erzählen. Doch dann würden wir wahrscheinlich Kevin wecken, und ich bin mir sicher, daß das genausowenig in deinem Interesse liegt wie in meinem.«

Er zögerte, bevor er Kevins Hand behutsam auf die Bettdecke zurücklegte. Als er sich zu Chris wandte, sah er sie mit solcher Wut an, daß sie schauderte. »Ich komme mit, aber nur, weil du etwas hast, das ich haben will.«

Sie redete sich ein, daß es ihr egal sei, warum er mitkam, Hauptsache, er kam überhaupt. Also verkniff sie sich die passende Antwort und ging als erste aus dem Zimmer.

»Was macht sie denn hier?« wollte Mason wissen; kaum daß sie auf dem Gang waren, hatte er Marys Gegenwart registriert.

»Sie bleibt bei Kevin, solange wir uns unterhalten.«

Er verschränkte die Arme vor der Brust und lehnte sich gegen die Wand. »Gib's auf, Chris.« Er stützte sich mit einem Fuß an der Wand ab und starrte auf die gelbe Linie, die in der Mitte des Ganges verlief. Nach einigen Sekunden blickte er sie wieder an und erklärte: »Ich hab' dir doch gesagt, daß mich nicht interessiert, was du zu sagen hast. Wann wirst du das endlich begreifen?«

Mary verließ das Schwesternzimmer und kam auf sie zu. Sie nickte Mason zu, sah Chris kurz in die Augen und ging dann in Kevins Zimmer, ohne zu einem der beiden ein Wort zu sagen.

»Laß uns gehen«, sagte Chris.

Resigniert raufte sich Mason die Haare und stöhnte: »Ich hätte es wissen sollen. Bei dir ist nichts einfach oder unkompliziert. Also, vergiß es, ich gehe nirgendwohin, auf gar keinen Fall.«

»Einen Teufel wirst du tun«, erwiderte sie, »diese Nacht bist du mir schuldig; und eins schwöre ich dir, ich bestehe darauf.« Sie nahm seinen Arm.

Er machte sich von ihr los. »Wie kommst du denn jetzt darauf?«

Sie hätte ihm Hunderte von Antworten geben können, doch alle hätten ihre Gefühle ihm gegenüber verraten, womit sie sich nur blamiert und verletzbar gemacht hätte. Deshalb entschied sie sich für das Absurde. »Weil ich mich von dir überreden ließ, zum Picknick ein Hähnchen mitzunehmen.«

Sein Blick war voll Feindseligkeit. »Ist das deine Art, Witze zu machen?«

Sie entschloß sich, die Frage zu übergehen. »Mein Auto steht draußen. Wir können fahren oder zu Fuß nach Hause gehen. Was ist dir lieber?« So oder so würden sie für den Weg weniger als zehn Minuten brauchen. Wenn sie jedoch zu Fuß gehen würden, könnte die Spannung zwischen ihnen vielleicht durch die körperliche Bewegung etwas nachlassen.

Mason sah zur Tür von Kevins Zimmer. »Bist du sicher, daß wir ihn allein lassen können?« wollte er wissen. Es waren die ersten vernünftigen Worte aus seinem Mund.

»Mary ist jedes Mal, wenn Kevin im Krankenhaus war, nachts bei ihm geblieben. Ich würde ihr sein Leben anvertrauen. Außerdem kann sie uns, falls irgend etwas passieren sollte – was bestimmt nicht der Fall sein wird – sofort telefonisch erreichen.«

Mason gab ein verächtliches Lachen von sich. »Vertrauen?« spottete er. »Es muß schön sein, wenn man jemandem vertrauen kann.«

Sie stellte sich vor ihn hin und zwang ihn, sie anzusehen. »Das verdiene ich nicht.«

Er öffnete seinen Mund, um ihr zu antworten, besann sich dann jedoch eines Besseren. »Na gut, nicht hier.«

Sie spürte einen Kloß im Hals. Jetzt, wo er sich bereit erklärt hatte mitzukommen, war sie von ihrer Idee nicht mehr so überzeugt. Das Krankenhaus war neutrales Gebiet. Zu Hause würde es dagegen keinen Grund geben, zu flüstern oder seine Worte so vorsichtig zu wählen wie hier.

Die Tatsache, daß sie sich fürchtete, machte ihre Angst nur noch größer. Unvorstellbar, daß sie noch vor weniger als vier Monaten krampfhaft bemüht gewesen war, Mason aus ihrem Leben herauszuhalten. Nun stand sie da und suchte verzweifelt nach einer Möglichkeit, ihn zu halten.

»Nun, du hast recht – dies ist nicht der rechte Ort«, antwortete sie ihm schließlich. Sie wandte sich zum Gehen und seufzte erleichtert, als er ihr folgte.

Da Mason darauf bestand, nur so kurz wie möglich nicht per Telefon erreichbar zu sein, nahmen sie Chris' Auto. Die körperliche Betätigung – und damit die Möglichkeit einer gewissen Entspannung – entfiel also.

»Es tut mir leid, daß ich keine Gelegenheit hatte, dir von deiner Mutter zu erzählen, bevor du es selbst herausfinden konntest«, entschuldigte sich Chris und öffnete die Haustür. Sobald sie im Wohnzimmer war, warf sie ihre Handtasche und das Sweatshirt auf den nächsten Stuhl. »Ich habe es mehrmals versucht, aber in letzter Zeit war es nicht gerade einfach, mit dir zu reden.«

»Leid tun macht es auch nicht mehr besser, Chris«, wies er sie ab und ging ihr nach, um eine Lampe anzuknipsen, »genausowenig, wie die Schuld auf mich abzuwälzen. Du

hattest genug Möglichkeiten, mir zu erzählen, daß meine Mutter hier war, und trotzdem hast du es nicht getan.« Er wandte sich ihr mit einem vorwurfsvollen Blick zu und ergänzte: »Verdammt noch mal, wir leben schließlich in ein und demselben Haus.«
»Warum kannst du mir nicht einfach einmal glauben?«
»Warum sollte ich?« konterte er.
»Weil ich dir nie einen Grund gegeben habe, an mir zu zweifeln«, versuchte Chris ihm klarzumachen.
»Wenigstens keinen, von dem ich etwas wüßte«, gab er zurück.
»Nun mach aber mal einen Punkt.« Sie war froh, sich durch berechtigte Entrüstung einen kleinen Vorteil verschaffen zu können. Da ihr sonst keinerlei Hilfe blieb, nahm sie jede sich bietende Möglichkeit wahr. »Du hast kein Recht, mir so etwas zu sagen, das weißt du genau. Ich gebe zu, daß ich dir wahrscheinlich von dem Besuch deiner Mutter hätte erzählen müssen, aber damals habe ich nichts Falsches darin gesehen, ihr einige Monate Zeit zu geben, damit sie es dir selbst sagen könnte.«
»Hast du mich deshalb hierhergebracht, um mich davon zu überzeugen, daß du in Wirklichkeit auf meiner Seite stehst und nie etwas tun würdest, was mir schaden könnte?« fragte er perplex.
Als würde er plötzlich von Erschöpfung übermannt, ließ er sich schwer in den Sessel neben der Lampe fallen, gab einen resignierten Seufzer von sich und vergrub sein Gesicht in den Händen. Als er Chris einige Sekunden später wieder anblickte, hatte er jedoch seine Maske von neuem aufgesetzt, und seine Stimme war tonlos und niedergeschlagen. »Es gibt bereits genügend solcher Leute in meinem Leben, Chris. Für noch mehr von der Sorte ist einfach kein Platz mehr.«
Sie erkannte plötzlich, daß etwas in Mason vor sich ging, von dem sie bisher noch nichts wußte. Irgendwie war auch sie davon betroffen, obgleich sie nichts Konkretes damit zu

tun hatte. Die kalte Hand, die sich auf ihren Rücken gelegt hatte, schob sich an der Wirbelsäule entlang aufwärts und umfaßte ihren Nacken, so daß sie das Gefühl bekam, jemand wolle ihr die Luft abdrücken. Wie sollte sie nur gegen einen unbekannten Feind ankämpfen?

»Warum bist du so entschlossen, mich loszuwerden?« wollte sie wissen, verzweifelt bemüht, einen Anhaltspunkt dafür zu finden, was eigentlich los war.

»Das liegt doch wohl auf der Hand. Ich will dich nicht. Und mit Sicherheit brauche ich dich nicht. Wenn du nicht Kevins Mutter wärst, hätten wir nie miteinander zu tun gehabt«, erklärte Mason abweisend.

Ihr schwammen alle Felle davon. Er wollte ihr einfach nicht die Zeit oder die Möglichkeit geben, ihm in Ruhe alles zu sagen. »Du lügst«, protestierte sie.

Er lehnte sich in seinem Sessel zurück und schüttelte verwundert den Kopf. »Erzähl' mir um Gottes willen nicht, daß du dich tatsächlich der Illusion hingegeben hast, du würdest mir etwas bedeuten.«

Sie beobachtete mehr sein Gesicht, als daß sie auf seine Worte hörte. Alles, was sie wissen wollte, erkannte sie in dem gequälten, einsamen Blick, den er ihr zuwarf, wie ein Kind, das bemüht ist, alle anderen davon zu überzeugen, daß es ihm wirklich nichts ausmacht, erst als letztes für die Mannschaft aufgestellt zu werden. Sein fast krampfhaftes Bemühen, seine wahren Gefühle zu verbergen, würde Chris' Offenbarung für ihn bedrohlich machen. Dennoch spielte sie ihren Trumpf aus. »Ich liebe dich, Mason«, erklärte sie ihm.

Er stöhnte, als hätte sie ihn geschlagen, und sah dann weg. »Tu mir das nicht an, Chris.«

»Ich habe lange gebraucht, um es zu erkennen«, fügte sie hinzu, wobei ihr Mut angesichts der Intensität seiner Reaktion ins Schwanken geriet. »So lange«, fuhr sie sanft fort, »daß mir, als ich es merkte, sofort klar war, daß ich nichts dagegen tun konnte.«

Er sah sie mit dem verängstigten Blick eines gehetzten Tieres an. »Ich will nicht, daß du mich liebst.«

»Ich bin nicht Susan«, stieß sie hervor. Jetzt mußte sie ihm einfach alles sagen. »Und ich bin auch nicht Diane. Ich bin ich. Ich kann dir nicht versprechen, daß ich nicht eines Tages von einem Auto überfahren werde oder neben dem falschen Gebäude stehe, wenn es ein Erdbeben gibt, aber ich habe bereits 37 Jahre überlebt. Und ich sehe wirklich keinen Grund, warum ich es nicht weitere 37 Jahre schaffen sollte.«

Mit dem sehnlichen Wunsch, ihn zu berühren, ging sie quer durch das Zimmer, kniete sich vor ihn hin und zwängte sich zwischen seine Beine. »Ich werde dich nicht verlassen, Mason. Verlaß du mich bitte auch nicht.«

Er versuchte aufzustehen, doch sie hielt ihn behutsam an den Armen fest, und sein Kampfgeist schwand dahin. Langsam setzte er sich wieder. Als er sich wegdrehte, nahm sie sein Gesicht in ihre Hände und zwang ihn, sie anzusehen. Irgendwie mußte sie sich ihm verständlich machen. »Ich liebe dich«, wiederholte sie.

Schließlich sah er sie an. »Es tut mir leid, Chris, aber ich kann dich nicht lieben.« Er nahm ihre Hände von seinem Gesicht.

Zum ersten Mal kam es ihr in den Sinn, daß sie sich vielleicht irrte und er sie wirklich nicht liebte. »Warum kannst du das nicht?« wollte sie wissen und wagte sich mit dem Mut der Verzweiflung auf gefährliches Terrain vor; eine andere Möglichkeit blieb ihr nicht mehr.

»Das hat nichts mit dir zu tun«, antwortete er. »Der Grund bin ich selbst, und du hattest recht. Die Liebe zu Susan und dann zu Diane hat mich verändert. Aber du irrst dich, wenn du glaubst, daß alles wieder ins Lot kommen wird, nur weil ich dich kenne. Der Teil von mir, der dich hätte lieben können, existiert nicht mehr, Chris. Er ist vor langer Zeit gestorben. Es ist nichts davon übriggeblieben.«

»Das glaube ich nicht«, wandte sie ein; sie konnte es wirklich nicht.

Er packte sie bei den Armen und hielt sie ein Stück auf Distanz. »Was könnte dich denn nur überzeugen?« fragte er mit Verzweiflung in der Stimme.

Chris war es, als habe ihr Herz zu schlagen aufgehört. Was ihr im Krankenhaus so einfach erschienen war – die Vorstellung, sie müsse sich nur überwinden und Mason ihre Gefühle eingestehen, und alles würde in Ordnung kommen –, hatte sich für sie zu einem gordischen Knoten entwickelt. Sie könnte zwar jetzt ganz einfach aufstehen, sich von ihm losmachen und immer noch mit Würde fortgehen – doch was würde es bringen? Sie würde den Verlust niemals überwinden.

»Schlaf mit mir«, kam es ihr impulsiv über die Lippen. »Wenn du danach immer noch behauptest, daß du mich nicht lieben kannst, werde ich es akzeptieren.«

»Warum tust du mir das an?« fragte er gequält; seine Hände bohrten sich schmerzhaft in ihre Arme. »Verdammt noch mal, wo bleibt dein Stolz?«

Sie zuckte mit den Schultern, und Tränen traten ihr in die Augen. »Ich weiß es nicht«, gestand sie ein.

Es verstrichen lange, spannungsgeladene Sekunden. Für einen Augenblick schien es, als ob er sie loslassen, aufstehen und gehen würde. Endlich jedoch hob er seine Hände und fuhr durch ihre Haare, faßte ihren Kopf und zog ihn zu sich heran. Er öffnete seinen Mund, bedeckte den ihren und küßte sie, als wolle er sie vor Hunger verschlingen.

Erfaßt von aufgestautem Verlangen schrie sie auf und preßte sich so dicht an ihn, als wolle sie mit ihm verschmelzen und nahm nicht einmal mehr wahr, daß sie ihn dafür eigentlich schon eng genug umschlang.

Seine Zunge suchte ihre, während seine Lippen ihren Mund liebkosten, streichelten und dann eingehend erforschten. Er bedeckte ihre Augen, ihre Schläfen, ihre Kehle mit

Küssen. Sein brennendes Verlangen entflammte sie und riß sie mit in den Feuersturm, den er durch seine abrupte Kapitulation entfacht hatte.

Die Kleidung zwischen ihnen war plötzlich eine unerträgliche Barriere; mit zitternden Händen wollte sie ihm seine Krawatte abnehmen, die sich jedoch immer nur noch mehr verknotete. Sie fingerte an den Knöpfen seines Hemdes, doch was auch immer sie versuchte, sie ließen sich einfach nicht öffnen. Sie durchschaute den Mechanismus seiner Gürtelspange nicht und konnte sie einfach nicht öffnen.

»Hilf mir«, stöhnte sie mit vor Verlangen bebender Stimme auf.

Mit schnellen, geschmeidigen Bewegungen erhob er sich und ließ seine Kleidung fallen. Auch sie wollte sich ausziehen, doch er nahm ihre Hände und fuhr mit seiner Zunge erst über die eine Handfläche, dann über die andere und drückte sie schließlich gegen seine nackte Brust.

»Laß mich das machen«, hielt er sie zurück. Er griff nach dem Saum ihres Strickpullovers und zog ihn über ihren Kopf, dann öffnete er ihren Büstenhalter und ließ die Träger ihre Oberarme hinabgleiten. Als die Träger auf Höhe ihrer Ellbogen waren, hielt er inne, um das Gewicht ihrer Brüste in seinen Händen zu wiegen und streichelte ihre dunklen Knospen so lange mit den Daumen, bis sie hart und fest wurden.

Im nächsten Moment umfaßte er ihre Taille mit den Händen und hob Chris hoch, wobei er erst die eine, dann die andere Brust mit seinen Lippen berührte; er umschloß die runden Monde mit seinem Mund und massierte sie mit seiner Zunge.

Chris schlang ihre Beine um ihn, legte ihren Kopf in den Nacken und stieß einen sehnsüchtigen Schrei des Verlangens hervor, der schon an Schmerz grenzte. Von ihren Brüsten aus raste ein Feuerstrom durch ihre Mitte bis zu der brennenden Stelle zwischen ihren Schenkeln. »Mason«, gestand sie, »Mason, ich kann nicht mehr warten.«

Sie klammerte sich an ihn, als er sie in sein Schlafzimmer trug. Als sie am Bett waren, setzte er sie auf dem Boden ab und streckte die Hand aus, um das Licht anzuknipsen. »Ich möchte dich sehen«, beantwortete er ihren fragenden Blick.

Das Nachgeben der Seidendecke beim Niedersinken auf dem Bett hatte etwas Sinnliches an sich. Beiden fehlte die Geduld für zärtliche oder ausgedehnte Liebesspiele. Mit verzweifeltem, lang unterdrücktem und unaufhaltsamem Verlangen drang Mason in sie ein.

Mason rief ihren Namen und spannte seinen Körper an. Sie fühlte, wie er dem Höhepunkt immer näher kam. Es war ein Augenblick, den sie genießen, wahrnehmen und für alle Zeiten verinnerlichen wollte, doch eine knappe Sekunde später fand auch sie sich unrettbar in den gleichen Taumel hineingerissen, so daß jeglicher rationale Gedanke darin unterging.

Sie keuchte vor Überraschung über die starken Wellen der Lust, die durch ihren Körper pulsierten.

Mason ließ sie sich langsam wieder beruhigen, indem er sie sanft und liebevoll streichelte und ihr dabei zärtlich ins Ohr flüsterte: »Ich danke dir, daß du mich liebst... und bei mir geblieben bist... daß du so stark bist... und mir zugehört hast... und daß du dich um mich sorgst.«

Als sie wieder normal atmen konnte, stützte sich Mason auf seinen Ellbogen und maß sie von Kopf bis Fuß mit seinen Blicken. »Mein Gott«, entfuhr es ihm schließlich, »du bist so schön, Chris – noch viel schöner, als ich es mir ausgemalt habe.«

Ihre Augen öffneten sich weit. »Wie lange tust du das denn schon?«

Ein leichtes, verführerisches Lächeln umspielte seinen Mund, bevor er fragte: »Soll ich dir die Wahrheit sagen?«

»Natürlich«, antwortete sie und hob ihren Oberkörper etwas an, um ihre Brüste leicht gegen das Gewirr von Haaren zu drücken, das sich um seine Brustwarzen kräuselte, da sie das dringende Bedürfnis hatte, ihn zu berühren und seine Wärme zu spüren.

»Fast von Anfang an.«

Sie lehnte sich in die leicht knisternde Seidendecke zurück und verzog ihr Gesicht zur Grimasse. »Mit anderen Worten hast du mich also begehrt, ohne mich im geringsten zu mögen«, stellte sie fest.

Er lachte in sich hinein, rollte sich zur Seite und nahm sie dabei mit. »Offensichtlich sind bei mir bestimmte Körperteile schlauer als andere«, räumte er ein.

Für einen Augenblick kam ihr der fürchterliche Gedanke, daß sie nur träumte, daß das, was soeben zwischen ihnen geschehen war, einfach zu schön, zu perfekt war, um wahr zu sein. Die Panik mußte ihr in den Augen gestanden haben, denn Mason nahm ihre Hand, legte sie dort auf die Brust, wo sein Herz schlug und sagte: »Ich bin kein Spuk, ich bin wirklich hier – und will hier auch für immer bleiben«, versicherte er.

»Ich liebe dich«, entgegnete sie.

Er küßte sie. »Nachdem ich dich so behandelt habe, frage ich mich, was du überhaupt liebenswert an mir finden konntest.«

Sie legte sich so hin, daß sie sich noch enger an ihn schmiegen konnte. »Hmm«, murmelte sie gedankenvoll, »wenn ich näher darüber nachdenke, frage ich mich das auch.«

Er ließ sich jedoch nicht von ihr ins Bockshorn jagen. »Als ich heute nacht nach Hause geflogen bin, wollte ich dem Ganzen eigentlich ein Ende machen«, gab er zu.

»Weil ich dir nicht erzählt habe, daß deine Mutter hier war?«

»Nein. Weil ich so erschüttert war, daß es mir so viel ausmachte.« Er zog sie näher zu sich heran und drückte ihr einen Kuß auf die Schläfe. »Ich bin ein Feigling, wenn es um meine Gefühle dir gegenüber geht, Chris. Gott sei Dank hast du mich nicht einfach so gehen lassen.«

»Wenn du gegangen wärst, wäre ich dir schon hinterhergekommen«, gab sie zurück.

Er nahm ihr Gesicht in seine Hände und küßte sie. »Bitte mich um etwas«, drängte er sie. »Ich möchte dir die Welt zu Füßen legen.«

»Ich habe schon alles, was ich mir wünschen könnte«, wich sie aus.

»Dann laß dir etwas einfallen«, forderte er.

Sie mußte über sein Drängen, ihr einen Gefallen tun zu dürfen, lächeln. Wie hatte sie nur der Meinung sein können, daß ihr Leben ohne ihn vollkommen und sie voll und ganz damit zufrieden gewesen war. »Ich möchte dich kennenlernen«, sagte sie schließlich, »dich wirklich kennenlernen. Solche Dinge erfahren wie: wie du als kleiner Junge warst, auf welche Schulen du gegangen bist und was für Sportarten du gemacht hast. Ich weiß noch nicht einmal, ob du Auberginen oder Vollkornbrot oder Kürbiskuchen magst – meine Kürbiskuchen sind übrigens erste Klasse, frag Kevin.«

Dann wollte sie, daß er ihr über Susan erzählte und über das Jahr, das er mit Diane verbracht hatte, doch nicht sofort. Vielleicht mit der Zeit, wenn die Vergangenheit durch die Zukunft, die gemeinsam vor ihnen lag, leichter zu ertragen wäre.

Er nahm ihre linke Hand und betrachtete sie prüfend. »Wenn ich dir verspreche, all deine Fragen zu beantworten, darf ich dir dann einen Ehering kaufen?« erkundigte er sich.

»Solange er nicht zu protzig ist.« Sie lächelte verschmitzt. »Nichts über fünf Karat.«

Er lachte. »Ich dachte da eher an einen netten Goldring.«

Sie würden es schaffen, ganz bestimmt. Chris fühlte, wie eine Welle der Freude über ihr zusammenschlug und ihr den Atem raubte. »Du hast gesagt, daß du etwas von mir willst«, erinnerte sie sich plötzlich.

»Ich will nichts...«, setzte er an.

»Im Krankenhaus hast du mir gesagt, daß du mit mir kommen würdest, weil ich etwas hätte, das du haben willst«, beharrte Chris.

Er zögerte. »Es ging um Kevin.«

»Was ist mit ihm?«

»Ich war ärgerlich, Chris.«

»Daran erinnere ich mich«, stellte sie ironisch fest.

Wieder zögerte er. »Ich wollte, daß du mir die Jahre, die ich nicht bei ihm sein konnte, zurückgibst.«

Auch wenn klar war, daß er sie nicht verletzen wollte, war seine Stimme mit einer solchen Traurigkeit und Leere erfüllt, daß sie sich seinem Schmerz unmöglich entziehen konnte. Sie dachte lange über das, worum er sie gebeten hatte, nach. Schließlich stand sie auf, versicherte ihm, daß sie gleich wieder zurück sein würde, nahm seinen Morgenmantel aus dem Kleiderschrank und verließ das Zimmer. Kaum eine Minute später war sie schon wieder zurück und reichte ihm ein dickes, ledergebundenes Notizbuch.

»Was ist das?« erkundigte er sich, während er es entgegennahm.

»Das Tagebuch, das ich einen Tag nach Kevins Geburt angefangen habe.« Sie schwang sich aufs Bett und setzte sich auf ihre Beine. »Du wirst darin einige Dinge finden, die dir nicht gefallen werden. Ich fürchte, meine Gedanken über dich waren damals nicht allzu nachsichtig.«

Er legte das Tagebuch auf den Nachttisch und zog sie an sich. »Ich liebe dich«, sagte er, bevor seine Lippen erneut mit den ihren verschmolzen.

Dieses Mal liebten sie sich mit wunderbarer, gleichzeitig verheißungsvoller und verbindlicher Gelassenheit. Chris wurde sich bewußt, daß sie genau so ein unglaubliches Glück hatte wie jemand, der noch nie im Leben aus einer Laune heraus ein Los gekauft hat und dann beim ersten Mal gleich den Hauptgewinn einsteckt.

38

Leise legte Mason Chris' Tagebuch auf dem Nachttischchen ab und schlüpfte aus dem Bett. Damit sie wegen seiner fehlenden Körperwärme nicht aufwachte, steckte er die Bettdecke um sie herum fürsorglich fest. Sie hatte felsenfest behauptet, nicht müde zu sein und darauf bestanden, sich nur für ein paar Minuten hinzulegen, sich anschließend wieder anzuziehen und dann zum Krankenhaus zurückzukehren. Doch das war vor einer Stunde gewesen.

Während Chris neben ihm schlief und leise atmete, hatte Mason das Tagebuch gelesen und Kevins erstes Jahr aus der Perspektive von Chris erlebt. Das, was er erfahren hatte, war ernüchternd und hatte ihm einen Einblick in die tagtäglichen Siege und Niederlagen gegeben, die die beiden gemeinsam durchgemacht hatten.

Über sechs Monate hatte Chris ihre Zufriedenheit und ihr Glück an den Erfolgen oder Mißerfolgen ihrer Versuche gemessen, bei Kevin eine Gewichtszunahme zu erreichen. Selbst zehn Gramm, also nur der Bruchteil von einem Pfund, ließen sie damals wieder hoffen. Und dann war nach Kevins zweiter Operation eine Zeit gekommen, in der er vier Monate alt war, aber weniger als fünf Pfund wog und jeden Tag an Gewicht verlor. Chris' Verzweiflung sprach deutlich aus jeder einzelnen Seite.

Als Mason es nicht mehr ertragen konnte, weiter von ihren Qualen zu lesen, begann er, die Blätter zu überfliegen und nach einer Zeit zu suchen, wo es wieder Positives über Kevins Fortschritte zu berichten gab. Doch sobald er sich darüber klar wurde, was er da eigentlich tat, zwang er sich, wieder zurückzublättern und jedes von ihr geschriebene Wort zu lesen. Denn das war ja wohl das Mindeste: Wenn sie all diese Qualen sogar durchlebt hatte, würde er darüber ja wohl wenigstens lesen können.

Die schönsten Stellen waren die von Erfolg gekrönten Tage, als Kevins Wangen, scheinbar über Nacht kleine, erbsengroße Fettpölsterchen zeigten, als er zum ersten Mal lächelte oder die ersten kleinkindlichen Gurrlaute von sich gab.

Das Tagebuch beschrieb ebenfalls Thanksgiving Day und die Bilder der Pilgerväter und prallen Truthähne, die Chris auf Kevins Brutkasten geklebt hatte. Dann kam Weihnachten und der kleine Weihnachtsbaum mit den elektrischen Kerzen, den Chris oben auf Kevins Herzstrom-Monitor gestellt hatte. Eine der Schwestern legte einen Strumpf mit Kevins Namen unter den Baum. Zu Heiligabend füllte sich der Strumpf mit jeder neuen Schwesternschicht, die Dienst hatte, immer mehr mit Geschenken. Zu Silvester ließ Chris mit den Schwestern auf der Intensivstation einige Cidre-Korken knallen, und alle hielten einen Augenblick inne und stießen mit Plastikbechern an, bevor sie sich wieder den zerbrechlichen Schützlingen zuwandten. Chris verbrachte den letzten Tag des alten und den ersten Tag des neuen Jahres auf die gleiche Weise – in einem Schaukelstuhl sitzend und mit Kevin in ihrem Arm.

Nirgendwo im Tagebuch fand Mason eine Stelle, an der Chris ihre Seele erleichtert und das niedergeschrieben hätte, was wohl ihre größte Angst gewesen sein mußte – daß Kevin nicht überleben würde. Es schien fast so, als befürchte sie, daß sich diese Vorahnung durch das Niederschreiben bewahrheiten könnte. Doch die Angst war da, versteckt zwischen den Zeilen.

Das, was Chris mit Kevin durchgestanden hatte, war wie ein Echo von Masons Erfahrungen mit Susan. Er wußte, was ein Leben im ständigen Auf und Ab zwischen Hoffnung und Verzweiflung bedeutete.

Ein bedrückender, unangenehmer Gedanke beschlich ihn.

Was wäre, wenn Dianes Brief nicht abgefangen worden wäre? Was, wenn er derjenige gewesen wäre, der damals an Kevins Krankenbett saß? Wäre er stark genug gewesen, all das auszuhalten, was Chris durchgemacht hatte?

Gott sei Dank würde er diese Fragen niemals beantworten müssen.

Was für ein Schwein er doch gewesen war, in seiner Arroganz einfach zu denken, Chris hätte ihm die wunderbare Kindheit Kevins gestohlen.

Vom plötzlichen Bedürfnis gepackt, bei seinem Sohn zu sein, zog Mason sich schnell an. Bevor er ging, schrieb er Chris eine kurze Notiz und erklärte ihr darin, daß es sinnvoller sei, wenn er Mary allein ablöse, da er im Gegensatz zu Chris nicht schlafen könne. Als er die Notiz mit einem »Ich liebe dich« abschloß, lief ihm ein Freudenschauer über den Rücken.

Nachdem er den Brief auf das Kopfkissen neben Chris gelegt hatte, sah er sie einen Augenblick lang ruhig an. Ihm war, als hätte er die letzten sechs Jahre vor einem Zaun gestanden, mit den Händen die Gitterstäbe umklammert und auf die Leute auf der anderen Seite gestarrt. So sehr er sich auch danach sehnte, sich unter sie zu mischen: Er hatte es nicht gewagt, das Tor zu öffnen und Teil der Welt dort draußen zu werden, denn trotz all der Freude, die er dort wahrnahm, sah er dort ebenso das Risiko weiterer schmerzlicher Erfahrungen.

Und dann war Chris in sein Leben getreten. Ohne auf seine Einwände zu hören, hatte sie das Tor aufgerissen und ihn hineingezerrt. Erst nachdem er auf der anderen Seite stand, erkannte er, daß er sich nicht außerhalb befunden und hineingeschaut, sondern daß er sich selbst sein eigenes Gefängnis geschaffen hatte.

Und nun war er frei.

In der Erwartung, Mary anzutreffen, öffnete Mason die Tür zu Kevins Zimmer und spähte hinein. Um so mehr wunderte er sich, dort am Bett eine hübsche, dunkelhaarige Frau mit alabasterweißer Haut in freundschaftlicher Unterhaltung mit einem strahlenden Kevin vorzufinden.

»Papi«, rief Kevin aufgeregt, als er aufsah und Mason erblickte.

»Es ist mitten in der Nacht«, schimpfte er, klang aber nicht besonders überzeugend, »du solltest eigentlich längst schlafen.«

Die Frau stand auf und reichte ihm ihre Hand. »Hallo, ich bin Heather Landry. Sie müssen...«

»Mason Winter«, antwortete er an ihrer Stelle.

»Das ist mein Vater«, fügte Kevin stolz hinzu.

Heather lächelte und fuhr mit ihrer Hand durch Kevins Haar. »Hab' ich mir beinah gedacht.«

»Wo ist Mary?« erkundigte sich Mason.

»Sie ist nach unten in die Cafeteria gegangen, um sich eine Tasse Kaffee zu holen. Sie müßte jeden Moment zurückkommen.«

»Heather Landry...«, sann Mason laut vor sich hin.

»Ich war eine von Kevins Krankenschwestern, als er noch ein Baby war«, erklärte sie. »Meine Schicht war gerade zu Ende, als ich hörte, daß Kevin eingewiesen worden war. Keine zehn Pferde hätten mich davon abhalten können, bei ihm reinzuschauen.«

»Natürlich.« Mason wunderte sich nicht, daß ihm ihr Name so bekannt vorgekommen war. Noch vor einer knappen Stunde hatte er ihn in Chris' Tagebuch gelesen. »Ich weiß, es ist ein wenig spät, aber ich habe gerade erst erfahren, welch großen Dank ich Ihnen und allen anderen Schwestern schulde, die sich um Kevin gekümmert haben. Chris ist überzeugt davon, daß Kevin das alles nur dank Ihrer außergewöhnlichen Pflege überstanden hat.«

Sie lächelte. »Jede von uns ist schon genug belohnt, wenn sie den aufgeweckten kleinen Jungen sieht, der aus ihm geworden ist. Wir mögen Geschichten mit Happy-End, Mr.

Winter. Sie halten uns aufrecht.« Ihre Stimme wurde sanfter, als ihr Blick von Mason zu Kevin schweifte. »Außerdem bin ich davon überzeugt, daß es die vielen Stunden waren, die Chris an Kevins Bett verbracht und in denen sie ihm von den Dingen erzählt hat, die zu Hause auf ihn warteten – den Schmetterlingen und Regenbogen und den riesigen Eisbechern.«

Chris hatte in dem Tagebuch über ihre Versprechen an Kevin geschrieben – die Wolken und Schneeflocken und all die Wunder der Welt außerhalb des Brutkastens, die sie ihm zeigen wollte.

»Nennen Sie mich doch bitte Mason«, bat er die Schwester.

»Guck mal, was Heather mir mitgebracht hat«, meldete sich Kevin zu Wort und hielt mehrere Bücher hoch.

Heather tat den dankbaren Blick von Mason nur mit einem Achselzucken ab. »In den vergangenen drei Jahren habe ich Kevin niemals ohne ein Buch in der Hand gesehen. Deshalb bin ich zu einem Supermarkt gegangen, der auch nachts geöffnet hat, bevor ich ihn besucht habe.«

Sie schloß das Nachtschränkchen auf und nahm ihre Handtasche heraus. »Ich gehe jetzt besser. Wenn mein Mann aufwacht und ich bin noch nicht zu Hause, macht er sich womöglich Sorgen.«

»Kommst du morgen wieder?« fragte Kevin.

Sie beugte sich zu ihm herunter und küßte ihn auf die Stirn. »Darauf kannst du dich verlassen.«

»Ich danke Ihnen«, sagte Mason, äußerst erfreut darüber, daß er noch rechtzeitig gekommen war, um Heather zu treffen und einen weiteren Einblick in Kevins Vergangenheit zu erhalten.

»Freut mich, Sie kennengelernt zu haben, Mason«, sagte sie und winkte Kevin kurz zu, als sie aus der Tür ging.

Fünf Minuten, nachdem Heather gegangen war, kam Mary herein. Sie entdeckte Mason und ließ dann ihren Blick durch das Zimmer schweifen. »Wo ist Chris?« fragte sie erstaunt.

»Ich habe sie zu Hause gelassen – sie schläft.«

Sie ging durchs Zimmer. »Kaffee?« fragte sie und bot ihm einen Plastikbecher an.

»Nein, danke«, antwortete Mason.

»Heather ist schon weg?« erkundigte sich Mary bemüht unverfänglich, während sie den Deckel vom Becher abzog.

Mason mußte darüber schmunzeln, wie Mary und er um den heißen Brei herumredeten. Sie kannte ihn einfach nicht gut genug, um sich direkt auf ihn zu stürzen und zu fragen, was zwischen Chris und ihm vorgefallen war, doch offensichtlich platzte sie vor Neugier. »Sie wollte nach Hause gehen, bevor ihr Mann sich beunruhigt.«

Mary nahm einen Schluck von ihrem Kaffee, verzog dann aber plötzlich ihr Gesicht zu einer Fratze, ging zum Waschbecken und schüttete den Rest in den Ausguß. Nachdem sie alles weggespült hatte, schlenderte sie zu Kevins Bett zurück. Es vergingen ein paar Sekunden, ohne daß jemand ein Wort sprach. Sie rutschte auf ihrem Stuhl hin und her, Mason beobachtete sie und Kevin las sein Buch.

Schließlich atmete Mary einmal tief ein und stieß mit einem Seufzer hervor: »Nun, habt ihr beide es nun endlich miteinander getrieben oder muß ich euch dafür erst einsperren?«

Nachdem Mason seinen ersten Schock über ihre direkte Art überwunden hatte, lachte er laut los. »Sagen wir einfach, daß ein Vorhängeschloß nicht mehr erforderlich ist.«

»Hm, das wurde aber auch mal Zeit.«

»Heißt das, du findest das gut?« fragte Mason verblüfft.

Mary zog die Augenbrauen hoch. »Wie, seit wann ist dir das denn wichtig?«

Darüber hatte er vorher noch gar nicht nachgedacht. »Ich glaube, es ist mir schon wichtig«, gestand er. »Du und John, ihr seid sozusagen Chris' und Kevins Familie. Für die beiden wäre vieles leichter, wenn ihr mich akzeptieren würdet.«

»Tante Mary mag dich, Papa«, meldete sich Kevin zu Wort und sah von seinem Buch auf. »Und Onkel John auch. Das hat Tracy mir erzählt.«

Mary lächelte. »Da hast du's.« Sie nahm ihre Jacke vom gegenüberliegenden leeren Bett und beugte sich zu Kevin, um ihm einen Kuß zu geben. »Ich bin weg.«

Sie war halb zur Tür raus, als Mason sie anhielt. »Mary?«

»Ja?« entgegnete sie fragend.

»Danke.« Es kam ihm so vor, als ob er dies in letzter Zeit schon häufiger gesagt hätte. »Für alles.«

Sie winkte mit einer kurzen Geste ab und bemerkte: »Wofür ist eine Familie denn sonst da?«

Als sie gegangen war, setzte sich Mason auf die Ecke von Kevins Bett und faßte mit einer Hand einen recht ungeniert herausschauenden Fuß. »Es ist mitten in der Nacht. Solltest du nicht eigentlich schlafen?« erkundigte er sich streng.

»Die Schwester hat mich geweckt, um mir eine Tablette zu geben.«

»Wie fühlst du dich?« wollte Mason wissen.

Kevin schloß sein Buch und legte es auf das Bett neben sich. »Okay.«

»Mußt du immer noch erbrechen?« fragte Mason weiter.

»Nein, nein. Sie haben mir was dagegen gegeben.«

Es vergingen einige Minuten des Schweigens. »Ich möchte dir etwas sagen, was ich dir schon vor Monaten hätte sagen sollen, Kevin«, erklärte Mason dann. Er unterbrach sich, um sich zu räuspern. Obwohl er nicht genau wußte, warum es ihm so schwer fiel, die Worte laut auszusprechen, vermutete er, daß es an dem Verhältnis lag, das er zu seinem eigenen Vater gehabt hatte. Um so mehr mußte er die Barriere überwinden, die ihn bisher daran gehindert hatte, Kevin von seinen Gefühlen zu erzählen. »Ich liebe dich.«

»Ich weiß«, entgegnete Kevin unbefangen. »Ich dich auch.«

Mason lächelte und schüttelte verwundert den Kopf. Es

freute ihn ungeheuer, daß Kevin genauso leicht Liebe empfangen wie geben konnte. »Woher wußtest du das denn?«

Kevin sah ihn mit einem verwirrten Gesicht an. »Na ja, weil eben alle Papis ihre Kinder liebhaben.«

Mason drückte zärtlich Kevins Fuß. »Da hast du ganz recht. Weißt du, was Väter sonst auch noch tun?«

»Was denn?« fragte Kevin.

»Sie sorgen dafür, daß ihre kleinen Jungs ganz viel Schlaf bekommen, damit sie schneller gesund werden.«

»Oh, nein, Papa, bitte!« maulte Kevin.

»Na gut«, gab er leicht nach. »Eine Geschichte noch, und dann wird das Licht ausgemacht.« Er zog seine Jacke aus und hängte sie über die Rückenlehne des Stuhls.

»Mary wollte mir aber zwei Geschichten vorlesen.«

Mason blickte Kevin an und bedeutete ihm, etwas zu rücken, damit er neben ihm sitzen konnte. In Wirklichkeit waren zwei Geschichten gar nichts. Er hätte Kevin sogar einen ganzen Vergnügungspark geschenkt, wenn er danach gefragt hätte. »In Ordnung«, willigte er ein, wobei es ihm jedoch nicht gelang, seiner Stimme einen ernsten Klang zu verleihen. »Zwei Geschichten, aber nicht eine Seite mehr.«

Mason machte es sich auf dem Bett bequem, und Kevin schmiegte sich an ihn. Als Mason merkte, daß es die gleiche Seite war, an die sich Chris erst eine Stunde vorher geschmiegt hatte, stellte er sich in Gedanken vor, wie sie eines Tages alle drei ihre Kopfkissen gegen das Kopfende legen und zusammen die Sonntagszeitung lesen würden.

Ein herrliches Gefühl der Zufriedenheit durchflutete ihn. In den vergangenen sechs Jahren hatte es nur wenige kurze Augenblicke gegeben, in denen er es sich heimlich zugestanden hatte, davon zu träumen, wie es wäre, eine eigene Familie zu haben. Nicht ein einziges Mal war der Traum der Wirklichkeit auch nur im entferntesten nahegekommen.

39

Mason fühlte sich merkwürdig beobachtet und erwachte langsam aus seinem tiefen Schlaf. Innerlich sträubte er sich gegen das Aufwachen aus einem angenehmen Traum, in dem Chris ihn berührte und sagte, daß sie ihn liebe, und so kämpfte er dagegen an, die Augen zu öffnen und ihn zu beenden. Als er jedoch allmählich zu Bewußtsein kam, wurde ihm klar, daß es gar kein Traum gewesen war.

Chris hatte ihm wirklich gesagt, daß sie ihn liebe.

Er riß seine Augen auf und stellte fest, daß Chris ihn anblickte. Ein Lächeln erhellte ihr Gesicht.

»Ein Glück für dich, daß du mit dem einzigen Menschen zusammen geschlafen hast, gegen den ich nichts einzuwenden habe – außer mir natürlich.« Sie flüsterte, um Kevin nicht zu wecken.

Behutsam machte Mason sich von seinem Sohn los, stand auf und nahm Chris in seine Arme. »Einen schönen guten Morgen«, sagte er und gab ihr einen Kuß, der keinen Zweifel daran ließ, daß er auch wirklich meinte, was er sagte.

Sie schlang ihre Arme um seinen Hals. »Oh, besser könnte er wohl kaum sein«, murmelte sie und erwiderte seinen Kuß. »Danke, daß du mich hast schlafen lassen.«

Mason schreckte auf. »Wie spät ist es?«

Chris lehnte sich in seinen Armen zurück und schaute zu ihm hoch.

»Halb acht«, sagte sie argwöhnisch. »Warum?«

»Ich muß ins Büro«, sagte er abrupt und griff nach der Jacke, die über der Stuhllehne hing. Er küßte sie ein weiteres Mal, nur tat er es diesmal in Eile. »Es tut mir leid, daß ich dich so schnell allein lassen muß, aber ich habe heute morgen einige Dinge zu erledigen, die nicht warten können.«

»Kein Problem, Mason«, entgegnete sie ihm. »Ich hab schon verstanden.«

Wahrscheinlich verstand sie ihn nicht, aber wie auch? Erstaunlicherweise schien sie in Zweifelsfällen trotzdem noch zu seinen Gunsten zu entscheiden. »Sobald ich diese Angelegenheit erledigt habe, bin ich wieder für dich da«, versicherte er. Er hatte zu lange auf dieses Geschenk von ihr und Kevin gewartet. Er würde es auf keinen Fall verspielen. »Ich erklär' es dir später, Ehrenwort.«

Chris zog ihn an sich und nahm sein Gesicht zärtlich in ihre Hände. »Du mußt mir gar nichts erklären. Ich weiß, daß du heute hier bei uns sein würdest, wenn es nicht etwas Dringendes wäre.«

Er preßte sie lang und fest an sich. »Ich liebe dich«, flüsterte er ihr ins Ohr und wünschte sich, daß diese Worte nur ihnen gehören würden und so neu und einzigartig wären wie das, was er für Chris empfand.

»Ruf mich an, wenn du Zeit dazu hast. Ich werde den ganzen Tag zu Hause sein«, bat sie ihn.

»Sag Kevin, daß ich so bald wie möglich zurück sein werde.« Widerstrebend ließ er sie los und vermißte sie bereits heftig im selben Moment, als sie zurücktrat. Er schlüpfte in seine Jacke und wollte gerade gehen, als er sich nochmals umdrehte und beteuerte: »Chris, es tut mir wirklich leid. Ich würde nicht gehen, wenn...«

»Kein Wort mehr, Mason«, sagte sie mit Nachdruck. »Wenn du mit Erklärungen oder Entschuldigungen anfängst, nimmst du mir nur die Möglichkeit, dir zu zeigen, wie sehr ich an dich glaube. Tu, was du tun mußt, und komm zurück, sobald du kannst.«

Damit hatte sie ihm das schönste Geschenk gemacht, das er je bekommen hatte; und da er der Festigkeit seiner Stimme nicht mehr traute, nickte er nur stumm und ging. Als er am

Parkplatz angekommen war, pfiff er bereits vor sich hin. Er bemerkte, daß das Geräusch wirklich von ihm kam und zuckte zusammen.

Seit seiner Kindheit hatte er nicht mehr gepfiffen – damals, als er noch an Geschichten mit Happy-End glaubte.

Sobald er an seinem Schreibtisch saß, rief er Rebeccas Assistentin an und ließ Rebecca ausrichten, daß sie sogleich nach ihrem Eintreffen in sein Büro kommen solle. Eine knappe halbe Stunde später stand sie in seiner Tür.

»Wie geht es Kevin?« erkundigte sie sich.

»Gut. Der Arzt ist heute früh vorbeigekommen und meinte, er könne ihn wahrscheinlich morgen nach Hause gehen lassen, wenn er weiter solche Fortschritte macht«, teilte er ihr mit.

»Ich muß mich wohl wirklich bei dir entschuldigen, daß ich dich so zu Tode erschreckt habe, Mason«, eröffnete sie ihm. »Ich hätte das vorher mit Chris absprechen sollen, bevor ich dich in Santa Barbara angerufen habe. Aber ich habe wohl selber etwas die Nerven verloren, als ich erfuhr, daß Kevin im Krankenhaus war.«

»Ach, so schlimm war das auch wieder nicht.« Er dachte an das Endresultat ihres Anrufs und mußte innerlich lachen. »Man kann es natürlich nicht wissen, aber vielleicht war es auch meine unbeherrschte Reaktion, die Chris den letzten Ruck gegeben hat.«

»Was willst du damit sagen?« fragte Rebecca und zog eine Augenbraue hoch.

Er schob seinen Stuhl vom Schreibtisch zurück und lächelte. »Nun, daß deine Vorträge darüber, daß ich das allergrößte Schwein der Welt bin, jetzt überflüssig geworden sind.«

»Donnerwetter«, entfuhr es ihr anerkennend, »das wurde ja wohl auch mal Zeit.«

»Ich gebe es ungern zu, aber du hattest wieder einmal recht«, räumte er ein.

Sie schaute ihn forschend an. »Wenn ich deine Lobgesänge über mich auch gerne höre, so sagt mir meine Antenne doch irgendwie, daß es noch einen anderen Grund dafür gibt, daß du mich heute morgen sehen willst.«

Er warf ihr einen anerkennenden Blick zu und ging auf ihre Anspielung ein. »Ich möchte, daß du irgendwie die Information an Ferguson und Pendry durchsickern läßt, daß Donaldson an Southwest Construction verkauft hat. Und achte unbedingt darauf, daß du den 25-Prozent-Aufschlag erwähnst, den er dafür bekommen hat, und sieh um Gottes willen zu, daß keiner Verdacht schöpft... wir könnten diejenigen gewesen sein... die ihnen diese Information zugespielt haben.«

Rebecca fiel die Kinnlade herab. »Ich komme jetzt nicht ganz mit. Du willst, daß Ferguson und Pendry mit Southwest Kontakt aufnehmen?«

»Je eher, desto besser«, bestätigte Mason.

»Aber wenn Southwest ihnen dieselben Konditionen anbietet, werden sie verkaufen. Sie wären verrückt, wenn sie es nicht täten«, protestierte sie.

»Exakt. Und genau darauf setze ich.«

Sie schüttelte ihren Kopf, wie um wieder klar denken zu können. »Tut mir leid, Mason, aber das mußt du mir schon näher erklären. Ich bin ja normalerweise stolz darauf, mit deiner Logik Schritt halten zu können, aber jetzt verstehe ich nur noch Bahnhof. Gestern warst du soweit, dein eigenes Vermögen anzulegen, um dieses Grundstück komplett aufzukaufen, und heute setzt du alles daran, daß Southwest es bekommt.«

»Ich hab' selbst lange genug gebraucht, um darauf zu kommen«, gab er zu und forderte sie auf, auf dem Stuhl gegenüber dem Schreibtisch Platz zu nehmen. »Als ich mich dazu gezwungen habe, die Sache einmal nüchtern zu betrachten, wurde mir klar, daß Travis und du recht hattet. Mein Plan, Betriebskapital in dieses Grundstück zu investieren, war Irrsinn. Ich war bereit, Millionen in Land zu stekken, das kein anderer haben will, nur weil mir das Gespenst meines Vaters im Nacken saß.« Er lächelte. »Und genau dadurch ist mir ein Licht aufgegangen. Wenn es für mich eine Belastung war, die Riverfront-Parzellen zu erwerben, dann...«

»...wäre es wohl eine ebenso schwere Belastung für Southwest«, fuhr sie an seiner Stelle fort, und ihre Augen verrieten ihm, daß es ihr nun so langsam klar wurde.

»Mit so großen Verbindlichkeiten könnte Winter Construction noch weiter operieren, wenn auch nicht ohne Probleme«, ergänzte er.

»Aber Southwest nicht. Jedenfalls nicht allzu lang.« Begeisterung sprach aus ihren Worten. »Wenn erst einmal der Großteil ihres Betriebskapitals in Grundstücken gebunden ist, für die keine Bank ein Risiko eingehen würde, können sie nicht mal mehr auf Verdacht Eigentumswohnungen bauen.«

»Mein Vater hat den Eindruck – und ich muß zugeben, daß ich ihn in dem Glauben gelassen habe – ich wäre dermaßen von dem Bau meines Traumprojektes besessen, daß ich jeden Preis zahlen würde, um das Land von ihm zurückzubekommen.«

»Hat er etwa unrecht?« fragte Rebecca zögernd.

»Besessen bin ich ja vielleicht, aber nicht dumm. Mit einem Direktkauf wäre ich ohnehin nie durchgekommen«, lächelte Mason, »vor allen Dingen, wo es doch einen besseren Weg gibt, das zu bekommen, was ich haben will.«

»Und der wäre?«

»Überleg doch mal. Es ist so offensichtlich, daß es schon fast wieder lachhaft ist. Ich brauche mich eigentlich nur zurückzulehnen und darauf zu warten, daß mein Vater und mein Bruder zu mir kommen. Wenn sie erst einmal merken, daß ich nicht an ihrem Köder anbeiße, werden sie versuchen, das Land auf andere Weise loszuwerden. Sie werden niemals auch nur annähernd so viel dafür zurückbekommen, wie sie bezahlt haben. Keiner außer mir ist auch nur im entferntesten daran interessiert, und bereits bevor ich mich dafür interessiert hab', war es maßlos überteuert.«

Er lehnte sich im Stuhl zurück und streckte sich genüßlich, als ob es auf der ganzen Welt keinerlei Sorgen für ihn gäbe. »So wie ich die Dinge sehe, kommt Southwest entweder zu mir und verkauft mir das Land zu meinen Bedingungen, oder sie gehen wegen Liquiditätsproblemen den Bach runter.«

»Traumhaft, das wäre ja Gerechtigkeit, wie sie im Buche steht«, pflichtete sie ihm bei.

Er lehnte sich nach vorn und faltete die Hände: »Es kann aber nur funktionieren, wenn wir sie dazu bringen, auch bei den Parzellen von Ferguson und Pendry anzubeißen.«

Sie stand auf, und ein verschmitztes Lächeln umspielte ihre Augen. »Überlaß das mir«, verkündete sie und war schon halb aus der Tür, als ihr plötzlich noch etwas einfiel. Sie drehte sich um, und ihr Lächeln war verschwunden. Sie wollte etwas sagen, zögerte und rückte endlich widerstrebend mit ihrer Frage heraus: »Hast du schon mit Travis gesprochen?«

Er hätte eigentlich wissen müssen, daß sie mit ihren Vermutungen, wer die Information an Southwest weitergegeben hatte, nur eine Nasenlänge hinter ihm zurücklag. »Nein, noch nicht.«

»Sei nicht zu hart zu ihm, Mason. Ich bin mir sicher, daß er alles erklären kann.«

Sein morgendlicher Enthusiasmus für den vor ihm liegenden Tag war verflogen. »Ich wünschte, ich wäre mir da genauso sicher«, murmelte er.

Eine Stunde später schob Mason das Unausweichliche noch immer vor sich her, was ansonsten nicht seine Art war. Er hatte Travis noch nicht ausrichten lassen, daß er ihn sehen wollte, hatte jedoch mit Kelly Whitefield telefoniert und vereinbart, heute mit ihr früh zu Mittag zu essen.

Schließlich konnte er den Anruf nicht mehr länger aufschieben. Er hielt den Hörer bereits in der Hand, als Travis plötzlich im Türrahmen auftauchte.

»Wir müssen mal miteinander reden«, verkündete Travis mit tief gesenktem Kopf, als er in den Raum trat und die Tür hinter sich schloß.

Mason blickte auf und holte verdutzt Luft. Travis sah gut zehn Jahre älter aus als tags zuvor. Masons Wut verlor an Schärfe, Besorgnis ergriff ihn. »Ja«, meinte er, »das denke ich auch.«

»Ich muß dir etwas sagen, und ich möchte, daß du mich nicht unterbrichst oder versuchst, mich zu stoppen, bevor ich fertig bin«, eröffnete Travis.

Mason legte den Stift aus der Hand, mit dem er gerade geschrieben hatte, und faltete die Hände im Schoß. »Also gut. Das bin ich dir wohl schuldig.«

Travis strich sich nervös mit einer Hand durchs Haar. »Ich war es«, setzte er an und ging nicht auf Masons Bemerkung ein. »ich war derjenige, der deinem Vater von dem Riverfront-Projekt erzählt hat.«

Zwar war Mason schon selbst darauf gekommen, aber das Geständnis von Travis zu hören, war für ihn so, als würde ihn derselbe harte Schlag noch einmal treffen. Wie war es möglich, daß Travis, nachdem er damals alles riskiert, seinen Job bei Southwest gekündigt und sich mit einem College-Grünschnabel zusammengetan hatte, sich ausgerechnet ganz am Ende gegen ihn stellte? Mason hatte sich diese Frage hundertmal gestellt und noch immer keine Antwort darauf gefunden.

»Du hast mir mit dieser Sache wirklich Angst gemacht, Mason«, fuhr Travis fort, »egal, was ich gesagt habe oder wie viele Zahlen ich dazu herangezogen habe, du wolltest die harten Fakten beim Bau des Riverfront-Projektes einfach nicht sehen. Je mehr du dich in die Sache hineingesteigert hast, desto riesiger wurde sie, bis du schließlich auf die wahnsinnige Idee kamst, eine Stadt in der Stadt zu bauen. Jedesmal, wenn du noch ein Gebäude oder einen Freizeitbereich drangehängt hast, stiegen die Chancen, daß du dich selbst darunter begraben würdest.« Er steckte die Hände in seine Taschen und zuckte hilflos mit den Schultern. »Es gab nichts, was ich sagen oder tun konnte, um dein Tempo auch nur ein kleines bißchen zu bremsen«, erklärte er.

»Ich konnte doch nicht einfach dastehen und zusehen, wie du dich selbst zugrunde richtest. Erst recht nicht bei dem Gedanken daran, wie sich dein Vater hämisch die Hände reiben würde.«

Gott, konnte die Antwort so einfach sein? Wollte Travis Mason nur vor sich selbst retten? »Und deshalb bist du zu ihm gegangen?« fragte Mason ihn, noch ganz verwirrt von den Gedankengängen.

»Zu wem hätt' ich denn sonst gehen sollen? Die Baugesellschaften aus der Umgebung hätten mich ausgelacht und rausgeworfen oder mich für unzurechnungsfähig erklären lassen.« In Travis' Augen funkelte tiefsitzende Wut. »Über einen meiner Freunde hab' ich dann erfahren, daß Southwest Construction ihre Geschäfte ausweiten wollte. Und weil Sacramento der heißeste Markt in diesem Land ist, lag es auf der Hand, hier etwas zu machen. Ich wußte, daß dein Vater sich die Finger nach einer Gelegenheit lecken würde, dich in deinem eigenen Revier auszustechen. Und wenn er dir damit auch noch gleich eine schallende Ohrfeige mitten ins Gesicht verpassen konnte, na um so besser für ihn!«

Travis hatte den Nagel auf den Kopf getroffen. Das triumphierende Grinsen in Stuart Winters Gesicht würde Mason zeit seines Lebens nicht vergessen.

»Ich hätte allerdings nie gedacht, daß er es nicht bis zu Ende durchziehen und seinen eigenen Stempel auf deine Pläne setzen würde, um dich dann mit der Nase draufzustoßen. Aber da war er doch zu gerissen für mich. Er hat nie vorgehabt, das Riverfront-Projekt tatsächlich zu bauen. Alles, was er wollte, war, daß du vor ihm kriechst. Und er dachte, daß er das erreichen könnte, wenn er etwas hätte, was du haben wolltest.«

»Wie lange hast du denn gebraucht, um das alles herauszufinden?« fragte Mason.

»Er hat es mir gestern abend so in etwa gesagt«, bekannte Travis.

Mason fühlte, daß sein Herz schneller schlug. Er hatte fast Angst, die nächste Frage zu stellen. »Hast du ihm irgendwie angedeutet, daß du mit dieser Information zu mir kommen würdest?«

»Nein, das hätte er mir auch nicht abgenommen. Er meint, daß er mich unter seiner Fuchtel hat und ich keinen Schritt tue, wenn er nicht vorher seinen Segen dazu gegeben hat.«

Innerlich stieß Mason einen Seufzer der Erleichterung aus. Es gab also immer noch eine Chance, daß sein Plan funktionieren würde. Southwest brauchte noch mehr Parzellen, um ihn tatsächlich am Bauen zu hindern. Jetzt hieß es nur noch abwarten, ob sie anbeißen würden. »Was auch immer du jetzt tust, gib ihm keinen Grund, seine Meinung zu ändern«, mahnte er Travis.

Es dauerte einen Moment, bis bei Travis der Groschen gefallen war. Dann aber blickte er Mason mit zusammengekniffenen Augen an. »Du wußtest es schon, stimmt's?«

»Nicht alles.«

»Und was wolltest du zusätzlich von mir erfahren?« erkundigte er sich.

»Das ›Warum‹.«

Travis senkte den Blick, als wenn das, was er Mason sagen wollte, zu verletzend wäre, um ihm dabei in die Augen zu sehen. Mit brüchiger Stimme sagte er: »Es muß dir ziemlich mies gegangen sein, als du es erfahren hast.«

»Sagen wir einfach, ich hab' mich schon mal besser gefühlt«, gab Mason zu.

»Und jetzt?«

Mason hätte nicht genau sagen können, was er fühlte. Wut

und Trauer und das schreckliche Gefühl, etwas verloren zu haben, aber auch Hoffnung. »Ich weiß nicht«, erwiderte er schließlich, »Ich brauch' ein bißchen Zeit, um darüber nachzudenken.«

Travis nickte. »Wenn du zu dem Schluß kommen solltest, daß du mich nicht mehr sehen willst, kann ich das verstehen.«

»Ich wünschte, diese Möglichkeit käme für mich nicht in Frage«, murmelte Mason verzweifelt und düster.

»Schon gut, Mason.«

In den vergangenen vierzehn Jahren hatte Mason die Welt einfach in Schwarzweiß gesehen. Etwas war entweder richtig oder eben falsch. Dann kamen Chris und Kevin in sein Leben und öffneten ihm die Augen für die Schönheit der Farbe Grau. Zwar waren ja und nein immer noch gute Antworten, doch hatte das Wort »vielleicht« derart an Bedeutung gewonnen, wie er es nie für möglich gehalten hätte. Sollte er all das, was Travis und er zusammen erlebt hatten, nur wegen Travis' fehlgeleitetem Beschützerinstinkt vergessen? Aber würde es jemals wieder so zwischen ihnen werden wie früher? Sollten sie nicht besser einen sauberen Schnitt machen, damit beide ihr Leben weiterführen konnten?

»Ich weiß es einfach nicht, Travis«, entgegnete Mason und wünschte um alles in der Welt, er könnte ihm eine andere Antwort geben.

Travis nickte. »Ich glaube, ich habe wohl kein Recht, etwas anderes von dir zu erwarten.«

Mason faltete die Hände, starrte sie einige Sekunden lang an und bemerkte schließlich: »Da wäre noch etwas, Travis.« Da er nicht wußte, wie er es diplomatischer formulieren sollte, fragte er geradewegs drauflos: »Seit wann erzählst du meiner Mutter Einzelheiten über mein Privatleben?«

Travis fuhr zusammen und straffte seinen Rücken, der genauso starr und gerade wurde wie die Stahlträger, auf denen Travis so mühelos entlangbalancierte. »Das betrifft nur sie und mich.«

»Wenn ich derjenige bin, über den dabei gesprochen wird, dann nicht«, widersprach Mason scharf.

Travis dachte nach und räumte dann widerstrebend ein: »Seit dem Tag vor zwölf Jahren, als sie im Bauwagen aufgetaucht ist und du ihr die kalte Schulter gezeigt hast, sind wir regelmäßig in Kontakt geblieben«, verteidigte er sich. »Sie ist eine wunderbare Frau und hat nicht verdient, was Stuart und du ihr angetan habt. Vielleicht bringst du jetzt, da du Kevin hast, etwas mehr Verständnis dafür auf, was sie empfunden haben muß, als sie dich damals verloren hat, und vielleicht könntest du dich ja auch ab und zu mal dazu durchringen, sie anzurufen.«

»Du hättest ja etwas sagen können«, verteidigte sich Mason.

»Ach ja? Etwa damit du mir dann sagst, ich soll mich zwischen dir und ihr entscheiden, oder wozu wäre das sonst gut gewesen?«

Seltsamerweise gefiel es Mason irgendwie zu wissen, wie weit Iris gegangen war, um zumindest in losem Kontakt zu ihrem Sohn zu bleiben. »Wie oft hat sie dich angerufen?«

Travis blinzelte erstaunt über diese Frage. »Einmal, vielleicht zweimal im Monat«, antwortete er, offensichtlich verwirrt. »Sie hätte häufiger angerufen, aber sie dachte immer, daß sie mich stören würde, und das konnte ich ihr auch nicht ausreden.«

»Was für Fragen hat sie gestellt?« wollte Mason wissen.

»Wie es dir ginge, ob du mit einer netten Frau ausgingst, was für eine Art...« Er stockte. Seine Augen wurden schmal vor Wut: »Du glaubst doch nicht etwa, daß sie die ganze Zeit Stuart diese Informationen weitergegeben hat, oder?«

Was war mit ihm los, daß er nach einem Grund suchte, ihr zu mißtrauen? »Es wäre möglich«, überlegte Mason.

»Nie und nimmer, und du bist wirklich ein Schwein, wenn du so was denkst.« Niedergeschlagen ließ Travis seine Schultern hängen. »Man kann mit dir einfach nicht drüber reden.

Du schaffst es tatsächlich, Wolken am blauen Himmel aufziehen zu lassen, nur weil du sie dort willst.« Er drehte sich zum Weggehen. »Ruf mich an, sobald du dich in der andern Sache entschieden hast. Ich bin beim Hotel.«

Mason lehnte sich in seinem Stuhl zurück und blickte Travis nach. Er fühlte sich zutiefst enttäuscht, war jedoch nicht in der Lage, etwas dagegen zu unternehmen. Einfach so zu tun, als wenn alles wieder gut werden würde und weiterzumachen, als wäre nichts geschehen, wäre nicht nur dumm, sondern auch widersinnig. Mason ertrug die Vorstellung nicht, jemanden um sich zu haben, dem er nicht vertrauen konnte.

Auch wenn dieser Jemand die Rolle des Vaters übernommen hatte, den Mason nie besessen hatte.

40

»Papi ist da«, rief Kevin und rannte quer durch das Wohnzimmer direkt in Masons Arme.

Chris folgte und wischte sich ihre Hände an einem Geschirrtuch ab. »Ich habe versucht, dich im Büro anzurufen, weil ich dir sagen wollte, daß Kevin früher entlassen wird, aber du warst schon weg«, sagte sie.

Mason gab Kevin schnell einen Kuß. »Ich wußte nicht, was los war, als ich die Tür zum Krankenhauszimmer öffnete und du nicht da warst«, entgegnete er.

»Es geht mir viel besser!« krähte Kevin.

»Sieht so aus. Aber solltest du es nicht noch für einige Zeit ruhiger angehen lassen?« Er blickte zu Chris. »Nur zur Sicherheit?«

»Es geht ihm gut, Mason. Der Arzt meinte, daß kein Grund dafür besteht, ihm irgend etwas zu verbieten«, erklärte Chris.

»Bist du sicher, sie wissen, wovon sie reden?«

Sie nickte geduldig. »Seine Blutwerte sind wieder alle normal, und er hat die Grippe überstanden.« Und mit einem leichten Grinsen um die Lippen ergänzte sie: »Das einzige, was noch bleibt, ist ein leichter Fall von elterlicher Paranoia, aber ich glaube, daß wir das ohne Kevins Hilfe in den Griff bekommen können.«

Draußen hupte ein Wagen. »Das ist Tracy«, rief Kevin, wand sich aus Masons Armen und hüpfte zur Tür. »Bis später, Mama, bis später, Papa!«

Mason sah ihm nach. »Mir war immer klar, daß eines Tages eine Frau zwischen uns treten würde, aber ich hätte nie gedacht, daß das so bald sein würde.«

Chris lachte, als sie Kevins Platz in Masons Armen einnahm. »Wo wir gerade von Frauen sprechen«, bemerkte sie mit drohendem Unterton, »wie geht es Kelly?«

»Mmm, das gefällt mir«, antwortete er und gab ihr einen tiefen, innigen Kuß. Janet hatte Chris offensichtlich erzählt, daß er sich mit Kelly zum Mittagessen getroffen hatte. »Eifersucht steht dir einfach hervorragend.«

»Ja, und?«

Bewegt von dem Bedürfnis, das Glücksgefühl, das sich seit dem Vortag angestaut hatte, aus sich herauszulassen, hob er Chris hoch und wirbelte sie übermütig herum. Er genoß es, sie zu spüren, und freute sich über ihre begeisterte Erwiderung. »Wenn ich dir etwas davon sage, ist es keine Überraschung mehr.«

»Oh, ich liebe Überraschungen«, verkündete sie und ihre Augen funkelten. »Aber ich hasse es zu warten. Erzähl es mir.«

Langsam ließ er sie an der ganzen Länge seines Körpers herabgleiten. »Heute abend«, erwiderte er in heiserem Flüsterton. »Wenn Kevin im Bett ist.«

»Wie wäre es mit einem Tip, damit ich es aushalte«, schlug sie vor.

Er lachte laut heraus. Chris tat ihm wirklich gut. »Auf Tips folgen stets Vermutungen«, wandte er ein.

»Und weitere Tips«, bemerkte sie verschmitzt.

Er dachte einen Moment nach, faßte dann in seine Brusttasche und reichte ihr einen Umschlag. »Du kannst dir anschauen, was es ist. Aber du darfst erst heute abend hineinsehen, um zu erfahren, wohin es geht.«

Chris blickte vollkommen ratlos auf den Umschlag und dann auf Mason. »Flugtickets?« fragte sie. »Und was hat Kelly Whitefield damit zu tun?«

»Sie hat ein Reisebüro.«

Sie zuckte ratlos mit den Schultern. »Und ich dachte...«

Er vergrub sein Gesicht in ihrem Haar und flüsterte ihr ins Ohr: »Nein, hast du nicht. Nicht einen Moment lang.«

»Wie kannst du dir da so sicher sein?« – »Weil du weißt, daß ich dich liebe und genau dort bin, wo ich hinwollte«, erklärte er.

»Wenn es das ist, was du erreichen wolltest, warum dann die Flugtickets?« fragte sie verwirrt.

»Hast du etwas gegen Flitterwochen?« konterte er.

Sie drückte den Umschlag gegen ihre Brust. »Oh, nein, absolut nichts«, beteuerte sie schnell. »Aber ich dachte, du hättest noch so viel Geschäftliches zu erledigen.«

»Ich habe deine Agentur angerufen, um herauszufinden, wann und wie lange sie deinen Terminplan freimachen könnten, und dann habe ich Janet gebeten, meine Termine für denselben Zeitraum zu streichen – drei Wochen im kommenden Monat. So sehr mir der Gedanke auch gefällt, daß ich unentbehrlich bin, es gibt nichts, was Rebecca oder Travis...« Er stockte und der schwere Verlust, den er empfand, nachdem er automatisch Travis' Namen erwähnt hatte, ließ ihn tief Luft holen. »Na ja, auf alle Fälle, gibt es nichts, was sie im Büro nicht auch ohne mich erledigen könnten.«

Sie trat zurück, um ihn anzusehen. »Was ist los?«

Es lag ihm bereits auf der Zunge zu sagen, daß alles in Ordnung sei, als er merkte, wie sehr es ihn danach verlangte, ihr alles zu erzählen. Chris war einfühlsam, freundlich und – Gott sei Dank – alles andere als nachtragend. Sie erkannte sofort das Gute in einem Menschen, außer, wenn es darum ging, Kevin vor Leuten zu schützen, die sie für stockreaktionäre Schürzenjäger hielt. »Ich habe herausgefunden, daß Travis meinem Vater und meinem Bruder Informationen über ein Grundstück zugespielt hat, das ich kaufen wollte.«

»Bist du dir da sicher?« fragte sie fassungslos.

»Er hat es mir selbst gesagt.«

»Warum sollte er so etwas tun?« dachte sie einen Moment lang nach und bedeutete Mason, ihr nichts zu sagen. »Nein, warte, laß mich raten. Er hat es getan, weil er sich irgendwie in den Kopf gesetzt hatte, dir damit zu helfen.«

»Wie bist du darauf gekommen?« – »Man braucht keine fünf Minuten mit diesem Menschen zusammenzusein, um zu merken, daß er denkt, daß du auf dem Wasser wandeln kannst wie Jesus. Ich weiß, daß das wie ein Klischee klingt, aber was er tat, hat ihn selbst wahrscheinlich mehr verletzt als dich.«

Mason fuhr sich mit der Hand durch die Haare, hörte dann auf und rieb sich den Nacken. »Du hast recht, das ändert aber nichts an dem, was er getan hat.«

»Nichts wird etwas ändern können«, bestätigte sie mit trauriger Stimme. »Aber wenn es möglich wäre, glaubst du nicht, daß Travis dann der allererste wäre, der es tun würde?«

»Du willst also sagen, daß ich es deiner Meinung nach vergessen und so tun sollte, als wäre nichts geschehen?« meinte er verblüfft.

»Könntest du das?« fragte sie zurück.

»Nein!«

»Dann mußt du es eben verarbeiten und geistig bewältigen. Sprich mit ihm darüber, bis es nicht mehr so wichtig ist.« Sie hob ihren Arm, strich ihm zärtlich über die Wange und tröstete ihn so, wie sie es mit Kevin gemacht hätte. »Du kannst nicht vierzehn Jahre Loyalität wegen eines Fehlers über Bord werfen.«.

Sein Verstand sagte ihm, daß sie recht hatte; dennoch wurde er das Gefühl nicht los, daß Travis sein Vertrauen mißbraucht hatte. Was bleibt, wenn man jemandem nicht mehr vertrauen kann? »Ich muß darüber nachdenken«, murmelte er.

»Mach es nicht zu kompliziert, Mason. Und wirf das, was du jetzt hast, nicht aus Angst vor irgendwelchen Gefühlen weg, die du vielleicht in fünf Monaten haben wirst. Warte die fünf Monate erst einmal ab.«

Er zog sie zu sich, drückte sie fest gegen sich und konnte für einige Sekunden gar nichts sagen. »Ich brauche noch etwas Zeit, um darüber nachzudenken.«

Sie schlang ihre Arme um seine Taille. »Es tut mir so leid«, meinte sie. »Ich kann mir denken, wie sehr dich das alles verletzt.«

Sein erster Reflex war, sofort zu leugnen, daß Travis ihn verletzt hatte. Doch so einfach das auch gewesen wäre, Chris hätte ihm nie geglaubt. Sie kannte ihn mittlerweile zu genau, als daß er damit bei ihr durchgekommen wäre. Er klammerte sich wieder an den Trost und Halt, den ihm das vorausgegangene Geplänkel gegeben hatte, und lenkte ab: »Möchtest du immer noch einen Tip, wohin wir fahren?«

Ihr Blick gab ihm zu verstehen, daß sie seine Absicht verstanden hatte. »Das weißt du doch«, erwiderte sie und spielte mit.

»Es ist ein warmer, aber nicht tropischer Ort«, warf er ihr den Ball zu.

»Doch wohl nicht etwa die Wüste«, stöhnte sie. »Ich ertrage keine Hitze. Das reizt meine Haut, und ich bin immer ganz verschwitzt und schlecht gelaunt. Du würdest die Scheidung einreichen, noch bevor wir unsere Flitterwochen beendet haben.«

Wenn es für den Rest seines Lebens so bleiben könnte wie jetzt, würde er als glücklicher Mann sterben.

»Verflixt noch mal – sag es mir endlich«, ereiferte sich Chris.

»Du wirst mich nicht hereinlegen...« Das Telefon klingelte und unterbrach sie. Sie legte ihre Hand auf seine Brust. »Bleib, wo du bist«, drohte sie. »Ich bin noch nicht fertig mit dir.«

Er zog sie für einen raschen Kuß an sich. Doch als ihre leicht geöffneten Lippen seinen Mund berührten und seine Zunge die ihre spürte, mußte er all seine Energie aufbringen, um sie wieder gehen zu lassen.

»Ich bin sofort zurück«, versprach sie, wand sich los und ging in Richtung Küche. »Und vergiß nicht, daß du mir gerade etwas sagen wolltest.«

Der Anruf war für Mason. Fragend zog er seine Augenbrauen hoch, als er Chris den Hörer aus der Hand nahm. Ihre Lippen formten lautlos den Namen Rebecca.

»Hast du etwas gehört?« fragte er in den Hörer und konnte seine Neugierde kaum verbergen.

»Sie haben angebissen«, verkündete sie triumphierend. »Dein Bruder fliegt heute abend los, um das Geschäft abzuschließen.«

Mason seufzte erleichtert. »Das freut mich wirklich sehr für sie«, sagte er und konnte sich ein Grinsen nicht verkneifen.

»Kann ich mir vorstellen«, bemerkte Rebecca amüsiert.

Masons nächster Gedanke traf ihn mit voller Wucht. Natürlich, er mußte diese Freude unbedingt mit Travis teilen! Die Freude und das Gefühl, endlich das Ziel erreicht zu haben, wären ohne ihn nicht komplett. Erst in diesem Moment verstand er wirklich, was es bedeuten würde, Travis als Freund zu verlieren.

»Hast du Travis gesehen?« erkundigte sich Mason.

Am anderen Ende der Leitung entstand eine bedeutungsvolle Pause. »Nein, aber ich könnte ihn für dich ausfindig machen.«

»Tu das doch bitte«, bat er sie und fühlte, daß seine Welt wieder in die richtigen Bahnen kam. »Sag ihm, ich treffe ihn...« Ja wo? Nicht im Büro. Das war Masons Territorium. Dann fiel ihm etwas ein. »Er sagte, daß er heute nachmittag ins Hotel gehen wollte. Sag ihm, daß ich ihn dort in einer Stunde treffe.«

»Sonst noch etwas?«

»Ja, und sag der Buchhaltung, daß sie Walt Bianchi eine Gehaltserhöhung geben sollen«, setzte er hinzu.

»Gut...«, erwiderte sie, aber offensichtlich wartete sie noch auf eine Erklärung.

»Ich muß mich bei Walt entschuldigen, aber ich glaube, ich sage ihm besser nichts. Er soll nicht erfahren, daß ich jemals an ihm gezweifelt habe. Sag ihm einfach, ich hätte gemeint, daß er wahnsinnig gute Arbeit geleistet hat.«

»Sonst noch etwas?« fragte sie zum zweiten Mal. – »Nein, hab ich etwas vergessen?«

»Ich weiß nicht, es sei denn, dir fällt noch ein Grund ein, warum du dich auch bei mir entschuldigen möchtest.«

Mason lachte. »Ich bring' dir etwas aus meinen Flitterwochen mit.«

»Kann ich Wünsche äußern?«

»Ruf Travis an, Rebecca.«

Jetzt lachte sie. »Ist schon so gut wie erledigt.«

Mason legte auf und drehte sich zu Chris um. Ratlos fuhr er sich mit der Hand durchs Haar und trat von einem Fuß auf den anderen. Er wußte nicht, wie er ihr eine Idee beibringen sollte, die sich ihm mehr und mehr aufdrängte, seitdem er mit Travis gesprochen hatte. Schließlich gab er es auf, die richtigen Worte zu finden, und platzte heraus: »Ich überlege, ob wir meine Mutter nicht bitten sollten, auf Kevin aufzupassen, wenn wir verreisen.« Schnell fügte er hinzu: »Wenn irgend etwas passiert, sind Mary und John direkt um die Ecke, und es ist ja nicht so, als wären wir auf einer Safari, wo man uns nicht erreichen kann.«

Chris war völlig überrascht. »Ich finde die Idee super, Mason; wie bist du darauf gekommen?«

»Das ist eine lange und komplizierte Geschichte«, sagte er geheimnisvoll.

Sanft küßte sie ihn auf die Lippen. »Ich habe jede Menge Zeit. Und es gibt nichts, was ich lieber täte, als dir zuzuhören. Ich möchte alles über dich wissen, angefangen von der Zeit, als du ein kleiner Junge warst und am Strand Sandburgen gebaut hast, bis zu dem, was du gerade mit Rebecca besprochen hast. Ich würde nichts von dem, was du erzählst, langweilig finden.« Sie hielt inne und verzog das Gesicht. »Eine Einschränkung sollte ich dabei vielleicht doch machen. Die Details deiner Freundschaft mit Kelly kannst du dir für die nächsten paar Jahre sparen.«

Das Beste und Einmaligste daran war, daß er ihr wirklich

glaubte. Er dachte an all die Male, die er allein dagesessen hatte, an die Zeitungsartikel, die er gelesen hatte und über die er gerne mit jemandem gesprochen hätte, und an die phantastischen, allein erlebten Sonnenuntergänge. Vorbei. Er würde sein Leben nicht weiter in Einzelhaft verbringen müssen. »Weißt du was? Warum bewahren wir uns diese faszinierenden Leckerbissen meines Lebens nicht für langweilige Momente auf der Kreuzfahrt auf?«

»Eine Kreuzfahrt?« platzte sie mit vor Aufregung sich überschlagender Stimme heraus. »Wir machen eine Kreuzfahrt?«

Er stöhnte auf. »Mist. Ich wollte dir erst davon erzählen, wenn Kelly alles klargemacht hat. Sie muß herausfinden, ob die Jacht noch frei ist.«

»Mit einer Jacht? Ich dachte, man macht Kreuzfahrten auf riesigen Schiffen«, wandte sie ein.

»Nein, diesmal nicht«, sagte er, schloß sie erneut in die Arme und konnte von ihrer Wärme gar nicht genug bekommen. »Ich will dich ganz für mich allein, Kelly organisiert eine Jacht und eine Mannschaft, mit der wir durch die Ägäis kreuzen.«

»Hmm, ich hasse es ja, das Thema anzuschneiden, aber bist du dir vollkommen sicher, daß sie uns nicht auf einen Frachter mit Kurs auf die Antarktis steckt? Sie hat doch sicherlich eine ganze Menge Provokationen eingesteckt«, lächelte sie spitzbübisch. »Ich würde das jedenfalls tun.«

»Und ich sage dir noch einmal, daß Kelly und ich Freunde sind.« Er zog eine Augenbraue in die Höhe. »Außerdem habe ich gehört, daß das Essen auf Frachtschiffen hervorragend sein soll.« Er gab ihr einen Kuß voller Verheißungen für die Zukunft.

»Und um mal ganz ehrlich zu sein«, murmelte er, den Mund ganz dicht an ihren Lippen. »Ich kann mir Schlimmeres vorstellen, als zwei Wochen mir dir unter einer Decke zu verbringen und dich zu wärmen.«

»Ich dachte, du wolltest *drei* Wochen freinehmen«, berichtigte sie ihn.

»Zwei für uns beide und eine zu dritt. In der Hoffnung, daß du dich überreden läßt, mit uns zu kommen, und ich Kevin Disneyland zeigen darf.«

Sie lehnte ihren Kopf gegen seine Brust. »Ich glaube, daß es mir Spaß machen wird, mit dir verheiratet zu sein, Mason Winter.«

»Glaubst du, oder bist du dir sicher?« fragte er und ließ sein Kinn auf ihrem Kopf ruhen.

»Schon gut. Ich *weiß*, daß es mir gefallen wird. Aber werd' jetzt bloß nicht eingebildet.«

Mason hielt sie fest, sprachlos von der Liebe, die er empfand.

Es war Chris, die zu guter Letzt das Schweigen brach. Sich eng an ihn kuschelnd, sinnierte sie: »Sollen wir Kevins Entlassung nicht mit einer Original Pete's Pizza feiern, sobald du wieder zu Hause bist?«

»Hört sich phantastisch an. Warum fragst du die Hendricksons nicht, ob sie vorbeikommen wollen?« ging er auf ihren Vorschlag ein.

Freudentränen glänzten in ihren Augen, als sie zu ihm aufblickte. »Willkommen in der Familie, Mr. Winter«, flüsterte sie.

Er küßte sie auf die Nasenspitze. »Ich kann gar nicht sagen, wie glücklich ich bin, daß Sie mich eingeladen haben, Mrs. Winter. Um so mehr, als ich mir auf der ganzen Welt keinen schöneren Ort vorstellen könnte.«

Eine halbe Stunde später stand Chris am Wohnzimmerfenster und sah zu, wie Mason mit seinem Wagen auf dem Weg zu Travis um die Ecke verschwand. Nachdem sie ihn aus den Augen verloren hatte, glitt ihr Blick zum Himmel und verharrte auf einer einsamen, hoch oben dahinziehenden Wolke. Sie starrte lange Zeit auf den großen, weißen Wattebausch und dachte über all die guten und schlechten

Dinge nach, die in den vergangenen sechs Jahren in ihrem Leben geschehen waren und daran, wie sie einen Schicksalszug nach dem anderen, oftmals sogar in gegensätzliche Richtungen, genommen hatte.

Sie dachte an die Schwester, die sie mit Diane verloren hatte, die einst der positive und scheinbar für immer und ewig unveränderliche Bestandteil ihres Lebens gewesen war und sich dann als der allerflüchtigste herausgestellt hatte.

Während ihrer einsamen Kindheit hatte Chris für Diane gesorgt, so wie es das Recht und die Pflicht aller großen Schwestern ist. Nie wäre es Chris in den Sinn gekommen, daß eines Tages Diane auf die ihr eigene, unerschütterliche Art diejenige sein könnte, die sie versorgen würde – erst mit einem Sohn und dann mit dem Mann, den Diane mehr als ihr eigenes Leben geliebt hatte.

Zum zweiten Mal an diesem Tag traten Chris Tränen in die Augen, und sie flüsterte: »Danke, Diane. Ich verspreche dir, daß ich mich gut um die beiden kümmern werde.«

Das Werk einschließlich aller seiner Teile ist urheberrechtlich geschützt.
Jede Verwendung außerhalb des Urhebergesetzes ist ohne Zustimmung
des Verlages unzulässig und strafbar. Dies gilt insbesondere für
Vervielfältigungen, Übersetzungen, Mikroverfilmungen und
die Einspeicherung und Verarbeitung in elektronischen Systemen.

Genehmigte Lizenzausgabe für Verlagsgruppe Weltbild GmbH,
Steinerne Furt, 86167 Augsburg
© 1991 by Georgia Bockoven
4. Auflage 2007
Alle Rechte an der deutschen Übersetzung von Ute Mey
liegen beim Wilhelm Heyne Verlag, einem Unternehmen
der Verlagsgruppe Random House GmbH.

Projektleitung: Gerald Fiebig
Übersetzung: Ute Mey
Umschlag: Hauptmann & Kompanie Werbeagentur GmbH,
München–Zürich
Umschlagabbildung: Vital Pictures / Getty Images
Satz: Uhl + Massopust, Aalen
Druck und Bindung: CPI Moravia Books s.r.o.,
Pohorelice

Gedruckt auf chlorfrei gebleichtem Papier

ISBN 978-3-89897-542-1